U0056977

【臺灣現當代作家
研究資料彙編】01

賴　和

國立台灣文學館
出版

主委序

　　臺灣文學發展至今，已蓄積可觀且沛然的能量，尤於現當代文學領域，作家們的精彩創作與文學表現，成績更是有目共睹。對應日益豐饒的文學樣貌，全面梳理研究資源、提昇資料查考與使用的便利性，也就格外重要。

　　本會所屬國立台灣文學館自成立以來，即著力於臺灣文學史料之研究、整理及數位化，迄今已積累相當成果，民眾幾乎可在彈指之間，獲取相關訊息及寶貴知識；為豐富臺灣文學研究基礎，繼 99 年出版收錄 310 位現當代作家評論資料的《臺灣現當代作家評論資料目錄》後，今（100）年進一步延伸建置「臺灣現當代作家研究資料庫」，將現當代文學作家及系列作品建構起多向查考、運用的整合機制，不僅得以逐步完善 310 位現當代作家評論資料的確切性及新穎度，研究者亦能更加便捷地掌握研究概況、動態，進而開闢不同的研究路徑及視野。

　　為深化既有成果，也同步推動「臺灣現當代作家研究資料彙編計畫」，預計分年完成自臺灣新文學之父賴和以降，50 位現當代重要作家研究資料彙編，系統性纂輯、呈現作家手稿、影像、文學年表、研究綜述、評論文章及目錄、歷史定位與影響等。目前已完成第一階段賴和等 15 位重要作家研究資料彙編工作，此為國內現行唯一全方位的臺灣現當代文學工具書，也是研究臺灣作家、文學發展的重要讀本依據，乃極具代表性意義的起點，搭配前述資料庫，相信能為臺灣文學研究奠定益加厚實的根基；亦祈各方不吝指正，以匯聚更多參與及持續前行的能量。

行政院文化建設委員會主任委員

館長序

　　近幾年，臺灣現當代文學的研究，朝著跨領域整合的方向在發展，但不管趨勢如何，對於作家及其作品的理解與詮釋，恆是最基本且是最重要的工作。因此，作家到底是一個什麼樣的人？他的出身、學經歷究竟如何？他在哪些主客觀條件下從事寫作？又怎麼會寫出那樣的一些作品？這些都有助於增加理解；進一步說，前人究竟如何解讀作家的為人和他之所作？如何評述其文學風格及成就？這些相關文獻提供了我們重新展開深入探索的基礎，了解前修有所未密，後出才能轉精。

　　當臺灣文學在 1980 年代獲得正名，在 1990 年代正式進入學院體制，「學科化」就彷彿是一場學術運動，迄今所累積的研究成果已極可觀，如果把前此多年在文學相關傳媒所發表的評論資料納入，則可稱之為臺灣文學的「研究資料」，以作家之評論而言，根據國立台灣文學館委託台灣文學發展基金會所蒐羅的作家評論資料（310位作家，收錄時間下限是 2009 年 8 月），總計近九萬筆。這龐大的資料，已於去年編印成八巨冊的《臺灣現當代作家評論目錄》；在這樣的基礎上，以個別作家為考量的「研究資料彙編」計畫，其第一階段的成果即將出版（15 冊），如果順利，二、三年內將會累積到50 冊。

　　「臺灣」是我們生存的空間，「現當代」約指新文學發生以降迄今，「作家」特指執筆為文且成家者。臺灣現當代作家之所以值得研

究，乃是因為他們以其智慧和經驗創造了許多珍貴的文學作品，反映並批判社會，饒富現當代意義，如果能夠把他們的研究資料集中，對於正在學習或有文學興趣的讀者，應該會有莫大的助益。

賴和被尊稱為臺灣新文學之父，他出生於甲午戰爭那一年（1894），爾後出生的作家，含在臺灣土生土長，以及從中國大陸來臺者，人數非常多，如何挑選重要作家，且研究資料相對比較豐富者，是一件不容易的事，這就需要專家的參與；基本上，選人要客觀，選文要妥適，編選者要能宏觀，且能微視，才能提出有說服力的見解。

毫無疑問，這是一個重大的人文基礎建設，由政府公部門（國立台灣文學館）出資，委託深具執行力的社會非營利組織（台灣文學發展基金會），動員諸多學術菁英（顧問群、編選者）來共同完成，有效的運作模式開創一種完美的三合一典範，對於臺灣文學，必能發揮其學科深化的作用，且將有助於臺灣文學的永續發展。

國立台灣文學館館長　李瑞騰

編序

◎封德屏

緣起

1995 年 10 月 25 日，在臺灣師範大學教育大樓的 201 室，一場以「面對臺灣文學」為題的座談會，在座諸位學者分別就臺灣文學的定義、發展、研究，以及文學史的寫法等，提出宏文高論，而時任國家圖書館編纂張錦郎的「臺灣文學需要什麼樣的工具書」，輕鬆幽默的言詞，鞭辟入裡的思維，更贏得在座者的共鳴。

張先生以一個圖書館工作人員自謙，認真專業地為臺灣這幾十年來究竟出版了多少有關臺灣文學的工具書，做地毯式的調查和多方面的訪問。同時條理分明地針對研究者、學生，列出了十項工具書的類型，哪些是現在亟需的，哪些是現在就可以做的，哪些是未來一步一步累積可以達成的，分別做了專業的建議及討論。

當時的文建會二處科長游淑靜，參與了整個座談會，會後她劍及履及的開始了文學工具書的委託工作，從 1996 年的《臺灣文學年鑑》起始，一年一本的編下去，一直到現在，保存延續了臺灣文學發展的基本樣貌。接著是《中華民國作家作品目錄》的新編，《臺灣文壇大事紀要》的續編，補助國家圖書館「當代文學史料影像全文系統」的建置，這些工具書、資料庫的接續完成，至少在當時對臺灣文學的研究，做到一些輔助的功能。

2003 年 10 月，籌備多年的「台灣文學館」正式開幕運轉。同年五月《文訊》改隸「財團法人台灣文學發展基金會」，為了發揮更大的動能，開始更積極、更有效率地將過去累積至今持續在做的文學史料整理出來，讓

豐厚的文藝資源與更多人共享。

於是再次的請教張錦郎先生，張先生認為文學書目、作家作品目錄、文學年鑑、文學辭典皆已完成或正在進行，現在重點應該放在有關「臺灣現當代作家評論資料目錄」的編輯工作上。

很幸運的，這個計畫的發想得到當時臺灣文學館林瑞明館長的支持，於是緊鑼密鼓的展開一切準備工作：籌組編輯團隊、召開顧問會議、擬定工作手冊、撰寫計畫書等等。

張錦郎老師花了許多時間編訂工作手冊，每一位作家的評論資料目錄分為：

（一）生平資料：可分作者自述，旁人論述及訪談，文學獎的紀錄。

（二）作品評論資料：可分作品綜論，單行本作品評論，其他作品（包括單篇作品）評論，與其他作家比較等。

此外，對重要評論加以摘要解說，譬如專書、專輯、學術會議論文集或學位論文等，凡臺灣以外地區之報刊及出版社，於書名或報刊後加註，如中國大陸、香港、新加坡等。此外，資料蒐集範圍除臺灣外，也兼及中國大陸、香港、新加坡、日本、韓國及歐美等地資料，除利用國內蒐集管道外，同時委託當地學者或研究者，擔任資料蒐集工作。

清楚記得，時任顧問的學者專家們，都十分高興這個專案的啟動，但確定收錄哪些作家名單時，也有不同的思考及看法。經過充分的討論後，終於取得基本的共識：除以一般的「文學成就」為觀察及考量作家的標準外，並以研究的迫切性與資料獲得之難易度為綜合考量。譬如說，在第一階段時，作家的選擇除文學成就外，先考量迫切性及研究性，迫切性是指已故又是日治時期臺籍作家為優先，研究性是指作品已出土或已譯成中文為優先。若是作品不少而評論少，或作品評論皆少，可暫時不考慮。此外，還要稍微顧及文類的均衡等等。基本的共識達成後，顧問群共同挑選出 310 位作家，從鄭坤五、賴和、陳虛谷以降，一直到吳錦發、陳黎、蘇偉貞，共分三個階段進行。

　　張錦郎教授修訂的編輯體例，從事學術研究的顧問們，一方面讚嘆「此目錄必然能成為類似文獻工作的範例」，但又深恐「費力耗時，恐拖延了結案時間」，要如何克服「有限時間，高度理想」的編輯方式，對工作團隊確實是一大挑戰。於是顧問們群策群力，除了每人依研究領域、研究專長認領部分作家外（可交叉認領），每個顧問亦推薦或召集研究生襄助，以期能在教學研究工作外，為此目錄盡一份心力。

　　「臺灣現當代作家評論資料目錄」專案計畫，自 2004 年 4 月開始，至 2009 年 10 月結束，分三個階段歷時五年六個月，共發現、搜尋、記錄了十餘萬筆作家評論資料。共經歷了三位專職研究助理，近三十位兼任研究助理。這些研究助理從開始熟悉體例，到學習如何尋找資料，是一條漫長卻實用的學習過程。

接續

　　本來以為五年的專案工作可以暫時告一段落，但面對豐盛的研究成果，無論是參與這個計畫的顧問或是擔任審查工作的專家學者，都希望臺灣文學館能在這樣的基礎下挖深織廣，嘉惠更多的文學研究者。

　　「臺灣現當代作家評論資料目錄」的專案完成，當代重要作家的研究，更可以在這個基礎上，開出亮麗的花朵。於是就有了「臺灣現當代作家研究資料彙編暨資料庫建置計畫」的誕生。為了便於查詢與應用，資料庫的完成勢在必行，而除了資料庫的建置外，這個計畫再從 310 位作家中精選 50 位，每人彙編一本研究資料，內容有作家圖片集，包括生平重要影像、文學活動照片、手稿及文物，小傳、作品目錄及提要、文學年表。另外每本書分別聘請一位最適當的學者或研究者負責編選，除了負責撰寫五千至一萬字的作家研究綜述外，再從龐雜的評論資料中挑選具有代表性的評論文章，全文刊載，平均 12～14 萬字，最後再附該作家的評論資料目錄，以期完整呈現該作家的生平、創作、研究概況，其歷史地位與影響。

　　由於經費及時間因素，除了資料庫的建置，資料彙編方面，50 位作家

分三個階段完成。第一階段挑選了 15 位作家，體例訂出來，負責編選的學者專家名單也出爐了，於是展開繁瑣綿密的編輯過程。一旦工作流程上手，才知比原本預估的難度要高上許多。

首先，必須掌握 15 位編選者的進度這件事，就是極大的挑戰。於是編輯小組在等待編選者閱讀選文的同時，開始蒐集整理作家生平照片、手稿，重編作家年表，重寫作家小傳，尋找作家出版品的正確版本、版次，重新撰寫提要。這是一個極其複雜的工程。要將編輯準則及要素傳達給毫無編輯經驗的助理，對我來說，就是一個極大的考驗。於是，邊做邊教，還好有認真負責的專任助理宇需，以及編輯老手秀卿下海幫忙，將我的要求視為使命必達，讓整個專案在「高壓政策」下，維持了不錯的品質及進度。

當然，內部的「高壓政策」，可以用身教、言教的方法執行，但要八位初出茅廬的助理，分別盯牢 15 位編選的學者專家，無疑是一件「非常人」可以勝任的工作。學者專家個個都忙，如何在他們專職的教學及行政工作之外，把這件有意義的編選工作如期完工，另外還得加上一篇完整的評論綜述，這可是要大智慧、大勇氣的編輯經驗了。

有些編輯經驗可以意會，不可言傳，這是多年血淚交織的經驗與心得，短時間要他們全然領會實在有些困難。但迫在眉睫的工作總得完成，於是土法煉鋼也好，揠苗助長也罷，一股腦全使上了。在智慧權威、老練成熟的學者專家面前，這些初生之犢的年輕助理展現了大無畏的精神，施展了編輯教戰手冊中的第一招——緊迫盯人。看他們如此生吞活剝地貫徹我所傳授的編輯要法，心裡確實七上八下，但礙於工作繁雜，實在無法事必躬親，也只好讓他們各顯身手了。

縱使這些新手使出了全部力氣，無奈工作的難度指數偏高，進度遇到瓶頸，大夥有些喪氣，這時就得靠意志力及精神鼓舞了。我曉以大義的說，他們正在光榮地參與一個重要的文學工程，絕對不可輕言放棄。

成果

　　雖然過程是如此艱辛，可是終究看到豐美的成果。每位編選者雖然忙碌，但面對自己負責的作家資料彙編，卻是一貫地認真堅持。他們每人必須面對上千或數百筆作家評論資料，挑選重要或關鍵性的評論文章，全面閱讀，然後依照編選原則，挑選評論文章。助理們此時不僅提供老師們所需要的支援，統計字數，最重要的是得找到各篇選文作者，取得同意轉載的授權。在進度流程初估時，我們錯估了此項工作的難度，因為許多評論文章，發表至今已有數十年的光景，部分作者行蹤難查，還得輾轉透過出版社、學校、服務單位，尋得蛛絲馬跡，再鍥而不捨地追蹤。

　　除了挑選評論文章煞費苦心外，每個作家生平重要照片，我們也是採高標準的方式去蒐集，過世作家家屬、友人、研究者或是當初出版著作的出版社，都是我們徵詢的對象。認真誠懇而禮貌的態度，讓我們獲得許多從未出土的資料及照片，也贏得了許多珍貴的友誼。例如楊逵的兒子楊建、孫女楊翠，龍瑛宗的兒子劉知甫，張文環的女兒張玉園，楊熾昌的兒子楊皓文，鍾理和的兒子鍾鐵民、孫女鍾怡彥及鍾舜文，梁實秋的女兒梁文薔，呂赫若的兒子呂芳卿、呂芳雄等，我們和他們一起回憶他們的父祖輩可敬可愛的文學人生。

　　閱讀諸篇評論文章，對先民所處的時代有更多的同情與瞭解。從日本研究臺灣文學的學者尾崎秀樹〈臺灣文學備忘錄——臺灣作家的三部作品〉一文中，可以清楚瞭解臺灣人作家對日本殖民統治的意識，乃由抵抗而放棄以至屈服的傾斜過程。向陽認為，其中也能發現少數因主流思潮的覆蓋而晦暗不明的作家，例如不為時潮所動，堅持以超現實主義書寫的楊熾昌。然而經過時間的考驗，曾經孤獨的創作者，終究確立了他在臺灣文學史上的地位。

　　在閱讀中，許多熟悉的名字不斷出現。1962 年，張良澤以一個成大中文系學生的身分，拜訪了鍾理和遺孀，且立下了今後整理臺灣文學史料的

志業。1977 年 9 月，張良澤主編的《吳濁流作品集》，堂堂六冊由遠行出版。1979 年 7 月，鍾肇政、葉石濤、張恆豪、林梵、羊子喬等人編纂《光復前臺灣文學全集》，由遠景出版，這些作家、學者、出版家，都爲早期臺灣文學的研究貢獻了心力。

1987 年 7 月臺灣解嚴，臺灣文學研究的風潮日漸蓬勃。1990 年 4 月 23 日，《民眾日報》策劃「呂赫若專輯」，標題爲〈呂赫若復出〉；1991 年前衛出版社林文欽出版「臺灣作家全集・短篇小說卷・日據時代」；1997 年自真理大學開始，臺灣文學系所紛紛成立，臺灣文學體制化的脈動，鼓舞了學院師生積極從事日治時期臺灣文學史料的蒐集。這股風潮正如陳萬益所言，不只是文獻的出土，也是一種心態的解嚴，許多日治時期作家及其家屬，終於從長期禁錮的氛圍中解放。許俊雅認爲，再加上當初以日文創作的作家作品，也在 1990 年代後被逐漸翻譯出來，讀者、研究者在一個開放的空間，又免除語文的障礙，而使臺灣文學研究開始呈現多元的風貌。

1990 年開始，各地縣市文化中心（文化局），對在地作家作品集的整理出版，以及臺灣文學館成立後對日治時期作家以迄當代重要作家全集的編纂，對臺灣文學之作家研究，也有了很好的促進作用。《鍾理和全集》、《鍾肇政全集》、《楊逵全集》、《張文環全集》、《呂赫若日記》、《葉石濤全集》、《龍瑛宗全集》，如雨後春筍般持續展開。「臺灣意識」的興起，使本土文學傳統快速的納入出版與研究行列。

每位編選者除了概述作家的研究面向外，均有獨到的觀察與建議。陳建忠細論賴和及其文學接受史的演變歷程後，建議未來研究者回歸到賴和文學本體與專業研究方向；張恆豪除抽絲剝繭細述「吳濁流學」的接受及演變歷程外，並建議幾個有關吳濁流及《亞細亞的孤兒》尚待關注及努力的議題；須文蔚建議未來的研究者，可從紀弦 1950〜1960 年跨區域文學傳播角度出發，彙整紀弦對上海、香港、臺灣及東南亞華文地區詩歌的影響；或從紀弦主編過的《火山》詩刊、《新詩》月刊等著手，從文學社會學

或文學傳播的角度出發。柳書琴、張文薰為顧及張文環多元面向,除一般期刊論文外,亦選譯尚未譯介的論文,希望展示海內外不同世代之路徑與成果;應鳳凰以深入 50 年代文本的研究基礎,將鍾理和的研究收納得更為寬廣。彭瑞金則分別對葉石濤及鍾肇政進行深入細膩的研究,以及熟稔精密的剖析,他認為葉石濤文學是長期累積的成果,他所選錄的 20 篇葉石濤相關評論文章,代表各種背景的評論者、評介者閱讀葉石濤文學的方法;而鍾肇政上千筆的研究資料,呈現的多是鍾肇政文學的外圍研究,較少從文學的角度去探求解析。清理分析成果後,才可以作為續航前進的動力。

然而在近二十年本土文學興盛的臺灣文學研究中,是不是也有遺漏與偏失?陳信元的〈兩岸梁實秋研究述評比較〉,也足以讓我們思考。陳義芝除肯定覃子豪詩藝的深度與厚度,以及對後繼青年的影響外,如果從文獻蒐集、詮釋的角度來看,他認為覃子豪研究仍有尚未開發的議題。

學者兼作家的周芬伶,對琦君的剖析與論述細微而生動,她細膩的文字觀察,清楚道出琦君研究的未到之處;張瑞芬則以明快的文字,將林海音一生的創作、出版與編輯完整帶出,也比較了評論者對林海音小說、散文表現的不同看法,相同的則是林海音編輯生涯中對作家的提攜與貢獻。

期待

感謝臺灣文學館持續支持推動這兩個專案的進行。「臺灣現當代作家評論資料目錄」的完成,呈現的是臺灣文學研究的總體成果;「臺灣現當代作家研究資料彙編」套書的出版,則是呈現成果中最精華最優質的一面,同時對未來的研究面向與路徑,做最好的建議。我們可以很清楚的體會,這是一條綿長優美的臺灣文學接力賽,我們十分榮幸能參與其中,我們更珍惜在傳承接力的過程,與我們相遇的每一個人,每一件讓我們真心感動的事。我們更期待這個接力賽,能有更多人加入。誠如張恆豪所說「從高音獨唱到多元交響」,這是每一個人所期待的。

編輯體例

一、本書編選之目的,為呈現賴和生平、著作及研究成果,以作為臺灣文學相關研究、教學之參考資料。

二、全書共五輯,各輯內容及體例說明如下:

輯一:圖片集。選刊作家各個時期的生活或參與文學活動的照片、著作書影、手稿(包括創作、日記、書信)、文物。

輯二:生平及作品,包括三部分:

1.小傳:主要內容包括作家本名、重要筆名,生卒年月日,籍貫,及創作風格、文學成就等。

2.作品目錄及提要:依照作品文類(論述、詩、散文、小說、劇本、報導文學、傳記、日記、書信、兒童文學、合集)及出版順序,並撰寫提要。不收錄作家翻譯或編選之作品。

3.文學年表:考訂作家生平所進行的文學創作、文學活動相關之記要,依年月順序繫之。

輯三:研究綜述。綜論作家作品研究的概況,並展現研究成果與價值的論文。

輯四:重要文章選刊。選收國內外具代表性的相關研究論文及報導。

輯五:研究評論資料目錄。收錄至 2010 年 10 月底止,有關研究、論述臺灣現當代作家生平和作品評論文獻。語文以中文為主,兼及日文和英文資料。所收文獻資料,以臺灣出版為主,酌收中國大陸、香港、日本和歐美國家的出版品。內容包含三部分:

1.「作家生平、作品評論專書與學位論文」下分為專書與學位論文。

2.「作家生平資料篇目」下分為「自述」、「他述」、「訪談」、「年表」、「其他」。

3.「作品評論篇目」下分為「綜論」、「分論」、「作品評論目錄、索引」、「其他」。

目次

主委序   盛治仁   3

館長序   李瑞騰   4

編序   封德屏   6

編輯體例   13

【輯一】圖片集

影像‧手稿‧文物   18

【輯二】生平及作品

小傳   39

作品目錄及提要   41

文學年表   47

【輯三】研究綜述

賴和及其文學研究評述   陳建忠   69
        ——一個接受史的視角

【輯四】重要評論文章選刊

讀臺日紙的「新舊文學之比較」   懶   雲   95

謹復某老先生   懶   雲   99

開頭我們要明瞭地聲明著   賴   和 103

《臺灣民間文學集》序   懶   雲 105

諸同好者的面影（一）   毓   文 109

臺灣文壇的明日旗手   楊   逵 111

賴懶雲論　　　　　　　　　　　　　　　　　　王錦江　117
　　　——臺灣文壇人物論（四）

追憶賴和　　　　　　　　　　　　　　　　　　楊雲萍　125

憶賴和先生　　　　　　　　　　　　　　　　　楊　逵　127

憶懶雲先生　　　　　　　　　　　　　　　　　朱石峰　135

幼春不死！賴和猶在！　　　　　　　　　　　　楊　逵　139

賴和在臺灣是革命傳統　　　　　　　　　　　　史　民　141

詩醫賴懶雲　　　　　　　　　　　　　　　　　葉榮鐘　143

賴和與臺灣文化協會　　　　　　　　　　　　　林瑞明　149

賴和小說的思想性質　　　　　　　　　　　　　施　淑　217

從民間來・到民間去　　　　　　　　　　　　　陳萬益　225
　　　——賴和的文學立場

賴和〈善訟的人的故事〉的故事來源　　　　　　陳益源　239

文學帶動彰化　　　　　　　　　　　　　　　　康　原　257
　　　——賴和彰化作品之旅

先知的獨白　　　　　　　　　　　　　　　　　陳建忠　267
　　　——賴和散文論

蒼茫深邃的「時代之眼」　　　　　　　　　　　張恆豪　293
　　　——比較賴和〈歸家〉與魯迅〈故鄉〉

我生不幸為俘囚，豈關種族他人優　　　　　　　游勝冠　307
　　　——由歷史的差異性看賴和不同於魯迅的啟蒙立場

翻譯作為逾越與抵抗　　　　　　　　　　　　　李育霖　315
　　　——論賴和小說的語言風格

八四課程標準高中《國文》賴和教材試論　　　　翁聖峰　345

在殖民地臺灣，「啟蒙」如何可能？　　　　　　　趙稀方　361
　　　——賴和對於臺灣文學史敘述的挑戰
日治時期臺韓小說的他者性經驗與後殖民視角　　　崔末順　383
　　　——以賴和與廉想涉小說為例

【輯五】研究評論資料目錄
作家生平、作品評論專書與學位論文　　　　　　　　　　　419
作家生平資料篇目　　　　　　　　　　　　　　　　　　　427
作品評論篇目　　　　　　　　　　　　　　　　　　　　　450

輯一◎圖片集
影像◎手稿◎文物

賴和攝於1909年初入臺灣總督府醫學校時。(以下圖片皆由財團法人賴和文教基金會提供)

1920年代的賴和。

穿著「本島衫」的賴和。拍攝時間不詳。賴和一生多穿著臺灣衫行醫,在軍國殖民統治的時代,卻成了一種反動的證據。在他的〈獄中日記〉裡,道盡這樣的無奈與內心的糾葛。

 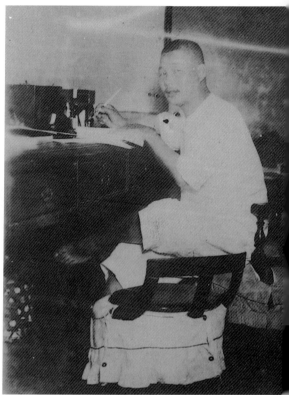

此照為吳慶堂所拍攝，也是目前文學界最常使用的照片。拍攝時間不詳。吳慶堂（筆名繪聲、孤丁等，1911～1995）詩畫、戲劇、攝影樣樣精通，新文學創作亦有成績，當年堪稱為前衛青年。

賴和於賴和醫院診療室。拍攝時間不詳。一襲本島衫及八字鬚是賴和的標誌。照片中的診療椅，目前珍藏於賴和紀念館中。

賴和（左三倚坐者）與同學於臺灣總督府醫學校（今臺大醫學院）合影。

1918年9月30日，與廈門博愛醫院同仁合照，中排左五為賴和。賴和在廈門行
醫期間，曾於寫給王敏川的詩〈得敏川先生書及詩以此上復〉中言道：「故
國相思三下淚，天涯淪落一庸醫。此行只為虛名誤，失腳誰能早自知。」

對照其他廈門博愛醫院同仁合照,以及哲嗣賴桑所
言,此照為廈門時期(1918~1920)與友人的紀念
照,照片中人推論為:左一王兆培、右二賴和、右一
翁俊明。翁、王二人乃是醫學校裡復元會、同盟會的
主要負責人,與賴和交情甚深。

1918~1919年間,賴和任職於廈門鼓浪嶼的博愛醫
院。賴和是以總督府醫官的身分前去,當時正值五四
運動的高潮,亦是反日運動最激烈之際,賴和內心的
矛盾衝擊從其漢詩中即可得知。

家族紀念合影,攝於1923年左右。後排左起賴賢穎(賴和么弟)、賴和、賴天進、賴天送(賴和父親)、陳銅銀(賴天送之同母異父兄弟)、廖癸冬(賴和二弟,後過繼給廖姓人家),手抱其女廖相、賴枝(賴和堂兄);中排左起王氏草(賴和妻子),手中所抱為三子賴燊、劉氏鶯(陳銅銀之妻)、陳銅銀之母,手抱其孫陳材彬、賴和叔母,身旁站立男孩賴滄沂(賴和堂弟)、戴氏允(賴和母親),手抱林鍊成(賴和外甥)、賴黃倪(賴天進之妻),手抱其子賴政賢、阿蜜(賴枝之妻),懷抱其女賴釵,身旁坐者其女賴針;上排補拍(圓形照)左為賴冰(賴天進之長女)、中為賴賢浦(賴和三弟)、右為賴通堯(賴和堂弟)。賴和共有六男三女,但其中四男一女皆早夭。

1926年5月15～16日，文化協會於霧峰萊園召開第一次理事會，中坐者為林獻堂，林左手邊為連溫卿、右邊為蔣渭水。連之後方為王敏川，蔡培火位於最右邊，後排右二為賴和。〈赴會〉一文即為描述當時開會情況。

磺溪會攝於彰化溫泉，倚欄者右五為賴和。拍攝時間不詳。按《磺溪》創立25年紀念號中所載，臺大醫專（即臺北醫學校）創設「磺溪會」，而「磺溪」一名，為彰化之別稱（又名半線）；從會員名單中可知其為當時中部地區的醫學校學員所組成的團體，賴和於1914年自醫學校畢業後，加入當時成立第二年的「磺溪會」為會員。

1936年與文友於陳虛谷彰化住宅前合影。前排左起：葉榮鐘（編輯、銀行秘書）、陳紹馨（社會學者）、莊垂勝（創立「中央俱樂部」，曾任臺中圖書館館長）；後排左起：賴和、陳虛谷（詩人作家）、楊木。陳虛谷身前的男孩為三男陳逸雄裡，手中抱的為幼子純真。

1937年8月彰化市醫師公會成立紀念照，三排左二為賴和。

1939年，賴和未將傷寒病例向有關當局報告，被迫停業半年，便前往日本遊玩。

1941年2月2日出席彰化高賓閣第二回醫學校同級會。賴和立於後排左二，前排左四為杜聰明、右一詹阿川。在就讀醫學校時期，賴和曾與杜聰明在年假中從臺北徒步至彰化，沿途拜訪醫學校畢業，正在行醫的前輩們。

1942年1月22日小逸堂第二次同窗會。坐者左起楊以專、王麗水、詹阿川、陳吳傳，後排左起張參、石榮木、詹椿柏、黃文陶、魏金岳、賴和、石錫烈。賴和曾於〈小逸堂記〉中言：「因夫子（黃倬其）教導有方，我等學生皆甚契洽、遂成一無形之統」。

1942年8月5日，賴和三男賴燊與賴林詠詩之結婚照。前排新娘林詠詩、新郎賴燊，身旁站者賴彩芷（賴和么女）、賴和（前排右四）、王氏草、劉素蘭（賴通堯之妻），懷抱其子賴志峰、林氏好（賴滄沂之妻）；二排左四吳蘭秋、左五陳渭雄（英方）、左七起王敏川、王權柏（保正）、神社主持、詹椿柏；末排右一為賴通堯。賴和元月才因病重出獄，身形大見瘦損，賴燊婚禮則由四弟賴通堯主持，為避免日本當局藉機尋事，乃選在神社依神道教儀式舉行。

與文協友人合影。拍攝時間不詳。左起李中慶、詹椿柏、施至善、王敏川、吳石麟、賴和。其中施、王、賴被稱為「彰化三枝柱」，三人情誼相當深厚，由王敏川女兒嫁賴和三弟（賢浦），施至善大女兒嫁王敏川長男便可得知。而詹椿柏二女兒嫁與賴和外甥林鍊成，三女兒嫁黃文陶次子黃伯超，可見其交情深厚。

1942年9月25日（農曆中秋節後一日），應社三週年紀念，此為賴和最後一張照片。前排左起陳渭雄（英方）、楊樹德（笑儂）、賴和（懶雲）、陳滿盈（虛谷）、楊木（雪峰），後排左起楊子庚（石華）、吳衡秋（蘅秋）、石錫勳（石動）、楊添財（雲鵬）、楊松茂（守愚）。

攝於石秋濤宅前，自左至右依序為賴和、李焜泓、石秋濤（石錫烈子）。拍攝時間不詳。

賴和於1943年1月31日申時,因僧帽瓣閉鎖不
全逝世,享年50。左一為堂弟賴通堯、左二
姪子賴縞仁(弟賴賢浦孤子)、左三為五子賴
洆、右一長女賴彩鈺、右二為三子賴粂之妻賴
林詠詩、前排么女賴彩芝。

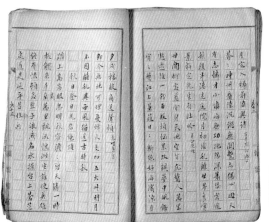

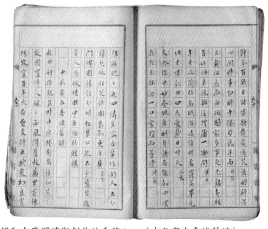

賴和第一首漢詩〈題畫扇〉手稿。

賴和在廈門時期創作的手稿之一〈中秋寄在臺諸舊識〉。

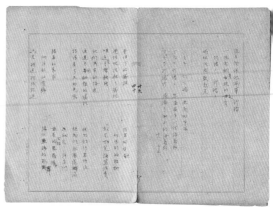

賴和〈鬥鬧熱〉手稿。

賴和〈覺悟下的犧牲〉手稿。

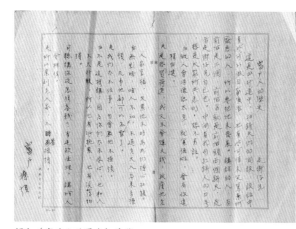

賴和〈富戶人的歷史〉手稿。

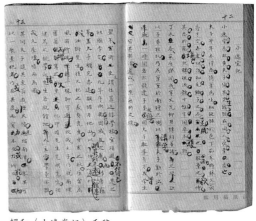

賴和〈小逸堂記〉手稿。

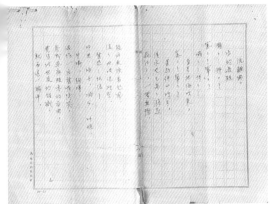

賴和〈流離曲〉手稿。

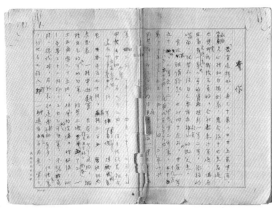

賴和〈豐作〉手稿。

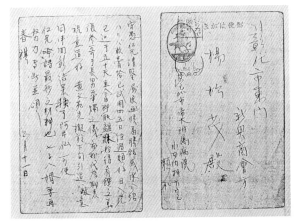

賴和致楊守愚明信片。

賴和作品〈前進〉刊於《大眾時報》。

《斷腸詩詞》由李白英編校，1930年上海光華書局出版。賴和在封面題詞，署名「硬骨漢」。

賴和對白話文的運用，除了醫學生及廈門行醫時期可能學習過之外，亦透過新文學作品而來。在賴賢穎訪問中曾言：「《語絲》、《東方》、《小說月報》等，我都買來看，看完就寄回家給賴和，賴和就擺在客廳，供文友們閱讀。」

《臺灣文藝》第2卷第2號（1935年2月）封面。「臺灣文藝聯盟」於1934年5月6日在臺中成立，公推賴和為委員長，固辭，改推張深切，其常務委員五人，為賴和、張深切、賴慶、賴明弘、何集璧。是年，11月5日創刊《臺灣文藝》（月刊），兼收中日文作品，共出版15期。

《臺灣民間文學集》及其書套。《臺灣民間文學集》由李獻璋編，1936年5月出版。賴和出資贊助，並發表〈臺灣民間文序〉、〈善訟人的故事〉（已於1934年12月《臺灣文藝》第2卷第1號發表過）兩篇。

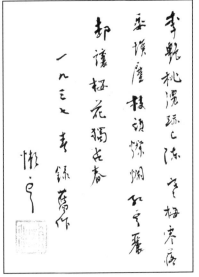

1937年，賴和於吳新榮《雅人深致》簽名本中的題字：「李艷桃濃跡已陳，寒梅零落委埃塵，枝頭燦爛紅雲麗，却讓櫻花獨占春。」

賴和墨寶。全詩為：「初過生疏地，兼之夜色迷。不知行已過，猶自問鰲西。」署名癲道人。丙子年（1936年）夏月寫。原件由賴浤收藏。

賴和墨寶。全詩為：「洗冬一雨郊原足，荒池水漲游鱗躍。鷺鷥縮頭踏枯荷，始覺寒深我衣薄。」並書鐵鋒先生正之。署名懶雲。原件由賴浤收藏。

《台灣新文學》雜誌於1935年創刊。編輯有賴和、楊守愚、黃病夫、吳新榮、郭水潭、王登山、賴明弘、賴慶、李禛祥、藤原泉三郎、藤野雄士、高橋正雄、葉榮鐘、田中保男、黑木謳子、王詩琅、陳榮瑞、林越峰、楊逵、林朝培共20人。至1937年6月停刊，共出版15期。

1940年12月黃洪炎（可軒）編《瀛海詩集》，共收入賴和漢詩作品〈晚霽〉、〈過苑裡街〉、〈寒夜〉等14首。

1922年6月於《臺灣》第一回徵詩，賴和創作〈劉銘傳〉2首，分別入選第2名及第13名。

1940年12月，由李獻璋編輯《台灣小說選》，還未發刊即被禁止發行。此為塚本照和教授影印藏書，原本現已不見，成為真正的「幻の書」（幻影之書）。其中收錄作品有懶雲的〈前進〉、〈棋盤邊〉、〈辱〉、〈惹事〉、〈赴了春宴回來〉（由楊守愚日記中已知為楊氏之作），楊雲萍〈光臨〉、〈弟兄〉、〈黃昏的蔗園〉，張我軍〈誘惑〉，一村〈榮歸〉，守愚〈扉魚〉，芥舟〈兔〉，朱點人〈蟬〉，王錦江〈沒落〉、〈十字路〉等。

賴和於1925年12月《臺灣民報》第84號發表第一首新詩〈覺悟下的犧牲〉。

賴和於1926年1月《臺灣民報》第86號發表第一篇白話小說〈鬥鬧熱〉。

賴和在獄中的日記經由楊守愚整理，發表於1945年11月的《政經報》上。此外還將兩篇未發表稿〈我的祖父〉及〈高木友枝先生〉一併刊出。

賴和銅像（王英信作品）。

彰化市金馬路與中山路交岔口之樵化島的三角形基地，建造了一座「文學彰化的新地標」，用以彰顯賴和的人道悲憫與創新精神，使之昇華為「臺灣精神」的詮釋。（文／康原）

賴和衣帽。

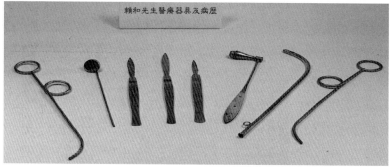

賴和醫療看診用具。

輯二◎生平及作品

小傳◎作品◎年表

小傳

賴和（1894～1943）

　　賴和，男，本名賴河，一名賴癸河，筆名懶雲、甫三、安都生、灰、走街先等，籍貫臺灣彰化，1894 年（光緒 20 年）5 月 28 日生，1943 年（昭和 18 年）1 月 31 日辭世，得年 50 歲。

　　日治時期臺灣總督府醫學校畢業。曾於嘉義醫院擔任抄寫員和翻譯的工作，1917 年返彰化建立賴和醫院，1918 年曾赴廈門博愛醫院工作，次年返臺。除行醫外，1921 年加入臺灣文化協會，並當選爲理事，參與臺灣新文化運動。1926 年應聘主持《臺灣民報》文藝欄編輯，開啓了臺灣新文學的傳統，指導和引薦許多年輕作家登上文壇。1923 年 12 月因「治警事件」首次入獄，遭囚禁二十多天。1941 年 12 月又再度被拘禁，繫獄四十多天，因病重出獄。1943 年因心臟病辭世。

　　賴和的創作文類涵蓋詩、散文、小說。賴和的漢詩作品，一方面正面歌頌自由、平等、理性、博愛的重要，一方面則對強權的壓迫、階級的矛盾、思想的落後、行爲的墮落等進行批判。賴和成長於臺灣新舊文學的更替之間，他吸收五四新文學與西洋文學的精髓，其新文學作品以寫實手法反映弱小民族被壓迫者悲苦的血淚，同時也以反諷的技法暴露出帝國主義統治者跋扈橫暴的嘴臉。賴和積極推行白話文學，希望藉由文學來啓發民智。他的小說應最能體現他淑世的理念，從早期的〈鬥鬧熱〉到晚期的〈善訟的人的故事〉中可看出社會、人性的矛盾與衝突，他始終是站在被

壓迫、被蹂躪的臺灣同胞之立場,控訴日本人政治迫害、人權摧殘以及經濟榨取。他的小說可說是日據時代下真實反映臺灣同胞苦難群眾最深刻的「鏡子」,大大地影響後來者,可說是臺灣文學的奠基者,被尊稱爲「臺灣新文學之父」。

作品目錄及提要

【詩】

賴和漢詩初編／林瑞明編

彰化：彰化縣立文化中心
1994 年 6 月，25 開，265 頁
磺溪文學第二輯‧彰化縣作家作品集 1

古典詩集。全書以〈論詩〉為「卷首」，以下又分六卷。卷一、二為感懷詩、詠物詩居多；卷三較雜；卷四為酬贈詩；卷五為行旅詩；卷六為記事詩、詠古詩。

【小說】

賴和集／張恆豪編

臺北：前衛出版社
1991 年 2 月，25 開，294 頁
臺灣作家全集‧短篇小說卷／日據時代 1

短篇小說集。全書收有〈鬥鬧熱〉、〈一桿稱仔〉、〈不如意的過年〉、〈前進〉、〈蛇先生〉、〈彫古董〉、〈棋盤邊〉、〈辱〉、〈浪漫外紀〉、〈可憐她死了〉、〈歸家〉、〈豐作〉、〈惹事〉、〈善訟的人的故事〉、〈赴了春宴回來〉、〈一個同志的批信〉、〈未來的希望〉、〈赴會〉、〈不幸的賣油炸檜的〉、〈阿四〉共 20 篇。正文前有作家照片、〈出版說明〉、鍾肇政總序〈血淚的文學、掙扎的文學——七十年臺灣文學發展縱橫談〉，張恆豪〈覺悟下的犧牲——賴和集序〉；正文後有葉石濤〈為什麼賴和先生是臺灣新文學之父？〉，林衡哲〈臺灣現代文學之父——賴和〉，施淑〈稱子與稱錘——論賴和小說的思想性〉，張恆豪編〈賴和小說評論引得〉，賴恆顏、李南恆合編、陳文修訂〈賴和生平寫作年表〉。

賴和小說集／施淑編

臺北：洪範書店
1994 年 10 月，25 開，246 頁
洪範文學叢書 259

短篇小說集。全書包括生前發表成書或逝後發現整理之作品。收有〈鬥鬧熱〉、〈一桿稱仔〉、〈不如意的過年〉、〈前進〉、〈蛇先生〉、〈彫古董〉、〈棋盤邊〉、〈辱？！〉、〈浪漫外紀〉、〈可憐她死了〉、〈歸家〉、〈豐作〉、〈惹事〉、〈善訟的人的故事〉、〈赴了春宴回來〉、〈一個同志的批信〉、〈未來的希望〉、〈不幸之賣油炸檜的〉、〈富戶人的歷史〉、〈赴會〉、〈阿四〉共 21 篇。正文前有編者序〈賴和小說的思想性質〉。

一桿稱仔

臺北：洪範書店
1996 年 9 月，50 開，51 頁
洪範二十年隨身讀 4

短篇小說集。全書收有〈一桿稱仔〉及〈善訟的人的故事〉。

富戶人ê歷史／蔡承維譯

臺北：台笠出版社
1996 年，32 開，65 頁
5%臺譯計劃 6

短篇小說。全書分二部分，一為臺語文故事版本，另一為羅馬字音故事版本，附有插圖。

惹事／許俊雅策劃導讀，陳秋松繪圖

臺北：遠流出版公司
2005 年 7 月，25 開，61 頁

短篇小說。全書包含故事文本、插圖及與故事相關的文史資料。正文前有許俊雅〈總序〉，正文後有〈賴和創作大事記〉、許俊雅導讀〈黑色喜劇〉。

【合集】

賴和先生全集／李南衡編

臺北：明潭出版社
1979 年 3 月，25 開，510 頁
日據下臺灣新文學・明集 1

全書分為七部分：「小說創作集」收錄〈鬥鬧熱〉、〈一桿「稱
仔」〉、〈不如意的過年〉、〈蛇先生〉、〈彫古董〉、〈棋盤邊〉、
〈辱？！〉、〈浪漫外紀〉、〈可憐她死了〉、〈歸家〉、〈惹事〉、
〈豐作〉、〈善訟的人的故事〉、〈赴了春宴回來〉14 篇；「詩創
作集」收錄〈覺悟下的犧牲〉、〈流離曲〉、〈生與死〉等 11 首；
「隨筆雜文集」收錄〈無題〉、〈答覆臺灣民報特設五問〉、〈謹
復某老先生〉等 11 篇；「序文」收錄《臺灣民間文學集》序〉
一篇；「遺稿集」收錄〈我的祖父〉、〈高木友枝先生〉、〈獄中日
記〉等 17 篇；「舊詩詞集」收錄〈劉銘傳〉、〈秋日登高感懷四
首〉、〈懷友〉、〈秋日登山偶感〉、〈文天祥〉等百首；「賴和先
生，我們永遠懷念您」收錄毓文、王錦江、虛谷、楊雲萍、楊
逵、朱石峰、守愚、雲鵬、一剛、梁景峰、賴恆顏、葉榮鐘、
林邊、李南衡等 15 篇。正文前有賴和照片、手稿影像，王詩琅
序〈日據下臺灣新文學的生成及發展——代序〉。正文後有賴恆
顏、李南衡合編〈賴和先生年表簡編〉，李南衡〈日據下臺灣新
文學明集編後記〉、〈年曆對照表〉。

賴和手稿影像集／林瑞明編

彰化：賴和文教基金會
2000 年 5 月，25 開，全 5 冊

本套書將賴和遺稿及遺物照相製版，並分成新文學卷、漢詩卷上、下冊、筆記卷、
影像卷四部分共五卷。書前有賴悅顏〈重建臺灣精神〉、楊正寬〈典型在夙昔〉、林
瑞明《賴和手稿影像集》序〉。

賴和手稿集・新文學卷

彰化：賴和文教基金會
2000 年 5 月，25 開，630 頁

全書分為四輯，「小說」收錄〈僧寮閒話〉、〈不幸之賣油炸檜
的〉、〈盡堪回憶的癸的年〉、〈鬥鬧熱〉、〈赴會〉、〈彫古董〉、
〈浪漫外紀〉、〈豐作〉、〈惹事〉、〈善訟的人的故事〉、〈未來的

希望〉、〈我們計畫的旅行〉、〈未命名（洪水）〉、〈富戶人的歷史〉、〈阿四〉、〈不投機的對話〉共 16 篇；「新詩」收錄〈覺悟下的犧牲〉、〈流離曲〉、〈哀歌〉、〈低氣壓的山頂〉等 23 首；「散文、隨筆」收錄〈小逸堂記〉、〈忘不了的過年〉、〈聖潔的靈魂〉等 13 篇，「雜文」收錄〈日記二則〉、〈第一義諦〉、〈孫逸仙先生追悼會輓聯、輓詞〉等 7 篇。

賴和手稿集・漢詩卷（上）、（下）

彰化：賴和文教基金會
2000 年 5 月，25 開，468 頁、457 頁

全書以整冊手稿為單位進行編排，分為 13 卷。上冊為卷 1～7；下冊為卷 8～13。

賴和手稿集・筆記卷

彰化：賴和文教基金會
2000 年 5 月，25 開，247 頁

全書以整冊手稿為單位進行編排，分為六卷。卷一「漢詩手稿」（約 1908～1917 年左右），卷二、三「漢詩手稿」（創作日期不詳），卷四雜記（創作日期不詳），卷五收有〈一桿「稱子」〉、〈新時代青年的一面〉等作品，推斷為 1921～1926 年間的手稿，卷六收有〈第一義諦〉、〈一日裡的賢父母〉等作品，推測為 1923 年 12 月入獄時期的作品。

賴和影像集

彰化：賴和文教基金會
2000 年 5 月，25 開，249 頁

收錄賴和生前照片、發表稿、收藏物品、友人的來函、書籍以及後人研究賴和的資料等。全書分為「民間的兒女」、「醫學生時代」、「小逸堂及其友人」、「廈門行」、「晚年活動」、「賴和醫館」、「賴和遺物及紀念館收藏品」、「來往信件」、「文學活動」、「賴和作品相關書籍及評論」10 輯。

賴和全集／林瑞明編
臺北：前衛出版社
2000 年 6 月，25 開，全 6 冊

本套書將賴和發表稿及遺稿重新整理，分成小說卷、新詩散文卷、漢詩卷二冊、雜卷。書卷首皆有〈賴和簡介〉、賴悅顏〈重建臺灣精神〉、林瑞明〈【賴和全集】序〉、各卷體例。

賴和全集（一）·小說卷
臺北：前衛出版社
2000 年 6 月，25 開，315 頁

短篇小說集。全書收有〈僧寮閒話〉、〈不幸之賣油炸檜的〉、〈盡堪回憶的癸的年〉、〈歸家〉、〈醉人梓舍之哀詞〉、〈鬥鬧熱〉、〈一桿「稱仔」〉、〈新時代青年的一面〉、〈不投機的對話〉、〈赴會〉、〈補大人〉、〈不如意的過年〉、〈蛇先生〉、〈彫古董〉、〈棋盤邊〉、〈辱？！〉、〈浪漫外紀〉、〈可憐她死了〉、〈豐作〉、〈惹事〉、〈善訟的人的故事〉（分為《臺灣民間文學集》版本及葉陶於 1947 年發行的版本）、〈一個同志的批信〉、〈阿四〉、〈未來的希望〉、〈我們計畫的旅行〉、〈未命名（洪水）〉、〈富戶人的歷史〉、〈赴了春宴回來〉共 29 篇。正文前有賴和照片、手稿影像。

賴和全集（二）·新詩散文卷
臺北：前衛出版社
2000 年 6 月，25 開，292 頁

全書分為新詩與散文二部分，收有〈祝南社十五週年〉、〈飼狗頷下的銅牌〉、〈寂寞的人生〉、〈草兒〉、〈壓迫反逆〉、〈希望〉、〈晚了〉、〈覺悟下的犧牲〉、〈流離曲〉、〈生與死〉、〈低氣壓的山頂〉、〈南國哀歌〉等 60 首新詩；〈小逸堂記〉、〈開頭我們要明瞭地聲明著〉、〈無題〉、〈忘不了的過年〉、〈聖潔的靈魂〉、〈無聊的回憶〉、〈前進〉、〈希望我們的喇叭手吹奏激勵民眾的進行曲〉、〈我的祖父〉、〈高木友枝先生〉等 23 篇散文。

賴和全集（三）‧雜卷
臺北：前衛出版社
2000 年 6 月，25 開，327 頁

全書收錄賴和記事一篇，1923 年 11 月 5～6 日記二篇，雜文 19 篇，友人贈酬詩文或悼念文章（以應社成員為主）15 篇，與王敏川、石錫烈、石迁吾、朱點人、黃周、陳吳傳、楊樹德、詹作舟、廖漢臣、林克夫、楊松茂、振南、賴泩、陳逸雄等人來往書信 14 篇，《臺灣日日新報》及《臺南新報》中刊載賴和作品消息，〈賴和年表〉，〈賴和藏書目錄〉。

賴和全集（四）、（五）‧漢詩卷（上）、（下）
臺北：前衛出版社
2000 年 6 月，25 開，604 頁

全書以賴和創作手稿輯錄而成，共 20 卷。為求作品年代的完整，內文編排以整冊詩稿為準（以卷為單位），單張詩稿置於卷 20。

賴和全集（六）‧評論卷
臺北：前衛出版社
2001 年 12 月，25 開，352 頁

全書收有朱點人〈賴和先生為我而死嗎？——讀〈獄中日記〉〉、林瑞明〈賴和漢詩初探〉、施懿琳〈賴和漢詩的新思想及其寫作特色〉、陳芳明〈賴和與臺灣左翼文學系譜〉、廖淑芳〈理想主義的荊棘之路——賴和左翼思想兼探〉、陳建忠〈啓蒙知識分子的歷史道路——從「知識分子」的形象塑造論魯迅與賴和的思想特質〉、游勝冠〈啊！時代的進步和人們的幸福原來是兩回事——賴和面對殖民現代化的態度初探〉、下村作次郎〈日本人印象中的臺灣作家賴和——從戰前臺灣文學之歷史性記述中思考起〉、陳萬益〈臺灣魂——論賴和文學的抗議精神〉、呂興忠〈賴和〈富戶人的歷史〉初探〉共 10 篇評論文章。正文後附錄林瑞明編〈賴和先生年表〉。

文學年表

1894 年
（明治 27 年）
5 月 28 日，生於彰化廳線東堡彰化街市仔尾，父賴天送，母戴氏允。長子。原取單名河，又名葵河。

1895 年
（明治 28 年）
8 月 28 日，日軍攻佔八卦山，彰化縣被佔領。

1896 年
（明治 29 年）
兩三歲時，甚受秀才楊逢春先生（楊守愚父）鍾愛。

1903 年
（明治 36 年）
春初 10 歲的賴和先被送入書房學習漢文。因書房像「監獄」一樣，因而對書房教育頗為畏懼。

10 月 26 日，進入彰化第一公學校（原設於彰化孔廟，今中山國民小學）讀日本書。同時學習漢文與日文。

1907 年
（明治 40 年）
春 入設於彰化南壇（即南山寺，位今中山國小對面）側之小逸堂，拜師黃倬其（黃漢）學漢文。

1908 年
（明治 41 年）
夏 尚未正式學詩之前，寫作第一首漢詩〈題畫扇〉。

本年 因小逸堂位置接近學校，被要求遷離，故不得已遷往李宅祖廟。

1909 年
（明治 42 年）
3 月 畢業於彰化公學校本科第七回。

4 月 20 日，考入臺灣總督府醫學校（今臺大醫學院）第 13 期。同學有杜聰明、翁俊明、吳定江、詹作舟等人，全體住宿，採取自治制度。

本年 小逸堂師黃倬其因至霧峰教書離開小逸堂，將館事轉託他人，先後有汝鏗先生、義貞先生主持。小逸堂生涯在北上

就學後結束。

1910 年 （明治 43 年）	4 月	19 日，醫學校預科一年畢，升入本科。
	本年	大稻埕組織天然足會、斷髮會。同學杜聰明斷髮，賴和亦可能於此年斷髮。（另一說為 1913 年）
	本年	作〈悼楊逢春仙逝〉、〈悼楊秀才逢春伯〉，悼念楊守愚之父楊逢春（1842～1910）。
		1910～1912 年所作漢詩，計有〈落花〉、〈暮春〉、〈池邊〉、〈文姬〉、〈偶興〉、〈小逸堂雜興〉、〈晚晴〉、〈水源地〉、〈公園納涼〉、〈中寮〉、〈去國吟〉、〈永春坡（錫口大湖山）〉、〈曉起〉、〈十五夜望月〉、〈十六夜〉、〈贈清幽居士〉、〈憶家〉、〈感懷〉三首、〈中秋夜〉、〈夜坐〉、〈送宗兄深淵畢業回梓〉、〈登樓〉、〈庭上〉、〈寄小逸堂諸學兄〉、〈夢回〉、〈村行〉、〈傷秋〉、〈芙蓉〉、〈四時樂〉、〈基隆溪泛舟〉、〈雞聲〉、〈劍潭寺〉、〈哀梁杞君〉，約有 35 首。
1912 年 （大正 1 年）	12 月	與杜聰明自臺北徒步回彰化，寫作漢詩如下：〈旅伴〉、〈新店溪喚渡〉、〈三角湧〉（附：日文「三角湧三十士之歌」）、〈大料崁〉、〈宿鹹菜甕〉、〈由鹹菜甕越山欲至樹杞林於山巔姜百萬茶亭小憩〉、〈北埔〉、〈由北埔深夜越嶺宿於獅岩洞〉、〈頭份被順三君所留〉、〈越尖筆山〉、〈白沙墩途中遇雨〉、〈雨中涉溪（後龍）〉、〈通宵〉、〈渡大安溪〉、〈過苑裡〉、〈大甲道中〉、〈大甲訪李天財君〉、〈夜入鰲西〉、〈汴仔頭渡〉、〈迷途〉、〈竹仔腳〉。
	本年	寫作漢詩〈感懷〉、〈弔詩人〉、〈閨怨〉、〈放言〉、〈西北雨〉、〈寄楊漢欽君〉、〈環碧樓　在京都〉、〈花紳士〉。
1914 年 （大正 3 年）	4 月	15 日，醫學校畢業。留在臺北實習一段時間。
	12 月	任職於嘉義醫院，擔任筆生（抄寫員）和通譯（翻譯工作）。感受到「差別待遇」，所得收入和日本醫生相比就像

打了「對折」一般。

加入臺大醫專（即臺北醫學校）成立僅兩年的「磺溪會」為會員。

1915 年 （大正 4 年）	11 月	13 日，與西勢仔庄王浦先生四女王氏草結婚。
1917 年 （大正 6 年）	1 月	10 日，漢詩〈鄭成功、地球〉的詩句分別於《臺灣日日新報》第 5937、5938 號「詩鐘揭曉」刊出。
	4 月	16 日、5 月 25 日漢詩〈蘇武嵌五字〉的詩句分別於《臺灣日日新報》第 6033、6072 號「詩鐘揭曉」刊出。
	6 月	因在嘉義醫院工作頗不順遂，返回彰化開設賴和醫院。但依然覺得處處有「法」的干涉。賴和的專業是小兒科，婦科與牙科也有看診，在彰化市頗負盛名。
	7 月	19 日，參與第三期課題漢詩〈項羽〉，刊登於《臺灣日日新報》第 6127 號「彰化吟壇」。〈項羽〉一詩為目前可見最早公開發表的漢詩。（「詩鐘」不計）
	8 月	4、10、13 日，漢詩〈端午、竹〉的詩句分別於《臺灣日日新報》第 6143、6149、6152 號「詩鐘揭曉」刊出。
	9 月	30 日，「古月吟社」於彰化環翠樓舉行詩會。古月吟社約在 1917 年成立於彰化，成員有賴和的前輩鄉紳、同輩友人及日本人。
	10 月	6 日，彰化「崇文社」成立，在彰化南垣武廟（今民族路關帝廟）舉行祭典。
1918 年 （大正 7 年）	1 月	1 日，長男志宏出生，1 月 22 日去世。賴和共生有子女九人，但有五人夭折，僅有二男二女成長，名為燊、淺、彩鈺、彩芷。 賴和與黃臥松、吳貫世倡議以「崇文社」名義開始徵文。
	2 月	25 日，自基隆出發，前往廈門鼓浪嶼，以醫員身分任職於

博愛醫院。因逢元宵，在舟中寫作漢詩〈元夜渡黑水洋〉。

4 月   2 日，以「賴季和」之名發表漢詩〈將之支那留別吟社諸友〉於《臺灣日日新報》第 6384 號「詩壇」。

5 月   7、12 日，漢詩〈早梅〉分別於《臺灣日日新報》第 6419、6424 號「詩壇」刊出。

9 月   捐獻玖圓給彰化崇文社做為事務費。

本年   至廈門後寫作漢詩〈去國吟〉、〈端午日寄肖白先生〉、〈中秋寄在臺諸舊識〉、〈答林肖白先生並和瑤韻〉、〈同七律八首〉等漢詩。

1919 年   年初   寫作漢詩〈歸家〉、〈臺北逢朔方君〉、〈（猶是嬌癡）〉，似有
（大正 8 年）   返臺之行。

7 月   10 日，發表漢詩〈寄麗澤會諸子〉於《臺灣日日新報》第 6848 號。由詩意來看，此時尚在廈門未歸，故歸臺時間當在 7 月中下旬。

中下旬，從博愛醫院退職歸臺，回彰化賴和醫院繼續行醫。寫作〈別廈門〉、〈歸去來〉等漢詩。

1920 年   8 月   28 日，次男志煜去世，寫作漢詩〈死了的志煜兒〉、〈無
（大正 9 年）   奈〉、〈懶病〉等詩。〈懶病〉中有詩句感慨：「曾將醫國手，殺卻兩嬌兒」。

9 月   26 日，中秋節。新築之小逸堂於夏初開工，至仲秋訖工，小逸堂同人於新成之小逸堂聚會。寫作漢詩〈中秋日回憶〉。

1921 年   2 月   參加臺灣議會設置請願運動。
（大正 10 年）
5 月   15 日，發表漢詩〈贈茂堤君〉、〈疊韻賀茂堤君〉、〈再疊韻賀茂堤君〉、〈三疊前韻〉於《臺灣文藝叢誌》3 年 5 號「詞苑」。

6 月   捐獻陸拾圓給彰化崇文社做事務費。

10 月	17 日，加入臺灣文化協會並當選爲理事，其後歷任多屆年度理事。
	23 日，出席臺北瀛社主催之「全臺詩社聯吟大會」。
	30 日，發表漢詩〈阿里山神木〉二首於《臺灣日日新報》第 7691 號。
11 月	繪有山水水墨畫一幅，題詩「溪山聞雨春正濃」，落款曰：「辛酉之冬初學才一年之作」，署名「癲道人」，現存於賴和紀念館。
本年	寫作漢詩〈寄懷奇崖學兄疊韻四首〉、〈和笑儂君惆悵詞錄三首〉、〈和笑儂君秋思〉、〈小逸堂感舊〉、〈八卦山〉、〈秋深〉、〈申酉歲晚書懷〉、〈牡丹〉、〈題背立美人〉等多首。

1922 年 （大正 11 年）	2 月	11 日，以「古月吟社」社員身分，參加在臺中公會堂舉行之「中嘉南聯合吟會」，會中創作漢詩〈元夜中嘉南詩會席上〉、〈依韻答梓舟君〉，其中〈古畫〉二首入選，當日赴會者有桃員吟社鄭永南、櫟社張棟梁、連雅堂等 83 人。詩會歸來後，寫作〈詩會歸來戲答笑儂君〉。
		18 日，三男賴燊彌月，寫作漢詩〈阿燊彌月喜作〉。本月另寫作漢詩〈濁水溪〉、〈讀漢書〉、〈聽雨〉。
	6 月	12 日，以漢詩〈劉銘傳〉兩首參加《臺灣》第一回徵詩，分別入選第二名及第十三名，刊於《臺灣》3 年 3 號。
	7 月	10 日，以「逸民」發表漢詩〈讀臺史雜感〉七首於《臺灣》3 年 4 號。
	8 月	29 日，「南社」創立十五週年，於黃氏固園開詩會，以白話文寫祝賀詞，題爲〈祝南社十五週年〉。爲現今所見賴和最早的白話文創作篇章。
	10 月	4 日，發表漢詩〈秋日登高感懷四首〉、〈懷友〉於《臺灣》3 年 8 號。

12～13 日，漢詩〈古畫〉分別於《臺灣日日新報》第
7404、7405 號「詩壇——中嘉南聯吟會詩選」刊出。

17 日，加入蔣渭水發起的「新臺灣聯盟」爲普通會員。
「新臺灣聯盟」後來因「臺灣議會期成同盟會」成立而解
散。

11 月　6 日，發表漢詩〈恭逢先師孔子二千五百年大祭誌盛〉於
《臺南新報》第 7429 號「釋奠詩錄」。

12 月　1 日，發表漢詩〈秋日登高偶感〉四首於《臺灣》3 年 9
號。

3、8 日，以筆名「賴懶雲」發表漢詩〈固園〉分別於《臺
南新報》第 7656、7661 號「詩壇——南社大會擊缽錄」刊
出。

1923 年　1 月　1 日，以漢詩〈文天祥〉參加《臺灣》第三回徵詩，獲第
（大正 12 年）　　十名，刊於《臺灣》4 年 1 號。

2 月　2 日，發表漢詩〈步笑儂君客思原韻〉、〈步笑儂君殘秋書
懷韻〉於《臺南新報》第 7517 號「詩壇」。

3 月　21 日，發表漢詩〈春帆〉於《臺灣日日新報》第 8198
號，獲榜眼。此詩爲應第三回中嘉南聯吟大會所作。

4 月　10 日，發表漢詩〈最新聲律啓蒙〉於《臺灣》4 年 4 號。

18 日，農曆 3 月 3 日，賴和的父親五一壽慶，寫作漢詩
〈阿父五一壽慶〉。

5 月　15 日，《臺灣日日新報》第 8253 號報導，參加高雄旗津吟
社第 15 期徵詩〈旗山舊砲壘懷古〉，獲第二名。

28 日，30 歲生日，寫作漢詩〈三十生日〉。

9 月　15 日，寫作對話體的短篇小說〈僧寮閒話〉（未發表），共
有兩稿。爲賴和最早的小說習作之一。

寫作短篇小說〈不幸之賣油炸檜的〉（共有兩稿）、〈盡堪回

憶的癸的年〉（未發表），爲賴和最早的小說習作之一。

9 月　　陳虛谷前往大陸旅行，作新詩、漢詩各一首〈送虛谷君之大陸〉相贈。

11 月　　3 日，寫古文〈小逸堂記〉紀念塾師黃倬其。黃氏於 1921年逝世。

12 月　　16 日，因「治警事件」第一次入獄。總督府警務局依據「治安警察法」檢舉臺灣議會期成同盟會員，共有 99 人在當天被扣押。初囚臺中銀水殿，後移送臺北監獄，遭囚禁二十多天。此次入獄經驗影響甚大，更堅決其反殖民的心志。在獄中寫作漢詩〈囚繫臺中銀水殿〉、〈囚中聞吳小魯怡園籠鴿〉、〈繫臺北監獄〉、〈讀佛書〉等多首。

1924 年　　1 月　　7 日，獲不起訴處分，出獄，與難友及迎接者合影。寫作
（大正 13 年）　　　漢詩〈出獄作〉、〈出獄歸家〉。

　　　　　　　　10 日，以「賴懶雲」筆名發表漢詩〈敕題新年言志恭賦〉於《臺灣時報》第 52 期「詞苑」。

2 月　　11 日，《臺灣民報》第 2 卷第 2 號之「編輯餘話」，刊出以「懶」署名寄給編輯之信件，信中剖析「治警事件」對自己的衝擊。

5 月　　27 日，生日寫作漢詩〈去日容易成事艱難一刹那已非春光百忙中又來生日〉。

7 月　　3 日，與文協會員自彰化前往臺中，參加林獻堂、林幼春等發起的「無力者大會」（也有在臺北、臺南舉行），目的在對抗辜顯榮、林熊徵等「公益會」會員 6 月 24 日在臺北舉行之反對臺灣議請願運動的「有力者大會」。

11 月　　8 日，於文協彰化支部做通俗學術演講，講題爲「對人的幾個疑問」。

　　　　　11 日，發表漢詩七古〈阿芙蓉〉於《臺灣民報》第 2 卷第

23 號。

1925 年 （大正 14 年）	1 月	3 日，於文化協會彰化支部做文化講演，講題爲「長生術」。
	2 月	月初，與陳虛谷等人成立「流連思索俱樂部」。
		11 日，《臺灣民報》第 3 卷第 5 號刊出「流連思索俱樂部」16 位會員所寫的漢詩〈紳〉。
	4 月	3 日，作孫逸仙追悼會輓聯、輓詞。
		11 日，於彰化戲園做文化講演，講題爲「信仰」。
	5 月	17 日，四男悵生。
		寫作短篇小說〈阿四〉（未發表）。
	8 月	26 日，發表第一篇隨筆〈無題〉及〈答覆臺灣民報特設五問〉於《臺灣民報》第 67 號。
	9 月	23 日，於文協大甲支部第 8 回文化講演會演講，講題爲「修己律」。
	10 月	23 日，臺灣發生第一起農民運動，彰化蔗農的「二林事件」，當日寫下第一首新詩〈覺悟下的犧牲〉。
	11 月	7 日，於文協斗六支部農村演講會演講，講題不詳。
	12 月	20 日，發表第一首新詩〈覺悟下的犧牲（寄二林的同志）〉於《臺灣民報》第 84 號。
1926 年 （昭和元年）	1 月	1 日，發表第一篇白話短篇小說〈鬥鬧熱〉於《臺灣民報》第 86 號。
		16 日，張我軍至彰化拜訪賴和。
		24 日，發表〈讀臺日紙的「新舊文學之比較」〉於《臺灣民報》第 89 號。
	2 月	4、21 日，發表短篇小說〈一桿「稱仔」〉於《臺灣民報》第 92～93 號。
	3 月	21 日，發表〈謹復某老先生〉於《臺灣民報》第 97 號。

	4月	13日，於彰化戲園演講，講題不詳。
	12月	17日，長女鑄出生。
	本年	開始主持《臺灣民報》文藝欄。
1927年（昭和2年）	1月	2日，發表〈忘不了的過年〉於《臺灣民報》第138號。
	3月	7日，四男悵去世。刻一紅磚墓碑，上刻「聖潔的靈魂」，置於骨灰罈上。今存有一〈聖潔的靈魂〉短文。
	7月	22日，發表短篇小說〈補大人〉、新詩〈秋曉的公園〉於東京發刊之《新生》（第一集）。
1928年（昭和3年）	1月	10日，發表短篇小說〈不如意的過年〉於《臺灣民報》第189號。
	5月	7日，「株式會社大眾時報社」於東京發行《臺灣大眾時報》，賴和擔任監察役役員與囑託（特約）記者，並在創刊號上發表詩化散文〈前進！〉。
	7月	22日～8月19日，發表〈無聊的回憶〉於《臺灣民報》第218～222號。 幫楊逵、葉陶於居家附近租屋居住。
	9月	19日，五男洝出生。
1929年（昭和4年）	1月	27日，初任《臺灣新民報》相談役（顧問）。
	9月	長女鑄去世。
	11月	新文協第三回全島代表大會在彰化街的彰化座召開，楊老居任議長，賴和任副議長。
1930年（昭和5年）	1月	1～18日，發表短篇小說〈蛇先生〉於《臺灣民報》第294～296號。
	5月	10～24日，發表短篇小說〈彫古董〉於《臺灣新民報》第312～314號。
	7月	16日，發表〈希望我們的喇叭手吹奏激勵民眾的進行曲〉於《臺灣新民報》第322號。

8月	16 日，獲聘爲《臺灣新民報》客員，主持文藝欄。同爲客員的還有黃朝琴、陳逢源、陳虛谷、林佛樹。	

《臺灣戰線》發行，楊克培主持，賴和與謝雪紅、郭德金、張信義、王敏川、陳煥奎、林萬振均列名其中。共刊四期，但皆被禁止發行。《臺灣戰線》標明以文藝運動爲目的，以倡導普羅文學爲目標。

9月　6～27 日，發表長篇敘事詩〈流離曲〉於《臺灣新民報》第 329～332 號。其中第 332 號之詩被「食割」，無法刊出。此詩係針對「退職官拂下無斷開墾地」事件而作。
參與《現代生活》創刊事宜。

10月　發表〈開頭我們要明瞭地聲明著〉、短篇小說〈棋盤邊〉、於《現代生活》創刊號。

11月　29 日，發表新詩〈生與死〉於《臺灣新民報》第 341 號。

12月　13 日，發表新詩〈新樂府〉於《臺灣新民報》第 343 號。

1931 年
（昭和 6 年）

1月　1 日，發表散文〈隨筆〉、小說〈辱？！〉、詩〈農民謠——附李金土譜〉於《臺灣新民報》第 345 號。

17 日，發表新詩〈滅亡〉於《臺灣新民報》第 347 號。
擔任《臺灣新民報》相談役，並兼學藝部「客員」。同爲客員者有黃朝琴、陳逢源、陳虛谷、林佛樹、張梗。

2月　次女彩鈺出世。

3月　7～21 日，發表短篇小說〈浪漫外紀〉於《臺灣新民報》第 354～356 號。

4月　25 日～5 月 2 日，發表新詩〈南國哀歌〉於《臺灣新民報》第 361、362 號。針對「霧社事件」而作。

5月　9 日～6 月 6 日，發表短篇小說〈可憐她死了〉於《臺灣新民報》第 363～366 號。

6月　27 日，發表新詩〈思兒〉於《臺灣新民報》370 號。

10 月	24 日，以筆名「浪」發表新詩〈藝者〉於《臺灣新民報》第 387 號。
	31 日，發表新詩〈低氣壓的山頂（八卦山）〉於《臺灣新民報》第 388 號。
11 月	14 日，以筆名「浪」發表新詩〈是時候了〉於《臺灣新民報》第 390 號。
12 月	8 日，發表新詩〈祝曉鐘的發刊〉於《曉鐘》（創刊號）。

1932 年 （昭和 7 年）	1 月	1 日，發表新詩〈相思歌〉及隨筆〈紀念一個值得紀念的朋友〉於《臺灣新民報》第 396 號。
		1 日，發表短篇小說〈歸家〉於《南音》創刊號。
		1～9 日，發表短篇小說〈豐作〉於《臺灣新民報》第 396～397 號。
		17 日～7 月 25 日，發表短篇小說〈惹事〉於《南音》第 1 卷第 2、6、9、10 合刊號。
		續任《臺灣新民報》相談役及客員。同為客員者有林攀龍、陳虛谷、謝星樓。
		與葉榮鐘、郭秋生等人創辦《南音》。名列「本誌同人」的還有陳逢源、莊遂性、周定山、張煥珪、張聘三、許文選、洪炎秋、吳春霖、黃春成。
	2 月	1 日，發表〈我們地方的故事（城）〉及〈臺灣話文的新字問題〉於《南音》第 1 卷第 3 號。
		25 日，寫作臺語詩〈冬到新穀收〉。
	4 月	《臺灣新民報》改日刊，依舊與林攀龍、陳虛谷、謝里樓、謝春木（駐上海）、黃朝琴（駐南京）、吳文龍（駐嘉義）等人，同負責編輯局客員中的學藝部工作。
	5 月	19 日，經手楊逵的成名作〈新聞配達夫〉（日文）前篇，連載於《臺灣新民報》至 451 號終止（5 月 19～27 日）。

	6月	1日，六男洪出世。

1934年
（昭和9年）

6月　1日，六男洪出世。

2月　六男洪去世。

5月　6日，「臺灣文藝聯盟」在臺中成立，賴和擔任中部的聯盟委員，並兼常務委員。發會式後在彰化溫泉召開第一次常委會中，受推選爲「常務委員長」，固辭，改推張深切爲委員長。（常務委員五人：賴和、張深切、賴慶、賴明弘、何集璧）

12月　18日，發表短篇小說〈善訟的人的故事〉於《臺灣文藝》第2卷第1號。

1935年
（昭和10年）

1月　6日，在《第一線》的「話匣子」欄目對《先發部隊》內容提出意見。

2月　1日，發表新詩〈呆囝仔（獻給我的小女阿玉）〉於《臺灣文藝》第2卷第2號。

7月　1日，以筆名「孔乙己」發表新詩〈日光下的旗幟〉於《臺灣文藝》第2卷第7號。

10月　10日，完成爲李獻璋編的《臺灣民間文學集》所寫的序文。

10月　至臺北參觀總督府舉辦之始政40週年博覽會（10月10日起歷時50天），並借參觀博覽會之便，參加朱點人等所辦之同人雜誌（應爲《臺灣文藝》）於大稻埕高砂食堂舉行的文學座談會，就〈惹事〉中的現實講話。

12月　28日，發表短篇小說〈一個同志的批信〉於《臺灣新文學》創刊號。
楊逵脫離《臺灣文藝》，另出版和、漢文雜誌《臺灣新文學》，編輯有賴和、楊守愚、吳新榮、郭水潭、葉榮鐘、王詩琅、楊逵等19位。至1937年6月停刊，共出刊15期。在創刊號中就載明，投稿者將漢文原稿送至「彰化市市仔

尾　賴和醫院」，由此可知賴和是擔任漢文編輯；和文詩原
稿則註明送至（臺南）佳里醫院，其他的和文作品就寄給
楊逵。

1936年　　1月　發表短篇小說〈赴了春宴回來〉於《東亞新報》新年號。
（昭和11年）　　　此作已證實為楊守愚代作。楊逵日譯賴和短篇小說〈豐
作〉發表於日本《文學案內》新年號「朝鮮・臺灣・中國
新銳作家集」。原預定受邀刊載〈蕃仔雞〉的楊逵在給編輯
部答覆時曾說：「自己還談不上是臺灣的代表性作家，想推
薦賴和」。

　　　　4月　1 日，以筆名「甫三」發表漢詩〈寒夜〉、〈苦雨〉於《臺
灣新文學》第 1 卷第 3 號。

　　　　5月　9 日，三女彩芷出生。

　　　　6月　5 日，以筆名「甫三」發表漢詩〈田園雜詩〉於《臺灣新
文學》第 1 卷第 5 號。

　　　　7月　7 日，以筆名「灰」發表漢詩〈新竹枝歌〉於《臺灣新文
學》第 1 卷第 6 號。

　　　　夏　寫書法抄己作〈夜入鰲西〉一詩，署名「癲道人」，此幅作
品現藏於賴洝先生家中。

　　　　8月　王錦江發表〈賴懶雲論——臺灣文壇人物論（四）〉於《臺
灣時報》第 201 號。此文是日據時期僅有的賴和專論，為
賴和的思想特質、文學特質、文學地位作了文學史式的論
述。

1937年　　春　遊臺中楊逵「首陽園」。
（昭和12年）

　　　　4月　漢文書房及全臺各報漢文欄被廢止，此後賴和極少公開發
表漢文作品。

　　　　8月　出席「彰化市醫師會」創立，並合影留念。

	本年	寫書法一幅:「李艷桃濃跡已陳,寒梅零落委塵埃。枝頭燦爛紅雲麗,卻讓櫻花獨占春」,落款曰「錄舊作」,署名「懶雲」。
	本年	寫書法掛軸一幅,詩云:「影漸西斜色漸昏,炎威赫赫更何存。人間苦熱無多久,回首東山月一痕」,署名「懶雲」,現存賴和紀念館中。
1938 年 (昭和 13 年)	11 月	28 日,發表散文〈輓李耀燈君〉於臺大醫專磺溪會發行之《磺溪》(創立廿五週年紀念號),文末並附有五首漢詩。
1939 年 (昭和 14 年)	3 月	因醫院患者感染傷寒初期症狀,未依法定傳染病規則向有關當局申報,遭重罰被迫停業半年。利用空閒與楊木(雪峰)赴日本旅遊,於日本時寄宿陳虛谷寓所,並轉滿州,往北京遊歷。
	9 月	中秋節後一日,彰化「應社」成立;與陳虛谷、吳蘅秋、楊笑儂、楊雲鵬、楊守愚、楊雪峰、陳渭雄、楊石華同為成員,由吳蘅秋取名為「應社」,取其「同聲相應」之義。「應社」是接續明啟禎間人顧夢麟、楊彝、張溥等所創「復社」之「復興絕學」之義。寫〈應社召集趣意書〉一文,說明「應社」徵詩之方向與成立旨趣。
	本年	寫作漢詩〈虛谷招諸同社默園小集〉。
1940 年 (昭和 15 年)	2 月	16 日,以「懶雲」筆名發表漢詩〈寄虛谷〉於《臺灣新民報》第 3251 號。
	年初	〈前進〉、〈棋盤邊〉、〈辱?!〉、〈惹事〉、〈赴了春宴回來〉等五篇作品收於李獻璋編《臺灣小說選》,但於印刷中被禁止刊行。集中另收錄楊雲萍、張我軍、陳虛谷、楊守愚、郭秋生、王詩琅等人作品,楊雲萍為之序。
	春	寫作漢詩〈首春渭雄招諸同社小集〉。
	12 月	〈晚霽〉、〈過苑裡街〉、〈寒夜〉等 14 首漢詩,收於黃洪炎

（可軒）編《瀛海詩集》。爲現時所見賴和生前唯一輯錄其
詩作之詩集。

本年　寫作散文〈高木友枝先生〉。

1941 年
（昭和 16 年）

1 月　1 日，以「懶雲」筆名發表漢詩〈次灌園先生原韻〉於
《臺灣新民報》。

春　二度赴日，再次寄宿陳虛谷寓所，此行並與李中慶攜子賴
燊、外甥林鍊成及李慶中子李崇仁留學。

4 月　6 日，在日本參加「磺溪會」父兄歡迎會，與眾人合影留
念，李中慶、陳虛谷、賴通堯皆出席。

12 月　8 日，珍珠港事變。被日方傳喚，未被告知原因即遭囚
禁，此爲第二次入獄，繫獄約四十多日。寫「獄中日記」，
共 39 日，因病體弱停筆。

21 日，寫作入獄後第一首無題漢詩。

24 日，寫作漢詩〈（家將）〉遣懷。

1942 年
（昭和 17 年）

1 月　1〜11 日，分別寫作漢詩〈（曉來）〉〈（聞道）〉、〈（長
夜）〉、〈（豎疊）〉等多首。

16〜21 日，因病出獄。

22 日，參加小逸堂第二次同窗會，與出席同學十人合影留
念。

9 月　中秋節後一日，應社成立三週年，同仁集會並留影紀念，
陳虛谷、楊笑儂、楊雪峰、陳渭雄、吳蘅秋、楊雲鵬、楊
守愚、楊石華及石勳錫。此爲目前所見賴和生前最後一張
照片。

11 月　月底，因病住院於臺北帝大附設醫院。

1943 年
（昭和 18 年）

1 月　26 日，楊雲萍探病，與賴和談論文學，賴和突然高聲說：
「我們所從事的新文學運動，等於白做了！」楊雲萍以
「等過了三、五十年之後，我們還是一定會被後代人紀念

起來的」之語相勸。次日賴和出院。

31 日，（農曆 12 月 26 日）因心臟僧帽瓣閉鎖不全逝於自宅。得年 50 歲。

2 月 3 日，舉行公祭，由林獻堂主祭，據稱參加喪禮者有五百多人，沿路並有彰化民眾路祭，出殯時由謝雪紅、石錫勳拿孝燈，葬於八卦山上培元中學後方的「羅厝墓」（劉厝墓）。

4 月 5 日，楊雲萍發表〈賴和氏追憶〉於《民俗臺灣》第 3 卷第 4 號。

28 日，《臺灣文學》第 3 卷第 2 號，刊有「賴和先生悼念特輯」（日文），收錄楊逵〈憶賴和先生〉、朱石峰〈回憶懶雲先生〉、楊守愚〈小說與懶雲〉，以及由張多芳日譯的遺作〈私の祖父〉、〈高木友枝先生〉。

陳虛谷作漢詩〈哭懶雲兄〉七首。

周定山作漢詩〈哭賴懶雲畏友〉六首。

晚秋，林荊南在吳慶堂陪同下，至賴府向先生的靈前獻詩五首，後以〈追悼無名氏〉為題，以「懶系」為筆名，分別發表在《臺灣新民報》及《東臺灣新報》。

1945 年 11 月 10 日，楊守愚整理賴和遺稿「獄中日記」，發表於蘇新主編的《政經報》半月刊連載（第 1 卷第 2～5 期）。

1951 年 4 月 內政部長余井塘頒發褒揚令，字號「臺內民字第七五七六號」，並入祀彰化忠烈祠。

1958 年 6 月 被移出忠烈祠，原因不明。據王曉波〈紛紛擾擾世相異，是非久已顛倒置──臺灣新文學之父賴和先生平反的經過〉（《文季》第 1 卷第 5 期，1984 年 1 月）一文所載，直至 1979 年 11 月，立委黃順興向內政部質詢，內政部答覆文如下：「賴和原業醫，為前臺灣文化協會重要分子之一，反

日思想激烈，屬於左派。按賴和入祀忠烈祠，本部無案可稽，經於四十七年六月廿日函准臺灣省政府復以本案既經查明，自不能再留祀忠烈祠內……」。

1979 年	3 月	李南衡主編「日據下臺灣新文學・明集 1」《賴和先生全集》，由臺北明潭出版社出版。
1984 年	1 月	22 日，經家屬、友人侯立朝及彰化磺溪學會長期努力奔走，4 月再度入祀忠烈祠。
	2 月	12 日，「賴和先生平反紀念」由《中華雜誌》主辦，《夏潮論壇》、《文季》協辦。大會主席為陳映真，主講人先後有居伯均、楊逵、侯立朝、陳若曦、鄭學稼、李篤恭、李南衡和胡秋原等。葉石濤和黃順興提出書面報告，賴和的家屬和臺大教授李鴻禧，立法委員許榮淑等人均到場。
1989 年	11 月	12 日，《民眾日報》藝文組策劃舉辦「賴和研究面面觀」座談會，假彰化「賴和紀念館」舉行。由陳萬益主持，與會座談人士有李篤恭、呂興昌、林瑞明、梁景峰、賴燊、賴洝。此次座談會紀錄連載於《民眾日報》1990 年 2 月 1～3 日，第 22 版。
1990 年	2 月	4 日，彰化縣立文化中心舉辦首屆「鬥鬧熱日」。預定每年在賴和逝世日期前後的週日舉辦。
1991 年	2 月	3 日，彰化縣立文化中心舉辦第二屆「鬥鬧熱日」，並舉辦由鍾肇政主持的座談會。頒發第一屆賴和獎，此獎由北美洲臺灣人醫師協會主辦，臺灣筆會承辦。
1993 年	5 月	北美洲臺灣人醫師協會主辦，臺灣筆會承辦，頒發第二屆賴和獎，獎項為「賴和文學獎」、「賴和醫療服務獎」。
	8 月	林瑞明著《臺灣文學與時代精神——賴和研究論集》，由臺北允晨文化出版社出版。
1994 年	1 月	財團法人賴和文教基金會成立，接辦第三屆（含）之後的

		賴和獎。至 2010 年已舉辦至第 19 屆。
	5 月	設立賴和紀念館於（彰化市中正路 242 號 6 樓）。舉辦賴和百年冥誕紀念音樂會，並頒發第三屆賴和獎。
	6 月	賴和紀念館編《賴和研究資料彙編》上下冊及林瑞明編《賴和漢詩初編》，由彰化縣立文化中心出版。
	7 月	李篤恭主編《磺溪一完人——賴和先生百年冥誕紀念文集》，由臺北前衛出版社出版。
	11 月	25～27 日，「賴和及其同時代的作家：日據時期臺灣文學國際學術會議」由清華大學臺灣研究室、賴和文教基金會合辦。此次研討會，有陳萬益、呂興昌、呂正惠、張良澤、黃英哲、林瑞明、藤井省三、下村作次郎、李瑞騰、彭瑞金、趙天儀、馬漢茂、張誦聖、柯慶明、河原功、塚本照和、岡崎郁子、胡萬川、李魁賢，許俊雅、柳書琴等四十多位中外學者作家；共有 39 篇論文發表，一場日據時期作家：巫永福、周金波、王昶雄、吳漫沙、楊千鶴、葉石濤等到場現身說法的座談會；一場「綜合座談」，有美、日、中、臺各地區學者出席，主題為「臺灣文學研究回顧」，並討論國際間學術合作的可能。
1995 年	5 月	28 日，賴和紀念館新館落成（彰化市中正路一段 226 巷 1-1 號 10 樓）。 頒發第四屆賴和獎增設「論文獎助獎」。
1997 年	4 月	賴和文教基金會編《尋找臺灣精神》，由彰化財團法人賴和文教基金會。收錄第 1～5 屆賴和文學獎、醫療服務獎、紀念獎及論文獎助得獎者訪問錄。
2000 年	5 月	林瑞明主編《賴和手稿影像集》，由彰化財團法人賴和文教基金會、臺灣省文獻委員會出版。將賴和遺稿及遺物照相製版，並分成《新文學卷》、《漢詩卷》（上下）、《筆記

卷》、《影像卷》4 部分共 5 卷。

2001 年　　12 月　林瑞明主編《賴和全集》，由臺北前衛出版社出版。將賴和已發表作品及遺稿重新整理，分成《小說卷》、《新詩散文卷》、《漢詩卷》（上下）、《雜卷》共 4 部分，另有一卷《評論集》，共 6 卷。

2002 年　　5 月　賴和文教基金會編《尋找臺灣精神 2》，由彰化財團法人賴和文教基金會出版。收錄第 6～10 屆賴和文學獎、醫療服務獎、紀念獎及論文獎助得獎者訪問錄。

參考資料：

本年表主要依據陳建忠編，〈賴和生平與創作年譜〉，收於《書寫臺灣‧臺灣書寫：賴和的文學與思想研究》高雄：春暉出版社，2004 年 1 月。另參考以下資料略有增添：

- 林瑞明編〈賴和先生年表〉，《賴和全集‧評論卷》臺北：前衛出版社，2001 年 12 月。
- 王曉波〈紛紛擾擾世相異，是非久已顛倒置——臺灣新文學之父賴和先生平反的經過〉《文季》1 卷 5 期，1984 年 1 月。
- 曹小芸〈用賴和聽不懂的語言紀念他的「平反」？〉《臺灣年代》第 3 期，1983 年 2 月。
- 康原〈賴和先生與他的紀念館〉《文化生活》第 5 卷第 2 期，2001 年 11 月。

輯三◎
研究綜述

賴和及其文學研究評述
一個接受史的視角*

◎陳建忠

一、前言：從賴和接受史看臺灣文學研究的認同政治

　　探討賴和（1894～1943）及其文學的接受史，意味著賴和及其文學如何被詮釋者所評價與言說，其中由於涉及到詮釋者的意識形態與美學標準，是以所謂「接受」無疑還有依詮釋者的「期待視域」之不同，而可能出現「想像」或「編造」的接受結果。這一研究角度自然是受到德國姚斯（Juss）以降「接受美學」與「讀者反應論」對文學史書寫觀念的影響，事實上也逐漸被運用在重寫文學史的課題上。[1]

　　誠如某些同樣提出接受觀點研究的學者所指出的，我們必須注意到不同接受者所會產生的不同接受結果。[2]因此，與一般研究評述略有不同之處，本文試圖由「象徵符號」的角度，進一步探討賴和的接受史中具有的「認同政治」（"the politics of identity"）。

　　臺灣文學的創作、傳播與國家想像複雜的互動關係，已有不少論者提

---

*本文係根據筆者著作《書寫臺灣‧臺灣書寫：賴和的文學與思想研究》（高雄：春暉出版社，2004年 1 月）之第二章，以及新增補之研究資料，刪修改寫而成。文中資料有所更新，重要論點則未嘗變動，特此誌之。
[1]如陳文忠，《中國古典詩歌接受史研究》，合肥：安徽大學出版社，1998 年 8 月。馬以鑫，《中國現代文學接受史》，上海：華東師範大學出版社，1998 年 9 月。
[2]王衛平就提出有以下類型，足供我們注意：一、大眾傳媒反應與評價，二、大眾讀者反應和態度，三、作品改編和演出情況，四、出版、翻譯與介紹情況，五、評論家、研究者對文學的接受與研究情況。說明請參見氏著，〈接受史：現代文學史研究的新視角〉，《遼寧師範大學學報（社會科學版）》，第 23 卷第 1 期，2000 年 1 月 20 日，頁 75～76。

及，[3]然而需強調的是，討論認同政治並不意味先前的賴和研究一直或只有延續這種接受方式進行，這是注意到臺灣文學研究在戰前與戰後一直存在的抵殖民、反壓迫的特性，而賴和研究往往是論者最常徵引來相互論詰的事實。因此，這也顯示臺灣文學研究在前此階段存在無可避免的政治性面向，至少在 1990 年代較爲回歸文學本體的討論前，賴和研究很難不碰觸到認同政治的議題。這點可以說明文學、歷史文本詮釋在認同政治上的作用，霍爾（Hall）以下的這段話正可提供我們思索此一問題：

> 認同問題其實就是有關「再現」的問題。這些不單單是發現傳統的問題，而是創造傳統的問題，同時也是選擇性記憶的演練問題。其中總是涉及壓抑某些事以便浮現其他某些事。
> 認同既壓抑又同時重拾記憶；認同永遠是個如何在將來提出一套有關過去的說法的問題……認同永遠是個敘述的問題，認同總是一個故事──是一個文化告訴自己他們究竟是誰以及他們是從哪兒來的故事。[4]

是的，就像霍爾所說，認同是一種「敘述」，也是一種記憶的塗抹加減法，然而，它同時也是再現「我是誰」的問題。我們不難發現，在始終面臨外來壓抑或定義的臺灣新文學運動過程中，臺灣論者必須一直以臺灣文學史的「特殊性」與「臺灣性」爲焦點，從事被動的抗辯。而被稱爲「臺灣新文學之父」的賴和便始終被視爲一種近似「圖騰」的存在，無論在日治時期面對殖民主義文學的無視化，或者在戰後面對中國中心論的支流化，賴和都被本土文學陣營倚仗，藉以與壓迫者進行辯駁。

[3]例如以下二例：邱貴芬，〈族國建構與當代臺灣女性小說的認同政治〉，《仲介臺灣‧女人》，臺北：元尊文化企業公司，1997 年 9 月。王浩威，〈國家機器對臺灣文學的宰制〉，《臺灣文化的邊緣戰鬥》，臺北：聯合文學出版社，1995 年 10 月。
[4]Hall, Stuart, 1995, "Negotiating Caribbean Identities." *New Left Review*209（Jan./Feb.），p5. 本處譯文轉引自邱貴芬，〈歷史記憶的重組與國家敘述的建構：試探《新興民族》、《迷園》、及《暗巷迷夜》的記憶認同政治〉，《仲介臺灣‧女人》，臺北：元尊文化企業公司，1997 年 9 月，頁 205。

這些壓迫／對抗、主流／支流、母國／外地的對立，都圍繞著賴和文學（或其他具象徵性的人物如楊逵、吳濁流等人）的接受史而展開，因此我們實需要在梳理研究成果時，進一步指出其中深層而複雜的國族定位與文學特質的認同政治，這不僅是由於臺灣文學本身發展的特殊性，也由於賴和文學本身在歷史與文學脈絡中的特殊地位所致。

就像林瑞明教授在為《賴和研究資料彙編》所寫的序〈永遠的賴和〉中所說的，從資料彙編的文章可以「反映出不同階段對於賴和及其文學的不同認知，也可以看到臺灣左右統獨各派對於賴和及其所代表的臺灣文學之詮釋」，由這個基礎我們可以繼續「發現賴和」，因為：

> 只有從各個不同的觀點切入、檢證、思索，我們才會發現在波濤壯闊的歷史洪流中，賴和是臺灣命運具體而微的象徵。[5]

賴和文學的研究，當然應該回歸文學本體，但之所以涉及文學所蘊藏的上層意識形態爭奪的事實，乃肇因於賴和在文學史上的重要性。本文一方面將評述賴和及其文學相關研究的進展；另一方面，也無法忽略賴和研究現象中體現的特殊討論方式及複雜的政治性。這兩點，相信後文中會有更為詳盡的呈現。

二、文學之父：賴和研究與日治時期臺灣新文學系譜的建立

本節將先由日治時期的賴和接受史開始，對賴和生前或去世後在時人心中的形象與評價予以解讀。賴和文學接受史在日治時期可以用 1943 年分為前後兩階段，前一階段為賴和生前論者對賴和作品的直接評論，後一階段則是賴和去世後（1943 年 1 月 31 日）論者為其文學生命與價值定位。這種接受過程應被放在與另一支日本殖民文學（或云「外地文學」）的論述

---

[5]林瑞明，〈永遠的賴和〉，賴和紀念館編，《賴和研究資料彙編（上）》，彰化：彰化縣立文化中心，1994 年 6 月，無註明頁數。

相對照的架構下觀察，而這些由臺灣論者所建構的賴和文學形象，正具有抵殖民的認同政治性格。

　　我們不妨由一個饒富趣味的角度切入，來看賴和在日治時期的接受史。賴和生前，已有論者提及賴和的長相、身材與其崇高地位不相稱的論點，較早的像張我軍的〈南遊印象記〉（1926 年）就稱：

> 最引起我的興味的，是懶雲君的八字鬚。他老先生的八字鬚，又疏又長又細，全體充滿著滑稽味，簡直說，他的鬍子是留著要嘲笑世間似的。和我想像中的懶雲君完全不一樣。（底線為筆者所加，下同）[6]

　　毓文（廖漢臣）的「寫真文」〈諸同好者的面影（一）〉（1934 年）也稱：

> 賴和先生，一見差不多有四十多歲，肥胖的身材，圓圓臉兒、慈祥的眼睛、柔弱的口鬚，好像「火燒紅蓮寺」裡的智圓和尚的另一個模型兒一樣，差的是智圓和尚的性格鄙陋，他的人格高尚而已。[7]

　　從這樣可稱之為「以貌取人」的表述裡可看到，論者對賴和的文學作品想必都已給予極高評價，但面對面時卻為賴和的外型感到詫異，而出現以諸如肥胖、圓臉、慈祥、柔弱、滑稽等字眼來形容賴和，恐怕還是賴和文學中強烈的抵殖民精神使他們對賴和的形貌有一種「期待視野」（或者原先期待的應是「高大、精明、嚴肅」的形象），而結果卻差異甚大所致。莊遂性之子林莊生所謂賴和屬「大智若愚」的人物，[8]或許正接近那些詫異者

---

[6] 張我軍，〈南遊印象記〉，《張我軍詩文集》，臺北：純文學出版社，1989 年 9 月，頁 251。原載《臺灣民報》第 90～96 號，1926 年 2～3 月。

[7] 毓文（廖漢臣），〈諸同好者的面影（一）〉，《臺灣文藝》第 2 卷第 1 期，1934 年 12 月，頁 397。

[8] 林莊生說：「我想賴和先生是屬於大智若愚之類的人物」。見氏著，〈第十一章　陳滿盈先生〉，《懷樹又懷人：我的父親莊垂勝、他的朋友及那個時代》，臺北：自立晚報社文化出版部，1992 年 8

的心理。

另一個有趣卻頗有意義的觀察應是賴和的穿著服裝。朱點人應是首先指出賴和喜穿臺灣服，並賦予他一種精神性——所謂「臺灣精神」的人，他曾寫說：

> 說起來未免真失禮，不論是誰，初次和他接觸，都要說他是一個草地人。真的，賴和先生不好修飾，他所穿的永遠是臺灣衣服，如果臺灣也能夠說得上一個「魂」字，那我就要稱他是「臺灣魂」。[9]

賴和當年聞此，曾向楊守愚說：「那是在替他唱輓歌」。[10]因這種「服裝政治學」不僅是朱點人會有聯想，連日方都會由此對賴和提出拷問。在〈獄中日記〉（1941 年）裡就明白記錄著因朱點人的揄揚所生之厄運，而稱「我不想在衣裝也會生起問題來，這真是吾生的一厄」（前衛版三：頁27）。[11]

談賴和文學的接受史而必須由他的外型接受史談起，無非是要提出一個有趣的視角——即「看來不過庸夫相，那得聰明爾許多」（楊守愚詩）[12]或者「貌存樸素骨聰明」（周定山詩），[13]其實已經暗示了時人對賴和肯定態度，這比單方面推崇更有一份驚奇與佩服的成分在，葉榮鐘戰後回憶詩醫懶雲的一段話，最能傳達這種接受感覺：

月，頁 193。

[9] 朱點人，〈賴和先生的人及其作品〉，《東亞新報》，時間不詳，應在 1936 年 6 月 21 日之前（據許俊雅、楊洽人編，《楊守愚日記》，彰化：彰化縣立文化中心，1998 年 12 月，頁 32～33）。此處引文轉引自朱點人，〈賴和先生為我而死嗎？：讀〈獄中日記〉〉，《南方週報》第 3 期，1948 年 2 月 10 日。又，朱點人刊於《南方週報》之文，由曾健民先生提供，特此誌謝。

[10] 《楊守愚日記》1936 年 6 月 21 日所記。許俊雅、楊洽人編，《楊守愚日記》，頁 32～33。

[11] 本文所引乃據林瑞明編，《賴和全集》，臺北：前衛出版社，2000 年 6 月。為免繁贅，及與明潭版《賴和先生全集》區隔，直接於引文後註明前衛版卷號與頁數。

[12] 陳虛谷，〈贈懶雲〉，《陳虛谷作品集》（上冊），陳逸雄編，彰化：彰化縣立文化中心，1997 年 12 月。

[13] 周定山，〈懶雲先生醫院落成賦祝〉（1940 年），《周定山作品選集》，施懿琳編，彰化：彰化縣立文化中心，1998 年 12 月，頁 393。

陳虛谷詩中說賴和的長相「看來不過庸夫相，那得聰明爾許高」，說
得很對。賴和生的矮矮胖胖，夏天一襲百白永短衣褲，真令人看不出
他是臺灣數一數二的詩人、小說家。若不是出門腋下總夾著一只往診
皮包做標誌，連他是醫生都無有人敢相信。但是如果是彰化城的住民
幾乎沒有一個不識「和仔先」的。賴和在彰化受人愛戴的原因，第一
是他崇高的醫德，但是他那平庸的外貌也是極有利的因素。因為容貌
無有涯岸，所以就會予人以平易近人的感覺。[14]

　　因此，在眾人的訝異聲中，我們就可以沿著此種接受心態，進一步來
看他們論述賴和文學的部分。通觀當時對賴和文學的評論，除了有針對單
篇小說所做的評論外，較值得注意的應是王詩琅與黃得時的論述，他們兩
人的論述都是從較廣闊的文學史視野來定位賴和，因此格外具有此處所論
的認同政治之涵意。

　　王詩琅的〈賴懶雲論：臺灣文壇人物論（四）〉（1936 年）可說是日治
時期僅有的賴和專論，為賴和的思想特質、文學特質、文學地位作了文學
史式的論述，無疑具有總結臺灣新文學運動十年來的最高成就之意味。王
文中最最引人側目的論點，就是認為應稱賴和為臺灣新文學的父親或母
親，後來關於「臺灣新文學之父」的說法，王詩琅可說是第一個提出。文
中說道：

　　　事實上，臺灣的新文學能有今日之隆盛，賴懶雲的貢獻很大。說他是
　　　培育了臺灣新文學的父親或母親，恐怕更為恰當。前年，當臺灣文藝
　　　聯盟成立之時，他立即被公推為聯盟的委員長。單從這件事來看，就
　　　能知道他在臺灣文壇中是怎樣的一種存在了。（明潭版：頁 400）[15]

---

[14] 葉榮鐘，〈詩醫賴懶雲〉（未完稿），李南衡編，《賴和先生全集》（日據下臺灣新文學‧明集 1），
臺北：明潭出版社，1979 年 3 月，頁 452。
[15] 王錦江，〈賴懶雲論：臺灣文壇人物論（四）〉，明潭譯，《臺灣時報》第 201 號，1936 年 8 月。引
文見李南衡編，《賴和先生全集》（日據下臺灣新文學‧明集 1），臺北：明潭出版社，1979 年 3

　　其次，王詩琅則提出定位賴和思想特質的議題，認為賴和具有封建文人的氣質，是人道主義者，而非實際運動者，以近代意識形態去規範他是會徒勞無功的。這一論斷雖缺乏完整論證，但王詩琅卻是第一位以思想光譜去劃分賴和的思想特質的論者，也由於其論點具有高度的逼真性，後來關於賴和思想的討論少有不從此論點來展開的。[16]王詩琅的論點認為：

> 如果許我們稍微誇大地說，他正是所謂<u>良心的知識階級</u>的典型人物。由於他要不斷地隨著時代的潮流進步的緣故，他和同時代的受到民主思想陶育的人們有些不同。正如我們能從他的作品窺見的，<u>他還保有大量的封建文人的氣質。</u>（明潭版：頁 400）
>
> 他同情弱者。他是看見了貧困的人們悲慘的生活就不禁嘆息的<u>人道主義者</u>。但是，他的這種氣質是一種自然的發露，所以若以近代意識形態的範疇去規範他的思想，怕是終會徒勞無功的。因此，楊逵說他「是所謂的臺灣普羅文學的元老」這句話，也只有在這個層面上是對的。換句話說，<u>他相信階級問題的必然性，也同情窮苦階級，但是他決不會躍身其中，去領導運動。</u>俠義的正義感，才是他的思想的真面目。（明潭版：頁 400）

　　王詩琅由臺灣文學的起源論起，到分析賴和的思想傾向，賦予賴和以極高的地位。就賴和接受史來看，王詩琅的論述已相當程度地觸及賴和文學與思想上許多重大的問題，足以啓發來者加以深化。

月，頁 400。以下引文若出於此版本，亦直接標出明潭版及頁數。

又，其實楊守愚在提供王詩琅寫作〈賴懶雲論〉的相關資料時，亦曾在日記中說賴和不願人在生前選他為臺灣代表作家，楊守愚卻認為：「他就是這樣一個謙遜的長者，其實，代表作家除掉他，還有誰？」。此處引文見許俊雅、楊洽人編，《楊守愚日記》，頁 32。

[16]如林瑞明，〈重讀王詩琅〈賴懶雲論〉〉，《臺灣文學與時代精神：賴和研究論集》，臺北：允晨文化實業公司，1993 年 8 月；游勝冠，〈啊！時代的進步和人們的幸福原來是兩回事：賴和面對殖民現代化的態度初探〉，《殖民地經驗與臺灣文學：第一屆臺杏臺灣文學學術研討會論文集》江自得主編，臺北：遠流出版公司，2000 年 2 月。兩文皆試圖借王文進一步釐清賴和的思想特質。

　　除此之外，後繼的作家黃得時在撰寫臺灣文學史時，於〈輓近臺灣文學運動史〉（1942 年 10 月）一文中就提到，賴和是被稱爲「臺灣的魯迅」的作家，並且爲初次將白話文寫成小說的作家，而其意應在於強調賴和的開創性地位：

　　　首先，白話文盛大的時代，被稱為臺灣的魯迅的彰化賴和先生存在。
　　　先生的本職為醫生，別號為懶雲，據說在臺灣，以正式的白話文初次
　　　寫成小說的是先生。擅善於寫短篇，巧妙地掌握了本島的時代相貌。
　　　〈豐作〉一篇經翻譯後介紹給東京。[17]

　　在黃得時隔年所作的〈臺灣文學史序說〉（1943 年 7 月）一文裡，也提到賴和是新文學運動最初產生的卓越作家。[18]而這種臺灣文學史的定位有針對當時臺北帝大教師島田謹二之「外地文學論」的意味。[19]在島田謹二眼中，只存在來臺日人文學的臺灣文學史，但那些被消聲、隱形的臺灣人所寫的臺灣文學，由黃得時的兩篇文章清楚展示臺灣新文學運動的系譜。由賴和開啓的臺灣新文學運動史無疑就是再清楚不過的反外地文學、反殖民者文學的文學史，「賴和」作爲抗爭與認同的符號於此顯露無疑。經過王詩琅與黃得時高度評價後，賴和的地位已受到普遍承認，且更在賴和去世後達到高潮。

　　1943 年 4 月，賴和去世（1943 年 1 月 31 日）後不久出刊的《臺灣文學》第 3 卷第 2 號之「賴和先生悼念特輯」，楊守愚、楊逵、朱石峰的紀念

---

[17]黃得時，〈輓近臺灣文學運動史〉，《臺灣文學》第 2 卷第 4 期，1942 年 10 月。收入葉石濤編譯，《臺灣文學集 2》，高雄：春暉出版社，1999 年 2 月，頁 101。
[18]黃得時，〈臺灣文學史序說〉，《臺灣文學》第 3 卷第 3 期，1943 年 7 月。收入葉石濤編譯，《臺灣文學集 2》，高雄：春暉出版社，1999 年 2 月，頁 17。
[19]由當時臺北帝大大學教師島田謹二提出的「外地文學」（相對於日本內地而言），其實就是一種「殖民地文學」（Colonial Literature）。早在 1937 年以來，島田就已針對日人在臺灣的文學活動加以研究，如同在建立由日本延長而來的殖民地文學史。可參見島田謹二，〈外地文學研究　現況〉，《文藝臺灣》創刊號，1940 年 1 月 1 日。

文字可說是把賴和在日治時期被視爲領袖與導師的說法予以確定化的一次，也形成賴和文學在日治時期接受史中一次最高潮。上述三人不約而同都稱賴和提攜他們走上創作之路：「楊逵」此一筆名乃賴和所取（明潭版：頁 416），楊守愚以開墾者、褓姆稱呼賴和（明潭版：頁 427），朱石峰則不僅稱賴和爲文學導師、一代宗師，也稱賴和爲「臺灣新文學之父」（明潭版：頁 422）。[20]從這些文字中我們不難發現，賴和以一種臺灣新文學之父（母）、之導師、之褓姆的面目爲當年論者與閱讀者所接受，幾已成爲相當普遍的看法。

因而，由王詩琅所稱賴和爲「臺灣新文學之父（或母）」以來，到黃得時試圖爲臺灣文學史留下系譜而以賴和爲代表作家，臺灣新文學運動在日治時期已形成一種具主體性的文學史觀，而賴和正是其中堪稱代表性的人物。這一接受史的形成原因，除了賴和創作出傑出作品，他與政治運動密切的關聯，以及臺灣文學面對殖民者有意忽視與壓抑的反動，都是使賴和以「臺灣新文學之父」的形象被接受有關。而有被殖民者具主體性的文學史與作品，藉以與殖民者相區別、相對抗，無疑就是我們所見到的，一種殖民與抵殖民的認同政治下所構築出來的賴和文學接受史。

三、永遠的邊疆文學？：戰後初期至七〇年代的賴和接受史

1945 年之後，臺灣文學的發展進入另一個階段，這個新階段臺灣作家首先要處理的並不是文學技巧的問題，而是如何面對新的政治局勢，以及如何因應臺灣文壇新的變動。

學習中國文化與語言之外，戰後初期（1945～1949 年）的臺灣文學界也積極想恢復被戰火所切斷的文學傳統，「舊作重刊」是最快速的方式。賴和可說是在戰後初期首先被提出來讓臺灣民眾（或者是「祖國」同胞）重新認識的作家。

---

[20]三篇文章分別是楊逵〈憶賴和先生〉、楊守愚〈小說與懶雲〉、朱石峰〈回憶懶雲先生〉，見《臺灣文學》第 3 卷第 2 期，「賴和先生悼念特輯」（日文），1943 年 4 月 28 日。

　　1945 年 11 月，楊守愚在《政經報》連載刊出賴和生前未發表之〈獄中日記〉，並在序中說明賴和寫作此篇的原委，強調賴和反日本殖民主義的精神。通觀全文，似乎有呼應國府所謂「臺灣人被奴化」的疑慮而刻意宣示的意味，文中說：

> 這一篇獄中記，是大東亞戰爭勃發當時，先生被日本官憲拘禁在彰化警察署留置場，所寫成的。可以說是先生獻給新文壇的最後的作品。在這裏頭，我們能夠看出整個的懶雲底面影，這一篇血與淚染成的日記，就是他高潔的偉大的全人格的表現，也就是他潛在的熱烈的意志的表現。……先生平日對於殘虐的征服者，雖然不大表示直接抗爭，但是他卻是始終不講妥協的。即當時一部人士所採取的，所謂「陽奉陰違」的協力，他都不屑為的。他這一種冷嚴的態度，我想，就是他被拘的理由。[21]

　　延續日治時期將賴和與魯迅並舉而論的傳統，楊守愚甚至還強調賴和對魯迅的「崇拜」，而認為賴和與魯迅一樣，把文藝改變人的精神視為最重要，從而引出賴和努力要延續民族意識不滅。這種民族意識的強調，雖說是配合戰後初期中國化的運動，而有著刻意強調的成分，但依舊維持臺灣本土作家的主體精神，並未顯出自我矮化的原罪意識，這由編輯後記裡，蘇新對賴和的推崇可見一斑，他說：「賴和先生，如眾周知，是臺灣解放運動最偉大的指導者，是臺灣革命家中最罕見的人格者，我們由此『日記』可以窺見其人格的片鱗」。[22]

　　隨後，在楊雲萍主編的《民報》文藝欄「學林」上，也重刊賴和的〈辱？！〉，並由「抗議」一面加以介紹：

---

[21] 楊守愚，〈賴和〈獄中日記〉序〉，《政經報》第 1 卷第 2 期，1945 年 11 月 10 日，頁 11。
[22] 蘇新，〈編輯後記〉，《政經報》第 1 卷第 2 期，1945 年 11 月 10 日，頁 23。

先生不只是臺灣的代表文學作家而已，他生前對日本帝國主義的卑鄙殘暴，沒有絲毫妥協，反抗到底，尤令人敬佩。[23]

接續對賴和作品重刊的工作，楊雲萍的〈臺灣新文學運動的回顧〉（1946 年 9 月）一文，除了稱說：「賴懶雲氏，此後他十年如一日精進，發表了許多的力作佳篇，成為臺灣創作界的領袖」，[24]除以此定位賴和外，更強調臺灣文學有臺灣特色。[25]

至於楊雲萍上述這篇回顧文章，其實是早在 1940 年就寫好的，當時是為李獻璋所編之《臺灣小說選》[26]所寫之序，這本小說選在 15 篇白話作品中就選了賴和五篇作品（〈前進〉、〈棋盤邊〉、〈辱？！〉、〈惹事〉、〈赴了春宴回來〉），足見賴和在編者心中的地位。不料，選集在校樣的階段橫遭總督府禁止出版，這篇文章遂輾轉到了戰後成為介紹臺灣新文學運動的第一篇文字。也因為這波折，這篇文章無形中成為連接兩個時代的橋樑，象徵著遭消音的被殖民者的重返。

另一位作家楊逵也同樣重刊賴和與林幼春的作品。除在他所主編的《文化交流》第一輯（1947 年 1 月）中刊登外，廣告頁中並有一則民眾出版社出版「民眾叢書」的廣告，所列四種書目當中，賴和的《善訟的人的故事》註明「已刊」。另在〈文化消息〉的時事報導短文中，寫到「賴和氏遺作『善訟的人的故事』由臺中市民眾出版社預定一月十五日出版」。[27]楊逵在這波重刊與引介的過程裡，強調的亦全為臺灣作家的「氣節」，而特別標舉林幼春與賴和為代表性作家，他在〈紀念林幼春・賴和先生臺灣新文學二開拓者：幼春不死！賴和猶在！〉的短文中說道：

---

[23]《民報》，1945 年 12 月 4 日。案：當時楊雲萍為《民報》社論委員及「學林」主編。
[24]楊雲萍，〈臺灣新文學運動的回顧〉，《臺灣文化》第 1 卷第 1 期，1946 年 9 月，頁 13。
[25]同前註，頁 10。
[26]《臺灣小說選》的校樣版本今已公諸於世。楊雲萍之序文則略有刪節。
[27]楊逵，〈紀念林幼春・賴和先生臺灣新文學二開拓者：幼春不死！賴和猶在！〉，《文化交流》第 1 輯，1947 年 1 月 15 日，頁 18。

他們還活在世間的時候，因為處境的重壓，雖未得十分發揮其才能，
但他們遺留給我們的斷篇殘蹟，都是在叫我們認識他們的偉大的思想
和氣節。我每次回憶到幼春賴和四個字，我便明顯的看到這二位開拓
者在鼓勵著我們，光燦的燈塔似的誘導著我們。[28]

不過戰後初期局勢的發展卻使人絕望。「祖國」所「光復」的不是自由
民主，卻是與日本殖民者如出一轍的殖民者心態。由於掠奪與貪污，使臺
灣作家標舉賴和之名時，更具有一種抵抗外來統治者般的認同政治。於是
在一方面強調賴和的民族氣節以回應時代需求外，另一方面則是藉賴和文
學的特殊性來強化臺灣文學的特殊性。我們勢必無法忽略臺灣文學從日治
時期以來一直被消音、隱形的歷史經驗，從而必須注意這裡存在著具有高
度相似性的論述結構。

「二二八事件」後，中國作家與文化工作者在官方扶持或允許下掌控
多數媒體，由歌雷所主編的《臺灣新生報》「橋」副刊，在 1948 年 4、5 月
間發生的一場臺灣文學論爭，「部分」來臺作家認為臺灣是文學沙漠，並試
圖以中國文學發展的經驗來「指導」受殖民遺毒、奴化的「邊疆文學」，[29]
引發臺灣作家的回應。此時，賴和又再度被強調為臺灣文學的具有特殊性
與主體性的象徵。

吳新榮在〈賴和在臺灣是革命傳統〉（1948 年 9 月）一文中便刻意強
調，賴和的存在使那些說臺灣無文學的說詞顯得幼稚可笑；他甚至還把賴
和、魯迅、高爾基予以並列，無疑具有高度的宣揚臺灣文學傳統的意味：

賴和在臺灣，正如魯迅在中國，高爾基在蘇聯，任何權威都不能漠視
其存在。賴和路線可說是臺灣文學的革命傳統，談臺灣文學，如無視

---

[28]同前註，頁 40。
[29]請參見陳建忠，〈發現臺灣：日據到戰後初期臺灣文學史建構的歷史語境〉，《被詛咒的文學：戰
後初期（1945～1949）臺灣文學論集》，臺北：五南圖書出版公司，2007 年 1 月，頁 141～170。

此一歷史上的事實便不足瞭解臺灣文學。有人說臺灣的過去沒有文學，其認識不足才是笑話呢。[30]

朱實〈展望光復以來臺灣文運〉（1949 年 5 月）一文也同樣批評光復後忽略臺灣史中的臺灣作家，帶來臺灣文運的黑暗期，而賴和以降的文學家就是他援引的傳統系譜。他說在「橋」副刊舉辦的某次茶會中，某中學的先生說：「臺灣根本說不上有文藝」，為此他反駁說：

這不單忽視過去為了「民族自決」而拿筆鬥爭的賴和、王白淵、楊達諸先生，而且忽略充滿光榮史實的臺灣史。因為臺灣可歌可泣的文運是臺灣可歌可泣的歷史的產物。臺灣文運的確有這種光榮傳統，並不是光復後才發生的。……光復該帶來了光明給臺灣文運，但由於政治的失措，經濟的崩潰所致社會的混亂，卻把好容易達到光明的彼岸，將要乘軌道的臺灣文運再陷於苦悶的漩渦裡。[31]

臺灣文學要如何與「祖國」合流而發展的議題，隨著 1949 年國府退守臺灣而暫歇；然而，湧入更多的流亡作家與文化工作者，臺灣文壇顯然必須再次重整權力版圖。在這樣混亂的時代裡，1951 年，賴和因為抗日有功被入祀忠烈祠。但通觀 1950 年代，賴和在反共戰鬥文學當道的時代，雖有如 1954 年《臺北文物》上的回顧，[32]但在反攻復國的時代，似乎也只能成為臺灣作家們一種「懷舊」的象徵物而已。極為諷刺的是，1958 年，在「白色恐怖」的整肅氛圍裡，賴和突然因有共產黨嫌疑被逐出忠烈祠。

由此，可以說明左翼人士與抗日人士在國府眼中天差地別的地位，此

---

[30] 史民（吳新榮），〈賴和在臺灣是革命傳統〉，《臺灣文學》第 2 輯，1948 年 9 月 15 日，頁 12。
[31] 朱實，〈展望光復以來臺灣文運〉，《龍安文藝》叢刊第 1 輯，1949 年 5 月，頁 1。
[32] 《臺北文物》第 3 卷第 2 期（1954 年 8 月 20 日），曾刊出「北部新文學新劇運動專號」，內有楊守愚，〈赧顏閒話十年前〉、一剛（王詩琅）〈懶雲做城隍〉、黃春成，〈談談《南音》〉等文論及賴和的文學與人。

一對「臺灣新文學之父」的驅離動作，正象徵賴和不爲臺灣的國府統治者
所「接受」，或者說臺灣的統治者將賴和視爲一名具有左翼思想的危險分子
而「接受」。無論如何，這些理由都是無視臺灣文學特殊性與主體性的思
維。賴和之被逐，說明賴和接受史複雜而曲折的性質，而皆與臺灣特殊的
歷史經驗環環相扣。此後，一直到 1970 年代，賴和的研究近乎絕跡，而臺
灣文學的傳統也等同於被遺忘在歷史的塵埃中。

　　直到進入 1970 年代，在「保釣」以降的一連串事件引發的「回歸鄉
土」運動的歷史動向下，文學界開始對民族與鄉土文化有了更高的改造使
命，於是乃先有關傑明、唐文標等人引發的「現代詩論戰」，爾後「鄉土文
學」運動便潮水般湧動起來。[33]由於有對臺灣命運關心而生的「民族、鄉
土」意識──其實也包括對美、日文化及經濟殖民的批判在內，以及對社
會大眾生活關懷的社會改革意識，也因此，臺灣日治時代的抗議文學被視
爲對抗西方新帝國主義的象徵而重新出土。從陳少廷〈五四與臺灣新文學
運動〉（《大學雜誌》，1972 年 5 月）、顏元叔〈臺灣小說裡的日本經驗〉
（《中外文學》，1973 年 7 月）、林載爵〈臺灣文學兩種精神〉（《中外文
學》第 2 卷第 7 期，1973 年 12 月）、林載爵〈日據時代臺灣文學的回顧〉
（《文季》第 3 期，1974 年 5 月）開始回顧臺灣本土文學傳統；接著有張
良澤論鍾理和的專論與刊出遺稿，同時也有楊逵的舊作重刊。[34]

　　在這一批回歸鄉土傳統的行動中，具左翼色彩的《夏潮》雜誌集團可
說是最爲積極的團體，[35]他們大量重刊日治時期作品，如賴和、張文環、呂
赫若、楊華、吳濁流、吳新榮、王白淵、葉榮鐘、張深切的作品。[36]

---

[33]陳正醍，〈臺灣的鄉土文學論戰（上）〉，路人譯，《暖流》第 2 卷第 2 期，1982 年 8 月。
[34]《文季》第 2 期，1973 年 11 月，重刊鍾理和〈貧賤夫妻〉、楊逵〈送報伕〉。《中外文學》第 2 卷
　第 6 期，1973 年 11 月，重刊〈鍾理和的遺書〉。《中外文學》第 2 卷第 8 期，1974 年 1 月，重刊
　楊逵〈鵝媽媽出嫁〉。《幼獅文藝》第 249 期，1974 年 9 月，重刊楊逵〈送報伕〉。
[35]可參考郭紀舟，〈第二章第一節　《夏潮》的本土觀點：臺灣歷史與日據時期臺灣文學的整理〉，
　《七〇年代臺灣左翼運動》，臺北：海峽學術出版社，1999 年 1 月。
[36]與賴和相關之重刊情形如下：〈不如意的過年〉、〈前進！〉、〈南國哀歌〉，《夏潮》第 1 卷第 6
　期，1976 年 9 月。〈一桿「秤仔」〉，《夏潮》第 1 卷第 12 期，1977 年 3 月。〈善訟的人的故事〉，
　《夏潮》第 2 卷第 6 期，1977 年 6 月。〈赴會〉，《夏潮》第 5 卷第 5 期，1978 年 11 月。

　　賴和在被逐出忠烈祠之後，間隔十多年後才有這次的作品重刊，可以看到臺灣社會是如何與其傳統脫節與斷裂。《夏潮》雜誌共計刊出賴和的〈不如意的過年〉、〈前進！〉、〈南國哀歌〉（以上三作 1976 年 9 月）、〈一桿「秤仔」〉（1977 年 3 月）、〈善訟的人的故事〉（1977 年 6 月）、〈赴會〉（不詳）等作品。其中最為人所稱道的是在刊出第一批作品時，由梁德民（梁景峰）在《夏潮》第 1 卷第 6 期所寫的〈賴和是誰？〉（1976 年 9 月）一文，可說是戰後年輕一代關切日治時代文學傳統所發出的疑問與解答，格外具有意義。梁景峰所問的「賴和是誰？他活在什麼時代？他作了些什麼？」（明潭版：頁 436）其實是問出了臺灣人在戒嚴時代的「歷史失憶症」，但也因為這一問，使賴和及其文學重新被臺灣人所發現。

　　《夏潮》雜誌集團介紹賴和，呈現出他們所接受的賴和形象與前此的賴和似乎也有所不同。在刊出〈一桿秤仔〉時，《夏潮》主編在文前寫了一段註解，以賴和做為熱愛祖國的代表，並再次強調賴和的反日情操，這種詮釋自然是與當時中華民族主義高漲有關，文中說：

> 賴和先生是臺灣史上一個重要的人物。在政治方面，他是日本殖民統治下一位<u>熱愛祖國的民族主義者</u>；在文學方面，他是日據時代最早使用中國白話文從事創作的作家之一。他的作品技巧高超，內容深刻，強烈反應了日本帝國主義者在殖民地一切不合理的壓迫，〈一桿秤子〉這篇文章，或許就可以說明這個事實。[37]

　　《夏潮》雜誌集團的立場傾向於左翼民族主義，用帶有社會主義的思想對美日新帝國主義以及臺灣資產階級政權加以批判，[38]他們的意識形態雖說也是反反帝國霸權、反資本主義的，卻與日治時代及戰後初期以來對賴和的詮釋有所差異。就像王曉波〈臺灣新文學之父：賴和與他的思想〉

---

[37]《夏潮》第 1 卷第 12 期，1977 年 3 月，頁 69。
[38]相關論述可參考郭紀舟，《七○年代臺灣左翼運動》，臺北：海峽學術出版社，1999 年 1 月。

（1979 年 4 月）一文雖以「臺灣新文學之父」稱呼賴和，但重點在於強調賴和具有祖國意識與中國意識，這雖相當符合當時民族情緒的詮釋方向，但卻未必符合以根據史實作全面分析後的結論（可與林瑞明的專業分析相對照即知），他說：

> 做為一個亡國之民，賴和在他的詩中，不時表現出故國之思和亡國之哀。
>
> 在異族統治下，賴和無刻不自覺為亡國奴的境遇，也無刻不悲憫自己的同胞。因此寄望於祖國的強大，以解救臺灣同胞於異族統治。[39]

　　我們可以說，在這新一波的反帝民族主義風潮中，賴和與其他日治時期作家的「出土」（楊逵是另一著例），基本上被強化了祖國／中國意識的層面，對抗的是戰後以來的新帝國主義，這與臺灣作家在日治時代及戰後初期強調其文學地位與文學傳統的側重點不同，後者對抗的是日本與國府的殖民統治及其文化政策。這種接受史的差異，說明了賴和文學與思想的複雜與豐富，也說明直至 1970 年代，賴和依然被視為臺灣代表性作家，而被援引為抗爭符號的情形也依舊持續不斷。

　　因為有賴和與其他日治作家的「出土」，賴和研究也隨之增多。林邊（林載爵）的〈忍看蒼生含辱：賴和先生的文學〉（1978 年 12 月）[40]可說是戰後第一篇較正式的作品評論。連帶的，1979 年 3 月，由李南衡主編出版題為「日據下臺灣新文學」的一套叢書，五冊之中包含了一冊《賴和先生全集》，[41]此為戰後第一本賴和作品集，書中包括日治時期許多賴和研

---

[39]王曉波，〈臺灣新文學之父：賴和與他的思想〉，《臺灣時報》「副刊」，1979 年 4 月 26〜27 日。引文見氏著，《被顛倒的臺灣歷史》，臺北：帕米爾書店，1996 年 11 月，頁 142，148。

[40]林邊（林載爵），〈忍看蒼生含辱：賴和先生的文學〉，李南衡編，《文獻資料選集》（日據下臺灣新文學・明集 5），臺北：明潭出版社，1979 年 3 月。原刊《臺灣文藝》第 61 期，1978 年 12 月。

[41]李南衡編，《賴和先生全集》（日據下臺灣新文學・明集 5），臺北：明潭出版社，1979 年 3 月。

究、介紹的相關論述或言說。再加上鍾肇政、葉石濤主編，「光復前臺灣文學全集」在同年七月出版，[42]當中收錄賴和多篇小說並加以評介。至此，賴和研究才算有繼續開展的資料基礎，也直接開啓了 1980 年代賴和研究的大門。

四、想像賴和，建構臺灣：走向體制化研究後的賴和接受史（1980 年代至今）

　　賴和接受史在 1970 年代以前，他的文學中的政治認同與國族認同面向是談論的重點——無論強調其抵殖民或是否爲左派。也因此，「認同政治」在賴和接受史中乃成無法繞過的巨石。但在臺灣社會逐漸確立本土認同，學院中逐漸出現研究者以臺灣文學爲研究課題，以及與對日治時期臺灣文學更深刻了解的欲望下，賴和接受史在 1980 年代有了極大改變。雖然認同政治仍會以「賴和」做爲符號而展開，但更多的是由文學與思想的更細緻的研究入手，企圖呈現較爲具有複雜面向的賴和圖像，而非僅僅依靠民族主義修辭來籠罩賴和文學與思想。

　　1983 年 1 月，《臺灣文藝》第 80 期的「賴和專輯」首次刊出花村（黃春秀）〈從舊詩詞起家的臺灣新文學之父——賴和〉、陳明台〈人的確認——試論賴和先生的人本意識〉及施淑〈稱子與稱錘——論賴和小說的思想性〉，這是戰後文藝雜誌首次以賴和爲名的專輯，由於往後又有張文環、王詩琅、楊逵、翁鬧等作家專輯，和以夏潮集團爲中心在 1970 年代及 1980 年代以降的文學詮釋脈絡相比，不難看到其間差異。「臺灣」或「文學」，似乎有逐漸取代「中國」與「政治」，而成爲評價賴和的另一組標準與重心。

　　1984 年，在侯立朝、王曉波、李篤恭等人積極奔走下，受逐的賴和得

---

[42]鍾肇政、葉石濤主編，《一桿秤仔》（光復前臺灣文學全集 1），臺北：遠景出版公司，1979 年 7 月。（收錄〈鬥鬧熱〉、〈一桿「秤仔」〉、〈不如意的過年〉、〈惹事〉、〈豐作〉、〈善訟的人的故事〉）。

到平反。內政部代表說：「可確定其非文協左派或臺共分子，而屬於文協的民族派，是傾向中華民國的抗日烈士」。[43]就這樣，賴和又被請回忠烈祠，歷史的弔詭竟有若此者。不過，在《賴和先生平反紀念集》或《中華雜誌》上的紀念文字裡，賴和的抗日與中國民族意識仍是焦點所在，王曉波及鄭學稼、胡秋原的賴和詮釋皆呈現此一傾向。

　　值得注意的是，葉石濤〈為什麼賴和先生是臺灣新文學之父？〉一文也是寫於賴和平反重入忠烈祠之日，[44]這篇文章顯示葉石濤對賴和的評價，仍不免架構在濃厚的中國主流／臺灣支流的史觀下。不過，隨著苛酷的政治羅網迅速解體，1987 年 2 月，葉石濤的《臺灣文學史綱》出版，賴和被納入整體性的文學史書寫當中。此文學史的書寫行為及其文學系譜的建立，無疑是把日治時期、戰後初期以迄 1970 年代以來一直無法獨立建構的文學史，第一次提到臺灣民眾面前。《臺灣文學史綱》所呈現的賴和，並不特別強調他抗日與心懷祖國的角度，而更強調他關切臺灣命運的面向，這種文學史論述的史觀與 1970 年代論述或中國方面的論述可說有相當差異，賴和文學的主體性與特殊性已不需在中國文學史中去尋找位置：

　　　　賴和終其一生用白話文寫作，建立了臺灣新文學反帝、反封建的寫實
　　　　主義風格，又樂意幫忙臺灣後輩作家，獎掖後人，為臺灣反日民族解
　　　　放運動和臺灣新文學鞠躬盡瘁，所以世人稱為臺灣新文學之父。[45]

　　上述的平反與介紹，透露的是臺灣社會對認識臺灣歷史與文學的期待，但對實際作品或作家的認識仍然是較缺乏學理基礎的。賴和研究應該還是要等到林瑞明教授以更詳實的史料研究後，賴和及其文學的評價才有

[43]居伯鈞，〈內政部平反賴和先生一案經過〉，《賴和先生平反紀念集》，紀念賴和先生九十冥誕籌備會出版，1984 年 4 月，頁 22～23。
[44]葉石濤，〈為什麼賴和先生是臺灣新文學之父？〉，《沒有土地，哪有文學？》，臺北：遠景出版社，1985 年 6 月。
[45]葉石濤，《臺灣文學史綱》，高雄：文學界出版社，1991 年 9 月，頁 42。

較科學性的學術價值。

　　林瑞明教授從 1985 年發表〈賴和與臺灣新文學運動〉以來，一直持續從事賴和的研究，陸續發表的像〈賴和與臺灣文化協會（1921～1931）〉（1988 年）、〈石在，火種是不會絕的：魯迅與賴和〉（1991 年）、〈重讀王詩琅〈賴懶雲論〉〉（1991 年），〈賴和〈獄中日記〉及其晚年情境〉（1991 年），每篇都具有高度的學術價值。1993 年林瑞明的《臺灣文學與時代精神：賴和研究論集》一書，[46]集結了林瑞明十年來的賴和研究心血，可謂當代賴和研究的先行者與奠基者。由於有他挖掘出大量賴和相關史料，以及運用歷史學的分析方法，他所建構出來的賴和與文化協會、賴和與新文學運動、賴和與魯迅等史實，的確是廓清了賴和許多在政治運動與文學運動中的位置與活動。[47]此後他又投入大量精力於賴和遺稿的整理，終於在 2000 年推出了新版的《賴和全集》，[48]林瑞明對賴和研究的投入誠然可說是使賴和研究能回到歷史與文學本體的軌道，而非以意識形態立場為取向的政治批評的重要關鍵。

　　因此，可以由本書收錄之資料看到，占半數以上的賴和生平考據與作品評論都出現於 1990 年代，說明賴和接受史在前一階段的提倡後得到臺灣社會與研究者的正視，而這應與「臺灣意識」興起後本土文學傳統被納入研究視野有關。

　　1994 年 11 月的「賴和及其同時代的作家：日據時期臺灣文學國際學術會議」，[49]應可視作在林瑞明教授的賴和研究後，因其效果的延續而引起的重大文學事件。會中眾多論文可說已注意到賴和文學與思想的各方面議

---

[46]林瑞明此書曾在 1989 年 3 月由久洋出版社以《賴和的文學與社會運動之研究》之名出版，後又加入 1990 年代補作數篇乃有此書。

[47]關於其研究的評價可見松永正義，〈臺灣新文學運動研究的新階段〉，葉笛譯，《新地文學》創刊號，1990 年 4 月 5 日。另有譯本名為〈臺灣新文學運動史研究的新階段：林瑞明〈賴和與臺灣新文學運動〉〉，秦弓譯，《臺灣研究集刊》1995 年第 2 期，1995 年 6 月。

[48]林瑞明編，《賴和全集》，臺北：前衛出版社，2000 年 6 月。包括（一）小說卷、（二）新詩散文卷、（三）雜卷、（四）（五）漢詩卷（上、下）、（六）評論卷共六冊。

[49]柳書琴，〈賴和及其同時代的作家：日據時期臺灣文學國際學術會議〉，《近代中國史研究通訊》第 19 期，1995 年 3 月。

題，共有：呂正惠〈賴和三篇小說析論——兼論賴和作品的社會性格〉、馬漢茂〈從賴和看日據時期代臺灣小說的孤島狀態——兼論方才起步的西方研究和翻譯〉、鄭穗影〈賴和文學的現實與理想——臺灣文學語言和精神之根源的思索〉、下村作次郎〈日本人印象中的臺灣作家・賴和——從戰前臺灣文學之歷史性記述中思考起〉、胡民祥〈賴和的文學語言〉、陳芳明〈賴和與臺灣左翼文學系譜——殖民地作家的抵抗與挫折〉、許達然〈日據時期臺灣散文〉、梁景峰〈臺灣現代詩的起步——賴和、張我軍和楊華的漢文白話詩〉、趙天儀〈論賴和的新詩〉、林瑞明〈賴和漢詩初探〉、李瑞騰〈賴和文學的最初面貌——賴和舊體詩考察之一〉等，這些論述包括論賴和小說、新詩、散文、漢詩的文類批評，也討論到賴和左翼思想或文學語言問題，這些領域的確立，可說為 1990 年代的賴和接受史的多樣性與文學性做出最佳詮釋。

　　此後，我們除了看到以抗日文學角度來強化賴和民族立場的政治批評外，越來越多的研究都在深化賴和文學與思想的複雜面向。像陳萬益教授以「民間性」為重點論述賴和與民間文化的關聯；[50]施懿琳教授則關注到賴和身為跨越新舊文學作者的雙重身分，而對其漢詩的新思想多有研究。[51]新一代學院研究者中，則有游勝冠在其博士論文中，以本土與左翼為抵殖民主軸的理論脈絡中，對賴和文學具有的文化抗爭意義，做出不以啟蒙主義為限的新詮；[52]以及陳淑娟的碩士論文以賴和漢詩主題思想所做的全面性考察。[53]陳建忠的博士論文，則是一個涵蓋面較廣的論述，在新出版的《賴和全集》基礎上，全面性研究賴和在各種文類上的開創性意義。[54]凡此，都是

[50]如其〈啟蒙與傾聽：論賴和小說的人民性〉，《民間文學與作家文學研討會論文集》，新竹：清華大學中國文學系，1998 年 12 月 20 日。〈從民間來，到民間去：賴和的文學立場〉，《中國文學史暨文學批評學術研討會論文集》，臺北：政治大學中文系，1996 年 12 月。
[51]施懿琳，〈賴和漢詩的新思想及其寫作特色〉，《中正中文學術年刊》第 2 期，1999 年 3 月。
[52]游勝冠，《殖民、進步與臺灣文學的文化抗爭》，清華大學中文系博士論文，2000 年 6 月。
[53]陳淑娟，《賴和漢詩主題思想研究》，靜宜大學中文系碩士論文，2000 年 6 月。
[54]陳建忠，《書寫臺灣・臺灣書寫：賴和的文學與思想研究》，清華大學中文系博士論文，2001 年 1 月。案：同名論文已由春暉出版社，於 2004 年出版。

1990 年代以來研究的進一步深化，也說明走入學院體制後，臺灣文學積研究者積極介入學術場域，參與重新詮釋臺灣文史議題的盛況。

　　而本書所收新近的發表的論著，尤其可以看到在臺灣文學系所逐漸成熟發展的情況下，賴和研究也有更分殊而細膩的呈現。如翁聖峰〈八四課程標準高中《國文》賴和教材試論〉（2007 年），[55]將賴和作品被收錄於教科書中的詮釋情況，予以剖析；李育霖〈翻譯作為逾越與抵抗──論賴和小說的語言風格〉（2008 年），[56]應用翻譯理論，將賴和的語言使用情形予以理論化，可以加強臺灣文學與其他第三世界文學的語言分析與交流；崔末順〈日治時期臺韓小說的他者性經驗與後殖民視角──以賴和與廉想涉小說為例〉（2010 年），[57]則將臺灣賴和與韓國廉想涉進行比較，可視為臺灣文學與韓國文學的比較文學研究，無疑擴大了臺、韓兩國學術交流的更多可能性。

　　相對於臺灣賴和研究的深化，我們也許可以同時關注另一個對賴和研究頗為「用力」的詮釋團體。就在 1980 年代，臺灣社會開始以臺灣本土為主體，建構臺灣文學史的同時，中國也開始借紀念、研究之名，對賴和進行另一番詮釋。[58]如果詮釋即是接受的過程，我們當然必須注意到中國在「改革開放」政策下積極進行的對臺論述，才能看到賴和「被想像」的另一副面貌。

　　中國學者莊明萱在《臺灣文學史（上卷）》（1991 年）中對賴和的評述，便強化與中國相關的面向，如寫賴和到廈門一段就說：「1917 年到廈

---

[55]翁聖峰，〈八四課程標準高中《國文》賴和教材試論〉，《彰化文學大論述》，臺北：五南圖書出版公司，2007 年 11 月，頁 552～565。

[56]李育霖，〈翻譯作為逾越與抵抗：論賴和小說的語言風格〉，《翻譯閾境：主體、倫理、美學》，臺北：書林出版有限公司，2008 年 4 月，頁 23～58。

[57]崔末順，〈日治時期臺韓小說的他者性經驗與後殖民視角：以賴和與廉想涉小說為例〉，「跨文化與現代性：歐亞文化語境中的華文文學與文化（一）學術研討會」，中研院文哲所主辦，2010 年 5 月 20～21 日。

[58]張娟芬，〈一種文人，兩種面貌：賴和百歲冥誕在兩岸〉，《中國時報》「開卷版」，1994 年 5 月 19 日。當中提到 1994 年 4 月 25 日在北京舉行「紀念臺灣作家賴和百年冥誕」討論會，出席者包括陳映真、呂正惠、馮牧、張炯、武治純、張光正、蘇子衡、張克輝等人。

門博愛醫院工作，遊歷同安、泉州等地訪問鄭成功故鄉，勝嘗閩南景物，了解當地民情，在祖國新思潮的刺激下產生了愛國憂民的思想」。[59] 而寫1925 年孫中山逝世一段，更由賴和的輓聯著意發揮賴和「心向祖國」的一面，文中說輓聯：

> 抒發了期望祖國統一強盛的胸臆，表示要永遠發揚孫中山的偉大革命精神，竟未達之事業。他把祖國人民鬥爭的目標與臺灣社會改革運動結合起來，確立了愛國愛民的反殖民統治，反封建主義的政治理想。[60]

　　或者，單獨強調中國文學（如魯迅作品）對賴和的影響力，如楊劍龍〈影響與開拓——論魯迅對賴和小說的影響〉或朱雙一〈魯迅對日據時期臺灣新文學散文創作的影響〉都是。而朱雙一的結論可說將「中國影響說」的基本觀點陳述得極為清楚，他對日治時期臺灣新文學散文創作受魯迅影響的結論是：

> 魯迅對於日據時期臺灣散文創作乃至整個臺灣新文學的影響是巨大、深遠、歷久不衰的。這再次雄辯地證明了，臺灣新文學是在祖國新文學運動的激勵和推動下誕生並向前發展。兩者有密不可分的淵源關係，任何想否認這一不爭事實的言論，都不能說是尊重歷史的。[61]

　　這些與其說是文學研究，不如說是在文學研究中夾帶著強烈的政治意識（或意圖），1990 年代以來中國方面的賴和研究（其他文學個案亦然），多半未脫出此局限。所幸，本書中收錄了中國社會科學院趙稀方教授的

[59]莊明萱，〈第二編第二章第二節　臺灣新文學的奠基者賴和〉，《臺灣文學史（上卷）》，劉登瀚等編，福州：海峽文藝出版社，1991 年 6 月，頁 383。
[60]同前註。
[61]朱雙一，〈魯迅對日據時期臺灣新文學散文創作的影響〉，《魯迅研究》1991 年第 3 期，1991 年 10 月 26 日，頁 32～33。

〈在殖民地臺灣，「啓蒙」如何可能？——賴和對於臺灣文學史敘述的挑戰〉（2007 年），[62]這篇論文打破了政治收編的傳統路向，固守學術研究立場，不僅試圖修正既有的中國學者書寫之臺灣文學史，其觀點同樣足資臺灣學界參考。

五、結語

　　綜觀賴和及其文學接受史的演變歷程，本文意在透過賴和接受史的建構，將被作者、時代與閱讀者圍繞的賴和圖像予以呈現。有對這些接受與研究的理解，也才能進一步開展新階段的賴和研究。更重要的是，賴和及其文學，長期皆被視爲具有象徵義涵，雖有其時代與政治因素使然，但回歸到文學本體與專業研究的方向，誠然是未來的研究者值得努力的課題。

　　因此，在賴和文學方面，可注意賴和在創作史初期漢詩方面的文本，涉及到賴和與清代漢學、臺灣漢學傳統的聯繫，當然無需刻意迴避賴和深受中國古典文化襲染的事實，對其醫學校時期詠懷詩、廈門行詩作、詠史詩與抵殖民詩，都有待深入探究。其次，對其新文學作品，也可由文類研究的角度，分別再申論賴和在小說、新詩與散文上的開創性的地位，同時也具有獨特的美學風格，並藉此釐清臺灣文學史傳統建立的由來問題。

　　再者，在文學與文化思想方面，賴和對日治時期重大的議題皆曾有過深刻的思索，像他對種族、法律、警察、殖民教育等殖民暴力的批判，或是積極建立啓蒙思想、本土傳統與階級觀點，無一不與殖民地知識分子的精神史發生重大關聯，這種思想體系的建構當能使賴和思想的特點更加凸顯，也有助於進一步釐清日治時期知識分子精神史的許多問題；何況，臺灣文化史、思想史之建構，尚待開拓。

　　此外，賴和及其同世代作家對臺灣文學語言的思考與應用、臺灣文學與東亞文學及世界文學的比較研究、甚至是如何通過賴和等研究，來建立

---

[62] 趙稀方，〈在殖民地臺灣，「啓蒙」如何可能？：賴和對於臺灣文學史敘述的挑戰〉，《中國社會科學院文學研究所學刊》，北京：中國社會科學出版社，2007 年 12 月，頁 326～345。

起臺灣文學看待自身文學傳統與評價標準的理論框架、《賴和全集》的重新校訂與增補等等，凡此，若要開展屬於臺灣文學研究的完整體系，都是值得持續深化的課題。

　　賴和的思想及文學，是他在 20 世紀初期思索臺灣問題的產物，彼時，臺灣的文化與文學，面臨著巨變下轉型期的許多難題，而賴和創作實踐與社會實踐則顯示了他努力解決難題的珍貴歷程。相信，在 21 世紀初期，臺灣也正面臨新一波巨變下的新課題，賴和思想及其文學的重讀與再研究，或許能帶給我們深刻的啓示，從而賦予吾人探尋臺灣未來之路的智慧吧。

輯四◎
重要評論文章選刊

讀臺日紙的「新舊文學之比較」

◎懶雲

　　不論什麼事，無過於比較研究的趣味，所以這種工作我很不厭倦，猶[1]其是這種著作，很能吸引我熱烈的歡迎，但我向來的態度，總不能捨去先入的主見，能夠虛心地，以比較其長短，推求其優劣，很是抱憾。雖然一點點，少堪自信，就是至少亦能斂卻幾分意氣，不敢憑著感情議論，只在擁護自己所認為美好的而已。若有人譏誚我說：「這是沒有能力，可以排擊所認為惡劣者的消極態度」，那我亦只有承受著罷。3、4 兩天，臺日紙[2]有這一篇論文，因為是平生的所好，就詳細讀過了幾番，遂生出以下的文字：

　　一、新文學運動，純然是受著西學的影響而發動的，所以有點西洋氣味，是不能否認，又且受著時代的洗鍊尚淺，業績猶未完成，也是事實。她的標的，是在舌頭和筆尖的合一，當然這也說是模倣，但各樣的學術，多由時代的要求，因著四圍的影響，漸次變遷，或是進化或是退化，新文學亦在此要約之下，循程進化的，其行跡明瞭可睹，所以欲說是創作，寧謂之進化，較為適當。若說新文學中，沒有創作品，這在少具文學知識的人們，自能判斷，不用多說，橫書與直書的分別，在現狀下的新文學，尚沒有橫書的必然性，但將來音字採用的時候，就有橫書的必要了。到那時，這項怕就是，頂要緊的比較點了。

　　二、舊文學的工具，本來不十分完備，且其對象在士的階級——所謂讀書人——不屑與民眾——文盲——發生關係，所以只能簡潔，亦自不妨

---
[1] 尤。
[2] 指《臺灣日日新報》。

簡潔典重。新文學的工具雖尚未完備，比較多些一點，且以民眾爲對象，不能不詳細明白。自然在舊文學者眼中，就覺其冗長了。所謂認識自我，不過是先秦、楚辭、漢賦、唐、宋，大家的一種便套而已。又謂洋氣極重，這恐是神經過敏的異常感覺，不知新文學的趨向，是要把說話用文字來表現，再少加剪裁修整，使其合於文學上的美。這樣若還染有洋氣，就是漢文化的破產，漢人種的不肖，不能怨尤了。至謂用 ABC 來代甲乙丙，這純由作者個人，習慣上和便宜上所生的結果，於本質沒有關係，自然沒有做比較標準的價值，用韻對偶已有極詳細的討論在前了，不用我說。

三、既往時代的舊文學，自有其存在的價值，不在所論之刊[3]，只就現時的作品（臺灣）而言，有多少能認識自我、能爲自己說話、能與民眾發生關係。不用說，是言情、是寫實、是神秘、浪漫、是……大多數——說歹聽[4]一點——不過是受人餘唾的「痰壺」罷。由來文學就是社會的縮影，所謂可異的新文學家的所「主」，不就是現社會待解決、頂要緊的問題嗎？在這種社會裡，生活著的人們，能夠滿足地，優游自得，嘯咏於青山綠水之間，醉歌於月白花香之下，怕只有舊文學家罷？唉！幸福的很！欣羨的很！

至於描寫的優劣，在乎個人的藝術手腕，不因新舊的關係，若同一成熟完美的作品，我敢斷定新的，較有活氣、較有普遍性、較易感人、較易克完文學的使命。一事還須別說幾句，就是音字的併用。在現狀下，有許多沒有文字可表現的話語，這事在佛典輸入時代，舊文學曾有過一番經驗，那時有無新造的字，固不能知，大部分是用固有的字音，來翻譯梵語，有的另加口傍，以別於本來的字義。但到現在不僅意義不明，不明句讀的所在也有，翻譯可勿說，只像「欸乃」的讀做「矮魯」，如此且尚不能明白，必待講解，始知是行船時，船夫一種的呼喊。又像山歌的餘音（如嘍嘍兮）種種樂具的聲音，不用音字，是不能表現，所以一篇文章中，插

---

[3]列。

[4]phaiN2-thiaN：難聽。

有別種的文字，是進化的表識，若嫌洋字有牛油臭，已有注音字母的新創，盡可應用。

苦力也是人，也有靈感，他們的吶喊，不一定比較詩人們的呻吟，就沒有價值。中西人的會餐，已是既有的事實，把牠描寫出來，不也是一種藝術嗎？可是不上舊文學家的眼也自沒奈何。

四、臺灣的新文學，雖不是創作，卻是公明正大的輸入品，決不是贓物。這點光耀，謹讓舊文學諸大師們去享受，因為他們的勞力，創作了臺灣現代瘡爛的固有文化，養成了一般人們懦順的無二德性。

最奇怪就是臺灣的新文學家，有幾個能讀洋文，偏偏他們的作品，染有牛油麵包臭，真真該死。又且年輕欠缺修養，動便罵人，實大不該，罵亦須罵得值，像那詠著聖代昇平，吟著庶民豐樂的詩人們，真值得一罵？以後要十分謹慎，不可過於輕快者。

新文學是新發見的世界，任各有能力的人，去自由墾植、廣闊地開放著，純取世界主義，就是所謂大同者也，不過碰著荊棘的荒埔，不能不用力斫拔排除。

五、此段所云，盡是文學家的創作心理，猶其是就變態心理引了許多例，這心理狀態不論是新舊文學者，皆有共通性，不曉得是在比較什麼？若說舊文學家盡是感傷的，新文學家皆在發狂狀態中，這是非醫者的診斷，本沒有價值，不用提起。舊文學家之皆為感傷的，也不盡然，還轉是頹廢樂天的居多，像道學先生的程夫子，也有「世事無端何足計，但逢佳節飲重酤（倍）」的消極態度，餘可勿論。

六、七、這兩段已不是比較的話，本無庸說及，但有一點不能不說，文學自有其存在的價值和使命，不能把道德律，來範圍其作品，來批評其價值，因為文學根本不是載道的東西（卻能利用做宣傳的工具，然已失其真價）。

新舊的接近，不知誰被進化，現在的臺灣雖尚黑暗，卻也有一縷的光明可睹，若說到禮教文物的中華，那舊殿堂久已被陳獨秀的 72 聲的大砲，

所轟廢了。

　　　　　【編按】作於 1926 年 1 月 9 日

　　　　　——原載《臺灣民報》第 89 號，1926 年 1 月 24 日

　　　　　　　　　　——選自林瑞明編《賴和全集・雜卷》

　　　　　　　　　　臺北：前衛出版社，2000 年 6 月

謹復某老先生

◎懶雲

前日因指頭發癢，遂寫出一篇不像樣的文字，老實也不忍使老先生失了臉子，竟置之不一駁。又幸老先生肯再下教，光榮無上。小子何人，敢希聖如孔子，讀書雖未有 25 年，也時在開卷，可是屢讀屢增益懷疑，本自知根性惡劣，這點怕無奈何。

人們的，物的生活方式，和精神生活狀態，每因時間的關係，環境的推遷，漸漸地變換轉移，兩生活的表現方式，（文藝繪畫彫刻等）也同時隨著變遷。由文學史的指示，所謂中原文學，實際、雍容、雅淡的態度，在一時代，受到北方，悲涼、慷慨、雄壯的影響，氣質上增益些強分，又受到南方，理想、優遊、緻密的淘化，詞彩上添些美質，後再受到佛學的影響，滲入很濃的空無色彩，最近又被沐於歐風美雨，生起一大同化作用。所以新文學的構成，自然結合有西洋文學的元素。且人們心理，不見有多大懸隔，表現方法，偶有雷同，本不足異。若以這些一切，皆可唾棄，唉！想老先生一定尚在敲石取火，點一根燈心草的油燈，在披閱蒲編竹簡，雖有洋痰壺，打算無所用罷！還有一點不可思議，就是老先生也利用到報紙，雖無牛油臭，汽油的臭味固很強，見得勢利的套圈，人們是不易逃脫！

前人所貽留文學的田地，固然廣漠無垠，擁有無限寶藏，要不是利用有組織的規模，科學的利器，來墾闢經營，只任各個人一鋤一鋤開掘去，終見亂草滋生。像臺灣一部分富人，只一個錢，亦得不到使用的自由，尚不忍放棄富豪的地位。

老先生！苦力的姦你娘，雖很隨便，不客氣，原不是他們的吶喊，他

們受到鞭撲的哀鳴，痛苦、饑餓的哭聲，在聽慣姦你娘的耳朵裡，本無有感覺，卻難怪老先生耳重。

文字上的譏誚，筆端的感情，自信尚未越出，人生態度的批評，理論探討的範圍外。相對性原理既已被公認，老先生說一句，小子要不應一聲，那就真的欺侮了老先生！在老先生，不也時時捧出聖人國家，想來壓制人？縱這樣刺戟，老先生在所難堪，就要遁跡山水之間，忘形花月之下，雖比乞憐之輩稍高，恐怕終逃不了？小子確信老先生，不那樣卑怯、無能，雖觀察不同，立足各異，也是有心世道，力挽頹風，欲致之三代，有理想有抱負的學者，希望為著世人，努力加些餐飯！

小子怎麼敢把既往文學，一切抹殺，不也說他自有存在的價值嗎？無論杜陸，就是老先生所不取的王次回，（除了『教郎祇底摸挲遍，忽見紅幫露枕邊』一類句子）也有一絲生命。在抒情詩裡，描寫戀愛的成績，自有其位置。不是小子所能抬高，也不是老先生所能貶黜。就[1]清涼飲料，本不能責其無破愁，壯膽的「酒」的功效。

現代的臺灣杜甫、放翁！請勿吝惜，把石壕吏那樣的作品，來解解小子們文學上饑渴，就如雜詩，表現自己生活的片面的，也可滿足。唉！現臺灣不是老先生的理想國嗎？那得這些材料，可供描寫，小子錯了，死罪死罪！

老先生！既明白到現社會，可用新形式描寫且又發見著，新形式中，有舊文學的美點，小子拜服！「惡而知其美者鮮矣」，孔老先生的話，已經老先生證明了！小子還別有點意見，若能把精神改造，雖用舊形式描寫，使得十分表現作者心理，亦所最歡迎，但可憐總多是……

舊文學便云艱深刻苦，新文學未見就淺陋平易。若以眾人所不懂為艱深，一字有來歷為刻苦，那也不見得有什麼價值，像老嫗能解的詩文，乞丐走唱的詞曲，就說沒有文學價值，也只自見其固陋如已。就舉例諸詩

---

[1] 疑缺「如」。

中，如黃興（聽說是姓譚的）一首少要註釋，其外不皆明白自然如說話一般？

　　人本不可不讀舊書，卻不可單為著舊書而讀書。所以向故紙堆中討生活，何如就自然界裡闢樂園？舊文學艱深刻苦，小子不敏、不敢（也實不能、也有不必要）與從事研究，有負勸導。

　　現在臺灣，誠如老先生所說，雖有一部新詩集的產生，猶未影響及一般人心理。完全是舊文學所支配的領地，在老先生意象中，必當是「舜日堯天周禮樂，孔仁孟義漢文章」的世界，偏偏女學生有軟文學可讀，甚至被誘發了人性弱點，這就不可思議了。

　　小子所見很狹，劉夢華在中國文壇，有何影響，完全不知，但新文學在中國是經過了討論時期，在開始著建設的工作。不須更引彼時所討論的例，來辯護解釋，空占許多篇幅。

　　如我老先生在舊文學者裡，一定是第一流人才，在這文字裡，雖可說無有巴結權勢的口吻，但不敢冒瀆著戒心，卻能看見。老人家本來小心，我小子在所當⋯⋯

　　對於舊學者，小子何敢盡數排斥，如老先生者，很希望援手提攜提攜，耑此敬請

　　金安　有萬（不書不一者所以表尊敬也）

三月七夜

——原載《臺灣民報》第 97 號，1926 年 3 月 21 日

——選自林瑞明編《賴和全集・雜卷》
臺北：前衛出版社，2000 年 6 月

開頭我們要明瞭地聲明著

◎賴和

　　我們是要唱道[1]平民文學、普及民眾文化的這一種藝術運動，那富有普遍性的新文學是頂適用的工具，所以我們敢把她介紹給大家們。

　　這樣的事業本不是我們力量所做得到，亦不該是我們來做的，但總要有人提唱起來纔是呢！可是等久了，雖見有民報的努力沒夠，她別有她活動的方面。那末，就教這時代的潮流和中心的熱烈催促起我們開始活動來，亦預識於將來不能有美好的結果，要是能得到反響，那就足以鼓舞起我們的活動力了。

　　由來提唱不就是反對，廢滅又是另一件事，新舊亦是對待的區分，沒有絕對好壞的差別，不一定新的比較舊的就更美好，這些意義望大家們要須了解。

　　舊文學自有她不可沒的價值，不因為提唱新文學就被淘汰，那樣會歸淘汰的自沒有用著反對的價值。我們是要輸許些精神上的養分，配給那對文人文學受不到裨益，感不著興趣的多數人們，亦是把舊文字來做工具，與說毀滅漢文是不同方面，要請愛護舊文學的宿儒先輩放心些。

　　藝術和倫理本是各個兒獨立的。雖然卻亦有不能分離的關係，凡社會的公共律，因其範圍的擴大，適用性愈被縮少，牆壁會有動搖，就是地基不堅固的見證，在現社會的狀態益感到新文學普及的必要，新倫理建設的緊重。

　　新文學的藝術價值因其有普遍性愈見得偉大，亦愈要著精神和熱血，

---

[1]倡導。

所以敢說有思想的俚謠、有意態的四季春、有情思的採茶歌,其文學價值
不在典雅深雋的詩歌之下。

　　就是我們凡所要談說歌詠演繹批判,也就是耳目所能接觸,情感所得
體驗的;自然界裡、群眾中間,拾取題材,務要識字的人們盡能了解,並
因為是我們對於固有的藝術、文學所云六藝之書、百家之言,沒有研究
到,亦只能如此而已。

　　更希望對舊文學有興趣的先輩,撥些餘閒賜與理論的平情批判是所最
歡迎的。

【編按】創作日期不詳。李南衡認為是 1924 年前後,臺灣新舊文學論戰初
期的作品。

——發表於《現代生活》創刊號,1930 年 10 月

——選自林瑞明編《賴和全集・新詩散文卷》
臺北:前衛出版社,2000 年 6 月

《臺灣民間文學集》序

◎懶雲

　　獻璋君在搜集民間文學的這事一經傳出，就引起了不少爭論，從事無用的非難，助長迷信的攻擊，使得他忙於辯解；但是，現在臺灣民間文學集居然付印，不日可以出版了。

　　這些被一部士君子們所擯斥的民間故事與歌謠，到了現在，還能夠在民眾的嘴裡傳誦著，這樣生命力底繼續掙扎，我們是不敢輕輕看過的；何則？因為每一篇或一首故事和歌謠，都能表現當時的民情、風俗、政治、制度；也都能表示著當時民眾的真實底思想和感情，所以無論從民俗學、文學、甚至於從語言學上看起來，都具有保存的價值。

　　吾臺開闢以來，雖說僅是短短的三百多年，但是先人遺留給與我們的，與世界各國無異，同樣有了好多的傳說、故事和歌謠；就中像鴨母王、林道乾、鄭國姓南北征的傳說……由歷史的底見地看來，尤為名貴。

　　民間文學的搜集和整理，在世界各國，早就有了許多民俗學者，與文學家從事過了，其所收穫的成果，也都是大有可觀的；然而我們臺灣，雖說是也有許多先人的遺產，但除卻於報紙、雜誌上，時或看到片鱗隻爪，可說是絕無聞見的。

　　從前，我雖然也曾抱過這麼野心，想跑這荒蕪的民間文學園地去當個拓荒者，無如業務上直不容我有這樣工夫，直到現在，想來猶有餘憾。

　　這一次，幸而經獻璋君不惜費了三、四年的工夫，搜集了約近一千首的歌謠、謎語；更動員了十多個文藝同好者，寫成了廿多篇的故事和傳說，這不能不說是極盡臺灣民間文學的偉觀了。

　　但是，搜集故事，畢竟不是一件容易的工作，因為同樣一篇故事，異

其時地，則那故事的傳誦，也隨之不同，有的甚或同一地方，也有多少出入，例如：

〈林大乾兄妹〉中有用一片葉子化舟而逃的傳說，而在〈林道乾〉那一篇就沒有了。

又如〈十八攜藍〉中樵夫遇艷一段，也為本地所未聞。

〈過年緣起〉沒沉地，說是土地公、灶君上天去保奏，本地倒說是佛祖去保奏的。

甚有同一故事，而異其主人公的。例如：一日平海山，在南部說是王得祿，而北部倒是黃朝陽，還有新莊陳化成和王得祿也大同小異。

即如〈壽至公堂〉，在同一地方，也是人不一說。據守愚氏說：這已經是第五次稿啦。為了這篇故事，曾經拜聽過十多個老者的講述，但，不是僅知片斷，便是互異其說。所以好容易搜集來的這些材料，也只得將傳說比較普遍的記錄下來，不敢以我們認為合理的，就是真的事跡。這進一步的工作，只好留待有心人出為完成。

搜集故事之又一困難，就是一篇故事裡頭，間或涉及殷富大族的先人底行為，致礙於情實關係，不肯照實說出；這是對故事有點缺少理解的。因為先人的行為，原無損於後人的德行，其實，故事要不是經過文字化，牠同樣是流傳於民間的；且由老年人的口中出來，衝進少年人的耳朵裡，其聲響尤覺洪嘵；若年代一久，或者穿鑿其說，以訛傳訛，生出怪談，那更是故事本身的不幸。

故事的搜集，有如上述的那樣困難，然而居然能夠把這本民文集完成起來，這不能不額手同慶，更不能不感謝獻璋君的苦心與努力。

他寄給守愚氏的信裡，曾經有這樣一段話：

「你想，為了這集子我所費的精神（差不多把我三箇年的生命葬送在這集子）和物質（老實說我所積下的幾百圓都為此而支出的，恰好到後月就要完了）是如何的多呢，啊！我的精神已溶化在這集子了……」

　　其堅忍的意志，是多夠人佩服啊，幸而這民文集是快要發行啦。這庶幾可以報酬他三、四年來的苦心與努力。

　　最後，我只有希望這一冊民間文學集，同樣跑向民間去。

1935 年 10 月 10 日

──選自林瑞明編《賴和全集・雜卷》
臺北：前衛出版社，2000 年 6 月

諸同好者的面影（一）

◎毓文[*]

　　我們在研究文學，無論是讀哪一國或哪一個作家的作品時，就意識地，或無意識地，要自推自度的，幻想那個作家的人物性格一樣，同在新聞紙上，或其他的同人雜誌上，發表文學作品的——所謂文學的同好者，哪一個生做怎樣、哪一個性格怎樣、或哪一個的籍在哪兒、現在幹嗎，這些事情，的確是同好者諸君所樂聞的，同時也是讀者諸君所欣聽的吧。

　　筆者野心，老早就有意把諸同好者的人物履歷，一一編為小傳。可不幸，一昨年為功名所誤，把職業丟掉後，終把計畫中的這些工作拋卻了。固然這些工作，是做不得的——也無從做起的——不過，以前所有曾見過的，諸同好者的面影，還模糊地隱約地印在筆者的腦海裡，現在把它再現於紙上，和大家見面，總算對同好者和讀者諸君，盡點介紹的責任而已，至於編纂各同好者的小傳，當待後日企及了。

甫三先生

　　彰化為島內文化的發祥地，不特在社會運動史上，產生了許多傑出的人物，在文學運動漸形活潑的現階程，也是一樣地人物輩出。如甫三，守愚，一村，病夫，存本諸位先生，都是受了這裡山川秀氣的鍾靈而長大的。

　　筆名的「甫三先生」「懶雲先生」，或者有不認識他的也未可知，但是本名的「賴和」先生——通稱「和先」——恐怕就沒有不認識他的了。事實，他做文學家，或醫家的盛名，在他出生地的彰化固然，就在其他的地

[*] 毓文（1912～1980）詩人、小說家、評論家。本名廖漢臣，筆名文瀾、毓文。臺北人。日治時期參與新文學運動，相當活躍，為臺灣文藝聯盟一份子。

方，對於島內的文化運動，稍有關心的人，是沒有一個不認識的，也沒有一個不恭維的。

　　筆者無緣，單單親過他一回的儀表而已。記得去年晚春三月末日，筆者受生活的驅使，和北港鄭盤銘君流浪到彰化的時候，守愚先生給我介紹的。他的府宅在市仔尾，和守愚先生的住址相隔不遠，是座古式的建築物。門口的牌匾，寫些什麼，筆者已忘掉了，但是靠左一室是診療室和靠右一室是會客室，筆者是牢然刻在記憶的。因為筆者是和他在診療室論過，而在客室和守愚，盤銘和他及剛從北京回來的他的令弟搭伴吃過盛大的晚餐的。賴和先生，一見差不多有四十多歲，肥胖的身材，圓圓臉兒，慈祥的眼睛，柔弱的口髯，好像「火燒紅蓮寺」裡的智圓和尚的另一個模型兒一樣，差的是智圓和尚的性格鄙陋，他的人格高尚而已。筆者還沒和他見面以前，就常常聽著人家極口稱讚他為人和藹仁德，直至親過他的儀表，接過他的咳唾，越加景仰他仁德過人。雖說他在幹的是醫業，他在文壇——倘然臺灣有這種文壇的存在——所站的地位，比任何人要高一層，他的裝束至其言行，都很樸素謙讓。筆者和點人，克夫二君，起頭開始研究文藝，因為沒有參考的書籍，或指導者，正苦於暗中摸索的時候，或曾寫信去叩問他創作上的經驗談，記得那時候，他回給我們的信裡，有說難澀的佶屈的理論，他都不喜歡讀，從來的創作，不過以所有看過的作品為基礎智識，而加些自己的想像而已的話。這種的創作方法，對也（或）不對，姑莫論之，但多讀些大家的名作，從名作中攝取各作家的長處，作為自己創作上的資助，這是很必要的。又最近他給郭秋生君的信裡，也有一段說他「對於創作是利用空閑的時間，把日常所接受的題材，隨宜把它文學化，要須刻苦深思，他是做不來的」的話，以此，也可以窺見他的面影的一斑。

　　關於賴先生的創作，本來想多寫些和大家作參考，可是截稿的期日迫近，恕我來日再寫吧！

——選自《臺灣文藝》，第 2 卷第 1 號，1934 年 12 月 18 日

臺灣文壇的明日旗手

◎楊逵*
◎涂翠花譯**

興起時期的作家與作品

從臺灣文學運動開始展開有組織的活動之前,就逐漸出現了理論上的、實踐上的力作,都是反對舊文學的新嘗試。當時活躍的人在我腦海裡記憶猶存的,在理論方面有張我軍、蔡孝乾、陳虛谷、楊雲萍、莊垂勝等人,他們主要是反對舊文學的風花雪月、無病呻吟。換句話說,就是要求文學的社會性。針對當時發表的江肖梅的戲曲,也掀起了這類議題的討論,參與者有張淑子、葉榮鐘、陳虛谷等,場面相當熱烈。不過,就戲曲而言,江氏的作品並不那麼值得注目。

在作品方面,應是屬於最早期的作品,有發表在《臺灣民報》前身《臺灣》雜誌的漢文小說〈犬羊禍〉,以及一篇描寫社會運動家的戀愛的日文小說(謝春木?)。到了《臺灣民報》階段,賴和及陳虛谷開始活動之後,就漸漸熱鬧起來了。

賴和是彰化的開業醫師,他的科學常識豐富,又因為職業關係而和貧民接觸頻繁,所以一開始就非常具有寫實風格。他寫小說也作詩,他公認的代表作〈豐作〉描寫製糖會社的蠻橫,小說〈一桿稱仔〉[1]描寫被警察凌虐的小商人,詩〈流離曲〉感嘆貧民子弟悲慘的未來。後來,在《大眾時

*楊逵(1905~1985)散文家、小說家。本名楊貴,筆名楊建文、賴健兒、伊東亮等。臺南人。
**日本筑波大學文學碩士。
[1]日文原文寫為「一柄仔戥」,為誤植。

報》發表描述社會運動的對立與前進的〈前進〉，在《臺灣文藝》發表描寫清朝人民訴苦的真人實事小說〈善訟的人的故事〉。他可以說是臺灣普羅文學的元老，可是近來不知道爲什麼很少看到他的作品。

陳虛谷是地主的兒子，在初期的臺灣文壇上，和賴和一樣是最活躍的人物。陳虛谷的作品反映自己的生活，有很多是描寫小資產階級的虛榮。小說〈榮歸〉是他的代表作，其他詩作也相當多。雖然這些年來也完全看不到他的作品，但是對我們臺灣新文學來說，他是不容或忘的人物。

其次出現的作家們

在賴和、陳虛谷之後出現的人，我記得有楊守愚、郭秋生、朱點人、蔡秋洞、黃病夫、王詩琅、陳君玉、李獻璋、林存本、謝廉清、周定山、林克夫、山竹、黃石輝、薛玉龍、蔡德音、賴明弘、賴慶、張深切、陳鏡波、吳希聖、呂赫若、翁鬧、張文環、劉榮宗等人。他們多半是從事社會運動的，或者是從社會運動轉進來的人，所以還是一樣要求社會性。

在此時期，主張階級鬥爭的臺灣文化協會和主張民族鬥爭的臺灣民眾黨的對立最爲激烈，因此這種對立也強烈地反映在作家身上。但是，文學方面幾乎都屬於臺灣文化協會派；而在作品上，這種傾向也非常強烈。

身爲書房[2]教師的楊守愚，是《臺灣民報》最活躍的作家。他的作品多半寫實地描述下層階級的困苦生活，下筆幽默，尤其是素描風格的小品文寫得非常好。例如：《臺灣民報》的〈碰壁〉，《臺灣文藝》的〈熱鬧中的珍風景〉。小說〈決裂〉取決於社會運動家的夫妻問題，小說〈一個同志的日記〉則是諷刺作品，描寫半調子社會運動家的生活。

郭秋生是臺北江山樓（臺灣料理店）經理，曾經和黃石輝一樣是臺灣話文的鬥士，發表了許多新造字，可是那些新造字太彆扭了，似乎很多人反對。評論方面主要是有關臺灣話文的討論，小說的代表作則有立志打破

---

[2]日文原文用「書房」，爲臺灣話文，意爲「私塾」。

迷信的〈鬼〉和諷刺御用紳士的〈踏加冠〉。

　　朱點人在臺北醫學專門學校從事細菌培養工作，《民報》時代的作品多半是習作，最近才有明顯的進展。小說〈蟬〉描寫燈火管制的實施帶給病童和他的家人的困擾，小說〈安息之日〉描述人生中金錢的物質效用之極限。他的作品大致都有象徵性的結局，描寫的手法也相當好，可惜對社會的認識不夠，解決問題的方式多半淪於一廂情願。這種傾向或許是因為終年面對著細菌生活而造成的吧。今後如果能深入現實社會，相信能得到可以寄以厚望的收穫。

　　蔡秋洞是北港鄉村人，很擅長從自己周遭取得精彩的題材，可是在表現技巧上還有待今後的努力。小說〈放屎百姓〉很巧妙地揭露「保甲制度」的內幕，雖然有種種缺點，但是在取材、用字上勇於嘗試，值得肯定。

　　黃病夫是製鞋工人，從前是臺灣文化協會的中堅成員之一，幾乎一直在失業狀態中，可是非常熱心。入選《臺灣新民報》漢文長篇第一期的作品〈幸福〉，內容探討社會運動家的婚姻問題，沒有完成。入選《南音》的小說〈失敗〉被禁止發售，內容真實詳盡地描寫在社會運動中動搖的小資產階級的種種性格。

　　王詩琅是臺北市商人的兒子，非常用功。小說〈沒落〉是他的代表作，內容詳盡描述墮落的社會運動家的情況，他決定不下是要往監獄之路前進呢，還是往酒家去，最後終於被酒家所吸引。小說〈夜雨〉描寫失業者把女兒送去當酒家女之前的生活。

　　陳君玉本來是印刷工人，現在是唱片公司員工，主要是寫歌詞，紅極一時，可惜有逢迎過頭的傾向。

　　李獻璋是《東亞新報》記者，也是《臺灣民間文學集》的編著者，在唱片歌詞的評論上有自成一家的見解，值得一讀。今後前途可期。

　　林存本是彰化市商人，小說〈在基督面前〉揭穿基督教中學老師的偽善，詩〈恐怖〉描寫小商人的悲慘。

　　謝廉清是《臺灣新民報》記者，小說〈昇官圖〉是諷刺某人的作品。

　　周定山，鹿港人，當過《臺中新報》記者。為詩人，小品文、隨筆也自成一格，幽默有趣。

　　林克夫在臺北當印刷工人，小說〈阿枝的故事〉描寫印刷工人發動罷工的始末。

　　張深切是臺灣文藝聯盟委員長，也是《東亞新報》記者。〈鴨母〉是真人實事的小說，內容描述地方世家欺凌下層階級民眾，用錢來任意支配律師。

　　楊雲萍是臺灣新文學開拓者之一，但最近專心研究古文學。楊華本來是農民運動家，現在當私塾教師。他是一位精力過人的詩人，發表了很多詩作。發表在《臺灣文藝》的〈一個勞動者的死〉是他的小說處女作，多少有些抽象化。不過，勞工們悲慘的死狀令人動容。

　　林越峰是木工工廠的勞工，是傑出的默片解說人，也畫漫畫。小說有〈油瓶的媽媽〉、〈到城市去〉等，多少有些抽象化。還有，聽說賴堂郎發表小說〈暑假〉之後，大為精進，努力寫作。

　　張維賢是民烽劇團的中心人物，也是導演。鄭盤銘有一段時期發表了許多隨筆，但後來迫於生計，近來較不活躍。繪聲[3]的小說〈秋兒〉描述社會運動家的家庭悲劇，是一篇令人印象相當深刻的作品。還有，莊松林為《臺灣民間文學集》寫了幾篇紀實文學，因為還沒出版，所以不清楚內容如何；不過，據說很有趣。許燕孟是開業醫生，我只讀過他的小說〈暴風雨的夜裡〉，相當有寫作才華。鄭明是戲劇研究家，有獨特的創見，希望提供一個舞臺，讓他好好的表現。廖毓文是評論家，諷刺小說〈歌人李淋秋〉是上選之作。黃得時是評論家，小說處女作發表在去年《臺灣文藝》12 月號上。林履信也是評論家，他的蕭伯納[4]研究，是本島的人物研究中具有代表性的。

　　以上拉拉雜雜列出了漢文方面的人士，當然不只這些人，其他還遺漏

---

[3]吳慶堂的筆名。
[4]蕭伯納（George Bernard Shaw，1856～1950 年），英國劇作家、評論家。

了許多作家、評論家。不過，由於活動舞臺狹隘，他們多半只寫了一兩篇作品而已。

　　除了用漢文寫作的人之外，還有用日文寫作、最近廣受注目的人，例如：小說〈豚〉──吳希聖，小說〈戀爺さん（傻爺爺）〉──翁鬧，小說〈父の要求（父親的要求）〉──張文環，小說〈嵐の物語（暴風雨的故事）〉──呂赫若，小說〈蕃人〉──林冬桂，以及林輝焜、賴慶、陳木生等人。評論方面有陳紹馨、吳新榮、賴明弘、劉捷等人。詩方面有吳坤煌、江燦林、李張瑞、郭水潭、王登山、黃氏寶桃[5]等人，在這一方面臺灣的日報也介紹了很多，我打算今後有機會再做詳細的作家評論。

──原刊《文學案內》，第 2 卷第 6 號，1936 年 6 月 1 日

清水賢一郎、增田政廣、彭小妍、三澤真美惠校訂

彭小妍主編《楊逵全集》提供

──選自黃英哲主編《日治時期臺灣文藝評論集・雜誌篇 2》

臺南：國家臺灣文學館籌備處，2006 年 10 月

---

[5]日文原文寫爲「黃氏、寶桃氏」，應爲「黃氏寶桃」。

賴懶雲論
臺灣文壇人物論（四）

◎王錦江*
◎涂翠花譯

　　任何國家的文學都一樣，最初產生的形態就像一般文化的衍生現象，和現實緊密結合而誕生。因此，臺灣的新文學當然也不例外。

　　與其說大正 8 年（1919）左右萌芽，到大正 14、15 年（1925、1926）勃興的新文學的呼喊，直接受到中華民國的胡適之和陳獨秀等人的文學革命的影響，倒不如說那是當時島上年輕的知識分子之間，一種澎湃的近代精神波濤比較適切吧。

　　正面抨擊吟風弄月和勸善懲惡的舊東洋文學觀的年輕人主張文學不是任何功利事物的附屬品，更不是裝飾有閒階級的沙龍的風流韻事；文學是嚴肅的人生，文學藉著它本身的完成就能達成它的社會機能。當時，高舉大旗，逼近舊文學牙城激烈交戰的是張我軍和蔡孝乾等人。就在那喧喧嚷嚷的論戰中，賴懶雲初露頭角，比現在正在為《臺灣新民報》寫連載小說〈春雷譜〉的楊雲萍稍晚一些。陸續發表〈無題〉、〈鬥鬧熱〉、〈一桿稱仔〉等作品的他，無視於喧嚷的論戰，默默藉著作品的實踐，努力開拓新文學。

　　事實上，臺灣新文學能有今天的盛況，與其說他的功勞很大，還不如說是他一手培育出來的比較適當吧。前年，「臺灣文藝聯盟」一成立，就馬上推選他擔任委員長，從這件事也可以明白他是多重要的存在吧。當然也

*王錦江（1908〜1984）小說家、社會運動者。本名王詩琅。臺北人。

有許多客觀因素，可是和日文作品的優異進展相較之下，經過十多年之
後，現在能超越他的水準的漢文作品還是寥寥無幾。我們只能說，這畢竟
也見證了他過去的傑出成績。

　　他是大正 3 年（1914）從醫學校畢業的開業醫生，所以年歲很大了。
沒有鋒芒畢露的才子氣質，是一位不苟言笑、溫柔敦厚又沉著的長者。為
人謙遜，經常瞻前顧後，深怕會做出什麼對不起人的事。容我說得誇張一
點，他正是所謂的有良心的知識分子的典型。因為他不斷跟著時代潮流前
進，所以和生長在同時代相同的民主政治下的人們不同；可是在另一面，
讀他的作品就知道，他具有濃厚的封建的文人氣質。

　　他是人道主義者，同情弱者，看到窮人的悲慘生活就嘆息，但那也是
自然產生的感覺；所以如果想要嚴格地套上近代的意識範疇，將會徒勞無
功吧。所以只有在這層意義上，我同意楊逵所說的「他可以說是臺灣無產
階級文學的元老」。換句話說，他雖然相信階級問題的必然性，也同情無產
階級，但不會奮不顧身跳下去領導他們。俠義式的正義感才是他本來的面
貌。

　　處女作〈無題〉（《臺灣民報》大正 14 年（1925）8 月）和接著發表的
〈鬥鬧熱〉（《民報》大正 15 年（1926）1 月）的成績絕不算理想，一直到
〈一桿秤仔〉（《民報》大正 15 年 2 月）才看出稍微具有近代短篇小說結構
的外觀，這篇作品暗示著他要把今後的作品傾向（重點）放在小商人和農
民的生活上。

　　大意是：因為生病而失去耕地的農夫得參，向親戚借頭釵拿去典當，
向鄰居借了秤子，用那一點點資本當起走賣榮販。在街頭和××結怨，對方
說他的秤子有問題，依據「度量衡規則」在除夕那天告發他。然後就發生
了悲劇。故事和描寫手法當然還嫌稚嫩，可是以初期來說，這是具有些許
歷史意義的作品。

　　看他以後的一系列作品：〈不如意的過年〉、〈蛇先生〉、〈彫古董〉、
〈辱？！〉、〈浪漫外史〉、〈雞的故事〉、〈善訟人的故事〉，可以感覺到他一

心想深入現實的意志力，也可以看到要如何才能寫實地呈現出現實原貌所做的努力。

今年新年號的《文學案內》[1]，「中華民國、朝鮮、臺灣代表作家的作品介紹號」上刊登了〈豐作〉的譯文；可是從藝術觀點評價，我反而想給〈惹事〉比較高的評價。

他的作品大多全力灌注在事件本身和進行過程，動輒缺乏具體性，人物鮮活不起來。但這篇作品不只是單純揭發現實，連一隻雞都描寫得很具體，活奔亂跳。〈惹事〉是連續小說，雖然只發表三集，但不管讀到哪裡都可以中斷，也不妨當成長篇小說閱讀。據說他意圖透過這篇作品，描寫自己的思想成長過程，可是只寫了三集就中斷，我覺得太可惜了。

純熟的技巧在這裡發揮得淋漓盡致，是窺見全貌的合適作品，光靠這篇作品就足以認定他的作家地位。

〈惹事〉中的「我」，也就是作者從前年輕時的寫照，是故事中描述剛從醫學校畢業沒見過世面的菜鳥；正義感強烈又冒冒失失的「我」，沒有當開業醫生的自信，整天無所事事，處處和爾虞我詐的社會發生衝突。於是展開了各式各樣的喜劇。

我們從這篇作品得到的感受，就好像夏目漱石的〈少爺〉中的幽默，再加上稍微稀釋的魯迅的辛辣那樣的味道。雖然這是他喜歡描寫的類型，但這篇作品可以說是他最精彩的小說。這之前的作品，無論是〈一桿秤仔〉的得參，〈豐作〉的添福，或〈歸家〉的我，幾乎都是這種光明正直，討人喜愛的人物。

〈惹事〉的男主角看到有人做壞事，總不由得義憤填膺，得理不饒人，想糾正事情的對與錯；然而，最後總是會失敗。所以他所追求的這種現實，動輒脫離事物的本質和核心，往往只看得見表象。因此，那種揭發因人而異，有時甚至看起來像搗蛋鬼的惡作劇。儘管如此，無可置疑的，

---

[1]日本小說家貴司山治（1899～1973）在1935年5月創辦的雜誌，1937年4月1日停刊，貴司山治主張無產階級文學大眾化，1937年1月因為違反「治安維持法」入獄一年。

他還是一位嚴肅而真摯的藝術家，想要恰如其分地描繪出人的魂魄和肉體，也想窮究事物的本質。我們讀著他的作品，甚至會這麼想：「如果世界上都是這種忠厚老實的人，就能活得多麼開心哪！」可是他總是小心翼翼。

「潲潲！湃湃！窸窸！窣窣！」這樣子開頭的長詩吟詠著農民的悲慘，讀起來還是令人覺得那種藝術態度的真摯，淘淘不絕地撼動人心。他一無所懼，不肯敷衍了事，真可以說是體現臺灣現實的作家。而且，正因為他的正直，所以藝術效果也很強烈。

臺灣文學可以說是日本文學和中國文學的交流，大部分作家都受到雙方的影響，很少人只受到單方面的更多影響；他就是其中一例，他不是在日本文學中而是在中國文學中成長的。

時代變遷，從前的社會運動的所有陣營都潰散了，如今處處飄盪著險惡的國際情勢所醞釀出來的令人窒息的空氣。這樣的時代要求舊意識形態的解體，他不是走在時代前頭的英雄，因此格外痛苦。跟不上時代，失去了幻象的他，當然要麻痺自己的神經，於是美酒美色就成了他唯一的寄託。

他在隨筆〈赴了春宴回來〉（《東亞新報》新年號）中述懷說：「不時敢違我母命，美人情重極難違」，很坦率地道出了最近的心境。而久違的近作〈一個同志的批信〉（《臺灣新文學》創刊號）可以視為絕望者的自我解嘲吧？

有人批評他的作品沒有純粹的美，那就錯了；他是一位必須和這種時代一起考量的作家。但丁藉著《神曲》抒發自己的痛苦，歌德把自己的不滿和懷疑寄託在《浮士德》，現在人用活生生的現實揭露自己心中的不服。所以他透過他的作品，用寫實的，有時甚至讓人覺得諷刺的筆觸，描寫隨時隨地都俯拾即是的事實，沒有任何假設的假象。

他的藝術手腕也有大家風範，淡淡地，從容不迫地，輕鬆愉快地訴說事情的現象，引人入勝。不過，近作〈一個同志的批信〉減少了以往的韌

性，讓人覺得創作的燃燒力不足。如果筆者的觀察正確，這正是作家的危機。

現在最困擾臺灣漢文作家的問題之一，就是使用語言的問題。居住在臺灣的本島人，有很多人本來就是從泉、漳兩州渡海過來的；連要把泉、漳話用文字寫出來都很困難了，更何況已經經過好幾代，本土化帶來語言的變遷，書寫上更是困難。可是文字要求的是確實感，是言文一致，所以如何表現臺灣話就是問題所在。昭和 6、7 年（1931、1932）左右，隨著臺灣文學的蓬勃發展，這個問題成為激烈論戰的主題。

他老早就敏感地察覺到這個問題，早期避開在作品上使用臺灣話的難題，而寫出任何支那人都看得懂的作品。如今，作品中加入臺灣話文成為一個重要的趨勢，但還沒有人能出其右。這使他的作品生動活潑，下面舉出其中一個例子：

> 是回家後十數天了，剛好那賣圓仔湯的和賣麥芽羹的，同時把擔子息在祖廟口，我也正在那跡看[2]牆壁上的廣告，他兩人因為沒買賣，也就閒談起來，講起生理[3]的微末[4]難做，同時也吐一些罰金的不平。我聽了一時高興，便坐到廟庭的階石上去，加入他們的談話中間。
>
> 「記得我尚細漢[5]的時候，自我有了記憶，就看見你挑這擔子，打著那小銅鑼，朕朕地[6]在街上賣，不知有六十歲無？敢無兒子可替你出來賣」我乘他們講話間歇時，問賣麥芽羹的問：
>
> 「六十二歲了，像你团仔[7]已成大人，我那會不老，兒子雖有兩個，他們有他們的事，我還會勞動，也不能不出來賺些來添頭貼尾」

---

[2]跡看：閩南語（以下註釋同），看著。
[3]生理：生意。
[4]微末：未免。
[5]尚細漢：還很小。
[6]朕朕地：一直。
[7]团仔：小孩子。

賣麥芽羹的捫一捫[8]鬚,這樣回答「你!」我轉向賣湯圓仔湯的,「也有幾
個會賺錢了,自己也致著病[9],不享福幾年何苦呢?」因為他是住在這條
街上,所以我識他較詳一點。

「享福?有福誰不要享,像你太老纏可以享福呢,我這樣人,只會受
苦!」賣圓仔湯的回答著,又接講下去,「囝仔賺不成錢[10],做的零星生
理,米柴官廳又當當緊[11],拖著老命尚且開勿值[12],享福?」

——昭和 7 年(1932)1 月《南音》〈歸家〉

他是一絲不苟的作家,寫作時先用文言文寫,再改寫成白話文,然後
修改成接近臺灣話的文章,據說有時也反過來寫。所以他的作品字字珠
璣,井然有序。

他也寫律詩,因為接近白話文,所以很有意思——他當然寫得很用
心。

下面介紹一首:

知是風聲是雨聲　唏唏唬唬打窗鴉[13]
曲腰縮頸都無用　薄被如冰睡不成
但聽風聲已覺寒　終宵輾轉著難安
料應花樹多吹柳　園裡新栽竹藪竿

近年來,本島人在文學方面,日文方興未艾,佳作多如潮湧;相反
的,漢文與其說不興盛,還不如說日漸衰微。他的作品不但沒有像過去那

---

[8]捫一捫:摸一摸。
[9]致著病:有病痛,生病了。
[10]賺不成錢:收入很少,賺不了幾個錢。
[11]當當緊:(催收得)越來越急迫。
[12]開勿值:不夠花用。
[13]窗鴉:窗戶。「鴉」發「ㄚˋ」音,是「窗」是尾音。

麼多產，在前述的近作〈一個同志的批信〉中，還看得出萎靡散漫的樣貌。

　　依照年代閱讀他的所有作品，見到每一篇作品的發展軌跡，我反而對今後的他有比較多期待。某人說：「30 歲以後開始寫小說，到 40 歲才寫得出真正的小說」，我就想對他有這樣的期許。

──原刊《臺灣時報》，第 201 號，1936 年 8 月 1 日

松尾直太校訂

　　　　──選自黃英哲主編《日治時期臺灣文藝評論集・雜誌篇 2》

　　　　臺南：國家臺灣文學館籌備處，2006 年 10 月

追憶賴和

◎楊雲萍[*]

◎邱香凝譯　涂翠花校譯

　　懶雲賴和氏在去年 2 月 31 日，於彰化的自宅中過世了。對臺灣來說，這不單單只是失去了一位最優秀的文學者，也是失去了一位廉恥之士。如今，被遺留下來的我們，究竟該如何才能以言語表達出我們的哀愁呢。

　　最後見到賴和，是在臺北帝大附屬醫院中的一間病房。那是他出院前一天的事了（出院沒幾天後他就去世了），那一天我們已經好久沒見面，看到他水腫的臉頰，我怎麼也揮不去那不好的預感。但是他看起來意識卻很清楚，甚至很有精神。我們握著手，交換一些對詩的意見，也談論一些民俗研究的話題。他談到了有關《民俗臺灣》的事，他說，年輕的研究家們對臺北市的雜居家屋進行的調查，找到了一個難得的好主題，因為這是一個世界性的大問題。

　　我一直在意著門口掛著的「謝絕會客」的牌子，但不知從什麼時候開始，忘了他是個病人，開始朗讀起我自己作的日語詩及漢語詩給他聽。他稱讚我說，在我的〈村居雜詩〉中有好句子，那就是「田水灌餘小溪漲，魚兒閃閃月新彎」。他說這是熟悉實景的人才作得出來的好句子。我笑著說自己倒是認為「一江春水長魚苗」這句子也不賴時，他也笑開了。之後，我們開始談論臺灣關係的文獻，他一再說等自己病好了便要到我家來住上一個禮拜，好好的借看一些文獻。（他平日是個很客氣的人，過去幾乎不曾到朋友家叨擾過，從這樣的他口中竟會說出要到我家來的事，現在回想，

*楊雲萍（1906～2000）。詩人、小說家、文史學者。本名楊友濂。臺北人。

那彷彿是一個前兆。我的朋友啊！我曶靜樓裡的藏書，竟永遠再也沒有蒙你閱讀的機會了。）

我們繼續談得更起勁，談到魯迅，談到「北平箋譜」，也提到連雅堂。過了一會兒後，突然，他激動的說我們正在進行的新文學運動，都是無意義的。我吃了一驚，盯著他看，本來一直躺臥著的他坐了起來，用左手壓著疼痛的心臟。我急忙安慰他道，不會的，三、五十年後，人們一定會想起我們的。我忍著眼淚，一邊說著很好吃喔一邊勸他吃我帶來的橘子。他才一邊說，啊，真是多謝，一邊躺回去，恢復原本溫厚的樣子。

那之後沒有捱過幾天，他就走了。享年，以舊曆來說僅有 49 歲，以新曆來說則有 50 歲。

我平常不讀臺灣的報紙，所以得知他過世的消息，竟是他走後隔了一陣子的事了。（喪主並沒有對每個人都寄出訃文之故。）因此我也沒能列席喪禮。聽我一位參加了喪禮的朋友說，列席喪禮的有五百多人。此外，他以醫生的身分獲得了「彰化媽祖」稱號，在彰化地方是位名人。但是每天平均都有百名以上的患者的他，身後卻還留下了一萬餘圓的負債。他平日過著那麼簡樸的生活，卻還如此。聽說他開一張處方箋的代價，平均還不到四十錢，醫生也是有各式各樣的。在他過世一個多月後的今日半夜，我在此藉著此拙文弔念我這位朋友。也許應該先談談他生前的各種功績，但現在不談，是因為他日想談得更詳細些。朋友啊，好好安息吧。（癸未年，3 月 20 日夜半，於曶靜樓上。）

——原刊《民俗臺灣》，第 22 號，1943 年 4 月 5 日
黃英哲校訂

——選自黃英哲主編《日治時期臺灣文藝評論集‧雜誌篇 4》
臺南：國家臺灣文學館籌備處，2006 年 10 月

憶賴和先生

◎楊逵
◎涂翠花譯

印象

我無法具體地想起第一次見到賴和先生時的印象。

我想，那是因為有一大堆人擠在一起，七嘴八舌地說個不停，而這種狀況又持續了好一陣子的緣故吧。

因此，所謂的第一印象——第一次面對面的瞬間印象很模糊，想不起來。

我也不知道該怎麼說明這種狀態。

人們談到第一印象時，通常會說一見就心儀啦，看了就害怕啦，或者看一眼就覺得很有親切感之類的話；可是我覺得不是這一類的感覺，這是我唯一能肯定的。

提起我的感覺——說起來，我當時真的沒有任何感覺——倒不如說已經超越了前面那些感覺。

這是當某種性格完全融入某種環境，而圓滿無缺時的狀態；是沒有任何感覺、沒有任何思想的狀態，也就是一種恍恍惚惚的狀態。

那是十四、五年前的事了。

我在彰化待了一陣子。

我們住在賴和醫院附近，一所茅草搭建的小屋裡的一個房間。我記得租借這個房間時，先生也幫了很多忙。

我們常去先生家玩。

先生的客廳裡有一張長方形大桌子，桌上總是擺著好幾種報紙。

我們有時候獨自來這房間，有時候幾個人吵吵鬧鬧地進進出出，就像自己家一樣，一點也不客氣。

不管先生在不在，我們都是自己進去，自己看報，自行討論，自行離去。

先生不在時，多半是出診。而在的時候總是面對著許多病人，用聽診器或用手敲打診斷。

有時聽見先生和病人談話聲。

但是，我們完全不在意先生的存在，而先生似乎也不在意我們的存在。

可是也許真正的情況並非如此。我想，就是一家人平常面對面時的狀態，也就是沒人缺席時的那種狀態吧。打從聽到先生去世的消息那時開始，到現在我一直都有這種感覺。

但是，當時先生並不招呼我們，而我們也很高興他不招呼我們。

不過，有空時，先生還是會進來這個客廳加入我們。飄然而來，飄然而去。我們不怎麼理會他，而他好像也不怎麼理會我們。

就像一家人在家裡碰面時沒什麼感覺那樣。

但是，也不能說完全沒有印象。現在，一想起先生往日的容顏——當然是透過照片——就會浮現出魯迅給我的印象。覺得他像個鄉下學者，平平淡淡，一切聽天由命的樣子。這當然不是第一印象，而是那時的整體印象。

身體不舒服的時候，我們總是默默地坐在先生面前的圓椅子上。一解開衣服，先生的聽診器就來了。

——哪裡不舒服？

他問道。

——會不會是肺病？

我顯得很神經質。

儘管那樣，先生還是露出和煦的笑容，寫下處方。

藥方配好了。

我連「謝謝」也沒說，拿著藥就回家。

沒人擔心藥錢。

我比一般人臉皮薄，又很神經質，可是來到先生面前就變成這副樣子，真不可思議。

「破了又補」[1]

後來，我曾經流落到高雄待了一陣子。做過各種工作，可是都做不久。

最後，當了一年多的樵夫，好不容易才安定下來。租到一棟相當寬敞的房子，據說鬧鬼，所以年租金八圓。

這是高雄一個叫「內惟」的地方，在壽山山腳下，山壁緊靠著屋簷。任何時候都聽得到猴子的叫聲，牠們偶爾跑到龍眼樹上，樹的枝枒都伸展到屋頂上來了。住在這種地方，我每天上山、爬樹收集木柴。

在此謀生的方式是，我把收集回來的木柴放在借來的板車上，拉到城裡；妻賣了木柴，換得生活所需。

兩、三天出去一趟，賺到二圓左右。

要不是孩子們因為營養不良而生各種各樣的病，這段日子的我簡直就像置身仙境一般。

有時拿賣了木柴的錢去買書，然後發現明天沒米吃了，就又慌忙跑去舊書店。可是對我來說，這段日子還是我精神負擔最輕的時候。

以前老是寫到一半的小說，有幾篇能寫到最後，就是在這段時期寫的。

---

[1]原文用北京話文。

　　那時，先生在《新民報》學藝部擔任客座編輯，所以我就從寫好的小說中挑出幾篇，寄去給他。

　　其中有一篇是用白話文寫的，我忘了是什麼題目。總之，有一段寫到貧農的窘況時，我用破破爛爛之類的形容方式描述他的服裝。

　　那是我第一次寫白話文。

　　想起來，那就像是厚著臉皮寫出來的，令人汗顏的東西。

　　有許多親切的修改和評語，其中有關貧農的窘況那一段，會讓人聯想到乞丐的「破破爛爛」的描寫，全都被劃上紅線，只寫了一句「破了叉補」。

　　我一看，高興得跳了起來。

　　說真的，我努力想寫的那個貧農，並不是一般那種沒骨氣的乞丐。我想寫的是不向逆境低頭，勤奮不懈，奮發向上的貧農。

　　「破了叉補」這一句，也就是「破了就補，破了就補」這句話，爲我的這個主題增添了千斤重的分量。

命名之父

　　那也是這段時期的事。事情的先後，現在已經不太想得起來了。當時，先生是那麼親切地爲我修改文章。

　　我一向不喜歡從前父母爲我取的名字「貴」。

　　因爲老是被人取笑，叫我「楊貴妃」。等我知道楊貴妃的下場以後，就更加討厭這個名字了。

　　可是也沒有認真想過要什麼樣的筆名，所以有一次就草草寫上「楊達」，寄給先生。

　　〈送報伕〉的前半部，是先生經手刊登在《新民報》上的，我覺得那好像是「達」這個字第一次面世。還是在其他文章上？或者是未曾發表的作品上？現在已經想不起來了。當時我的署名很潦草，看不出是「達」還是「達」。當然沒什麼特別用意，我打算寫的是「達」字。然而，先生刪掉

我那個不清不楚的字，用工整的字體清楚地寫上「達」。

那時，先生這麼做是有什麼想法呢？如今也無從確認了。是不是認為我要寫「達」卻寫錯了？還是認為看不出是哪個字的話，「達」比「達」好？

沒人知道答案。

而先生這是這樣成為替我命名的人了。

當然，就像接受「破了又補」那句話一樣，我想起李達，想起他的斧頭，所以很高興地拜領了。

這部小說前後篇一起刊載在《文評》[2]上，是二、三年之後的事了。當時，我再度回到彰化，又受到先生各方面的關照。

還沒聽到任何消息，雜誌就寄來了，所以我就拿著雜誌去先生家。

先生在看診處前面。

正好沒有病患。

——刊登出來啦。

只說了這麼一句話，先生就拿著雜誌進去裡面了，所以我就默默離開診所。

黃昏來園[3]

我開始種花的第二年，先生的公子因為傷寒住進臺中醫院。某天黃昏，天色已經昏暗看不清臉孔時，先生突然蒞臨我的花園。他兒子住院的事，就是那時聽他說了才知道的。先生來醫院時，就順路來我這兒。說是「順路」，其實方向完全不同。那時我住的地方在舊火葬場後面，離城裡很遠。

——怎麼樣？還過得去嗎？

先生問我，然後繞花圃一圈，探頭看看蓋了一年才完成一半的大工程

---
[2]《文評》，即《文學評論》的簡稱。
[3]原文用北京話文。

——小屋,再摸摸孩子的頭,等天色完全暗下來才去醫院。

雖然曾經一再接受他經濟上的援助,一想到那時的情景,我總會感動得眼眶發熱。先生決不會強迫我們接受他的好意。即使他很關心我們,也都會注意不做得太明顯,不造成對方精神上的負擔。

葬禮

先生過世第二天,我有事上城裡。傍晚回到家,看到桌上有便條紙。我拿起來一看,是朋友留言說先生去世了。

隔天,收到彰化的朋友寄來的明信片,也是同樣的消息。

我一整天都茫然地想著先生的事。

盡是一些零零碎碎的事。

總覺得他好像飄然而來,又飄然而去。

參加葬禮那一天。

——先生病得起不來時,還是一直在擔心病患。

——先生不管再怎麼不舒服,也都會應人家的要求出診。

——先生每天看了一百多位病患,收入卻比看 50 人還少。

——如果有人要求記帳,看樣子付不出錢的人,從一開始就不記他的帳。

我從城裡人的口中聽到種種往事。

雖然不是第一次聽到,卻讓我重新思考。

先生面對病患時,不,沒有面對病患時更是處在渾然忘我的境界——只能做如是想了。

送葬行列在城裡行進時,我第一次看到路祭[4]。送葬行列經過的馬路旁,供奉青果,還焚香祭拜。

所謂的「路祭」,據說通常目的是請有錢人施點小惠,為了得到一個小

---

[4]日文原文中使用「路祭」,為臺灣話文。

紅包而擺設的。可是先生的情況卻完全沒有那種意思。

　　有一位老婆婆躲在街角，擦著眼淚，正在拜拜[5]。

　　是連路祭的錢也拿不出來嗎？或者是路祭太一般了，不足以表達自己的感激之情？

　　無論如何，我看到了崇高的眼淚。

　　這不是哭給人看的眼淚，

　　而是永不乾涸的心泉——[6]

——原刊《臺灣文學》，第 3 卷第 2 期

1943 年 4 月 28 日

增田政廣、彭小妍、黃英哲校訂

彭小妍主編《楊逵全集》提供

——選自黃英哲主編《日治時期臺灣文藝評論集·雜誌篇4》

臺南：國家臺灣文學館籌備處，2006 年 10 月

---

[5] 日文原文中使用「拜拜してるた」，爲臺灣話文和日文的混合體。

[6] 楊逵手稿資料中保存的排印版本上，文末有楊逵手跡，註明：「1930 年（寫於臺北永樂大飯店）」。

憶懶雲先生

◎朱石峰*
◎邱香凝譯 涂翠花校譯

　　我得知懶雲先生的過世是在 2 月 3 日的下午，黃得時君打電話來告知我先生去世的消息。當時我還以爲是自己的耳朵聽錯了，拿著聽筒的手也在發抖。隔日似乎就要舉行喪禮了，我想馬上打電報去弔問，卻沒打成。那晚，正當我伏案書寫著心中的哀傷時，收到叔母病危的消息，於是我盡快的趕到叔母家中，叔母[1]在當晚 12 點時撒手，最後我連寫給懶雲先生的遺族的悼念信都沒寄出。

　　懶雲先生逝世後將近兩個月了，我卻到現在都還覺得先生只是坐在人力車上，邊搖晃邊看書，到哪個鄉下地方去出診還沒回來而已。2 月 4 日，我見到《興南新聞》的早報登出一小塊先生的訃文，我就已經確定先生死亡的事實，但是卻一直無法相信這是真的。當魯迅先生辭世的消息一傳出，滿天下的文學同志都以如喪考妣的心情悼念他；就像當時那樣，我想把我的心意獻給敬愛的懶雲先生。

　　懶雲先生的一生不過五十餘年。我初識先生，是在先生 50 年人生的三分之一時，那是距今數十年前，我們剛對舊體詩感到厭倦，打算嘗試新文學，而先生發表了許多作品之時。我們都躍躍欲試，請先生指教我們的作品，先生將創作的方法傾囊相授，令我們感到十分驚訝。後來，我之所以能夠創作一些作品，可說都是拜先生之賜。

---

*朱石峰（1903～1949）小說家。本名朱石頭，筆名朱點人。臺北人。
[1]日文中，父母的姐妹（姑姑或阿姨）都稱爲「oba」，但是稱呼姐姐的漢字是「伯母」，而稱呼妹妹的漢字則是「叔母」。本文未作說明，不知是姑姑或阿姨，所以保留原漢字。

　　那之後我跟先生只是見過四次面。

　　1934 年的夏天，我赴臺中參加文藝大會時，去彰化拜訪先生時，還認識了雖是初識卻一見如故的守愚、存本，以及已成故人的病夫等人。

　　後來那次，詳細的日期我已經想不起來了，只記得是某個夜晚，我與湘蘋到臺北車站送客時，剛好先生所搭乘的列車到站而巧遇。

　　第三度與懶雲先生相見，是在醫專舉行的堀內次雄先生的在職 25 週年慶祝會上。在滿場穿著洋服的人群當中，我馬上就看見獨自穿著臺灣服裝的懶雲先生。

　　接著是在昭和 10 年（1935）的秋天，先生與彰化的朋友們一起到博覽會來參觀時的事。當時我們發行了同人雜誌，在大稻埕的高砂食堂舉行了座談會。那天晚上與其說是座談會，不如說是大家向先生請教文學的聚會。懶雲先生難得坦誠相見，特別是針對他那篇直逼世界文學水準的名作〈惹事〉，談論其中的現實，給我們很大的啓示，至今仍讓我們留下鮮明的印象。

　　最後一次見到先生是在事變初年的多天，在北部下個不停的季節雨當中，先生與令弟玄影君飄然來到寒舍。我在久別之餘原想把手言歡，不料只有 15 分鐘的時間。我送他們二人到門口，東邊的天空佈滿烏雲，大有山雨欲來之勢。我因此請他們兩位留下避雨，先生卻說因爲天氣不佳，沒有遊興。我又送他們到公車站，握手約好改天再敘。但我們三人卻都沒料到這會是最後一次的相聚。

　　懶雲先生不僅是臺灣新文學之父，也是由楊逵把漢文作品介紹到中央文壇之第一人。貫穿他的文學精神的是爲了世上正義而作的奮鬥，在這一點上有讓人聯想到屠格涅夫《獵人日記》的地方。我在先生爲數眾多的作品中，除了受到幼春先生多所激賞的〈棋盤邊〉之外，還喜歡〈一桿稱仔〉、〈豐作〉、〈善訟的人的故事〉、〈惹事〉等多篇作品。

　　〈一桿稱仔〉描寫違反規則的賣菜商人惹上的悲劇，情節類似阿納托

爾・法蘭斯[2]的《克拉格比》。書中主角阿參在一番煩惱之下，做出於除夕夜去市場的決心，下面這一段描寫得很好。

> 參休息過一天，看看沒有什麼動靜，況且明天就是除夕日，只剩得一天的生意，他就委坐不來，絕早挑上菜擔到鎮上去。此時天色還未大亮，在曉色朦朧中市上人聲早就沸騰，使人愈感到年華將盡，人生頃刻的惆悵。

我最喜歡這一段，經常反覆閱讀。這文章的餘韻只能說是「繞樑三日」了。

〈豐作〉是被介紹到中央文壇的作品，描寫甘蔗農的苦心經營卻得不償失的始末。

> ……他們不惜工夫，將另外一臺甘蔗量過，暗作記號，和別的一齊給搬運機關車牽走去。經過磅庭，領出蔗單，使兩個甘蔗委員也驚得吐出舌來。差他們量過的四千斤……兩個委員和一個××大人便同時立到磅臺去，××大人看見所量的結果，自己卻也好笑起來，三個人共得二十七斤。

以善意看待罪惡，感覺很好。筆觸寫來溫柔敦厚。

〈善訟人的故事〉，是發生在日本領臺之前的事情。描寫山林的墓地從占有人的手中——放領，交到人們手裡的故事。善於訴訟的「林先生」將離開臺灣展開訴訟之旅時，人們為他送別的場景，饒富詩趣，就像小時候聽家鄉父老講古一般，有一股令人懷念的味道，讓人對作品中的時代憧憬不已。

---

[2]阿納托爾・法爾斯（Anatole France，1844～1924），法國作家，作品特色輕妙而辛辣諷刺。

「林先生！保重！公道還未滅亡呢！」

「林先生！太為難您了，一路小心。聽講他買通了不少歹人」

「林先生不相干！歹人未至全無心肝！」

「林先生保重！」

「林先生！林先生……」

在這林先生的呼聲裡，開船的鑼聲「快快快」地響起來了。船家也燒起紙錢，帆也張滿，風也正緊，一經拔起鐵錨，乘著潮水船就開向港外去。

〈惹事〉是描寫未亡人蒙受無辜罪名的悲哀故事。詳細的情節希望大家能去讀讀原文。這作品是懶雲先生最圓熟時期的作品，達到無技巧的技巧之境界。我將會找機會談談其他作品。

文學作品是人生之鏡。懶雲先生的作品將永遠閃耀在臺灣文學史上。如果情況允許的話，我建議將懶雲先生的全集全部出刊，同時設立懶雲文學獎。

——原刊《臺灣文學》，第 3 卷第 2 期，1943 年 4 月 28 日
黃英哲校訂

——選自黃英哲主編《日治時期臺灣文藝評論集・雜誌篇 4》
臺南：國家臺灣文學館籌備處，2006 年 10 月

幼春不死！賴和猶在！*

◎楊逵

　　碗碟壞了要棄，家樓壞了要拆，蛋壞了[1]，便喪失其生命，臭不可堪。投機取巧，奪取霸占的名利，究竟是這樣的。

　　林幼春先生，賴和先生二位臺灣新文學的開拓者，現在都死了；他們的肉體也許是毀了，但是，他們的精神永遠存在下一代青年的心窩裡。

　　我曾說過魯迅不死，現在我還要以萬分的確信再說，幼春不死，賴和猶在！[2]

　　他們還活在世間的時候，因為處境的重壓，雖未得十分發揮其才能，但他們遺留給我們的斷篇殘蹟，都是在叫我們認識他們的偉大的思想和氣節。我每次回憶到幼春賴和這四個字，我便明顯的看到這二位開拓者在鼓勵著我們，光燦的燈塔似的誘導著我們。

　　二位開拓者之為人，他們的文學的成果，他們的氣節等，已經有很多的前輩在此哭，我不想多說。而且我相信，這裡沒有一行的「薑母淚」，這是「哭」又是「讚」也是「頌」。

　　只有一點，我不得不說的是，像我這樣的「又瘦又乏」的角色，在此暴風雨的 20 年間未曾餓死或是投降，這氣力與耐性，可說大半都是由於他們來的。

　　我先認識的是賴和先生，20 年前他曾不辭麻煩的給我刪改了不成體統

*版本有四：《文化交流》第一輯（1947 年 1 月 15 日）；《羊頭集》（臺北：輝煌出版社，1976 年）；《羊頭集》（臺北：民眾日報出版社，1979 年 10 月）；《壓不扁的玫瑰》（臺北：前衛出版社，1985 年）。《羊頭集》「輝煌」版與「民眾日報」版及《壓不扁的玫瑰》版均將題目改為〈幼春不死，賴和猶存！〉。
[1]此處誤植為「蚤壞了」，其他版本皆改為「蛋壞了」。
[2]其他版本此段皆刪除。

的小說，他以「破了又補」四個字開了我的眼光（這故事曾介紹在《臺灣
文學月刊》）；認識幼春先生是在十年前，當我碰壁灰志的時候，他給我一
冊古詩選，教我讀一首東方朔的詩：

窮隱處兮，窟穴自藏；
與其隨佞而得志，
不若從孤竹於首陽。

八年的抗戰中，在日本特務的貓目爪牙下，我藏於首陽園種花以免餓
死或是投降，全是由於先生們的感化來。他們教示我們後輩，未曾用過一
條的訓令或是一場的說教，他們總是這樣的，以他們全人格誘導著我們。[3]

——原載《文化交流》，第 1 輯，1947 年 1 月 15 日

——選自彭小妍主編《楊逵全集・詩文卷（下）》
臺南：國立文化資產保存研究中心籌備處，2001 年 12 月

---

[3] 由「我先認識的是賴和先生」起至文末，其他版本在文句上改動較多，例如：「我先認識的是賴和先生，他不僅在我潦倒的時候幫助了我很多，在寫作方面開啟了我的智慧。十多年前，我剛開始學寫中文小說時，他曾不辭麻煩地……」。

賴和在臺灣是革命傳統

◎史民^{*}

賴和在臺灣，正如魯迅在中國，高爾基在蘇聯，任何權威都不能漠視其存在。賴和路線可說是臺灣文學的革命傳統，談臺灣文學，如無視此一歷史上的事實便不足瞭解臺灣文學。有人說臺灣的過去沒有文學，其認識不足才是笑話呢。

——選自《臺灣文學》，第 2 期，1948 年 9 月 15 日

*史民（1907～1967）詩人、散文家。本名吳新榮，自號震瀛、史民、琅琅山人。臺南人。

詩醫賴懶雲

◎葉榮鐘[*]

《虛谷詩集》中有關懶雲的詩不下數十首，就中有三首描寫懶雲最爲
生動而迫真。茲爲抄錄如下：

> 到處人爭說賴和。文才海內獨稱高。
> 看來不過庸夫相。那得聰明爾許多。
> 平生慣作性靈詩。珠玉連篇不費思。
> 藝苑但聞誇小說。世間畢竟少真知。
> 鄉里皆稱品學優。少年原不解風流，
> 那知心境年來變。每愛偷閒上酒樓。

——贈懶雲

陳虛谷和賴懶雲是好朋友，且皆是彰化詩社應社的同仁，平時過從甚
密。懶雲是彰化市人，臺北醫專畢業後曾一度受聘去廈門博愛醫院服務事
業，但不久又回到故鄉懸壺濟世。他在歸去來（由廈門博愛醫院掛冠時
作）七言古詩中，「……此行未是平生志，浪說班生似得仙。……鏡前自顧
形影慚，出門總覺羞知己。」由此可以知道他去廈門，不是出自自己的意
願，而且結果也不甚得意。

不過在廈門這段時間對他來講並不是全無用處，因爲事業失意，卻因
此獲得進修國學的機會，對國文下過一番工夫，打下深厚的基礎，可以說

葉榮鐘（1900～1978）散文家、詩人、文史學者。字少奇。彰化人。

是失之東隅，收之桑榆。後來他在臺灣的舊詩壇嶄然露頭角，同時也成為應社的一員大將。不過誠如虛谷詩中所指出，賴和的詩名卻不如小說響亮，所以他在臺灣的文學界是以小說家出名，而不是以詩人見稱的。彰化應社似乎是在民國 17、18 年之間成立的，這段時間筆者正在東京，所以成立的經過不太清楚。社員除賴和、陳虛谷外有楊笑儂、吳蘅秋、楊守愚、陳英芳、楊木、楊石華、楊雲鵬等，可以說皆是一時之選。賴和的詩是否即如虛谷詩中所說的性靈詩，姑且勿論，不過在當時一般年輕一輩的舊詩作家有一個共通的傾向——就是不喜歡用典，亦不擅長做擊缽吟及應酬詩——性靈詩固然不崇尚典故，但是不用典的詩不一定就是性靈詩。在當時年輕一輩對於舊詩所下的工夫，沒有年長一輩的那麼深厚。他們所涉獵的書籍除唐詩三百首外，最常見的白樂天、陸放翁的詩集，近代則為袁子才、黃仲則、龔定庵的作品為多。就中尤以袁枚的詩及詩話影響最大，陳虛谷說懶雲「平生慣作性靈詩」，這多少有夫子自道的氣味。因為虛谷本身最嚮往袁枚的詩風，據說在他最高潮的時候，一部《隨園詩集》他可以背誦其十之八九。應社的一群年輕知識分子，做詩乃是一種業餘性質的玩藝。他們之中除陳虛谷、吳蘅秋是地主，比較有閒暇，其他如賴和、楊笑儂、楊木、陳英芳等都是開業醫生。因為做詩都是業餘性質，所以他們在當時，有詩社比生蕃仔社更多的風氣下，纔能夠免去為社會所詬病的各種不良習氣。

　　上文提起知識分子的問題，在這裡應該來談一談詩人和知識分子的關係。依照一般的常識，詩人站在時代的先端，其為知識分子，應該是沒有問題的。但是當時的舊詩人是否可稱為知識分子，實在值得檢討。不過這不是本文的目的，不擬多所涉及。應社諸子，不但個個都受過高等教育而且都是受過五四新文學運動的影響。他們對於胡適的文學改革運動深為嚮往。他們不屑作無病呻吟，大言壯語——這是老一輩容易犯的過失——作品雖然不多，但是作品和生活都有密切關係。

　　陳虛谷詩中說賴和的長相「看來不過庸夫相，那得聰明爾許高」，說得

很對。賴和生的矮矮胖胖，夏天一襲白百永短衣褲，真令人看不出他是臺灣數一數二的詩人、小說家。若不是出門腋下總夾著一只往診皮包做標誌，連他是醫生都無有人敢相信。但是如果是彰化城的住民幾乎沒有一個不識「和仔先」的。賴和在彰化受人愛戴的原因，第一是他崇高的醫德，但是他那平庸的外貌也是極有力的因素。因爲容貌無有涯岸，所以就會予以平易近人的感覺。他在民國 12 年 12 月 8 日「治警事件」全臺大檢舉的時候被拘捕，先是禁監在臺中市一間日式私人別墅「銀水殿」（原為日本人經營的酒家），後來移入臺北監獄。民國 13 年初，他一個人先被釋放。當時他有〈囚繫臺中銀水殿〉三首短詩，最後一首是這樣「一死原知未可輕。吾身不合此間生。如何幾日無聊裡。已博人間志士名。」他在臺北監獄釋放時留了兩撇髭鬚，有〈留鬚〉五古一首，最後一段說「戴盆莫望天。坐使肝膽裂。豈無丈夫氣。豈無男兒血。悲欲示吾衰。聊與少年別。」他雖然留了鬚，似乎並沒有把丰采威武起來，毋寧是益發更加和藹可親。所以他在彰化市知名度之高和他平易近人的丰采是頗有關係的。

　　爲敘述便宜上，我們先來談賴和因治警事件的牽連而被扣禁的問題。治警事件的法律根據是「臺灣議會設置期成同盟會」先在臺北結社被禁止，其後又以同一名稱同一人員（只增加一個蔡惠如）再在東京結社，而被認爲違反治安警察法的規定。在結社的人以爲在臺北雖然被禁止，但在東京的結社並未被禁止。而且臺北與東京法域不同，自然是沒有問題的。但是總督府的看法卻不以爲然，他們說結社的法域雖然不同，但是結社活動的地域（臺灣）相同，所以認定違反臺灣總督府的禁止命令而加以檢舉。所以檢舉的對象是期成同盟的會員，若不是會員就沒有問題。不過警察也是人做的，難免也有感情作用，12 月 8 日（1923 年）那一天的大檢舉，全臺同志被拘捕的六十餘人。彰化市有多少現在已記不清楚，不過老一輩的林篤勳醫師、許嘉種先生兩位都是同盟會員，他們平時和蔣渭水、林呈祿等臺灣議會主腦人物來往頻繁，他們受牽連自是意料中事。賴和比較他們是後一輩，這一輩中像陳虛谷、吳蘅秋、陳英芳、楊木等都安然無

事，唯獨賴和一人被拘，似乎使人無法解釋。（未成稿，原收入《賴和先生全集》，李南衡編。）

〈詩醫賴懶雲〉後記

　　兩年半前，我開始著手搜集、整理日據下臺灣新文學資料時，曾到臺中拜訪葉榮鐘先生，他給我許多的鼓勵和資料，並且說：「日據下臺灣新文學的開拓者、導師賴和先生，不論是他的作品或爲人，都是當時的文學青年最敬仰的。你應該單獨出一本賴和先生全集。」他還興奮地說，一定要寫一篇紀念賴和先生的文章。

　　這期間，我曾多次拜訪葉先生，一來是向他請教一些問題，一來是催稿。他每次都滿懷歉意地說他身體不太舒服，過幾天一定動筆。

　　今年初，看到葉先生的《美國見聞錄》序言〈鬥癌記〉，才知道他所說的身體不太舒服，原不是拖稿債的藉口。我心裡非常難過，他近在榮民總醫院開刀住院，竟不知道去看他。

　　今年 4 月，我又到臺中拜訪葉先生，他仍舊穿著他那身灰色的臺灣衫，清瘦了許多。他很關心地問日據下臺灣新文學的搜集、整理工作，做到什麼地步了？他還說：「紀念賴先生這篇文章，我非寫不可，寫好了一定寄給你。不過，我目前很容易疲倦，一天寫不了幾個字。」

　　當然，我一直不敢去信催稿。

　　11 月中，王詩琅先生打電話告訴我葉先生去世的消息，我呆住了。

　　12 月 12 日下午 1 時公祭，11 日晚上，王詩琅先生、黃富三先生和我到葉先生家，我在葉先生靈前拈香，默告葉先生：您所囑咐的《賴和先生全集》已經編好，就要付印了，就少先生您這篇文章啊！

　　同葉太太談及這件事，葉太太說，葉先生這篇文章是專爲《賴和先生全集》寫的，是葉先生唯一沒寫完的遺稿，我一定找出來寄給你。感謝葉先生的二公子蔚南兄寄來這篇遺作。

　　未完成的遺作，多麼可惜！葉先生啊，那一天才有誰能代你完成這篇

殘稿？

李南衡謹識

1978 年 12 月 28 日

──選自葉芸芸主編《葉榮鐘全集 2──臺灣人物群像》
臺中：晨星出版公司，2000 年 8 月

賴和與臺灣文化協會

◎林瑞明[*]

一、前言

　　醫生賴和（1894～1943）以文學傳世，在日據時代臺灣新文學運動，首先以反映臺灣現實的新文學創作崛起文壇，並成爲中心人物，主導新文學的繼續開展，在生前即已博得「臺灣新文學之父」的稱譽，[1]其作品是1920、30 年代臺灣新文化啓蒙時期的重要收穫，歷久彌新絕對經得起時代的考驗。[2]

　　賴和的另一個身分是抗日志士，自 1921 年 10 月加入臺灣文化協會以來，在日據下波濤洶湧的社會政治運動中，堅定的站在反抗者的立場，屢經統治當局搜家、拘禁，始終不改其志；在文化協會發展過程中面臨分裂，民族運動與階級運動成爲兩條不同的政治路線，他在此雙元結構下活動於兩個主要的派系間，超越過臺灣總督府所利用的分化政策；1941 年太平洋戰爭爆發，當天即遭下獄，由憲兵及高等警察（思想警察）加以調查，顯示在總督府當局中，他是個危險的敵人，五十餘日後始因病重釋放，1943 年 1 月 31 日齎志以歿。

　　臺灣光復，賴和入祀彰化忠烈祠（1951 年 4 月），數年之後，又遭人

---

*發表文章時爲成功大學歷史學系副教授，現爲成功大學歷史學系、臺灣文學系教授。
[1]王錦江（詩琅）首先於 1936 年 8 月的〈賴懶雲論〉（《臺灣時報》第 201 號），提出賴和「是培育了臺灣新文學的父親或母親」，全文收於李南衡編《賴和先生全集》（臺北：明潭，1979 年 3月），以下簡稱全集，頁 400；另見朱石峰〈回憶懶雲先生〉，原刊《臺灣文學》第 3 卷第 2 號，全集，頁 423。
[2]請參見拙著〈賴和與臺灣新文學運動〉一文的論證，收於《成功大學歷史學報》第 12 號，1985年 12 月。

檢舉，以「臺共匪幹」罪名逐出（1958 年 9 月），談論其人其事，一時成
爲禁忌，不僅賴和的抗日事跡埋歿，連文學遺產都呈現斷層現象，直到新
一代的人成長，始有〈賴和是誰？〉一文（1976 年 9 月），突破塵封的歷
史，[3]其後再經各界多方努力，終獲平反，再次入祀於忠烈祠（1984 年 2
月）。其中波折，反應了賴和在日據時代抗日運動的複雜面，也間接呈現戰
後中華民國政府，對於臺灣抗日運動各種路線的評價問題。

　　本文試圖透過賴和所參與的文化社會政治運動，尤其是臺灣文化協會
的脈絡，從成立、分裂、再分裂以迄結束活動，探討賴和在路線轉折之際
的微妙角色。由於在文化協會分裂前後，賴和致力於展開新文學運動，主
要活動範疇在文化層面。他不像蔣渭水、王敏川、蔡培火等政治領袖人
物，未具明顯的政治性格，甚至在整個運動中，看不到闡釋他政治理念的
文章；也不類後起的無產青年，在強烈的意識形態之下，不顧一切橫衝直
撞，掀起巨大的衝突。賴和有他的原則與彈性，比較而言，他不是閃亮的
政治人物，而是屬於中間地帶的意見領袖。由於這一屬性，使得賴和不管
在號稱「臺灣人唯一之言論機關」的《臺灣民報》，或者在日本官方記錄
《臺灣總督府警察沿革誌》，他的言行事跡，比起第一線帶頭的社會政治運
動家，都要相對的減少。這也是在戰後傑出的臺灣抗日運動史研究論著
中，賴和或未提及或被一筆帶過的原因；[4]然而從現存史料的蛛絲馬跡，田

---

[3]梁德民（景峰）〈賴和是誰？〉，原刊《夏潮》第 1 卷第 6 期，1976 年 9 月；距離該文最近一期的
一剛（王詩琅）〈懶雲做城隍〉，《臺北文物》第 3 卷第 2 期，1954 年 8 月，整整 22 年之久，賴和
無人論及，是臺灣文學斷層現象的一個極好例證。另外臺灣醫學之父杜聰明是賴和總督府醫學校
第 13 屆的同班同學，早年兩人關係密切，但在《杜聰明言論集》3 大卷 1700 多頁中，僅在彰化
召開的景福會聯合同學會第 15 屆（1964 年 2 月 15 日）、第 23 屆（1972 年 3 月 4 日），依慣例表
揚當地出身的醫生，連帶提及賴和但未加以表揚。見《杜聰明言論集》第 2 輯（高雄，杜聰明博
士獎學金基金委員會，1964 年 6 月），頁 647；第 3 輯（臺北：基金會，1972 年 10 月），頁 269；
杜聰明《回憶錄》（臺北：基金會，1973 年 8 月）、亦僅一次提及：「筆者在醫學校時代，同級生
王青山、賴和、詹阿川、吳定江對漢文有很深的素養」，頁 58。可見在賴和以「臺共匪幹」罪
名，逐出忠烈祠一事，在臺灣當時環境下是一大禁忌。就此意義〈賴和是誰？〉一文，實具有承
先啓後的關鍵地位。
[4]如許世楷《日本統治下的臺灣》（東京，東京大學，1972 年 5 月）一書，未提及；若林正丈《臺
灣抗日運動史研究》（東京：研文，1983 年 1 月），在大正デモクラッノと臺灣議會設置請願運
動〉一章中，製作了表格，賴和列名其中，但出生年 1894，誤爲 1893；文化協會理事，誤爲有力
會員。見頁 29。此皆可以反映出賴和在社會政治運動中，所扮演的角色並不明顯。

野工作採訪所得，參照賴和生前發表的作品以及遺稿，仍可以觀察出在抗日運動的過程中，賴和從爭取臺灣殖民地的政治權利出發，以及在 1927 年「左右傾辯」的對峙裡，處身於民族運動與階級運動的兩條政治路線中，賴和站在被異族殖民統治的反抗者立場，主要反抗的對象是日本帝國主義，他以不具領袖慾的性格，以他的包容力，再加上他的行醫收入，支援了日據下左右翼的政治運動，仍起了一定程度的作用。

二、啟蒙運動與社會運動

1937 年臺灣新民報出版的《臺灣人士鑑》，舉凡臺灣政治、經濟、社會、教育、實業各界重要人士，不問階級悉加以收錄。[5]賴和的生平經歷記載如下：

賴和（懶雲）〔附有相片〕
賴和醫院主　日章商事公司監事
（現）彰化市彰化字市子尾一六〇
〔經歷〕：明治二十七年（一八九四）四月二十五日，賴天送之長男出生於現住所。性情溫厚篤實之熱情家，自幼修習漢學長於漢詩。二十一歲時畢業於臺灣醫學校，在故鄉彰化開業，以醫德特別博得患者之信賴。夙來盡力於臺灣社會運動，經歷許多之曲折，文化協會評議員或云分裂後之代表（員），又以臺灣民眾黨幹事擔任重要角色。另外在臺灣文壇上有許多的創作及新詩發表，對於臺灣文藝貢獻良多。趣味是圍棋、象棋、遊玩。
〔家庭〕　妻王氏草以及三男一女。[6]

這是賴和為時人所知悉的學經簡歷。其中值得注意的是 1927 年臺灣文

[5]《臺灣人士鑑》（臺北：臺灣新民報社，1937 年），〈再版的辭〉，扉頁。
[6]同上註，前揭書，頁 398～399。

化協會左右分裂之後，賴和同時列名於文化協會及退出文協之會員重新組織之民眾黨，顯現在日據下臺灣社會運動，領導階層因民族運動或階級運動的分野，趨於分裂形成左右兩條路線，賴和所處的位置，顯得相當特殊。

為了解析這一現象，必要檢討臺灣文化協會成立，容納臺灣島內島外各派人才，以及賴和加入的過程。

臺灣文化協會恰在日本統治臺灣 50 年一半的第 25 年成立，當時有兩股思潮衝擊全球各地，其一是第一次世界大戰結束之後（1918 年）掀起的民族自決思潮，在世界各國殖民地掀起了民族獨立運動，朝鮮的三一獨立運動、土耳其的民族革命，以及印度為擺脫英國統治的不合作運動……，皆是民族自決思潮下的運動；另外則是俄國社會主義革命思潮（1917 年），以階級解放為號召，中共、日共、臺共……的成立，是此一思潮排山倒海衝擊亞洲的結果。1910 年代後半葉，受到日本殖民統治民族差別待遇之下的臺灣人，利用日本「大正民主」時期，首先由林獻堂集合了林呈祿、蔡培火、彭華英、黃朝琴、陳炘、吳三連等留日學生，於 1918 年夏天在東京成立啓發會，再於 1920 年 1 月發展為臺灣新民會，乃有 1920 年 7 月《臺灣青年》的創刊，值得注意的是在提倡「德模克拉西」（民主）與民族運動的主流中，亦有彭華英於〈社會主義の概說〉介紹了國家社會主義與共產主義，蔡復春則發表了〈階級鬪爭の研究〉，[7]這種一開始即呈現的雙元現象，將影響到臺灣文化協會的成立與分裂。

促成臺灣文化協會應時而出的人是臺北大稻埕大安醫院院長蔣渭水，蔣氏「頭腦明晰、果斷，且有組織的性格」，[8]所以他能在 1920 年 10 月間，結合臺北醫專學生吳海水、李應章、甘文芳、張梗、何禮棟、林麗明、丁瑞魚等人，醞釀組織啓發文化向上的青年會，利用 1921 年 1 月第一

---

[7] 〈社會主義的概說〉（上）刊於《臺灣青年》第 2 卷第 4 號（1921 年 5 月），（下）則未見刊出；〈階級鬥爭的研究〉刊於《臺灣青年》第 3 卷第 4 號（1921 年 10 月）。
[8] 臺灣總督府醫學校時代同學杜聰明之言，見〈蔣渭水君之學生時代及臨終病狀〉，收於《杜聰明言論集》，頁 412。

次臺灣議會請願運動之時機，透過林獻堂的影響力，結合海內外各種不同的力量，再經他的奔走聯絡，終於在 1921 年 10 月 17 日，假臺北靜修女學校行臺灣文化協會成立大會。列名會員總共 1022 人，網羅了臺灣各界的菁英，形成「以助長臺灣文化之發達爲目的」之文化模式的統一戰線。[9]

蔣渭水是有「政治熱」的人，他回憶文化協會成立時的情景，曾回述他醫學生時代的經驗云：

> 老實說來，我的政治煩悶的魔病，是自醫學校時代，便發生起來的了。在這學窗時代，做出了種種的事項，什麼艋舺金和盛酒館的學生大會，和尚洲（盧洲）、水湳庄的柑園會議、冰店的開業、東瀛商會的創設——冰店和東瀛商會，雖是商業，卻都帶著公務的之使命——，國民捐事件，袁世凱問題……，這些學窗時代所做了的活劇，今日靜靜地回顧起來，真是津津有味；也有可笑的、也有可驚的、也有可悲憤的、也有可痛恨的、也有很危險的，——同志在上海被鄭汝成鎮守使拘執將被銃殺，幸得救出——若一一寫出來，可做一篇的小說。[10]

蔣渭水在日本殖民統治的時代，沒有明白說出其中細節。這裡所提的即是辛亥革命前後階段，臺灣總督府醫學校的學生社團「復元會」——同盟會在臺灣的外圍組織，「復元」取義於恢復健康，亦隱含「光復臺灣」之宗旨，後來擴及國語（日語）學校，農事試驗場，是當時臺灣最高學府裡的年輕知識分子，不甘心被日本統治醞釀而成的結社。賴和在醫學校時代與杜聰明、翁俊明同班（1914 年畢業），高蔣渭水一班，以此因緣，在學校時代時有往來。[11]

臺灣文化協會成立時，推舉林獻堂爲總理、楊吉臣爲協理、蔣渭水任

---

[9]參見王詩琅譯《臺灣社會運動史》（臺北：稻鄉，1988 年 5 月），〈文化協會的成立〉及〈臺灣文化協會會則〉，頁 253～256。
[10]蔣渭水〈五個年中的我〉，《臺灣民報》第 67 號，頁 44。
[11]參見拙著〈賴和與臺灣新文學運動〉，第二小節：「民族意識與復元會」。

專務理事,另有理事 41 人,評議員 44 人,總計幹部 88 人。[12]文化協會成
立當天,賴和遠在彰化行醫,並未出席,後經蔣渭水之推薦,以林獻堂總
理的名義指定為 41 名理事之其中一人[13]。這一年賴和虛歲 28 歲,自廈門博
愛醫院辭職歸鄉開設醫院約兩年左右,這是他參與臺灣社會運動之始。

　　懷有人道主義及民族意識的賴和,在日本殖民統治下懷著強烈的感
嘆:

　　愚民處苦久遂忘,紛紛觸眼皆堪傷。
　　仰事俯畜皆不足,淪作馬牛膺奇辱。
　　我生不幸為俘囚,豈關種族他人優。
　　弱肉久矣恣強食,至使兩間平等失。[14]

　　這首詩的內涵,反映出賴和一生中的兩個方向,一是追求人間的平
等,一是追求種族間的平等,他參加臺灣文化協會始終貫徹了這兩種精
神。

　　處身於異族統治下,即使賴和身為醫生,仍無法得到應有的尊嚴,因
為臺灣的醫生隸屬於警務局衛生課的管轄之下[15],仍受到種種不公平的對
待,收入雖然比一般民眾來得高,但並不能擺脫掉殖民地被統治階層的苦
悶,「處處都有法律的干涉,時時要和警吏周旋。他覺得他的身邊不時有法
律的眼睛在注視他,他不平極了,什麼人們的自由?……但是他空曉得不
平,只想不出解脫的方法來」[16]。1921 年 10 月臺灣文化協會成立之前,賴
和仍一如傳統文人,以漢文化遺民自居,寫漢詩自娛,「飽來抱膝發狂吟,

---

[12]同註 9,前揭書,頁 253。
[13]見賴和自傳體小說〈阿四〉,文中包括邀請東京留學生文化講演團於彰化首次演說,治警事件等
　　等,可惜係未完成的殘稿,收於《賴和先生全集》(臺北:明潭,1979 年 3 月),以下簡稱全
　　集,頁 334;以總理名義指定理事一節,參見《臺灣社會運動史》,頁 253。
[14]〈飲酒〉,全集,頁 381。
[15]參見《臺灣總督府事務成績提要》(臺北:總督府,1942 年 1 月),警務局衛生課業務。
[16]同註 13,頁 333。

篋底殘篇閑自理」[17]，平時交從的對象，主要是入總督府醫學校前，昔日彰
化小逸堂書房的學友，以及醫學校時代的同學，賴和曾有詩云：「念我平生
交，南北各一處」[18]，小逸堂的書房教育，使他和文化中國的大傳統沒有脫
節；醫學校的教育，使他成爲殖民地的新知識分子。當在日本的臺灣學生
經由《臺灣青年》、《臺灣》介紹各種新思想的時候，臺灣和世界的思潮接
頭了。賴和回思這一階段曾寫道：

> 臺灣雖被隔絕在太平洋的一角，思想的波流，卻不能被海洋所隔斷，大
> 部分的青年，也被時潮所激動，由沉的夢裡覺醒起來。又且有海外的留
> 學生，臺灣解放運動的先覺，輸進來世界的思潮，恰應付著社會的需
> 求，迄今平靜沉悶的臺灣海上，翻動了第一次風波。[19]

就是這思想所攪起的風波，掃除了賴和自廈門失望歸來的無力感，匯
入臺灣社會的脈動，成爲文化協會的會員。個性一向沉靜內斂的賴和，原
先並未想到會被推薦爲理事，曾回函蔣渭水略云：

> 古人云有死天下之心，才能成天下之事，足下所創事業是爲吾臺三百餘
> 萬蒼生利益打算，僕亦臺人一分子，豈敢自外。但在此時尚非可死之
> 日，願乞把理事取消。[20]

衡之於賴和一生行事，推辭理事之舉，並非是膽小怕事，一則是因爲
謙虛，一則是源於他並非是政治性格強烈之人，賴和願站在中間地帶，盡
力協助一切提升臺灣文化向上，爲臺灣人的政治權利而奮鬥的團體，本身
居名與否並不在意，此種個性在臺灣文化協會 1927 年分裂之後，更是可以

---

[17]〈歸去來〉，全集，頁 371。
[18]賴和未刊稿。
[19]同註 13。
[20]同註 13，頁 334。

清楚的觀察出來。

　　臺灣文化協會成立之後，會務是由專務理事蔣渭水負責推動，他並未遵照賴和所囑，取消其理事資格，從 1921 年 10 月成立，前後五次大會，賴和在理事多少有所變動的情況下，一直身任理事。[21]臺灣文化協會以啓迪文化爲號召，其實真正的目的是「與東京的新民會、臺灣青年會、中國大陸的北京、上海、廈門等地各青年會，密切採取連絡提攜，以促進臺灣人民的民族覺醒、指導政治自覺，……企圖推進臺灣民族解放運動的發展」。[22]前期主要著重於文化啓蒙運動，但已蘊含著社會政治運動；後期則以社會政治運動爲主體，既然是社會政治運動，就不免產生方向的問題。原有宗旨既標明助長臺灣文化之發達，文協即以《臺灣民報》爲中心，到處開設閱報處，以影響識字階層，而在當時一般民眾知識普遍低下，甚至文盲居多數的情況下，舉辦文化演講會，推行新劇運動，巡迴放映電影……更是有著立即而顯著的效果。其中尤以文化演講會，只須少數辯士（演講人）逞其利口，即能在地方上挑起莫大的風潮，文協經常舉辦以啓發民智。臺灣總督府的官方記錄即針對文化演講會指責：

　　地方會員每逢有事，便邀請幹事開講演會，稱為歡迎，動員無智的民眾，大鳴爆竹，作一種變相的示威運動，大開傍若無人的大歡迎會，以壯聲勢。幹部們對地方民眾這種態度，也洋洋得意，趾高氣揚，自任壯士，一味挑撥民族反感為能事，……殊如發生地方問題，農民爭端等情事之際，他們每事都必介入，以造成問題的糾紛，藉此收攬人心，及至遭受取締，即執拗地採取講演戰術和示威遊行，來表示其反抗態度，這些竟成為臺灣農民運動、勞工運動的先蹤。[23]

---

[21]參見〈臺灣文化協會會報〉，1924 年度，理事 62 名，《臺灣民報》第 2 卷第 4 號，頁 15；1925 年度，理事 68 名，《臺灣民報》第 3 卷第 1 號，頁 23；1926 年度，理事 83 名，《臺灣民報》第 79 號，頁 15。賴和一直列名其中。
[22]《臺灣社會運動史》，頁 8。這於臺灣總督府警務局的觀點，亦是實情。
[23]《臺灣社會運動史》，頁 272。

　　由統治者的立場反觀，可見文化演講在啓蒙階段，占著舉足輕重的地位。從官方記錄中可以看出 1923 年起，文化演講會的次數逐年增加，被解散處分的次數則以 1926 年 35 次居最高位，參見下列附表。

文化演講會次數及被解散次數

州　名	演講次數				解散處分次數			
	1923	1924	1925	1926	1923	1924	1925	1926
臺北市	4	51	99	97	3	11	4	10
新竹州	0	0	22	68	0	0	1	15
臺中州	25	47	103	27	2	1	1	1
臺南州	6	34	67	88	0	0	1	3
高雄州	1	0	24	35	0	0	0	6
合　計	36	132	315	315	5	12	7	35

取自《臺灣總督府警察沿革誌第二編・領臺以後の治安狀況（中卷）》，頁 151～152

　　賴和在臺灣文化協會的幹部中，但非活躍型的風雲人物，一樣是醫生的蔣渭水，爲了推展運動，可以隨時放下醫務，南北奔跑，前往各地演說；他也不像擔任《臺灣民報》記者的王敏川，可以順便採訪各地消息；亦不像專業型的蔡培火、連溫卿；甚至比臺南的醫生王受祿、韓石泉都要少於活動。在 1927 年文化協會分裂之前，能夠查出的演講記錄，賴和和上述諸人比較起來，都要相對的減少，以下是《臺灣民報》報導的幾次，時地及演講題目列之於後：

　　一、1924 年 11 月 8 日，於文化協會彰化支部的通俗學術演講：「對人的幾個疑問」。[24]

　　二、1925 年 5 月 7 日，於文協斗六支部演講：「長生術」。[25]

　　三、同年 9 月 23 日，於文協大甲支部第 8 回文化演講會演講：「修己

---

[24] 〈文化協會彰化支部計畫講演〉，《臺灣民報》第 2 卷第 25 號，頁 3。
[25] 〈各地文化講演之盛況〉，《臺灣民報》第 3 卷第 16 號，頁 5。

律」。[26]

　　四、同年 11 月 7 日，於文協斗六支部農村演講會演講，題目不詳。[27]

　　五、1926 年 4 月 13 日，於彰化戲園，閩江中學堂校長許紹珊演講：「中國之現狀」，痛斥帝國主義殖民政策之鄙劣，許夫人演講：「男女平等及福州的教育狀況」，賴和接著演講，「各發揮其熱烈的雄辯，吐盡同胞會合的情緒」。[28]由於未留底稿，《臺灣民報》也僅報導消息而已。演講的內容並不清楚，單從題目來看，大抵是以醫生或文化人的身分，做些通俗的演講。其中最值得注意的是第五項，含著濃厚的民族情感，這是賴和抵抗日本統治的一個重要源流，也是當時文化協會民族運動下自然的傾向。賴和演講的次數，可能還要更多。在他生前未發表的稿子，就有一次有關 1925 年竹林事件的農民，前往 T 市聽文化演講的回憶：

　　　一日應 T 地同志的邀請，到那邊去演講。……他們（農民）曉得文化會是要替大眾謀幸福的，所以抱著絕大的期待，想望能為他們盡一點力，使生活不受威脅，得有一點保障。[29]

　　竹林事件緣於日本三菱會社於據臺初期，以廉價強奪竹山、竹崎、古坑總面積達一萬五千六百餘甲的廣大竹林地域，造成農民生計陷於困難，農民於 1925 年 5、6 月間由強烈抗議，演變而成的政治問題，當時農民向伊澤總督請願，有「我們乃非吃飯不可之人類，我們已不能束手待斃，以供作三菱之犧牲矣」，[30]這樣痛切的訴求，請願無效，只有轉而尋求文化協會之聲援，文協隨著農民事件的增多，而轉向農民運動。這是臺灣同胞在日本殖民統治下，為了掙脫枷鎖求取活路，不得不然的趨勢。

---

[26]〈文化講演消息〉，《臺灣民報》第 75 號，頁 6。
[27]〈文講日記〉，《臺灣民報》第 82 號，頁 14。
[28]〈名士各地講演〉，《臺灣民報》第 103 號，頁 6。
[29]同註 13，前揭文，全集，頁 337。
[30]〈請願之旨趣〉，葉榮鐘《臺灣近代民族運動史》（臺北：自立晚報，1971 年），頁 516。

賴和演講的地方，不出臺中州的範圍，在整個文化協會的活動中亦僅占少數，但他還有不畏強權支持文化演講會的一面。

1923 年暑假，東京臺灣青年會組織文化演講團回臺灣展開文化啓蒙運動，以吳三連爲團長，呂靈石、黃周、謝春木、林仲輝、郭國基爲團員，原先準備在臺北展開首場演講，但遭到警方的阻擾，首先不顧一切加以聲援的便是賴和所屬的彰化同志青年會。賴和曾有如下的回憶：

> 東京的留生組織一團演講隊，想為臺灣眾的文化向上盡一點微力，但是支配階級，一方面被久來的傳統思想所支配。以為民眾是冥蒙無知，較易統治，若使他們曉得有所謂民權，有所講正當的要求，曉得官民原屬平等，便於他們的統治上有所不便……所以對於這一團講演隊便多方阻礙，務使他們不能向民眾開口。[31]

當時賴和是改組過的彰化同志青年會的委員，他與許嘉種、林篤勳、李中慶、楊木等委員在背後盡了心力，「使講演隊得向大眾們發出第一聲的呼喊，這聲音波動傳到世間去，激動著平靜的空氣，臺灣頓時颳起了風颱」，[32]但是賴、林、李、楊等四位開業醫，隨即遭到警方的報復，當時醫生都可自由在藥品中使用鴉片粉末，警方卻以「阿片取締細則」加以告發。當時在東京發行的《臺灣民報》有一則記載：

> 據臺灣的新聞報導，說彰化醫師林篤勳、賴和、李中（誤為長）慶、楊木四君，因有關聯某事件，被家宅搜查，聞其結果之無何等之得，只以阿片令違反的事故，處科料（誤為科）金三圓、五圓、七圓、十圓而已。……李、林、賴、楊四君是中部青年中錚錚的人物，改革臺灣的社

---

[31] 同註 13，前揭文，全集，頁 335。

[32] 同上註；另葉榮鐘《臺灣近代民族運動史》，〈留學生文化講演團〉一節，亦提及「七月二十三日，在彰化發出宏亮的第一聲」，頁 92。

會最熱心的青年，有相當的抱負與覺悟，素爲我們所崇敬的青年了，祈
強飯加衣些兒罷。[33]

林篤勳（10 屆）、賴和（13 屆）、李中慶（19 屆）、楊木（20 屆），四
人都是住在彰化北門附近的醫學校前後屆同學，[34]一向熱心支持臺灣文化協
會展開的活動。從《臺灣民報》的這一則報導，可以看到日本警方藉故騷
擾支持文化協會活動的一個例子，也可看出臺灣海內外同胞聲氣相通，充
滿溫情的一面。文化協會的另一彰化籍健將黃呈聰，在〈關於彰化思想問
題的考察〉一文中，曾舉出日警當局對賴和等開業醫生干涉壓迫的案例，
說明彰化被御用新聞宣傳是思想惡化的地方，起因是由於壓迫的反動，黃
呈聰含蓄的提出結論云：

> 彰化的青年是富於進取的氣象，不像老人家過於保守……過去的老臺
> 灣，是老人家的臺灣，現在的新臺灣，是青年的臺灣，有氣力的青年才
> 可以改造社會，有新思想的青年國家才能進步，如青年沒有元氣，還是
> 抱舊的思想，其國家便成了老朽的舊國家，……彰化的思想本來是好
> 的，因為受了當局做出無理解的壓迫。所以成了一二過於急進的青年，
> 這也是反動的自然生出來的。[35]

黃呈聰的言論，是對賴和等人的聲援；彰化的開業醫對文化協會的盡
心維護，還可從 1924 年 6 月 17 日文協彰化支部成立於北門外，附設了讀
報社及施行實費診療制，賴和、陳英方、林篤勳、李君曜、李中慶、王倫
魁、楊樹德、楊木、蘇炳垣、謝德斌、吳起材、李俊哲等 12 位醫生，以實
費來診療病患，一則嘉惠窮苦的病患，一則提高文化協會在民眾間的影響

---

[33]〈時事短評〉，《臺灣民報》第 7 號，頁 9。李中慶名字誤爲李長慶，乃因「中」與「長」臺語諧
    音。
[34]參見《景福會會員名簿》（臺北：臺大景福會，1943 年 12 月），各人屆別及地址。
[35]劍如〈關於彰化思想問題的考察（下）〉，《臺灣民報》第 2 卷第 18 號，頁 4～5。

力。[36]這類的工作是經常性的，細水長流的方式，當然也就不可能耀眼醒目了，但是在考量賴和對臺灣文化協會的貢獻，絕對不能忽略他是醫生的身分。出力的部分，尚可從發起「政談演說會」，請人演講，這一類的報導觀察出來；[37]出錢的部分，則不易探索，但以他晚年下獄，在獄中還須為債務所苦，[38]那麼他行醫的收入，相當比率支援各運動團體，當非僅是猜測之辭而已。

　　賴和與臺灣文化協會關係密切，與臺灣的社會運動密不可分，從他1922年10月17日參加臺灣第一個政治結社——新臺灣聯盟，[39]1923年1月參加臺灣議會期成同盟會，[40]在臺灣被禁止結社後，2月16日再建於東京，亦列名其中，[41]隨後治警事件下獄，這些事跡可充分印證賴和參與的程度。

　　1923年12月16日，總督府警務局檢舉臺灣議會期成同盟會會員，北自宜蘭，南至高雄，同日同時將全島臺灣議會運動關係人一網打盡，當天被搜查並被扣押者41人，被搜查並被傳訊者11人，被搜查者12人，被傳訊者35人，總共99人罹難。[42]依當日亦遭到搜查的林獻堂秘書葉榮鐘之說法：

　　　事件是總督府警務局經過周密的計劃與極度保密而發動的。所以事件發
　　　生後，一切對外交通，無論電話、電信除官方外，私人的通信，均被控
　　　制。街頭巷尾以及公共場所，均有特務人員在監視，一面對於漏網的同

[36] 〈臺灣文化協會會報〉，《臺灣民報》第2卷第19號，頁12。
[37] 〈彰化初次政談演說會〉，係賴和與吳石麟發起，賴和且是政談演說會的司會者，《臺灣民報》第121號，頁7。
[38] 參見〈獄中日記〉，原發表於《政經報》，收於全集，頁268～302。
[39] 這是以臺灣文化協會會員為基礎的政治結社，後來因臺灣議會期成同盟會成立，而停止活動。賴和列名為普通會員，參見《臺灣社會運動史》，〈文化協會員與各種結社的關係〉，頁291。
[40] 賴和亦是列名普通會員，同上註。
[41] 亦是普通會員，同註39。
[42] 名單參見〈「治警事件」始末〉，葉榮鐘《臺灣近代民族運動史》，頁206～209。

　　志，也派有特務人員跟蹤。[43]

　　整個情勢的發展，是總督府施行的恐怖政治，以鎮壓臺灣覺醒的政治意識，賴和在這次治警事件中遭到搜查並被扣押。葉榮鐘晚年回憶有關賴和的遭遇云：

> 彰化市有多少人（被扣押）現在已記不清楚，不過老一輩的林篤勳醫師、許嘉種先生兩位都是（臺灣議會期成）同盟會員，他們平時和蔣渭水、林呈祿等臺灣議會主腦人物往來頻繁，他們受牽連自是意料中事。賴和比較他們是後一輩，這一輩中像陳虛谷、吳蘅秋、陳英芳、楊木等都安然無事，唯獨賴和一人被拘，似乎使人無法解釋。[44]

　　此一無法解釋，反面而言，可以印證賴和即使僅是臺灣議會期成同盟會的普通會員，涉入的程度也比他人更深。在日本統治者的眼中，賴和是打擊的對象之一，因此在這次的治警事件中，賴和首次入獄。初囚臺中銀水殿，賴和有詩云：

> 一死原知未可輕，吾身不合此間生。
> 如何幾日無聊裡，已博人間志士名。[45]

　　後移送臺北監獄，亦有詩云：

> 功疑惟重罪疑輕，敕法何嘗喜得情。
> 今日側身攖乳虎，模糊身世始分明。[46]

---

[43] 同上註，頁 210。
[44] 葉榮鐘〈詩醫賴懶雲〉，收於《臺灣人物群像》（臺北：帕米爾，1985 年 8 月），頁 134。
[45] 〈囚繫臺中銀水殿三首之一〉，全集，頁 376。
[46] 〈繫臺北監獄〉，全集，頁 376。

　　臺灣民間到底有與總督府官方不同的評價，也點出了日本國的臺灣籍民，畢竟是殖民地的被統治者。1924 年 1 月 7 日，賴和始以不起訴處分出獄。[47]經過治警事件之後，給了賴和更深的醒悟，徹底的和日本統治者劃開了界線，他在爾後的文章中寫道：

> 受到這次壓迫，對於支配者便非常憎惡。把關聯於他們的事務，一律辭掉，決意也不和他們協作。覺得此後的壓迫一定加倍橫虐，前途阻礙更多，但他並不因此灰心退縮，還是向著唯一光明之路前進。[48]

　　治警事件鍛鍊了臺灣的抗日志士，1924 年 12 月 16 日事件一周年，被拘捕的同志於臺北、彰化、臺南同時召開「同獄會」，公然與總督府繼續抗爭，[49]賴和每年也以這一天為紀念日，他在〈隨筆〉中言及：

> 這一日是向平靜的人海中，擲下巨石，使波浪洶湧沸騰的一日，這一日曾使我一家老幼男女，驚唬駭哭併累及親戚朋友，憂懼不安的一日，這一日是我初曉得法的威嚴？公正？的一日。所以對於這一日我總有特別的情感，同人們有什麼計劃，我都高興去參加。[50]

　　被監禁的人不以下獄為恥，反而組成「同獄會」，年年在當天聚會紀念，這正是反抗者的特色。

　　賴和與日本統治者絕不妥協的態度，尚可在 1925 年 8 月，〈答覆民報特設五問〉中清楚的看出，其中《臺灣民報》第二問：「五年以來發生的重要事項」，賴和舉出五則，其中一、二兩則分別是：

---

[47]〈「治警事件」始末〉，葉榮鐘《臺灣近代民族運動史》，頁 209。
[48]同註 13，頁 337。
[49]〈同獄會概況〉，《臺灣民報》第 3 卷第 2 號，頁 4。
[50]〈隨筆〉，全集，頁 243。

一、對議會請願者的經濟壓迫，月給〔月薪〕生活者的馘首〔解雇、革職〕，因此乃知為政者的哀〔胸〕襟，促使吾人多大的覺悟。

二、攝政宮〔即後來的昭和裕仁天皇，當時還是皇太子〕之御幸臺〔1923 年來臺巡遊〕，一面證明臺灣統治的成功，一面證明吾們的馴良易治。[51]

　　從第一則回答裡，可以看到殖民地的被統治者，即使是在合法的請願之下，仍受到另眼看待，覺悟的人轉向文化協會去活動，是 1923 年以後文協大活躍的原因，[52]第二則的回答出於賴和和常用的反諷筆法，這在 1926年元月〈答覆民報設問〉中，更加的辛辣，含義深刻，在眾多的答問之中，特別引人注目。其答問如下：

一、保甲制度當「廢」呢？當「存」呢？

答：存。我們生有奴隸性，愛把繩索來自己縛束，若一旦這個古法廢除，則沒有可發揮我們的特質。

二、甘蔗採取區域制度當「廢」呢？當「存」呢？

答：存。我是資本家飼的走狗，若這特權喪失，連我這做走狗的，恐怕也沒敕飯處。[53]

　　這樣的反面做答，令人過目難忘，也徹底的表現出殖民地民眾的無奈。

　　無論是參與「同獄會」，出席或支援文化演講，或是在《臺灣民報》上表達意見，賴和都表現了抗議者的精神。當時參加臺灣文化協會的人，普遍得到臺灣民眾的支持，賴和是文化協會理事，也是彰化地區推展啟蒙運

---

[51]《臺灣民報》第 67 號，頁 54。
[52]參見張正昌《林獻堂與臺灣民族運動》（臺北：自印，1981 年 6 月），頁 148。
[53]《臺灣民報》第 86 號，頁 24。

動的中心之一，具有民間所稱「文化的」特色，而「文化的」一詞是當時
臺灣社會分化過程中識別的指標。親身經歷此一運動的葉榮鐘曾深刻的指
出：

> 臺灣議會運動發軔，臺灣文化協會成立以後，民眾之間不知道什麼時候
> 出現一句新名詞「文化的」。這是指和臺灣議會、文化協會有關係的人無
> 論是會員與非會員，凡站在文協這一邊的人包括在內，甚至其人與文協
> 毫無瓜葛，但因他好議論或愛打抱不平，尤其是攻訐警察，批評御用紳
> 士，都會被人指稱「他是文化的」。與「文化的」對稱自然是「御用
> 的」，即御用紳士，這一名稱自何時起被使用，現在無從稽考，但在文協
> 創立以後膾炙人口，開始流行，則毫無疑問。……臺灣到這個時期，社
> 會上已經涇渭分明，在民眾的眼中，那個是文化的，那個是御用的，分
> 得清清楚楚，一清一濁，絕不容許涇渭混淆。[54]

賴和這種「文化的」特色，還表現在文學作品中，並且成為新文學運
動的重要內涵。賴和的新文學創作，最早發表的一篇是 1925 年 8 月 26 日
刊載於《臺灣民報》上的〈無題〉，爾後在臺灣文壇扮演了重要的角色。賴
和的作品有很強烈的現實感，並且技巧圓熟，除了他本身的才情志趣之
外，他的創作呼應了《臺灣青年》、《臺灣》、《臺灣民報》系統，陳炘、陳
端明、林南陽（攀龍）等留日青年，以及黃呈聰、黃朝琴、張我軍、蘇維
霖、蔡孝乾等具有大陸經驗的青年，當時所提倡的文學改良與文學革命之
主張，賴和將文學理論，轉化為具體實踐，從而取得輝煌的文學成就。

賴和作品強烈的現實感，與他參加文化協會以來，和臺灣社會脈動有
極深的關聯。二林事件是極為具體的例證之一。

1925 年 10 月 23 日彰化二林地區，蔗農與製糖會社因甘蔗採收發生爭

---

[54]〈形成社會的分化〉，葉榮鐘《臺灣近代民族運動史》，頁 315～316。

執，以致警察逮捕蔗農八、九十名，並擴大事件逮捕文化協會理事李應
章，並經由法院於二林庄實施戒嚴，引發二林事件。[55]在彰化行醫的賴和得
知消息，隨即寫下〈覺悟下的犧牲〉，副標題標示：「寄二林的同志」，[56]清
清楚楚的表明了他的立場，絲毫不畏統治者的權威。全詩共分 9 節，47
行，充滿了抗議性，稱誦被逮捕的人為「我的弱者的鬥士們」，第七小節尤
見其憤慨之情：

> 我們只是一塊行屍
> 肥肥膩膩留待與
> 虎狼鷹犬充飢。[57]

　　賴和直斥官商勾結欺壓農民的一群是「虎狼鷹犬」，肯定的站在弱小者
的一方，具有毫不妥協的抗議精神。更值得注意的是在他的原稿上載明
「10 月 23 日」，[58]這是事件發生當天的直接反應。如此緊扣現實的文學作
品，是賴和創作的特色之一。在以後有關抗議「退聯官拂下無斷開墾地」
的敘事長詩〈流離曲〉，反映霧社事件的〈南國哀歌〉，都是這種精神的進
一步發揚，因此均遭到檢閱人員從中腰斬的處分。[59]

　　總結 1927 年元月臺灣文化協會分裂之前，賴和公開發表的新文學作
品，加上答覆《臺灣民報》的兩題問卷，僅有區區九篇，然而賴和以〈覺
悟下的犧牲〉，寫下了詩人的身分，以〈一桿『稱仔』〉，取得了小說家的身
分。[60]他的反抗者的立場非常鮮明，參加文化協會以來，終生站在日本統治
者的對立面，也充分表現在文學上。

---

[55]參見〈林糖紛擾事件真相〉，《臺灣民報》第 79 號，頁 4～6。
[56]《臺灣民報》第 84 號，頁 15～16，副標題在全集中改為「寄二林事件的戰友」，全集，頁 139。
[57]全集，頁 141～142。
[58]原稿上的標記，但於《臺灣民報》第 84 號發表時另有一行 14、11、13 之題記。當以原稿為準。
[59]請參見拙作〈賴和與臺灣新文學運動〉，第八小節：「文學內涵分析——作品的藝術性與思想
性」。
[60]同上註。

　　社會運動中的賴和與文化運動中的賴和，彼此互爲表裡，必要這樣來衡量他，文化協會理事之一的賴和，他的貢獻才能具體的呈現出來。

　　此外，賴和的本職是醫生，廈門歸來之後，一直在彰化市子尾的賴和醫院懸壺濟世，身爲日本帝國主義殖民統治下的醫生，也無非是個工具而已，[61]換言之亦即是奴隸，和民間窮苦的農民、小販、工人……接觸越多，越能體會社會下階層的苦況，眾人眼中的仁醫，[62]由是更要關心「奴隸的奴隸」；[63]在左翼思潮不斷高漲的時代裡，他的人道主義精神，迎向時代的考驗。

三、分裂的年代

　　在時代思潮不斷衝激之下，臺灣文化協會的啓蒙運動，越來越偏重社會政治運動，尤其 1925 年介入竹林事件、二林事件之後，「朝實際運動去」成爲文協的口號；[64]1926 年 6 月 28 日臺灣農民組合成立，已發展成爲全島性的組織，曾受文協啓發和指導的農民運動，此後更是高潮迭起，反過來刺激了文化協會運動路線的爭議。另外，早在臺灣文化協會成立時，即有馬克斯研究會的組織，這是 1923 年 7 月，蔣渭水、石煥長、蔡式穀、連溫卿、謝文達等人，發起組織社會問題研究會之先驅，[65]這種在提倡民族運動時，亦有些人注意及階級運動的雙元現象，正是在東京的臺灣留學生介紹世界思潮的島內反應。這類組織雖遭總督府彈壓，但有些知識分子仍

---

[61]葉榮鐘在〈詩人施家本〉一文中，說及：「國語學校畢業，醫專畢業，充其量也不過做日本統治的工具而已。」收於《臺灣人物群像》，頁 140。

[62]王詩琅〈閒談懶雲〉曾提及這麼動人的一段：「懶雲執壺以來，對窮人相當的照顧。例如他在每年年底，便將病患者所欠的舊帳焚毀。……懶雲先生在世時，素得民眾尊重，喊他『和仔先』」。收於張炎憲、翁佳音合編《陋巷清士——王詩琅選集》（臺北：弘文館，1986 年 11 月），頁 166。

[63]李篤恭在〈憶敏川叔〉一文中，提及賴和的口頭禪是「大家愛關心奴隸的奴隸」，這是賴和參與政治社會運動基本的出發點。收於《王敏川選集》（臺北：臺灣史研究會，1987 年 9 月），序文，頁 23。

[64]謝春木《臺灣人的要求》（臺北：臺灣新民報社，1931 年 1 月），頁 38。

[65]連溫卿〈過去臺灣之社會運動〉，《臺灣民報》第 138 號，頁 12；及參見《臺灣社會運動史》，〈社會問題研究會的成立〉，頁 324。

越來越左傾化，以青年會、讀書會等名義，合流於文化協會讀報社內，爾後部分激進派以「無產青年」名義活動，宣傳無政府主義與共產主義，雖然人數並不多，但因有意識形態上的武裝，左翼運動者成為文化協會最有組織性的骨幹。[66]其中居於領導地位的兩人，一是受日本山川主義（Yamakawaism）影響的連溫卿，一是受福本主義（Fukumotoism）影響的王敏川，他們的左翼思想，在臺灣文化協會分裂的時刻裡，起了關鍵性的作用。

1926 年 5 月 15、16 日兩天召開於霧峰萊園的文化協會理事，已經明顯的面臨民族運動與階級運動的分歧點了。《臺灣民報》有關這次文協理事會議，報導消息如下：

> 下午三時開有志者會議，先議「組政治結社」的問題，聞其綱領或其根本方針及其組織，議論紛紛，又無具體的提案，可為討論的中心，所以各人各立案，將其私案定本年七月廿日為限，交蔣渭水氏，蔣氏將其提案集齊，印刷分與各人，則再召集會議討論。[67]

此一問題之所以議論不絕，係由於政治結社有背文協不干政治之主旨。但又事關爾後文協之路線，這次理事會眾說紛紜，乃是 10 月 17 日文化協會在新竹召開第六次年會，導致正式分裂的先聲。

身為文化協會理事的賴和，參加了萊園理事會議。在他生前未發表的遺稿〈赴會〉一文，提到了「普及漢文教育」、「普及羅馬字」兩案，正是此次會議議決的主題之一。[68]有關政治結社一案所引發的爭論，賴和寫道：

> 次日的會議，顯然提出了二派的爭執，似有不能相妥協的形勢，一派以

---

[66]參見《臺灣社會運動史》頁 327～333。
[67]〈文協理事會議〉，《臺灣民報》第 107 號，頁 5～6。
[68]同上註。漢文委員為林幼春、林伯廷、王敏川、洪石柱、蔣渭水等五人；羅馬字委員為蔡培火、陳逢源、謝春木等三人。

社會科學做基礎，主張階級利益為前提，一派以民族意識為根據，力圖
團結全民眾為目的。議案不能成立，一日便也了結。[69]

　　賴和於〈赴會〉全文中，未曾明言他到底傾向那一邊，但在行文裡，
對當時的知識分子則做了批判：

　　有產的知識階級，不過是被時代的潮流所激盪起來的，不見得有十分覺
　　悟，自然不能積極地鬥爭，只見三不五時〔偶而〕開一個講演會而已。[70]

　　比照賴和在文化協會裡的活動情形，這樣的批判，含有對自己所處地
位的反省，這是賴和在時代的挑戰之下，能與時俱進的原因之一，在文中
他藉著佃農對大地主階層霧峰林家的批評，側面呈現出他對於勞動者的同
情與關懷。賴和將他所聽來的佃農之間的談話，以對話的形式表現出來：

　　講文化的？若是搶到他們，大概就會拍拼〔拼命努力〕也無定著〔或說
　　不定〕。
　　他們不是講要替臺灣人謀幸福嗎？
　　講的好聽！
　　今日聽講〔聽說〕在霧峰開理事會。
　　阿罩霧〔霧峰舊名，意指霧峰林家〕若不是霸咱搶咱，家伙〔家產〕那
　　會這樣大。
　　不要講全臺灣的幸福，若只對他們佃戶，勿再那樣橫逆，也就好了。
　　阿彌陀佛，一甲六十餘石，好歹冬〔年冬〕不管，早冬〔春收〕五，晚
　　冬〔秋收〕討百，欠一石少一斤，免講。[71]

---
[69]〈赴會〉，全集，頁314。其中民族意識「族」字誤植為「眾」字。
[70]同上註，頁311～312。
[71]同註69，頁312～314。

　　這樣生動的對話，是文學家賴和採自民間的實錄，反映出民情的一面，也呈現了賴和對大地主階層保留的態度，這和他出身民間，行醫又長年與勞苦的民眾接觸，深知民間疾苦，由此衍發的人道主義精神有關。

　　長期擔任林獻堂秘書的葉榮鐘，在論及臺灣議會設置運動的資金來源時，曾特別舉出林獻堂爲例說：

> 他是臺灣議會運動的領導者，自然出錢也最多，他是標準的地主，唯一收入是租穀。他每年收入的稻穀約一萬石……一個人能夠把其全部收入的三分之一提供出來，說他已經盡力以赴似乎不太離譜吧？[72]

　　這是無可爭議的實情，林獻堂爲了臺灣人的政治權利，絕對是盡了心力。然而透過賴和筆下林家佃農的不平、不滿，觸及了日據時代地主階層無法避免的兩面性，一則爲了臺灣人的政治地位，出錢出力；但另一方面又由於唯一的收入是租穀，要和農民站在同一立場奮鬥，又絕無可能，這也是絕大多數參與社會政治運動的地主，終必要站在民族運動的範疇的主要原因。

　　賴和的家族，從其祖父賴知以來，三代以道士爲業，[73]和民間關係密切，「積儉初起家，未容事奢侈」；[74]賴和憑其聰明才智，當了醫生，在他從事社會運動時，其家族也是擁有六甲良田的小地主，[75]由於賴和的民間性強，他站在強調「關心奴隸的奴隸」之人道主義立場，處身於當時思潮的衝擊之下，1927 年元月臺灣文化協會分裂之後，賴和列名新文協臨時中央委員。在萊園的理事會議中，未見賴和的發言記錄，但從〈赴會〉取材角度以及結尾處，賴和即景隨興，詩云：

---

[72] 葉榮鐘《臺灣近代民族運動史》，頁 197。
[73] 祖賴知、交賴天送，以及出生即因迷信送給彰化廖姓人家的賴和胞弟葵冬，戶籍名廖棟，成年後亦隨生父送學做道士。採訪自賴和哲嗣賴燊及廖棟外孫施俊吉。
[74] 〈大人五十一生日奉詩稱慶〉，全集，頁 390。
[75] 六甲土地皆在市子尾一帶，採訪賴燊所得。

詩人劫後多悲哀，合抱殘篇滿草菜。

題碑儘有成名者，朽楔雖多是棄材。[76]

　　由櫟社題名碑，賴和發抒所感，顯見他已不甘以傳統文人和櫟社諸人，在異族統治下以棄材自居；賴和參與臺灣文化協會的活動，與時代的脈動合拍，〈赴會〉一文記錄了他參加萊園理事會時的心境，並預示了他未來的動向。

　　萊園理事會如前所述，呈現臺灣文化協會分裂的前兆。5 月 16 日「正午十二時閉會，一同攝影，為紀念」；[77]從《林獻堂先生年譜》，可以翻檢到這一張相片。[78]當時文協理事攝影留念時，總理林獻堂居中而坐，理事們分列兩邊，或坐或站；在集合攝影前，由各人無意識中所排列的位置，已能觀察出左右分裂的無可避免。以在文協分裂行動中居主要角色的四人：連溫卿、王敏川、蔣渭水、蔡培火所居的位置來看，連溫卿坐於林獻堂左手邊，王敏川站於連溫卿正後面；蔣渭水坐於林獻堂右手邊，蔡培火站於最右邊，正表現出來左右分裂後的大勢；右邊蔣渭水與蔡培火的關係位置，正巧是未來蔣渭水所謂「右之左及右之右」的陣式。[79]在文協理事中不甚顯眼的賴和站立於左邊最後一列，隱約只照出了一些身影與頭像。這種團體照相時各人無意識排列出來的關係位置，依深層心理學而言，正反映出各人潛在的運動路線，不僅僅是巧合而已。

　　萊園理事會已預示了文化協會因階級運動與民族運動的路線之爭，即將而來的洶湧波濤。當時「政治結社案」未予解決；1926 年 6 月 6 日《臺灣民報》未署名的論評〈政治結社的必要〉一文，已高揭非政治結社不可

---

[76]同註 69，頁 315。

[77]同註 67，頁 5。

[78]葉榮鐘編《林獻堂先生年譜》（臺中：紀念集編纂委員會，1960 年 12 月），該相片說明標識：民國 15 年於霧峰攝影。

[79]〈「臺灣民眾黨」出現〉，《臺灣民報》第 166 號，頁 4。蔣渭水在會議中談及：「左右的分裂，是政府所喜歡的，今更要使之分為右之左及右之右」，蔣渭水具有政治運動者之敏感，似已看出總督府的分化策略。

的論說：

> 應該要組織一個政治結社，舉行大大的政治運動，像現在的請願設置民
> 選議會，或差別待遇的撤廢，或要求言論出版集會結社等的自由。或產
> 業政策、和教育制度的改善，或保甲制度和砂糖原料採取區域制度的廢
> 止等問題，都要先行調查研究、宣傳運動，然後要求施設或改廢，才得
> 把一切的壞制度改革，而會實現適合輿論的政治。[80]

政治結社本是人民應有的權利，但由於臺灣是日本的殖民地，在統治者眼中臺灣人民並不具備是項權利。1923 年 1 月 1 日臺灣治安警察法施行，臺中州警務部長本間善庫，鑑於文化協會之行動越來越注重社會運動，曾於 1 月 16 日與文協總理林獻堂簽下「覺書」（備忘錄），其中第二款如下：

> 甲（本間）：文化協會為非關政治之結社，亦將來雖謂不欲存續使成為有
> 關政治之結社，倘以文化協會之運動有牴觸政治運動之場合，將以違反
> 治安警察法處分之，請預先知悉。
> 乙（林）：知道了。[81]

因有這項備忘錄之簽署，林獻堂及部分理事對於政治結社頗感顧忌；掌握《臺灣民報》筆政的文協理事，訴之輿論將政治結社問題凸顯出來，以取得多數人的支持。在初期的論評〈甚麼是『文協主義』〉，進一步說明並非「要造成臺灣人的思想惡化」，言簡意賅解釋云：

> 『文協』主義是要獲得大眾的生活——衣食住的具體之表現，並不是僅

[80]《臺灣民報》第 108 號，頁 3。
[81] 連溫卿《臺灣政治運動史》（臺北：稻鄉，1988 年 10 月），頁 140。

止於觀念。而脫離現實生活的……簡單說一句，文協主義不過是要使民眾脫離制度上的奴隸之地位而已。[82]

再次側面強調應從啓蒙的文化運動，進入實際的政治運動。此外，自 5 月 16 日起《臺灣民報》，陸續刊載張我軍翻譯自日本左翼社會運動理論家山川均（Yamakawa Hitoshi，1880～1958 年）的〈弱少民族的悲哀〉一文，[83]連續 9 期（第 105～108 號；第 110 號；第 112～115 號），長達兩個月，借著各種統計數據，凸顯出殖民地臺灣的悲慘情境，在關鍵的時刻裡，起了重大的作用。張我軍在譯者附記中言及：

我在翻譯之間，一陣陣的悲哀、慚愧和痛快之感，輪流著奔到心頭！有許多自己所不知的，或知而不詳的事，──且與咱們全島民的死活有大關係的事──山川先生卻詳詳細細地在日本第一大的雜誌《改造》宣佈出來。又有許多自己所不敢說的，或說不得的，或說而不說到痛快的話，山川先生替咱們痛快地吐露於日本第一有權威的雜誌《改造》上面。[84]

從張我軍的深刻感觸，亦足以反映臺灣人被統治的悲哀，此文在文協面臨分裂的階段，以大篇幅連續刊載，對師法山川均的連溫卿一派助力極大；另一方面，自 1926 年 8 月至 1927 年 2 月，《臺灣民報》上的「中國改造論爭」，以同樣是漢民族爲主體的中國在聯俄容共政策，已臨分裂的中國改造論爭之名，探求臺灣社會的特質及改革路線，[85]亦可看出臺灣受到中國

---

[82]《臺灣民報》第 109 號，頁 2。
[83]原刊於 1926 年 5 月號《改造》，《臺灣民報》刊出時副題：在「一視同仁」，「內地延長主義」、「同化融合政策」下的臺灣。
[84]《臺灣民報》第 115 號，頁 9。
[85]參見張炎憲《臺灣文化協會的成立與分裂》，收於《中國海洋發展史論及文集》（臺北：中研院三研所，1984 年 12 月），頁 286～287。

大陸的影響；在 1926 至 1927 年分裂的年代裡，臺灣亦無可避免地走上分裂之途。

1927 年 10 月 17 日，臺灣文化協會於新竹召開第六次總會，由於修改章程案而使分裂表面化，只好將理事及評議員任期延至次年 1 月 3 日召開的臨時總會，另由議長林獻堂指名鄭松筠、連溫卿、謝春木、蔡培火、蔣渭水、林幼春、陳旺成、陳逢源等八人爲起草委員。賴和代表彰化支部出席大會，未發表意見。[86]

11 月 20 至 21 日於霧峰林家舉行起草委員會，提出蔣渭水、連溫卿、蔡培火三議案；以同是委員的謝春木所觀察而言，連案「以俄爲師」，蔣案以「中國國民黨爲師」，蔡案則是盡量維持文化協會的傳統。[87]11 月 21 日《臺灣民報》刊載未署名的評論〈左右傾辯〉，具體而微呈現了 1926 年以來左右路線之爭，是此階段極爲重要的論說，於文中分析了兩派的長短：

> 左傾派的長所，大都富有進取的、戰鬥的精神，他們自然不怕壓迫，不顧生命財產的存亡。他們的短所，便是無視一切的傳統，無視一切的國情，只好翻譯外來的思想爲思想，只好採用外來的手段爲手段。
>
> 右傾派的長所，大都先認清〔誤爲請〕他們所屬的民族的傳統，與他們所屬的國家，或是社會的情形，嚴戒空虛無補的行動，一步一步地組織實力起來。他們的短所，便是因認社會的情形太清，容易被現實所牽掛，沒卻了高遠的理想，容易墮落爲妥協主義。[88]

這是極爲平實的分析，反映臺灣知識分子在世界性素潮澎湃的衝激之下，能洞悉左右傾派的長短，並且也警惕到兩派水火不容，處在日本殖民統治下的窘局：

---

[86]〈文協第六回總會概況〉，《臺灣民報》，頁 8。
[87]謝春木《臺灣人的要求》，頁 39。
[88]《臺灣民報》第 132 號，頁 3。

左派攻擊右派為妥協主義，右派攻擊左派為小兒的空想病，因此不得立
腳在共同戰線，以致失掉勞動運動的威力。[89]

〈左右傾辯〉一文出自蔣渭水之手，[90]為了力圖挽回文協的分裂局面，
在文中亦譯介了左派對右派的六大戰術，試圖站在「中間」的位置。然則
客觀形勢的發展，並無法以主觀願望來加以逆轉。在 1927 年元月 2 日發刊
的《臺灣民報》新年號，連溫卿的〈過去臺灣之社會運動〉、蔣渭水的〈今
年之口號「同胞須團結，團結真有力」〉、蔡培火的〈我在文化運動中所定
的目標〉三文，一起刊出，就其本身的立場各逞所能；[91]同日下午二時，文
協於臺中東華名產株式會社召開理事會議，出席理事 37 名，審查議案，連
溫卿案以多數決得勝，遂以連案為基礎，將逐條審議。蔡培火、陳逢源、
王受祿、韓石泉及其他十數名理事棄權退席。[92]當事人連溫卿日後回憶云：

當連案通過以後，蔣渭水既發揮折衷主義之本性，極力欲制定大眾文化
之意義，意即將自己所擬好的八大政策重新恢復，做為綱領之說明。於
是本案雖稱為連案，亦可以稱為蔣案。[93]

由於有以上之波折，議案最後由在場之 16 名理事：王鐘、林冬桂、王
敏川、周天啓、吳石麟、張信義、林糊、鄭明祿、林碧梧、彭華英、吳庭
輝、連溫卿、洪石柱、邱德金、賴和、黃石輝等人，討論至深夜 11 點半始
告完畢。[94]

賴和在這次理事會中有何發言，現有資料未詳，在這一階段，賴和與

[89]同上註，頁 5。
[90]參見黃煌雄《臺灣的先知先覺者蔣渭水先生》（臺北：自印，1976 年 9 月），頁 99。
[91]《臺灣民報》第 138 號。三篇文章在這期新年號中占了首要的篇幅。
[92]〈文協會則大改〉，《臺灣民報》第 141 號，頁 5～6。
[93]連溫卿《臺灣社會運動史》，頁 161。
[94]同上註。

連溫卿、王敏川同一立場，應無疑義，以後文協再次分裂，則與王敏川同一戰線。

1927 年元月 3 日下午二時，文化協會臨時總會於臺中公會堂召開，出席會員計有一百數十人，[95]最後選出臨時中央委員 30 名，名單如下：

林獻堂、王敏川、黃細娥、邱德金、林幼春、連溫卿、蔡孝乾、鄭明祿、林冬桂、洪石柱、賴和、蔡培火、蔣渭水、林碧梧、周天啓、林伯廷、洪朝宗、王萬得、黃運元、白成枝、吳庭輝、林資彬、彭華英、莊泗川、張信義、高兩貴、吳石麟、黃石輝、林糊、王錐。[96]

依據左右兩派關於這次正式導致文化協會分裂的臨時總會開會情形，兩派各有不同的說法。葉榮鐘在《臺灣近代民族運動史》中云：

> 屬於連溫卿派的大甲、彰化以及由臺北大批擁進會場的左翼青年佔大多數，他們以連溫卿為中心，佔據坐席的中央，大有睥睨全場的氣勢。[97]

當事人連溫卿則針對文協全被無產青年奪去一節，加以反駁說明：

> 其中新加入的會員只有十二名，彭華英亦在其中，並非全部都是無產青年。其中九名的介紹者為急進民族主義者之蔣渭水，三名為連溫卿所介紹，前者皆為普通青年，而後者可以視為無產青年也未可知。[98]

連溫卿亦不免偏向本身立場，以彭華英而言，既已參加元月 2 日的理事會，自然不會是新加入的會員。那麼葉榮鐘所云大甲、彰化、臺北的左

---

[95]出席人員數目不一，《臺灣民報》141 號報導：「到會會員一百數十人」，頁 7；葉榮鐘於《臺灣近代民族運動史》中，共 133 人，頁 340；連溫卿於《臺灣政治運動史》則云 190 名，頁 163。葉與連兩人的數目差距，可能牽涉部分會員的入會資格鑑定問題。
[96]《臺灣民報》，第 141 號，頁 8。
[97]葉榮鐘《臺灣近代民族運動史》，頁 340。
[98]連溫卿《臺灣政治運動史》，頁 163。

翼青年所扮演的角色，值得加以注意。因連溫卿、王敏川主要的活動地點在臺北，具有影響力極為自然；文協彰化支部向來極為活躍，賴和以地緣的關係，在彰化向來有影響力，亦曾前往大甲講演；1926 年 8 月 23 日，賴和與吳石麟繼前兩天彰化磺溪會舉辦的「全島雄辯大會」，在彰化發起「政談演說會」，[99]邀請連溫卿、鄭明祿、洪石柱、彭華英、林多桂等人演講，由於日警干涉，未能出場，由賴和司會，與李中慶、李金鐘撐大局，因演說激烈，被命中止、解散；當天情況，《臺灣民報》報導，敘說原因，並有如下場面的描寫：

> 是夜，大雨傾盆似的降下，但聽眾毫不減少於前夜的雄辯大會，約有五千餘人，把個曠闊的戲園擁擠的幾乎沒立錐餘地。[100]

　　從前後三天，彰化政治演說的盛況，可知文協彰化支部向來的活動力。彰化在日據時代向來被視為思想惡化的所在，這是其來有自，乙未八卦山之役是日軍與民軍勝負的一大決戰，彰化人抱著亡國滅種之痛，民族意識十分強烈；以賴和而言終生是不甘於當日本籍民，受過當時臺灣最高的醫學校教育，絕不以日文發表文章，行醫常穿「臺灣服」（本島衫），[101]不書日本年號，[102]就日本統治者而言，自然是思想惡化的人物之一。

　　由於賴和是文協彰化支部的核心之一，對彰化地區的青年有其潛在性的影響，吳石麟是出身彰化世家吳德功家族的激進青年。[103]吳是王敏川在彰化第一公學校任教時的學生，深受王敏川影響，臺北工業學校中途退

---

[99] 《臺灣民報》第 121 號，頁 7。

[100] 同上註。

[101] 賴和在〈獄中日記〉中云：「我的穿臺灣服也是在開業後就穿起來，純然是為著省便利的起見，沒有參合什麼思想在內。」人在獄中，不能不這樣寫，其實正如王詩琅所言確有臺灣精神的存在。參見全集，頁 287～288。

[102] 參見拙著〈賴和與臺灣新文學運動〉，第二小節「民族意識與復元會」；另賴和所屬的彰化臺灣人醫師會給總督的建議書竟亦以西元紀年。〈彰化醫師會が總督に建議書〉，《臺灣民報》，第 301 號，頁 10。

[103] 於彰化採訪吳石麟之子吳開第所得。

學，回彰化積極參與文化協會活動；而王敏川與賴和是居住彰化北門附近的世交，大賴和六歲，時有往來；1923 年王敏川畢業早稻田大學政經科後，回臺灣任《臺灣民報》記者，是文協理事中極爲活躍的一人；又有同樣地緣關係，一樣出身國語學校與早稻田大會的施至善，在文化協會中擔任評議員，亦服務於《臺灣民報》，王、賴、施三人關係極深，彼此影響，情誼維繫終生。[104]政治理論並非賴和所長，但他人道主義精神，使他自然傾向左翼社會運動，反抗日本殖民統治的抵抗精神從未衰退，因此彰化地區的激進青年樂於和他親近，遂成爲無形的中心之一。

　　1927 年元月，文化協會分裂，是以連溫卿、王敏川爲核心取得文協的領導權；蔡培火、洪元煌於選出臨時中央委員之後，相繼退席了。蔣渭水曾以他的提案附於連溫卿的提案，後來也跟著退席了。依葉榮鐘在《臺灣近代民族運動史》提出的看法云：

> 蔣渭水與連溫卿本來是共同戰線的提攜者，但因兩者思想上有不可逾越的界線。在理事會席上又因「總理制」的主張與連溫卿之間發生摩擦，導致無法妥協的地步，所以他也不屑留在連派旗下共事，乃聲明辭去中央委員而退席。[105]

　　臺灣文化協會就在 1927 年元月 3 日的臨時總會結束時分裂了。賴和與王敏川同一陣線，俱擔任臨時中央委員。分裂後的文化協會，首先由連溫卿掌握實權，從民族主義轉向社會主義。彰化青年蔡孝乾在〈轉換時期的文化運動〉一文中，分析 1920 年 7 月《臺灣青年》發刊以來，以迄文協的分裂，強調說明：

---

[104]王敏川、賴和、施至善三人，被稱之爲「彰化三枝桂」，三人決心實質上成爲義兄弟，王敏川女兒嫁賴和三弟，施至善大女兒嫁王敏川長男，因其時賴和兒女年幼。託李篤恭於彰化採訪所得。
[105]葉榮鐘《臺灣近代民族運動史》，頁 34。

有了思想界的轉換，才促成了文化協會的有意義的改組，同時有了文化
協會的改組，才證明了臺灣思想界的有意義的轉換。[106]

　　蔡孝乾以唯物辯證法的概念，認爲文協分裂是必然的現象，並且認爲
這是「臺灣解放運動的展開」，也「必然的又推移到更進步的新的階段」，
[107]顯示馬克思主義在日據下的臺灣，愈見抬頭的趨勢。

　　賴和並非是完全受左翼思想支配的知識分子，亦沒有政治人物的領袖
慾，在 1927 年 2 月 3 日新文協召開的臨時中央委員會，他並未任常任委
員。[108]

　　另一方面，文協舊幹部則於 2 月 10 日集會於霧峰林家，醞釀成立臺灣
自治會；[109]5 月 1 日，《臺灣民報》報導臺灣自治會被總督府當局禁止；
[110]5 月 8 日，舊文協派再以林獻堂爲主共 46 人籌組臺政革新會，以「期實
現臺灣人全體之政治的經濟的社會的解放」，[111]此一現象，顯示出在新文協
的強力刺激下，舊文協亦提高其政治綱領；5 月 29 日，正式宣告成立，同
時改稱臺灣民黨，賴和在當天的發會式出席並被選爲臨時委員。[112]僅經五
天，即於 6 月 3 日被總督府當局依據治警法第八條第二項，以妨害治安命
令禁止，[113]當局在禁止的理由中云：

臺灣民黨（臺政革新會）爲文化協會員中比較穩健分子所計劃，在不違
背帝國根本方針之下所組織，但其綱領政策猶使用臺灣人全體之政治
的、經濟的、社會的解放之標語，顯然是唆使民族反感，妨礙內臺之融

---

[106]〈轉換時期的文化運動（二）〉，《臺灣民報》第 143 號，頁 11。
[107]〈轉換時期的文化運動（三）〉，《臺灣民報》第 144 號，頁 7。
[108]〈文協改組後的分化〉，《臺灣民報》第 146 號，頁 6。
[109]〈臺灣自治會將出現〉，同上註。
[110]〈文協真分裂了〉，《臺灣民報》第 155 號，頁 13。
[111]〈新出現的臺政革新會〉，《臺灣民報》第 158 號，頁 8。
[112]〈臺灣唯一的政治結社臺灣民黨〉，《臺灣民報》第 161 號，頁 6。
[113]同上註，頁 8。

和，使人懷疑其懷抱民族主義。[114]

　　7 月 10 日，以臺灣民黨為基礎，修正遭總督府當局忌諱之字句，成立
臺灣民眾黨，以「確立民本政治，建設合理的經濟組織及改除社會制度之
缺陷為綱領」，[115]是日據時代臺灣首次以黨的名義出現的政治結社。依蔣渭
水在民眾黨第一次的政談中云：

> 民眾黨的根本精神，在反對現時三權握做一手的總督府專制政治，要求
> 三權——司法立法行政——分立的立憲政治，改革假裝的地方自治，實
> 施民選而有議決權的真自治，改除警察萬〔誤為萬〕能的制度。[116]

　　這是臺灣殖民地民眾追求政治權利的理想，因此在各地的政談演說
中，甚得民眾的歡迎。
　　賴和以臺灣民黨的臨時委員亦隸籍臺灣民眾黨，由是橫跨於新文協與
臺灣民眾黨。1927 年 8 月 18 日，彰化礦溪會邀請各黨派假彰化座舉行
「社會改造問題大講演會」，賴和與邱德金以同屬新文協和民眾黨之身分被
大會邀請。[117]
　　臺灣文化協會於 1927 年分裂之後，左右兩派迭有紛爭。5 月 15 日
《臺灣民報》，未署名的評論〈中臺改革運動兩潮流〉一文，以中國大陸北
伐中途國共分裂的情勢演變，予以比擬：

> 右派是主張以農工階級為基礎的民族運動，左派是主張階級鬥爭——共
> 產主義——故又可看做右派是奉三民主義，左派是奉共產主義，所以結

---

[114]連溫卿《臺灣政治運動史》，頁 228。
[115]〈臺灣民眾黨的出現〉，《臺灣民報》第 166 號，頁 5。
[116]〈民眾黨的政聲第一談〉，《臺灣民報》第 167 號，頁 4。
[117]參見連溫卿〈分裂後之潮流〉，《臺灣政治運動史》，頁 178。

局文協也是三民主義與共產主義的紛爭。……臺灣宛然是個小中國。[118]

這樣的比喻，不見得貼切，但倒是點出了分裂情況之嚴重。如果這些政治運動者如同國共兩黨手中握有武器，情勢將更加惡化。但臺灣處在日本殖民統治直接的壓迫下，殖民地民眾反抗的主要對象是帝國主義，以期解開套在身上的枷鎖。在異民族統治下，辯論「農工階級為基礎的民族運動」與「階級爭鬥包民族膜」，[119]雖亦有本末輕重之分，但偏執一方，容易流於意氣之爭，也容易受到主要敵人的分化。賴和在此一關鍵年代，橫跨新文化與臺灣民眾黨具有調節的作用。

另一方面，臺灣總督府當時確有分化臺灣文化協會的對策。經日本臺灣史家若林正丈於 1978 年 4 月挖掘公之於世，[120]此即收存於臺灣第 11 任總督（1926 年 7 月～1928 年 6 月）《上山滿之進關係文書》中的〈文化協會對策〉，若林研究判斷是總督府警務局（局長本山文平）之幹部，於 1927 年一至四月間寫成，呈送上山，以為文化協會取締措施草案之資料。[121]

該對策中將臺灣文化協會之主要人物分成穩健派與急進派兩個派別：

（一）穩健派

此派不提帝國統治權之當否，專以統治之改良為主，以求撤除內臺之差別，增進本島人之利益幸福，可視為比較穩健者：

林獻堂（臺中）、蔡培火（臺南）、陳逢源（臺南）、蔡式穀（臺北）、王受祿（臺南）、韓石泉（臺南）、謝春木（臺北）、鄭松筠（臺中）、楊振福（高雄）、黃周（臺中）

（二）急進派

此派奉民族自決主義，或共產主義、無政府主義等，動輒有反抗帝國

---

[118]副題：國民黨分左右派，文協也分左右派，《臺灣民報》第 157 號，頁 2。
[119]蔣渭水〈對臺灣農民組合聲明書的聲明〉，《臺灣民報》第 161 號，頁 14。
[120]若林正丈〈臺灣總督府秘密文書「文化協會對策」〉，《臺灣近現代史研究》創刊號（東京，龍溪書舍，1978 年 4 月）。
[121]參見若林正丈前揭〈「文化協會對策」〉，頁 159。

國權之傾向：

連溫卿（臺北）、蔣渭水（臺北）、鄭明祿（臺北）、王敏川（臺北）、邱德金（臺北）、高兩貴（臺北）、黃白成枝（臺北）、王萬得（臺北）、洪朝宗（臺北）、蔡孝乾（臺中）、莊泗川（臺南）、彭華英（臺中）、楊良（新竹）、潘欽信（臺北）、吳廷輝（新竹）、洪石柱（高雄）、黃運元（新竹）。

以上以地區觀之，則臺北、苗栗、彰化、屏東、基隆等地歸急進派之手，而臺中、霧峰、臺南、高雄等地則屬穩健派；大略言之似可謂爲北方急進、南方穩健。[122]

以上所述係日本警方對臺灣文化協會活躍人物的觀察研判，賴和之名，未在其中，但正如前文分析，賴和起先以蔣渭水的推薦，擔任文協理事，長期於彰化支部後援文協的活動；並與王敏川因地緣關係是多年的知友，彼此互相影響；與賴和在文化協會分裂後，同時隸屬於新文協與民眾黨的邱德金亦是被認爲急進派，因之賴和的政治觀，如同蔣渭水、王敏川、邱德金同屬於民族自決主義者而帶有社會主義的傾向。[123]

文化協會既有穩健與急進之兩大派別，統治者當局在文協分裂之際，亦有一套分化、破壞的策略，並充分體認「若經外部施加壓迫，反使內部團結堅固，故寧可使內部起內訌，造成潰裂爲良策」，[124]因之對穩健派給予援助及善導。使轉向爭取參政權運動：策劃使急進分子之間亦生分裂，以及在嚴密監視之下，令急進分子左傾至社會輿論不容之地步，然後採取最後手段，下令禁止。[125]觀察爾後新文協會員對於臺灣民眾黨的挑釁，1929年底新文協的再分裂；以及林獻堂、蔡培火等人於1930年8月從臺灣民眾黨撤退出來，另組臺灣地方自治聯盟等事，正是一步步走向「文化協會對策」一文中擬定的方案。激進派與穩定派各自分裂，一分爲二、二分爲

---

[122]參見若林正丈前揭〈「文化協會對策」〉，頁164。
[123]參見若林正丈前揭〈「文化協會對策」〉，頁165。
[124]同上註。
[125]參見若林正丈前揭「文化協會對策」，頁166。

四，是臺灣政治運動力量的分散；左右兩極化愈趨嚴重，相互不容，殖民統治者更可以兩害相權取其輕，導向無法動搖其統治基盤的一方。1920 年代後期以迄 30 年代中期，臺灣的政治運動比起文化協會分裂之前，更見蓬勃，且 1928 年 4 月臺灣共產黨成立之後，在臺灣的地下活動也次第展開，又以再次分裂的新文協為外圍團體，加強農工團體，但終究被鎮壓下去。1937 年，七七蘆溝橋事變，臺灣更被軍司令部強制禁止所謂「非國民之言動」，唯一存在的臺灣地方自治聯盟也被強制解散。

　　回觀在文化協會分裂之初，賴和同時屬於新文協與臺灣民眾黨，而兩方也都接納，顯得別具意義。從他參加臺灣文化協會的全程加以觀察，賴和最大的成就在新文學運動方面，對於文化的啟蒙盡了全力；而他的文學之所以顯得凸出，其中一個重要的因素，是與臺灣的現實社會緊密連結，表現了殖民地的抗議之聲；這又跟他的社會運動、政治運動有密切的關聯，然而賴和不必以政治為「職業」，也不必在運動中取得指導者的地位，這使得他具有彈性，包容力也較大，換言之，主要敵人是異民族的日本統治者，一味強調被支配民族的「左」、「右」之分，反而容易分散抗爭的力量；文協彰化支部是最激進的地區，賴和在當地具有影響力，新文協與民眾黨的對立，賴和橫跨其間，具有調和的作用。《臺灣民報》1927 年有一則民眾黨 8 月 31 日在彰化開政談演說會的報導。午間黃周、盧丙丁，相繼演講，被下令中止，而蔡培火講演時，「反對派的揶揄之聲漸起，但蔡在以極熱誠的態度對付，以致聽眾大表同情，以聽眾之力壓制了反對者的騷擾」；[126]晚間邱德金、韓石泉、蔣渭水相繼演說，賴和於閉會時致詞，晚間的演說「反對者銷聲遁跡，收了很好的成績」；[127]在彰化新文協與民眾黨彼此攻擊激烈，[128]賴和盡量減少了左右兩派不必要的纏鬥。

　　可以拿來做為對比的是被目為穩健派的蔡培火臺南一派。在 1927 年元

---

[126] 〈民眾黨在彰化開政談演說會〉，《臺灣民報》第 173 號，頁 4。
[127] 同上註。
[128] 〈兩派的傳單戰〉，《臺灣民報》第 173 號，頁 6。

月 3 日的文協大會上,以舊日關係被舉爲臨時中央委員,「即刻聲明絕對辭退不受」,[129]但仍具有會員及舊幹事身分,在他領導下的臺南支部,文協舊幹部於 10 月 1 日寄出〈脫離文化協會聲明書〉聲稱:

> 彼等如此行爲只有破壞共同戰線,而招專制政府與壓迫階級之侮蔑,彼等行爲是誠何心,我等深信同胞之勁敵實係專制政府壓迫階級,御用劣紳與走狗。而今新文化協會一派高唱階級鬥爭,否認人道,所行莫非破壞從來之事業,而反對吾人之主張,鼓勵同胞相殘,使漁夫得利,於此彼等若不痛改前非,我等斷難再與共事,是故脫離一切關係,使彼等肆行其志,我等亦行我等所是,於兹組織臺灣民眾黨,力爭臺灣民眾之政治的、經濟的、社會的解放。[130]

站在右派觀點,與左派水火不容;而曾任專務理事與臺灣文化協會關係特別密切的蔡培火,抱持「文化協會這個好名我是愛護到底,所以別的舊同志,雖然很多退會了,我也不甘脫離」,[131]在左右鬥爭激烈的情況下,終於被臺灣文化協會臨時委員會以懲戒委員會的名義,在 10 月 6 日發出〈除名通知書〉,將蔡培火除名了。[132]

1927 年 10 月 17 日,新文協於臺中召開第一次全島代表大會,出席代表 117 名,宣言書中強調「文協願永遠爲農、工、小商人、小資產階級的戰鬥團體」;[133]取消林獻堂先前所提出的「文化協會不涉及政治」的備忘錄,以及組織臺灣民報不買同盟等等。

這次大會,有關賴和部分,值得注意的是剛於 7 月 15 日與其四弟賴通

---

[129] 〈文協會則大改〉,《臺灣民報》第 141 號,頁 8。
[130] 葉榮鐘《臺灣近代民族運動史》,頁 348。
[131] 〈被文協除名的蔡培火氏談〉,《臺灣民報》第 178 號,頁 7。
[132] 同上註。
[133] 王詩琅譯《臺灣社會運動史》,頁 361。

堯結婚的劉素蘭，[134]擔任中央委員，並主持婦女部。[135]劉素蘭畢業於彰化
女中，在這之前並沒有政治活動的記錄，與賴通堯結婚之後，寄籍賴和同
一戶籍內。知友王敏川則主持宣傳部。以此推理，賴和身兼民眾黨，可能
有感不宜直接介入新文協太深，而以賴通堯、劉素蘭為其代言人，一直到
1931 年新文協被禁，賴和是新文協的代表員（評議員）。

　　1927 年是臺灣從文化運動轉入以政治運動為主體的一年；中國大陸國
共合作失敗，導致分裂的現象，也影響到以漢民族為主體的臺灣。當時臺
灣的政治運動分為兩派，一派主張推進民族運動，一派強調謀求臺灣人的
解放，應以社會主義的階級鬥爭為主體。以文化協會分裂的要角連溫卿當
時的看法，他從左翼觀點認為：

> 前者的主張，是以小數的利害關係為根本要求，所以和當局標榜的內地
> 延長主義吻合一致，其限界是止於獲得政治上的獨立，換言之，他們所
> 主張的是以設立臺灣議會為其極限。又後者所主張的，因為是以最大多
> 數的臺灣無產階級的解放為其目的，……於是民族主義者全部總退卻，
> 結集其勢力，組織臺灣民眾黨，來跟臺灣文化協會對立。[136]

　　就文化協會彰化支部與臺南支部比較而言，向來在日本統治者的眼中
就有急進與穩健之分；分裂之後的結果，臺南原文協的幹部、會員退會的
退會，除名的除名，轉入臺灣民眾黨繼續貫徹原有的理念；賴和原是負責
彰化支部的文協理事，在時代思潮的衝激與王敏川的影響下，任新文協臨
時中央委員，也同時加入臺灣民眾黨，由於強烈的民族意識，使他沒有往
左翼路線急速分化而去，但亦不完全排斥社會主義的觀點，故能容納左翼
運動。在當年的政治運動者不一定能充分警覺除了民族主義與社會主義的

---

[134]賴和家族戶口名簿登載。賴通堯係賴和堂弟，按家族大排行，賴和向來稱之四弟。
[135]第一回全島代表大會所決定，參見《臺灣社會運動史》，頁 367～368。
[136]連溫卿〈一九二七年的臺灣〉，收錄於《臺灣社會運動史》，頁 358～359。

對峙之外，總督府也利用時勢暗中採取一套分化策略，賴和不完全受意識形態的支配，同屬於新文協與民眾黨，以他在彰化地區的影響力，無形中有了消弭總督府官方的分化策略之作用。

四、分裂再分裂的年代

1927 年元月臺灣文化協會左右分裂，形成左翼占領文化協會，右翼則退出另組織臺灣民眾黨的態勢。當時臺灣人唯一的評論機關《臺灣民報》，則呈現恰好相反的局面，1927 年 2 月，新文協臨時中央委員鄭明祿、王敏川、王萬得等人從臺灣民報社退出來。舊有關係者掌握住《臺灣民報》，形容民眾黨的機關報，再分裂之後，則屬於臺灣地方自治聯盟，[137]這和出資者主要是地主階級有不可分的關聯。在思想、路線激烈衝突的時候，掌握言論機關，必然居於較有利的地位，這從 1927 年 10 月 17 日，新文協召開「一大」，決議之一，「組織臺灣民報不買同盟」，此一事實可清楚的呈現出文協分裂之後，《臺灣民報》雖然兩派的消息都加以報導，但無疑較偏重臺灣民眾黨。

《臺灣民報》的前身是《臺灣青年》、《臺灣》，原先「不過是一群知識青年的思想表達的機關而已，還沒有普遍報導的機能」，[138]但自改組為《臺灣民報》之後，由半月刊、旬刊，而至週刊，1925 年 8 月 26 日第 67 期，發行「創立五週年，發行一萬部」的臨時增刊紀念號，標示了《臺灣民報》的成長及在輿論界的重要地位。[139]以後發行份數迭有增加，為了更擴大影響力，從東京遷回臺灣島內發行，成為民報努力的方針之一，但是直到文化協會分裂之前，一直不被臺灣總督府允許，直到 1927 年 7 月 10 日臺灣民眾黨成立之後，才於 7 月 16 日得到總督府允准在臺灣島內印行。此

---

[137]參見劉枝萬《南投縣革命志稿》（南投：文獻會，1959 年 6 月），頁 192。
[138]楊肇嘉〈臺灣新民報小史〉，收於《楊肇嘉回憶錄》（臺北：三民，1968 年 12 月），頁 422。
[139]依 1924 年 4 月警務局的調查，當時臺灣的報紙，發行部數，《臺灣日日新報》18970 部，《臺南新報》15026 部，《臺灣新聞》9961 部，《臺灣民報》於 1925 年 8 月，發行達到萬部，顯示其重要性。以上數據參見蔣渭水〈五個年中的我〉，《臺灣民報》第 67 號，頁 45。

一事實，林獻堂的秘書葉榮鐘向來認爲這是蔡培火與當時警務局保安課長
小林光政折衝的結果。[140]其實並不然，從上節引述的臺灣總督府秘書文書
〈文化協會對策〉的脈絡來加以觀察，這正是總督府適時採行的分化策
略，以加入日文報導做爲遷移臺灣島內的條件，僅是表面的理由，其實真
正的目的是利用右翼的穩健派來打擊左翼的急進派，質言之，臺灣總督府
以「恩賜放寬」的姿態[141]來遂行其兩害相權取其輕的策略。

　　《臺灣民報》終於在 1927 年 8 月 1 日，以林幼春爲發行人，社址設在
臺北市下奎府町〈今南京西路〉，發行第 167 號。當期的社論〈民報的轉
機〉，樂觀的認爲，這是「臺灣統治方針更新的暗示」，結論是：

> 試看古今東西的各國殖民地統治史的歸結，同化是滅族政策的假面具，
> 自治是共存共榮的秘訣方，鐵證昭然，不容強辯。向來日本的政治家，
> 都是沒有經營殖民地的經驗，所以往往有妄想實行強制同化盡量榨取的
> 政策。然而近來內外的情勢日變，階級鬥爭的鬥鼓亂打，民族運動的警
> 鐘大敲，若一失了足，必遭千古之恨。況且在日本內地已定實施普通選
> 舉，無產階級也已經起來活動，而提倡制定臺灣憲法的聲浪，在政界上
> 也已日高一日了。當此時局轉變之秋，雖是在此孤小的島地，當局已經
> 順應時勢，而容認民報在島內自由議論了。[142]

　　社論中雖將階級運動與民族運動並列，但無疑也暗示《臺灣民報》將
立在穩健的立場；此在同一期中〈和文民報發刊之際〉一文裡，更可以觀
察出來：

---

[140]葉榮鐘《臺灣近代民族運動史》，頁 552。此時是上山滿之進總督任內，葉氏誤爲上一任伊澤多
　　喜男任內。准許《臺灣民報》遷移島內發行的時間，是 1927 年 7 月 16 日，葉氏誤將其提前一
　　年。其原因乃是將蔡培火〈民報島內發刊所感〉一文中：「唉！我們的臺灣民報，自去七月十六
　　日起，已經受過當局臺准在島內發行了」，依當時記事習慣「去」是上個月之意，並非是去年。
[141]楊肇嘉謂「恩賜放寬」是臺灣總督府的姿態，同註 138，頁 426。
[142]〈民報的轉機〉，《臺灣民報》第 167 號，頁 2。

本報做為嚴正的臺灣言論機關，務必基於臺灣全住民的總意，反映出真正的輿論。因之，臺灣四百萬住民中包含十八萬以上的內地人，必要認定相互之間意思之傳達。[143]

當然就《臺灣民報》而言，亦可以說是基於本身策略的需要，但是既須遷就臺灣總督府的政策，言論亦難免相形矮化。由這些背景，再來看蔡培火在〈民報島內發刊所感〉一文，歷數在內田總督時，請求許可在臺灣發行，「不但不肯取睬，將我們同志一拼（併）都拋下獄去了。以後經過伊澤總督，眾同志輪流參香不斷地披誠懇請，總都是像對石頭公說話」[144]的現象，何以在上山滿之進總督任內，就在臺灣文化協會分裂，臺灣民眾黨成立之初，突然「恩賜」《臺灣民報》准於在臺灣島內發行，其中實含有統治當局有意因勢利導，以打擊臺灣左翼運動的策略在內。

彰化醫師，也是文協分裂之後，臺灣民眾黨的幹部林篤勳，在《臺灣民報》於島內發行時，曾有詩云：

在京忍過七年間，論及強權心就寒。
當局良心雖出現，發刊豈是無刁難。[145]

林篤勳亦是從臺灣總督府良心出現的觀點來看，這反應當時多數人，並不能充分明瞭統治當局的分化策略，賴和在後來紀念民報十週年的文章中，曾敏銳的感受到背後的陰謀，語重心長的指出：

民報還未移入臺灣以前，我們民眾運動的主體的臺灣文化協會，已經就發生了左右派的分裂了。文協的分裂和民報移入臺灣，表面上雖沒有什

[143]〈和文民報的發刊の際にして〉，同上註，頁9。
[144]蔡培火〈民報島內發刊所感〉，同註142，頁7。
[145]同註142，頁6。

麼關係，可是民眾那裡不會懷疑呢？以前是受全民所信賴所擁護的我們的先鋒，更〔竟〕然受了一部民眾的懷疑了，……現在民眾所缺乏的，已經不是訴苦的哀韻，所要求的是能夠促進他們的行進的歌曲，民報呀！我們唯一的言論機關的民報，血管裡過去豈不是曾流著紅的血嗎？切不可以這些被懷疑，而丟棄了一切的民眾的使命要緊呀！[146]

　　這是《臺灣民報》移入臺灣發行三年後，賴和對民報的由衷期待，期待民報是「吹奏激勵民眾的進行曲」；也可看出《臺灣民報》遷移之初，表面上看似與文協分裂無關聯的兩件事，當時已有包括賴和的一些人，覺得背後並不單純。雖然並未明言後出於臺灣總督府的分化策略，但對照史實，正是分化策略的大勢所趨。

　　1927 年 8 月《臺灣民報》正式遷入島內發行，正好陷入臺灣總督府的既定分化策略，在檢閱制度下對統治當局不利的言論，隨時被挖空，形成砌磚式的文章，1927 年 12 月 25 日蔣渭水的〈北署遊記（三）〉，整個被拿掉即是一例；[147]1928 年 10 月 21 日的報導，整頁被挖空，更是赤裸裸的顯示出對言論的壓制；[148]另一方面，《臺灣民報》批判左翼運動的文字恆常存在，無形中造成左翼是專門捏造謠言的「造謠派社會運動家」之印象。[149]在這種情況下，極不利於分裂後新文協的活動，左翼在沒有宣傳機關的情況下，先是有「一大」組織民報不買同盟的決議，爾後於 1928 年 3 月 25 日新文協核心幹部，集資 20,000 圓，創立「株式會社大眾時報社」，林碧梧任社長，王敏川專務取締役〈總經理〉，張信義、邱德金、黃信國、楊老居、莊孟侯任取締役（理事），張喬蔭、林三奇、賴和、吳石麟、莊泗川任監查役（監事），陳崑崙、陳培初、李文彬、洪石柱、楊耀南、林德旺、陳耀恭、陳寄生、蔡孝乾、鄭明祿、王禮明、林多桂、方泉松、連溫卿任相

---

[146]賴和〈希望我們的喇叭手吹奏激勵民眾的進行曲〉，《臺灣新民報》第 322 號，頁 9。
[147]《臺灣民報》第 186 號，僅剩題目及署名，頁 8。
[148]《臺灣民報》第 231 號，頁 10。
[149]〈專門捏造謠言的社會運動家〉，《臺灣民報》第 179 號，頁 4。

談役（顧問），向臺灣總督府提出申請，結果不准，在此情勢之下，新文協派遣王敏川、洪石柱、吳石麟等人前往東京籌備發刊，任命蘇新爲編輯發行兼印刷人，於 1928 年 5 月 7 日發行《臺灣大眾時報》創刊號。[150]

《臺灣大眾時報》社務編制如下：

編輯部主任王敏川，記者蔡孝乾、李曉芳、莊泗川；囑託（特約）記者：翁水藻—即翁澤生（駐中華）、蘇新（駐東京）、楊貴、賴和、莊孟侯[151]；營業部主任連溫卿（兼記者），外務吳石麟，計算（會計）陳玉瑛，發送陳總，臺南支局主任洪石柱。[152]

《臺灣大眾時報》是新文協掌握的宣傳機關，具有與臺灣民眾黨掌握《臺灣民報》相抗衡的作用。從投資者及實際運營刊物的名單中，可以看到賴和均列名其中，充分顯示在對抗日本殖民統治的左翼運動中，他亦是出錢出力的人士之一。

《臺灣大眾時報》創刊號，撰寫者及編目如下：

創刊辭

祝創刊

布施辰治　對於大眾時報之使命的希望

楊　貴　當面的國際情勢

蔡孝乾　日本普通選舉制的批判

連溫卿　臺灣社會運動概觀

莊泗川　臺灣婦女的運動

迎　紅　臺灣智識界婦女的使命

洪石柱　日本社會運動與無產政黨

黃石輝　中國革命的前途

---

[150] 參見若林正丈〈中國雜誌解題：臺灣大眾時報〉，《アジア經濟資料月報》1975 年 1 月號，及《臺灣大眾時報》創刊號，所列名單。

[151] 莊孟侯的名字，係在《臺灣大眾時報》第 5 號〈社告〉中補入，封底。

[152] 《臺灣大眾時報》創刊號，社員名單。

賴　　和　　前進[153]

　　九篇具名文章，論及日本、臺灣、中國及國際情勢，涵蓋社會運動與婦女運動。除了賴和的〈前進〉一文，以象徵性的文學手法表現之外，其餘皆直接呈現左翼觀點。

　　列名慶祝《臺灣大眾時報》創刊的團體，共計有 35 團體，以性質而論包括如下：

　　本部：臺灣農民組合、舊勞働農民黨（日本）、臺灣文化協會、臺灣無產青年會、勞働組合統一同盟（日本）、日本俸給者組合評議會、在日本朝鮮勞働總同盟、在日本朝鮮青年同盟、朝鮮新幹會、檢閱制度改正期成同盟（日本）、在東京臺灣青年會、自由法曹團（日本）。

　　報社：勞働新聞社（日本）、無產者新聞社（日本）。

　　工會：臺灣機械工會聯合會、基隆工業協議會、彰化總工會。

　　研究會：東京臺灣社會科學研究會、東京磺溪會、東京義華會、臺南新人研究會。

　　讀書會：羅東、苑裡、臺中、豐原、彰化、北港、朴子、嘉義及臺南無產者讀書會。

　　婦女會：臺灣婦女協進會。

　　文藝團體：全日本無產者藝術聯盟、（日本）臺灣文運革新會、彰化新劇社、屏東礪社[154]。

　　除了文化協會本部及日本的團體之外，臺灣農民組合、工會、研究會、青年讀書會、婦女會、文藝團體，皆是 1928 年 5 月以前文協所影響或掌握的急進派力量，以此據點，新文協透過本身的各地支部，展開左翼運動。

　　〈創刊辭〉文末署名「敏」，當是王敏川的論著。文中首先說明殖民地被剝削的現象：

---

[153]見《臺灣大眾時報》創刊號封面，工農手拿旗幟，是每期的固定封面。
[154]見《臺灣大眾時報》創刊號，頁 31〜40 及 26〜27。

現時所謂世界強大國，對於殖民地，概是重視其財源，不甘放棄。由其
國的資本家，藉強權的護符，於商業方面，盡量輸入其過剩商品，壟斷
市場；工業方面，利用低廉原料品，和工資的供給，便可自由在殖民地
製造商品，財政方面，建立銀行，以操縱金融，發行鈔票，以增大資本
的流動，其他還有種種的權利，皆入帝國主義的掌握，這都是填滿了資
本家的財囊，致使殖民眾窮苦得不堪，因此殖民地的解放運動，便不斷
地而進展起來了。[155]

王敏川由這觀點來闡釋左翼運動的正當性，並且強調臺灣的情勢已經
由「少數的紳士閥運動，而進展到大眾運動」，由是申明《臺灣大眾時
報》，「不僅要做政治的指導者，而且要做大眾的組織者，是要擁護全臺灣
民眾的利益。」[156]

王敏川的觀點，在臺灣文化協會本部的〈祝發刊〉一文中呈現得更淺
白清楚：

在這時候，我們若非自造成力量，大家去鬥爭，獲得完全的解放，只放
任數個資本的紳士閥，向支配階級去哀願妥協，做了資產階級本位的民
族運動，要望享甚至幸福，這不過是一場笑話吧了！。[157]

新文協認識臺灣民眾黨從事的是資產階級本位的民族運動，或亦有爭
辯的餘地，然在日本殖民統治下強調左翼的階級運動，必然遭受重大的鎮
壓，這是毫無疑義的。舊勞農黨顧問布施辰治（Fuse Tatsuji）在〈對於大
眾時報之使命的希望〉一文中，除了祝賀《臺灣大眾時報》的創刊之外，
亦說到「恐遭發禁的彈壓致其武器被奪去」，布施辰治強調云：

---

[155]《臺灣大眾時報》創刊號，頁 2。
[156]同上註。
[157]同註 155，頁 10。

在近來反動的支配階級更露骨地發揮言論壓迫的專制暴威之下，要完成
解放運動之武器的《大眾時報》的使命，怕不是容易的事情。但願同志
諸君有必死的覺悟吧！[158]

　　《臺灣大眾時報》的言論充滿了戰鬥性，因此，賴和的〈前進〉一
文，在創刊號中顯得相當特殊，因全文並未從左翼的觀點著手，他只是從
之學家的有感時代的變化，以象徵手法，表現出文化協會分裂之際的內在
感受。[159]賴和以兩兄弟的暗夜行路，來象徵分裂後的新文協與民眾黨，主
觀上希望左右派能像兄弟般扶持前進，這是他同跨新文協與民眾黨的內在
心靈的投射。在「駭人的黑暗」又有重重的阻礙之下前進，終於累倒了，
「黑暗的氣氛愈加濃厚起來，把他們埋沒在可怖的黑暗之下」，象徵在日本
殖民統治下，臺灣左右兩翼的運動，歷經各種努力，仍然無法掙脫出殖民
地的黑暗歷史。最後的情況是其中「受到較多的勞苦的一人」，在黎明之前
兀自起來趕路前進：

此刻，他纔感覺到自己是在孤獨地前進，失了以前互相扶倚的伴侶，忽
惶回顧，看見映在地上自己的影，以為是他的同伴跟在後頭，他就發出
歡喜的呼喊，趕快！光明已在前頭，跟來！趕快！[160]

　　賴和這樣的描寫，又是發表在左翼的《臺灣大眾時報》，其暗喻不難理
解，尤其文中提到在起來趕路之前，感覺「大自然已盡改觀」，何嘗不是世
界觀改變之後所感受的現象。當其中一人呼喊著「跟來！趕快」，正反映跨
在新文協與臺灣民眾黨的賴和，在心靈深處，希望在對抗日本的殖民統
治，兩派能夠步履一致。然則在時代思潮衝擊之下，「失了伴侶的他，孤獨

---

[158]本文文末註明孝乾譯，《臺灣大眾時報》創刊號，頁11。
[159]參見拙著〈賴和與臺灣新文學運動〉，第七節：「路線的轉折——〈前進〉的探討。」
[160]〈前進〉係以賴和本名發表，這在他的文學創作中是特殊之例。《臺灣大眾時報》創刊號，頁
　26。

地在黑暗中繼續著前進。前進！向著不知到著處的道上。……」[161]顯現著
賴和前進的決心。

　　賴和以如詩的散文，反映了他 1927 至 1928 年間的心靈世界，〈前進〉
的標題也點明了賴和在時代的挑戰下，從未落伍下來。在此觀點之下，〈前
進〉不僅是一篇文學作品而已，是文協分裂後賴和心靈的告白。

　　在考察賴和此一階段所處的位置，尚可透過同一戶籍的四弟賴通堯以
從側面了解。曾受其支援前往日本留學的賴通堯，1927 年從日本大學中途
退學回來，在警察局的記錄是新文協的有力會員並是彰化新劇團的代表
人，新婚的太太劉素蘭則是新文協的中央委員，並主持婦女部；[162]1927 年
12 月 4 日，臺灣農民組合第一次全島代表大會時，賴通堯是無產青年的代
表；[163]1928 年 4 月 15 日，新文協系臺中總工會成立，賴通堯是主要役員
之一。[164]凡此皆顯示賴和是有其潛在的影響力，賴和參與《臺灣大眾時
報》，更是充分印證他與新文協關係密切。

　　《臺灣大眾時報》創刊號，在日本已通過官方的納本檢閱，5 月 17 日
由王敏川帶回臺灣，[165]但 13 日臺灣支局早已收到總督府當局的查扣命令：
「因創刊號有妨害治安，所以禁止分布並押收」，還是王敏川、連溫卿屢次
到警務局去抗議、交涉，才取消查扣的命令，但是內容還是再次遭到檢
閱、割削：

> 對於創刊號的所謂不妥（？）的文字盡被割削了。創刊號 24 頁之中，被
> 蹂躪的地方共七處、三頁餘，被蹂躪的本報創刊號到讀者手裡的時候只
> 是剝（剩——漏印）些骸骨罷了。[166]

---

[161]同上註。

[162]臺灣文化協會〈主要幹部身世調查表〉，及〈文化協會支持團體〉表格，參見王詩琅譯《臺灣社
　　會運動史》，頁 373，375。

[163]《臺灣總督府警察局沿革誌》第二編中卷（東京，龍溪書舍），頁 1052。

[164]〈臺中總工會成立了〉，《臺灣大眾時報》第 3 號，頁 9。成立大會時，賴通堯任書記。

[165]參見《臺灣大眾時報》第 5 號，頁 6。

[166]同上註，頁 10。文中提及創刊號共 24 頁，係誤記，全本共 28 頁。

　　此一事實，足以顯現總督府當局對《臺灣大眾時報》的敵意，相對而言，即是新文協系統的《臺灣大眾時報》，比之同一時期的《賦》言論更見激烈。

　　《臺灣大眾時報》除一至三號，刊有作者姓名之外，其餘以新聞記事及時事評論占絕大多數，並以戰鬥的姿態，面向統治者，第七號有〈我們的戰鬥的政治新聞〉之報導：

> 為要徹底的和一切的腐敗政治戰鬥，以完成戰鬥的政治新聞的使命！全被壓迫大眾啊！死守我們的戰鬥的政治新聞——大眾時報！[167]

　　鼓吹各地的讀者發起愛讀同盟，但也由於《臺灣大眾時報》正面相抗的政治態度，1928 年 6 月 15 日發行的第八號，在東京即遭查禁；[168]7 月 9 日發行第十號，後未經預示而終告停刊，前後僅歷時兩個月而已。新文協失掉刊物之後，只能在臺灣各地借著演講會展開運動，還是有賴於《臺灣民報》的報導。

　　賴和同時在新文協與臺灣民眾黨兩方活動，這說明了基本上他是個文化人，而非受意識形態支配的政治人，故能支持所有與統治者相抗的力量；另一方面，由於是未具鮮明色彩的地方潛在影響者，故也同時為兩方所接受。他參與創辦《臺灣大眾時報》，呈現了與時俱進的性格，發表的〈前進〉一文，則在觀察他的政治路線方面，顯得特別重要。尤其與王敏川同列名於《臺灣大眾時報》，顯示兩人關係確是密切，這與 1930 至 1931 年新文協的再分裂，賴和偏向王敏川的立場，是有著決定性的關聯。質言之，在整個臺灣文化協會的十年歷程中，文化人賴和的政治傾向比較接近王敏川。

　　賴和比王敏川小六歲，1909 年賴和考進總督府醫學校，同年王敏川回

---

[167]《臺灣大眾時報》第 7 號，頁 11。
[168]見《臺灣大眾時報》第 10 號之報導，頁 15。

到賴和的母校彰化第一公學校（今中山國民小學）任教。賴和向來敬重王敏川，爾後王敏川前往日本早稻田大學就讀期間，彼此亦有書信往來。兩人之間的情誼，在賴和寫於 1920 年的〈書答敏川先生〉一詩中，表現極為真切。詩云：

> 幼年失學壯何知，有負先生賞識之。
> 一是駑駘甘戀棧，驥門一蹴力猶疲。
> 已覺人間無賞音，逢君燃起未灰心。
> 感恩重滴兒時淚，愛我情殷望我深。
> 往哲名言實可懷，人生心死最堪哀。
> 方今社會無思想，專賴先生改造來。[169]

此詩的內容，表現了賴和從廈門博愛醫院掛冠歸來，灰心喪志之時，得到王敏川的鼓勵，故有「已覺人間無賞音，逢君燃起未灰心」之言，詩中尤其值得重視的是「方今社會無思想，專賴先生改造來」一句。王敏川留學早稻田大學政經科，1920 年加入新民會，7 月 16 日《臺灣青年》創刊時即列名其中，是臺灣的先覺者之一。[170]

王敏川在早大求學階段，深受社會主義的洗禮，爾後其思想接近日本左翼社會運動理論家福本和夫（Fukumoto Kazuo）的理論，亦即福本主義之影響；新文協另一主導人物連溫卿則師法另一理論家山川均（Yamakawa Hitoshi），此則山川主義。山川均在日本共產黨於 1923 年 6 月遭到大檢舉之後，認為馬克思主義不能無條件的移植於日本，且日本資本主義正在發展中，革命的情勢尚未成熟，在現階段不必以非法的共產黨來秘密活動，必須以合法的「無產政黨」來結合一般社會大眾，從事於反資本主義鬥

---

[169] 賴和未刊詩稿，寫於己未——辛酉之間稿本。
[170] 王敏川生平經歷，請參見莊永明〈更留痴態在，書卷當良儔——王敏川傳略〉，收於《王敏川選集》及楊碧川〈「抗日過激」的「臺灣青年」——王敏川〉，收於《臺灣近代名人誌》第 3 冊（臺北：自立晚報，1987 年 12 月）。

爭，山川均的看法，發展成為日本勞農派的指導理論；[171]福本和夫的理論，概言之，是將左翼運動斷然分為三個階段：一、經濟主義性的工會運動。二、工會主義性的政治鬥爭。三、社會主義性的政治鬥爭。針對當時日本資本主義的發展，依福本的看法是從第二階段進入第三階段的過渡期。因此，勞動階級必須跨躍其自身之意識，朝無產階級意識發展轉化，而革命的知識分子，必要以戰鬥的唯物論，真實的集合無產階級的政治意識，由是強調在結合革命的知識分子之前，非先要徹底清除動搖分子不可，此即「分離結合理論」。[172]

　　山川與福本的論戰，於 1926 年 2 月起在山川均主辦的《馬克思主義》月刊展開激烈的理論鬥爭，福本主義較受革命知識分子的歡迎，因此占於優勢。1928 年以後，山川均離開日共，以勞農派的中心理論家，依然活躍於左翼運動的聯營裡。[173]福本主義與山川主義的理論鬥爭，延續到日本統治下的臺灣，則成為王敏川與連溫卿的路線之爭，也因為山川主義在日本的失勢，影響連溫卿在新文協的地位。

　　另一方面，臺灣文化協會分裂之後，以蔣渭水為核心的臺灣民眾黨，雖標榜民族運動，在時代思潮的刺激之下，亦不能不面對階級運動的問題。1927 年 10 月 28 日於新竹召開臨時中央委員會議，關於階級問題的態度，決議六項，其中二、五列之如下：

　　二、擁護農工階級就是階級運動之實行。

　　五、本黨要顧慮農工階級之利益，加以合理的階級關節，使之不致妨害全民（民族）運動之前進。[174]

　　因之，亦十分重視工人運動，於 1928 年 2 月 19 日在蔣渭水的運作下，以南京總工會為藍本，組成臺灣工友總聯盟。[175]

---

[171]參見史明《臺灣人四百年史》（美國，蓬島文化公司，1980 年 9 月），頁 565。
[172]參見田中美知太郎編《二十世紀アジアの展開》（東京，平凡社，1966 年 3 月），頁 320～321。
[173]同註 171，頁 566。
[174]《臺灣民報》182 號，頁 3。
[175]〈臺灣工友總聯盟成立了〉，《臺灣民報》197 號，頁 3。蔣渭水在成立大會時發言，說明是依南

新文協爲了與臺灣民眾黨爭奪工人運動的主導權，六月，連溫卿主張
以臺灣機械工會聯合會爲基礎，成立左翼的臺灣總工會，王敏川則提案成
立臺灣勞動運動統一聯盟，票決之結果，連案失敗，王案根據的理由如
下：

一、對於勞動者而言，並無左翼、右翼之分，他們對資本家都具有同
樣的利害關係。所以，在左翼、右翼工會統一之前，僅僅結合左翼工會，
自然會使左、右兩翼的對立尖銳化，並導致不可能統一。

二、全島單一工會（左右工會之會合），非經長期的鬥爭不可。因此，
立即結合成左翼總工會（左翼的全島工會），不會有真正的群眾基礎，結果
僅是勉強將幹部湊合在一起而已。

三、雙重工會主義在國際上已決定是謬誤之舉。

四、左翼（工會）的全島結成，僅是反動派連溫卿的主張，絕不可
行。[176]

王敏川與連溫卿兩派的鬥爭，除了路線之爭外，其實內在主要是爭奪
新文協的領導權。尤其是 1928 年 4 月 15 日，臺灣共產黨於上海法租界成
立之後，臺共成員謝雪紅、林日高、吳拱照，返臺後，進入新文協，環繞
在王敏川周圍，形成「上大派」，對抗受山川主義影響以連溫卿爲首的「非
上大派」。臺灣共產黨成立時，隸屬於日本共產黨臺灣民族支部，在臺共的
〈政治綱領〉裡，針對新文協即有如下的策略：

現在必須先利用文化協會，使其成為擴大共產黨活動的舞臺。即一方面
先克服文協的幼稚病，拉攏工農先進分子及青年加入文協；同時又須極
力暴露民眾黨的欺瞞政策，使其領導下的群眾逐漸左傾，再將文協變成
革命的聯合陣線之中心，當到達一定期間內，把新文協改造為大眾黨。[177]

京總工會的會則而制定會則。
[176]《臺灣總督府警察局沿革誌》第二編中卷，頁 1284～1285。
[177] 同上註，頁 610。

　　當時臺共的策略，新文協的中心人物王敏川、連溫卿本身並非臺共成員，無從知悉，新文協路線之爭，由於臺共的介入，就越形表面化了，上述關於成立工會的爭議，導致新文協臺北特別支部（連溫卿派）與中央本部（王敏川派）的對峙。

　　1928 年 9 月王敏川與連溫卿因指導反對臺南墓地移轉事件，同被日警拘捕，[178]於 1929 年 5 月 31 日始被保釋出獄；[179]1928 年 10 月 31 日，新文協於臺中醉月樓召開第二次全島代表大會，因王、連兩人皆被拘於臺南刑務所，並未處理兩派間的爭議。

　　新文協「二大」更見急進的左傾色彩，會旗是「星章中有鐮刀和槌子交叉，現出於紅地的一端，因事先被禁止使用，故被沒收」。[180]大會於下午 8 時 20 分被日警命令解散。因議案審議未完，又於 1929 年 1 月 10 日在文協本部召開中央委員會議，推楊貴爲議長、林冬桂爲書記，其中關於文化協會的本質決議如下：

> 並非大眾黨組織。雖是思想團體，仍與經濟鬥爭及政治鬥爭有關。屬於代表無產階級的思想團體。[181]

　　新文協於「二大」之後，曾整理會籍，原先有會員 133 名，停止資格者 155 人，脫會者 206 人，新加入 5 人，現有會員 677 人；以賴和所屬的彰化支部而言，原有會員 116 人，停止資格者 31 人，脫會者 20 人，現有會員 65 人。[182]對於會籍的整理，是「分離結合理論」的實踐。

　　賴和在 1928 年底，新文協調查專業從事文化協會運動者名單中並未列

---

[178]參見《臺灣民報》第 264 號，頁 5；第 265 號，頁 4。
[179]同上註。
[180]《臺灣社會運動史》，頁 408。另依〈文協的全島大會〉之記事，開會前曾發生會旗爭奪戰，見《臺灣民報》第 233 號，頁 10。
[181]《臺灣社會運動史》，頁 411。
[182]〈會員整理狀況〉，同上註，前揭書，頁 419～422。

名，其居於同一戶籍的四弟賴通堯則是臺中州 18 名中的一人，[183]但賴和保
有新文協的會籍，則是可以確定。在新文協史上具關鍵性地位的第三次全
島代表大會，於 1929 年 11 月 3 日彰化街的彰化座召開，楊老居任議長，
賴和任副議長。「三大」中議決再次發刊《臺灣大眾時報》，並通過抗議連
溫卿反動案，除名與否，在大會中經過論戰，尚無結果，[184]通過修訂臺灣
文化協會會則，其綱領揭示：

> 我們要糾合無產大眾，參加大眾運動，以期獲得政治的、經濟的、社會
> 的自由。[185]

在新文協「三大」之前，《臺灣民報》於 10 月 6 日的報導中已有「全
島大會前的文協的風雲，反幹部派謀退會」[186]之報導，反映王敏川、連溫
卿兩派鬥爭相當激烈，「三大」雖未解決，緊接著 12 月 19、20 日兩天新文
協召開中央委員會議，連溫卿就被開除會籍了，其情形就如同 1928 年 6
月，簡吉與楊貴爭奪臺灣農民組合的領導權一般，楊貴亦遭到開除。[187]在
新文協中，連溫卿與楊貴是被歸之為連楊反幹部派的。

這種派系間的鬥爭，並未影響賴和與楊貴的關係。賴和對於後輩的楊
貴向來極為照顧，1928 年楊貴於彰化組織讀書會時，與葉陶同居，其位於
賴和住宅附近的居所，即是賴和為他尋找的，楊貴並以賴和醫院為聯絡的
中心；1932 年楊貴的成名作〈新聞配達夫〉，經由賴和的介紹發表於《臺
灣新民報》，筆名楊逵即是賴和所取；1935 年底楊逵翻譯賴和的作品〈豐
作〉為日文，取代原先預刊的自己作品〈蕃仔雞〉，刊於 1936 年日本的

---

[183]〈文化協會運動專業從事工作者調查〉，前揭書，頁 422。
[184]參見〈文協全島代表大會〉之記事，《臺灣民報》第 286 號，頁 2；另見〈文化協會第三次大會
舉行經過〉，《臺灣社會運動史》，頁 427～431。
[185]《臺灣社會運動史》，頁 431。
[186]《臺灣民報》第 281 號，頁 2。
[187]參見林梵《楊逵畫像》（臺北，筆架山，1978 年 9 月），頁 97。

《文學案內》新年號「朝鮮・臺灣・中國新銳作家集」，作爲臺灣作家的代表作，[188]並未因楊貴是屬於連、楊一派而有所影響。此亦側面說明了文化人比起政治人物，較能超越教條，而具有更彈性的空間。

　　賴和在社會運動中，始終與時俱進，但也保持舊有的關係，1929 年 1 月 27 日，他初任臺灣新民報社相談役（最高顧問）；[189]1930 年 8 月，左翼的《臺灣戰線》發行，賴和與謝雪紅、楊克培、郭德金均列名其中；[190]同一月，被聘爲《臺灣新民報》客員，主持文藝欄；[191]9 月，參與《現代生活》創刊事宜；[192]從這些文化活動，可以觀察出賴和堅定的反日立場，獲得不同派別的人同時接受；另一方面，日本警方也視賴和爲打擊的對象，1930 年 11 月 1 日，新文協彰化支部舉辦「打倒反動團體鬥爭委員會全島巡迴講演會」，賴和醫院就遭到日警搜查，[193]可見在警方當局，賴和始終是個危險人物。

　　1931 年臺灣政治運動風起雲湧，新文協的機關刊物，《新臺灣大眾時報》經過籌畫，決定在東京印行。這是 1929 年新文協在「三大」中的決議。1930 年 9 月 11 日，張信義與賴通堯由基隆啓程前往東京，於東京市郊外代代木上原設置新臺灣大眾時報社事務所，透過布施辰治的介紹，時常出入於法律戰線社、產業勞動時報社、戰旗社，謀與東京左派分子取得連絡。[194]

　　1931 年 1 月 4 日，新文協於彰化街的彰化座召開第四次代表大會，出席代表 77 人，旁聽者一百餘人，「四大」是新文協的再一次轉向，對「三大」的綱領再加以批判，強調：

[188]參見下村作次郎〈臺灣的作家，賴和的「豐作」について〉，《天理大學學報》148 輯，頁 21。
[189]《臺灣民報》第 246 號，頁 4。
[190]見《臺灣社會運動史》，頁 508。
[191]《臺灣民報》第 326 號，頁 11。
[192]〈彰化有志計畫發刊《現代生活》〉，《臺灣民報》第 329 號，頁 5。
[193]《新臺灣大眾時報》3 月號，頁 124。
[194]《臺灣社會運動史》，頁 463。

　　小資產階級層要徹底的解放，在資本主義體制下是不可能，是要在無產
階級的領導下才能達到其解放，而且應該在無產階級的領導下才不會阻
礙無產階級的運動，……否則其獨自的發展，不但沒有利于無產階級的
解放運動，反而漸次對立無產階級的運動，或陷於社會民主主義者的泥
濘。[195]

　　「四大」王敏川當選中央委員長，並決議以 1927 年 1 月 3 日，臺灣文
化協會改組的日期，做爲「文協節」。在〈紀念我們的文協節〉傳單中云：

　　我們的解放運動變為國際無產階級解放運動的一個關聯的現在，左右翼
社會民主主義者們更愈意識的反動化，臺灣民眾黨、臺灣地方自治聯盟
等的反動團體，則以臺灣議會請願、臺灣地方自治等，更露骨地欲欺騙
擴大的工農、無產市民、青年學生，永遠（做）資本主（誤為生）義社
會的奴隸，故我們文協亦和工農堅決地結合，不斷地向那些反動勢力抗
爭了。[196]

　　「四大」之後，新文協更急速左傾化，堅持「民主主義的中央集權普
遍化之必要」，以做爲戰鬥的政治團體。[197]

　　《新大眾時報》的創刊，就在「四大」之後。編輯兼發行人兼印刷人
賴通堯[198]是賴和的四弟。1931 年正月號命運相當坎坷，先是原稿失蹤，繼
則印刷所發生故障，然後發賣禁止，繼又全遭查扣，以致二月號亦休刊，
直到三月號，才印行正、二月合併號，題簽第二卷第一號，以一張掙斷鐵
鍊的臺灣地圖做爲封面，目錄兩頁，漫畫一頁，國際書局的廣告一頁，本

---

[195]《新臺灣大眾時報》3 月號，頁 26。
[196]同上註，頁 137。
[197]〈文協中央委員會的議決〉，《新臺灣大眾時報》3 月號，頁 102。
[198]見《新臺灣大眾時報》，每期底頁之登載。

文 140 頁。[199]

《新臺灣大眾時報》三月號，是問世的第一號，目錄如下：

社說　支持中國xx（革命）

論評　臺灣農民組合當面之任務

　　　臺灣文化協會當面之任務

　　　蘇聯五個年計畫　高山洋吉、暴君譯

　　　臺灣文化協會第四次全島代表大會宣言

　　　霧社蕃人蜂起的真相與我們左翼團體的態度

　　　中國xx（革命）問題

　　　批評臺灣民眾黨的新綱領政策　東紅

　　　民眾黨減稅運動的本質

論壇　粉碎楊（連）一派的左翼社會民主主義者　農組

　　　一九三一年劈頭的第一聲

　　　大同促進會的本體是什麼？

巨彈……………………

資料　神岡信用組合不正事件暴露

　　　文協中央委員會之議決

　　　臺灣農民組合當面的運動方針

情報　左翼的活動情勢

指令………………[200]

由於需要納本檢閱，《新臺灣大眾時報》所刊的內文，打xx之處甚多，以後幾號亦然，但卻是欲了解新文協轉向期的一手史料。

賴和在 1931 年仍是同跨於新文協與臺灣民眾黨，1 月 16 日，賴和出席臺灣民眾黨彰化支部黨員大會，任議長；[201]2 月 18 日，臺灣民眾黨在本

[199]見《新臺灣大眾時報》3 月號；另現有 6 月號、7 月號的封面設計是工、農握手，中有一星。
[200]見《新臺灣大眾時報》目錄，另從內文補入「資料」遺漏部分。
[201]《臺灣新民報》第 349 號，頁 9。

部舉行第四次黨員大會，出席的黨員 160 人，在民眾黨左翼的主導下，決
議修改綱領及政策，警務局以其顯然主張階級鬥爭，依治安警察法第八條
第二項命令解散，並檢束蔣渭水、陳其昌、盧丙丁、白成枝等人，又全島
20 個黨支部，亦於同日全部被解散。[202]總督府禁止結黨的理由如下：

> 臺灣民眾黨乃是先生結黨時就被命令一個解散的臺灣民黨的後身，……
> 漸次由強烈的民族主義者蔣渭水所領導的左派所把持，……反對始政紀
> 念日，制定類似中華民國國旗的黨旗，……顧問林獻堂、蔡培火、蔡式
> 穀等幹部相繼脫黨，……仿效日本大眾黨、勞農黨及南京總工會的綱領
> 政策，而修改該黨綱領政策，擬以農工階級為基礎來進行階級鬥爭與民
> 族鬥爭。……勢必違背我臺灣統治的根本方針，並妨礙內含融和，以致
> 對本島的統治惹起重大影響。[203]

　　向來被視為代表右翼的臺灣民眾黨，其實於 1929 年 8 月 17 日，在新
竹公會堂召開第三次黨員大會時，其發表的宣言已逐漸左傾化了。在宣言
中分析國際及臺灣的情勢，在〈今後的方針〉中強調云：

> 吾人綜觀世界日本及臺灣之情勢，帝國主義國家間及帝國主義國內之矛
> 盾日益擴大顯著，其基礎已經發生動搖，其崩潰定必不遠，世界一切無
> 產階級及殖民地民眾之互相聯絡，共同鬥爭已成為其致命的打擊。然而
> 世界無產階級及殖民地民眾之結合未能堅固，連絡不能緊密，則將招致
> 彼等反動勢力遞加其暴威。[204]

　　這主要導源於蔣渭水在 1928 年 2 月，臺灣工友總聯盟成立之後，致力

---

[202] 〈民眾黨最後的全島黨員大會〉，《臺灣新民報》第352號，頁3。
[203] 《臺灣總督府警察沿革誌》第二編中卷，頁514。
[204] 同上註，頁483～484。

於工人運動的實踐過程中，逐漸向左轉，加上 1929 年資本主義世界經濟大恐慌，認爲其崩潰期已爲期不遠；同一階段，新文協的極左路線，仍將之視爲右翼工會，並在連溫卿欲成立左翼工會時，又導致新文協的再次分裂。工人運動的統一戰線的可能，在極左意識形態的支配下落空了。1930年 8 月，臺灣民眾黨內部再次面臨分裂，8 月 17 日，林獻堂、蔡培火、楊肇嘉等地主階級，不滿「民眾黨的政策顯然有遷就階級鬥爭的傾向」，[205]乃退出另組成臺灣地方自治聯盟，僅以「確立臺灣地方自治」爲綱領，[206]無疑是一種軟化、退縮的表現。

在臺灣的社會政治運動中，臺灣民眾黨首先遭到強制禁止結社，亦足以呈現在極左與極右的中間地帶，民眾黨對農工群眾確實亦有一定的影響力，以這樣的基礎繼續左傾化，將對臺灣總督府的統治造成相當程度的威脅。

1931 年 2 月，臺灣民眾黨被壓制之後，新文協的機關刊物《新臺灣大眾時報》，對蔣渭水、陳其昌等人依然持攻擊的態度，以〈被結社禁止後的民眾黨——反動幹部的蠢動〉一則報導爲例：

> 民眾黨自結社被禁止後，御用報紙每日大吹特擂著，什麼再建？？？？？？不一而定。現在那些反動幹部蔣渭水、陳其昌等，還在極力蠢動，想找那較巧的手段，要來默殺大眾的xx（革命）運動。要叫（糾）合那些土著資本家地主做主體，組織什麼平民聯盟，而再整頓有聲無影的農民協會、工友總聯盟。極力要逞其毒刺擾亂我們無產大眾的陣營，而飽其獸欲——默殺無產階級的xx（革命）運動。[207]

不僅未加以聲援、尋求成立統一戰線的可能，反而稱民眾黨爲「迷眾

---

[205]葉榮鐘《臺灣近代民族運動史》，頁 421。
[206]同上註，〈決議文〉，前揭書，頁 453。
[207]《新臺灣大眾時報》3 月號，頁 138。

黨」，文章中時有攻擊民眾黨的言論。[208]殖民地臺灣的社會運動者兄弟鬩
牆，正好給日本統治者擊破的機會，左翼運動的教條化，亦有值得檢討的
地方。

　　6 月，總督府開始鎮壓地下黨之臺灣共產黨，新文化協會本身的工作
亦幾乎陷於停頓。王敏川稍後雖籌組臺灣赤色救援會，但年底被偵破，新
文協亦面臨瓦解。[209]

　　1931 年是臺灣近現代史上極具關鍵性的一年，尤其九一八事變之後，
日本侵略滿洲，代表著日本右翼的軍國主義全面抬頭，政治勢力朝向法西
斯一面倒，處在日本統治下的臺灣，更無政治運動的空間了，僅有臺灣地
方自治聯盟點綴性的存在，柔性的政治運動，相對的也就缺少鬥爭的氣
力，走的幾乎是十年前臺灣議會設置運動的老路。十年前是進步之舉，歷
經臺灣文化協會成立以來，十年的文化、社會、政治運動的歷程，結果依
然故態，未免有昨日黃花之感，此亦反映出殖民地臺灣處於日本統治者更
深的壓迫之下。

　　賴和是新文協的一員，但未曾參加臺灣赤色救援會，所以王敏川等人
遭逮捕時，未被波及；[210]他亦是臺灣民眾黨的一員，當林獻堂、蔡培火等
人因民眾黨左傾，因而退出另組臺灣地方自治聯盟時，他並未退出參加，
這顯出在極左與極右之間，他依然有其原則。歷經臺灣文化協會 1921 至
1931 年全程運動的賴和，也參與臺灣民眾黨 1927 至 1931 年的全程；當所
有與日本殖民統治對抗的運動被壓制之後，1933 年臺灣議會設置運動，第
15 次請願，也是最後一次的請願，賴和是中部收集請願簽名書的人之一，
[211]這又顯出他具有彈性。

　　賴和畢竟是個關心政治的文化人，而不是完全受意識形態支配的政治
人。處身在日本殖民統治下的臺灣，在文化、社會、政治各種階段的運動

---

[208]同上註，頁 139。
[209]王敏川因赤色救援會事件，被判刑四年。有一說王敏川被捕係由於吳石麟之密告，仍存疑。
[210]參見《臺灣總督府警察沿革誌》第二編中卷，頁 796～799。
[211]見葉榮鐘《臺灣近代民族運動史》，頁 157。

中，他以在新文學運動裡自然形成的文壇領袖地位，支援了各式各樣的運動，雖然不是政治運動的風雲兒，但在臺灣文化協會中，畢竟是無可取代的人物。

五、結論

　　歷經前面三節的論證，闡明從臺灣文化協會成立、分裂、再分裂，以迄遭到臺灣總督府的壓制，賴和在每一環節中所處的位置，反映了 1921 年至 1931 年長達十年的文化、社會、政治運動中，臺灣近代知識分子挺身與日本統治者對抗的一個斷面。賴和在動盪變化的時代中，並非是靜態的人物，他不斷地和時代進行對話，並調整前進的步伐，不管在民族運動或階級運動的兩翼活動裡，他或顯或隱從未脫離臺灣社會脈動的主流。因為這一特性，討論賴和不能機械性的將他只放在民族運動或單置於階級運動中來觀察，必須從交錯複雜的雙元結構的網絡中，才能透過他看到在異民族統治下，臺灣近代知識分子探索臺灣出路掙扎的動向之一。

　　賴和有著濃厚的民族意識，一生不甘於被日本統治，這已是毋庸再論的事實，在臺灣文化協會分裂之前，基本上是個民族運動論者，他在文化啟蒙的重要內涵新文學運動中，以同是漢民族的一分子，承襲了五四文學革命以來的理論，並以中國式的白話文，寫下了深刻動人的作品，主導了臺灣新文學的發展，形成了 20 年代中期臺灣文學的特色；但在時代思潮衝擊之下，他的人道主義精神愈見發揚，更是同情「奴隸的奴隸」，站在被壓迫民族的立場，而傾向支持農工的階級運動，在他的文學或社會、政治運動中都逐漸加重，然而這並不意味著兩者是截然劃分開來的，賴和並非是教條主義者，他只有一個單純的信念，做為被殖民統治的臺灣人，不管短程的爭取政治地位的改善，或長程的設法擺脫日本的統治，都是應該努力的方向，因此能同時在分裂後的新文協與臺灣民眾黨兩派之間活動，並以一個關心政治的文化人，而非政治領袖人物，也被左右兩翼的政治運動者同時接受，在幕前、幕後出錢出力，支援了左右兩翼與日本統治者對抗。

　　在左右兩翼的運動中，賴和保持了原則與相當的彈性，1928 年 5 月在《臺灣大眾時報》創刊號上發表的〈前進〉，呈現了他與時俱進的傾向。

　　日據下 1920、1930 年代，以臺灣知識分子為主的抗日運動，不可能脫離世界性的反帝潮流——社會主義，而與擁有絕對優勢地位的日本統治者單獨對抗，左翼社會政治運動的出現，是時代的趨勢之一。以當時臺灣的情況而言，無論透過民族運動或階級運動，如能有效運用，均可以在不同的層次中，暴露出日本殖民統治臺灣的不義性。1927 年臺灣文化協會分裂之際，以連溫卿為主的左翼，認為民族運動容易走向和當局標榜的內地延長論吻合一致，其主張僅以設立臺灣議會為其極限，而強調階級運動，從根本上以動搖支配者的統治基礎。連溫卿關於民族運動的看法，在異民族統治下的臺灣容或有爭論的餘地，亦即對某些人而言，設立臺灣議會可能是目的，對某些更富於鬥爭意識的人則僅是手段而已，完全要看運動的內涵而定。臺灣民眾黨右派於 1930 年 8 月退出，另組臺灣地方自治聯盟，即是此一現象的最佳說明。質言之，「進步」與民族運動不一定是相背離的，還須檢驗實質內涵。[212] 從另一方面觀察，以當時臺灣殖民地民眾，普遍生活於貧窮底線，被日、臺資本家、大地主剝削、壓榨的經濟情況下，提倡階級運動，對日本統治者而言更具危險性的，即使在日本本土都要加以鎮壓，何況臺灣殖民地；臺灣總督府對於提倡民族運動的大地主階層，尚可施於經濟上的壓力或以利益來軟化其鬥志，使之局限於爭取參政權的範疇之內；對於提倡階級運動的急進分子，則嚴密監視其行動，當左傾至社會輿論不容時，即強行鎮壓，這在臺灣總督府的〈文化協會對策〉清楚的顯示出來。

　　賴和處於這樣的時代背景，身為臺灣殖民地被訓練出來的醫生，如果沒有充分的自覺，可能淪為統治者的工具。他反而挺身而出，投注於臺灣

---

[212] 文化學家魯凡之提出一個概念：「在三十年代，『進步』與『民族主義』終於走向結合，而構成為當時聲勢浩大的左翼文化思潮運動。」參見《中國文化發展形態與「亞細亞生產方式」》（香港：精英，1985 年），頁 48。

社會的召喚，關心殖民地的政治。當左翼運動興起時，並沒有爲了自身的安全而迴避，是人道主義精神之發揚，也是不畏強權之表現，並且也不僅是出於左傾幼稚病（當時稱之爲左傾小兒空想病）而已，他與臺灣民眾黨的關係，具有調節當時政治運動左右衝突的功能。

　　1929 年世界經濟大恐慌之後，在日本統治下的臺灣，即使師法中國國民黨的蔣渭水，在他領導下的臺灣民眾黨主流派，在後期都難免呈現左傾的現象，導致右派退出，此一事實，反映了手無寸鐵的臺灣社會、政治運動者，面對異民族的高壓統治以及惡劣的經濟狀況，爲了改善大多數農工的生活，不能不試著以左翼的意識形態加以武裝。民族運動的左翼化，雖然仍被新文協的急進分子視爲右翼運動的一部分，但臺灣總督府當局仍以其顯然主張階級鬥爭，而於 1931 年 2 月 18 日臺灣民眾黨第四次大會，強制禁止結社。其企圖是先發制人，截斷民族運動與階級運動匯流的可能，否則將會造成更大的反抗聲勢。雖然理論上的可能性，在實際政治運動中不一定能具體實現，但是總督府的此一措施，顯現了統治臺灣用心深刻之處。對照蔣渭水 1931 年 8 月 5 日病逝前的遺言：

> 臺灣社會運動既進入第三期，無產階級勝利迫在眉睫，凡我青年同志務須極力奮鬥，舊同志亦應倍加團結，積極的援助青年同志，切望爲同胞解放而努力。[213]

　　更能清楚地觀察到時代的一個動向，這是臺灣特殊結構下回應的方式

---

[213]蔣渭水的遺言日譯文見於《臺灣總督府警察沿革誌》二編中卷，頁 520～521；見證人是羅萬俥、李友三、杜聰明、蔣竹南、賴金圳、蔣渭川六人。蔣氏遺言公葬時被禁止發表，1952 年 8 月重建於六張犁蔣氏墓碑，由盧丙丁署名，但修改爲：「臺灣革命運動，業已進入第三期，吾人預期之勝利，迫在眉睫，凡我同志必須不屈不撓，極力奮鬥，以竟全功，舊同志尤須倍加團結，積極的援助青年同志，鞏固吾人精神力量，爲同胞解放而努力。」黃煌雄於《臺灣的先知先覺者蔣渭水先生》一書中則修改爲：「臺灣革命運動，已進入第三期，臺灣人的勝利，亦經迫在眉睫，凡我青年同志，務須努力奮鬥，而舊同志，亦應加倍團結，積極的援助青年同志，努力爲同胞求解放，是所至囑。」頁 167。兩文皆諱言「無產階級勝利」之言辭。

之一。1930 年代殖民地臺灣的出路在那裡？猶是個開放性的問題（open question），答案並非唯一，左右兩翼都在試圖尋求解答，並不斷地回應時代而修正其路線，儘管所有被日本統治者視為激進的社會、政治運動團體，在軍國主義抬頭的「超非常時代」[214]都被強力鎮壓了，但在臺灣社會的底流裡，仍然脈動不已。

賴和以一位民族自決主義者，比蔣渭水更早涉身左翼社會運動，臺灣文化協會分裂之後，他以原是理事的資格在新文協擔任臨時中央委員，並和王敏川所代表的臺灣革命派接近，弱小民族意識日益強烈，越是體認臺灣的現實面，越傾向階級運動，這是民族運動與階級運動雙元結構下的位移現象。由於賴和本身且是個文學家，尚可從新文學運動層面來觀察，1930 年 8 月新文協的黃石輝掀起鄉土文學論戰，1931 年 7 月郭秋生進一步掀起臺灣話文論戰，從而由中國白話文學的支流——「在臺灣的文學」——逐漸凸顯出全體性的「臺灣文學」之具體概念，這在日本學者松永正義（Matsunaga Masayoshi）的研究中，認為係「傾向於一島性改良主義」。[215]質言之，在社會寫實主義抬頭的時期，提倡大眾文藝，不能不強調本土的經驗，既然在內容上要充分展現臺灣色彩，那麼就面臨形式上必須以大多數人的語言來表現的臺灣話文問題，寧可屈文就話，亦即牽就口語來寫作的表音論，而不採用新文學運動的前一階段，屈話就文的表義論，以致某些無法以漢字表達的臺灣方言，寫下來的字和讀音，必須兩相分開才能以方言閱讀。這兩次的論戰，是臺灣新文學運動發展過程中，進一步在內容和形式上都要求更大自主性的表現，亦即對臺灣本體之正視，不以附屬中國白話文的表達方式為限。[216]關於這兩次論戰，賴和都有其回應，首先見於鄉土文學論戰之後，對於本土民間故事及歌謠的整理，賴和給《臺灣新

---

[214]參見葉榮鐘《臺灣近代民族運動史》，頁 491。葉氏強調云：「在臺灣自荻洲臺灣軍參謀長赴任以來，對臺灣人的猜忌日深，壓迫日劇。」

[215]松永正義〈臺灣文學的歷史和個性〉之見解，係日譯臺灣現代小說集《彩鳳的夢》（東京，研文，1984 年 2 月）之解說，頁 188。

[216]論戰參見拙著〈日據時代的臺灣文學精神〉，《臺灣史研究會會訊》第 2 期，頁 3～4。

民報》編輯黃周的信上提及：

> 講要把民間故事和民謠整理一番，這是很有意義的工作，我是大贊成，
> 若不早日著手，怕再幾年，較有年歲的人死盡了，就無從調查，現時一
> 般小孩子所唱的豈不多是日本童謠嗎？想著了還是早想方法纔是。[217]

　　這是對保存民族文化的關心，也是鄉土文學論戰之後的核心問題。賴
和 1934 年 12 月於《臺灣文藝》第 2 卷第 1 號發表的〈善訟的人的故事〉，
即是取材自彰化的民間傳說；[218]其次有關於臺灣話文問題，1932 年 2 月賴
和於《南音》第 1 卷第 3 號，發表〈臺灣話文的新字問題〉，1935 年 12 月
並嘗試以臺灣話文創作〈一個同志的批信〉，發表於《臺灣文學》創刊號，
這顯示出在臺灣話文論戰之後，賴和充分意識到作為表現社會現實的文
學，如何尋求「音義一致」來凸顯臺灣本體是重要的論題。但是由於臺灣
的語言，無法充分以漢字來表達，由是牽涉到創造新字的問題，賴和的新
文學創作〈一個同志的批信〉，已將表現的形式（臺灣話文），提升到不下
於內容（表現一位墮落的社會運動者）的重要地位。賴和應用臺灣話文寫
作，因無法使形式與內容充分契合，自覺嘗試失敗，而終止新文學的創
作，反映出意識與實踐間的差距，對他而言是巨大的困擾；以後賴和又轉
向傳統詩文的寫作，而發表於新文學刊物的作品則是〈田園雜誌〉、〈新竹
枝歌〉等帶有民間風格的歌謠式作品；[219]賴和放棄他在 1920 年代臺灣文學
運動中，賴以首先崛起的中國白話文表現方式，嘗試臺灣話文的寫作，和
弱小民族尋求表現自我本體，有其內在的關聯。[220]

---

[217]引自醒民（黃周）〈整理「歌謠」的一個提議〉，《臺灣新民報》第 345 號，頁 18。
[218]此文後來收於李獻璋編著《臺灣民間文學集》（臺北：臺灣文藝協會，1936 年 6 月），是鄉土文
學論戰與臺灣話文論戰之後的具體收穫之一。
[219]〈田園雜誌〉發表於《臺灣新文學》第 1 卷第 5 號，〈新竹枝歌〉發表於《臺灣新文學》第 1 卷
第 6 號，未發表的詩作如以山歌形式表現的：「讀書不是為做官，講到做官起畏寒，幾人讀書做
官好沒有，傀儡有抽即會行」，皆富於民間精神。
[220]參見拙稿〈賴和與臺灣新文學運動〉，第六小節：「文學創作與文學活動」；松永正義對此一論題

　　賴和這種在新文學運動中的動態性，同樣也呈現在他參加臺灣文化協會的歷程中，兩方面是互相影響的。質言之，不管在文化、社會、政治運動中，他總是回應著時代，而不是一成不變的停留在原地。當然亦非每個環節都很明朗，賴和發表於 1931 年元旦《臺灣新民報》的〈隨筆〉，先在第一小節「這一日」，提到他是個無神論者，緊接著第二小節「自己清算」，則比較清楚地展現他在此一階段意識形態上的傾向，賴和剖視自己而言：

> 想想看！你這個自己是什麼人物？值得清算？政治上有你插嘴的餘地？經濟界有你立足的處所？有貢獻科學的發明？有激動思想的議論？這幾項可以不用提牠，在咱這地方至少也須有，擁護道德的呼喊，拯救貧窮的善舉，不然在另一方面，你也須是受盡打躂監禁的社會主義信徒，也須是飢寒交迫困苦流離的勞工，纔有可清算的資料。[221]

　　謙遜的賴和，在文中幾乎完全否定了自己，但以相當的文學技巧側面點明了他是「失業的救助者」、「農工的擁護者」，[222]另外 1931 年 10 月發表於《臺灣新民報》的〈低氣的山頂〉長詩創作，全詩充滿了被壓迫的氣息，但其中一段寫道：

> 壙漠漠的園圃，
> 一疊疊綠浪翻飛，

<hr/>

甚感興趣，在 1988 年 6 月於清華大學舉辦的第一屆「當代中國文學國際學術會議」，發表〈臺灣新文學運動研究的新階段〉之論文中，提出評論，認為是第六小節的核心問題；日文修訂稿〈臺灣新文學運動史研究的新階段——林瑞明「賴和與臺灣新文學運動」〉，《臺灣近現史研究》第 6 號，頁 171〜188。拙文本篇之寫作，未從賴和的文學論與臺灣文學史的研究來探討，而廣泛從賴和的文化、社會、政治運動關係來探究其位置，亦可說是對松永正義提出問題的另一方式之回應。
[221]〈隨筆〉，《臺灣新民報》第 345 號，頁 19。
[222]同上註。

啊！這是飽漿的甘蔗。

平漫漫的田疇，

一層層金波湧起，

啊！那是成熟的稻仔。

種田的兄弟們喲！

想你們鐮刀早已準備？[223]

以田園即將收割的歡欣，帶出了毀滅與再生的希望，代表農民身分的「鐮刀」，是一種隱喻，表達了賴和在此一階段傾向左翼的社會運動；1931年 10 月，新文協已面臨被總督府壓制的末期了，賴和在這首詩的最後一段，滿懷激情寫出了痛苦中的希望：

人類的積惡已重，

自早就該滅亡，

這冷酷的世界，

留牠還有何用？

這毀滅一切的狂飆，

是何等偉大淒壯！

我獨立在狂飆之中，

張開喉嚨竭盡力量，

大著呼聲為這毀滅頌揚，

併且為那未來的不可知的

人類世界祝福。[224]

〈低氣壓的山頂〉，在標題下註明了八卦山，賴和平日常與友人到此地

---

[223]《臺灣新民報》第 388 號，頁 11。
[224]同上註。

散步；乙未（1895 年）八卦山之後，臺灣義軍重大傷亡，緊接著全臺淪入
日本之手，甫生一年的賴和從此一生在日本的統治之下，1931 年底，賴和
在八卦山上醞釀了這首詩，象徵了臺灣殖民地的吶喊，以及對不可知的世
界之期盼。對照賴和參加分裂後的新文協，支持《臺灣大眾時報》的創
刊，四弟賴通堯涉入左翼社會運動的程度，以及他與臺灣文化協會最後一
任的委員長王敏川之深切關係，賴和的政治態度傾向臺灣革命派。在軍國
主義抬頭的時期，他與遭鎮壓之後的左翼殘餘勢力仍保持聯繫，因此會被
臺灣總督府視為危險人物。[225]賴和與革命派不同的地方，如前所述，他不
是教條主義者，保有比較彈性的空間，因此在文化協會分裂之後，他與臺
灣民眾黨主流派亦有關聯。

　　如果以簡單的座標軸來界定賴和在臺灣抗日運動中的位置，借用日本
學者若林正丈（Wakabayashi Masahiro）研究臺灣抗日運動的圖型及日據下
「臺灣解放構想」的四種類型，[226]作為參考，那麼賴和在 1927 年臺灣文化
協會分裂之後，他的位置大致如以下附圖所示。

---

[225] 王敏川於 1938 年出獄後，與賴和仍然時常相聚，李篤恭在〈憶敏川叔〉一文中，提及：「王敏
川先生與賴和先生是二位一體的，不能分開談論的」，見《臺灣社會運動先驅者王敏川選集》，
序文，頁 22；另外，謝雪紅於 1939 年出獄之後，時常出入賴家，賴和 1943 年 1 月 31 日病逝，
出殯時謝提孝燈，採訪自賴和哲嗣賴燊。
[226] 參見若林正丈〈臺灣抗日ナツョナリズムの問題狀況〉，《臺灣抗日運動史研究》，頁 167～177；
另參見若林〈臺灣抗日運動中的「中國座標」與「臺灣座標」〉，《當代》第 17 期，頁 40～51。
賴和亦可放在若林提出的「臺灣解放構想」的四種類型來觀察。日本學者的研究，提醒我們對
日據時代臺灣史的探討，必要放寬視野。

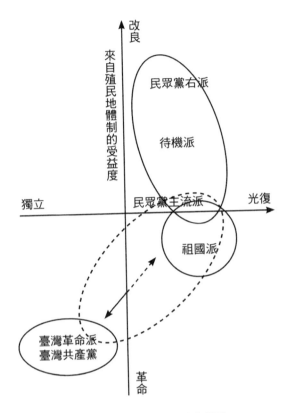

改良

來自殖民地體制的受益度

民眾黨右派

待機派

獨立

民眾黨主流派

光復

祖國派

臺灣革命派
臺灣共產黨

革命

說明：虛線圓圈是賴和所處的位置

　　質言之，來自殖民地體制的受益度（革命→改良）與對中國的期待度
（獨立→光復），兩線交叉的座標來看，賴和的涵蓋面相當廣，相對於蔡培
火的民眾黨右派、黃呈聰的右翼待機派、蔣渭水的民眾黨主流派、王敏川
的臺灣革命派，賴和是左翼的待機派，時代越往後越移向臺灣革命派的方
位。對於殖民地的被統治者而言，為了擺脫異民族的統治，民族運動與階
級運動都是努力的方向，而反抗度越強烈，越要付出更大的代價。如果日
據下改良派的民族運動，即使帶著妥協的色彩，如臺灣地方自治聯盟，現
在都受到肯定，那麼左翼的社會運動，也並非臺灣共產黨的專利。傾向臺
灣革命派的賴和，並沒有否定民族運動，絕不能因抗日過激而受到非難，
反之，應充分肯定他的抗日精神，這是對臺灣抗日前輩的尊重。

　　賴和在臺灣新文學運動中努力的成績，印證了他代表了時代的、社會的良心；仁醫的形象，則充分說明了他是個人道主義者；賴和並不複雜，是他所處的時代、環境、抗日的決心，使他顯得複雜。臺灣文化協會在左右衝突之中是分裂了，但賴和認清主要的反抗對象是日本統治者，他的行為事跡說明了他並未「分裂」。賴和處於相當特殊的位置，但足以呈現在異民族殖民統治下，臺灣人民掙扎的痕跡。賴和不幸的世代是在歷史中退隱消失了，但他與時代的對話，猶待我們思索。

——選自林瑞明《臺灣文學與時代精神：賴和研究論集》

臺北：允晨文化公司，1993 年 8 月

賴和小說的思想性質

◎施淑*

　　在臺灣現代文學史上，賴和一直享有「臺灣新文學之父」和「臺灣的魯迅」等尊稱。前一個稱號，凸顯了賴和在臺灣新文學運動中的崇高地位；後一個稱號，則概括了他的文學精神。

　　在賴和的所有作品中，能夠把上述的雙重意義完足地表現出來的，應該是他的小說。賴和，本名賴河，彰化市人，1894 年生，1943 年卒。他的一生，幾乎正好與日本殖民臺灣的歷史相終始，而他的生涯和他的文學，也成了那段黑暗歲月的直接見證。因爲出生在清政府割臺之前，賴和幼年接受的是傳統漢文教育，故舊學根柢深厚。後來改入日制學校，於 1914 年 21 歲時畢業於臺大醫學院前身的臺北醫學校，是後即懸壺濟世，爲彰化地區聲名卓著的仁醫，人們都尊稱他爲「彰化媽祖」。行醫之外，賴和還積極投入臺灣新文化運動及反抗日本殖民統治的工作，他於 1921 年加入臺灣文化協會，當選爲理事。1923 年 12 月，因涉入蔣渭水領導的「臺灣議會期成同盟會」，被日本殖民政府以違反「治安警察法」逮捕入獄，此即史稱的「治警事件」。出獄後，賴和即成爲日本警憲注意的人物。1941 年 12 月，珍珠港事變次日，賴和又遭日本憲兵及警務局共同調查，第二度入獄，被囚五十餘日，後因病重出獄，一年後以心臟病發逝世，享年 50。

　　在文學活動方面，賴和於 1926 年開始主持《臺灣民報》的「文藝欄」，1930 年又擔任該報增闢的新詩專欄「曙光」之主編。這兩個專欄，在臺灣新文學運動中，具有極大的影響力。在創作方面，賴和除了像臺灣

*本名施淑女。發表文章時爲淡江大學中國文學系教授，現已退休，並爲淡江大學中國文學系榮譽教授。

傳統文人，以古典詩詞詠史寫物，發抒對社會大眾的關懷，並寄託個人的情志之外，真正使他在文學史上具有不可抹滅的意義和地位的是他的白話文作品，這些作品包括有詩歌、隨筆、散文和小說，它們深刻地反映了日本殖民統治下的臺灣人的現實處境和精神樣貌，成為二十世紀前半葉臺灣社會歷史進程的生動珍貴的記錄。

在小說方面，賴和的主要作品，大約寫作於 1926 年到 1937 年之間，題材上可分為幾個大類，其一是日據時代臺灣人民的生存的處境和婦女問題，如：〈一桿秤仔〉、〈辱？！〉、〈不幸之賣油炸檜的〉、〈可憐她死了〉。其二是政治迫害、經濟榨取和警察的橫暴，如：〈不如意的過年〉、〈惹事〉、〈豐作〉、〈浪漫外紀〉。其三為揭露殘存的封建勢力及傳統士紳階級的性格，如：〈鬥鬧熱〉、〈蛇先生〉、〈棋盤邊〉、〈赴了春宴回來〉、〈善訟的人的故事〉、〈未來的希望〉、〈富人的歷史〉。最後是有關當代知識分子萌芽中的啟蒙思想及其徬徨掙扎，如：〈彫古董〉、〈一個同志的批信〉、〈歸家〉、〈赴會〉、〈阿四〉。

從上述的作品題材和思想取向來看，明顯可以看出，賴和的小說是帶有第一次世界大戰後的弱小民族文學的烙印。也就是說，它是屬於 1920 年代以後，以反抗資本帝國主義和殖民侵略為領導思想而崛起的國際新興文學的一個分支，在性質上，它與中國大陸的五四新文學及其他被壓迫、被殖民的弱小民族文學，並無差異。因而要了解賴和的小說，除了臺灣的特殊歷史現實外，還從它之作為國際新興文學的這一基本性格來考慮。

正如五四新文學之從農業中國的昏睡中醒來，以近代市民的懷疑眼光看封建道德的愚昧陰暗，進而至於探討農村的解體、個人和民族的出路等問題，賴和的小說世界也是從傳統的、狹小的社會的破裂開始的，他的第一篇小說〈鬥鬧熱〉正是這新舊時代破裂的一個前奏。〈鬥鬧熱〉寫的是小說明白顯示的，日本占領前的「那時代」畢竟一去不復返了，以前競爭得最熱鬧的「四城門」，也跟著整個城的淪陷而失去了光采，「現時」敞開在這沒有城牆保護的人群面前的是：因為稅金和生活的逼迫而一再被賣，終

至走上絕路的阿金（〈可憐她死了〉）；眼看甘蔗豐收，卻被製糖會社偷斤減兩的磅稱磅掉整年心血的添福（〈豐作〉）；單單爲了統治者一隻自投羅網的雞，惹上牢獄之災的寡婦（〈惹事〉）。相對於這群無告的小民，是關起門來飲酒下棋的風雅人士（〈棋盤邊〉、〈浪漫外紀〉）；從鄉土游離出來的知識青年（〈歸家〉）；以及隨時出沒在菜市場，只因小小的不如意就作威作福的巡查大人（〈一桿秤仔〉，〈不如意的過年〉）。對於這個陰鬱不安的社會，醫生出身的賴和——診斷它的疾病，1931 年元旦的〈隨筆〉，他藉著在郊外墳場見到的一塊刻著「受勢壓李公」的墓碑，以及墓碑上所記的死者被壓迫的情事，診斷這漂泊在歷史巨浪裡的一代代臺灣「島人」的通性：

> 我們島人，真有一個被評定的共通性，受到強權者的凌虐，總不忍攦棄這弱小的生命，正正堂堂，和他對抗，所謂文人者，藉了文字，發表一襲牢騷，就已滿足，一般的人士，不能借文字來洩憤，只在暗地裡咒詛，也就舒暢，天大的怨憤，海樣的冤恨，是這樣容易消亡。「受勢壓李公」的子孫，也只是這種的表現，這反足增大弱小者的羞恥，讀到這碑文，誰會替你不平，去過責壓迫者的不是？

這個被他稱爲「臺灣人定型的性格」，據他的判斷，是有它的歷史根據的，那便是他所謂「漢族的遺民」的緣故，也即建立在農業經濟關係之上的封建中國文化的影響，它的特性之一是重文輕武，因而即使是用來消遣時日的下棋，也總是文棋（圍棋）多於武棋（象棋）。〈棋盤邊〉說：「畢竟是漢族的遺民，重文輕武，已成天性，每夜都是文的比較盛況，武的多不被顧及。」唯其因爲是農業漢族的遺民，因而再怎麼改朝換代也換不了他們心目中的正朔和習俗，這是日本人雷厲風行的「同化政策」所同化不了的。〈不如意的過年〉描寫陽曆新年，街上卻毫無節日的氣息，只有「那些以賭爲生的人，利用奉行正朔的名義，已經在十字街路開場設賭，用以裝飾些舊曆化的新年氣氛而已。」對於陽曆元旦，賴和雖因它是日本人推行

的新年，在情緒上有所抵制，嘲諷那些奉行它的「真誠同化的人家」，但作為新生事物，他是認同的，他的批判主要針對新瓶裝舊酒的因循陋習。小說接著說：

> 說到新年，既生為漢民族以上，勿論誰，最先想到就是賭錢。可以說嗜賭的習性，在我們這樣下賤的人種，已經成為構造性格的重要部分。暇時的消遣，第一要算賭錢，閒暇的新正年頭，自然被一般公認為賭錢季節，雖遠親不如近鄰上有法律的嚴禁，也不會阻過它的繁盛。

　　這批判是嚴厲而沉痛的，他之把罪惡的根源歸結到漢民族、下賤的人種，與其說是認識錯誤，不如說是像對待日本新年一樣的情緒矛盾。這矛盾的情緒，正表現了在歷史巨浪中漂泊的臺灣人的失落感及試圖認識自己的痛苦，而這正是日本占領期間，背負著漢族意識的賴和及他的一代，無法解決的思想的、感情的難題。一方面，在日本為遂行殖民搾取而引進的資本主義科技及由之帶動的新世界觀的指導下，他們不可避免地要對封建中國的蒙昧落後進行批判。另一方面，作為漢族的遺民，他們同樣不可避免地要遭受批判之餘的來自民族感情的隱痛。在這裡，我們看到了賴和的啟蒙思想者的性格。

　　正如誕生在萌芽的資本主義社會關係中的啟蒙者，賴和的思想在本質上具有客觀和理性的現實主義色彩。在〈蛇先生〉中，透過那帖治療蛇毒的草藥秘方的喜劇，賴和以一紙科學化驗證明，批判了被缺乏商品交易的農業經濟所決定的知識的片面性，也即普遍存在於農業社會的小天井意識和迷信。相同的精神使他意識到因封建社會的品級結構而形成的思想知識的獨斷化，以及由之而來的神聖化和神秘化。1920 年代初，臺灣文壇的語文論戰中，他對文言文的神龕地位，以及傳統的中華禮教文化的無情挑戰，就是一個證明。同樣由於啟蒙思想者比較上寬廣的新世界的認識，賴和對於一個公平合理的世界的探求是熱切的，自傳性的〈彫古董〉裡的

「叛逆者的黨徒」,〈惹事〉中敢於擾動既存秩序的青年,〈棋盤邊〉對遺老世界及違反社會發展的鴉片禁令解除所發的嘲諷,〈可憐她死了〉對蓄妾制度和把女人像商品一樣買賣所做的攻擊,都是呼求一個人道、合理的新社會降臨的聲音。然而正是在這裡,賴和經驗到社會實踐和世界觀之間的矛盾。

作為一個漢族的遺民,啟蒙思想者的賴和,或許可以在胸懷祖國放眼世界的鼓勵下,越過狹隘的民族局限,從新人類的角度幻想一個未來的、黃金的世界。但作為日本帝國主義的殖民,提供給他烏托邦嚮往的進步和資本主義世界觀,卻反轉過來無時無刻不在殖民剝削和壓迫的事實下,提醒他民族的仇恨以及那合理世界的虛妄。〈一桿秤仔〉直接反映了這發生在暗夜的悲劇。故事中一桿「官廳專利品」的標準秤仔,竟因巡查大人索賄未遂,一下子失去它的準確性而被「打斷擲棄」。相同的情形發生在〈豐作〉,在那裡,因為「看見農民得有些利益,會社便變出臉來」,讓同樣是官廳專利品的標準磅秤,硬生生誤差掉 4,000 斤甘蔗。這桿魔術的秤仔,這桿因為是官廳專利品,因而隨時可以毀在官廳及其代理人手上的秤仔,從根本上侮辱了啟蒙思想者對於客觀的公平合理的樂觀信仰,更從根本上否定了理論上應該建立在自由、平等、博愛、正義等代表資本主義精神的「法」的尊嚴。

憤怒的賴和不能不從頭檢驗他獻身其中的真理。小說〈辱?!〉透過戲臺上熱鬧上演的全本俠義英雄傳,戲臺下熱鬧議論的民眾,以及半路殺出來捉攤販,後來又衝進醫生館找碴的「雄雄糾糾,擺擺搖搖」的「一行拿人的人」的情節和故事,曲折而全面地表現了「也曾在演講臺上講過自由平等正義人道」的賴和受辱之後的憤怒,以及同樣被統治者的法律摧殘侮辱的市民們的憤恨。對於這一切,小說假藉一個小百姓之口總結地說:「法是要百姓去奉行的,若是做官的也要受到拘束,就不敢創這多款出來了。」與這相似的日本統治者變戲法的場面,在賴和小說世界中隨處可見,這構成了他的小說的重要主題,同時也是他對日本占領期間,那與殖

民主義幽靈共榮共存的「法」的本質，所做的一些徹底的檢驗證明：

> 法律！啊！這是一句真可珍重的話，不知在什時候，是誰個人創造出
> 來？實在是很有益的發明，所以直到現在還保存有專賣的特權。世間總
> 算有了它，人們才不敢非為，有錢人始免盜的危險，貧窮的人也才能安
> 分地忍著餓待死。因為法律是不可侵犯，凡它所規定的條例，它的權威
> 所及，一切人類皆要遵行，不然就是犯法，應當受相當的刑罰，輕者監
> 禁，重則死刑，這是保持法的尊嚴所必須的手段，恐法律一旦失去權
> 威，它的特權所有者——就是靠它吃飯的人，準會餓死，所以從不曾放
> 鬆過。像這樣法律對於它的特權所有者，是很有利益，若讓一般人民於
> 法律之外有自由，或者對法律本身有疑問，於他們的利益上便覺有不十
> 分完全，所以把人類的一切行為，甚至不可見的思想，也用神聖的法律
> 來干涉取締……。(〈蛇先生〉)
>
> 法律也是在人的手裡，運用上運用者自己的便宜都合，實際上它的效
> 力，對於社會的壞的補救，墮落的防過，似不能十分完成它的使命，反
> 轉對於社會的進展向上，有著大的壓縮阻礙威力。因為法本來的作用，
> 就是在維持社會於特定的範圍中「壞」、「墮落」，猶是在範圍裡「向
> 上」、「進展」，便要超越範圍以外。所以社會運動者比較賭博人、強盜，
> 其攪亂安寧秩序的危險更多。(〈不如意的過年〉)

基於這些認識，本身就是社會運動者，深知法權的正面意義的賴和，
跟日本統治者展開一場法與法的決鬥，他藉著過年時紅包收入不如意的巡
查大人的內心獨白，以反諷的筆調檢討他威嚴掃地的原因說：

> 不錯！完全是由那班自稱社會運動家，不，實在是不良分子所煽動的。
> 他們在講臺上說什麼「官尊民卑，乃封建時代的思想，在法憲政治下的
> 現社會，容不得它存留」，又講什麼……「法律是管社會生活的人，勿論

誰都要遵守，不以為做官，就可除外，像巡警的亂暴打人，也該受法的制裁」。有了這樣的煽惑，所以人民的膽子就大起來，致使今年御歲著，才有這樣結果。(〈不如意的過年〉)

這些從社會實踐得來的結論，構成賴和小說思想中最光輝的部分，因為事實證明，只要是有「拿人的人」的社會存在一天，只要那「拿人的人」像童話裡的巫婆一樣，或者騎著一桿專利的秤仔，或者坐上法律的魔氈，在人間呼風喚雨，他這制裁的秤錘將不會失掉它的武器的效用，甚至於可以啟示來者，打造出一把適合他們標準的全新秤仔。這應該就是賴和在思想史和文學史上的意義，但他卻在劃破一邊是封建黑暗，一邊是殖民壓迫的人類前史的長夜後，從現實發展的邊緣悄悄滑落。

生在錯綜的歷史力量交互作用的時代，賴和不能不經驗到死的拉住活的痛苦，他那來自啟蒙者的批判的視覺使他扮演了時代先知的角色，但未熟的歷史條件，卻限制他只能是個先天不足的理想主義者的命運。倘若他的創作過程可以拿來比方他的戰鬥過程：也就是在寫作時首先由文言翻譯為白話，而後是白話獨立自主；那麼在艱險的現實鬥爭後，讀過漢學，懂得吟風弄月的賴和，心理上經歷的似乎正是相反的翻譯道路。他的後期小說〈赴了春宴回來〉的春意微醺，〈一個同志的批信〉所透露的頹廢無奈，以至於 1941 年第二次入獄時寫的〈獄中日記〉，一再提到讀佛教的〈心經〉，以求精神安寧，可以說都是社會歷史矛盾的心理上的還原，也是他個人的歷史悲劇的寫照。關於這點，葉榮鐘在〈詩醫賴懶雲〉一文中，曾以為賴和的詩友陳虛谷在詩中說他「生平慣作性靈詩」，又說他「那知心境年來變，每愛偷閒上酒樓」，寫賴和「最為生動而逼真」。楊雲萍記述 1943 年賴和臨終之前，在病床上曾痛苦地向他高聲訴說：「我們所從事的新文學運動，等於白做了！」這些論斷和記述，無疑都該從賴和的理想主義者的性格，及其悲劇性的先知生涯的角度去理解。這情形在他的創作實踐一樣可以找出跡象，如〈惹事〉裡面對無力解決的日本警察的暴虐，又感覺到自

己被大眾背叛了，最後只有悄然離鄉的青年，可說是先天不足的理想主義者的無力感的徵兆。又如〈浪漫外紀〉中對「殊不像是臺灣人定型性格」的「鱸鰻（流氓）」的熱情讚許，以至於〈善訟的人的故事〉之把鏡頭拉遠，回到歷史中的唐山，盡情歌頌一個可能是「生蕃的後裔」的賬房先生，憑著「率真果敢」的天性，靠一位神龍見首不見尾的高人指點他 16 字真言，奇蹟似地為窮苦人民打贏官司，這樣的情節，雖然帶有民間故事的色彩，但由賴和寫作時的價值取向和情感訴求，則明顯可見是對社會歷史悲劇的心理的、虛幻的解決了。

然而問題的歷史也就是歷史的問題，日本殖民統治者眼中的問題人物的賴和，他的一生，以至於他用以標幟民族自覺的大量使用臺灣話文的問題小說，都強而有力地呈現了人類前史的終結期的劇痛的歷史問題，而這正是讀他的小說後不能不讓人肅然起敬的原因。

——選自施淑《兩岸文學論集》

臺北：新地文學出版社，1997 年 6 月

從民間來‧到民間去

賴和的文學立場

◎陳萬益[*]

一、前言

賴和（1894～1943）於本世紀 20 年代臺灣新文學草創時期，陸續發表散文〈無題〉、新詩〈覺悟下的犧牲〉、小說〈鬥鬧熱〉和〈一桿「稱子」〉，其篇章行文，以中國白話為主，參入臺灣福佬話，「十足表現臺灣人的感覺，發揮了臺灣人獨特的魅力」[1]，「第一個把白話文的真正價值具體地提示到大眾之前」[2]為 1924 年張我軍所發動的新舊文學論戰，做出最有力的奧援，也為他在被日本殖民統治的一生中，找到文化抗爭的地位。

1926 年以後，他在行醫之餘，主持《臺灣民報》的學藝欄，參與臺灣人辦的文學雜誌《南音》、《臺灣新文學》等，鼓勵、栽培了許多後進：楊逵、楊守愚、吳慶堂、朱石峰等人都具體肯定他的提攜，因此，賴和作為臺灣新文學的褓母、新文學之父的尊稱便不脛而走，流傳至今，更為肯定。[3]

賴和參與新文學運動的時間並不長，林瑞明統計其新文學作品發表始自 1925 年，結束於 1935 年，前後十年，共發表小說 16 篇、新詩 12 篇、

[*]發表文章時為清華大學中國文學系教授，現為清華大學臺灣文學研究所教授兼所長。
[1]李獻璋語，文見李著〈臺灣鄉土話文運動〉，《臺灣文藝》第 102 期。
[2]楊守愚語，文見楊著〈小說與懶雲〉，原載《臺灣文學》第 3 卷第 2 號，收入李南衡編，《賴和先生全集》，臺北：明潭出版社，1979 年。
[3]參見賴和紀念館編，《賴和研究資料彙編》（上）（下），彰化縣立文化中心，1994 年。其中，葉石濤，〈為什麼賴和先生是新文學之父〉一文可作為代表。

隨筆散文 12 篇、通訊、序文各一篇,總 42 篇,[4]作品的量雖然不多,然而以其思想和藝術的成就,仍然被肯定與中國的魯迅、蘇聯的高爾基地位相當。[5]王詩琅,〈閒談懶雲〉,《聯合報》副刊(1982 年 6 月 28 日)則說:「有人稱懶雲先生是臺灣的魯迅,依筆者看來,有些方面懶雲先生確實有過之而無不及吧。」如果我們肯細細品味賴和創作時期特別艱難的時代背景,以及個人面對語文障礙所付出的努力與成績,再加上不少陸續出土的未刊遺稿,使賴和其人其文的形象更加充實飽滿,我們更加深信前輩的稱許絕非過當。

本文的寫作,不擬對賴和的作品重作評估,只是想就賴和所作文字中陳述個人文學見解的部分做一統觀。從賴和遺留下來的文字多屬創作,評論不多,而其登上文學壇坫之前,張我軍等人已經掀起漫天烽火,斬將搴旗之功,自然無緣,後人檢點新舊文學論戰的業績,也就著墨不多。但是,因為賴氏是從創作出發,從新舊文學論爭,經民間文學運動,到臺灣話文的論爭,他都曾經參與其事,雖然沒有長篇大論,但是零簡碎篇之中,都展現個人的睿智,以及從創作實踐中得來的前瞻性見解,彌足珍貴;而統觀這些文獻,賴和「到民間去」的文學立場非常明顯。賴和出身民間,臺灣總督府醫學校畢業以後,雖然也參與政治、社會運動,基本上還是以基層醫生的身分,在彰化民間行醫;[6]其立身於民間,傾聽民間的聲音,向民間文學學習,為平民創作文學的立場都是始終一貫的。

賴和大概於 1923 至 1924 年間創作〈寂寞的人生〉中,對於其個人的出路,在「有人跑上了東京,有人守住在家裡」的對比下,他就有「跑向民眾中間去」的想法;[7]在參與臺灣文化協會理事會中,他發言要求「切實

---

[4] 林瑞明著,《臺灣文學與時代精神——賴和研究論集》,臺北:允晨文化實業公司,1993 年,頁 74 ～83。

[5] 史氏(吳新榮),〈賴和在臺灣是革命傳統〉,《臺灣文學》第二輯(1948 年 9 月)云:「賴和在臺灣,正如魯迅在中國,高爾基在蘇聯,任何權威都不能漠視其存在。」

[6] 林瑞明認為賴和的祖父由弄鈸起家,父親是道士,都與民間習俗有密切關聯,這種小傳統中的生活,深刻影響賴和幼年的階段,也使他從小與民間有一體感。參見林瑞明前引書,頁 30。

[7] 〈寂寞的人生〉,《賴和先生全集》(同上註,以下簡稱《全集》),頁 350。

走向民眾中間」；[8]後來，他為李獻璋編輯的《臺灣民間文學集》作序，希望它「同樣跑向民間去」。[9]

「到民間去」是中國大陸知識分子伴隨五四運動，從 1918～1937 年間的民間文學運動的口號，[10]賴和於 1918 年到 1919 年間曾經在廈門鼓浪嶼博愛醫院服務，可能受到五四運動的影響，「到民間去」的思想也不無與彼岸呼應的意思，但是，已知文獻中，並無直接證據，於此，也只能提而不論了。

二、從舊詩人到新小說家

在 1925 年發表新文學作品之前，賴和參加《臺灣》雜誌的徵詩比賽，〈劉銘傳〉兩首，分獲第 2 名及第 13 名，此後陸續發表漢詩作品，張我軍引爆新舊文學論戰的時候，賴和還有漢詩〈阿芙蓉〉在《臺灣民報》刊登。1936 年以後，賴和就不再有新文學作品發表；1939 年中秋後，與陳虛谷、楊守愚等人成立應社，以舊詩酬唱。林瑞明董理其舊詩有上千首之多，而從其生前不斷膽改編訂情形看來，也有付梓自珍之意，而其舊詩成就又頗富盛名，因此在新舊文學之間、小說與詩的關係，以至於其間文學立場的折衝便值得玩味。

陳虛谷曾經詩贈懶雲，首先提出此一問題：

> 平生慣作性靈詩，珠玉連篇不費思。
> 藝苑但聞誇小說，世間畢竟少真知。[11]

對於世間重小說、輕舊詩的現象，不只見諸賴和；虛谷本人平生只寫

---

[8]參見〈赴會〉，《全集》，頁 314。
[9]〈臺灣民間文學集序〉，《全集》，頁 257。
[10]有關大陸此一時期的民間文學運動，可參見洪長泰原著，董曉萍譯，《到民間去——1918～1837 年的中國知識分子與民間文學運動》，上海：上海文藝出版社，1993 年。
[11]虛谷，〈贈懶雲〉三首之一，《全集》，頁 408。

四篇小說，卻受世人青睞，選其一入《臺灣小說選》，名垂文學史，而其得意的詩作，卻得不到重視，使其自覺「見誚」。[12]

其實，世人所以重視小說，實在由於此一新形式和語言遠較舊詩更能承載時代精神，而賴和本人也有意識的選擇此一形式，他曾經這樣透過小說人物述及自己的轉變：

> 懶先生是西醫，是現代人……幾年前也在所謂騷壇之上馳騁過，有了能詩的名聲，但在別的一時候卻很受到道學家們的攻擊，謂他侮經非賢……懶先生變了相……只是不再見他大做其詩，及而有時見他發表一篇篇的白話小說。但是他無聊時聊當消遣的什麼詩，再看不見其朗誦了，已由案頭消失，重新排上的卻是莫泊桑、灰色馬、工人綏惠洛夫等中譯和日文幾本小說。……可以說懶先生是醫生而抱有做小說家的野心。[13]

賴和從詩人「變相」為小說家，起心動意大概可以追溯到 1920 年代初期：1922 年傳統詩的稿本中夾雜三首白話詩，而 1923 年的文稿本，〈小逸堂記〉、〈伯母莊氏柔娘苦節事略〉、〈僧寮閒話〉、〈不幸的賣油炸檜的〉四文裝訂成冊，前兩文為古文，後兩文則介於散文和小說的白話、對話體作品，可見他對新詩和小說的揣摩；相對而言，雖然 1923、1924 年的舊詩作品篇數仍然可觀，他對於舊詩人「吟風弄月便風流，酒會歌筵唱酬。」[14]的風氣早已不滿，1923 年有詩諷刺御用詩人云：

---

[12] 陳虛谷，〈寄許媽瑭‧陳玉珠信〉，文見陳逸雄編，《陳虛谷選集》，臺北：鴻蒙文學出版公司，1986 年，頁 402。

[13] 賴和作於 1930 年 4 月 30 日的小說〈彫古董〉。此處依據的版本是賴和紀念館的手稿，與收入《全集》的文字有相當出入。

[14] 〈臺灣詩人〉，見林瑞明編，《賴和漢詩初編》，彰化：彰化縣立文化中心，1994 年，頁 117。案：原詩文收於 1919~1920 稿本中。

非同應候小蟲聲，盛事朝陽彩鳳鳴。

閒和大官詩兩首，世人爭是有光榮。

十年時局一翻新，劫後文章亦漸湮。

里巷歌謠今已絕，可憐御用到詩人。[15]

　　「里巷歌謠」與「御用詩人」的對比，顯然可見其創作傾向。因此，1923 年底治警事件，賴和陷獄以後的詩作，就益發呈現慷慨激昂、悲歌哀吟的時代新聲，「世間未許權存在，勇士當為義鬥爭。」（吾人）、「我生不幸為俘囚，豈關種族他人優。」（飲酒）……這類淺白有力的思想結晶，其創作取向完全與舊詩人異趣，而與其新文學同軌。

三、論新文學以民眾為對象

　　賴和首先在 1925 年，《臺灣民報》創立五週年，發行 10,000 部，特設五問的徵文中，表達了他對文學革命的關心與見解。在五問裡，他有三問的回答，都以文學相應，這在登出的 40 則來稿中，顯得特別凸出。這三則問答如下：

　　　　（問）五年以來發生的重要事項

　　　　　　　文學革命之呼聲漸起，新舊思想之衝突激烈（答案五之一）

　　　　（問）希望民報多記載的事項

　　　　　　　有臺灣地方色彩的文學、世界思潮學術的介紹

　　　　（問）希望勿記載的事項

　　　　　　　歌功頌德粉飾太平的文學。[16]

---

[15] 〈聞之景星慶雲為天之祥，聖人哲士乃世之寶，故吉祥現而天下咸寧，聖賢生則世人安樂，今也鄉有詩人，聲聞異地，地以人傳，俗因詩化，亦吾鄉之寶也，乃為詩人詩之章以紀之。〉三首錄其二，《賴和漢詩初編》，頁 264。

[16] 《臺灣民報》第 67 號，大正 14 年 8 月 26 日，收入《全集》，頁 205。

　　這雖然不是正式的文章，卻特別鮮明有力，爾後，他與《臺灣日日新報》的記者論戰的兩篇文字，也是站在此一基礎上發揮的。

　　1926 年 1 月 3、4 日，官方報紙《臺灣日日新報》漢文欄登出「一記者」〈新舊文學之比較〉一文，就「外觀」、「組織」、「內容」、「中華與臺灣」、「文學家及感傷的」、「文學上之反省」、「新舊派之接近」等七項比較舊文學，批判新文學，賴和寫了讀後的評論文字之後，《臺灣日日新報》則又登出同一作者署名「老生常談」的文章〈對於所謂新詩文者〉（1926 年 2 月 25 日、2 月 28 日、3 月 2 日），賴和乃又回敬以〈謹復某老先生〉一文。綜合兩文，可見賴和或者出於對舊文學的包容、或者出於溫和的性格，他並沒有使用激烈的措詞以置論敵於死地；他雖然批駁對方的不是，卻更多的表達他對新文學的主張，如果再加上遺稿中〈開頭我們要明瞭地聲明著〉一文，我們大概可以整理出賴和的主要文學見解如下：

　　首先他肯定文學自有其存在的價值和使命，不能把道德律來範圍其作品，來批評其價值，因為文學根本不是載道的東西，從此一本質觀來說，他也不贊成舊文學從語言、形式方面攻擊新文學之夾雜洋文、洋氣，因為它與舊文學的本質沒有關係。由本質論出發，他認為舊文學自有其存在的價值，新舊本是對待的區分，沒有絕對好壞差別，不一定新的就比舊的好，從心理狀態而言，新舊文學者，皆有共通性，這顯然是從自己親身驗證而來，至於舊文學家，他指望他們能把精神改造，即使採用舊形式描寫，亦所歡迎。

　　其次，賴和對文學發展採取進化觀，他說：

> 各樣的學術，多由時代的要求，因為四周的影響，漸次變遷，或是進化或是退化，新文學亦在此要約之下，循程進化的，其行跡明瞭可睹，所以欲說是創作，寧謂之進化，較為適當。[17]

---

[17] 〈讀臺日報的「新舊文學之比較」〉，《全集》，頁 208。

此一進化觀，他更藉由中國大陸的文學史來加以申說：

> 人們的，物的生活方式，和精神生活狀態，每日時間的關係，環境的推
> 遷，漸漸地變換轉移，兩（種）生活的表現方式，（文藝繪畫彫刻等）也
> 同時隨著變遷。由文學史的指示，所謂中原文學、實際、雍容、雅淡的
> 態度，在一時代，受到北方悲涼、慷慨、雄壯的影響，氣質上增益些強
> 分，又受到南方，理想、優遊、緻密的淘化，詞彩上添些美質，後再受
> 到佛學的影響，滲入很濃的空無色彩，最近又被沐於歐風美雨，生起一
> 大同化作用。所以新文學的構成自然結合有西洋文學的元素。[18]

此一進化的新文學史觀，不僅有中國文學發展史的佐證，而且有寬廣
的世界性視野和進化論基礎，使他肯定的說出「新文學是新發見的世
界……純取世界主義，就是所謂大同者也。」[19]

那麼，新舊文學不同在哪一方面？賴和認為在於讀者對象，舊文學的
對象在士的階級（所謂讀書人），而不屑與民眾（文盲）發生關係；新文學
則是以民眾為對象，富有普遍性的平民文學，新文學家的任務是輸配給那
些對文人文學家受不到裨益，感不著興趣的多數人們些許精神上的養分。

因此，新文學運動的標的是在「舌頭和筆尖的合一」；[20]新文學的趨
向，是要把說話用文字來表現，再加上剪裁使其更合於文學上的美，雖然
不免冗長，然而詳細明白；老嫗能解的詩文，乞丐走唱的詞曲，淺陋平
易，自有其價值；而苦力的罵語，即使粗俗，但是他們的吶喊、哀鳴，真
切感人，也不必苛責。

至於新文學創作採取寫實主義手法，因為「由來文學就是社會的縮
影」，[21]新文學家所關心的就是社會待解決、頂要緊的問題，所以，賴和主

---

[18]〈謹復某老先生〉，《全集》，頁212。
[19]同上註，頁210。
[20]同註17。
[21]同註17，頁209。

張與其「向故紙堆中討生活，何如就自然界裡闢樂園。」[22]在如是見解底下，面對新舊思潮衝激、社會公共律則不穩的狀態，賴和嚴肅的聲明「新文學普及的必要，新倫理建設的緊重。」[23]

而新文學的藝術價值則因其普遍性，賴和認為更見得偉大，也更需要精神和熱血，他肯定的說：

> 有思想的俚謠，有意態的四季春，有情思的採茶歌，其文學價值不在典
> 雅深雋的詩歌之下。[24]

從平民文學的觀點，肯定了新文學的價值，賴和因此能在後來的民間文學運動著了先鞭，做出具體的貢獻。

四、臺灣民間文學的先導

根據黃得時先生的說法，日據時代臺灣人之搜集歌謠，大概首見於1927年6月開始，鳳山鄭坤五在其創刊的《臺灣藝苑》雜誌，特闢「臺灣國風」專欄，搜集〈四季春〉四十多首加以評釋，而尊其價值，等同〈國風〉；1930年9月在臺南刊行的《三六九小報》，也闢有「黛山樵唱」專欄，陸續刊登了百餘首歌謠。1931年，臺灣新民報社開始徵集歌謠的計畫，從全臺各地徵集而來的歌謠，陸續刊載報上，不到半年，即得百餘首，影響所及，掀起了「鄉土文學」和「臺灣話文」論爭的怒濤，其後創刊的雜誌《南音》、《先發部隊》、《第一線》等都在民間文學的採集上做出貢獻；1936年，李獻璋集大成編著出版《臺灣民間文學集》，包括民歌、童謠、謎語，及傳說故事23篇，可以說為臺灣民間文學留下一個可觀的成績。[25]

---

[22]同註18，頁214。
[23]〈開頭我們要明瞭地聲明著〉，《全集》，頁356。
[24]同上註。
[25]黃得時，〈關於臺灣歌謠的搜集〉，《臺灣文化》第6卷，第3、4期合刊，1950年12月。

今查賴和爲《臺灣民間文學集》所做序中有如下一段話語：

> 從前，我雖然也曾抱過這麼野心，想跑這荒蕪的民間文學園地，去當個拓荒者，無如業務上直不容我有這樣工夫，直到現在，想來猶有餘憾。[26]

看來，賴和是徒有理想，而未付諸實踐，其實不然。楊逵主編的《臺灣新文學》雜誌第 1 卷第 8 號（1936 年 9 月）開始連載署名彰化楊清池以同治元年戴萬生反亂爲題材的敘事歌謠，題爲《辛酉一歌詩》，文前有宮安中的「抄註後記」，說明楊清池爲唱者，不是作者，又說：

> 這篇稿子是懶雲先生的舊稿，大約是十年前罷，他特地找了來那位老遊吟詩人來唱，費了幾天工夫速記下來。但是此次謄抄時，卻發現幾處遺漏和費解的，拿去問他，他因為經時太久了，也不再記憶得，因此，我們又重找了那遊吟詩人，從頭唱了一次，所以我們自信得過是再不會有多大錯誤的。[27]

而賴和本人在 1924 年所作漢詩〈月琴的走唱〉云：

> 月下叮噹響，臨風韻更清。
> 曲哀心欲碎，調急耳頻傾。
> 仙侶梁山伯，賊豪戴萬生。
> 悠悠少兒女，隔世亦知名。[28]

清楚的記錄他對遊吟詩人彈唱的著迷，梁山伯和戴萬生的故事在民間

---

[26]〈臺灣民間文學集序〉，《全集》，頁 256。
[27]宮安中，〈辛酉一歌詩〉抄註後記，《臺灣新文學》第 1 卷第 8 號。
[28]〈月琴的走唱〉，《賴和漢詩初稿》，頁 84

膾炙人口的情形，也由此得知一二，如今，梁山伯故事，民間仍然傳頌，而戴萬生紅旗反亂的故事，則已不復聽聞。所幸，這一闋被黃得時先生拿來與《臺灣民主國歌》合稱為「臺灣革命歌謠的雙璧」[29]的《辛亥—歌詩》竟因賴和的記錄，而得以二度謄抄發表，流傳後世，跑向民間，也是不幸中之大幸。賴和雖然沒有實現拓荒者的美夢，實質上亦做了先導工作。

更有進者，《臺灣新民報》的計畫採集民間歌謠，實際上也是賴和在幕後促成的。黃周（醒民）在 1931 年 1 月 1 日的《臺灣新民報》上發表〈整理「歌謠」的一個提議〉直接引用賴和的信說：

> 講要把民間故事和民謠整理一番，這是很有意義的工作，我是大贊成，若不早日著手，怕再幾年，較有年歲的人死盡了，就無從調查，現時一般小孩子所唱的豈不多是日本童謠嗎？想著了還是早想方法才是。[30]

採集民間文學的急迫性，躍然紙上，而其中蘊含的語言、文學和文化的意義也不言而喻。這也是賴和在李獻璋的《臺灣民間文學集》的編輯工作上，不僅親自參與寫作〈善訟的人的故事〉，為集子作序，而且還資助出版，出錢又出力，其貢獻實在匪淺，賴和希望民間文學從民間來，又回到民間去，使我們的子弟有自己的歌謠、故事可以聽聞的立場是值得肯定的。[31]

五、對臺灣話文的思維

賴和先生的新文學創作的特色是以白話為主，摻雜相當的臺灣話，以表現地方色彩，這樣的行文相當耗費精神，從他遺留下來的手稿多不只一稿，甚至有多至三四稿者，可見揣摩之艱辛，因此，可以說賴和一開始就

---

[29]同註 25。

[30]醒民，〈整理「歌謠」的一個提議〉，《臺灣新民報》第 345 號。

[31]有關賴和及李獻璋等人的民間文學觀念及其工作的進一步探討，胡萬川已有專文討論，此處不贅。該文曾於 1994 年 11 月在清華大學「日據時期臺灣文學國際學術會議」宣讀。

不得不面對臺灣話文的文字化問題，尤其臺灣話許多有音無字的現象，標記的方法，便是一定要嘗試解決的工作。

　　前文我們已經論及賴和認為新文學運動的標的是在「舌頭和筆尖的合一」，從後文他說把說話用文字來表現，再少加剪裁修整，使合於文學上的美，此一說法表示他並不贊成完全「我手寫我口」，「話怎麼說，便怎麼寫」的錄音寫作；他雖然沒有一開始就完全用臺灣話文寫作，但是，新文學既以民眾為對象，似乎沒有不採用民眾的語言寫作的道理，他選擇的寫作語言，可能是階段性的考慮，因為，早在 1926 年新舊文學論戰的時期，他就已經有獨到的思考。以下兩段文字，可能太有前瞻性，時人無能思慮及此；而今日主張臺語文學寫作者，似亦不曾有見此文者，故不嫌文長，先轉錄於下：

　　橫書與直書的分別，在現狀下的文學，尚沒有橫書的必然性，但將來音字採用的時候，就有橫書的必要了。到那時，這項怕就是，頂要緊的比較點了。

　　又，

　　一事還須別說幾句，就是音字的併用。在現狀下，有許多沒有文字可表現的話語，這是在佛典輸入時代，舊文學曾有過一番經驗，那時有無新造的字，固不能知，大部分是用固有的字音，來翻譯梵語，有的另加口傍，以別於本來的字義。但到現在不僅意義不明，不明句讀的所在也有，翻譯可勿說，只像「欸乃」的讀做「矮魯」，如此且尚不能明白，必待註解，始知是行船時，船夫一種的呼喊。又像山歌的餘音（如噯喲兮）種種樂具的聲音，不用音字，是不能表現，所以一篇文章中，插有別種的文字，是進化的表識，若嫌洋字有牛油臭，已有注音字母的新

創，儘可應用。[32]

　　以上兩段文字雖然是針對舊文學家批評新文學夾洋文的問題而起，然而賴和顯然有感而發，提出了「音字」的問題。

　　「音字」一詞似乎是賴和所創，就閱覽所及，遲至 1931 年鄉土文學論戰的時候，黃石輝才有如下的話語：

> 文字的問題，中國白話文中之「的、會、什麼、給……」都要採用……遇必要時，可作新字。多取義字、少用音字。[33]

　　很明顯：「音字」與「義字」相對。這是針對臺灣話「有音無字」部分如何標記的思考。黃石輝贊成可作新字，而作新字時偏向取義，而少取音；賴和在《南音》第 1 卷第 3 號（1932 年 2 月）討論新字的問題，主張：

> 新字的創造，我也是認為一定程度有必要，不過要在既成文字裡尋不出「音」「意」兩可通用的時，不得已才創來用，若既成字裡有意通而無音不諧的時候，我想還是用既成字，附以旁註較易普遍……[34]

　　賴和是不贊成任意造新字的，但是音字的採用，顯然有必要，而他認為漢文中插有別種文字，是進化的表識，他給予相當的肯定，也許一時間還看不出來，他預言將來音字的採用必然會增加，以至於行文便有橫書的必要。

　　賴和此等音字進化觀，是否借鑒於日語兼採漢字和假名的方式，文獻

[32]〈讀臺日紙的「新舊文學之比較」〉，《全集》，頁 208。
[33]黃石輝，〈再談鄉土文學〉，轉引李獻璋，〈臺灣鄉土話文運動〉。
[34]賴和致郭秋生函，文載《南音》第 1 卷第 3 號，1932 年 2 月。

不足，不敢多說，但是，由於堅信新文學是平民文學，必須採用民眾的語言此一信念，使他在創作時多用臺灣話，雖然不敢說他已預見後期臺灣話文的寫作，然而臺灣話的迭次增加，應該是自然的趨勢。至於採用何種符號記音，他似乎沒有成見，洋文也好，注音符號未嘗不可。[35]

以上賴和對文學語言的「音字」問題談過之後，另有一個問題必須附帶一提。

賴和受過日文教育，卻終身用中文寫作，被認為是民族氣節的表現，這是眾所皆知，而為世人所讚許者。但是，具有相當自傳色彩的小說〈赴會〉卻有一段文字表示賴和也曾有「國語（日語）普及」的主張。

〈赴會〉以第一人稱自述搭車前往霧峰參加臺灣文化協會理事會的經過，記錄了車上聽聞紳士風的日本人和臺灣人的對話，以及另外的兩位勞動大眾的的談話，賴和以客觀實錄的方式記載了他們對於文化協會諸君子以至於霧峰林家的不好善意的批判，後段則述及會議討論的情形：

> 我被案內到室中，會議已進行很久了，現在所討論的是民眾教育的問題，對於讀書會研究會的開設，意見紛紛，我也曾擔當過設置的責任，自有些經驗，實行上打算可借人做些參考，便向議長請到發言權，立了起來。對於我們的行動，一方面無所不施其干涉壓迫，本來的法律不足供他們利用，便再施行那新法，來拘束我們的行動。由我的觀察，這種事業不在他們指導下，至少國語普及這一條款，是不能沒有的。要得他們允准容認，而且我們要切實走向民眾中間，去做些實際工作，外面是不能不少為妥協讓步，在一種妥協形式下，來遂行我們的計畫。[36]

「我」此一提案，即刻被慷慨激昂的聲音所壓制，而另以快速鼓掌的

---

[35] 賴和〈鬥鬧熱〉的手稿，有以「ㄎㄞㄎㄞㄎㄞ」表達鑼聲者。
[36] 〈赴會〉，《全集》，頁314。此篇屬賴和遺稿，李南衡謂創作日期不詳。然對照此篇會議內容，以及賴和生平，此文所既為大正15年（1926年）5月15～16日在霧峰召開的文協理事會，賴和與會，並有留影，見諸《臺灣民報》第107號。所以此文作於1926年之後。

方式通過了「普及漢文教育」和「普及羅馬字」的提案。

　　文中普及國語和講究妥協的策略，似乎大違賴和一向的爲人和觀點，而此次理事會議的情形除了在《臺灣民報》的報導外，沒有相關的賴和具體言論，所以無法肯定小說之言是否即賴和真實的主張。然而從小說情節的安排來看，後段陳述會議內容的文字，是作者有意安排與前文民眾的批判文字相對照，以呈現 1926 年理事會時期的臺灣文化協會諸君子已經遠離群眾，爲群眾所唾棄而不自知；「我」所以凸出普及國語的說法，看似妥協讓步，實際上乃是務實的作法，在貌似配合官方的國語政策底下，自己掌握教育權，以達到提升民眾知識水平的目標。「我」深信來自基層，深知其中關鍵，所以他才會有「切實走向民眾中間，去做些實際工作」的呼籲。從此一觀點來看，國語普及的說法，完全符合賴和「到民間去」的思維的，和他一生操守毫無矛盾。

——選自國立政治大學中國文學系編《中國文學史暨文學批評學術研討會論文集》
臺北：國立政治大學中國文學系，1996 年 12 月

賴和〈善訟的人的故事〉的故事來源

◎陳益源[*]

一、前言

　　臺灣新文學先驅賴和（1895～1943）所寫的〈善訟的人的故事〉，是一篇文長一萬字上下，講述清代彰化城內一位「志舍」家的帳房——開過子曰店（私塾）的林先生，看不慣主人霸占山地賣風水的惡行，不惜渡海遠赴福建省衙興訟，終於替窮苦百姓爭回公道的故事。

　　這個故事的來源，學者已斷言它是「應李獻璋編《臺灣民間文學集》而寫的，脫胎於清代流傳於彰化民間的傳說」[1]；又由於李獻璋所編《臺灣民間文學集》故事篇中的 23 篇故事「大都不是依客觀原則整理出來的成果，而是根據資料各自分頭改寫之後的作品。……其中有些作品其實就等於是『作者』（整理改寫者）以民間傳說故事為材料所寫的小說」，所以「賴和的〈善訟的人的故事〉，一般的論者大都將它當作小說創作來討論」[2]。

　　話雖如此，賴和〈善訟的人的故事〉在發表之後，還是有人並不把它當作小說創作，而視之為民間傳說，繼續加以改寫。更重要的是，賴和〈善訟的人的故事〉文末夫子自道：「這故事的大概，聽講刻在一座石碑

發表文章時為成功大學中國文學系教授，現為成功大學中國文學系教授兼系主任。
[1]語見林瑞明〈賴和的文學及其精神〉，原載於《臺灣風物》第 39 卷第 3 期（1989 年 9 月），收入林瑞明《臺灣文學與時代精神——賴和研究論文》，臺北：允晨文化公司，1993 年 8 月，頁334。
[2]參見胡萬川〈賴和先生及李獻璋先生等民間文學觀念及工作之探討〉，原發表於「賴和及其同時代的作家：日據時期臺灣文學國際學術會議」（1994 年 11 月），收入胡萬川《民間文學的理論與實際》，新竹：國立清華大學出版社，2004 年 1 月，頁217。

上，這石碑是立在東門外，現在城已經拆去了，石碑不知移到什麼所在，
惹起問題的山場，還留有一部份做公塚，……」——大家正是從這段話來
判定故事脫胎自彰化地方傳說的，但另一方面卻又似乎不怎麼當真，大概
都認為這些話可能也是出自賴和的小說筆法吧！

　　本文擬從〈善訟的人的故事〉的版本源流講起，並且認真看待賴和關
於東門外那塊石碑的說法，以求進一步認識其故事的真正來源。

二、〈善訟的人的故事〉版本源流

　　關於賴和〈善訟的人的故事〉的版本以及後人的轉載，據筆者所見，
有以下幾種：

　　（一）手稿：殘存四頁，寫在「南音文藝雜誌原稿用紙」上，稿紙一
頁 15 行，每行 15 字，現存「四方得來的清茶」一頁 7 行，「成為事實」一
頁 6 行，「膽怯」一頁 5 行，「啊！有閒空兒須來去見識見識這樣一個人
物」一頁 8 行，四頁稿紙都從第一行寫起又沒寫滿，第四頁尾句也不完
整，看起來像是作廢的草稿。[3]

　　這四頁草稿跟正式發表的文字，出入極大，有個有趣的線索是第一頁
講到觀音亭，原有「金萬安之印，也保管在這所在」這兩句話，在後來的
版本中已經刪除。按：金萬安乃舊彰化鄉董總局的局名，同治元年
（1862）該局總理為林明謙，在戴潮春事變中曾助防彰化城；[4] 賴和寫了又
刪，或許是考慮到金萬安之印的提出可能與故事年代未合的緣故吧。至於
他用《南音》稿紙來書寫，這點也值得注意，因為《南音》是賴和自己在
1932 年 1 月參與創辦的中文雜誌，他這一年於《南音》陸續發表了小說

---

[3] 這四頁手稿，影本收入林瑞明編《賴和手稿集，新文學卷》，財團法人賴和文教基金會、臺灣省文
獻委員會出版，2000 年 5 月，頁 214～217。
[4] 有關金萬安總理林明謙的記載，可參考連橫《臺灣通史》卷 33〈戴潮春列傳〉（臺北：臺灣銀行
經濟研究室《臺灣文獻叢刊》本，1962 年，頁 883～894），和吳德功《戴案紀略》同治元年（同
前，頁 2～4）。

〈歸家〉、〈惹事〉和散文〈城〉、雜文〈臺灣話文的新字問題〉等作，[5]
〈善訟的人的故事〉也是在這一年完成的，早於李獻璋編輯出版《臺灣民
間文學集》的 1936 年 5 月有三、四年之遙，說它是「應李獻璋編《臺灣民
間文學集》而寫的」，不如說它最初是為《南音》雜誌而寫來得妥切（不過
《南音》雜誌只發行 12 期就停刊了，所以稿子擱了兩年才改在《臺灣文
藝》發表）。

　　（二）《臺灣文藝》版及其轉載：《臺灣文藝》第 2 卷第 1 號（1934 年
12 月 18 日發行，第 60～69 頁），首度披露了賴和完整的〈善訟的人的故
事〉（署名：懶雲），故事開頭先以七、八百字交代何謂「善訟」，並介紹彰
化有好幾位「善訟的人」（包括「詹典嫂告御狀」、「陳圖告林品」，然後才
轉入正題，但在「先生！可憐咧，求你向志舍講一聲……」的開場前，仍
有志舍占有市街東面一座矮山（即八卦山），「一門風水，普通賣五錢銀」
的背景說明，也用了七、八百字；故事末了則另有一段約二百字的結語和
完稿時間：「這故事的大概，聽講刻在一座石碑上，這石碑是立在東門外，
現在城已經拆去了，石碑不知移到什麼所在，惹起問題的山場，還留有一
部分做公塚，可是時代不同，事情也有些相反，現在窮苦的人可以自由去
做和他身分相應的風水，有錢人可就不能了，又不僅僅是五錢銀的墓地
稅，一坪地自願納拾圓的使用料，這是當然不過的事，因為他們有錢。像
這樣時代也在替以前受挑難過的窮苦人，出一點點氣。（一九三二、一二、
二○作）」[6]

　　照理說，後人轉錄〈善訟的人的故事〉，理應引用這個最早的《臺灣文
藝》版，可是很少有人這麼做，除了我們以下會介紹的民眾出版社單行本
之外，施淑編《賴和小說集》雖然可能直接採用《臺灣文藝》版，但她卻
把「先生！可憐咧，求你向志舍講一聲……」開場前的 1,500 字給刪去

---

[5] 參見賴恆顏、李南衡合編／賴悅顏校訂〈賴和先生年表簡編〉，收入賴和紀念館編《賴和研究資料
彙編〈下〉》，彰化：彰化縣立文化中心，1994 年 6 月，頁 561～562。
[6] 引自臺灣文藝聯盟編輯《臺灣文藝》第 2 卷第 1 號，1934 年 12 月 18 日，頁 69。原文「，」均作
「、」，今逕改。

了，已失原貌。[7]

　　（三）《臺灣民間文學集》版及其轉載：李獻璋編《臺灣民間文學集‧自序》說他：「辛苦地費了兩三年的死工夫，好容易才把這近千首的歌謠與廿三篇故事，搜集攏來校訂或整理而付印。」[8]其《臺灣民間文學集》故事篇第 104～123 頁所收的〈善訟的人的故事〉（署名：懶雲），頭尾均經刪節，故事改從「先生！可憐咧，求你向志舍講一聲……」開始，結語也只保留：「這故事的大概，聽講刻在一座石碑上，這石碑是立在東門外，現在城已經拆去了，石碑不知移到什麼所在，惹起問題的山場，還留有一部份做公塚。」這樣的改變到底是作者還是編者所爲，我們無從得知。

　　《臺灣民間文學集》新版的〈善訟的人的故事〉，雖然破壞原作的完整性，但該版本剪裁得宜，乃成爲後人轉載時的主要來源，例如李南衡主編《日據下臺灣新文學‧賴和先生全集》[9]、鍾肇政‧葉石濤主編《光復前臺灣文學全集‧一桿秤仔》[10]、張恆豪主編《臺灣作家全集‧賴和集》[11]、林瑞明主編《賴和全集‧小說卷》[12]、陳益源主編《彰化縣國民中小學臺灣文學讀本‧地方傳說卷》[13]，大家所根據的底本都是出自李獻璋 1936 年 5 月付梓的《臺灣民間文學集》。

　　（四）民眾出版社單行本及其轉載：1947 年 1 月 10 日，臺中市民眾出版社（發行人：葉陶）發行了《善訟的人的故事》的單行本，列爲「民眾叢書」小說故事篇四種的第一種[14]，前有楊逵〈編者的話〉。此一單行本（署：賴和著），正文只有 24 頁，薄薄一冊，內容則很完整，跟最先發表於《臺灣文藝》第 2 卷第 1 號的文字大體一致，結語最後在「出一點點

---

[7]臺北：洪範書店，1993 年 10 月，頁 163～180。
[8]引自 1936 年 5 月初刊複印本，臺北：龍文出版社，1989 年 2 月，頁 1。
[9]臺北：明潭出版社，1979 年 3 月，頁 118～132。
[10]臺北：遠景出版公司，1981 年 9 月再版，頁 115～132。
[11]臺北：前衛出版社，1991 年 2 月，頁 189～205。
[12]臺北：前衛出版社，2000 年 6 月，頁 209～229。
[13]彰化：彰化縣文化局，2004 年 8 月，頁 36～52。
[14]其他三種爲周定山著《憨光義，王仔英》、林荊南著《鴨母王》、楊逵著／胡風譯《送報伕》。

氣」下又補充了一句「但這也是人民自主團結纔爭取來的」，然後才註明寫作時間「一九三二、一二、二〇作」。

　　賴和是在 1943 年 1 月 31 日逝世的，民眾出版社發行《善訟的的人故事》單行本是在他死後四週年，那年「但這也是人民自主團結纔爭取來的」，很可能是楊逵採用《臺灣文藝》版時增補上去的。民眾出版社版今已罕見，幸有林瑞明主編《賴和全集・小說卷》同時轉載了李獻璋《臺灣民間文學集》版和民眾出版社發行的單行本[15]，讓我們得以一窺原作全貌以及楊逵所做的小幅加工。

　　除了上述版本以及後人的紛紛轉載之外，賴和〈善訟的人的故事〉還曾經被拿來再度改寫，例如林叟《臺灣民間傳奇》中部傳奇人物裡的〈活在萬人心中的林掌櫃〉[16]，林藜（即林叟，本名黎澤霖）《臺灣民間傳奇（十）》裡的〈林掌櫃義絕東家〉[17]，前者截頭去尾，把關於石碑的話都刪了，後者則重新補上一段和故事來源有關的話（「據說有關林先生的事蹟，曾被人刻在一座石碑上，這塊石碑也曾被立在彰化的東門外，後來城牆拆除了，而那石碑也就不知給移到那裡去了。」），以及他自編的兩首讚詩。又如大陸石四維編《臺灣民間故事選》，其中有篇〈一塊山坡地〉[18]，說起「彰化近郊山坡地爭執案」，事實上也是賴和和《善訟的人的故事》的濃縮改造之作。

三、「這故事的大概，聽講刻在一座石碑上，這石碑是立在東門外」

　　叫人納悶的是，定居大陸的前臺籍人士石四維，他那篇把賴和〈善訟的人的故事〉縮寫成不到一千字的〈一塊山坡地〉，竟說得出：「清朝時代，彰化近郊某村裡有個叫許萬志的人，他仗著有錢有勢，以開墾荒地為

[15]臺北：前衛出版社，2000 年 6 月，頁 231～253。
[16]臺北：聯亞出版社，1979 年 11 月初版，1981 年 4 月 3 版，頁 130～145。
[17]臺北：稻田出版公司，1995 年 12 月，頁 95～117。
[18]北京：時事出版社，1985 年 11 月，頁 44～45。

名,向官府申請,把村莊東頭一片廣闊的山坡地占為己有。」又說:「為了紀念林先生的功績,人們在彰化城東門外樹了一塊石碑。」但這些話,根本違背了原著的精神。

因為賴和雖然覺得一篇故事裡頭,間或涉及殷富大族的先人的行為,若不肯照實說出,將有礙故事的理解,[19]但他自己在寫作〈善訟的人的故事〉時還做不到這一點,故而有話說道:「請讓我將他們的姓名隱住,因為故事裡的主人,現在尚有繁盛的後裔,講著他們先人的長短,一定不放你干休,所以只好把他們隱住了。」[20]沒想到石四維改寫時竟能說出「志舍」的本名就叫「許萬志」,難道他真的有憑有據嗎?經遍查彰化方志與臺灣文獻,並未發現有許萬志此人,這個姓名是石四維個人杜撰的成分居高。

石四維不僅有杜撰許萬志姓名之嫌,他說彰化城東門外石碑是人們為了紀念林先生的功績而豎立的,這也跟賴和的原意有些出入。〈善訟的人的故事〉結語說道:「這故事的大概,聽講刻在一座石碑上,這石碑是立在東門外,現在城已經拆去了,石碑不知移到什麼所在……」,他並沒有說這石碑是民間百姓為林先生所立,倘若真是如此,那「尚有繁盛的後裔」的志舍族人豈能容忍這塊石碑一直豎立在彰化城人來人往的東門外?實際上,賴和也只是「聽講」東門外原有一座石碑刻著這故事的大概,石碑則已隨著拆城而不知去向罷了。

問題是:彰化縣城的東門——樂耕門(彰化縣城有樂耕、慶豐、宣平、共辰四門,參見圖一),門的外邊真的有過這麼一座石碑嗎?我們猜想,賴和〈善訟的人的故事〉既然「脫胎於清代流傳於彰化民間的傳說」,那麼他聽地方耆老講述東門外邊原本立有一座石碑這件事,應該不會是空穴來風吧?

有件巧合的事:筆者意外發現名作家宋澤萊著有《快讀彰化史》[21]一

---

[19] 參見李獻璋編《臺灣民間文學集》之賴和序,臺北:龍文出版社,1989年2月,頁3。
[20] 以下引用〈善訟的人的故事〉原文,皆據《臺灣文藝》版(1934年12月18日,頁60~69),不再一一註明。
[21] 彰化:彰化縣文化局,2003年7月。

書，該書的封面剛好有張彰化東城門的老照片，是由劉峰松先生主持的半線文教基金會所提供的。這張未註明拍攝年份的樂耕門老照片，由東北向西南方向取景，以樂耕門巍峨的雙層城樓爲焦點，上午的陽光把扶疏的樹影投灑在壯麗的磚造城牆上，此際雖無人車往來，但不難想見那拉長的半圓形拱門，平時一定有許多人車進出，或駐足門邊樹下休憩；仔細再看，那拱門左右各植一樹，進城右側的一棵樹旁，不正有一塊長方形石碑挺直豎立在那兒嗎？那塊沒有底座的石碑，高度幾達城牆的一半，連投射到牆上的黑色碑影，也同樣清晰可見。（參見圖二）

那就對了！原來舊時彰化東門外真的立有這麼一塊石碑，上頭可能刻有〈善訟的人的故事〉的「故事的大概」。可惜「現在城已經拆去了，石碑不知移到什麼所在」，如今要到哪裡去找尋才好呢？

四、「現在城已經拆去了，石碑不知移到什麼所在」

根據《彰化縣志》的記載，彰化於雍正元年（1723）設縣，雍正 12 年（1734）知縣秦士望遍植莿竹爲城，分東西南北四門，迭經林爽文事變、陳周全之亂，破壞殆盡；嘉慶二年（1797），知縣胡應魁仍依故址，栽植莿竹，又於四門增建城樓，但才十幾年就被地震震垮；到了嘉慶 14 年（1809），彰化紳士王松、林文濬等僉呈制憲，准民捐建土城；後來由於各界慷慨捐輸，王松等鑑於土城易塌，乃議請改以磚造，獲得知縣楊桂森的支持，於嘉慶 16 年（1811）開始興工；直到嘉慶 20 年（1815），終於在知縣錢燕喜任內大功告成。完工後的彰化縣城：「城周圍九百二十二丈二尺八寸，高一丈五尺。……爲樓四座，各二層，高三尺九丈。……東曰樂耕門，西曰慶豐門，南曰宣平門，北曰共辰門。」[22]

至於這座雄偉的彰化城，是什麼時候拆去的呢？史未明載。最保守的估計，應該是在清廷乙未割臺（1895 年）之後，賴和〈善訟的人的故事〉

---

[22] 以上詳見清・周璽總纂《彰化縣志》卷 2〈規制志〉之城池，臺北：臺灣銀行經濟研究室《臺灣文獻叢刊》本，1962 年，頁 35～36。

完稿（1932 年）之前。

　　光緒 21 年（1895）陽曆 8 月 26 日，日軍侵入彰化，攻八卦山，吳湯興、徐驤領軍拒戰，吳彭年回軍奪山，中彈陣亡，8 月 28 日「彰化城始陷」，[23]可見在日本統治臺灣之前，彰化城仍在。

　　日治時期開始以後，隨著縱貫鐵路彰化段的開通、市區改正、施設自來水和增闢休憩場所，彰化市街漸漸改頭換面。[24]老舊的彰化城牆，也跟著被逐段陸續拆毀。賴和發表在《南音》雜誌第 1 卷第 3 號（1932 年 2 月）的散文〈城〉（署名：玄，後又名〈我們地方的故事〉），文章一開始就提到：「……可以講這城的印象，留在敝地人士的腦裡尚深，就是不曾看過城是什麼款式的囝仔，也會曉講城內城外，而且阻隔城內外的城裡，自早，在現在的囝仔未出世以前就拆去了。」[25]如果那「會曉講城內城外」的小孩子以十歲來計算的話，賴和這篇文章等於間接告訴我們，大約在 1922 年（或更早）以前彰化城牆早就已經被拆個精光，頂多只暫時留下幾座城樓而已。

　　賴和知道「四城門，是北門最先被拆廢」，而位於八卦山公園口的東門，他也「曾看過牠的塌仄，也曾看過牠的重新」，還聽說過有「自動車竟會爬上城壁去」的車禍新聞，以及當年「那一班尊古尚舊的先生，……他們對街當局，提出備含著熱誠的古蹟保存的要求」，但在欠缺保存費用的情況下，這「被留做紀念最後的城樓」（東門）最終還是拆去了。[26]所以賴和說不定在聽人家講「善訟的人的故事」之前，也曾看過立在東門外的那塊石碑，只是還來不及求證，那石碑卻已「不知移到什麼所在」？

---

[23]參見陳世慶、賴熾昌纂修〈彰化縣大事記〉，收錄於《彰化縣志稿・卷首下大事記》，彰化：彰化縣文獻委員會，1961 年 10 月，頁 9。《彰化縣志稿》，《中國方志叢書》臺灣地區第 73 號予複印，臺北：成文出版社，1982 年 3 月。

[24]可參張素玢、柯鴻基〈歷史光影中的彰化意象〉，收錄於陳慶芳總編輯《2003 年彰化研究學術研討會論文集》，彰化：彰化縣文化局，2003 年 9 月，頁 93～114；賴志彰〈彰化縣市街的歷史變遷〉，收錄於《彰化文獻》第 2 期，彰化：彰化縣文化局，2001 年 3 月，頁 75～104。

[25]引文出自〈我們地方的故事〉，收錄於林瑞明編《賴和全集・新詩散文卷》，臺北：前衛出版社，2000 年 6 月，頁 272～279。

[26]引文出自賴和〈我們地方的故事〉一文，同上註。

　　我們從樂耕門老照片看來，東門外那塊石碑的高度幾達城牆的一半，《彰化縣志》記錄城高一丈五尺，推估起來，石碑約莫接近七尺半（225公分），這樣龐大的體積，若要加以移動，諒必得煞費一番工夫。有鑑於此，筆者猜想它如果還存在的話，或許不致於被移去太遠的地方。

　　又有一件巧妙的事發生：史學家毛漢光教授主持「臺灣碑誌研讀會」（教育部顧問室委託，計畫編號：跨校研讀——文史 15），筆者於 2004 年 5 月應邀導讀一篇出自家鄉彰化的「八卦山義塚示禁碑」誌，赫然發現它極可能恰巧就是賴和「不知移到什麼所在」的那塊石碑哩！

　　按此一「八卦山義塚示禁碑」，是前臺灣省文獻委員會在民國 47 年（1958）採拓到的，拓片曾被收錄在劉枝萬《臺灣中部碑文集成》[27]和黃耀東《明清臺灣碑碣選集》[28]二書之中，國立臺灣大學圖書館亦有珍藏（《臺灣古拓碑》RT00127，參見圖五）。劉書登錄該碑基本檔案如下：

　　　年代：嘉慶二十年四月（公元一八一五）
　　　地點：碑存彰化市八卦山麓公園內
　　　尺度：高二一○公分，寬七九公分，厚一四公分

　　就年代而言。彰化城竣工於嘉慶 20 年（1815），此碑也在這一年豎立，而官府選擇把示禁用的新碑立在出入頻繁的城門口，尤能發揮作用；何況捐碑者（董事職員王松、莊捷三、陳大用等）與捐城者（紳士王松、林文濬等），都有王松在內（詳見下文），也說明此碑與彰化城必有密切關聯。

　　就地點而言。所謂「八卦山麓公園」，地點標示雖不明確，但可知離東門舊址很近，因為「公園是在東門外沿太極山腳一帶地域」，[29]原來彰化城

---

[27]臺北：臺灣銀行經濟研究室《臺灣文獻叢刊》本，1962 年，頁 164。
[28]南投：臺灣省文獻委員會，1980 年，該碑內容與劉枝萬《臺灣中部碑文集成》全同。
[29]語見賴和〈我們地方的故事〉，收錄於林瑞明編《賴和全集·新詩散文卷》，臺北：前衛出版社，2000 年 6 月，頁 272。

被拆了，東門外的石碑被移走了，不過它的確沒被移太遠，僅僅移去毗鄰的八卦山公園而已。公園與東門的地緣關係，使得兩者同為一物的可能性大增。

就尺度而言。上文推估東門外那塊石碑約莫接近七尺半（225 公分），此碑則經過丈量確知它高達 210 公分，規模相當，這又更加證明「八卦山義塚示禁碑」應該就是東門外的那塊石碑沒錯。

可惜的是，如今「八卦山義塚示禁碑」又已經不在公園內了。

五、從「八卦山義塚示禁碑」到〈善訟的人的故事〉

「八卦山義塚示禁碑」從東門口移往公園，後來又移去什麼地方了呢？

第三件巧事又來了：筆者在八卦山公園遍尋不著「八卦山義塚示禁碑」之後，承蒙名作家康原先生和彰化縣文化局文化資產課同仁的指引，意外地發現它竟以斜角 70 度，歪立在彰化市三民市場前的「十八名英雄公祠」旁路邊，陽明街 37 之 1 號民宅的大門口，碑身約有六分之一（三十幾公分）已埋入地下。[30]（參見圖三、圖四）這個發現的奧妙之處，並非採訪到碑身曾被小偷企圖鋸成三等份的離奇傳說，[31]而是這碑目前所在的地點——「十八名英雄公祠」，位處北壇原址，即舊縣城北門外車路口[32]——距離中正路的賴和紀念館，居然不到四百公尺！賴和生前無緣求證的東門石

---

[30] 事後發現何培夫主編《臺灣地區現存碑碣圖誌‧彰化縣篇》（臺北：國立中央圖書館臺灣分館，1997 年 5 月，頁 117），也著錄過同一塊石碑（改名「嚴禁佔墾官山義塚碑記」），註明位於彰化市陽明街 37 號，尺寸為縱 182 公分，橫 77 公分。該書登錄的是英雄公廟的地址，碑的縱長也沒有把埋入地下的三十幾公分算進去，實際上與筆者所見並無不同。

[31] 2004 年 10 月 17 日，當地住戶陳廷容女士（40 歲）指著碑身上下兩道整齊切痕，說以前曾聽耆老講起：有兩個小偷企圖要盜取這塊石碑，鋸完兩圈，打算將它敲成三段扛走之際，突然肚子犯疼，痛得昏倒在地。

[32] 清‧周璽總纂《彰化縣志》卷 5〈祀典志〉記載：「厲壇：在縣治北門外車路口，祭無祀鬼，即古所謂泰厲、公厲、族厲也。……乾隆 35 年（1770）間，北路理番同知李本楠捐俸倡建，凡客柩未葬者，皆暫停於此曰北壇。」（臺北：臺灣銀行經濟研究室《臺灣文獻叢刊》本，1962 年，頁 155）；現廟壁間刻有林荊南撰於己未（民國 68 年，1979）的「十八名英雄公祠碑記」，亦有「北壇亦稱厲垣，建於乾隆 35 年（1770），位於北門之車路口，向來祭無祀鬼魂，古稱諸泰公族之厲，或客柩未葬者停柩之所，去矣兵荒馬亂，壇也早成廢墟」之說。

碑，孰料在他死後，竟會又從公園移到他家的附近來了。

關於「八卦山義塚示禁碑」的內容，筆者現依原碑將碑文重新校勘做爲本文「附錄」，提供大家參考。以下則僅針對從「八卦山義塚示禁碑」到〈善訟的人的故事〉的發展，提出個人的幾點淺見：

（一）嘉慶 20 年（1815）彰化縣知縣錢燕喜立碑緣由，乃是回應董事職員王松、莊捷三、陳大用等人「以官山被奸民侵占，呈請勒石示禁」的請求。早在嘉慶 16 年（1811），紳士王松、陳大用等即曾稟稱：「縣主賜桂森詣勘，清出各處官山塚地，嚴禁土豪勢惡侵占私墾，出示勒碑在案。」[33] 王松等人鍥而不捨控訴占山奸民的義舉，與〈善訟的人的故事〉林先生不惜跨海興訟的執著精神，若合符節。

（二）王松等人稟文所言：「彰邑自建縣以來，東有快官山，西有八卦亭山，南有赤塗崎山，北有轆沙坑山。前因楊、林二家互相爭控，以致前主蘇勘定一盡判作官山義塚，任民生樵死葬。」這所謂的「楊、林二家互相爭控」（詳情待考），難道是「志舍」、林先生爭控的故事樣本？但由於「前主蘇」指的是乾隆 13 年（1748）2 月上任、乾隆 16 年（1751）卸任的彰化知縣蘇渭生[34]，年代久遠，所以賴和猶能聽人講起的可能性較低。

（三）王松等人稟文有言：「不懇清釐勒石示禁，則奸民串番漫山墾園，營葬何地？遍地樹木，瘞朽安歸？甚有一種奸民盤踞坑仔內，綽號山鬼，私築窖堆，以索銀元。從則得葬，忤則行兇。往往棺柩抬至山上，富者任其躪索，貧者莫可如何。」這些奸民串連番人或綽號山鬼的種種惡行，〈善訟的人的故事〉的「志舍」幾乎一人全部包辦，他爲貪圖那「一門風水，普通賣五錢銀」的暴利，造成窮苦百姓難以消受的極大痛苦，危害更大。

（四）王松等人稟文又言：「現在八卦亭山左右，秀砂變爲殺曜，龍體

[33]參見清・周璽總纂《彰化縣志》卷 2〈規制志〉之義塚，臺北：臺灣銀行經濟研究室《臺灣文獻叢刊》本，1962 年，頁 64。

[34]傳見清・周璽總纂《彰化縣志》卷 3〈官秩志〉之列傳，臺北：臺灣銀行經濟研究室《臺灣文獻叢刊》本，1962 年，頁 101。

竟無完膚。白骨橫鋪，奚堪暴露之慘！青燐化碧，盡成哭夜之悲。聞者靡不傷心，見者爲之下淚。」字裡行間，充分流露「澤及枯骨」的惻隱之心，[35]這和〈善訟的人的故事〉所述「生人無路，死人無土，牧羊無埔，耕牛無草」的社會慘狀，同樣都富含反映現實的濃厚文學色彩。

　　還有一點是該特別聲明的，那就是即使好不容易尋獲賴和所提到的這塊東門石碑，我們仍不應奢望真能從「八卦山義塚示禁碑」找到多麼明顯的〈善訟的人的故事〉的「故事的大概」，畢竟從史實到碑誌，從「八卦山義塚示禁碑」到民間傳說，從聽人講到〈善訟的人的故事〉的創作，這故事的發展過程中充滿了太多的變異性，無論是金石碑銘書寫歷史的可能偏差，或者耆老口述的誇飾或隱諱，還是小說家創作的靈機運用與理想寄託，[36]都可能讓碑文與故事出現極大的落差，而這些都絕非我們所能完全掌握的。

六、結語

　　總之，討論賴和〈善訟的人的故事〉的故事來源，實有必要先把它的版本源流梳理清楚，目前許多選本所根據的底本都是出自 1936 年 5 月的李獻璋《臺灣民間文學集》，偏偏又都去註明「原載於《臺灣文藝》二卷一號，一九三四年十二月十八日」，容易讓人誤以爲兩者全同，實則不然。嚴格說來，我們以後應該盡量採用《臺灣文藝》第 2 卷第 1 號的完整版本，比較妥當。至於將〈善訟的人的故事〉再度改寫的民間故事之作，雖能彰顯原作的民間文學本質，卻又不宜輕信。

　　再者，我們既然認定賴和〈善訟的人的故事〉「脫胎於清代流傳於彰化

---

[35]何培夫〈臺灣碑碣文獻與文學資料初探〉特別舉「嚴禁佔墾官山義塚碑記」（即「八卦山義塚示禁碑」），做爲臺灣碑碣文學「澤及枯骨」的範例，收錄於東海大學中國文學系編《臺灣古典文學與文獻》，臺北：文津出版社，2000 年 1 月，頁 298。

[36]例如〈善訟的人的故事〉裡在福建省城主動協助林先生打贏官司的那位神秘乞丐，其實就很像是取材自彰化縣二水鄉民間傳說中那位指引黃仕卿如何興建八堡圳的傳奇人物林先生，詳參吳喚騰、羅永發講述〈林先生和八堡圳（一）（二）〉，收入陳益源主編《彰化縣國民中小學臺灣文學讀本‧地方傳說卷》，彰化：彰化縣文化局，2004 年 8 月，頁 281～283。

民間的傳說」，那麼我們對於攸關作品故事來源的說明（「這故事的大概，聽講刻在一座石碑上，這石碑是立在東門外」），及其下落（「現在城已經拆去了，石碑不知移到什麼所在」），也理應認真當一回事。〈善訟的人的故事〉可以被當作「『作者』（整理改寫者）以民間傳說故事為材料所寫的小說」，但是賴和結語所言，實亦不宜把它視作小說之筆。

連續發生幾次巧合的事以後，我們已可確信賴和所言不虛，原來舊時彰化東門（樂耕門）外真的立有一塊石碑，那塊石碑應該就是移去八卦山公園的「八卦山義塚示禁碑」，它後來又離奇地從公園移到距離賴和紀念館不到四百公尺的北門外車路口來，像賴和〈善訟的人的故事〉和「八卦山義塚示禁碑」這麼奇特的關聯，在臺灣文學史上恐不多見，而這也正是彰化市從事地方文學教育與戶外鄉土教學的寶貴資產。[37]

雖說「八卦山義塚示禁碑」的碑文內容與〈善訟的人的故事〉的「故事的大概」，尚有差距，不過如果我們有意「去追索此故事的基型、孳乳及其演變的脈動」[38]，那麼「八卦山義塚示禁碑」的存在，還是討論賴和〈善訟的人的故事〉的故事來源所不可或缺的重要憑藉。

---

[37]「八卦山義塚示禁碑」實際上至少立過二座，臺灣省文獻委員會採集組編輯《碑碣拓本典藏目錄》曾經記載：「彰縣 021／八卦山義塚示禁碑／1815 嘉慶 20 年 4 月／彰化市／彰化縣彰化市及二林鎮各 1 座／花岡岩／H210xW79x14cm／47」（南投：臺灣省文獻委員會，1997 年 4 月，頁 42～43）。這二座石碑，國立臺灣大學圖書館《臺灣古拓碑》均藏有拓本《彰化市的編號 RT00127，二林鎮的編號 RT00126》，彼此內容全同，只在碑尾全捐立者姓名的排列有些微的變化，而且二林碑身沒有二道鋸痕。至於為什麼位於彰化南端的二林鎮也會豎立一座「八卦山義塚示禁碑」呢？筆者推測，應與陳大用有關。陳大用曾與王松一起呈請建造彰化城，以及勒石示禁等事，而他是清代二林下保武生，兼彰化鄉董局職員（詳參洪麗完總編纂《二林鎮志‧下冊》第 45 章第一節清代人物表，二林：彰化縣二林鎮公所，2000 年 6 月，頁 498）。目前二林的「八卦山義塚示禁碑」原碑下落不明，若能積極尋獲，將成為二林鎮現存年代最早的古碑，也會是二林鎮寶貴的鄉土史料。

[38]張恆豪先生曾說：「賴和（1895～1943）重視民間文學，不僅寫文章表示支持，更以實踐態度參與整理工作，〈善訟的人的故事〉即是他生前發表的作品，此作亦蒐入《臺灣民間文學集》裡，於此我無意去追索此故事的基型、孳乳及其演變的脈動。賴和的撰述，十分具有作家個人風格，因此說這是他以民間故事為素材所書寫的作家文學勿寧較為恰當。」語見其〈賴和、張文環小說中的民間文學素材與作家文學經驗──以《善訟的人的故事》、《夜猿》為例〉，收錄於胡萬川、呂興昌、陳萬益總編輯《民間文學與作家文學研討會論文集》，新竹：清華大學中國文學系，1998 年 12 月，頁 99。

【附錄】「八卦山義塚示禁碑」全文校錄

特授福建臺灣府彰化縣正堂、加五級、記錄十次錢　　　　　為
墾查原界，給示勒石，以垂久遠事。案據職員王松、莊捷三、陳大用、
廩生郭開榮、王有慶、陳大音、生員陳光輝、王瑞崗、楊名榜、劉開
基、楊奎、監生潘大文等稟稱：「切豎碑原防於湮沒，施恩必計其萬全。
彰邑自建縣以來，東有快官山，西有八卦亭山，南有赤塗崎山，北有轆
沙坑山。前因楊、林二家互相爭控，以致前主蘇勘定一盡判作官山義
塚，任民生樵死葬。旋蒙前主胡垂永久之謀，申詳示禁。相沿至今，事
久年湮。上年九月間，松等以官山被奸民侵佔，呈請勒石示禁；蒙批候
查案勒石示禁，一面飭差查究等因。伏查彰邑塚山原定界址，雖遭爽亂
縣案焚失，而府卷猶存，歷奉各前主出示在案，昭昭可考。不懇清釐勒
石示禁，則奸民串番漫山墾園，營葬何地？遍處樹木，瘞朽安歸？甚有
一種奸民盤踞坑仔內，綽號山鬼，私築窨堆，以索銀元。從則得葬，忤
則行兇。往往棺柩抬至山上，富者任其蹧索，貧者莫可如何。又有不法
之徒，掘取紅塗，挖賣山石，毋論縣龍過脈，人家墳塋，盡行挖壞。歷
年雖有山差，亦奉行故事而已。現在八卦亭山左右，秀砂變為殺曜，龍
體竟無完膚。白骨橫鋪，奚堪暴露之慘！青燐化碧，盡成哭夜之悲。聞
者靡不傷心，見者為之下淚。松等爰生惻隱，合再瀝陳。伏望恩即查明
原界，給示勒石，以垂久遠。至八卦亭落脈之處，亟應嚴如禁固，則縣
龍無虞，闔邑有賴。仍懇札飭該處坑仔內庄總董蔡雙林、蔡在、蔡灶、
半線通土李璇璣、容仔、赤塗崎業戶施永昌，各將所轄地段，傳諭佔墾
之家逐一退荒。再有抗延，隨稟究辦。俾死葬有地，人鬼均安。將令名
與碑碣齊輝，盛德共山川不朽。切叩」等情到縣。據此，查此案歷經示
禁在案，茲據前情，除札飭各該總董等諭禁外，合行勒石示禁。為此，
示仰闔邑各色人等知悉：嗣後凡八卦山等處勘定義塚界內，如有奸徒私
築窨堆，藉圖索詐，及掘取紅塗、山石，侵佔開墾，致礙縣治龍脈並傷

人家墳墓者，許該總董等指稟赴縣，以憑撃究。該總董等亦不得藉端滋事，自取重咎。各宜稟遵，毋違！特示。

武舉林成章
董事職員莊捷三、王松、陳大用
紳士鄭耀楨、張余芳、袁啟俊、陳光第、林開泰、詹捷能
舖戶
榮盛號、林天漢、開泰號、鄭捷登、敏芳號、寶興號
豐成號、錦源號、泉興號、林振隆、蘇文錦、許輝標
劉國直、許苑舍、余碩隆、泰源號、集成號、張芳遠
海利號、漳裕號、李士梓、廖有綸、林澤興、洪益順
潘諸仡、陳審觀、長發號、協珍號、扶生號、謝柳水
源源號、徐金英、開春號、和茂號、胡　覺
仝捐立

嘉慶貳拾年肆月　　　　　　　　　　　　日給勒石

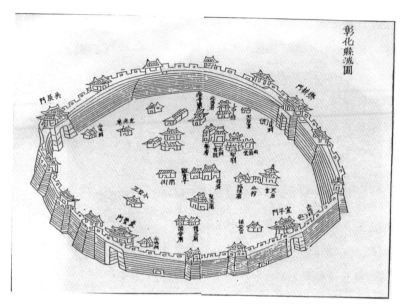

圖一:「彰化縣城圖」,取自道光版《彰化縣志》

圖二:彰化東城門:「樂耕門」,取自宋澤萊《快讀彰化史》封面

圖三：「十八名英雄公祠」前景
（陽明街 37—1 號），陳益源攝

圖四：「八卦山義塚示禁碑」
（照片，1／6 埋入土中）
陳益源攝

圖五：「八卦山義塚示禁碑」
（拓片）臺大圖書館
《臺灣古拓碑》RT00127

——選自陳益源《俗文學稀見文獻校考》

臺北：里仁書局，2005 年 10 月

文學帶動彰化
賴和彰化作品之旅

◎康原[*]

　　「帶」字用在名詞是統指相連的地方；用在動詞是率領的意思。

　　2005 年 5 月 21 日到 6 月 6 日，彰化縣文化局與賴和文教基金會合辦「賴和週」，除了頒發一年一度的賴和獎與音樂會外，有一個「帶動文學彰化」的活動，將賴和的文學作品與現在的地景做結合，運用新舊地景影像的對照與延續，藉著文學感染的力量，帶動彰化人的文化提升與觀光產業的發展；把過去賴和為這塊土地與人民撰寫的作品，做帶狀的連結成觀光的路線，邀請鄉親與遊客從景點旅遊中，認識彰化的歷史與人文。同時在認識賴和的典範精神時，培養出愛鄉愛民的高貴情操，確立以臺灣為主體的文化精神。

　　自古以來彰化以文學聞名，日治時代因賴和先生的新文學成就，彰化被稱為「臺灣新文學的原鄉」，賴和被稱為「臺灣新文學之父」，文學變成彰化的特色，為了讓進入彰化的旅人了解「文學彰化」的意象，在彰化市金馬路與中山路交岔口之槽化島的三角形基地，建造了一座「文學彰化的新地標」，用以彰顯賴和的人道悲憫與創新精神，使之昇華為「臺灣精神」的詮釋。

　　文學精神本是一種抽象的理念，卻在一座精神堡壘呈現出來。設計者陳世強為了呈現賴和的臺灣精神：立足本土、人道關懷、文學領行，四根門柱象徵「新臺灣四大族群」，攜手共同詮釋臺灣精神的三座門框；門的配

專事寫作並主持康原文史工作室。

置角度配合基地主要交通動線，高低錯落，造成各視覺角度的整體景觀；門的表面材質以石材、紅磚爲主，以不同表面質感代表四大族群各有特色、各具姿態，造型以臺灣傳統巴洛克風格街屋立面門枋，以純化方框作爲「門」的形體象徵。

主題以賴和的散文〈前進〉前後段文字鏤文景觀。這篇文章暗喻臺灣文化運動不應自我裂離。藝術家把〈前進〉文字鏤文在鋼牆：由排立鋼板組列而成的鋼構體，做成如冊頁造型之地標物。其浮焊字與鏤空字鏤刻其上，其鏤字銅面表面處理使具肌理變化，其基座爲懷古質感的仿陶質鋪面與石瓦砌面。爲了地標景致效果，運用噴霧系統與照明投射裝置，在夜間定時噴水投影，使其絢爛如巨型燈籠。

另有「足跡」造型燈石：選空曠草皮二處佈置以「足跡」造型燈石，置大小不等景石數顆，使具步伐之節奏感，景石中間平面切開對置，使具造型對應關係。中間設有投射燈具，達到夜間造景美感。

經過「彰化之門」的民眾或遊客，如果想探究磺溪文學的精神，可到中正路與中民街交接的「賴和紀念館」去參訪。這座臺灣新文學的原鄉，有賴和的遺物與手稿，也有藝術家爲賴和所塑的雕像，並收集了相關的臺灣文學史料，館中詩牆有一首書法家杜忠誥所寫的賴和〈十日春霖〉：「心情俗化久無詩，墜落雖深卻不悲；要向民間親走去，街頭日作走方醫。」這首詩足以看出賴和行醫的人道精神，寫詩雖然是他的最愛，但爲了救人走入民間，生活中沒有詩情，也不會感到悲哀。

在賴和紀念館南邊，隔著兩條街約一百公尺的中山國小，是賴和入公學校的母校，從 1903 年至 1909 年賴和就讀彰化第一公學校，在賴和作品〈無聊的回憶〉中，曾寫著：

> 我記得初入德門，是在整十歲的時候，讀日本書也同在那個時代。當時讀日本書的人，大部份總要受勸誘。不是，講歹聽一點，也可以說受到官權的威迫，纏不得已去進學校。後來上學校去，每天就有半日的自

由，在當時，人們視漢文猶較重要，對於讀日本書不大關心，甚且有些厭惡，以為阻礙漢文的教育，我呢？正與他們相反，卻不是歡喜學校的功課，因為到那兒有讓我們自由嬉戲的時間，無奈學校只有半日的授業，下午又不能不到書房去，這事使我每常不平，家裡的人為什麼定要我去受苦，什麼緣故漢文要緊？為什麼不讀不行？家裡的人，書房的先生，終不能使我明白，也似沒有感到須使我們明白的必要，只是強制我們讀，結果轉使我們厭恨牠，每要終日留在學校。可惜當日沒有像現時，有這手工、農業、寫生等等遊戲似的功課，沒有可以留在學校的理由，雖然誰也有一個頭腦，能打算他自己有益的事，所以我也被這本能所驅使，講究不上書房的方法。

透過這段回憶文字，可以了解賴和對當時教育的嘲諷與反抗的心情。1723 年彰化建縣後，隔年彰化建第一寺廟「開化寺」，俗稱「觀音亭」，到了日治時期，賴和寫〈善訟的人的故事〉中，也把這間寺廟裡常民生活寫入其中，他寫著：

觀音亭，恰在市街的中心，觀音亭口又是這縣城第一鬧熱的所在。就這個觀音亭也成為小市集。由廟的三川進入兩廊去，兩邊排滿了賣點心的擔頭（攤子），『鹹甜飽巧』，各樣皆備，中庭是恰好的講古場；嘆服孔明的人，同情宋江的人，讚揚黃天霸的人，惋惜白玉堂的人，常擠滿在幾條椅條（長條板凳）上；大殿頂（上）又被相命先生的桌仔把兩邊佔據去。而且觀音佛祖又是萬家信奉的神，所以不論年節，是長年鬧熱的地方。後殿雖然也鬧熱，卻與前面有些不同，來的多是有閒空的人，多屬於有識階級，也多是有些年歲的人，走厭了妾寮酒館，來這清淨的地方，飲著由四方施捨來的清茶，談論那些和自己不相干的事情。而且四城門五福戶的總理，有事情要相議，也總是在這所在，就是比現時的市街更有權威的自治團體，所謂鄉董局也設在這地方。所以這地方的鬧

談，世人是認為重大的議論，這所在的批評，世間就看做是非的標準。
但是來這所在的人，雖然是具有智能的階級，卻是無財力的居多。

這篇小說的場景描述，想必是一種寫實的筆法，記錄下當時彰化的風
土與民情，如今讀來成為日治時期觀音亭的一種參考史料，可以了解當年
此廟中常民生活的情形。

彰化孔子廟可以說是磺溪文學的發源地，1726 年創建的孔廟是為了
「設學立教，以彰雅化」，清朝政府把文廟建在東城門內，後來並與白沙書
院比鄰，培養出許多文人雅士，詩人陳肇興就住在東門附近，也寫過詠吟
城門的詩歌，到了日治時代，賴和也以東城門與孔廟一帶的常民生活，寫
過一篇〈我們地方的故事〉的散文，其中一段寫著：

曾來敝地的人，我敢信一百個之中有九十九，沒有不曾去到公園。所以
大家都知道公園的所在，公園是在東門外的沿太極山腳一帶地域。這樣
講來雖是未曾去過的人，也應該約略知道繞是。永過在這公園的入口，
是有一座城樓巍巍然聳立著，在誇耀牠的歷史上聖蹟，給過路的人景仰
瞻望。這座城樓在那時候是僅存的魯殿靈光，真被那些故老們和好古的
人珍惜過，所以會得很尊貴地鎮在那交通要道。
城還未折去以前——不直到最近，市街急速地向西面發展以前，在風水
家所講，我們地方是，城外一條長的市街，恰像網仔索，城內的人家被
城牆包圍著，圓圓地真像撒開的網仔。就是這個緣故，我們地方的人，
所以不能騰達發展，因為罩在羅網之中。我是不信風水，無奈事實卻歷
歷證明著，現在還是一樣。這座城的東面，有一帶山崗，就是太極山
脈，歷史上也小小有名，離城不上一百步。

這段文字講到日治時期東門一帶與孔廟旁邊常民的生活情形，在那個
年代裡，現在的縣議會與彰化文化局一帶是屬於美麗的彰化公園，我想賴

和先生一定常常到這個公園散步沉思，在他的漢詩中，對這座彰化公園有許多詩情畫意的深刻描寫，比如〈公園納涼〉：

淅淅蟲聲聞四面，淒淒夜景坐方塘。
電光映水金蛇動，月色迷花玉兔香。
綠樹陰濃風自起，青衫單薄露生涼。
草亭西畔魚池北，何許遊人唱二簧。

閣閣蛙鳴唧唧蟲，一山月色半林風。
荷香暗渡橫塘曲，涼意初生野徑中。

小小亭台傍小塘，亭中獨坐夜蒼茫。
電光映水金蛇動，月色烘花玉兔香。
綠樹陰濃風自起，葛絲衫薄露生涼。
樂耕門上胡弓響，高興遊人唱二簧。

唧唧蟲聲滿曲塘，小亭獨坐夜蒼茫。
電光映水金蛇動，桂樹生花玉兔香。
新綠自饒涼意在，微風已使炎威忘。
樂耕門上胡弓響，正有遊人唱二簧。

〈公園晚坐〉

園林繁茂饒春意，城塹巍然立夕曛。
清淺水邊梅半樹，朦朧雲表月三分。
山歌一路歸樵子，牧笛數聲下定軍。
夜氣漸寒風漸緊，梨花如雪落紛紛。

　　如今幽雅沉靜的彰化公園消失了，這個地點被巨大的建築物縣議會、文化局所取代了，還好從留下來的攝影作品，與賴和的詩歌意境，去揣測與還原當年彰化公園的情景：有池塘、桂樹、小亭、蟲鳴、蛙聲，園林、霧氣、梨花等，當夜色蒼茫時，在公園獨坐納涼，看月光與電燈映在水面上的光影，聽蛙聲響在林園中，詩中寫盡了當年公園美麗的情境，這個公園是多麼的吸引市民，令人徘徊留連，如今只能從詩境中去找尋與回味。

　　在以前彰化公園東北角的山腳下，有一口荷蘭時代留下來的「紅毛井」，是《彰化縣誌》記載如今彰化市地區四口井之中，唯一留下來的活井，其他的三口井已隨時光的逝去而被蔓草與土石淹沒，如今這口井已變成了古蹟，刻下了歲月的紋理，充滿著過去的生活的記憶，當年賴和的詩〈紅毛井〉這樣的寫著：「紅毛去久矣，留得井一眼。市上水自來，抱甕人不見。木葉封井欄，泉味亦遂變。至今護井神，冷落香煙斷。」其他三口井「番仔井、古月井、國姓井」賴和先生也分別做了記錄。

　　我在 1998 年提議開創「八卦山文學步道」，與縣內的賢達、臺灣文學界朋友共同推動，步道工程於 2001 年完成，這個步道有彰化縣文學年表，詳細記錄彰化文學家的重要作品繫年與文學活動，又選擇了 12 位文學家的作品做爲詩碑，規劃的文學傳承廣場，是一個詩畫的燈柱區，還包含具有歷史意義的太極亭，同時也把銀橋飛瀑、兒童水景公園劃入其中，成爲八卦山上重要的旅遊景點，把優美的景點融入彰化的文學，做爲遊憩與教育的場域，讓居民或遊客走入其中，能感受的磺溪文學的氣息，我們在太極亭的左前方，做了賴和的詩碑，選了其作品〈讀臺灣通史〉之七「旗中黃虎尚如生／國建共和怎不成／天與臺灣原獨立／我疑記載欠分明」這首詩寫出了賴和對臺灣前途的憂心與思考。

　　每次導覽文學步道，走到這個位置都會談到「臺灣民主國」的事情，以及賴和與八卦山爲場景所寫的詩文，我曾應中華兒童叢書編輯之邀，寫過一本《賴和與八卦山》的書，細訴作家與土地的關係，如何去書寫土地與人民，希望傳承給我們的下一代。

　　2004 年我們在吳晟帶領編輯「彰化縣國民中小學文學讀本」時，詩卷主編路寒袖，特別選錄了〈秋曉的公園〉這首新詩，是透過秋天景色的描寫，寫一個詩人在八卦山上散步，在秋詩的韻味中，聽到了鳥聲的清脆；看到紅葉的娟秀，詩人卻不相信已是深秋。美麗的風景本該讓人忘掉煩惱。可是詩人「猶有不堪撫摸的傷痛」這種欲言又止的語氣，讓讀者去思考詩人的情緒變化，以及詩人內心的家國的牽掛。

　　如果走到八卦山上的抗日紀念公園，一定會談到乙未年的那場「八卦山浴血戰」，那些可歌可泣的戰事，談到戰爭會讓人想到賴和那首〈低氣壓的山頂〉，詩中那種被殖民的反抗之聲：

> 雲又聚更厚，
> 風也吼的更兇，
> ．．．．．．．．．．．．．．．
> 世界也要破毀，
> 人類也要滅亡，
> 我不為這破毀哀悼，
> 我不為這滅亡悲傷。
> ．．．．．．．．．．．．．．
> 這毀滅一切的狂飆，
> 是何等偉大淒壯，
> 我獨立在狂飆之中，
> 張開喉嚨竭盡力量，
> 大聲呼聲為這毀滅頌揚，
> 並且為那未來的不可知的，
> 人類世界祝福。

　　這段詩顯現出臺灣人的覺悟，為了追求有自尊的生活，不惜為一切毀

滅讚揚；爲了自由民主而奮鬥。在這座古戰場的八卦山頭，賴和從公園走
到定寨，走上水源地的不老泉，心中所牽掛的是臺灣的民主，所思考的是
對日本人的反抗。

　　當然有時候也會欣賞夕陽西下時的山景變化，於是就寫出系列的〈水
源地〉的詩歌：

　　　山塘風靜碧無痕，山外斜陽色漸昏。
　　　回首不堪思往事，愁情常自繫吟魂。
　　　倦飛野鳥方投樹，遠俗山家總閉門。
　　　粘屐落紅沾帽雨，共將暝意入前村。
　　　山外斜陽漸欲沉，水源地靜夕陰陰。
　　　三人坐對共無語，俯首默然各有心。
　　　咽石流泉鳴澗底，迎風驟雨嚮空林。
　　　看雲倚樹淒淒立，夜氣迷漫冷露深。

　　就連中秋夜來到水源地，心中還是牽掛著臺灣的前途，與友人在欣賞
月亮還寫出這樣的詩〈水源地一品會（中秋夜）〉：

　　　意外同心格別多，眼前世事任如何。
　　　水源地僻無絲竹，合唱臺灣議會歌。
　　　日日紅塵苦鬥身，偶同歡樂見天真。
　　　共為捉鬼兒時戲，笑殺傍邊年少人。
　　　月被雲遮不易看，似因穢濁厭塵寰。
　　　願分一隙來光亮，獨照吾曹酒盞間。

　　與三兩好友，來到不老泉，內心也充滿著詩情，走到建有儲水池的
〈不老泉〉有詩：

攜伴行來坑仔內，迎人山色舞衣風。

參差樹出晴嵐外，陸續牛歸夕照中。

盡處林棲昏鳥集，數家籬下小桃紅。

竹間縷縷炊煙起，一隻飛鳶落遠空。

　　如果從臺中走縱貫公路入彰化，經過「彰化之門」的前進文學地標，沿中山路往市區方向，路的兩旁有賴和紀念館、中山國小、孔廟、開化寺、紅毛井、文化局後的文學步道往八卦山上，走過大佛、彰化第二水源地、抗日紀念公園，再往東走到坑仔內的不老泉，沿途的各個景點都有賴和先生的足跡與作品，我們把它連成一條帶狀的路線，形成賴和作品的文學之旅的路線。要認識彰化的方法很多，我們可以選擇從賴和的文學作品進入，在文學作品中可以知道好的作家，都是關心土地與人民，作品反映人民的心聲之外，賴和彰化地區文學作品能帶動民眾認識彰化，深入了解賴和文學作品與日治時期彰化城的風情，走向理想的未來，這就是臺灣文學的豐富與重要。

——選自《臺灣日報》，2005 年 5 月 1～4 日，15、17、19 版

先知的獨白

賴和散文論

◎陳建忠*

一、前言：臺灣現代散文傳統與諸問題

　　臺灣現代散文的研究顯然並不缺乏，但研究史中等待挖掘、深探的問題，卻可能不比已經研究過的議題少。例如本文所要處理的「賴和（1894～1943）散文」此一個案，就是臺灣現代散文研究必須處理，卻至今尚未進入研究者視域中的顯例。

　　雖然本文並未涉及臺灣散文傳統之討論，但從一個文類傳統的角度看，把臺灣現代散文之源流迢以中國古典散文或「文學革命」以來現代散文來描述，這樣的散文史觀似乎有需要補充之處。[1]因為，無論就時代背景與文學影響的來源言，古典散文與五四散文的影響固然不應忽略，但，臺灣現代散文之出現，更直接相關的是其特殊的時代與文學語境。也就是說，臺灣現代散文乃出現於日本殖民時期，有其具備獨特風貌的散文傳統，無論戰後此一傳統是否斷裂或質變，但這階段的散文發展及其影響，顯然早該重新加以梳理、評價。

　　如果由臺灣傳統文壇的脈絡來看，賴和也寫過的「古文」如〈小逸堂記〉、〈伯母莊氏柔娘苦節事略〉，與他後來寫作的白話散文相比，顯然賴和在追求文類的現代意義上，的確和時代思想的現代性進展是同步的。也就

---

*發表文章時為靜宜大學臺灣文學系助理教授，現為清華大學臺灣文學研究所副教授。
[1]持此說者，可參見楊牧《中國近代散文選》（臺北：洪範書店，1981 年）之〈前言〉；及李豐楙《中國現代散文選析》（臺北：長安出版社，1992 年）之〈緒論〉。

是說，賴和在接受新思想的同時，也一併接收了足以表現此一思想的現代散文形式，而此一轉變毋寧還是受到西方文學或中國、日本現代文學的影響。

而當然，中國的現代散文理論與實踐也受到西方很大的影響。郁達夫在《中國新文學大系‧散文二集》導言（1935 年）中曾說，中國現代散文的定義、規範未必和西洋一致，但他還是指出中國散文與西方定義下的對應關係：「……我們的散文，只能約略的說，是 Prose 的譯名，和 Essays 有些相似，係除小說，戲劇之外的一種文體」[2]。中國的古文自有其傳統，引進西方的 Prose 或 Essay 之後更有改造以符合現代論述、抒情的需要，這在當時的理論脈絡中都不難看出，尤其中國也透過日本引進許多西方關於散文、隨筆的觀念，像周作人翻譯廚川白村《出了象牙之塔》就是一例。

處於各方影響下的二十世紀初葉臺灣現代文學之發展，關於「散文」一詞，在日據時期其實已有人使用。楊雲萍在 1940 年談到賴和的〈無題〉時就曾說此文是：「一篇可紀念的散文」[3]，不過並不多見。

「隨筆」一詞倒是較多人使用，1930 年代的《南音》雜誌中，天南（黃春成）的〈天南隨筆〉就直接標明為隨筆；而《先發部隊》也有以「隨筆」為名的專欄，和「新詩壇」並列其中。有時沒有設題，乾脆就以「隨筆」名之，像賴和、告白、陳虛谷都各有一篇名為〈隨筆〉的文字。

至於「小品文」，以此為名來稱其文章的人似乎較少，其中徐坤在寫《暗礁》的自序（寫於 1937 年）中，以「小品文」來稱他所寫的〈島都拾零〉、〈東寧碎錦〉等「零零碎碎」的文章，他並引胡適之語強調小品文是「用平淡的談話，包藏著深刻的意味」，用錢謙吾之言強調小品文可以「洞

---

[2]引文見現代散文研究小組編，《中國現代散文理論》，臺北：蘭亭書店，1986 年 10 月 31 日，頁399～400。

[3]楊雲萍，〈臺灣新文學運動的回顧〉，《臺灣文化》創刊號，1946 年 9 月 15 日，頁 12。另外在1954 年的一場座談會中，楊雲萍也同樣做此表示說：「賴和曾發表了一篇很好的散文，叫做『無題』，這在臺灣的新文學運動史上是最值得紀念，最有價值的作品」，原文見〈北部新文學、新劇運動座談會〉，《臺北文物》第 3 卷第 2 期，1954 年 8 月 20 日，今引自李南衡編，《文獻資料選集》（日據下臺灣新文學明集 5），臺北：明潭出版社，1979 年 3 月 15 日，頁 259。

見作者是怎樣的一個人」[4]。這之中，洪炎秋受到中國的影響較大，在 1939 到 1940 年以「芸蘇」筆名發表的文章如〈偷書〉、〈健忘禮讚〉、〈貌美論〉，許達然就認爲他的散文和許多中國大陸小品作家一樣，古今中外，廣徵博引，再參雜自己經驗，輕鬆詼諧，但有時爲了製造幽默效果，「玩弄文字、文白交錯」[5]。

目前，關於日據時期臺灣散文的研究，最早有黃得時在〈臺灣文學運動概觀〉[6]（1954～1955 年）當中曾有分類討論，可說是少數涉及此時期散文的論者。但如說到專論，仍然要以許達然〈日據時期臺灣散文〉[7]一文爲最重要，這篇在 1994 年「賴和及其同時代的作家：日據時期臺灣文學國際學術會議」中發表的論文，首次針對臺灣日據時期的散文作品進行分類與研究，本文關於臺灣散文的討論便是在上述研究基礎上展開。

許達然認爲，日據時期存在許多探討社會、政治、思想等基本問題的散文，他引用巴赫金的理論說明，這些散文是爲了否定外來的殖民以及本地的守舊權威論述（authoritarian discourse），而發展出來的內涵說服論述（internally persuasive discourse），因此許達然把它們稱爲「問題散文」（"problematic prose"）[8]。如果以較明顯的例子來說，《臺灣民報》系列的「社說」或類似的論述應該就是問題散文，但這類我稱爲「論述散文」（"discursive prose"）的「散文」，似乎是偏重在思想與政治、社會問題上的，文學似非所重；雖說好的論述推理自有其「藝術」在焉，但我仍傾向將之放在「論述」一類來討論較爲恰如其分。

不過這類問題散文如果把它視之爲白話文運動過程中，一種接近散文

[4]阿Q之弟，〈自序〉，《暗礁》，臺北：文帥出版社，1988 年 2 月 1 日，頁 5～6。
[5]許達然，〈日據時期臺灣散文〉，「賴和及其同時代的作家：日據時期臺灣文學國際學術會議」論文，1994 年 11 月 25～27 日，頁 17。
[6]黃得時，〈臺灣文學運動概觀〉，《臺北文物》第 3 卷第 2 期（1954 年 8 月 20 日）、第 3 卷第 3 期（1954 年 12 月 10 日）、第 4 卷第 2 期（1955 年 8 月 20 日）。
[7]許達然，〈日據時期臺灣散文〉，「賴和及其同時代的作家：日據時期臺灣文學國際學術會議」論文，1994 年 11 月 25～27 日。
[8]同上註，頁 4。

文學的演練，則許多以思考時代問題，不出之以論述的形式，又不乏文學技巧的散文，就可以用「知性散文」（"intellectual prose"）來做描述，當中，像蔣渭水描寫「治警事件」的〈入獄日記〉[9]就是。知性散文的作品，蔣渭水還有〈北署遊記〉。至於林獻堂〈環球遊記〉，由內容來看屬於遊記散文，但寫景記事同時，還是在對比歐美與臺灣的差異，以資借鑒，黃得時也認爲本文「文字淺白、描寫生動、看法正確」，並爲臺灣帶來很多歐美最新的見聞，知性的味道強烈，是一篇很好的散文[10]。

　　臺灣散文的較大開創應該還是「抒情傳統」的建立，因爲小說與新詩在反殖民的旗幟下都有較偏知性的傾向，習慣關於反殖民議題的「大敘述」的書寫（雖然臺灣論述基本上是被壓抑的）；散文則因爲較爲「個人化」與具有「隨意性」，無形中可以看到作者較爲抒情、私密的一面，「小我」書寫反倒豐富臺灣新文學的面貌，所以偏於抒情感懷的「抒情散文」（"lyric or emotive prose"）就成爲另一類重要散文。當然，「知性散文」當中未必沒有個人感懷，但作者的重點卻沒有放在經營描寫感情一面；就像抒情散文未必沒有個人的知性思考，但其表現方式則又不是在經營說理。抒情散文當中賴和的〈無題〉寫戀情、吳新榮的〈亡妻記〉寫妻子過世後的哀痛心情，都是相當著名的篇章，吳氏的〈亡妻記〉就直教黃得時聯想到《浮生六記》，讀之令人「欲哭無淚」[11]。

　　當然，有許多散文並無法遽然以知性或抒情來分類，它們在篇幅上都顯得較爲短小，感性知性並包，實際上較屬於「雜感」、「雜文」、「隨筆」。周定山的〈一吼居談屑〉（1931 年）共 15 則，正是名符其實的寫些身邊瑣事，有讀書心得、時事批判、生活感想。周氏另有〈也是隨筆〉，許達然並

---

[9]蔣渭水，〈入獄日記〉，《臺灣民報》第 2 卷第 6、7、9、10、11 期，1924 年 4 月 11 日。
[10]黃得時，〈臺灣文學運動概觀〉，《臺北文物》第 3 卷第 2 期，1954 年 8 月 20 日。引自李南衡編，《文獻資料選集》（日據下臺灣新文學明集 5），臺北：明潭出版社，1979 年 3 月 15 日，頁 295～296。
[11]黃得時，〈輓近臺灣文學運動史〉，《臺灣文學》第 2 卷第 4 期，1942 年 10 月。引文見葉石濤編譯，《臺灣文學集 2》，高雄：春暉出版社，1999 年 2 月，頁 107。

認為周定山的隨筆「筆鋒尖銳」,「是隨筆最強有力的一位」[12]另外像芥舟（郭秋生）的〈社會寫真〉,「均以輕鬆而雋永的筆致,描寫大稻埕街頭巷尾所看見、所聽見的瑣屑事件」[13],許達然也稱他是「寫農村都市大街小巷的第一能手」[14],除此之外,他還以臺灣話文寫散文,像〈選舉風景〉、〈遺產〉、〈好額一時間〉、〈賊呵〉,算是臺灣話文散文的開創者之一。

　　上述許多的類型散文,可以說是挑戰了傳統古文的典律,除了在形式上取法西方隨筆散文的自由特點外,也更具有現代意識與感性。有學者就以這個特點認為,中國散文是文學革命以來最具有文學經典價值的文類,而臺灣的散文內容與思維雖與中國散文有所差異,但似乎也同樣是在翻轉古文典律這點上具有類似的意義。金宏宇在〈「五四」新文學經典構成〉中說:

> 從文體看,「五四」最具有文學經典價值的是散文,散文是新文學中唯一的「存活的古典」。這種積累深厚的文體借取了英國 essay 的雍容幽默風格、俄羅斯散文的沉鬱深摯情懷等因素後,真正復興了中國文章。[15]

　　散文的長處不似小說以故事情節取勝,也不像新詩重在尋求象徵與意象,散文特別注重情境與情志的烘托、描繪。賴和的現代散文書寫,可以說是一開始就樹立了卓越的成績,雖不像他的啓蒙或反殖民小說那樣獲人稱賞,但我認為賴和實際上是頗能利用散文的特點來抒發他心靈的另外一面,雖然談的往往還是脫不了時代制約的議題,但實際上是「另一個」賴

---

[12]許達然,〈日據時期臺灣散文〉,「賴和及其同時代的作家:日據時期臺灣文學國際學術會議」論文,1994 年 11 月 25～27 日,頁 17。

[13]黃得時,〈臺灣文學運動概觀〉(二),《臺北文物》第 3 卷第 2 期,1954 年 8 月 20 日。引自李南衡編,《文獻資料選集》(日據下臺灣新文學明集 5),臺北:明潭出版社,1979 年 3 月 15 日,頁 296。

[14]許達然,〈日據時期臺灣散文〉,「賴和及其同時代的作家:日據時期臺灣文學國際學術會議」論文,1994 年 11 月 25～27 日,頁 23。

[15]金宏宇,〈「五四」新文學經典構成〉,《江漢論壇》第 241 期,2000 年 7 月,頁 91。

和以「另一種」聲音在說話,他的散文在日據時期散文史中具有鮮明的風格與地位。

　　賴和的散文創作雖一直沒有被正視,但在小說與新詩這兩種文類外,賴和散文應當也必須從臺灣文學史的角度對之做出適當評價。在我看來,賴和散文在文學史上的意義,應該可以由幾個方面觀察:

　　(一)賴和散文具有獨特的風格及主題,他的散文顯示殖民地下的臺灣現代散文所具有的時代感。

　　(二)賴和散文的美學表現與臺灣現代散文傳統之肇始關聯密切。他的散文〈前進!〉不僅是最早的幾篇散文作品之一,同時也為散文此一文類創造出某些新形式,是兼具「反抗」與「美學」的文學作品。

　　(三)從散文與作者的「最小距離」之特質來看,臺灣知識分子的精神史也不難透過賴和散文有更深刻的理解。

　　本文正是以上述三方面的視角來探討賴和散文,並且由此探討,我們認為,賴和散文在美學與思想上的意義,乃是在對臺灣人做所謂「先知的獨白」:一方面這些散文提出的問題、賴和對散文藝術的提升、以及知識分子的心靈記錄,都是同時代作家的先行者,而他的看法有許多在日後都一一實現(如現代性的危機),這是其散文的「先知」視野;但另一方面,他對歷史的憂思感懷又表明這種看法之「實現」,其實是存在著對反殖民運動的悲觀或懷疑,當中不能不有「孤身」的感覺,此所以其散文又是「獨白」。以下我們將由賴和散文的幾類主題出發,進一步探討賴和所發展的散文藝術與思想。

二、歷史的喟嘆:賴和散文的抒情性格與知性特質

　　殖民地下的知識分子,其抒懷很少是個人性的,至少在賴和文學中的確如此。也即是說,即使他抒發了個人的喟嘆,但也還是與大時代相連的歷史喟嘆,這就使得賴和的抒情散文也同時具有近乎靈魂的凌遲一般的知性特質。在敏銳的殖民地思索下,賴和的回憶卻也充滿了少有的感性,那

是一種先行者才有的孤寂與清明。如果依此抒情性格與知性特質來觀察，我們將他為數不多的散文略加分類為：

個人抒情散文：〈無題〉

歷史抒情散文：〈忘不了的過年〉、〈無聊的回憶〉、〈隨筆〉、〈我們地方的故事〉、〈前進！〉

寫人散文：〈高木友枝先生〉、〈我的祖父〉、〈紀念一個值得紀念的朋友〉、〈輓李耀燈君〉

上述散文，僅是寫小我情懷的〈無題〉（1925 年），藉婚禮舉行時引起的內心波動來悼念逝去之愛的散文，楊雲萍曾說此文是：「**臺灣新文學運動以來，頭一篇可紀念的散文，其形式清新，文字優婉**」[16]，這篇由內容與形式來看都是賴和散文中的僅有之作。看來賴和還沒有將私密心情寫進作品的習慣，這方面或許也和他處理感情問題一樣低調[17]。

相較之下，賴和其餘的散文作品幾乎都由歷史回憶與人物回憶出發，以一個殖民時代為背景，進一步思索其中的時代義涵。賴和這種散文和所謂「美文」、「隨筆」、「小品文」、「雜文」之名的散文顯然極不搭調，而是雜揉著「抒情」與「知性」的散文，這樣的美學與思想特質在日據時期散文看來（甚至是戰後不曾接續其影響的散文傳統），著實是極為罕見的。[18]

有個值得注意的現象是，在每年的第一天（有時因出刊限制延至第二天），賴和有許多次都曾發表作品，有時甚至還論述、散文、新詩、小說多

---

[16]楊雲萍，〈臺灣新文學運動的回顧〉，《臺灣文化》創刊號，1946 年 9 月 15 日，頁 12。

[17]賴和絕少在作品中提及自己的感情問題，但據堂媳劉素蘭（賴通堯之妻）的說法，賴和在廈門時期似與一護士相熟，並說：「他當初似乎也有一個要好的日本女友，以前我們整理他的信，曾見過日本女人在接到他的匯款後寫來的回信。這女人好像是一個護士的樣子，所以我常暗自替他難過，在婚姻上完全不能如意，那種心情一定很難過。」劉氏且提及賴和在一次酒後曾唱起他最喜歡的日本歌「失戀的歌」，這些敘述或許能幫助我們多了解理性的啟蒙者較為幽微的感情層面。劉素蘭的說法見郭月娟訪談，〈從關係人追憶生前賴和〉，《彰化縣口述歷史（三）》，彰化：彰化縣立文化中心，1998 年 6 月，頁 143～144。

[18]論及魯迅散文時，楊澤也提到中國新散文在美學上仍不脫過去文人「情景交融」、「心與物游」的美典，但魯迅的散文與雜文卻顛覆了閒適沖淡的散文傳統。賴和之例與魯迅不盡相同，但他們在美學與思想上對散文藝術的突破，卻有可相比擬之處。楊澤的意見請參見〈恨世者魯迅〉，《魯迅散文選》，臺北：洪範出版社，1995 年 10 月，頁 3～4。

箭齊發，[19]這多少說明賴和在當時文壇的重要地位。像〈忘不了的過年〉（1927 年）這篇有關「過年」的散文，可以分兩個重點來看，一個是從人類「曆法」的差別，引出關於時間、文化的差異問題，足以看出賴和對異文化遭遇時的思索；另一個則是比較兒童與成人時代過年的不同感受，特別是「金錢」，賴和在這裡抒發他成長的感懷，可說是較個人性的抒情。

　　過年會使賴和特別有感懷，和「天年」改變頗有關聯，這「新曆法」取代「舊曆年」的「過年」，在賴和〈不如意的過年〉（1928 年）這篇同樣發表在新曆年頭一日的小說中也提到：「同化政策，經過一番批評以後，人為的同化，生活形式的括一，以前雖曾假借官威，來獎勵干涉過，現在已經遲緩了，不復有先前的熱烈。所以雖是元旦，市上做生意的人，還保持舊慣，不隨著過年，依然熙來攘往，沒有休息的勞動」（前衛版一：頁 82～83）[20]。不過，賴和在散文中卻別有所指的表示，「番仔」（指西洋人）所發明的新曆竟取代中國的舊曆法在殖民地運行起來，頗有抗議的意味，由這裡，個人對「年」的感懷由轉入一個關於人類文化差異的歷史感懷上去了：

　　　　「光陰如矢」，這一句千古名言，我近來才漸漸覺得牠的意義，因為番仔
　　　過年看看又要到了。可恨可咀詛的世界人類，尤其是那隆鼻碧瞳的紅毛
　　　番，美惡竟不會分別，有最古的文明，禮義之邦的中國，自很古就有完

[19] 賴和在西曆新年頭一天發表的作品計有：〈鬥鬧熱〉，《臺灣民報》第 86 號，1926 年 1 月 1 日。〈答覆臺灣民報設問〉，《臺灣民報》第 86 號，1926 年 1 月 1 日。〈不如意的過年〉，《臺灣民報》第 189 號，1928 年 1 月 1 日。〈蛇先生〉，《臺灣民報》第 294～296 號，1930 年 1 月 1～18 日。〈農民謠〉，《臺灣新民報》第 345 號，1931 年 1 月 1 日。〈辱？！〉，《臺灣新民報》第 345 號，1931 年 1 月 1 日。〈歸家〉，《南音》創刊號，1932 年 1 月 1 日。〈紀念一個值得紀念的朋友〉，《臺灣新民報》第 396 號，1932 年 1 月 1 日。〈相思歌〉，《臺灣新民報》第 396 號，1932 年 1 月 1 日。〈豐作〉，《臺灣新民報》第 396～397 號，1932 年 1 月 1～9 日。〈赴了春宴回來〉（係楊守愚代作），《東亞新報》新年號，1936 年 1 月。〈隨筆〉，《臺灣新民報》第 345 號，1931 年 1 月 1 日。

[20] 本文以下所引賴和作品中的文字，皆據林瑞明編，《賴和全集》（共六冊），臺北：前衛出版社，2000 年 6 月。為使行文順暢，若非必要不一一做註，逕於引文後標明頁數。文中一概以「前衛版」稱呼《賴和全集》，以區別於「明潭版」的《賴和先生全集》。

美的曆法，他們偏不採用，反採用那四季不調和，日月不相望的什麼新曆法，使得我們也不能不跟他多一次麻煩。但這是所謂大勢，說是沒有法子的事，除廢掉舊曆，奉行正朔，和他們做新過年。唉！這是多麼傷心的事啊！（前衛版二：頁222～223）

在賴和的敘述裡，我們看到臺灣人過年時的情景，孩童、手面趁吃的人、做事業的人、農民、文人韻事都忙成一片，這一日的到來竟引起眾人心情與行為的改變，賴和從這裡看到臺灣人因過年產生出來的本土文化，被換以新曆的背景後所具有的文化差異問題。他從世界各地不同的曆法，特別是「住在山內那些我們的地主」的曆法來比較，無疑就進一步強調了文化的特殊性：

但現在的曆法，在我的知識程度裡，曉得有回、中、西三種，尚有住在山內那些我們的地主，也有他們一種曆，這說是野蠻的慣習，人們不預承認，在他們的社會裡，卻自奉行唯謹。（前衛版二：頁224）

時間標準何在呢？這不僅是個科學問題，同時更是個文化乃至政治問題，帝國的時間取代了本土的時間，賴和雖沒有提出尖銳的批判，但他的質疑與提問卻直指殖民地時間問題具有的文化暴力[21]，由這個觀點來看賴和的感嘆當不難看出他散文的主題：

在幾千年前，當科白尼還未出世，大家猶信奉天圓地方，日月星辰是天空的附屬物的時代，日頭是自東徂西，自然不曉得地球是遵著軌道，在環繞太陽運轉，那時代的一年，以什麼為標準？天體的現象嗎，用什麼做根據？唉！這指定一簡日子為過年，和由無量數的人類中，教幾個人

---

[21] 關於殖民地下「時間問題」的文化探討，可參見呂紹理，《水螺響起——日治時期臺灣社會的生活作息》，臺北：遠流出版事業股份有限公司，1998年3月。

去做官一樣，終是不可解的疑問。（前衛版二：頁 218）

而〈無聊的回憶〉（1928 年）在我看來，應是賴和散文中最成熟的一篇，和另一篇常被稱許的〈前進！〉不一樣的是，〈無聊的回憶〉有相對清晰的敘述，而非以意象來塑造氣氛，因此，自然整篇散文呈現的是圍繞主題──「教育」，有相當縝密的論說，也不乏個人情感的抒發，這篇成熟的作品相當程度呈現了賴和對殖民地教育與舊式教育的觀察深入程度，可說是一篇值得探討與品味的散文。

這篇關於教育經驗的回憶性散文，一方面比較了在書房與公學校的兩種經驗，一樣是指出兩種教育文化的差異，賴和雖形容書房像「監獄」，而喜歡公學校較有時間嬉戲，除了認為「打就是教育的根本原理」（前衛版二：頁 236）外，書房在賴和的形容中就是：

> 書房在我是不願去，我比喻牠做監獄，恐怕有人要責罵我。……後來上學校去，每天就有半日的自由，在當時，人們視漢文猶較重要，對於讀日本書不大關心，甚且有些厭惡，以為阻礙漢文的教育，我呢？正與他們相反，卻不是歡喜學校的功課，因為到那兒有讓我們自由嬉戲的時間，無奈學校只有半日的授業，下午又不能不到書房去，這事使我每常不平，家裡的人為什麼定要我去受苦，什麼緣故漢文要緊？為什麼不讀不行？家裡的人，書房裡的先生終不能使我明白，也似沒有感到須使我們明白的必要，只是強制我們讀，結果轉使我們厭恨它，每要終日留在學校。（前衛版二：頁 238～239）

但公學校這種殖民教育體制所帶給賴和的思考與影響，卻不一定是以另一種肯定的方式進行，因為賴和意識到「知識」也具有階級性（有錢人才能讀），和種族性（不是日本人讀了沒用），賴和對「法律」的認識也類此。因此當賴和發現殖民教育對殖民者的限制：「到我畢業的時候，學校已

經大發展了，新生的募集，不須再像以前那樣鼓舞勸誘。雖然如現時對於學齡兒童，也施行選拔試驗，實在是當時的人，意想不到的事。有著這樣事實，愈使我對於『讀書是做人頂要緊』的定理的懷疑，更添一些確信。因為學校也在拒絕一部分兒童的讀書」（前衛版二：頁 241）他不能不發出一種教育意味時代進步，但「進步」與「幸福」卻無法相容的感嘆：

> 時代說進步了，的確！我也信牠很進步了，但時代進步怎地轉會使人陷到不幸的境地裡去？啊！時代的進步和人們的幸福原來是兩件事，不能放在一處併論的喲。（前衛版二：頁 243）

當然，賴和的教育回憶之旅還不僅此，從他自己的經驗出發，賴和更描述自己雖學會日語，卻猶被日本警察視為「沒有說話能力」的臺灣人的那種屈辱，賴和真實地描繪那種殖民地知識分子的哀愁：

> 我走回家裡，感到很大煩悶苦痛，自己覺得沒有希望而頹喪了，在先對家庭所懷抱的不滿反抗，一切消失，受過教育的自責，使我慚愧，學校畢業的資格，添上我的恥辱，使我對讀書生起疑問，對學問失去信仰，對知識放棄信賴。（前衛版二：頁 246）

在這個抒情段落後，賴和一轉而提出一個嚴肅的問題：如果說教育不只是關乎識字做人，而且還與殖民，被殖民的問題難捨難分的時候，有多少人能回答「教育」帶給臺灣人的究竟是什麼：

> 六個年間受過學校教育的薰陶，到現沒有一些影響留在我的腦中，所謂教育的恩惠，那是什麼？是不是一等國民的誇耀就胚胎在學校裡？絕對服從的品行是受自教育？（前衛版二：頁 247）

　　教育給人帶來的是什麼？這樣的問題是不是使知識分子自誇菁英？或者其實是馴養服從的品行？如果回到書房教育的體制會比較好嗎？賴和自然是沒有答案的，賴和僅是寄語渺茫的希望，這篇散文因此結束於這樣富於矛盾意味的話語：

> 給孩子去讀書，也覺得於他沒有什麼幸福，轉怕他得到不幸。不給他讀書呢？於我於他也沒有什麼壞處，不知何故心中總是不安。送他到學校去嗎？牠已把失望給我。送到書房去嗎？這更使我不安。……所以我所認識的範圍裡，實在尋不出可以寄託孩子的書房，沒有方法，也只得送他來進學校。（前衛版二：頁248）

　　賴和散文由歷史回憶出發，以歷史的喟嘆同時表現他的抒情性與知性，這一點前文已經提及，然而每篇的主題卻各有不同。〈隨筆〉（1931年）這篇新年作品中，賴和一樣是憶起他曾被捕的「治警事件」（1924年），就是這一日「是向平靜的人海中，擲下巨石，使波浪洶湧沸騰的一日，這一日曾使我一家老幼男女，驚嚎駭哭並累及親戚朋友，憂懼不安的一日，這一日是我初曉得法的威嚴？公正？的一日」（前衛版二：頁261）。在偕友人往悼吳清波的墓地時，看到一座特異墓碑，從此引出臺灣人的民族性格問題：

> 覺得我們島人，真有一個被評定的共通性，受到強權者的凌虐，總不忍摒棄這弱小的生命，正正堂堂，和他對抗，所謂文人者，藉了文字，發表一點牢騷，就已滿足，一般的人士，不能借文字來洩憤，只在暗地裡咒詛，也就舒暢，天大的怨憤，海樣的冤恨，是這樣容易消亡。「受勢壓李公」的子孫，也只是這種的表現，這反足增大弱小者的羞恥，讀到這樣的碑文，誰會替你不平，去過責壓迫者的不是？（前衛版二：頁260～261）

　　雖然賴和說自己說「治警事件」後沒有參加更多的運動，以致像個局外人：「因為以後所出現的，那些有意義的一日，我們皆在場，而且未來所要出現的，我們現在也已失去了參加的勇氣。我們已經是過去的人物了，所以過去了的這一日，還夠使我們留戀。啊！這不值得紀念的回憶，總常在我們心裡縈迴」（前衛版二：頁 262）。不過就像他在文章後半部對自己的「清算」，都顯現賴和一向的自我批判精神，因為知識分子若和一般臺灣人一樣，只是隱忍或用文字來發洩就夠了，那將是宣告殖民者的勝利與被殖民者的挫敗。〈隨筆〉在一年的開始回顧自己參與的治警事件，藉此反省臺灣人的國民性與自我的立場軟化，使這篇散文格外具有新年期待的意味。

　　前述的幾篇歷史抒情散文，分別觸及了諸如殖民教育、治警事件、過年（時間曆法）等問題，賴和另一篇散文〈我們地方的故事〉（1932 年），則是以他所生長的彰化城歷史為言，企圖藉四周城牆的興毀，敘述關於時代變化中的個人感懷，這又顯示散文往往是寫周遭事物的文類特性。

　　文中敘述到在太極山（應指八卦山）腳下有一公園，公園口過去曾樹立有一座城樓，但歷經數代，一直到機器文明的時代入侵，因擋住南北要道也就被拆毀，在賴和看來，這或許就是做為古蹟的精神文明不敵機器文明的證明：

　　　這城樓，我無讀過縣誌，不知經過多少年代，但我曾看過牠的塌仄，也曾看過牠的重新，不過新又要保存著古的尊貴，所以還是塌仄的時候多，因為內部的腐朽，不是表面的塗飾，就會得除掉。及至現代的機器文明，乘著她勝利的威勢，侵入到無抵抗力的我這精神文明的中心地（這是受人稱頌過的榮譽）來，這城樓最後的運命便被決定。（前衛版二：頁 273）

　　雖然城樓已不見，但相關於城樓與城牆的歷史卻足堪回憶。賴和以一

種略帶嘲諷的語氣對過往基於風水之說而起的事情，對「我們的地方」有
所回憶與批判。首先因為過往臨城的太極山上常成為反亂戰事的地區，故
百姓希望城能造到山頂去，無奈當時的縣太爺卻不願意，賴和就據此猜
測，統治者定是想到這城若占有如此險要的地形，若被好作亂的人占去，
「做官的不就為難了嗎？」（前衛版二：頁 275）但從另一方面來講，民風
好亂之說，也有縣官認為是「山無主峰，民故好亂」，當時他就在官衙的假
山上建一高閣，以為鎮壓之意；最近幾年，此閣被移建到太極山上，竟真
的發生效應，賴和說：「直到今日，我們地方就真正安寧，人民也真正同
化，雖有一次金字事件（案：原稱「王字事件」），究竟也消滅在電影風跡
中」（前衛版二：頁 275），此言自然是在諷刺今日臺灣人之易於被馴化。
而造成如此易於被馴化的原因，賴和還是扣緊風水之說，因故老認為山脈
平平無主峰，故本地不會有傑出人物，沒有眾望所歸的賢者，這由另一角
度諷刺了臺灣人的自立為王、不知團結的慣習，賴和寫到：

> 少有見識的個人都自以為自己是了不得的人才，不肯下人，就是小可
> 事，也各爭為頭老，不，只會在小的利益上相爭奪，這是近來愈覺明顯
> 的事實。（前衛版二：頁 276）

　　因此，〈我們地方的故事〉所述說的我們地方由過往至現在的故事，除
了藉以留下對彰化四城門的記錄，更不時在敘述中加入賴和對城之興廢所
衍生出來關於臺灣人的思想與性格問題。賴和的散文在這一點上，充分展
現了他對歷史的感性與知性，這就使得他的歷史抒情散文，由是而別有一
種深沉的韻味，他的散文是個人性的觀察，卻也同時是對一個時代、一個
民族發出的一聲喟歎。

三、黑暗之光：賴和詩化散文〈前進！〉的時代感

　　1928 年賴和在《臺灣大眾時報》創刊號（東京）發表了〈前進！〉，

這篇形式特殊又反映臺灣反殖戰線分裂歷史的散文，具有日據時期臺灣散文史上的重要地位，故在這一小節中專予討論。

（一）〈前進！〉的歷史與文學脈絡

1920 年代初，在二次戰後世界性的民族自決思潮衝擊下，臺灣人利用日本「大正民主」時期，由林獻堂爲首，留學生在東京成立啓發會，再於 1920 年 1 月發展爲新民會，1920 年 7 月則有《臺灣青年》創刊，再到 1921 年 10 月 17 日臺灣文化協會的成立，臺灣的反殖民運動真正進入一個真正全島性聯合陣線的文化抗爭時期。

但殖民資本主義的剝削日甚一日，民族主義立場的文協採取的體制內抗爭，並無法有效解決臺灣廣大無產階級迫切的生存問題，於是文協內部社會主義者路線的提出就顯得有其時代必然。1927 年 1 月以連溫卿爲首的左翼勢力實際占有文協領導權，文協分裂後，當右翼的人士退出文協，賴和的名字赫然出現在 1 月 3 日下午文協臨時總會選出的 30 名臨時中央委員名單中。會後雖然又有蔡培火、洪元煌、蔣渭水等人相繼退席，但賴和卻一直留在新文協中，並擔任代表員（評議員）。

另一方面，舊文協派以林獻堂爲首，欲成立臺灣第一個政治結社的「臺灣民黨」，1927 年 5 月 29 日當天在臺中市聚英樓舉行的發會式，賴和被邀出席並被選爲臨時委員。[22]雖然臺灣民黨旋即被總督府禁止，但 7 月 10 日，同一批人在修正部分遭總督府忌諱的綱領文句後，成立「臺灣民眾黨」，賴和亦隸屬其中。1927 年 8 月 18 日，彰化磺溪會邀請各黨派在彰化座談舉行「社會改造問題大講演會」，賴和與邱德金就是以同屬新文協與民眾黨的身分出席。[23]

林瑞明曾歸納賴和的政治觀，認爲他和王敏川、邱德金、蔣渭水皆熟識，而三人皆被總督府視爲「急進派」，亦即「同屬民族自決主義者而帶有

[22]〈臺灣唯一的政治結社臺灣民黨〉，《臺灣民報》第 161 號，1927 年 6 月 12 日，頁 4～6。
[23]連溫卿，《臺灣政治運動史》，張炎憲、翁全音編校，臺北：稻鄉出版社，1988 年 10 月，頁 178。

社會主義的傾向」[24]，不過，賴和同時橫跨左右兩個陣營，在總督府分化的策略下，其實也扮演了調和的作用。[25]這個觀察，基本上是奠基在翔實的考證資料上，頗為準確地掌握到賴和在反殖戰線中的政治立場。不過可以再加注意的是，另一方面，當《臺灣民報》形同臺灣民眾黨的機關報（在分裂後又屬於臺灣地區自治同盟之時），1927 年 7 月 16 日總督府竟允許其在臺灣島內印行，後來賴和在〈希望我們的喇叭手吹奏激勵民眾的進行曲〉（1930 年）一文中的論點，明顯可以看到他對總督府分化政策的洞見，也暗示臺灣人切莫太過樂觀，他的立場顯然也不可能趨近於體制內的柔性訴求，而毋寧會較傾向於具批判性的激進的左翼陣營（前衛版二：頁 255～256）。

這也可以回過頭來看，賴和為何在《臺灣民報》當初獲准回臺發行後，1928 年 3 月加入創立新文協的「株式會社大眾時報社」，並且擔任監察役（監事）。5 月 7 日發行《臺灣大眾時報》創刊號發行時，賴和除了是囑託（特約）記者外，更在當中發表了一篇隱喻左右兩翼分裂的詩化散文〈前進！〉，足見他在反殖戰線分裂中在左翼的「新文協」一方介入的程度。

賴和的〈前進！〉就是架構在這樣的歷史與文學脈絡中，成為日據時期臺灣散文中少數既反映著反殖的歷史事件，又是藝術上極其成功的「詩化散文」（"poetic prose"），我們一方面要在〈前進〉當中看到它的時代感，同時也要看他如何呈現這種殖民地的反殖戰線的分裂歷史。

也因此，〈前進！〉在日據時期的散文創作中具有重要地位的原因也就在於，它是第一篇以詩化散文的手法、類型，來描繪殖民地臺灣的時代氛圍與文協分裂事件，「反抗」與「美學」已被結合的相當成功。許達然就斷然地說〈前進！〉是「臺灣最好的散文的一篇」[26]，能達到雷蒙・威廉斯所

[24]林瑞明，〈賴和與臺灣文化協會〉，《臺灣文學與時代精神——賴和研究論集》，臺北：允晨文化公司，1993 年 8 月，頁 199。
[25]同上註，頁 200～201。
[26]中國大陸的學者朱雙一也稱賴和此作代表臺灣日據時期散文創作進入成熟期，其主要特徵是「出

謂的抓住一個時代的「感覺結構」：「在語言和思想的前進中，貼切建造
『感覺結構』（"stuctures of feeling"）：『人民所感到的思想和所想到的感
覺』」[27]。

（二）黑暗的時代：〈前進！〉中的三個象徵意象

> 在一個晚上，是黑暗的晚上，暗黑的氣氛，濃濃密密把空間充塞著，不
> 讓星星的光明，漏射到地上；那黑暗雖在幾百層的地底，也是經驗不
> 到，是未曾有過駭人的黑暗。（前衛版二：頁249）

這是〈前進！〉開頭的一段描寫，用黑暗、夜晚這「黑色的時空」來
指陳的情境除了是連一絲星光都不會漏射進來，就連幾百層的地底也沒有
像這樣的暗黑，賴和無疑地是這樣來認識殖民地社會的，而這個開場也把
所有殖民主義的壓迫、統治給象徵化，正是以如此的象徵化語言，賴和試
圖描繪臺灣人在反殖戰線上同殖民者鬥爭的歷程。

因而，當無邊暗黑中有人物出場時，其實也正代表臺灣人試圖走出暗
黑籠罩的企圖，雖然他們很可能是時代的棄兒，而無論是母親（中國）或
後母（日本）的暗喻或意象，賴和散文所形容的臺灣人處境與身分，都是
十足的「孤兒意識」，於此我們不難看到吳濁流繼承的賴和以來的臺灣自我
認同：

> 在這被黑暗所充塞的地上，有倆個被時代母親所遺棄的孩童。他倆的來
> 歷有些不明，不曉得是追慕不返母親的慈愛，自己走出家來，也是不受
> 後母教訓，被逐的前人之子。（前衛版二：頁249）

現了具有美文意義的抒情性散文」。朱氏觀點見其〈魯迅對日據時期臺灣新文學散文創作的影
響〉，《魯迅研究月刊》1991年第3期，1991年3月20日，頁29。
[27]許達然，〈日據時期臺灣散文〉，「賴和及其同時代的作家：日據時期臺灣文學國際學術會議」論
文，1994年11月25～27日，頁33。

　　除了「黑暗」意象的時代象徵，「孤兒」意象的臺灣人象徵外，賴和在〈前進！〉中另一個重要的意象就是「前進」，他寫時代的棄兒們（文協左右兩翼）雖然置身於一片殖民世界的暗黑中，卻直覺地感到必須「前進」！賴和如此強調：

> 他倆感到有一種，不許他們永久立在同一位置的勢力，他倆便也攜手，堅固地信賴地互相提攜；由本能的衝動，向面的所向，那不知去處的前途，移動自己的腳步。前進！盲目地前進！無目的地前進！自然忘記他們行程的遠近，只是前進，互相信賴，互相提攜，為著前進而前進。（前衛版二：頁 250）

　　前進的目的在於未知之處，並且不免是盲目的，這雖然多少顯示賴和對反殖民運動的結果並無信心，可以看出反殖民運動面對的惡劣條件，但只有前進才有出路則是一定的。於是乎賴和不斷的重複「前進」這一動態的意象，鼓舞著暗黑中的時代棄兒：

> 他倆沒有尋求光明之路的意識，也沒有走到自由之路的慾望，只是望面的所向而行。礙步的石頭，刺腳的莉棘，陷人的泥濘，溺人的水窪，所有一切前進的阻礙和危險，在這黑暗統治之下，一切被黑暗所同化；他倆也就不感到阻礙的艱難，不懷著危險的恐懼，相忘於黑暗之中；前進！
> ……
> 在他倆自始就無有要遵著「人類曾行過之跡」的念頭。在這黑暗之中，竟也沒有行不前進的事，雖遇有些顛躓，也不能阻擋他倆的前進。前進！忘了一切危險而前進。（前衛版二：頁 250）

（三）光的所在：〈前進！〉裡的夢之國

　　但臺灣人即使不想休息地前進，這「發達未完成的肉體」所暗喻著臺灣人的反殖力量的薄弱，由此產生的疲倦卻不是意志力可以克制，於是乎竟有倒下的一刻，但他們仍舊想像著「夢之國」──這裡賴和所指的應當是解放的國度罷！。

　　在〈前進！〉的第二部分，賴和著重描寫的正是反殖民戰線內部在分裂後的情景，這時依舊在前進的是「他倆人中的一人，不知是兄哥或小弟，身高雖然較高，筋肉比較瘦弱的，似是受到較多的勞苦的一人」（前衛版二：頁 252），勞動者的形象說明賴和這裡所指是新文協左翼一派，當他繼續前進時，卻驀然發覺只剩孤身的自己在前行：

> 他不自禁地踊躍地向前去，忘記他的伴侶，走過了一段里程，想因為腳有些疲軟，也因為地面的崎嶇，忽然地顛蹶，險些兒跌倒。此刻，他纔感覺到自己是在孤獨地前進，失了以前互相扶倚的伴侶，忽惶回顧，看見映在地上自己的影，以為是他的同伴跟在後頭，他就發出歡喜的呼喊，趕快！光明已在前頭，跟來！趕快！（前衛版二：頁 253）

　　只是，光明的所在雖恍惚看見，同伴卻已難喚回，賴和雖在文協分裂後依舊和左右兩翼保持密切關聯，也參與兩方的活動，但面對反殖戰線分裂的結局，時局似更黑暗險惡，賴和也只能鼓舞新文協的同志在失去伴侶的情況下，繼續前進：

> 這幾聲呼喊，揭破死一般的重幕，音響的餘波，放射到地平線以外，掀動了靜止暗黑的氣氛，風雨又調和著節奏，奏起悲壯的進行曲。他的伴侶，猶在戀著夢之國的快樂，讓他獨自一個，行向不知終極的道上。暗黑的氣氛，被風的歌唱所鼓勵，又復濃濃密密屯集起來，眩眼一縷的光明，漸被遮蔽，空間又再恢復到前一樣的暗黑，而且有漸次濃厚的預示。

失了伴侶的他，孤獨地在黑暗中繼續著前進。

前進！向著那不知到著處的道上。……（前衛版二：頁253）

　　賴和對左右分裂的看法如何，從〈前進！〉來看，他是站在新文協的立場來肯定其覺醒、前進的精神，不過賴和顯然也沒有批判分裂的另一方，因為分裂後的新文協今後只能是孤獨地前進。陳芳明就從新文協「因為腳有些疲軟，也因為地面的崎嶇，忽然地顛躓，險些兒跌倒」，企圖指出這是失去伴侶的結果，用此來說明賴和其實是希望藉本文讓他們再團結[28]。

　　不過，正如林瑞明所指出的那樣，賴和在〈前進！〉中「向著那不知到著處的道上。……」，「僅是烏托邦的理想，是奮鬥的必然過程，並沒有預示著任何『天堂』的遠景」[29]，賴和在〈前進！〉這篇詩化散文裡顯然沒有提供任何反殖民的方案，也未嘗表現出他對新文協未來的前進會通往「夢之國」的樂觀情緒，他的態度毋寧是黯淡卻並不絕望的。在那個「光明與黑暗混和」的世界裡，賴和的〈前進！〉指出了前進的必要、新文協繼續運動的必要，而那「夢之國」還在不知在著處的未來，正是在這裡我們看到嚴酷的殖民主義下臺灣知識分子的心靈暗影[30]。就像楊雲萍所說的，賴和本人就如同一首「哀歌」：「誰能再忍聽此沉痛悲壯的『哀歌』啊！這『哀歌』已不僅是『臺灣人』的『哀歌』，而是『人類』的『哀歌！』」[31]

　　整體來看，賴和的〈前進！〉作為一篇詩化散文，他以許多接近詩的意象撐起一個關於反殖民戰線左右分裂的時代象徵。如同前文所論，黑暗

---

[28]陳芳明，〈賴和隨筆與獄中日記〉，《種子落地——臺灣散文專題》，彰化：財團法人賴和文教基金會，1999年8月31日，頁18～19。

[29]林瑞明，〈賴和與臺灣文化協會〉，《臺灣文學與時代精神——賴和研究論集》，臺北：允晨文化實業公司，1993年8月，頁91。

[30]關於這種黯淡並不絕望的心理，曾有中國大陸的研究者朱雙一據以指出賴和散文與魯迅的《野草》在精神上的相似性，因為魯迅創作《野草》時正是他對五四運動的前途感到徬徨之時，但在〈過客〉中同樣也表現向前走的執著精神，關於賴和〈前進！〉與魯迅《野草》的相關探討是值得深入挖掘的課題。朱文說法見其〈魯迅對日據時期臺灣新文學散文創作的影響〉，《魯迅研究月刊》1991年第3期，1991年3月20日，頁29。

[31]楊雲萍，〈賴和〉，《臺灣史上的人物》，臺北：成文出版社，1981年5月。

的意象、孤兒的意象、前進的意象是賴和企圖展現時代感的散文美學。賴和的〈前進！〉因此一方面除了昭告臺灣反殖戰線的分裂並予以再現外，也是昭告了日據時期臺灣散文發展在藝術成就上的重大進展。

四、賴和的寫人散文

至於以「人物回憶」為主題的散文，也是賴和散文中一個重要的部分。賴和寫這些人物時，最可注意的除了是他對這些人物特徵、行事的掌握外，更重要的是賴和都將這些人物與他自己、時代賦予某種關聯，從而得出一種殖民地脈絡下的人物圖像，這種既是個人感懷，又兼有時代感的散文風格，一樣兼容「知性」與「感性」，的確是與上述散文有別而值得注目的作品。

〈我的祖父〉中他寫祖父時就說他青年時曾遇「萬生反」[32]，家道因此中落（不知是否參加「反亂」？），但祖父仍好博奕，賭到連祖母都典當衣裙。可怪的是，祖父在「即到歲時」突然翻然一改。因本學有拳法，於是改學弄鈸（道士），遂以成家。這樣的祖父卻有幾番豪氣，但賴和一轉寫說祖父為人另有溫厚平淡的一面：

> 祖父當技藝時行時，若有問藝者的地，多辭不往，有鬥藝時，也多不使對手有難堪處，有特長之技，多略不演，後年老，到遠多坐轎，但是往返在街外落手，罕有坐到宅門前者。（前衛版二：頁 284）

由萬生反時中彈的青年到溫厚平淡的長者，賴和筆下的祖父顯然具有某種與時代關聯的部分，也有賴和日後被人稱道的「遺傳」自祖父的性格，這樣兼具有時代感與個人感懷的書寫風格，毋寧是賴和散文共通的特點。

---

[32]「戴潮春事件」是清代臺灣三大民變之一，又稱「戴萬生反」、「戴萬生之亂」，以統治者立場來說，則稱主事者為「戴逆」，發生於清朝同治元年（西元 1862 年），前後歷時三年，是臺灣的民變中持續最久的一次。「戴潮春事件」始末可參考連橫，〈戴潮春列傳〉，《臺灣通史》，臺灣省文獻委員會，1992 年 3 月 31 日，頁 983～994。

〈紀念一個值得紀念的朋友〉（1932 年）這篇散文說要紀念一個朋友，但賴和卻說不是因為有何深厚友情而紀念，而是「我想要紀念的時，忽然被記憶起來」，因而說值得紀念。結尾處賴和又說這位朋友最後一次握手分別，「一握之後，他已不是我的朋友了，以後的他也不值得紀念了，關於他的公家的記錄，大概不會燒掉罷」（前衛版二：頁 271），似乎這位朋友是一位被殖民政府「點名作記號」的「不良」人物。我們面對這樣一位被描繪成面目不清、關係不明的「朋友」，不免會對賴和的筆法感到迷惑，不過不管賴和出於何種原因將一位交情不深的朋友如此型塑，賴和真正要說的應當還是「紀念」這位朋友具有的某種「精神」罷，而這卻已超越個人形象的描繪。

賴和在文中說這朋友和他在同一學校唸書，朋友且小他一級，平常交情淡漠，甚至有時還有敵意。那時正當中國革命成功，學生們受到影響也積極討論時勢，並有人發表秋瑾的遺詩「國破方知人種賤」。賴和一個相好的朋友由於要抄寫這句詩，被誤會為想打小報告，賴和為朋友仗義執言時，這值得紀念的朋友是立在對面的怨敵。不過，某個暑假賴和又和這朋友不期而遇，當賴和說起自己祖先的田產和如今所剩的財產，這值得紀念的朋友竟說：「我們臺灣人，都有和你一樣的心理，常要提起那已往的不可再來的歷史，來誇耀別人，來滿足自己，所以才淪作落伍的民族，不能長進，我這話對你很失禮，但這是事實」（前衛版二：頁 269）。

賴和接著寫這次難堪的經驗後，卻在一次機會裡聽見塾師（黃倬其）和另一位秀才談論那位朋友，賴和藉這次對談試圖點出這篇散文的主旨，在形式上這種旁觀的、以對話來呈現論點的技巧，正是賴和一貫自我批判的角度所致；另外賴和又再一次提出「國民性」的問題，這位值得紀念的朋友，具有的其實是臺灣人少有的某種性格。

塾師認為：「我這時覺得我的教育錯了，我以前都是以『在社會為模範青年，在家庭為善良子姪』為目標，現在我才發見著有另外像那一種人物的必要」（前衛版二：頁 270）。但秀才卻說做模範青年、善良子姪有何不

好，至少也是安分的百姓、守成的子弟，這時塾師的話語是頗堪玩味的，他說：

> 那只是駕車的馬，拖犁的牛。規規矩矩不敢跨出遵行的路痕一步。
>
> 你還不了解，難怪人講秀才的頭腦冬烘，現在實有另一種人物的必要。
>
> （前衛版二：頁270）

　　由於有這種對話，於是賴和寫到：「有死天下之心，方能成天下之事」。這是兩人最後一次見面時，賴和用王陽明信札來相互明志的一段話。這位值得紀念的朋友縱使面目模糊，但像朋友一樣能「死天下」的「另一種」臺灣人的出現，應是賴和所期盼的。我們不難注意到，在賴和多次探討臺灣人的國民性問題，並說過臺灣人「愛名貪利又驚死」（前衛版三：頁112），這其實也是他時常對自己性格進行的批判。在另一篇散文遺稿〈客車裡〉，賴和就提及在火車中被人占去座位，但卻沒有據理力爭反而吞忍下去，他自我反省後道出：

> 我一時心裡很憤怒，想責罵他幾句，但再想一下也就忍耐下去，怕費了口舌爭不到什麼，便一切讓他，自己走去坐在西邊的椅上，這時候突然被我想起無抵抗主義者，是不是和我有同樣的心情，是卑怯？是大度？我自己竟也判斷不清。（前衛版二：頁292）

　　這樣在心靈上的自我鞭笞，說明的絕不是賴和有多勇敢而無畏暴力，反而是一個弱者面對強權時心靈寫照。賴和對「無抵抗主義」的懷疑是意識到自己的無能，但這又何嘗不是一種理性的關照，而不能僅由怯懦的角度來評價，對同時代的知識分子乃至臺灣人來說，這一反思依然是具有現實意義的。

　　散文〈高木友枝先生〉（遺稿）是另一篇寫人的重要作品。賴和在醫學

校時期的校長高木友枝是在 1902 年 3 月接替山口秀高擔任第二任校長，他並且還身兼臺灣總督府臺北醫院院長、日本赤十字社臺灣支部部長、總督府衛生課長數職，因此有「衛生總督」之稱[33]。賴和對高木友枝的印象極其深刻，〈高木友枝先生〉就是記錄這位自稱沒有內臺成見的校長，由這篇提及醫學校時期生活片斷的散文中我們看到，賴和的寫人散文的特點就像他所自言的：「只是記錄他印象在我心目中的一些不關緊要而感我特深的小事情而已」（前衛版二：頁 285），全文就是由所謂的「小事情」出發，但一方面勾勒出高木友枝的性格與形象，卻也在寥寥數語中帶出許多深刻的問題。

　　像文中提到後藤新平對臺灣人的歧視、高木友枝校長處理像苗栗事件（羅福星事件）或同化會等攸關民族問題時的作法，或者他對人格教育的重視，賴和對類似開明的師長，並未因日本殖民而有所偏見，這其實也是他對長井公學校長所做的稱頌：「主張育英排眾議，不知謗毀已叢身」（前衛版五：頁 331）；或者像〈環翠樓送別〉所詠的：「日臺差別吟中撤，汝我猜疑飲次消。肆口未聞清虜罵，闊肩不似國民驕」（前衛版五：頁 374）。但這也並不代表賴和的想法是要以此文來歌頌高木，其實他還點出了一些殖民者與被殖民者無法跨越的鴻溝：那就是做爲殖民統治階級的同路人，要由被殖民者的角度來思考問題畢竟還是有困難的。文中提到一件令賴和感到愛護學生的高木友枝校長，也許和自己的種族有著無可彌補的位階的事實，是一次高木友枝的談話，文中寫到：

> 當苗栗事件發生時，連累者中，有一醫學校的退學生在內，先生曾對我們說，他到總督府時，被同僚們嘲笑，說，受過我教育的人，也會作壞事，我回答他說：
> 「那是退學生，未受到我完全的教化，那纔會那樣。」

---

[33] 莊永明，《臺灣醫療史》，臺北：遠流出版事業股份有限公司，1998 年 6 月 20 日，頁 251～252。

我此時感到「纔會那樣」的一句，另有一點餘味。

（前衛版二：頁 288～289）

　　是的，賴和的筆法含蓄到了極點，也許是顧念高木友枝畢竟是對待臺灣人還算不錯的日本師長，但賴和對高木友枝所謂未受「完全的教化」，所以「纔會那樣」的體會，已分明顯現出賴和對身爲統治階級一分子的高木友枝的說詞，事實上是站在文明／高等的一方向野蠻／低等的一方發出的評價，身爲被殖民者的賴和，即使還記得高木在卒業式上「要做醫生之前，必須先做成了人，沒有完成的人格，不能盡醫生的責務」（前衛版二：頁 290）的訓詞，在東京時還曾探望他（前衛版二：頁 290），但那種基於種族優劣的觀念而導致的殖民者對被殖民者的輕蔑與歧視，在這篇散文中借素描高木友枝校長的幾點言行，淡淡幾筆而所論無不深刻尖銳。

　　值得注意的是，賴和這篇寫日本師長的〈高木友枝先生〉，和魯迅寫其留日時代仙臺醫專的老師藤野嚴九郎的〈藤野先生〉，具有相當類似之處，兩篇都是寫日本人師長，並且也都從較正面的角度描繪了日本人，由這點來看，兩位民族意識強烈的作家，卻不囿於民族畛域而能客觀的接納進步的觀點，這應該能加強我們對其啓蒙思想一面的理解。

五、結語

　　散文裡的賴和的確是與新詩、小說中的賴和有相當程度差別，這不同之處不在思想的變化，而是藝術形式與個人情志另一番的「化學變化」。我認爲賴和散文顯示出一個先行於一代人的知識分子「獨白」，之所以爲「獨白」，乃因爲散文這種書寫形式是偏向個人的、抒情的，同時也是眾人不一定所能知願聞的。

　　無論寫教育、過年、城門、治警事件、文協分裂，甚或是寫人，賴和散文始終扣緊生活中的人事物，卻又時時顯露他身爲殖民地知識分子的文化思考。因此他也就從這些人事物中反轉出許多值得思索的問題：教育與

馴化的問題、現代性與文化差異、殖民地人民的弱者心態、進步的日本老師卻同時也是殖民者一員等等。日後，隨著反抗運動的日益消減、日文世代作家出場、殖民現代性的日益深入、皇民化運動的改造，賴和散文中許多基於抒情的喟嘆，基於知性的批判，似乎都抵擋不住殖民地社會的演變，但，這無疑也顯示了作家先行於眾人的先知視野。

本文曾多次強調，賴和在散文中寫出他參與啓蒙與反殖民運動過程裡較爲抒情、個人的一面，更指出他開啓臺灣「現代散文」此一現代文類的美感經驗與形式。因此，必須藉由賴和散文研究進一步思考的議題是，如果從中國現代美文、小品文的角度來評價臺灣現代散文，特別是賴和以降的散文傳統，相信不足以提供足夠的理論資源，而能對此一傳統下的散文創作有相應理解。美學與政治的結合，是臺灣文學史中的一支重要傳統，現代散文亦是。因此，如何脫出舊有散文史觀的籠罩，對臺灣現代散文提出新的詮釋框架，相信是未來散文研究值得開拓的議題。

——選自郭懿雯編《時代與世代：臺灣現代散文學術研討會論文集》
臺北：東吳大學中國文學系，2003 年 12 月

蒼茫深邃的「時代之眼」
比較賴和〈歸家〉與魯迅〈故鄉〉

◎張恆豪*

一、前言──感時憂國的凝視

在臺灣新文學史上，賴和（1894～1943），始終具有開創者和導航者的重要地位，這二者其實擺在他文學思想的承先啟後，以及小說成績的創作實踐上，尤能凸顯其獨特性的意義。終其一生，賴和都以中文寫作，只創作了 23 篇小說，在臺灣新舊文學的分水嶺上，無論就思想層面或是藝術成就，在當今看來，仍然是不可輕忽的一個高峰。1979 年，我曾如此給予他歷史定位：「賴和為臺灣新文學豎起了第一面反帝國、反封建的旗幟，並且啟示了此後臺灣小說所應走的社會寫實的方向，他的寫實意識影響了以後不少的文學創作者，尤其是奠基期的楊守愚、陳虛谷；他的嘲弄技法影響了蔡愁洞、吳濁流、葉石濤；而他那不屈不撓的抗議精神更影響了朱點人、楊逵和呂赫若。可以說，臺灣新文學的紮根應當從賴和肇始，而賴和的崛起，才奠定了現代臺灣文學的基礎。」

在賴和小說中，最負盛名的是〈一桿「稱仔」〉（1926 年），最受評論者讚譽的是〈惹事〉（1932 年），而寫於〈惹事〉同時，和〈惹事〉主題頗為相似的〈歸家〉（1932 年），顯然是受到冷落，至今尚無一篇專述立論，在綜論中提起此篇者也不多見。多年以前，我首次在夜裡閱讀〈歸家〉所受到的感悟，毫不遜於〈惹事〉給予我的感受，這兩篇作品的主人翁，可

---

*文學研究者。

說都是賴和的化身，甫自醫學校歸來，以表現在家鄉的所思所行爲主題，〈惹事〉的人物較爲動態，側重在對統治者的抗爭，〈歸家〉的人物則較靜思，側重在對殖民地「現代化」的質疑，前者情節較生動，人物較鮮活，自然較被人注意。〈歸家〉在平淡的敘述手法中，可說揭露了 1930 年代臺灣的「問題點」，以及啓蒙思想者對於臺灣和臺灣庶民的看法。

由於〈歸家〉的題材，不由得讓我聯想起魯迅（1981～1936 年）的〈故鄉〉來，〈故鄉〉（1921 年）早受人矚目，這篇小說深刻有力地表現了一個進步思想的知識分子對於舊中國鄉鎮、舊中國文化的重新認識，並在沉痛中賦予茫遠的憧憬。此篇作品可說尖銳觸及到 1920 年代中國的「問題點」，以及啓蒙思想者對於中國和中國庶民的看法。

魯迅憂悒冷眼，對舊中國深沉熾熱的凝視，真令人久久無法釋然，〈故鄉〉所獲得的評價，早已深受論評者推崇。

簡扼說來，賴和與魯迅，這兩位新思想的啓蒙人物，分別以其小說〈歸家〉與〈故鄉〉，表現出一種蒼茫深邃的「時代之眼」，觀照蒼生，而見證了感時憂國的文學良心，以文學論文學，這自是本文想要探討的重點。

根據學者中島利郎及林瑞明的查證，魯迅有多篇作品及譯作，在 1925 年至 1930 年間，曾轉載於其時的「臺灣人的喉舌」——《臺灣民報》上。以小說而言，則有〈鴨的喜劇〉（1922 年）、〈故鄉〉、〈犧牲謨〉（1925 年）、〈狂人日記〉（1918 年）、〈阿Q正傳〉（1921 年）、〈高老夫子〉（1925 年），其中，〈故鄉〉轉載的年月，是 1925 年 4 月 1 日至 11 日。[1]

我們雖無證據以證明賴和〈歸家〉是受到魯迅〈故鄉〉的影響，但從題材和表現手法看來，賴和向魯迅致敬，〈歸家〉創作意念，受到〈故鄉〉之啓發，這應是有可能的。

---

[1]林瑞明〈石在，火種是不會絕的——魯迅與賴和〉，收於《臺灣文學與時代精神——賴和研究論集》（臺北：允晨文化實業公司，1993 年 8 月），頁 305～306。

其實，賴和與魯迅的影響研究，[2]並不是本文運用「比較」命題之旨義，我的焦點，是較偏重在他們文學內涵的分析、考察，以窺探他們的「時代之眼」，並嘗試比較這兩位人物對家國觀照、對庶民關懷的中心議題。

將賴和小說，與魯迅小說試做比較，自戰前王錦江（王詩琅）的〈賴懶雲論〉一文首開其端以來，一直有不少繼其餘響，黃得時在〈輓近臺灣文學運動史〉裡，更直接將賴和比擬為「臺灣的魯迅」。而最先將賴和與魯迅放在對等的位置，以專論加以比較研究者，則推林瑞明的〈石在，火種是不會絕的──魯迅與賴和〉一文[3]，這篇論述從外緣與內質上，相當程度地追索了賴和與魯迅之間的關聯，不乏極具參考價值的精闢之見，本文但願在這一礎石上能有更進一層的探討。

二、〈歸家〉──揭露殖民政策「現代化」的欺罔

賴和的〈歸家〉[4]，描寫的是一個從鄉土游移出來，受到新式日制教育洗禮的青年，在學校畢業後回到故鄉，以現代人帶有懷疑不安的眼光，重新去認識他童年以來的鄉土，重新思考故鄉市鎮在「現代化」中的變貌和定位，透過青年在街道上漫步，與街頭勞動擔販的對話，揭露殖民政策「現代化」的欺罔，以致勞動庶民不免有嘆今懷古之非議，結尾處並借著警察的驟現，暗示當下仍是日本統治的殖民體制，充分流露出賴和一貫的民族立場和左翼觀點。

〈歸家〉，雖是取材於賴和青年時期的畢業、就學、返鄉經驗，但作品完成的年代則是 1931 年。此時一方面言之，從 1927 年文化協會分裂以後，所有的抗日團體不但未能再走向早先團結一致對外的道路，反而自

---

[2]有關影響研究的理論，可參閱 J. T. Shaw〈文學影響與比較文學研究〉，王潤華譯，收於《比較文學理論集》（臺北：國家，1983 年），頁 63～84。
[3]同註 1。
[4]原載於《南音》創刊號，1932 年 1 月 1 日，另收於《賴和集》（臺北：前衛，1991 年 2 月），頁 149～156。

1928 年起，內部先後再行分化，亦發生過共產主義者與無政府主義者之間的爭端，特別是 1931 年 6 月，自臺共遭到彈壓之後，臺灣民族社會運動事實上已走上分崩途窮的命運，另一方面，伴隨著臺灣殖民地式「現代化」的展開，日本殖民統治體制的基礎已漸形鞏固。賴和寫作的動機，不僅是他思想發展的一個過程，也是對時代、對鄉土的有感而發，其中自然流露出對於新舊時代破裂的感喟，以及對於早熟的資本主義的世界觀的質疑，這自然是扣緊現實的敏感議題。

　　〈歸家〉，如同〈故鄉〉一般，相當具有自傳的性質。背景是放在很典型的從鄉村過渡而來的新興市鎮，明眼人看得出來這是賴和的故鄉彰化，但不妨將它看做正變遷中臺灣的一個縮影。至於主要人物，也就是敘事者「我」，頗有幾分年輕賴和自況的意味——帶著生澀又憤世的啟蒙思想，懷有省思又質疑的眼光，對於周遭環境的變化十分敏感，但面臨理想與現實的徬徨，缺乏投入社會就業的自信。這種性格，在賴和的其他小說〈彫古董〉（1930 年）、〈惹事〉、〈阿四〉、〈赴會〉都出現過，這應也是當時與社會疏離的，既憂悒又憤怒的青年的一種典型吧？

　　「當我在學校畢業是懷抱著怕這被遺棄的心情，很不自安地回到故鄉去」「十幾年的學生生活，竟使我和故鄉很生疏起來」，赴外地求學的十多年生活，沒有想到故鄉竟有結構性的改變，有形的市容改建，人們還感受得出來，無形的，由於農業社會之轉型為工商文明而所帶來世界觀的改變，輒令人無所適從，何況官方所推動的「現代化」，是夾雜著殖民主義的不平等因素，這自然是造成一般勞動擔販對統治者橫生不滿的主因。

　　因此，苦悶的殖民地青年乃像喬伊斯筆下的尤里西斯一般，漫無目的在街市游移起來，他想起了童年的玩伴，那些在公學校時代受到獎賞的人，如今淪落為苦力的小販；而一些不會讀書被看輕過的人，現在卻躋到富戶或紳士的行列，他有意迴避那些當苦力的小販，不料他們反而親密的招呼他，而對於躍身富戶之流的人，很想趨前寒喧，他們反而冷淡地避開過去，這不禁令人自嘲起來。賴和是以獨白的內省，來描繪這一段「童年

之憶」，他用意在於點出童年的一去不返，時代究竟已大有不同，幼年同學今昔有如天壤的境遇，雖令人慨嘆系之，但這是時空流轉、時代環境之使然，賴和先用「我」的獨白，與後面情節「我」之步向勞動階層，參與他們的對話埋下了伏筆。

在「童年之憶」後，接著這位青年展開「城市之旅」，他還發現早先那些散置在街頭營生的挑販已逐漸在凋零，又有不可思議的，是過去以為讀日本書沒有用而只願讀漢文的人，不意十年之間，他們的思想竟有很大的改變，這自是農業文明逐漸在淡逝，而工商主義正日漸勃興，舊的漢文化的影響力逐漸在式微，而日本文化的主宰性正在抬頭，特別的是，這位懷疑青年發現一種隨著殖民政策而來的、早發的資本主義的世界觀，正無聲在改變家鄉的外觀，以及改變鄉人的思想和風尚：

> 市街已經改正，在不景氣的叫苦中，有這樣建設，也是難得，新築的高大的洋房，和停頓下的破陋家屋，很顯然地象徵著廿世紀的階級對立，市面依然是鬧熱，不斷地有人來來往往，但是以前的大生理，現在都改做零賣的文市，一種聖化這惡俗的街市的人物，表演著真實的世相的乞食，似少去了許多，幾乎似曉天的星宿，講古場上，有幾處都坐滿了無事做的閒人。
>
> 這個地方的信仰中心，虔誠的進香客的聖城，那間媽祖廟，被拆得七零八落：「啊！進步了！怎樣故鄉的人，幾時這樣勇敢起來？」我不自禁地漏出了讚嘆聲，我打算這是破除迷信的第一著手，問起來才知道要重新改築，完全出我料想之外。又聽講拆起來已經好久了，至今還是荒荒廢廢，這地方的頭兄們，真有建設能力嗎？我又不憚煩地抱著懷疑，這一條路上、平常總有不少乞食，在等待燒金還願的善男子善女人施捨，這一日在這路，我看見一個專事驅逐乞食的人，這個人講是食官廳的頭路，難道做乞食也要受許可才行嗎？！
>
> 聖廟較以前荒廢多了，以前曾充做公學校的假校舍，時有修理，現在單

> 只奉祀聖人，就只有任它去荒廢，又是在尊崇聖道的呼喊裡，這現象不
> 教人感到滑稽，但是一方面不重費後人轟廢的勞力，這地方頭兄們的先
> 見，也值得稱許？！[5]

於是，這位青年走近鄉人中的勞動庶民，傾聽民眾的聲音，參與他們
的對話，也等於觸探了家鄉的靈魂深處。他一方面看到勞動的攤販，大嘆
生意難做，生活一年艱苦一年，「要去食日本頭路，不是央三托四抬身抬
勢，那容易」，因而懷念過去；一方面，又深感家鄉在殖民地式的「現代
化」中，有的人變得庸俗、功利、投機；年輕人抬身分，挑工作，早已失
去勤儉耐勞的民風；也有的人因受到殖民者迫害，而有了「進學校無用
論」的反教育觀念。

青年的前瞻、反思和憂慮，也正是這時期賴和的前瞻、反思和憂慮。
當市街上流動的攤販逐漸在沒落，零售的文市逐漸在勃興，因經濟上交易
行為的改變，而所帶來城鎮形態和文化風尚的變革，資本主義的提早來
臨，已是勢在必發的潮流，賴和不是沒有察覺到這時代的趨勢，人心觀念
已在浮動，在〈歸家〉所流露的複雜矛盾情緒，已非早期〈一桿「稱
仔」〉、〈不如意的過年〉（1928 年）那種單純事件的揭露，單純的反抗行為
所能涵蓋。殖民地式的「現代化」，對於被殖民者的臺灣人來說，除了帶來
文化價值觀的改變，惡俗的物化和權慾化，更拉大了貧富之間的對立，尤
其在日本統治當局竭力提倡的同化政策中，臺灣人早先「民族立場」的問
題，已漸被轉化為「社會階級」的問題，賴和透過結尾警察威勢的再現，
頗有點睛提醒的深意——「社會階級」的問題，不能脫離「民族立場」來
思考，因為當下正是殖民地的歷史格局。這一觀點，與日本學者矢內原忠
雄在《日本帝國主義下的臺灣》[6]的看法——「日據時期的臺灣社會運動，
一方面是以其殖民地的事情為基礎，同時則又帶有民族運動的性格，而在

---

[5]同上註。
[6]矢內原忠雄《日本帝國主義下的臺灣》（臺北：臺銀，1964 年 12 月）。

另一方面，也是臺灣的民族運動帶有階級運動的性格。」是相一致的。

再者，〈歸家〉中的知識青年，真可說是殖民地體制的「現代化」教育所培養出來的，在他冷眼旁觀，進而質疑「現代化」的意義和價值時，固然是表現了啟蒙思想人物的道德良知，但換個角度來看，這不是也顯示他正面臨著自我顛覆的撕裂嗎？

學者施淑有句話，說得真好：

> 作為一個漢族的遺民，啟蒙思想者的賴和，或許可以在胸懷祖國放眼世界的鼓勵下，越過狹隘的民族局限，從新人類的角度幻想一個未來的、黃金的世界。但作為日本帝國主義的殖民，提供給他烏托邦嚮往的進步的資本主義世界觀，卻反轉過來無時無刻不在殖民剝削和壓迫的事實下，提醒他民族的仇恨以及那合理世界的虛妄。[7]

其實，賴和以他凝重的筆觸，描繪了 1930 年代臺灣社會這幅人間煙火的畫卷時，隱藏在作品背後的心緒是矛盾複雜的。「現代化」的、資本主義的生活，既然是不可阻擋的潮流，他應超越民族界限，去瞭望臺灣未來新的遠景？或者是堅守民族本位，不斷去批判這種以殖民利益爲依歸，以西方價值爲標準的生活意義？

賴和從早期〈一桿「稱仔」〉的立場鮮明，心志堅決，到這時期心境的複雜矛盾，再到後期小說〈赴了春宴回來〉（1935 年）、〈一個同志的批信〉（1935 年）所透露的空虛無奈。這正隱示賴和創作心境從高昂逐漸步向低沉，我們有如在暮色蒼茫之中，看到這位悲劇性的先知，愈行愈孤獨的身影。

何以致此？這除了前面所提到的大環境因素的改變，日帝殖民體制的日漸鞏固，反抗勢力的一蹶不振，漢文創作的逐漸退潮，日文的讀書市場

---

[7] 施淑〈稱子與稱錘──論賴和小說的思想性〉，收於《賴和集》（臺北：前衛，1991 年 2 月），頁 279。

漸成氣候，另一個私人的因素，我以爲則是賴和此時思想上的困惑，面臨創作上及運動上的瓶頸，以及鮮爲人知的家庭經濟壓力正逐漸沉重。

三、〈故鄉〉——揭開那層可悲的「厚障壁」

比起賴和對於 1930 年代殖民臺灣的複雜心緒，魯迅對於 1920 年代辛亥革命後封建中國之凝視，也是極其深切悲憤。

〈故鄉〉[8]，帶有魯迅濃厚的自傳色彩，也是以第一人稱——「我」的敘事觀點，描寫一位啓蒙思想者冒了嚴寒，回到相隔二千餘里，闊別了二十餘年的故鄉的所見所聞。在魯迅的返鄉小說中，以〈孔乙己〉（1919年）、〈祝福〉（1924 年）、〈在酒樓上〉（1924 年）及本篇，最具有代表性。

〈故鄉〉主題，不僅在反映農民艱困惡劣的境遇，更在沉痛地揭示：在那農村經濟破敗的荒涼外貌，包藏著農民那被殘酷現實生活所扭曲的內心葛藤，而造成人們相互的隔膜，「隔了一層可悲的厚障壁」，一方面固是現實經濟地位的貧富差異，一方面自是殘酷的封建思想，以及「歷史遺傳的階級觀念」。[9]

爲了揭露此一主題，許多評論者都提及，魯迅在〈故鄉〉中，純熟地運用了一系列的對比手法，[10]來表現故鄉人事物的今昔對照，而傳達了多層次的主題結構，強化了人物悲劇的必然性，也正因此，魯迅所要指控的封建餘孽對於人精神上的腐蝕，便顯得格外怵目驚心。

魯迅是透過人物性格「過去」與「現在」的轉變和比較，來展示他的「時代之眼」，貴在無言的境界；而賴和則是透過人物的對話和辯證，來展

---

[8] 原載於《新青年》第 9 卷第 1 期，1921 年 5 月 1 日，另收於《吶喊》（北京：人民文學出版社，1973 年）。

[9] 這是中國 1930 年代小說家茅盾的看法。1921 年 8 月，茅盾在《小說月報》上發表了〈評四五六月的創作〉一文，文中說「過去的三個月中的創作，我最佩服的是魯迅的〈故鄉〉。」他認爲〈故鄉〉「是悲哀那人與人中間不了解、隔膜」，而造成這種隔膜的原因「是歷史遺傳的階級觀念。」以上這段文字，轉引自〈鄉情的異彩——讀〈故鄉〉，收於《中國新文學大師名作賞析——魯迅》（福建：海風，1993 年 5 月），頁 1～3。

[10] 中國學者周作人、許欽文、徐中玉、許傑諸人都有此一說法，其中以許傑對〈故鄉〉分析最受人注意，見許傑《魯迅小說講話》（西安：陝西人民出版社，1981 年）。

示他的「時代之眼」，重在有言的機鋒。

　　〈故鄉〉的精髓，莫過於魯迅對閏土這一小人物塑造。閏土，他原是「我」心目中的小英雄，當我返鄉心中充滿惆悵，而母親再次提起童年玩伴閏土時，「我這兒時的記憶，忽而全都閃電似的蘇生過來，似乎看到了我的美麗的故鄉了」，他那樂觀爽朗的形象，恍惚又在眼前躍動，然而，30年歲月靜靜流逝，當我再次看到閏土時，不僅外貌已變得十分蒼老，特別是思想意識上已有顯著的變化，「我」親切地叫他「閏土哥」，他只是回稱「老爺」，使「我」「似乎打了一個寒噤，我就知道，我們之間已經隔了一層可悲的厚障壁了。我也說不出話。」

　　故鄉之改變，而令「我」深感到悲哀的，並不是老屋變得荒涼，而是發生在閏土精神上的深刻創傷。我們之間純摯無邪的童年已杳然無蹤，已成為雲煙過眼，而眼前的閏土卻宛如陌生人一般，從「小英雄」轉變成「木偶人」，讀者愈是驚訝於閏土的今昔變化，便會愈震撼於封建階級制度對人的摧殘。對於封建毒素，魯迅並無一字著墨，然而從閏身上、精神上的變化，卻令人不寒而慄，封建之陰冷蠱惑，自是無所不在，這是魯迅手法的高明之處。

　　若說透過閏土今昔之對照，閏土代表的是在封建禮教下逆來順受的一群，是馴服於宿命而仍不失善性的一個典型，而相對於閏土，楊二嫂則是另一種典型，一個早先的豆腐西施，在生存競爭及禮教「薰陶」下，何時卻變成了阿諛、勢利、計較、刻薄的人？魯迅通過簡要的場景及對話，幾抹神來之筆的勾勒，立即便抓住了市儈細人的特質，魯迅直以「圓規」暗諷之，她是機會主義者和利慾主義者，易言之，魯迅不僅看到封建禮教下沉默的愚善，也看到了那些巧言的俗惡。無疑的，這些人物都一一進入了魯迅思想的底層，成了他反省的對象。

　　結尾的場景——魯迅在悲哀的凝眸中，希望下一代人，「我」的姪子宏兒與閏土的兒子水生都變成友伴，對於未來，魯迅描繪了如此的希望與美景：

我躺著，聽船底潺潺的水聲，知道我在走我的路。我想：我竟與閏土隔
絕到這地步了，但我們的後輩還是一氣，宏兒不是正在想念水生麼。我
希望他們不再像我，又大家隔膜起來……然而我又不願意他們因為要一
氣，都如我的辛苦輾轉而生活，也不願意他們都如閏土的辛苦麻木而生
活，也不願意都如別人的辛苦恣睢而生活。他們應該有新的生活，為我
們所未經生活過的。

我想到希望，忽然害怕起來了。閏土要香爐和燭臺的時候，我還暗地裡
笑他，以為他總是崇拜偶像，什麼時候都不忘卻。現在我所謂希望，不
也是我自己手製的偶像麼？只是他的願望切近，我的願望茫遠罷了。

我在朦朧中，眼前展開一片海邊碧綠的沙地來，上面深藍的天空中掛著
一輪金黃的圓月。我想：希望是本無所謂有，無所謂無的。這正如地上
的路；其實地上本沒有路，走的人多了，也便成了路。[11]

　　問題是宏兒和水生長大之後真能消除隔閡？在精神上真能連成一氣而
能溝通？30 年後，閏土與「我」的悲劇可不可能再度重演？只要帝國主義
侵略中國的陰影仍在，祇要中國內戰的陰影仍在，只要中國的教育未能普
及落實，只要中國的文化未能深切的反省改革，則魯迅的希望，永遠只是
茫遠的希望，魯迅朦朧中的海邊夜景，也永遠只是海市蜃樓。如今，30 年
過去，第二個 30 年也過去了，當國民黨倒了，共產黨當起家來，在百家爭
鳴、在大躍進、在人民公社、在土法煉鋼以及文化大革命中，宏兒和水生
的這一代，以及他們的下一代，真能如魯迅所願在精神上聯成一氣而能溝
通？真能有新的生活嗎？放眼當今，此一答案其實是不難知曉的。

　　魯迅的胞弟、也是 1930 年代的散文大師周作人說，「魯迅在〈故鄉〉
這篇小說裡紀念他的故鄉……結果是過去的夢幻被現實的陽光所衝破。」[12]

　　學者王潤華又說，「我們應該把這個回鄉搬家的旅程看成一段高度象徵

---

[11]同註 8。
[12]周遐壽（周作人）《魯迅小說裡的人物》（香港：中流出版社，1976 年）。

的旅程。魯迅回去的不但是故鄉，也是舊中國的鄉村小鎮，象徵他對兒時的黑暗鄉村重新認識，結果他所認識真正的中國，使他失望、悲傷，甚至悲痛絕望起來。他的家，聚族而居的大臺門，正是舊鄉村的核心象徵，所以在那裡他看見閏土和楊二嫂，舊社會損害了他們的物質和精神生活。〈故鄉〉其實寫的也是『我』自我的心靈的旅程。」[13]

〈故鄉〉寫於 1920 年代之後，其時魯迅已 41 歲，在見過辛亥革命，見過二次革命，見過袁世凱稱帝，見過張勳復辟，看來看去，在懷疑之際，面對著辛亥革命的幻滅，啓蒙的理想遲遲未能實現，魯迅的內心一直有難言之痛，懷抱著不死心的、改造舊中國的美願，遂成爲魯迅躍身於創作熊熊火焰、期望振昏發聵的動因。

在〈故鄉〉裡，魯迅藉著返鄉的心靈之旅，想認識真正的中國，但此時的他，對於改造舊中國還是看得過於樂觀。賴和之爲賴和，只在冷觀，不寫希望；而魯迅之爲魯迅，明知希望蒼茫，仍寫入希望（魯迅不是如此說過：然而說到希望，卻是不能抹殺的，因爲希望是在於將來）。但《吶喊》時期的魯迅，所托寄的憧憬，未免縹緲，他不過是被他小說裡所構築起來的悲涼朦朧的美感所迷惑罷了。然而，他不僅有強烈的挫折感，更是充滿自我懷疑。

這自也是越過《吶喊》之後，魯迅的另一小說集《彷徨》，在氣氛上顯得較爲悲悒沮喪的原因。

相對於落日的地平線上，賴和漸行漸孤獨的背景；魯迅的寫照，則是「老屋離我愈遠了；故鄉的山水也都漸漸遠離了我，但我並不感到怎樣的留戀。我只覺得我四面有看不見的高牆，將我隔成孤身。」[14]

大時代先覺者，俯仰千古，正恁凝眸的孤獨、寂寞與悲哀，莫過於此！

---

[13] 王潤華〈論魯迅〈故鄉〉的自傳性與對比結構〉，收於《魯迅小說新論》（臺北：東大，1992 年 11 月），頁 189～190。
[14] 同註 8。

四、結語──時代之眼

〈故鄉〉與〈歸家〉，分別是 1920 年代、1930 年代草創階段受到西洋現代小說形式影響的作品。分別出自新文學和新思想大師之手，不無洋溢著啓蒙的色彩。小說誕生的背景，一是辛亥革命之後，仍內亂不休，猶荊棘叢生的中國，一是日本治臺中期，正步上工商化，卻令人疑慮不安的臺灣，都各自形成了獨特的象徵涵義。

故鄉呀，故鄉，這揮之不去的故鄉，都是他們創作靈感的泉源。對於文學，魯迅與賴和，都是懷抱著嚴肅的使命感，在作品中，也屢屢表現出感時憂國，淑世憫人的熱情真誠。魯迅作〈故鄉〉時是 41 歲，賴和作〈歸家〉時是 39 歲，歷經人世家國的滄桑變化，不惑之年，對於創作者正象徵著對人生較成熟深邃，仍不失理想色彩的觀照。

〈故鄉〉與〈歸家〉，基本上都帶有自傳的意味，都在表現新青年與舊家園的臍帶情結，都是以新思潮的眼光來重新省視悶葫蘆似的舊故鄉，也都不免帶有時代啓蒙者的落寞，不為世人了解的孤獨，悲哀人與人、人與鄉土之間的隔膜感。賴和透過人物的相互對話，魯迅透過人物的今昔對照，都是運用對比結構，來表現主題思想的張力。魯迅的語言，既辛辣又鬱勃，而賴和則是平淡中帶有反諷。魯迅對著不動的中國，在茫遠的凝視中仍帶有希望的光彩，而賴和對於變動的臺灣，則在茫亂的愁緒裡不時露出隱憂的感懷。

他們的凝眸深處，自是蒼茫又深邃。賴和的「時代之眼」，是緊扣住 1930 年代臺灣的「問題點」，當抗日民族運動偃旗息鼓之餘，當日本的統治基礎逐漸穩固之際，賴和看透了殖民主義的同化政策，看透了「現代化」對於臺灣的改變，以及「現代化」所帶來的後遺症，他的悲哀，是被殖民者任人宰制的悲哀，擺在眼前的是不確定的臺灣。魯迅的「時代之眼」，自是反映 1920 年代的鄉村中國，革命鮮血已流，大地上猶未開出鮮花，是歷史遺傳的階級觀念，是潛藏在庶民間汩汩的封建血液，從而造成

我與故鄉的疏離，魯迅悲哀的背後，躺著是一座沉睡無聲的中國。

真正的文學作品，是社會意識形態準確地反映，是發自作家靈魂深處的聲音，自也是人類歷史的不朽證言。文學應該不斷超越時間與空間的局限，傳之久遠，與一代又一代的新人類不斷對話，激發出閃爍的智慧光芒。

歲月悠悠，長夜漫漫，在〈故鄉〉與〈歸家〉發表了超過半世紀後的今天，對於海峽兩岸的芸芸眾生，究竟又激起多少的迴響？多少的反思？這是我一直所關心期盼的。

1994，深秋，不眠之夜

——原發表於「賴和及其同時代的作家：

日據時期臺灣文學國際學術會議」

1994 年 11 月 25～27 日

——選自張恆豪《覺醒的島國》

臺南：臺南市立文化中心，1995 年 4 月

我生不幸為俘囚，豈關種族他人優
由歷史的差異性看賴和不同於魯迅的啓蒙立場

◎游勝冠*

　　賴和與魯迅的比較研究是臺灣文學研究的一個重要主題，這個問題意識的開發與探討，基於兩人的「共通之處」實多於「差異之處」，這種研究偏向，當然是因為兩人有學醫的背景卻投入文學運動的共同歷程，或者各被兩地的學者公認為新文學之父等這些可資實證的因素，但所以形成這種主要取向，與研究者受制於將臺灣文學視為中國文學支流的中國意識形態有相當大的關係。這是無視日據下臺灣與中國在各自的歷史軌道發展的虛假意識，無視作為日本殖民地的臺灣，根本不是中國的一部分，在直接迎受日本殖民統治這個不同於中國的歷史條件下，有它自己要面對、處理的時代問題。這種將日據下的臺灣文學也視為中國文學支流之一的研究視角，便在中國文學與臺灣文學之間加上一種「因果關係」，主流的中國文學有什麼動作，作為末梢神經的支流的臺灣文學必然就有什麼回應。這種以既定意識形態框架為模子，壓印出「共通之處」的比較詮釋，勢必犧牲了臺灣文學的主體性，而導致論述嚴重地去歷史化的弊病。

　　賴和與魯迅的比較研究，向來就是這種研究框架底下的產物。譬如所謂的「國民性」，就常是被用來論證兩人共通性的視角，魯迅在《阿Ｑ正傳》批判中國國民性作為一種典範，其價值取向理所當然地會在景仰魯迅的賴和作品中看到。類似的論述就按照這種因果邏輯推論，不管對日據下作為日本國民的賴和來說，所謂「國民」的「國」，絕非中國，而是日本，

*成功大學臺灣文學學系副教授。

甚者，也無視日本殖民論述也以臺灣人缺乏「國民性」，將臺灣人價值貶抑在文明日本的對立面的野蠻位置的這些歷史事實。即使是「次等」的，因被殖民統治已經成為日本國民之一的賴和，如果也呼應殖民論述，高唱「國民性」改革的話，那他這種論調絕對會是對日本殖民國家的一種認同，並且是一種殖民化的文化態度。然而，就因為受制於這種不能因應臺灣自己的歷史條件而有所調整的詮釋框架，如〈鬥鬧熱〉、〈蛇先生〉等這些原本就是對抗日本以「國民性」為區分殖民與被殖民等級為標準的殖民論述的作品，卻在這種過度膨脹的民族主義主導下而形成的因果邏輯的誤解下，魯迅的《阿Q正傳》反封建，賴和的〈鬥鬧熱〉、〈蛇先生〉因為也涉及臺灣傳統，其主題意識便也只會是反封建的結論就被任意地得出。

事實上，〈鬥鬧熱〉、〈蛇先生〉這兩篇作品的主題，非但不是承認自己是文化劣敗者的反封建作品，甚者還起而為受到殖民者價值貶抑的「封建」傳統辯護。日本殖民主義一直運用文明／非文明的二元對立框架，區分殖民的日本與被殖民的臺灣之間的文化等級，被分類為非文明的臺灣人，其所遭受的價值貶抑，其實就來自於臺灣人缺乏殖民者用理性、科學給予正面評價的「日本國民性」。這種價值貶抑的壓力，迎受西方帝國主義半殖民化壓力的中國的魯迅也有，但兩者的歷史條件的迥然不同，卻決定了兩人回應立場的差異。由於中國相對日本殖民地的臺灣來說，還是一個獨立國家的範疇，經由西方現代性改革中國的「國民性」，是可以由此脫胎換骨成為足以與西方對抗的新中國，即使難免西化，卻能在這種辯證性的改變中擺脫被殖民化的威脅，而保有其「主體性」。

日據下的臺灣則不然，直接置於日本殖民統治下的特殊歷史處境中的賴和，是考慮到所謂「國民性」改造之所以啟動的社會進化論邏輯，同時也被用來合理化日本殖民統治臺灣的正當性，殖民論述所宣稱的進步的「國民性」，都染有殖民支配的陰影，賴和既意識到這個問題，在其作品也揭露過「國民性」改造與「殖民化」的共謀關係，對被日本殖民主義排除為非歷史存在的「封建傳統」，他看待的眼光因此大大不同於魯迅。這種差

異性也可以在兩人於這個時代所共同要面對的現代性啓蒙這個問題點上看
到，因此，比較兩人迎對的態度的不同，並澄清賴和的態度所以不同於魯
迅，實根源於臺灣被直接殖民統治的這個歷史特殊性，或許有助於證明以
中國文學支流視角對臺灣文學的研究與探討，都可能只是透過中國之眼再
現的臺灣他者，並無法探觸到作為殖民地文學的臺灣文學的歷史實體與精
神內涵。

　　日本學者伊藤虎丸在《魯迅與日本人》一書，為說明魯迅回應殖民主
義不同於中日啓蒙知識分子的獨特位置，將二十世紀之交隨著西方帝國主
義而傳入的社會進化論思想，區分為斯賓賽「進化的倫理」和赫胥黎「倫
理的進化」兩種。斯賓賽的進化論是西方殖民主義的運作邏輯，因為他把
人類社會把握為一個有機的整體，由他的一元論世界觀來看，同自然界一
樣，人類社會也一元化地受生存競爭、自然淘汰的進化公理所支配。日本
的明治維新接受的就是這種進化倫理觀，因此，當日本變成強者、適者之
後，便搖身一變成為帝國主義，忠實地實踐起弱肉強食的邏輯。

　　相反地，將進化論與倫理學關聯在一起的赫胥黎，則在二元論的基礎
上，把自然界和人類社會區別開來，並且把無情的適者生存法則所支配的
自然「宇宙過程」，和只有人才特有的「倫理化過程」對立起來。他雖然承
認人也是受「宇宙過程」支配的自然的一部分，但卻力圖在人所參與的
「倫理化過程」——並不只是被動地順應自然，而是克服祖先承傳下來的
猴子、老虎般的弱肉強食的獸性，能動地改造自然環境——中，找到人的
特質。[1]伊藤虎丸由此把握面對西方殖民化壓力魯迅對進化論的獨特接受立
場說：

　　魯迅並不贊成那種為擺脫危機，必須富國強兵，以成為強者和適者的救
　　國主張，並且在留學以後逐漸擺脫了嚴復的影響。成為強者，必然要假

---

[1]伊藤虎丸《魯迅與日本人——亞洲的近代與「個」的思想》，李冬木譯，中國河北教育出版社，
　2001 年 5 月，頁76。

定有新的弱者出現。魯迅雖然後來才提出「奴隸與奴隸主相同」的命
題，但他的進化論，從這一時期開始，就已經具有了以下認識：奴隸成
為奴隸主，弱者上升為強者，只是過去歷史的重複，人類社會不僅沒有
新的發展，反倒因此而倒退。（伊藤虎丸，《魯迅與日本人──亞洲的近
代與「個」的思想》，頁 77）

　　儘管魯迅對進化論的掌握，不同於一般的啓蒙知識分子，但他終究還
是接受了殖民主義關於現代與封建所任意設定的等級關係，並以「現代
性」作為他改造國民性的根據。作為殖民地知識分子的賴和，也有類似魯
迅「奴隸成為奴隸主，弱者上升為強者，只是過去歷史的重複，人類社會
不僅沒有新的發展，反倒因此而倒退」的認知，不願複製這種殖民地社會
內、外部的等級關係，但賴和作為被殖民者，因為是進化論所合理化的殖
民論述更直接的建構對象，因而在殖民者日本文明／被殖民者臺灣非文明
的對立等級關係中，承受比魯迅更為深重的殖民化壓力。對於這種線性史
觀，賴和因此根本地給予否定，不僅沒有像其他啓蒙知識分子一樣接受了
斯賓賽的「進化的倫理」，即使魯迅所認同的赫胥黎的「倫理的進化」，賴
和也因為它仍然是建基於價值等級分類的假設之上，未予接受。

　　魯迅或日、中、臺三地啓蒙知識分子對於進化論、啓蒙主義的接受，
容或有接受或反對弱肉強食邏輯的差異，但他們共同接受以西方現代性為
典範所進行的「啓蒙主義」，實際上也是帝國主義為合理化其殖民擴張，給
自己同時也提供被殖民者思考殖民地與帝國主義、殖民主義相關問題的邏
輯，主張啓蒙，其實已經就是透過壓迫者的「帝國之眼」自我凝視，接受
西方現代性被殖民者任意假定的進步性，承認了自己就如殖民論述所說
的，是因為文化落後才淪為被壓迫的劣敗者。魯迅所提出「奴隸與奴隸主
相同」的命題，雖然否定強食與弱肉的關係邏輯，得到伊騰虎丸的高度評
價，但這個命題終逃不出文明／非文明二分對立的框架，為什麼呢？這與
魯迅所在的中國，雖面臨帝國主義殖民化的威脅，但終究還是個可以維持

相當獨立的國家有絕對的關係；也就是說還維持相當獨立性的中國，當時還有一定的餘裕，讓自己設想經由現代化的改造成為強者的可能，然而，對作為日本殖民地的臺灣及直接面對國民待遇的臺灣人來說，卻沒有太多這種餘裕與空間，做出臺灣有一天成為強食者之後應該如何、如何，這種對被殖民者來說是奢侈了一點的思考。

　　由這種歷史的差異性來看，我們才能確實掌握，賴和為什麼不同於魯迅，能更徹底地擺脫進化論思考邏輯的制約。王詩琅在〈賴懶雲論〉一文說：賴和的反殖民立場不來自「近代意識形態」，而是「人道主義精神的自然流露」，[2]正印證了上文的這個假設。所謂「人道主義精神的自然流露」，應該從賴和對殖民地現實的直接反應來看，相對來看，也就是說賴和不接受殖民論述，不從它所提供的以西方現代性為優位的啟蒙主義（亦即近代意識形態）視角來考察殖民地問題。漢娜・鄂蘭說「由一個民族實行征服」，尤其是帶著「『高等人』對『低等種類』的優越感」君臨殖民地，自然「就會導致被征服的人民的民族意識完全覺醒，接受就會導致被征服的人民的反抗征服」[3]作為被殖民者的賴和其反殖民意識的覺醒與反抗立場的確立，是不必藉助帶著文化等級偏見如啟蒙主義這種「近代意識形態」的啟發，或「資本主義科技及由之帶動的新世界觀」[4]這種隱含著殖民化疑慮的現代化影響，光從自己被貶抑為次等人種的被殖民屈辱經驗中就能萌生。

　　所以，賴和是徹底否定了進化論帶著文化等級偏見的假設，這種立場，在〈飲酒〉一詩表現得最凸出，他說：

---

[2]王詩琅〈賴懶雲論〉，原載《臺灣時報》第 201 號，1936 年 8 月。收於李南衡編，《賴和先生全集》，臺北：明潭出版社，1979 年 3 月，初版，頁 400。

[3]見漢娜・鄂蘭（Hannah Arendt），《集權主義的起源（*The Origins of Totalitarianism*）》一書，林驤華譯，臺北：時報，1995 年 4 月，頁 214，208。

[4]施淑〈稗子與稱錘〉，原載《臺灣文藝》第 80 期，1983 年 1 月。收於張恆豪編《臺灣作家全集：賴和集》，臺北：前衛出版社，1991 年 2 月，初版一刷，頁 278。

> 我生不幸為俘囚，豈關種族他人優。
>
> 弱肉久矣恣強食，至使兩間平等失。[5]

　　在這首詩中，賴和是從殖民主義的兩個互相為用的層面，來辯證思考殖民地問題的，臺灣所以淪為殖民地的問題，一層是殖民主義的實質——「弱肉強食」，另一層則是用以美化「弱肉強食」的殘酷、不正義的「文明進化」觀。

　　由這首詩來看，賴和面對殖民地問題的立場，是從中國「久矣」的積弱不振與日本的強盛的關係，而不是因為殖民主義所假設的文化等級，他直指殖民地問題的核心說是「強食」，並凸出殖民地的現實，正是文明進化論所掩蓋的弱肉強食這個殘酷事實而已，因此，王詩琅所謂「人道主義精神的自然流露」，其實凸顯出的正是賴和不從意識形態的僵硬架構，尤其是帶有支配企圖的進步主義、理想主義邏輯，思考殖民地的政治、社會、文化問題。沒有理論邏輯、意識形態的僵化視角模糊殖民支配的現實焦點，他當然能看到殖民地最真實、最殘酷的本質——沒有別的，就是不義的弱肉強食而已。

　　因為飽受被殖民支配的屈辱，因而能一直緊捉住「弱肉強食」這個視角來看殖民地問題，是也接受現代性洗禮的賴和，能不隨殖民主義的進化邏輯起舞，對殖民地臺灣的政治、社會、文化問題的觀察，始終保持其批判性立場的主因。詹穆罕默德與洛伊德在〈走向少數話語（論述）的理論：我們應該作什麼？〉一文中說：「那些被支配的人會明白到被濫用的權力之破壞性影響，他們處於較佳的位置去處理及分析支配的關係，如何可以毀滅犧牲者的『人類』潛力。」[6]，指出的正是早已經是被支配者、被殖民者的賴和，與還有餘裕思考奴隸變成奴隸主之後的問題的魯迅之間，極

---

[5] 〈飲酒〉，收於李南衡編，《賴和先生全集》，頁 381。
[6] 詹穆罕默德與洛伊德（Abdul JanMohamed and David Lloyd），〈走向少數話語（論述）的理論：我們應該做什麼？〉，收於羅鋼、劉象愚主編《後殖民主義文化理論》，北京：中國社會科學出版社，1999 年，頁 324。

為不同的歷史位置。賴和不就是因為處於直接被日本殖民支配的臺灣這樣「較佳的位置」，而不在魯迅位處還只是面臨殖民化威脅的中國，他才能比魯迅更透徹地「明白到被濫用的權力之破壞性影響」，因此也才能比魯迅更徹底地否決了進化論公理及其「可以毀滅犧牲者的『人類』潛力」的文化等級假說嗎？

因為虛假的中國意識作祟，我們與真實的賴和錯身而過已大半個世紀了，我想，只有釐清臺灣不同於中國的這種最為根本的歷史特殊性，確實掌握臺灣文學發展的這種歷史基礎，我們才能準確地闡釋賴和的文學及其作為被支配者的獨特精神，而也唯有對這種基於「差異之處」凸顯出來的賴和文學的臺灣主體性有所掌握，我們才能由此進一步由這樣的不同比較、辨析臺灣的賴和與中國的魯迅，兩位新文學之父之間的「共通之處」。

——選自《國文天地》，第 17 卷第 10 期，2002 年 3 月

翻譯作為逾越與抵抗
論賴和小說的語言風格

◎李育霖*

伴隨著「言文一致」書寫意識形態的興起，賴和的「臺灣話文」書寫是相當獨特的語言「混雜」風格。或可將此語言風格視為一種「自我翻譯」的文學表現形式。眾所皆知，賴和的書寫過程是先以漢文文言文寫成，再改寫成中國白話文，然後再改寫成所謂的「臺灣話文」。因此，賴和的書寫所展示的是翻譯的軌跡，以及交織在翻譯書寫中的翻譯「剩餘」。這裡以翻譯的概念切入閱讀賴和的書寫，將賴和小說中的話文書寫視為一種特殊「翻譯」過程，並進一步檢視其書寫的政治。在賴和的小說中，「翻譯」主要作為一種逾越及抵抗。我們也好奇「翻譯」如何介入臺灣的「多語主義」（"multilingualism"）與文化駁雜性（cultural hybridity）等，刻劃了臺灣特殊的殖民情境。另外，更進一步推論，將賴和的翻譯書寫視為一種特殊的「少數文學」（"minor literature"）語言操作，他的語言如何迫使中文書寫產生流變（becoming），在書寫過程中如何謀劃一個未來社會及人民意識與感性。

賴和小說中的翻譯書寫

賴和小說語言的主要特色之一是其「混雜」的語言風格。已有許多論者指出賴和書寫的「混雜」風格，葉石濤說：

---

*發表文章時為成功大學臺灣文學系助理教授，現為中興大學臺灣文學與跨國文化研究所副教授。

> 雖然他的文體的確是白話文，但是他的白話文不是根據於北平話的，而
> 且還保留著濃厚的古文敘事骨格，同時揉進了很微妙的臺灣話文的氣
> 氛。所以這樣的文體構成賴和小說特異的風格，這和魯迅的如匕首般銳
> 利的雜文文體似乎有異曲同工之妙。[1]

　　在上述引文中，葉石濤指出「臺灣話文」的微妙氣氛，主要由包括中
文文言、中國白話、臺灣白話雜揉而成，而此一「雜揉」文體正是賴和小
說語言特異「風格」。但事實上，賴和小說語言的「混雜」風格不單只是如
表面上所見於各種語言的混用，還包括在單一語言內部的流變。確切地
說，賴和的書寫體現了翻譯的過程，而其翻譯包括兩個層次：一個層次屬
於異種語言之間的翻譯，另一層次則屬於單一語言內部的翻譯。更具體地
說，由於選擇使用「漢字」表記以及企圖譯寫臺灣白話，因此，賴和的書
寫必須經歷翻譯的過程是：從漢文文言文到中國白話文，然後再轉換成所
謂「臺灣話文」。已有許多研究者指出賴和的寫作經驗中的翻譯過程，這一
翻譯過程事實上也支配著賴和的創作生涯，並且，在其創作生涯的不同階
段亦呈現了不同的翻譯策略。例如，王錦江說：

> 他是一個極為認真的作家。每寫一篇作品，他總是先用文言文寫好，然
> 後按照古文稿改寫成白話文，再改成接近臺灣話的文章。[2]

　　李獻璋談及的創作經驗也提及：

---

[1] 葉石濤，〈我看臺灣小說界〉，《沒有土地，哪有文學》（臺北：遠景出版社，1985 年 6 月），頁 7。
引自陳建忠，《書寫臺灣‧臺灣書寫：賴和的文學與思想研究》（高雄：春暉出版社，2004 年），
頁 235。
[2] 王錦江著，明潭譯，〈賴懶雲論——臺灣文壇文物論四〉，收於李南衡主編《日據下臺灣新文學，
明集 1，賴和先生全集》，（臺北：明潭出版社，1979 年），頁 405。引自陳建忠，《書寫臺灣‧臺
灣書寫：賴和的文學與思想研究》（高雄：春暉出版社，2004 年），頁 240。

賴和曾向筆者提及，他在創作之初，先用漢文思考，用北京話寫了之後，再改成臺灣話，臺灣人在臺灣政治命運上所負荷的重十字架，他以一個無處可遁逃的作家的心情，自己一個人承擔起這個重荷，替我們寫下了精神食糧。賴和和其他人不一樣，他以臺灣人的苦惱為自己的苦惱，而生存下去，這是他作品中的歷史意義。[3]

黃邨成也說：

……聞他創作小說，是先用文言寫後，改作白話文，有特殊處，再由白話文修改當時臺島通用的話文，所以他的小說，無論何人都說好的，雖說他具有創作的天稟，但他的努力和誠意，是使人加倍尊敬的！[4]

根據陳建忠的觀察，賴和小說語言的「混雜」情形在其寫作生涯前後也有所差異，基本上，賴和創作生涯的作品與其創作經驗類似，是由中國白話文到「臺灣話文」的過渡。創作初期的作品，雖有「混雜」的現象，但主要以中國白話文為基調，參以臺灣白話的詞語。以下是賴和著名短篇小說〈鬥鬧熱〉（1926 年）的開頭：

拭過似的、萬里澄碧的天空，抹著一縷兩縷白雲，覺得分外悠遠，一顆銀亮亮的月球，由著淺藍色的山頭，不聲不響地，滾到了天半，把牠清冷冷的光輝，包圍住這人世間，市街上罩著薄薄的寒烟，人家屋簷的天燈和電柱上的路燈，通溶化在月光裏，寒星似的一點點閃爍著。在冷靜

---

[3] 李獻璋著，林若嘉譯，〈臺灣鄉土話文運動〉，《臺灣文藝》第 102 期（1986 年 9 月），頁 155。引自陳建忠，《書寫臺灣・臺灣書寫：賴和的文學與思想研究》（高雄：春暉出版社，2004 年），頁 240。

[4] 黃邨成，〈談談《南音》〉，《日據下臺灣新文學，明集 5，文獻資料選集》（臺北：明潭出版社），頁 343。引自陳建忠，《書寫臺灣・臺灣書寫：賴和的文學與思想研究》（高雄：春暉出版社，2004 年），頁 240。

的街尾，悠揚地幾聲洞簫，由著裊裊的晚風，傳播到廣大空間去，以報知人們，今夜是明月的良宵。這時候街上的男人們，似皆出門去了，只些婦女們，這邊門口幾人，那邊亭仔腳〔註：騎樓下〕幾人，團團坐著，不知談論些什麼，各個兒指手畫腳，說得很高興似。[5]

以上引文明顯可以看出以中國白話文為基調，讀起來也與中國白話文相差無幾。文中仍可以看見文言文的殘餘，另外也零星可見在地的臺灣話語。同樣的情形在另一篇早期著名作品〈一桿「稱仔」〉（1926 年）中也明顯可見：

村中，秦得參的一家，猶其是窮困的慘痛，當他生下的時候，他父親早就死了。他在世，雖曾贌〔註：租耕，或長期租耕〕得幾畝田地耕作，他死了以後，只剩下可憐的妻兒。若能得到業主的恩恤，田地繼續贌他們，雇用工人替她們種作，猶可得稍少利頭，以維持生計。但是富家人，誰肯讓他們的利益，給人家享。若然就不能成其富戶了。所以業主多得幾斗租穀，就轉贌給別人。他父親在世，汗血換來的錢，亦被他帶到地下去。他母子倆的生路，怕要絕望了。[6]

在這篇大約同時期的作品中，我們仍然看到以中國白話文書寫的基調。但中國白話與臺灣白話的差異，迫使賴和必須找尋新的「漢字」並賦予新的用法及意涵，以求更精準表達在地的語言。以上文為例，「贌〔租耕，或長期租耕〕」一字便是這樣的用法。「贌」作為新詞，在文脈中繼續使用（「贌得」，「贌他們」），或與其他漢字結合（「轉贌」），轉用成其他用法。除了新鑄的漢字或新詞或舊字的挪用或轉用，我們也可看見語法的介

---

[5] 此處及以下賴和小說的引文，詞彙隨後的註解由編者所加，並非原文。此處引文將註解插入文中，旨在呈現不同語言的翻譯與對照，一般版本通常以註解的方式標出。出自林瑞明編，《賴和全集——小說卷》（臺北：前衛出版社，2000 年），頁 33。
[6] 林瑞明編，《賴和全集——小說卷》（臺北：前衛出版社，2000 年），頁 43。

入與變造。例如「若然就不能成其富戶了」一句似乎由古文變造而來，而「給人家享」似乎摻有地方話色彩。但無論如何，儘管些微，語句中的語詞與句法似乎已漸漸產生變異。類似的情形在賴和往後的寫作中更加明顯。

再以其另一篇短篇小說〈辱？！〉（1930 年）為例：

> 是注生娘媽生〔註：註生娘媽生日〕的第二日了，連太陽公生〔註：生日〕，戲已經連做三日。
>
> 日戲煞鼓〔註：停止敲鼓，即演完〕了，日頭也漸漸落到海裡去。賣豆干的拖長他的尾聲，由巷仔內賣出來，擔上已無剩幾塊；賣豆腐的也由市仔尾倒返來，擔上也排無幾角〔註：塊〕。電火局〔註：電力公司〕也已送了電，街燈亮了，可是在餘霞滿天的暮空之下，也放不出多大光明。
>
> 戲臺上尚未整火〔註：點燃〕，兩平〔註：兩旁〕街路邊的點心擔，還未上市，賣點心的各蹲在擔腳吃晚飯。
>
> 戲離起鼓〔註：開始敲鼓，即開演〕的時候雖然還早，但戲棚前一直接到廟仔口，已經排滿了占位置的椅條〔註：長條木板凳〕、椅頭仔〔註：圓凳子〕。一些較早的囝仔，有據在他們先占的位置上，喫甘蔗，吃冰枝，講笑相罵的；有用甘蔗粕相擲的，有因爭位置揪著胸仔相打的，有查浦囝仔〔註：男孩〕在挑弄查某囝仔〔註：女孩〕的，比做戲更熱鬧更有趣。[7]

以賴和的創作生涯而言，我們可將此篇視為中期的作品。在以上這段引文當中，我們可以很清楚地看到帶有地方色彩的方言詞彙插入在文脈的敘述中，譬如，「註生娘媽生」，「日戲」，「煞鼓」，「日頭」、「電火局」、「擔

---

[7] 同上註，頁 125～126。

腳」、「廟仔口」、「冰枝」、「椅條」、、「倚頭仔」等。在句法結構上也有些
變造的情形，如「無剩幾塊」、「倒返來」、「排無幾角」等。但更引人注目
的還有語句或文法的創造與變異，如「有用甘蔗粕相擲的」，「有因爭位置
揪著胸仔相打的」，「有查浦囝仔在挑弄查某囝仔的」等。可以肯定的是，
在地語言的介入，並不僅限於詞彙機械式的插入，爲染上在地色彩而聊備
一格，更重要的是語法的涉入所引起的語言改造與變異，一種「新」的語
言或文學風格呼之欲出。

　　如前所述，賴和的寫作經驗是中文文言中到中國白話文到「臺灣話
文」的過渡。在賴和晚期的書寫我們可更清晰地看到這一流變。以下是
〈善訟的人的故事〉（1934 年）的開頭：

> 「先生！可憐咧，求你向志舍〔註：（李南衡註）為搢紳子弟之稱，猶言
> 舍人也〕講一聲，實在是真窮苦，這是先生所素知的；一具薄板仔
> 〔註：棺材〕，親戚間已經是艱苦負擔，散人〔註：窮苦人〕本無富戶的
> 親戚，志舍這樣家私〔註：家產〕，少收五錢銀是不關輕重，求你做好
> 心，替我講一聲。」
> 「你我只隔一竹圍，你的事情我那有不知，不過頭家〔註：老闆、地
> 主〕有些脾氣，我是他所用的人，還是你去托一個相當的人來講，五錢
> 銀他們幾嘴啊片〔註：鴉片〕就燒去了，應當是會允許。」
> 「林先生，除起你，還有什麼人可拜托？草地人到這所在，不是有你在
> 此，跨過戶碇〔註：門檻〕都不敢，和他相當的人，要去拜托誰？總是
> 求你做好心咧！」[8]

　　在賴和晚期作品的書寫中，幾乎以「臺灣白話」爲基調，漢文古文或
中國白話文變成翻譯的「剩餘」。[9]當然，這一書寫的過程仍然端賴於漢字

---

[8]林瑞明編，《賴和全集——小說卷》（臺北：前衛出版社，2000 年），頁 209。
[9]這裡的「剩餘」主要指語句中「多餘」的部分，除了語法上「多餘」或明顯「不合語法」的字詞

的新造、借用、挪用、轉用、誤用，以及語法的涉入與變造。但這裡令人感到興趣的正是賴和翻譯書寫的轉換過程。當然，從初期以中國白話文為主，加入臺灣白話語彙及語法，乃至以臺灣白話為主的寫作風格或意識形態並非一蹴即成，而是經過緩慢的摸索與辯證過程。這一緩慢而艱苦的轉換標誌了賴和的創作過程，也同時成就了賴和本人創作的殊異風格。而這一風格或策略的變異也與 1930 年代關於臺灣話文的討論有密切關係。[10]以下將進一步從「翻譯」的角度切入，討論賴和小說語言風格等相關問題。

不可能的翻譯

這裡所關注的，並非辯證「臺灣話文」作為一文學語言的合法性，或強調中國白話文與「臺灣話文」之間的差異與對立，或宣誓以「臺灣話文」為書寫語言的「本土」文學立場。[11]我們更感興趣的是賴和翻譯書寫的歷程，亦即由文言文→中國白話文→「臺灣話文」的書寫流變歷程，以及此一流變在語言學、美學乃至文化上的意涵。

以翻譯的角度看，賴和小說書寫的「混雜」風格呈現的多種語言交織構成，各種翻譯的「剩餘」（包括不合語法的剩餘以及未翻譯的字詞字意等）交雜在「臺灣話文」的敘述語句中，顯露的正是「完全翻譯」（"complete translation"）或「翻譯」的不可能性。賴和的翻譯語句所呈現的，從來不是從一個語言到另一個語言，相反地，是翻譯路徑的轉向、迴向、與走走停停。以晚期作品〈一個同志的批信〉（1935 年）的開頭為例：

之外，還包括語意的層次，主要由「翻譯」造成，包括「未翻譯」的部分及無法「完全翻譯」而遺留下來在字詞間的「剩餘」。關於這一點，將在以下的討論中逐步說明。

[10]在中島利郎所編的《1930 年代臺灣鄉土文學論戰資料匯編》（高雄：春暉出版社，2004 年）中發現亦收錄賴和關於新字問題意見的投稿。

[11]陳建忠，《書寫臺灣‧臺灣書寫：賴和的文學與思想研究》（高雄：春暉出版社，2004 年），頁 246。

郵便〔註：日語，郵件〕！在配達夫〔註：日語，送、投遞東西的人，這裡指郵差〕的喊聲裏，「卜」的一聲，一張批〔註：信〕擲在机〔註：日語，桌〕上，走去提起來。

施灰殿〔註：（李南衡註）日語，殿，男人或貴族的敬稱〕無錯，是我的。啥人寄來？翻過底面。

大橋新福壽町　　　許修

嗳！是啥事？他不是被關在監牢？怎寄信出來給我？是要創啥貨〔註：做什麼〕呢？扯開封緘。

……[12]

　　在引文中，讀者可輕易辨識其「混雜」文體，多種語言交織一起，主要包括中文文言、中國白話、日文及臺灣白話的交混使用。[13]由於漢字的使用，各種語言或文體交疊縫合在一起，但仍可以看出「翻譯」的軌跡。如一般所認知的，我們將此一語言視爲「臺灣話文」書寫。其中最明顯特徵之一包括日語詞彙的織入如「郵便」、「配達夫」、「机」、「殿」等，賴和將這些詞彙直接插入並未翻譯。[14]但這些日文語彙似乎已溶入日常生活，變成在地日常語彙。這些日文語彙出現在敘述中，用來表達新的事物或經驗，看起來更像是在地語而非外來語，這當然是語言本身的流變與異種語言之間的受容及影響，也受到當時日本殖民地推動的語言教育與同化政策有關。同樣的情形也發生在中文，我們亦可理解爲中文在臺灣在地也已經過轉化。

　　因此，這裡令人更感興趣的，並非劃定「中國白話文」與「臺灣白話文」的語言與文化疆界，而是賴和創作中「臺灣話文」對於中文敘述語句的變造與改寫。在「漢字」的揀選及使用上，經常摻雜古字及古語，這一

---

[12]林瑞明編，《賴和全集——小說卷》（臺北：前衛出版社，2000 年），頁 255。
[13]陳培豐將此類特殊的混雜文體稱爲「東亞混合式漢文」（頁 109）。
[14]以上引文將編者註插入文中，旨在說明語言間的翻譯與對照，原作中並無翻譯文的並列或對照，一般也以註記的方式標出。

點似乎無可避免。但被視為「臺灣話文」的語句，並不僅止於臺灣語彙的
插入，或在臺灣話文裡摻雜中文及日文語彙，更重要的是語法上的改造。
如上例中「一張批擲在機上，走去提起來」，此一述句對中文讀者而言或許
可辨，但事實上「幾乎」是閩南話在地語言。漢字「批」在臺灣話裡指
信，另外如「擲在机上」（丟）、「走去提起來」（拿）、「嗳」（呵）、「創啥貨
」（做什麼）、「扯開」（撕）等，這些字詞或述句以漢字組成，或經挪用、
轉用或變造（包括語彙或語法），其意圖為貼近臺灣話的語言習慣，或使語
言的意象更貼近在地的思維。此一變造也使賴和此類的書寫語言遭受「難
讀、難懂、甚至是俏皮話的非議」[15]，但無論如何，賴和從文言到中國白話
文到「臺灣話文」的翻譯書寫，至此已展現一個新的文學表達形式，或如
施淑所言，「由文言翻譯為白話，而後是白話獨立自主」[16]。由此觀之，賴
和的語言實驗似乎已完成，換句話說，「臺灣話文」已獨立為一自主的文學
表達形式。同時，在此改造中，「漢字」原本語意上含意以及美學上指涉被
拆解、取代、置換、及重新組編，也因此創作新的意涵與指涉。正是在這
個層面上，我們得以辨識賴和的「臺灣話文」書寫帶來文學史上的革命，
且此一革命不僅是文化、政治及社會的，也是美學與意識形態的革命，而
這一革命正是由語言書寫風格改造開始。這些我們都將在下面討論。

　　在《語言的暴力》（*The Violence of Language*）一書中，勒榭克利
（Jean Jacques Lecercle）討論「剩餘」（"remainder"）與語法成規之間的關
係。對勒榭克利而言，「剩餘」指的是語法的例外（exception），或語法以

---

[15]陳淑容在細心梳理資料的討論中，說明了賴和本身對於語言的選擇與應用上的困擾與困境。根據
陳淑容的討論，儘管賴和的努力，這一賴和後期的作品創作努力都被批評為「語言難懂」，包括
徐玉書與貊山子等人都指出語言難讀的事實。新造的漢字造成閱讀上的障礙與困難，這樣的批評
當然與臺灣話文在當時「有音無字，各家創造新字紛歧不一」的困難，也因為各家所堅持不同的
表記書有關。但這些書寫遭受「難讀、難懂、甚至是俏皮話的非議」，因而讓賴和停筆，甚至從
此陷入沉默也是不爭的事實。陳淑容，《一九三〇年代鄉土文學：臺灣話文論爭及其餘波》（臺
南：臺南市立圖書館，2004年），頁269～277。

[16]施淑，〈賴和小說的思想性質——代序〉，收於施淑編《賴和小說集》（臺北：洪範出版社，1994
年），頁11。

外的語言成分[17]。但勒榭克利不將「剩餘」視爲「殘餘」（"residue"），而視爲語言的組成成分[18]。勒榭克利援引了「前緣／境外」（"frontier"）的隱喻指稱這些語言學上的「剩餘」，並認爲這些被語法規則劃分爲境外的語言學元素將如佛洛伊德的潛意識般在玩笑、口誤、謬誤及詩歌中回返[19]。

如果我們將賴和小說語言述句中，因爲在地詞彙的加入、語句的改寫、語法的變造、或因翻譯（或未翻譯）所造成諸多不符語法的成分看成語言學元素「剩餘」，那麼這些「剩餘」便不應只被視爲翻譯過程遺留的部分，而應有更積極的意義。這些翻譯的「剩餘」，一方面反映「完全翻譯」或「翻譯」不可能，顯示不同語言系統之間「對等物」（"equivalent"）的闕如，但另一方面，這些「剩餘」卻又介入新的語句及表達。此一介入包含二個層面，由於使用漢字的緣故（並非使用新創的表記符號），在漢字的揀選上，一方面擇其原本的含義，一方面又賦予其新功能。因此，這些「剩餘」在新的語句中便有了雙重的功能，在一層次上由於其夾帶的原文意涵及指涉（因此是剩餘）將進一步破壞新的語句，然而，在另一層次上，這一破壞的過程卻又創造了新的語言述句與美學風格。

勒榭克利將「剩餘」視爲語言疆界「前緣／境外」（"frontier"）的隱喻提供了一個相當富啓發性的視角。這些以漢字表達的地方語言夾雜嵌鑲在中文的敘述當中，遭中文語法（字彙、構詞、及語意的）排除的「剩餘」將跨過語言的邊界，抵達境外；換句話說，這些「剩餘」將重新劃定語言的邊界。準此，賴和實際上創造了一種新的語言表達形式。儘管以漢字表記，此類書寫既非古典漢文，也不能輕易地視爲中國白話文，而是以一種奇特的組合方式出現，而這奇特組合方式的最大特徵便是異種語言文字的交會連結。我們再也不能將這些「異種」或「雜質」的部分僅僅視爲時代中的特殊語彙及語法，或只是「翻譯」過程中無法對譯的殘餘；相反地，

---

[17]J. J. Lecercle, *The Violence of Language*（London and New York: Routledge, 1990），p22。

[18]同上註。

[19]同上註，頁 23。

這些翻譯的「剩餘」應當具備深刻的積極意義，正是這些遭語法排除的「剩餘」成就了賴和書寫的特殊風格。這些嵌入的日文或地方語彙，雖然不至於造成閱讀上的困難，但在某種程度上，對於漢文的閱讀者，已造成了某種程度的疏離。儘管賴和的創作並未刻意脫離漢文的書寫傳統或執意打亂漢文敘述的句法結構，但日文或臺語語彙與句法的插入、借用、轉用、與誤用，造成漢文原來意涵與指涉鎖鏈的鬆散斷裂，符號指向一個未知的領域，等待重新連結組合。這些翻譯的「剩餘」，跨過語言的邊界，並在語言間形成了一處前緣地帶。更具體地說，日語、臺語、乃至漢文的語彙，包括其意符、聲符、乃至其背後的指意、以及隱含的習俗、文化象徵系統，都脫離原來的語言成規用法及風俗習慣，碎裂成單純的語言學元素，在一條可能性的裝配線上組構、變形，形成新的意義與指涉鎖鏈，而且，這新的組合與先前的既定成規已有明顯的不同。從跨文字書寫的觀點來看，此一新的表達路徑從原有的語言指涉領域中斷、轉折、脫離出來，消失、或進入異種語言的領域中；或者，與同樣從原有領域脫離出來的其他語言路徑交會並行，共同規劃或朝向新的語言學領域與疆界。

　　總之，賴和的語句反映當時臺灣文化與社會的多語主義（multi-lingualism），混雜的語彙與語法重新鎔鑄一種新的表達形式。然而，在新的表達形式中，暫時聚合的語言學元素向四方發射。在佈滿翻譯「剩餘」的語句中，或許造成閱讀的障礙或困難，然而在多重語言之間的「不可譯」中，卻又指引出一條語言內部的變異方向，這便是賴和的「風格」。這些「剩餘」，看起來似乎「怪異」、「難懂」或「戲謔」、「俏皮」，但之所以怪異難懂是因為以語法規範的角度看，而之所以戲謔俏皮，則是語言學的「剩餘」通常以玩笑或誤寫的方式返回[20]。儘管如此，賴和的小說語言呈現的是一個語言間的「前緣地帶」，一個語言變異與語法規範之間的鬥爭場域。

---

[20]同上註。

　　準此，賴和的翻譯書寫從未由一語言「完全」過渡到另一語言。儘管新聚合的語言學元素重新組裝，但「漢字」卻又同時指向其他的語言指涉系統（文言、中國白話文、日文）。賴和的批評者抱怨其語言「難讀、難懂」，除了所持對於語言改革或表記符號採用的不同立場外，其實更指出賴和語言的主要特色：既非中國白話，亦非臺灣白話。太多新造的字詞或漢字的挪用，使賴和的語言產生雙重或多重疏離；不僅對「中國白話」產生疏離，也同樣對「臺灣白話」也產生疏離。就翻譯而言，賴和的翻譯並未完成，「原文」與「譯文」相互混雜，無法過渡的翻譯「殘餘」在譯文中流動，一方面不斷生出新的意涵，一方面也阻斷任何「完全翻譯」的可能。

　　另外，值得注意的是，以漢字書寫臺灣白話承擔著一項風險。儘管賴和的書寫是從中國白話文到臺灣白話文的翻譯，但以漢字書寫，則可能將臺灣白話譯回中國白話文。這一「迴向」翻譯的效果（後果）是，一方面可能抹煞臺灣白話的殊異性，一方面則必須在（譯文）中找尋失落的在地傳統。這也是為什麼賴和「臺灣話文」的翻譯書寫看起來又像是中文白話書寫。因此，以「漢字」書寫的「臺灣話文」經常展現為一種「迴向」的翻譯：賴和由中國白話文翻譯成「臺灣話文」，但譯文卻又「反彈」回來，像將臺灣白話重新寫入中國白話文。當然，這根本的原因來自中國白話與臺灣白話在語言及文化上的鄰近性以及臺灣白話書寫文字的闕如。這些原因使得二種語言的疆界，一經翻譯便隨即崩解，「翻譯」變得幾乎不可能。但相對地，翻譯也從未「透明」；翻譯的「剩餘」百般阻撓，賴和的翻譯書寫過程於是不斷地轉向、走走停停。

　　因此，賴和「臺灣話文」的翻譯書寫標示了一種獨特語言及文化上的「殊異性」（"singularity"）。酒井直樹借用西田幾多郎用語，指「翻譯是一種非連續的連續」，因翻譯在不可共量性的場所（site of incommensurability）創造一種（社會）關聯[21]，而翻譯者所標示的正是在一個「非連

---

[21] 酒井直樹著，朱惠足譯，〈兩個否定——遭受排除的恐懼與自重的邏輯〉，收於劉紀蕙主編《文化的視覺系統》，（臺北：麥田出版，2006 年），頁 13。

續性特異點」[22]。因此，每一個摹寫及註記臺灣白話的漢字，都標記一次翻譯實踐的特異點，而這些特異點，在翻譯中不可共量的場（the site of incommensurability）建立起臺灣話（社群）與中國白話（社群）之間的特殊連繫。

　　根據酒井的論點，翻譯者標示的正是非連續性的特異點，因此，翻譯者本身必然是「內在分裂」（"split"）的，酒井將之稱爲「渡越主體」（"subject in transit"），正因爲翻譯者跨越在不同角色（發話者、受話者、仲裁者）與不同語言社群（原文、譯文）之間。[23]酒井的洞察將我們的焦點轉移至作家作爲「翻譯者」身上，但這裡所謂的「翻譯者」，與其是「發話位置」，毋寧是「發話樣式」（"modes of address"）。[24]賴和熟悉多種語言，這些語言在其書寫中互相引用、借用、或轉用，其書寫所展現或掩蓋的，正是翻譯者「內在分裂」的處境以及跨越在多重語言的語境「定位」（"positionality"）。在關於臺灣話文新字問題的討論中，賴和雖然認爲有其必要，但在既成文字尋不出適用「音」「意」時才創造，若取其意而音不清時，仍建議用既成字加以旁註。[25]賴和選擇用漢字表記臺灣白話，主要將漢字視爲「表意」文字，再輔以臺灣話的音。在實際的創作中，賴和也經常以註記的方式輔助語言之間的差異與翻譯的不可共量性，如一桿「稱仔」（秤）、「稱花」（度目）、「青草膏的滋味」（即謂拷打）[26]等。而這些註記所標示的，與其是語言疆界的劃分，毋寧是不同語言的多重交織，以及各自的符號學元素在彼此疆界間的流動。

　　因此，賴和作爲內在分裂的「作家—翻譯者」，跨越在不同語言之間，

[22]同上註。
[23]同上註。
[24]Naoki Sakai, *Translation and Subjectivity: On "Japan" and Cultural nationalism.* Trans. and foreword by Meaghan Morris （Minneapolis: University of Minnesota Press, 1997），p1-10。
[25]中島利郎、河原功編，《日本統治期臺灣文學：臺灣人作家作品集》，6 vols（東京：綠蔭書房，1999 年），頁 249。
[26]賴和，〈一桿「稱仔」〉，收於下村作次郎、黃英哲編，《日本統治期臺灣文学臺灣人作家作品集》別卷（諸家合集＝中国語作品），頁 94～95。

一方面構成不同語言系統與文化之間的聯繫，一方面也凸顯了彼此之間的斷裂。然而，這些斷裂也同時構成了不同語言彼此之間的聯繫。這些斷裂或延續不僅發生在當時時空下不同的語言文化之間，還存在於當下與過去及未來之間。賴和小說中文言與白話的並置或轉換，一定程度上反映了此一歷史及語言本身的分裂及延續。在主題上，賴和也被此一分裂攫住，而這一分裂通常沉溺在絕望的氛圍中。例如，在上文〈一封同志的批信〉中，賴和融合新舊語詞的書寫，不僅在文字註記表達上呈現過去與當下之間的鴻溝；而且在文本脈絡中，小說書寫一方面暗示一個模糊的未來國家（民族）語言榮景，但另一方面，此種期待馬上被當下的絕望處境所渲染，民族（或國家）建構似乎仍須持續，變成永恆卻絕望的奮鬥。當下能做的，似乎只是寫下此類絕望的心情，以及作為殖民帝國下層臣民永不能翻身的無奈與困苦。也因此，賴和在殖民主義、進步啟蒙、及本土傳統文化之間進退維谷，過去的懷舊與未來的憧憬對照當下社會無限的挫敗與疏離。

　　在其論文〈賴和的文學及其精神〉中，林瑞明一面強調賴和小說的特色，一面也同時指出賴和此一進退維谷的處境。[27]伴隨郭秋生所燃起的關於「臺灣話文」的論爭，賴和本人也對書寫的語言與形式深刻反省。林瑞明告訴我們，既不能回到以中國白話文為基調的寫作方法，亦無法解決「臺灣話文」書寫的語言問題，賴和遂轉向田園歌謠、竹枝詞等傳統形式的書寫，將新精神裝在舊的表現形式中。[28]另外，在陳淑容整理關於賴和遺稿〈一個同志的批信〉的討論中提到，「這是篇充塞著背叛、轉向、與理想淪喪的苦悶之作，反映 1930 年代臺灣的政治、社會運動全面碰壁以後的境況」[29]。此一挫敗的心情或許可以延伸到語言的改造與文學的創作上。這

---

[27]包括翁聖峰等人也都對此一進退維谷的處境提出解釋及看法，請參閱翁聖峰，《日據時期臺灣新舊文學論爭新探》（臺北：五南圖書，2007 年）。

[28]林瑞明，《臺灣文學與時代精神：賴和研究論集》（臺北：允晨文化，1993 年），頁 345～346。

[29]陳淑容，《一九三〇年代鄉土文學：臺灣話文論爭及其餘波》（臺南：臺南市立圖書館，2004 年），頁 274～275。

時，關於「臺灣話文」的論戰已將近尾聲，「臺灣話文」如何改造卻仍然面臨極大的困難。再者，1937 年 6 月底，臺灣總督府強制僅存的《臺灣新民報》及《臺灣新文學》相繼廢除漢文欄，對於堅持以漢文創作的賴和自然產生影響。[30]雖然這些原因都無法充分解釋賴和停止其小說創造，但可以肯定的是，「臺灣話文」的書寫以一種語言及歷史（時間）內在分裂的形式告終。小說家作為翻譯者，在書寫中受到「他人」語言的強制性壓迫，忍受說著「他人」語言的疏離與痛苦。[31]但賴和小說創作走向沉默，轉以其它傳統形式轉譯他所認知與理解的民間及文化傳統，則將我們導引至另一問題，即「母語」與傳統在地文化之間的關係。

翻譯、「母語」、與「在地傳統」

　　與「臺灣話文」翻譯書寫另一個密切相關的問題是「母語」與「在地」[32]傳統的問題。從黃石輝「何不提倡鄉土文學」以及隨之而起的話文運動及「鄉土文學」論戰，幾乎所有努力都朝向尋找或建立一個屬於在地的文學及文化傳統。這一文學及文化傳統乃建立在「過去」及「純粹」的基礎上，這一基礎也同時說明新文學的發展轉向「民間文學」（民間歌謠、傳統戲曲、民間習俗、民間宗教等）的採錄與創作。[33]此一對「民間文學」的轉向與重視乃基於一項假定，即「民間文學」長期以來保有大量的作品，

---

[30]林瑞明，《臺灣文學與時代精神：賴和研究論集》（臺北：允晨文化，1993 年），頁 74。

[31]德希達在《他人單與主義，獲本源的義肢》（*The Monolingualism of the Other; Or, The Prosthesis of Origin*）一書中提及類似的語言學處境。「我只有一種語言；它不是我的」（I only have a language; it is not mine）（1），德希達以此為起點，思考自身（猶太裔阿爾及利亞人）言說與書寫與法文之間的關係。

[32]儘管當時論戰的主要語彙是「鄉土」，為避開「鄉土」一詞的複雜意涵，此處暫使用「在地」一詞，主要指與「地方」或「區域」相關的文學及文化傳統。

[33]關於新文學運動與「民間文學」論述之間的關係，按陳建忠的看法，民間文學的採集工作做為保存民族文化，並藉以對抗日本殖民文化及漢文會的消長，因此具「本土（主義）論」的主張；另一方面，民間文學的採集也受當時啟蒙大眾的觀念影響，因此也具「啟蒙（主義）論」主張。特別是後者的思維與鄉土話文的倡議者相謀而合流。請參閱陳建忠《書寫臺灣‧臺灣書寫：賴和的文學與思想研究》，頁 408～422。另，陳淑容將李獻璋所編纂的《臺灣民間文學集》（1936 年）視為鄉土文學及臺灣話文爭論之後，李獻璋、賴和、黃石輝等支持臺灣話文論者最有力的集成，請參閱陳淑容《一九三〇年代鄉土文學：臺灣話文論爭及其餘波》，頁 307～311。

在語言表記上有更多的文本參照，可免去造字的困擾。除此以外，「民間文學」似乎保存著「純粹」的民族情感及傳統，特別在當下日本殖民情境下，反抗殖民統治的政治思維更促使「民間文學」的推動。因此建立一個屬於在地的文學及文化傳統的追尋與期待，最後導向「民間文學」的蒐集及研究一點也不令人驚訝。

然而，此種對於存在於「過去」的「純粹」在地傳統的追尋在相當程度上抽離當時的社會情境，如陳培豐指出的，此一追求其實違反、並挑戰當時「混雜」社會的事實。[34]但不可迴避的事實是，這一「純粹」、屬於「過去」的在地傳統仍必須在「翻譯」中尋覓或建構。換句話說，翻譯使「民間文學」的搜尋及研究工作得以進行，而寄身於民間的「在地傳統」也必須透過翻譯才得以顯現。翻譯者必須扮演像最初的歌詠者一樣的角色，民歌搜集者（翻譯者）則必須重複歌者的歌詠，透過翻譯記載。歌謠及小說創作者也必須是個翻譯者，且必須是一個「隱身」的翻譯者，讓「民眾」的語言在翻譯中「完好」地保存下來。這正是賴和在其作品中所努力達成的目標。從漢文古文的改寫，在地語彙或日文語彙的介入，以及語法的改造等，目的都在追求一種「透明翻譯」（"transparent translation"）的理想。「我手寫我口」是作家的承諾與期許，讓「內在」及「民眾」的聲音可以在文字書寫中「如實地」表達出來。在譯寫的過程中，「透明翻譯」的理想凸顯兩項企求：[35]首先，在地的「民間」聲音能在譯文中「完好」地保存；另外，在地的「傳統」也能在當下的翻譯中被保存。傳統不再只存活於過去，透過翻譯，傳統得以和當下（現在）連結起來，並朝向未來。從這一角度看，翻譯「在地」與「傳統」的訴求，使「臺灣話文」的書寫

---

[34]陳培豐，〈識字・書寫・閱讀與認同──重新審視 1930 年代鄉土文學論戰的意義〉，《臺灣文學與跨文化流動：東亞現代中文文學國際學報》，第三期（臺灣號）（臺北：文建會，2007 年），頁 109。

[35]David Lloyd 在討論英譯塞爾提克歌謠（Gaelic ballad）時提及「透明翻譯」（transparent translation）的概念及其理論上的意涵，請參閱 David Lloyd, *Nationalism and Minor Literature: James Clarence Mangan and the Emergence of Irish Cultural Nationalism* (Berkeley: U of California Press, 1987)，p82-95。

變成一個政治方案與歷史使命：翻譯一方面召喚被壓迫的被殖民主體，一方面則提攜「現代化」的進程。這也說明爲什麼「臺灣話文」書寫及「民間文學」的創作與採集經常被賦予民族情感，進而與國家的概念連結；而翻譯的書寫則不斷提醒，「過去」的傳統必須在「未來」的應許下，在「現代」的舞臺上繼續存活。

　　此一尋回在地傳統的方案透過翻譯持續進行，然而其成效卻有待商榷。「透明翻譯」始終是一個一廂情願的想像。首先，作爲翻譯者的作家如何「隱身」，以確保翻譯的透明性？從翻譯的角度看，「透明翻譯」似乎在一開始便不可能。在新文學的創作上，首先遭遇的便是口說語（母語）與書寫語不能同一的問題。在此之前，並不存在一個完整並適用的臺灣白話書寫文字，也因此，1930 年代關於「鄉土文學」及臺灣話文的論爭幾乎都圍繞在這一主題上。[36]況且，在「臺灣話文」翻譯書寫中，臺灣白話不過是中文的約略臨摹罷了；再者，不同的翻譯者選用不同的漢字或造不同的新字造成閱讀的困難更使「透明翻譯」幾乎不可能。在前文的討論中，賴和對於「透明翻譯」的努力經常受到「對等物」的闕如所脅迫，不斷添加的語彙與變造的語法卻又迫使「譯文」流入境外的荒原。「透明翻譯」的理想不但不可得，且翻譯過程所產生的「剩餘」更不斷返回，破壞原有、或重新規劃新的語言疆界。由此觀之，「臺灣話文」書寫是沒有「原文」（母語）的翻譯，一個想像的「過去」及「純粹」的在地傳統在翻譯的隨機性中遷徙、漂流。在「臺灣話文」的翻譯書寫中，臺灣「母語」似乎已渺不可尋。「臺灣話文」的書寫已是翻譯，且先於原文（母語），是一連串符號的隨機連結。從賴和的第一篇小說起，漢字所表記的從來不是「純粹」的「母語」；換句話說，「臺灣話文」表記的從來不是「純粹」的臺灣母語。

---

[36]關於鄉土文學及臺灣話文論爭等相關問題，請參閱陳淑容《一九三〇年代鄉土文學：臺灣話文論爭及其餘波》，頁 17～18。

翻譯的逾越與抵抗

說明「臺灣話文」書寫是沒有「原文」（母語）的翻譯，且先於原文，是一連串符號的隨機連結，以及一個想像中「過去」、「純粹」的在地傳統在翻譯的隨機性中遷徙、漂流，這並非意圖抹殺臺灣「母語」或所謂「在地傳統」的存在，相反地，「母語」或「在地傳統」只能在「譯文」想像或發明。準此，我們必須重新看待「臺灣話文」的翻譯書寫。筆者以爲，「臺灣話文」的翻譯書寫內部隱含逾越與抵抗的潛能，而「在地」與「傳統」的翻譯作爲一政治方案及其肩負的歷史使命，其革命力道不僅只是語言學及美學的，同時也是倫理與存有的。

在中島利郎所編的《1930 年代臺灣鄉土文學論戰資料彙編》中，我們可以發現，1930 年代關於「臺灣話文」的論爭牽涉的層面相當廣泛，包括語言使用、表記符號、文學風格、思想、乃至意識形態等各個層面。其中常見的相關論述是，語言（或表記）的選擇與使用，經常與文化乃至民族認同相關。賴和堅持以漢字書寫「臺灣話文」或許與其文化養成背景有相當密切的關係。但誠如陳建忠提醒我們的，「臺灣話文」中的漢文使用不應被視爲日本殖民統治下爲保有「漢字」的策略，或將「臺灣話文」擴大解釋，並過分強調其與中國話文之間的對立與差異，進而演繹成具備民族主義內涵的形式。[37]的確，並無充分的歷史證據說明賴和的「漢字」選擇包含多少民族主義或認同傾向的成分，賴和本人並未嚴肅看待臺灣話文與中國文學之間的關係。[38]然而，以翻譯的角度看，賴和的小說書寫與翻譯相關的問題是，其寫作的過程，以漢字譯寫的「臺灣話文」書寫對中文敘述將造成什麼影響？更具體地說，翻譯過程中並未譯或不可譯所形成的語言學「剩餘」（即中文敘句中的非中文元素），將如何僭越中文語句？如果將語言的使用視爲社會的活動或產物，那麼在中文敘句加入外來語或方言，對

---

[37]陳建忠，《書寫臺灣‧臺灣書寫：賴和的文學與思想研究》（高雄：春暉出版社，2004 年），頁 246～247。
[38]同上註，頁 247。

於漢文社群及殖民社會的文化意涵為何？再者，如果以漢字譯寫的「臺灣話文」具有任何形式的逾越與抵抗的潛能，其力量又如何生成？

　　賴和小說中一個明顯的特徵即是其「臺灣話文」的漢字書寫。眾所皆知，賴和創作書寫的過程是「文言文→中國白話文→臺灣話文」，這裡將此一創作經驗視為一個「自我翻譯」或「內在翻譯」的過程。由於賴和採用漢字作為表記符號表記不同語言，因此使其「臺灣話文」的書寫呈現「混雜」的現象。賴和企圖轉錄或轉譯是臺灣白話，但由於使用漢字的緣故，「臺灣話文」經常輕易地滑入或譯回中文。但從另一方面看，儘管使用「漢字」表記，「臺灣話文」表記的是臺灣白話，便不再是「漢文」或「中國白話文」。漢字的使用也使「臺灣話文」在閱讀上造成相當的混淆。一方面，由於大量外來語彙的翻譯及語法的介入，使「臺灣話文」相當程度偏離正統或標準的中文，因此「臺灣話文」不能被視為與中國白話文同一；但另一方面，漢字的使用夾帶其他語言的指意及象徵（包括文言漢文、中文、及日文）不斷干擾「臺灣話文」的閱讀，「臺灣話文」也未能形成一套確定的語法及固定的行文習慣。因此，我們在賴和小說中目睹佈滿多種語言「剩餘」的翻譯書寫。

　　的確，正是這些語句中的「剩餘」標示了賴和小說的文字「風格」。這些語言學的「剩餘」在語言之間劃出了一處「前緣地帶」，由各語言邊界溢出的符號及符指在此匯聚，重新連結，也重新劃分語言的疆界。這些「剩餘」不再被視為「殘餘」，而是賴和小說語言表達形式的組成元素。因此，在這裡我們將這些「剩餘」的遷徙與移動視為賴和小說語言的「逾越」，這逾越一方面劃分語言學的「荒原」，一方面也創造語言更新的契機。在討論巴岱伊（Georges Bataille）時，傅科（Michel Foucault）如此看待逾越，他說：「逾越既非分隔世界中的暴力（在倫理世界中），也無關界線的勝利（在辯證或革命的世界中），而正因為這緣故，逾越的任務是丈量它在邊界

底處開啓的過剩距離以及追溯劃分邊界閃爍的線」[39]。因此，將賴和小說翻譯書寫中「剩餘」的流動視爲一種語言學的逾越，目的並非在漢文古文，中國白話文，日文，以及「臺灣話文」之間劃出一條清晰的語言邊界，相反地，而是嘗試了解「臺灣話文」的書寫在多大程度上離異了中文白話文，更重要的是，賴和小說語言中的「剩餘」如何在語言間劃出一處「前緣地帶」，以及此「前緣地帶」如何規劃或朝向一個新的語言學領域。賴和的翻譯書寫從未完成一個語言到另一個語言的過渡，而未能完全翻譯的「剩餘」不斷提醒語言間完全過渡的不可能。這些無法過渡的「剩餘」在譯文中遷徙漂流，在規劃新的語言學領域的同時，也成就了賴和的文字書寫「風格」，而「風格」一詞在這裡必須被理解爲作者「母語」與書寫語之間短兵相接的搏鬥結果。[40]

　　如果我們將「臺灣話文」的書寫看成是從文言漢文→中文白話文→臺灣話文的流變，德勒茲與瓜達里（Gilles Deleuze and Félix Guattari）在卡夫卡（Franz Kafka）作品中發現的寫作風格或許可以幫助我們進一步理解此一語言內部及文學的變異或流變。[41]在卡夫卡的研究中，德勒茲與瓜達里提出「少數文學」（"minor literature"）的概念。卡夫卡是德語重要作家，但德勒茲與瓜達里稱之爲少數作家，主要因爲卡夫卡的「少數」處境。卡夫卡是居住布拉格的猶太人，但卻使用「多數／主要」（"major"）語言──德文──寫作。這裡，「少數」至少包括語言及民族的層面。根據維根巴赫（Klaus Wagenbach）估計，80%的布拉格市民說捷克語，德裔家庭占 5%，其他則是說德語的猶太人，而卡夫卡生於德語家庭，但卻精通捷克語。但事實上，卡夫卡時代的布拉格語言使用可能比我們想像的複雜，維根巴赫告訴我們，德語與捷克語的混合，及德語化的意第緒語（Yiddish）對猶太

---

[39]Michel Foucault, "A Preface to Transgression." *The Essential Foucault.* Ed. Paul Rainbow and Nikolas Rose（New York: The New Press, 2003），p446。

[40]同註 17，頁 23。

[41]Gilles Deleuze and Felex Guattari, *Kafka: Toward a Minor Literature*（Minneapolis: University of Minesota Press, 1987）.

語產生的影響，這些都讓語言使用的問題更形複雜。[42]但重要的是，對德勒茲與瓜達里而言，布拉格德文是一「脫離疆域」（"deterritorialized"）的語言，從一個「自然、整體的德語社群脫離出來」，布拉格德語經過變形，「愈來愈接近捷克語；且由於其越發貧乏，迫使有限的動詞必須肩負多重功能」[43]。這一現象可延伸到意第緒語：「意第緒語和布拉格一樣，甚至猶有過之──一種超脫疆域的德語、無止境的流動、簡短且急促、大量遷徙穿越其間，一種奇幻與律法的雜燴及各式方言的混和，沒有標準語，一個本能理解的力量場域」。[44]

　　卡夫卡的意第緒語也許可以與賴和的「臺灣話文」相提並論。相對於漢文及日文，「臺灣話文」必然是一「少數」語言，或「少數族群」的語言。但必須附帶說明的是，這裡指的少數並非數字上的少數，而是質的少數。如歐洲白人在人數屬少數，但確是實質上擁有權力的多數。古典漢文或中國白話文與臺灣社群產生疏離，或說古典漢文或中國白話文「脫離疆域」並不令人驚訝。古典漢文或中國白話文僅流通在少數文學社群或菁英之間，臺灣本地並無中文（或漢文）的廣大社群支撐其語言及文學的發展，更遑論日文早已兵臨城下。在關於「臺灣話文」的爭論中，我們也經常可以看見類似的言論。[45]但卡夫卡的「布拉格德文」之所以是少數語言並不在於德文如何脫離「自然、完整」的德語社群，而在於「意第緒語」的混雜、流動、及遷徙，以及其破壞既定的語法結構：「卡夫卡的意第緒

---

[42]雷諾‧博格（Ronald Bogue）著，李育霖譯，《德勒茲論文學》（臺北：麥田，2006年），頁177。
[43]同上註，頁179。
[44]同註42，頁180。
[45]例如郭秋生在一篇討論「臺灣話文」建設的文章中提及：「不一定送文言文上山頭的中國白話文，會反倒給文言文送他上山頭的」（中島利郎編，《1930年代臺灣鄉土文學論戰資料匯編》，頁447）。郭秋生的立論是在臺灣推動中國白話文緣木求魚的不可行性，到頭來只學得文言文的缺陷。但這裡透露出與本文更相關的訊息是，首先臺灣並無支撐文言文或中國白話文的社群或「大眾」，但更重要的是，「臺灣話文」相對於文言文的「少數」位置。附帶一提的是，郭秋生主張以漢字書寫「臺灣話文」，對他來說，漢字是「活的」可與時代推進演變，而「音」是死的，由「音」連結的單詞將字詞定型僵化，不能如「漢字」般與時變化（中島利郎編，《1930年代臺灣鄉土文學論戰資料匯編》，頁438～439）。

語……是少數族群對主要語言族群的挪用，以及破壞其既定結構的方法」。[46]

　　這是德勒茲與瓜達里討論卡夫卡作品發展出來關於「少數文學」的概念。我們在賴和的「臺灣話文」與卡夫卡的布拉格德文或意第緒之間有極高的類似性。在之前關於賴和「臺灣話文」書寫的討論中，我們可以看到中文與「臺灣話文」之間的流動。從漢文中挪用的詞彙，有時取其「音」，或取其「意」，甚至僅取其「形」，是將其從漢文或中文文脈中抽離出來，並在「臺灣話文」的新語句中賦予新的功能及意涵。然而中文與「臺灣話文」關係太過深遠且密切，「臺灣話文」從中文翻譯過來以後，又經常不經意地轉譯回中文；或因兩者之間太過類似，使得翻譯幾乎不可能。於是，語言學符號及元素在兩者之間遷徙、漂流、交混。但可以肯定的是，「臺灣話文」已破壞中文原有的語法及習慣，並從中文敘述及語法中脫離出來，成就自身的風格。因此，「少數文學」在這層意義上必須被理解為「少數族群在主要語言中所造成或生產的文學」[47]。

　　德勒茲與瓜達里「少數文學」所提示的主要是語言的「脫離疆域」（"deterritorialization"）[48]，這也是他們賦予「少數文學」的第一個特徵。語言學元素脫離了原先的語言學領域，在沙漠中重新匯聚、連結，重新納入新的語言學領域。準此，賴和小說中的翻譯「剩餘」有了積極的面向。它們也許負面、怪異、陌生、俏皮、前後矛盾、異質、或充滿外國味，但它們毀壞原先語言的疆界，從語言內部顛覆語法規範，迫使語言產生流變。在此流變中，「臺灣話文」的書寫演繹了自身的文字及美學風格。從這一角度看，翻譯所造成無法化約的語言學「剩餘」肉身化了反抗及逾越既定語言規範及美學風格的潛能。

　　在「少數文學」的討論中，德勒茲與瓜達里賦予「少數文學」的第二

<hr>

[46]同註 42，頁 180。
[47]Louis A. Renza, *"A White Heron" and the Question of Minor Literature*（Madison: The University of Wisconsin Press, 1984），p31。
[48]Deleuze and Guattari, *Kafka*，p17。

個特徵是立即的「政治性」（"political"）。[49]按德勒茲與瓜達里的理解，在「多數文學」（"major literature"）中，個人關懷都只是個人關懷，社會只是一個背景，但「少數文學」正好相反，個人的關懷立即被連結到政治。[50]卡夫卡小說中的世界在德勒茲與瓜達里看來「無遠弗屆，每一件事物都與其他事物相連」，因此「父子之間的衝突不再是伊底帕斯的幽靈，而是政治方案（political program）」[51]。偉大文學（少數文學）在下部運動，與眾人相關，且攸關生死。[52]德勒茲與瓜達里對卡夫卡的「政治」理解也許可以運用到賴和身上。賴和文學從來不是一個「個人」的作家，他的語言使用，小說中的人物、場景、衝突、關懷等隨即具備相當的政治性。但這並非將賴和簡易地劃分為廉價的左翼作家，而是說賴和的書寫本身便是一個「政治方案」。其文字書寫是在多數（主要）語言中創造一種語言的「少數」用法，各種不同語言間符碼的斷裂與連結本身便是政治。社會條件在賴和的小說中並非只是一個遙遠模糊的事件背景，故事中的人物事件立即連結到社會，並與政治密切相關。因此，賴和的小說並非僅「反映」當時的臺灣殖民社會，或呈現某種特殊的社會意識形態，小說中人物攸關生死的掙扎直接描繪的是當時殖民社會錯綜複雜的權力關係，也是在這一層上，賴和的文學是「政治的」。

少數文學的另一個特徵是其「集體性」（"collective value"）。[53]此一特徵與第二個特徵密切相關。少數作家個人的關懷並非只是個人的（立即連結到政治），因此，少數作家並非為個人發聲，而是集體發聲，與眾人休戚相關，因此同時也是集體的。另外，德勒茲與瓜達里區別「多數作家（主要作家）」（如莎士比亞之於英國文學及歌德之於德國文學）與「少數作家」（次要作家），旨在說明小眾文學沒有文壇巨擘，擁有完備的文學典範與風

---

[49]同上註。
[50]同註 48。
[51]同註 48。
[52]同註 48。
[53]同註 48。

格以供模仿。因此，少數文學總是集體發聲。但從這一角度看，「少數文學」也同時具備反典範、反權威的特徵。賴和小說的政治性及社會關懷幾乎是普遍看法，似乎不需大費周章說明。但這裡強調的是，賴和的「臺灣話文」書寫中，其文字流變描繪的正是社會內部變形的革命力道。說賴和小說是政治與集體的，其政治性與集體性並非來自社會外部的摹寫或再現，而是來自語言表達本身與社會內部的變形力量。且賴和的小說作為一種「少數文學」，其翻譯的歷程所展演的是一場對於語言規範、美學風格、少數典範、及社會空間的抵抗與逾越。

另外附帶一提的是，勒榭克利帶著德勒茲與瓜達里的影子，認為若語言中存在著某種暴力，其主要是介入（intervention）的暴力，一種變形（metamorphosis）而非隱喻（metaphor）的效用。[54]這一結論來自於德勒茲與瓜達里的實用語言觀（pragmatics）。對德勒茲與瓜達里來說，語言即是一種行動，「語言—行動」透過編纂或裝配，組織或改變事件的狀態及構成。更具體地說，語言透過複雜的裝配網路，使「聲明成為可能的行動、機構、風俗諸模式」[55]。從這一角度看，語言不僅是集體的裝配，其流變也是風俗及社會機制變化的來源。準此，賴和的翻譯書寫透過詞彙的揀選，語意的轉變，語法的變造，及修辭的運用將介入改變社會及事物的狀態。因此，賴和的書寫並不僅是他所處外在世界的摹寫或再現，而是社會內部流動的力道，並且琢磨一種創新的語言與一個未來的社會。

翻譯與「少數方案」

在上述的討論中，透過與「少數文學」的比較與對照，約略討論了賴和「臺灣話文」的語言學逾越及其社會逾越，以及其譯寫過程中，翻譯作為逾越與抵抗的潛能如何生成。如果此種逾越與抵抗經常以一種暴力（語言與革命的）的形式展現，布迪厄（Pierrre Bourdieu）關於被支配者的討論

---

[54]Lecercle，p227。
[55]同註 42，頁 182～183。

值得我們注意。布迪厄在討論被支配者處境時提及被支配者的暴力傾向，並認為此一暴力傾向乃是長久以來經濟與社會機制「內在暴力」（"inner violence"）的產物。[56]如前所述，如果賴和小說表達的是當時殖民社會內部的權力關係，其小說表達的正是類似的內在暴力，是一種透過語言實驗的社會革命，與經濟與社會機制密切相關。賴和的書寫透過翻譯進行，因此，此一社會變革與翻譯相關的問題包括：（一）原文與翻譯語之間的權力不均衡關係，（二）「臺灣話文」翻譯書寫所形構或被認可的「象徵資本」（"symbolic capital"）[57]的合法力量如何逾越社會邊界，以及（三）殖民地作家作為翻譯者如何在翻譯中（包括詞彙的揀選、語意的轉變、語法的變造、及修辭的運用等）安置自身。因此，「臺灣話文」書寫所展演的不僅是一場語言美學風格與政治社會的革命，同時展現殖民地作家的翻譯倫理與存在困境。

　　布迪厄認為，「社會邊界的象徵性逾越本身有一種解放的效用，因其帶來了不可想之物〔the unthinkable〕」。[58]布迪厄主要從當下經濟結構及社會機制的不確定性（uncertainty）與危機（crisis）中來看待及想像此一象徵性逾越及「不可想之物」。在布迪厄眼裡，此一不確定性是被支配者存在的命運及處境，是一個「存在合法性的問題，個人判斷自身存在的權力」[59]。弔詭的是，此一不確定感與未來的闕如卻提供一個相對自由的象徵秩序，一個自由的邊緣，以及應許一個可能性的世界。

　　如果賴和的「臺灣話文」翻譯書寫表達了被殖民者的處境，這一處境至少包含三個層次：文字的前緣，自由的邊緣，以及「未來」闕如的危機與不確定感。從詞彙的揀選，語意的轉變，語法的變造，及修辭的運用，

---

[56]Peirre Bourdieu, *Pascalian Mediations* （Oxford: Black Well Publishers Ltd），p233。
[57]這裡指的「象徵資本」，如布迪厄所理解的，即「資本的象徵效用……象徵資本並非指特定的資本，而是被誤認為資本的資本，即可供利用以及被認為合法的力量、權力或能量（實際或潛在的）」（Bourdieu，p242）。
[58]Bourdieu，p236。
[59]Bourdieu，p237。

翻譯書寫一連串的展演，介入社會秩序的組成，其言說也在當下的社會機制劃定「象徵資本」的合法性。按布迪厄的看法，此一象徵性逾越不僅使被殖民者驗證自身的存在感，其過程也同時描繪了一個未來的可能世界。我們憶起勒榭克利眼裡的「剩餘」。勒榭克利認為「剩餘」占有語言相當特殊的位置，「剩餘」在語言與世界的前緣，一方面展現一特定語言與「剩餘」之間的鬥爭，一方面也形構其特定語言。說話者在「剩餘」（自己的聲音）與既定的語言慣用及習語之間商榷周旋，同時也形構自身主體。[60]在賴和的書寫中，翻譯者尾隨「剩餘」前進，在原文與譯文之間來回遊走，創造或遺留更多「剩餘」，但重要的是，在其書寫的過程中，「作家—翻譯者」驗證了自身的存在感，也同時形構其主體。

在上述「臺灣話文」與「少數書寫」的類比中，「少數書寫」被理解為一種特殊的語言風格或語言操作，因此「少數語言」並非特指一種「方言」或「少數族裔」所使用的語言，而是多數語言的少數用法，一種語言的流變。這裡主要以此一角度看待賴和的小說中的「臺灣話文」書寫。少數作家是自己語言中的異鄉人（stranger），居住在語言之中，卻外在於語言，或像德希達所說的，「我只說著一個語言，但那不是我的」。[61]這也是德勒茲與瓜達里賦予少數作家特殊的「邊緣」位置，謀劃一個未來的人民，「透過發聲集體裝配的語言實驗，使特殊的權力迴路在特定的社會脈中被實際化，以及啟動語言中虛擬的連續變異路線開啟蛻變的向量，並預見未來人民的登場」。[62]因此，流變指向一個未知的社會或群體，流變是「一種創造，琢磨一個潛在的社群、意識及感性」。[63]賴和便是站在這一語言的、

---

[60]勒榭克利的論點主要參照阿圖塞（Louis Althusser）關於語言或意識形態召喚（interpellation）主體的論述而來。勒榭克利認為 LS（Language Speaks）ISL（I Speak Language）之間的矛盾適切地表達受語言與意識形態形構的主體，即在說話者表達欲求得語言／意識形態支配之間佛洛依德式在妥協的客體（Lecercle，p228）。

[61]Jacques, Derrida, *Monolingualism of the Other, or, The prosthesis of Origin.* Trans. Patrick Mensa（Stanford: Stanford Univeresity Press, 1998），p1。

[62]同註 42，頁 201。

[63]Delueze and Guattari, *Kafka*, p17。

社會的與歷史的特殊「邊緣」位置。[64]「少數書寫」是一流變與變異的過程，不斷脫離及重納疆域，不斷逃離固定及認同，不斷向少數流變，不斷朝向未來未知的人民及社會。

　　在翻譯的研究與實際操作中，韋努蒂（Lawrence Venuti）將翻譯造成的語言學「剩餘」與「少數文學」的書寫連結起來。他認為在翻譯中，將這些「少數」的變異項（勒榭克利所稱的「剩餘」）釋出，將會顛覆標準語言當中的形式與規範。韋努蒂相信，「將這些主要語言轉換成連續的變異，迫使它成為少數，使它非法化，使它脫離疆域，使它疏離〔……〕這些翻譯文本將造成一種「根本異質性」（"radical heterogeneity"），也因此造就一種「少數文學」[65]。因此，在「少數文學」中，作者是自己語言的異鄉人，連語言也對自身感到陌生。對韋努蒂而言，喚起語言中的陌生或異質的成分及邊緣與弱勢的位置正是其翻譯計畫（韋努蒂稱為「少數方案」"minoritizing project"）中的主題。[66]

　　在此，我們也將賴和「臺灣話文」的翻譯書寫視為一種文學的「少數方案」，其意涵則包括以下幾個層次：（一）在翻譯書寫中，語言學的「剩餘」不斷介入，凸顯出語言中根本的異質性，也迫使語言產生了流變──流變少數（becoming-minor）。「作家──翻譯者」在語言中變成異鄉人，語言也對自身感到陌生。（二）語言既是一集體性裝配，語言學的流變也是社會風俗習慣及社會機制的變革的「少數文學」一方面呈現此一流變的歷

---

[64] 有趣的是，游勝冠從文化視野及社會階層觀察賴和的定位，將賴和視為一個介於傳統與現代知識菁英及下層人民之間的「中間位置」。參閱游勝冠，《殖民進步主義與日據時代臺灣文學的文化抗爭》（清華大學博士論文，2000），頁175。

[65] Lawrence Venuti, Introduction to *Rethinking Translation: Discourse, Subjectivity, Ideology*. Ed. Lawrence Venuti （London and New York: Routledge,1992），p10。

[66] 韋努蒂在《翻譯的醜聞》（*The Scandal of Translation*）第一章，把義大利作家 I. U. Tarchetti 的作品翻成英文的計畫稱為「少數方案」（"minoritizing project"）。Lawrence Venuti, *The Scandals of Translation: Towards an ethics of difference*（New York：Routledge, 1998）。除此之外，Michael Cornin 也指出後殖民對於主要語言後殖民挪用也是一種類似的「少數企劃，他說這一個移動可以被理論化成一種主要語言的少數化，透過多語使用，這種少數化可以當成是翻譯當中活動的基礎，他肯定透過少數化的翻譯可以強調一種認同」，參閱 Michael Cornin, *Translation and Globalization*（London and New York: Routledge, 2003），p154。

程，一方面對未來可能社會的感性琢磨。儘管未來社會闕如，但在此不確定性的「邊緣」位置中，「少數文學」應許此一為未來社會的可能性，同時也提供了一個政治方案的自由空間。（三）必須附帶一提的是，翻譯作為一「少數方案」並非期待自己變成多數，變為主流（多數／主要）或宰制性的「象徵資本」，進而建立新的典範；相反地，透過凸顯自身語言中的異質性或展示語言中的外來成分，帶來或強化語言及文化的更新。德勒茲與瓜達里說，「少數是每一個人的流變」[67]。

　　賴和以漢字表記臺灣白話，創造了相當獨特的書寫風格。賴和「混雜」的「臺灣話文」書寫，一方面反映當時社會的多語狀況，一方面也凸顯了當時臺灣文化及政治上的處境。眾所皆知，賴和創作經歷一次「翻譯」的過程，亦即從漢文文言文翻譯成中國白話文，然後再翻譯成「臺灣話文」，另外，也譯入不少日文。然而，此一翻譯過程從未「充分」，換句話說，漢文並未完全過渡到「臺灣話文」，「臺灣話文」也從未獨立成一自主的書寫語言。這部分原因是由於使用漢字的緣故，另一部分則因為中文與「臺灣話文」太過相近，以致於兩者之間的翻譯變得幾乎不可能。因此，在敘述中，我們看到翻譯的「剩餘」交雜在譯文中，一方面夾帶原文的意涵與意象，一方面又在譯文新造的語句中衍生新的指意與象徵。語言學元素在多種語言邊界間來回穿梭流動，於是，「臺灣話文」的書寫總是面臨兩難，被吸納入中文，抑或變成不可辨識的語言。

　　然而，賴和小說中的「臺灣話文」書寫也因此構成一幅相當殊異的美學風格。翻譯的殘餘在新的語言體系中遊走，直到找到自身固定的指意與象徵為止。在書寫的過程，作者變成「翻譯者」，周遊在語言符號、意義、社會、與文化種族的間隙，其遊牧的軌跡銘刻現代主體的歷史，同時也見證了臺灣「現代」文學的興起。因此，在「臺灣話文」的書寫中，翻譯成為一種「風格」，此一風格不僅是語言學與美學的，也是存有、社會、與政

---

[67]Deleuze and Guattari, *A Thousand Plateaus: Captialsim and Schizophrenia*. Trans. Brian Massumi（Minnneapolis: U of Minnesota Press），p106。

治的。

　　「臺灣話文」的書寫主要遵循「言文一致」的觀念。「言文一致」不僅是一個語言普及運動，更是一個語言學與美學的書寫意識形態。「言文一致」主張「我手寫我口」，希望使「內在」及「民間」的聲音得以表達，這也讓「話文運動」及「鄉土文學」的發展與「民間文學」及「在地傳統」的追尋產生關聯。但「臺灣話文」書寫作為一種翻譯的實踐，並未能保障「對等物」的存在及「透明翻譯」的可能，因此，「語言改革」與「鄉土文學」的建設都成了未竟的事業。在賴和小說書寫中，翻譯的「剩餘」一面顛覆原有的語言學規範，一方面又重新劃定新的語言學疆界。因此，「臺灣話文」書寫所呈現的是以漢字表記的「混雜」文體，多種語言彼此接臨、斷裂、及交雜。於是，「言文一致」所假想的「純粹母語」，以及「母語」所可能承載的豐富在地風物與歷史傳統，只能約略地在譯文中尋覓。

　　「臺灣話文」相對於漢文，中國白話文或統治者的日文，必然成為少數。賴和身為臺灣地區的臺灣人作家，相對中國人及日本人是少數，相對於漢文文學及日本文學也是少數。從這一點看，德勒茲與瓜達里提出的「少數文學」概念提供了一個有趣的視角閱讀賴和的「臺灣話文」書寫。「少數」語言並不盡然是方言或少數族裔的語言，而主要指一種語言的操作或使用，即「多數語言中少數使用語言」，一種語言邁向少數的變異或流變。在此視野下，「臺灣話文」被視為「漢文」或「中國白話文」的語言學變異，在變異中成就其殊異風格。然而，德勒茲與瓜達里所稱的少數文學同時具備政治及集體性，因此，少數文學必然是集體發聲，也是一種「政治方案」。準此，我們不難理解，賴和被稱為「臺灣文學之父」，並非指賴和確立臺灣現代文學的典範，而是賴和筆下的世界呈現「多數」臺灣人民的生活，及啟發臺灣人民覺醒及政治的殖民反抗意識。

　　德勒茲與瓜達里的少數文學的概念與流變密不可分。少數文學並非標榜任何特定的文學或語言風格，而是終極的流變，朝向少數。因此，少數文學批判任何同一或認同的敘述。既是流變，少數文學的政治或社會方案

也必然朝向未知。同時，德勒茲與瓜達里也賦予少數作家一個特殊的「邊緣」位置，具備表達「另一個潛在社群，琢磨另一種意識及感性」的優勢。從這一角度看，賴和小說的「臺灣話文」書寫，體現了 1920、1930 年代臺灣面對強勢語言及文化優勢下，本地作家的處境及在此處境下臺灣文字語言的流變及創造。翻譯作為一寫作策略與風格介入臺灣當時社會的「多語主義」與文化駁雜性，這些特質同時也刻劃了臺灣的殖民情境。但更重要的是，透過翻譯，賴和的小說語言也迫使中文書寫產生流變，並同時謀劃一個未來社會及人民意識及感性。

——選自李育霖《翻譯閾境——主體、倫理、美學》
臺北：書林出版公司，2009 年 4 月

八四課程標準高中《國文》賴和教材試論

◎翁聖峰

一、前言

「普通高級中學課程暫行綱要」自 95 學年開始實施，2006 年高中《國文》採用新教材，較大的變革是文言文的比例由七至八成降爲五成左右，新文學作品以臺灣新文學名家名篇爲主，並兼及華文作家及優良翻譯作品。[1]

目前高中《國文》臺灣新文學作品分量提高不少，鑑往知來，先前高級中學課程標準在 84 學年度、1995 年公佈，自 1999 年、88 學年度實施至 94 學年，打破國立編譯館全國統編本的窠臼，其實施狀況值得探究。1984 年 8 月國文編譯館爲因應 1983 年公佈的高中課程標準，逐年編訂高中《國文》，1994 年逐年編訂高中《國文》改編本，改編本《國文》選入當代作家的作品，如洪醒夫〈散戲〉、林文月〈蒼蠅與我〉、王鼎鈞〈失樓臺〉，然日治時期臺灣的文學作品並未被選入《國文》教材。

本文以「賴和作品」爲例，探討南一、翰林、龍騰、三民、正中五個版的高中《國文》課本及《教師手冊》編輯狀況，做爲實施民編本高中《國文》的參考，日治時期臺灣作品選入高中《國文》，意義深遠。南一、

發表文章時爲臺北教育大學臺灣文學研究所副教授兼所長，現爲臺北教育大學臺灣文化研究所教授。

[1] 〈一桿「稱仔」〉刊在高中國文教材的情形，分別爲三民書局編，《高中國文（五）》（臺北：三民書局，1994 年），頁 104～119。正中書局編，《高中國文（五）》（臺北：正中書局，2001 年），頁 69～92。

翰林、三民、正中四個版本皆選擇賴和（1894～1943 年）小說〈一桿「稱仔」〉爲教材，[2]龍騰出版社則選擇賴和散文〈前進〉，[3]而康熙版本《國文》未編選賴和作品，則不在本文論述之列。高中《國文》有五個版本將賴和作品選爲教材，可見編輯對臺灣新文學之父——賴和的重視。底下分別就時代、作品、作者等面向論述高中《國文》課文、《教師手冊》的賴和教材。

高中《國文》課本包含學習重點、題解、作者、課文與注釋、簡析（或賞析）、應用練習（或問題與討論、寫作練習）、課外閱讀（或課外學習指引）等要項。《教師手冊》包括教學重點提示、教法建議、語文天地、教材補充解釋、教材補充資料、問題與討論參考答案、教學資源、可供教學參考的書目篇目舉要等要項。各出版社爲提升老師及學生認識臺灣文學的用心值得肯定，然而臺灣文學爲新興的領域，賴和作品編入教材的時間亦短，經筆者比對國文課本或教師手冊的賴和教材，發現一些錯誤或論述不夠周延的地方，值得我們關心與注意。

二、時代論

不只賴和教材是較新的領域，以往日治時期的《國文》選文亦較少見到，透過研讀〈一桿「稱仔」〉、〈前進〉，將有助於學生對日治時期臺灣文學的認識。不過，不同學者因論述觀點所衍生的差異，亦有再加商榷之處。

在〈一桿「稱仔」〉之外，龍騰版《國文》選擇的〈前進〉，擴增賴和

---

[2]南一書局編，《高中國文（一）》（臺北：南一書局，2004 年），頁 154～179。翰林書局編，《高中國文（一）》（臺北：翰林書局，2000 年），頁 142～161。本文引自國文教科書或教師手冊，第一次詳註出版，第二次後則直接加註頁數於文獻之末。

[3]林瑞明編，《賴和全集》（新詩散文卷）（臺北：前衛出版社，2000 年），頁 249～253，〈前進〉被編入「散文卷」，不過，施淑將〈前進〉編入《賴和小說集》，臺北：洪範書局，1994 年，可見〈前進〉屬小說或是散文，在分類上有所歧異。〈前進〉編入高中《國文》教材，龍騰書局編：高中《國文（六）》。（臺北：龍騰書局，1992 年），頁 105～118，龍騰版「學習重點」認爲〈前進〉是散文。

的選文範疇，此舉值得稱許，不過，龍騰版《國文》「簡析」稱：

> 二十世紀二〇年代初期，一群在日本東京留學臺灣青年知識分子，有感
> 於日本殖民當局──臺灣總督府不尊重臺灣人的政治權利，施政完全不
> 顧及臺灣人的利益與感受；同時，也深刻了解臺灣社會封閉、保守，完
> 全不知現代文明為何物；於是，組織了臺灣文化協會。（頁116）

　　此段說詞頗值得商榷，日本殖民臺灣，當然以統治者的利益為第一優
先，但所謂「施政『完全』不顧及臺灣人的利益與感受」，是否又陷入另一
種「歷史對立」？無法平心靜氣面對歷史？日本統治臺灣之後，推動解纏
足及剪辮子運動頗為重視住民的反應，不急於立刻改變現狀，直至 1915
年、始政 20 年才透過保甲組織，大力推行解纏足及剪辮子。[4] 雖然上文的
主詞是「日本東京留學的臺灣青年知識分子」，反應當日臺灣新知識分子求
新求變的心理，但當引文與史實有出入，課文引述須詳加說明，以免造成
今日學生對日治臺灣史的誤解。引文說為凸顯「臺灣文化協會」的重要，
稱「臺灣文化協會」之前的臺灣形象「完全不知現代為何物」，亦有失周
延，須再加闡釋，並可避免誤會這段引文亦是編者的史觀。由文瀾的〈從
「揚文會」談到「新學研究會」〉，可知日治時期新學的追求並非始於 1920
年，早在 1906 年臺北即創立「新學研究會」，發起人是傳統文人羅秀惠、
謝汝詮、李漢如、及日人伊藤政重等人，1910 年還創刊《新學叢誌》。[5] 日
本殖民雖強調強權統治，然日治時期臺灣除殖民統治，尚有現代化的發
展，臺灣的衛生、教育、交通亦有相當的發展。《跳舞時代》影片反應
1930 年的臺灣社會為重點，獲 2003 年金馬獎最佳紀錄片，臺灣人追求現
代文明，發展唱片的各種軌跡，日治時期臺灣至少發行 3500 種以上的唱

---

[4] 王一剛，〈日據初期的習俗改良運動〉，《臺北文物》第 9 卷第 2、3 期合刊（1960 年 11 月），頁 13
～22。

[5] 文瀾，〈從「揚文會」談到「新學研究會」〉，《臺北文物》第 8 卷第 4 期（1960 年 2 月），頁 39～
42。

片，臺灣人與日本人合作，在哥倫比亞唱片公司之下為臺灣歌謠留下珍貴的歷史。[6]臺、日之間不應僅簡化在對抗關係上，而忽略了複雜、多元的臺、日發展史。

臺灣是日本海外發展的第一個殖民地，為向歐美列強展示日本已能有效經營臺灣，因此，日本刻意經營臺灣成為對外宣傳的櫥窗。1934 年江亢虎（1883～1954 年）以加拿大中國學院院長及美國國會圖書館顧問身分訪臺，江氏確實感受到臺灣的進步，基隆登岸，他發現「交通、教育、衛生、慈善、種種設備。應有盡有。由廈到此。一水之隔。一夜之程。頓覺氣象不同。」顯現臺灣與當日中國不同的新氣象，臺灣的現代化與日本化與時俱進，非當時動亂的中國所能比擬；當他到臺北，更深刻感受到臺灣的進步，他稱：「市政修明。設備周到。街衢清潔。屋宇整齊。衣食住行。充分無缺。人人可以安居樂業。長養子孫。日本統治之能。臺灣同化之速。可驚亦可嘆也。」[7]江亢虎眼中的臺灣較當時的中國進步許多。

翰林版《教師手冊》稱：「廣大臺胞備受欺侮凌辱，恨入骨髓，無不欲食其肉而寢其皮。」[8]亦僅反映日治臺灣史的一個面向，卻有以偏概全的問題，正中版《教師手冊》稱：「日本警察當中，也有像入田春彥這種人，站在臺灣人立場，同情臺灣人處境，義助楊逵，超越民族界限的高貴情操。」[9]反映當時臺、日關係的不同面向，並非僅局限於「壓迫／被壓迫」。由底下口述歷史可看到較為周延的敘述：「回顧日據時代我擔任助役期間，日本人好人也不少。非常照顧我，待我如同親兄弟。不過有的日本人十分凶惡，非常驕傲。我想這是每個人個性的關係，不能說日本人一定

[6]《跳舞時代》，官方網站 http://www.taiwanesevoice.net/viva/index.html，2007 年 5 月 1 日閱覽。「《Viva Tonal 跳舞時代》跳脫統治者與被殖民者的角度，以臺語流行歌開場，跟著曾經紅極一時的歌手愛愛阿嬤，回到歷史現場。20 世紀初日本殖民時期的臺灣，年輕男女隨著受到歐美及日本歌曲影響的流行歌節奏翩翩起舞，跳起華爾滋、狐步舞，追求他們嚮往的『維新世界，自由戀愛』。」

[7]翁聖峰，〈江亢虎遊臺爭議與《臺游追記》書寫〉，《臺北師院語文集刊》第 9 期（2004 年 11 月，臺灣文學專號──紀念陳玉玲老師論文集），頁 31～54。

[8]翰林書局編，《高中國文（一）教師手冊》（臺北：翰林書局，2000 年），頁 376。

[9]正中書局編，《高中國文（五）教師手冊》（臺北：正中書局，2001 年），頁 135。

好，或臺灣人比較好。」[10]

　　至於日治時期新舊文學的發展，南一版《教師手冊》採「新舊／優劣」對立的方式：「舊文學不屑與民眾發生關係，而新文學則以民眾爲對象。」[11]過度簡化新舊文學的內涵，如張淑子（1881～1946 年）雖是舊文人，亦極力鼓吹白話文學，[12]龍騰版《教師手冊》因襲舊說，稱《臺灣民報》是日本統治下「臺灣人唯一之言論機關」，[13]與史實顯然不相吻合，如1927 年，臺灣文化協會因不滿《臺灣民報》過於向統治者妥協，曾呼籲讀者「拒買」《臺灣民報》。[14]以往對日治時期臺灣歷史認知過於窄化，致使將《臺灣民報》「臺灣人唯一之言論機關」的自我期許視爲歷史的實然，未注意臺灣歷史的複雜面向。

　　在時代紀年使用上，依八四課程標準所編的各個《國文》版本，都稱賴和卒於民國 32 年。然賴和往生於日治時期，不是在國府統治之下，日治時期以民國紀年易衍生誤解。這個問題直至九五課程暫行綱要下的《國文》版本才得到解決，還原日治時期的歷史實況，各版本均使用日治紀

---

[10]蔡慧玉，〈保正、保甲書記、街庄役場——口述歷史之三〉，《臺灣風物》第 45 卷第 4 期（1995 年 12 月），頁 109。另外，雖然許多在臺灣的日本人有優越感，不過，下面例子就是日人捨己救臺人的感人事蹟。〈（筆者：指大甲新社）勇敢教員溺死　舉盛大告別式〉，《臺灣民報》第 314 號，7 版，1930 年 5 月 24 日：「山岡氏爲本島人生徒、往救殉職者、其對職務忠實可爲臺灣教育界做模範、地方民莫不表悼意云。」

[11]南一書局編，《高中國文（一）教師手冊》（臺北：南一書局，2004 年），頁 342。

[12]同仁編，〈論白話文之必要〉，《同仁》第 1 卷第 3 期（1924 年 10 月），頁 1～2。http://ccbs.ntu.edu.tw/taiwan/jb/pd/261/vln3=/vln3000.htm，2007 年 5 月 1 日閱覽。〈論白話文之必要〉以往並未被研究者注意（包括筆者近著《日據時期臺灣新舊文學論爭新探》（臺北：國立編譯館編、五南出版社印，2007 年）亦未處理此文獻），全文詳見本論文之「附錄」。此文並未注明作者，《同仁》爲張淑子所創刊，他主張以白話來宣揚孔教，此文在黃臥松〈敬祝同仁雜誌發刊序〉之後，可能是《同仁》主編張淑子所作。

[13]龍騰書局編，《高中國文（六）教師手冊》（臺北：龍騰書局，2002 年），頁 180。

[14]1927 年在臺中醉月樓召開臺灣文化協會第一次全島代表大會，通過議程第 14 點《臺灣民報》拒買同盟之組織」，王乃信等譯：《臺灣社會運動史・文化運動》（原臺灣總督府警察沿革誌第二篇・領臺以後的治安狀況（中卷）》（臺北：創造出版社，1989 年），頁 282。《南瀛新報》亦出現許多批判《臺灣新民報》的言論，如〈臺灣新民報馬　露現批評大講演會將開催定舊曆五月十三日夜於大眾講座〉及〈暴露欺騙民眾的臺灣新民報告親愛同胞檄〉，《南瀛新報》，1932 年 6 月 17 日、24 版；當年度 6 月 25 日，14 版；7 月 9 日，13、14 版；7 月 16 日，13 版；7 月 23 日，13 版；9 月 10 日，13 版；1933 年 6 月 17 日，23 版，均曾出現批判《臺灣新民報》的記載，顯示日治時期臺灣輿論的多元。

年，如 2006 年三民版《國文》頁 79，稱鍾理和生於大正 4 年（民國 4年）。一葉知秋，從紀年的不同，可見九五課程暫行綱要與八四課程標準《國文》版本編輯之異。

三、作品論

　　各出版社選文的教學重點除認識臺灣新文學之父──賴和，並強調「能在寫作時適當穿插俚語、俗諺等，使文章增加生動與趣味性」，從提倡臺灣語言的角度來看此點甚有創見。龍騰版藉由〈前進〉一文的特色，強調「象徵」寫作技巧的練習。

　　日治臺灣文學與歷史的關係性是各出版社賴和選文的重點，[15]至於〈一桿「稱仔」〉、〈前進〉反映臺灣史哪些面向值得探究。正中版稱：「本文強烈批判了日本殖民統治下對臺灣庶民的經濟掠奪，並指控日警欺凌善良百姓的殘酷行徑，對弱者寄予無限的同情，甚至暗示受壓迫的同胞，挺身對抗殖民不公不義的統治。」（頁 91）三民版《國文》稱：「小說以現實為題材，旨在揭露日本殖民政府的暴虐，表彰弱者的反抗精神。」（頁 105）翰林版的「教學重點」之一是「了解日本殖民下臺灣族群的悲苦」，較不同的是翰林版《國文》稱：「他要強調的並不是他們的淒苦與受難，而是要凸顯他們的抵抗精神。」（頁 159）翰林版並未完全著眼文學的歷史反映論，特別強調〈一桿「稱仔」〉的「抵抗精神」。

　　高中《國文》「賞析」或〈一桿「稱仔」〉、〈前進〉，賴和作品反映日治時期臺灣社會的全部面貌？亦或僅代表某些面向？或是還蘊含哪些寫作策略？不同的詮釋角度，在歷史觀上出現甚大的差異。南一版《國文》稱：「秦得參近三十年的生命，正好與作者發表此文時臺灣割日的歲月同長，作者似乎也有意以他苦難的一生，代表臺灣割日以來的悲慘命運。」（頁

---

[15] 如三民版《國文》（頁 105）特別強調賴和文學的現實、寫實：「小說以現實為題材，旨在揭露日本殖民政府的暴虐，表彰弱者的反抗精神，語言樸素而富鄉土色彩。新詩也具寫實風格，大都取材於重大歷史、社會事件。」

173）此段使用「似乎也有意」的推測詞；而三民版認為「秦得參死後，他的妻子兒女怎麼辦呢？」「秦得參一家人的遭遇，其實就是日本殖民統治下，臺灣人民的縮影。在那個人民不能當家作主的時代，不反抗就受奴役，反抗就要有『懷抱著最後覺悟』的悲情，也就是犧牲。」（頁 118）〈一桿「稱仔」〉「懷抱著最後覺悟」確實可以說是賴和的創作主題，然而，所謂秦得參一家人的遭遇，是否為「日本殖民統治下臺灣人民的縮影」？還是僅反映日治時期的部分面向？

　　誠如正中版《教師手冊》引許俊雅的論述，日治時期臺灣小說警察的造型、性格，幾乎大同小異，好色、貪婪、暴橫無理為其形象特徵。（頁135）但在現實生活中亦有如「入田春彥這種人，站在臺灣人立場，同情臺灣人處境，義助楊達。」可見日治時期文學批判警察與現實生活之間不見得完全相映。在日本殖民統治下，為通過新聞檢查，臺灣知識分子無法直接抨擊總督府，僅能透過批評基層警察來反映知識分子對時事的不滿，在這種文學投射之下，文學內容不一定粗糙地反映現實社會，可能有更深層的意義。[16]因此，高中《國文》詮釋賴和作品不宜僅局限於社會反映論，如賴和後期作品〈一個同志的批信〉、〈獄中日記〉不見抗爭性，彰顯知識分子的無力感，對日本統治者的態度較之〈一桿「稱仔」〉、〈前進〉差異甚大，詮釋賴和作品不宜過度簡化，才能掌握臺灣文學與文化的複雜性。

　　以嘉南大圳的興建為例，日治時期《臺灣民報》的報導與論述幾乎都是負面的，如〈人心已離了嘉南大圳〉、〈嘉南大圳的禍害〉、〈嘉南大圳組合強迫開設小水路地主農民皆群起反對〉、〈嘉南大圳所留的災禍〉均是其

---

[16]另以鍾肇政作品《流雲》、《插天山之歌》為例，「《流雲》表面是愛情故事，卻指出臺灣人未來方向，並刻畫出二二八前夕所籠罩的陰影。《插天山之歌》表現抗日的情節，主角人格卻具有日本精神的表現，末尾且唱出勝利的日本軍歌，頗讓人玩味。」（錢鴻鈞，〈談鍾肇政文學風格與思想成就〉，《自由時報》，2005 年 1 月 16 日「自由副刊」，http://www.libertytimes.com.tw/2005/new/jan/16/life/article-1.htm，2007 年 5 月 15 日閱覽。）文學作品的表面意義與深層意義不見得一致，若僅以表面的文學反映論之，可能無法完全掌握作者的意旨，因此，高中《國文》書寫賴和〈一桿「稱仔」〉的創作意旨實須注意文學的歧義性與多義性，倘僅以單一觀點詮釋賴和作品可能流失豐富的內容，賴和作品如此，其他作品亦如是。

例。[17]然而嘉南大圳的水利建設，改善了嘉南平原灌溉的困境，農民到如今仍蒙受其利，所以現在嘉南農田水利會每年會爲該會烏山頭水庫設計者八田與一技師舉辦逝世紀念，並將之尊稱爲「嘉南平原水利之父」。[18]嘉南大圳在日治時期與當代臺灣評價的落差甚大。歷史定位須兼顧各個複雜面向方能減少以偏概全，嘉南大圳、賴和文學評價都當有此警覺。[19]

　　日治時期臺灣中下階層遇到困境，故透過文學作品反應人民心聲，然我們須注意文學與史實的落差，方不致落入心得式的文學批評，如《臺灣新文學之父──賴和》影片所述，日治時期臺灣人民平均生活水準較之當時連年戰亂的中國大陸高出許多，[20]如過度簡化這些社會問題，認爲當時臺灣人民全部生活在「人間地獄」，我們不但很難理解《跳舞時代》對新文明的追求，另外，如果僅片面形容日治臺灣生活的困阨，那如何貼切描述當時中國大陸比臺灣更困苦的實況？如缺乏歷史的全面觀照，將不容易如實的反映日治臺灣與中國的社會實況。

　　龍騰版〈前進〉課文的「簡析」尚有一段與事實完全相反的分析：

　　　　二○年代後期，文化協會內部因對以後的發展方向看法歧異，終於導致
　　　　分裂，許多人因此退出，另組臺灣民眾黨，另一部分的人則完全退出各

[17] 〈嘉南大圳組合強迫開設小水路地主農民皆群起反對〉，《臺灣民報》，1930 年 1 月 11 日，4 版；〈嘉南大圳的禍害〉，《臺灣民報》，1927 年 8 月 7 日，6 版；〈人心已離了嘉南大圳〉，《臺灣民報》，1926 年 5 月 30 日，3 版；〈嘉南大圳所留的災禍〉，《臺灣民報》1930 年 2 月 15 日，3 版。

[18] 趙卿惠，〈八田與一：嘉南平原水利之父〉，《自由時報》，2000 年 4 月 27 日。http://www.taiwannation.org.tw/republic/rep11-20/no13_02.htm，2007 年 5 月 1 日閱覽。「嘉南平原雖年降雨量 2500 公釐，但其中 80% 在五月至十月，豪雨積水成災，其餘 20% 在十一月至四月，雨少成旱作物枯死，農民苦不堪言。……（八田與一）以隧道導引曾文溪和濁水溪的水匯集在烏山頭做人造湖，更興築總長度 2 萬 4000 公里的灌溉及排水網路系統，前後歷經十年，成爲當時亞洲第一大水庫。……水庫完成地價隨即三級跳，農民皆大歡喜。」黃守禮，〈八田技師與明石總督〉，《自由時報》，2007 年 5 月 13 日，http:www.libertytimes.com.tw/2007/new/may/13/today-06.htm，2007 年 5 月 13 日閱覽。

[19] 莊金國，〈扎根知日教育認識臺灣日治歷史〉，《新臺灣新聞週刊（Taiwan News）》第 586 期（2007 年 6 月 14 日），頁 54。戴寶村稱日治時期日本本土的國民年所得爲美金 190 元，位居亞洲第一名，臺灣國民年所得美金 120 元，位居亞洲第二名。

[20] 黃明川，〈臺灣新文學之父──賴和〉，臺北：黃明川電影社，前衛出版社，臺語傳播發行，1997 年。

種活動。本文作者對這一種情勢憂心忡忡，因此寫了這篇文章表達他的沉重心情。（頁 116）

　　本段文字為呼應〈前進〉文中二個人「前進」的不同狀況，將非臺灣民眾黨的人簡化為「完全退出各種活動」，與史實出入頗大。當時留在臺灣文化協會的「另一部分的人」，一般以「新文協」稱之，王敏川（1889～1942）、賴和即是其中成員，賴和〈前進〉原發表於 1928 年 3 月 24 日的《臺灣大眾時報》創刊號，該刊較為激進，在東京出版，無法通過臺灣的檢閱，故被禁止輸入臺灣，〈前進〉所隱喻批評的當是「新文協」之外的臺灣民眾黨，因為他們相對於「新文協」算是較為穩健、保守，前進的速度也較慢，如 1928 年 5 月 18 日《臺灣大眾時報》第 3 號社說〈進出政治鬥爭〉：

　　若民眾黨那樣以少數人的利益的為運動的對象、即由歷史的發展條件、必然的陷於投降支配階級的運命。例如反動了中國人民政府、已公然投降於帝國主義列強、是個給我們的最大的教訓。

　　賴和的〈前進〉當是激勵那些非「新文協」的民眾黨成員，而非如龍騰「簡析」所說的是批判「臺灣民眾黨」之外的人，龍騰版之誤可能恰與事實顛倒。

　　各個版本均肯定賴和作品的寫實風格，然而作品的價值豈都是建立在「寫實」才有價值？這是否窄化了賴和作品的多元風格？賴和漢詩亦有許多描繪山川景致，並非社會寫實，然這些作品讀之令人十分嚮往：

　　丹楓幾葉綴江堤，秋色輕描愈覺佳。

　　小艇漸移沙嘴外，碧波深處眾山低。（〈基隆河泛舟〉）

　　如黛山嵐醮水清，如藍湖水漾空明，

　　我今名利心都盡，有負湖山愧此生。(〈永春坡〉)

　　雷鳴空谷中，泉響碧澗底。

　　滴翠欲濕衣，雞聲喧到耳。(〈行入關仔嶺〉)

　　由以上三首漢詩，不難可看到賴和作品非社會寫實的風格。一般人往往較肯定賴和的小說創作，然而，賴和的知己兼同鄉陳虛谷(1896～1965年)曾寫過〈贈懶雲〉:「平生慣作性靈詩，珠玉連篇不廢思;藝苑但聞誇小說，世間畢竟少真知。」對陳虛谷來說，他更肯定賴和的漢詩，論述賴和文學不當忽略其傳統文學，三民版《國文》稱賴和「新舊文學兼長」(頁105)，確實反映賴和文學的不同樣貌。

四、作家論

　　在作家論部分，各個版本的作者介紹皆略去賴和戰後的「進出忠烈祠事件」，但這亦是值得了解的史實。1951 年政府要各縣市政府查報日據時期的抗日烈士，賴和是十幾位之一，根據「褒揚抗戰忠烈條例」的規定，賴和入祀忠烈祠。1958 年有人密報賴和是所謂「臺共」，經查是「反日思想激烈」，「屬於左派」，而撤出忠烈祠。1984 年內政部認為賴和是傾向中華民國的抗日烈士，曾任舊文協理事及臺灣民眾黨臨時中央委員，屬於文協民族派內之「左派」，而非新文協「左派」，因此，函告臺灣省政府，恢復入祀忠烈祠，[21]誠如林瑞明所言:賴和「進出忠烈祠事件」，「反映出白色恐怖時期聞紅色變的心態」，賴和作品在戒嚴時代被遺忘，「反映出不同階段對於賴和及其文學的不同認知，也可以看到臺灣左右統獨各派對於賴和及其所代表的臺灣文學之詮釋」。[22]21 世紀我們的教科書再來面對賴和其人

---

[21] 參陳建忠，〈賴和接受史與臺灣文學史書寫——從日據時期到九〇年代〉，《書寫臺灣‧臺灣書寫——賴和的文學與思想研究》(高雄:春暉出版社，2004 年)，頁 45、66。
[22] 賴和紀念館編，〈永遠的賴和——《賴和研究資料彙編》序〉，《賴和研究資料彙編》，彰化:彰化

及其作品，怎可刻意忘記這段史實？我們當超越戒嚴時期的文化政策，坦然面對日治時期及戰後的賴和評價史，不當輕忽日治時期，對戰後某些偏頗問題卻隻字不提，這種文學史態度實有商榷的必要。倘若限於篇幅，賴和「進出忠烈祠事件」可詳見《教師手冊》，但課文的作者簡介對此事件完全未置一詞，似乎顯示我們尚缺乏足夠勇氣，坦然去面對戒嚴時期的文化政策。

關於賴和的傳統文化形象，楊宗翰曾分析坊間各本文學史如何「再現『賴和』」為例，[23]初步考察了他沉潛的、退縮保守的、舊知識分子屬性的那一面向，是如何被文學史家們拭去、掩蓋與壓抑，以便於成就文學史上重要的「典範」塑造工程。王詩琅（1948～1984）的〈賴懶雲論〉稱賴和正是所謂良心的知識階級的典型人物，他和同時代的受到民主思想陶育的人們有些不同。正如我們能從他的作品窺見的，他還保有大量的封建文人的氣質。[24]在其 1930 年自傳色彩的小說〈鬥鬧熱〉，亦稱有遺老的氣質，他對漢學曾很用心過。我們注意賴和的現代性，亦不容忽略其傳統內涵。

賴和就讀臺灣醫學校時，曾參加由該校學生及校友組成的「芸香吟會」，並發表詩作。1918 年他遠在廈門博愛醫院服務，參加彰化的崇文社徵文活動。發表古典散文〈戒奢侈說〉，[25]此次徵文賴和獲得第十名，此文以往未被發現，故《賴和全集》未收錄此文。自傳色彩小說〈鬥鬧熱〉稱其「受過聖人的尊稱」，雖然賴和說這是別人取笑的名號，亦可看到他展露傳統文化的氣質，才可得到這個稱號。[26]在漢學、儒教陵夷的時代，賴和詠

縣立文化中心，1994 年。

[23]楊宗翰，〈典範的生成？——關於臺灣文學史「再現賴和」之檢討〉，《國文天地》第 16 卷第 2 期（2000 年），頁 37～43。

[24]《賴和研究資料彙編》，頁 6。

[25]賴和，〈戒奢侈說〉，《臺灣日日新報》1918 年 6 月 12 日，6 版。並見本文附錄。

[26]由賴和另一篇自傳色彩甚濃的小說〈惹事〉，同樣可發現傳統道德的價值觀對賴和的影響：「二十左右的青年，雖使他有一個由戀愛結合的妻，無事給他去做，要他安安靜靜守在家裡，我想一定有些不可能，況且是未有妻子的人。在這年紀上那些較活潑的青年，多會愛慕風流，去求取性的歡樂。但是我所受到道德的教訓，所得到性格的薰陶，早把這生的自然要求，壓抑到不能發現，不僅僅是因為怕被笑做浪蕩子墜落青年。」

詩憂心「道統」的傳承：

> 日麗重門闢。升香候不愆。
> 八音喧殿上。六佾舞階前。
> 化育無夷漢。衣冠閱數年。
> 考時茲已可。道統仗誰傳。[27]

由「道統仗誰傳」，不難可知賴和關切儒學前途之情溢於言表，而在其他詩歌亦可見到賴和希聖希賢的志向：

> 噫嘻聖人言，天下無二理。
> 每自希前賢，竊望學能至。（〈缺題（昔時我讀書）〉）

> 天地迫仄身如囚，撫今追古心煩憂。
> 寂寥思共聖賢游，掛杖空空何處求。（〈缺題（天地迫仄身如囚）〉）

> 我本聖賢徒，無勞主人勸。
> 拇戰愧未能，幸有吟詩伴。（〈聚飲於以專君宅上主人索詩卒爾成此〉）

「聖賢」本是傳統儒學所追求的終極價值，由上面詩歌的語境來看，賴和接受傳統漢文教育，傳統文化價值深化在其內心，故其文學作品以聖賢爲職志。[28]

1925 年之後，賴和雖陸續發表新文學作品，但並未中止漢詩的創作，1936 年他先後三次在《臺灣新文學》發表〈寒夜〉、〈苦雨〉、〈田園雜詩〉、〈新竹枝歌〉19 首漢詩。當他發表十首〈田園雜詩〉，結果卻被林克

---

[27] 賴和，〈釋奠詩錄（五）恭逢先師二千五百年大祭誌聖〉，《臺南新報》1922 年 11 月 6 日，5 版。
[28] 參翁聖峰，〈賴和的儒學與佛教觀析論〉，2006 漢學研究國際學術研討會，雲林科技大學漢學資料整理研究所，2006 年 10 月 28 日。

夫批評:「賴和先生、守愚先生過去在新詩壇已建立了不少功勞,如今他卻做舊詩,豈不是使了後進新詩人起了動搖麼?」[29]可見,賴和新舊文學兼擅並未完全被當時的新文人所接受。

　　賴和的文學創作由傳統文學到中國白話文、臺灣話文,晚年再回到傳統文學。1937 年 6 月 1 日之後,臺灣的報紙漢文欄被迫取消,知識分子希望砥礪志向,1939 年中秋節後一日,賴和與其他八位同是「流連思索俱樂部」的成員組織了「應社」,他們希望能避免「把趨附認作識時務,把賣節當作達權變」,達到「獨標勁節,超然自在」,成為「真正詩人」,這種強調比興之志,吟詠詩人情志,也是傳統儒學意識的表現。

　　在異族統治之下,知識分子的理想常面臨許多挑戰,甚至衍生矛盾、苦悶,為了尋找出路,賴和文體的表現非常多元,他不斷調整與傳統文化的關係,希望開展更活潑的生命力。傳統學術是支持他面對世變的重要支柱之一,直至 1941 年不幸入獄,賴和在獄中創作了 16 首漢詩,《歷代詩話》並陪他度過孤寂、無助的牢獄日子,1941 年 12 月 25 日賴通堯寫申請書〈差入願〉,攜帶書籍給在獄中的賴和,當日申請的書籍是《歷代詩話》一部八冊、《醫療學》雜誌一冊,[30]很明顯可看到賴和晚年甚為重視傳統文學。

　　三民版《國文》並出現明顯的錯誤,介紹賴和「有白話短篇小說、散文、新詩各十餘篇,舊體詩詞百餘首。」(頁 105)此版是 2004 年修正四刷,然若比對 2000 年前衛版的《賴和全集》,可以發現賴和的漢詩總數超過 1000 首,新詩有 60 首,三民版《國文》的作者介紹可能係承襲舊文獻,未注意 2000 年的新文獻,使得 2004 年《國文》仍使用錯誤的內容,誤稱賴和新詩僅十餘篇,舊體詩詞百餘首。

　　以當代眼光來看,同姓結婚只要不是近親結婚,法律當尊重當事人的

---

[29] 林克夫,〈詩歌的重要性及其批評〉,《臺灣新文學》第 1 卷第 7 期(1936 年 8 月 5 日),頁 85～89。
[30] 林瑞明編:《賴和影像集》(彰化:賴和文教基金會／臺灣省文獻會,2000 年),頁 74。

自由選擇，這個觀念在日治時期被引進臺灣，日治法律承認同姓結婚時，曾激起臺人強烈的反彈，賴和亦在請願書簽名，反對同姓結婚：

> 於生理學上有害，故彰化街民反對意見提出時，僕亦為街民一分子，署名於嘆願書，現尚可稽而知。[31]

　　評價賴和除了須有當代意識，亦須兼顧不同時代的觀念轉變，方不致落入以今律古的窠臼，一味以守舊、保守來看待前賢賴和簽名請願書，反對同姓結婚。

五、結論

　　依八四高級中學課程標準，將賴和作品選入高中《國文》教材，編者對於臺灣文學的用心，值得十分肯定。然而，臺灣文學是較新的學門，許多知識正在累積當中，少部分錯誤或有失周延在所難免，前面所論《國文》教材編纂問題可供來者參考，絕不可因噎廢食，遇到困難就予以退縮。從時代論來看，當超越仇日恨日的歷史詮釋，不卑不亢面對日治時期的臺灣文學史；從作品論來看，〈一桿「稱仔」〉反映日本警察的高壓統治、臺灣地主的現實，確實反映日治臺灣部分面向，然文學作品與歷史全貌的關係亦須釐清，方不致流於粗疏的文學反映論，翰林版《國文》不拘泥於文學反映論，強調「抵抗精神」，較不落俗套；從作家論來看，賴和對臺灣新文學貢獻甚大，並享有「臺灣新文學之父」的尊稱，然賴和與臺灣傳統文學及思想的關係甚為密切，目前前衛版《賴和全集》的「小說卷」、「新詩散文卷」各彙整一冊，然「漢詩卷」則有二冊，如要全面認識賴和，絕不容忽略賴和的傳統文學。

　　1999 年有五個民間版本將賴和作品選入高中《國文》，與國立編譯館

---

[31]賴和，〈來稿訂誤取消〉，《臺灣日日新報》第 7702 號，6 版，1921 年 11 月 10 日。

統編本高中《國文》差異甚大，[32]這與 1994 年清華大學中文系舉辦「賴和及其同時代的作家：日據時期臺灣文學國際學術會議」應有關係，首次以賴和爲主題的日治時期國際學術會議，對喚醒國人關注日治時期臺灣文學甚有裨益，1999 年之後，賴和作品被編入高中《國文》，可見我國文學觀念的轉變，學院研究的成果，帶動了《國文》教材內容編選的改變，實是研究與教學結合的例證，雖然這只是小小一步，但對日治時期臺灣文學來說卻是意義重大。未來臺灣文學研究如何與各級國語文教育結合，亟待有志者持續努力、前行。

　　臺灣文學是九五「普通高級中學課程暫行綱要」《國文》教材的重要內涵，依九年一貫課程綱要，國中《國文》的文言文僅占 15％至 35％，[33]語體文才是國中《國文》的主體，臺灣文學的分量甚重，爲加強高中、國中國文教師的學養，國文系或中文學系當增加臺灣文學的課程，才能確實肩負國中、高中《國文》教學的所需。各出版社應充實臺灣文學的人才，國立編譯館須增加臺灣文學的審查委員，審訂中學《國文》教材才能更爲落實，減少錯誤。

　　　　　　——原發表於彰化師範大學國文系，臺灣文學研究所主辦

　　　　　　「2007 年彰化文學國際學術研討會」，2007 年 6 月 8～9 日

　　　　　　——國科會「日治時期臺灣文學的文體內涵與論辨」部分研究

　　　　　　學門名稱：臺灣文學，計畫編號：NSC 95-2411-H-152-008-

　　　　　　　　　　　　　　　　——選自林明德總策劃，《彰化文學大論述》

　　　　　　　　　　　　　　　　臺北：五南出版社，2007 年 11 月

---

[32] 1997 年彰化師範大學國文系所編的《大學國文選》，將賴和〈前進〉選入該書；〈前進〉較適宜選入大學國文或是高中國文，值得再行深究。研討會時，陳萬益教授認爲賴和的小說〈惹事〉甚爲適合選入國文課本。

[33] 「編選教材範文時：A 應將所選用之教材，按文體比例、寫作風格、文字深淺、內容性質，以單元或主題方式作有系統之編排。並於第二階段（第六學年）漸次融入文言文。第三階段應逐年調整文言文與語體文之比例（自 15％～35％）。」教育部：〈九年一貫課程與教學網〉，http://teach.eje.edu.tw/9CC/fields/2003/language01-source.php，2007 年 5 月 15 日閱覽。

在殖民地臺灣，「啟蒙」如何可能？

賴和對於臺灣文學史敘述的挑戰

◎趙稀方[*]

一、

　　1784 年 11 月，德國的《柏林月刊》發表了對於「什麼是啓蒙」的看法，回答者是康德。差不多兩百年後，米歇爾‧福柯撰寫了〈什麼是啓蒙〉的文章，重新回答這一問題。福柯指出：「它對我來說似標誌著進入有關一個問題的思想史的合適路徑，這個問題現代哲學一直無法回答，但也從未設法擺脫。這是一個兩百年來以各種形式重複的問題，從黑格爾，中經尼采或馬克思，直到霍克海默爾或哈貝馬斯，幾乎一切哲學都未能成功地面對這同一問題，無論是直接還是間接地。」福柯甚至將對於「什麼是啓蒙」這一問題的不斷回答視爲「現代哲學」的根本特徵，「現代哲學就是這樣一種哲學，它正在試圖回答這個兩世紀前如此魯莽地提出的問題：『什麼是啓蒙？』」

　　康德對於「什麼是啓蒙」的回答是：「把我們從『不成熟』的狀態釋放出來。所謂「不成熟」，它指的是一種我們意志的特定狀態，這種狀態使我們在需要運用理性的領域接受別人的權威。」康德啓蒙思想的核心在於理性的自由運用，這樣一種關於「啓蒙」的答案，來自於笛卡兒以來的理性主體哲學傳統。康德把啓蒙描繪爲人類運用自己的理性而不臣屬於權威的

---

*中國社會科學院文學所研究員。

時刻，福柯贊成啓蒙的批判精神，但認爲「主體」和「理性」卻不應該成爲批判的前提和出發點。對於主體的質疑和啓蒙理性的批判，是作爲「後現代」源頭的福柯思想的獨特之處。福柯認爲，康德的「人類學」，包括胡塞爾的現象學、薩特的存在主義，都是先驗主體哲學，將一切建立在有限性的「人」之上。而在福柯看來，「人」不過是近期的一個發明，而且正在接近終點。人就像印在沙灘上的一幅畫，即將被抹去。福柯說：「無論如何，我們都知道新思考的所有努力都正好針對這個人類學的：也許重要的是跨越人類學領域，從它所表達的一切出發擺脫它……也許，我們應在尼采的經歷中看到這一根除人類的第一次嘗試……人之終結就是哲學之開端的返回。在我們今天，我們只有在由人的消失所產生的空檔內才能思考。」[1]在福柯看來，歷史分析並非屬於認識的主體理論，而應屬於話語實踐。批判的實踐不是試圖成就科學的形而上學，不是尋找知識和普遍價值的正式結構，「它在構思上是譜系學的，在方法上是考古學的」[2]。

　　彷彿要驗證「幾乎一切哲學都未能成功地面對這同一問題」的斷言，福柯本人事實上也並未能終結康德以來的關於「什麼是啓蒙」的問題。對於福柯的最大挑戰並非來自於理性主義內部，而是來自於後殖民立場。霍米巴巴（Homi Bhabha）自西方種族主義角度不僅挑戰了啓蒙現代性，同時也挑戰了福柯等人的後現代論述。霍米巴巴從法儂（Frantz Fanon）的黑人在現代世界的「遲誤性」（"belateness"）和「時間滯差」（"time-lag"）的概念出發，論述殖民地世界對於西方現代性的挑戰。他認爲：正如「遲誤性」不過是把白人想像爲普遍性規範性的結果，所謂「時間滯差」也只是在人類持續進步主義者的神話中產生的。在霍米巴巴看來，正是在這種「遲誤性」和「時間滯差」所體現的殖民後殖民的歷史符號中，現代性工程顯露出自己的矛盾性和未完成性。對於康德及哈貝馬斯以來不斷重構和

---

[1]米歇爾‧福柯著，莫偉民譯，《詞與物——人文科學考古學》（上海：上海三聯書店，2001 年），頁 445～446。

[2]米歇爾‧福柯著，汪暉譯，〈什麼是啓蒙〉，收於汪暉，陳燕谷主編，《文化與公共性》（生活‧讀書‧新知三聯書店，1998 年），頁 437。

再造的啟蒙現代性，霍米巴巴想問的是：這種重構和再造中是否沒有意識到一種文化局限性，那就是文化差異中的種族中心主義。的確，一旦將殖民性的維度帶入現代性，問題立刻就會浮現出來。霍米巴巴說：「我想提出我的一個反現代性的問題：在殖民條件下，在給予其自身的是歷史自由、公民自主的否定和重構的民族性的時候，現代性是什麼呢？」很顯然，在受到壓制的殖民性空間和時間內，出現了一種反現代性的殖民性。不過，霍米巴巴認為，這種轉換並非對於原有文化系統的簡單推翻，不是以一種新的符號系統代替原有的符號，因為這樣做的話其實只是助長了原有的未加反省的「統一性政治」。殖民性構成了現代性的斷裂，但它既質疑現代性，又加入現代性。它構成一種滯差的結構，從而重述現代性。[3]

那麼從後殖民的角度看，作為反現代性理論的西方後現代理論本身是不是也有問題呢？霍米巴巴的回答是肯定的。霍米巴巴在後期的文章，如〈後殖民與後現代：中介問題〉、〈新東西怎樣進入世界：後現代空間、後殖民時間和文化翻譯的試驗〉及〈種族、時間和現代性的修訂〉等文中，專門探討了後殖民與後現代的問題。霍米巴巴不但批評、訂正現代性，他還同樣地批評、訂正後現代性。在霍米巴巴看來，後現代主義在觀念上破除了很多固定的西方現代性概念，因而我們需要在反現代性的意義上借鑒後現代主義，但後現代主義還遠遠不夠，需要接受後殖民歷史的質疑，「我在這種後殖民性的反現代性意義上使用後結構主義理論，我試圖表現西方授權在殖民性「觀念」中的挫敗以至不可能性。我的動力是現代性邊緣的下層的歷史，而不是邏各斯中心主義，我試圖在較少的規模上，修訂成規，從後殖民的位置重新命名後現代。」[4]霍米巴巴在文章中專門討論了福柯的〈什麼是啟蒙〉一文，以此說明後殖民視野中的後現代主義的局限。福柯從康德的〈什麼是啟蒙〉一文的讀解出發，認為「現代性的符號是一

[3]Homi K. Bhabha, "Conclusion:Race, time and the revision of modernity" in *The Location of Culture*, First Published 1994 by rouledge, pp.236-256.
[4]Homi K. Bhabha, "The postcolonial and the postmodern: The question of anency" in *The Location of Culture*, First Published 1994 by Rouledge, p.175.

種破譯的形式」，其價值在於必須在歷史宏大事件之外的小型、邊緣敘事中尋找。霍米巴巴認為：通過康德，福柯將其「當下的本體論」追溯至法國大革命，他的現代性的符號正是從那裡開始的。在霍米巴巴看來，福柯雖然避免了君主主體和線型因果關係，但是如果站在西方之外的殖民地立場上就會發現新的問題。他認為，福柯所談論的法國大革命的現代性意義僅僅是針對於西方人而言的，對於非西方殖民地人民來說，法國大革命只是一個「難以忘懷的不公平的戲弄」，「如果我們站在後革命時期聖多明哥黑人的立場上，而不是巴黎的立場上，福柯的現代性空間符號的種族中心主義局限就暴露無遺了。」霍米巴巴認為，後現代主義反思西方現代性的問題在於不能脫離西方自身的視野，這種自我反省的結構無法掙脫西方自身的邏輯系統。特別在種族主義問題上，霍米巴巴對於福柯進行了尖銳批評。因為福柯沒有西方種族主義的視野，故而他在《性史》中不得不將歐洲 19 世紀種族主義解釋為一種歷史的倒退。霍米巴巴認為，希特勒在前現代而不是在性政治的名義下對猶太人的大屠殺，是對於福柯所說的現代性的一個巨大的歷史諷刺，「在這裡被深刻地提示出來的，是福柯與西方現代性的同構邏輯的共謀關係。將『血統的象徵』描繪為倒退，福柯否定了作為文化差異的符號及其重複模式的種族的時間滯差。」[5]

不能不承認，後殖民理論針對於殖民主義和西方中心主義的質疑，是對於西方啟蒙現代性及後現代性的最大挑戰，它無疑給前殖民地及第三世界國家地區的歷史分析提供了嶄新的歷史空間，遺憾的是，我們的歷史及文學史分析，姑且以臺灣文學史為例，似乎並沒有為之觸動，仍然不自覺地走在被強加的啟蒙現代性的邏輯中，未能意識到殖民地現實與啟蒙現代性之間的巨大裂縫。賴和是臺灣新文學史的開拓者，常常在啟蒙的意義上被稱為「臺灣的魯迅」，但我在閱讀賴和的時候，卻總感到無法將賴和與啟蒙主義論述嚴絲合縫地扣在一起，其間總存在著似是而非的地方。現在從

[5]Homi K. Bhabha, "Conclusion:Race, time and the revision of modernity" in *The Location of Culture*, First Published 1994 by Rouledge, pp.236-256.

後殖民的立場看起來,在西方啓蒙現代性的框架內論述殖民地臺灣原就是似是而非的,作爲臺灣新文學開創者的賴和恰恰給我們提供了一個反省和挑戰臺灣文學史敍述的機會。

二、

在論述賴和的時候,人們常常從他對臺灣封建道德的愚昧陰暗的批判開始,譬如賴和在小說中對於吸鴉片、賭錢、祖傳祕方等國民劣根性的批判,然後再轉出對於殖民統治的抗議,這顯然出自中國內地五四新文化以來「反封建」的現代性眼光。其邏輯是,賴和的主要關注在於「現代」和「世界」,以啓蒙提升落後的臺灣,爲此甚至不惜犧牲狹隘的民族自尊,當然日本的殖民壓迫卻提醒了他民族的仇恨,甚至使他對於「現代」的「合理世界」的理想產生懷疑。如此「啓蒙」論述,源遠流長。早在 1945 年爲賴和「獄中日記」的發表所寫的〈序言〉中,楊守愚就指出:「先生生平很崇拜魯迅,不單是創作的態度如此,即在解放運動一面,先生的見解,也完全和他『……所以我們的第一要著,是在改變他們(國民)的精神,而善於改變精神的,當然要推文藝……』合致。所以先生對於過去的臺灣議會請願、農民工人解放……等運動,雖也盡過許多勞力,結果,還是對於能夠改變民眾的精神的文藝方面,所遺留的功績多。」[6]作爲與賴和相交很深的同時代且同鄉作家,楊守愚以魯迅的「改造國民性」精神概括賴和,似乎成爲了後世有關賴和的啓蒙論述的源頭。當然,啓蒙論述還可以往前追溯。首次將賴和稱爲「臺灣文學的父母或母親」的王錦江(詩琅),早在 1936 年的時候就曾談道:「賴和還保有大量的封建文人的氣質。」[7]認爲賴和身上尚存「封建性」的不足,這其實是從反面說明論者所持的「啓蒙」立場。

[6]楊守愚〈獄中日記・序言〉,收於林瑞明主編,《賴和全集・雜卷》(臺北:前衛出版社,2000年),頁6。
[7]王錦江,〈賴懶雲論──臺灣文壇人物論(四)〉,1936 年 8 月《臺灣文學》第 201 號;後收入李南衡主編《賴和先生全集》(臺北:明潭出版社,1979 年)。

　　用「改造國民性」的思想來論述殖民地作家賴和，總讓人覺得有點尷尬。熟悉賴和著述的人，應該很容易發現，「國民性」在賴和那裡其實是一個標示著日本殖民教化的負面概念。在日據臺灣，「國民性」是日本人教訓臺灣人的口號。在日本人眼裡，臺灣人是愚昧落後的，只是通過「涵養國民性」，才能達到「文明」的日本人的地位。在〈歸家〉這篇小說中，我們能夠看到賴和對於「涵養國民性」的諷刺，這一點我們後文還會論及。在殖民統治下的臺灣，「啓蒙」其實是一悖論，因爲「新／舊」、「文明／落後」、「現代／封建」等總是與「日本／臺灣」等同起來，它事實上成了殖民者借以壓迫教化殖民地的「事業」，這不能不讓被殖民者心存疑慮。

　　賴和從種族歧視走向對於「文明」的懷疑過程，我們可以在帶自傳性質的小說〈阿四〉中見到端倪。在阿四從醫學校畢業後赴職的車上，一個日本人糾正阿四關於「同是日本人」的錯誤。這個日本人對他說：臺灣人也可以說是日本人，不過還是稱爲「日本臣民」較爲恰當，言之意「似在暗笑他不曉得有所謂的種族的分別」。「這句尖利的話，在阿四無機的心上，劃下第一道傷痕的刃傷。」隨後，醫院的現實很快驗證了這位日本人所說的「種族的分別」。在同去報告的學生中，阿四的薪水竟然不及日本人的一半，租房子的費用也僅僅是日本人的六折。他終於辭職回到了鄉間，開業就醫。他的想法是自己做事，可以較多自由，不似原來那麼受氣，「誰想開業以后，不自由反覺更多，什麼醫師法、藥品取締規則、傳染病法規、阿片取締規則、度量衡規則，處處都有法律的干涉，時時要和警吏周旋」。在殖民地臺灣，阿四想逃脱殖民壓迫，終究成爲不可能。值得注意的是，在賴和眼裡，醫學規則與法律及警察聯繫在一起，不僅成爲了民族壓迫的工具，也成爲了干涉個人自由的工具。在小說中，阿四「覺得他的身邊不時有法律的眼睛在注視他，有法律的繩索要捕獲他。他不平極了，什麼人們的自由？竟被這無有意義的文字所剝奪呢？」[8]在這裡，賴和發現：

---

[8] 賴和，〈阿四〉，收於林瑞明編《賴和全集 2・小說卷》（臺北：前衛出版社，2000 年），頁 265～275。

科學、法律等等現代文明觀念，事實上成為日本殖民統治的工具。對於文明「啟蒙」與種族歧視壓迫關聯的認識，奠定了賴和後來觀察問題的獨特眼光。

　　賴和成名作〈一桿「秤仔」〉，屢屢被我們舉為日本警察欺詐臺灣下層農民的文本。細究起來，賴和在這裡所抨擊的「欺榨」，其實就指向了「文明」的法規對於本土的窒息。小說中的「大人」想白拿秦得參的菜，未得逞後，惱羞成怒，就說秦得參的秤有問題，不但把他的秤折了，還把他關了監禁。賴和在小說中，直接分析了殖民統治之「法」，對於臺灣百姓的無處不在的盤剝，「因為巡警們，專在搜索小民的細故，來做他們的成績，犯罪的事件，發見得多，他們的高昇就快。所以無中生有的事故，含冤莫訴的人們，向來是不勝枚舉。什麼通行取締、道路規則、飲食物規則、行旅法規、度量衡規紀，舉凡日常生活中的一舉一動，通在法的干涉、取締範圍中。」[9]在小說〈蛇先生〉中，賴和更發出了對於殖民者法律的直接抨擊：「法律！啊！這是一句真可珍重的話，不知在什麼時候，是誰個人創造出來？實在是很有益的發明，所以直到現在還保有專賣的特權。世間總算有了它，人們才不敢非為，有錢人始免被盜的危險，貧窮的人也才能安分地忍著餓待死。……像這樣法律對它的特權所有者，是很利益，若讓一般人民於法律之外有自由，或者對法律本身有疑問，於他們的利益上便覺得有不十分完全，所以把人類的一切行為，甚至不可見的思想，也用神聖的法律來干涉取締，人類的日常生活、飲食起居，也須在法律容許中，纔保無事。」賴和這一段對於法律的抨擊，是有感於日本西醫法律對於臺灣民間醫士蛇先生的行醫資格的剝奪而發。令人奇怪的是，儘管賴和這段對於法律的抨擊被論者廣為徵引，但〈蛇先生〉這篇小說的主題卻常常被視為賴和對於迷信於民間草藥祕方的「國民性批判」。在這裡，「殖民批判」與「國民性批判」之間存在著某種邏輯上的衝突。

[9]賴和，〈一桿「秤仔」〉，收於林瑞明編《賴和全集2·小說卷》（臺北：前衛出版社，2000年），頁47～48。

　　〈蛇先生〉的故事是這樣的。在蛇先生的家鄉，隔壁村莊某一被蛇咬傷的農民，因爲醫治效果不明顯，經人推薦找到蛇先生，蛇先生敷之於草藥，病人的紅腫很快消除了。蛇先生反倒因此觸犯了法律，成了罪犯，因爲蛇先生不是「法律認定的醫生」。蛇先生被帶到了拘留所，並被拷打。如此，蛇先生的名聲反倒傳播出去了，上門求醫的多了起來。有一日，告發他的西醫找上門來，向蛇先生打聽他的草藥祕方。蛇先生誠懇地告訴他，並沒有什麼祕方，不過是一般的藥草而已，因爲多數陽毒的毒蛇咬人不過紅腫腐爛而已，「治療何須祕方」。西醫不相信，把草藥拿回去寄給朋友進行了一年多的科學化驗，結果證明的確並無特殊成分，不過巴豆等普通草藥。在我看來，〈蛇先生〉一方面的確諷刺了臺灣村民迷信祕方的思想，但另一方面更抨擊了以科學、法律爲名的日本（西方）[10]殖民文化對於臺灣傳統和民間文化的壓制，這似乎才是小說的重點。小說對於蛇先生的描寫是正面的，它反覆寫到蛇先生的誠懇坦白，而對於日本大人以科學、法律的名義欺詐鄉民的行爲卻有明確的批判。小說寫道：「他們也曾聽見民間有許多治蛇傷的祕藥，總不肯傳授別人，有這次的證明，愈使他們相信，但法律卻不能因爲救了一人生命便對他失其效力。」況且，這些「大人」執法的動機從來就不是爲了公正，賴和諷刺地寫道：「他們平日吃飽了豐美的飯食，若是無事可做，於衛生上有些不宜，生活上也有些乏味，所以不是把有用的生產能力，消耗於遊戲運動之裏，便是去找尋——可以說去製造一般人類的犯罪事實，這樣便可以消遣無聊的歲月，併且可以做盡忠於職務的證據。」[11]

　　事實上，賴和的批判不止於殖民者借「文明」之名行野蠻之實的層面，而涉及了對於「文明」本身的質疑。通常的看法認爲：科學實驗的結果，把蛇先生的「祕方」打回到原形，從而令迷信「祕方」的鄉間顯得如

[10]日本／西方的關係值得另外撰文討論。
[11]賴和，〈蛇先生〉，收於林瑞明編《賴和全集1‧小說卷》（臺北：前衛出版社，2000年），頁89～104。

何可笑。我的看法正相反，實驗的結果，其實表明了「科學」在民間醫藥面前的無能。賴和對於本土社會西醫的專斷，的確不無看法。在〈歸家〉中，賴和就借賣圓仔湯的和賣麥芽羹的小販的對話質疑過西醫的「權威」。在一位小販談起過去好是因為沒有日本警察的時候，另一位接著提到現在疾病的增多正是由西醫帶來的，「現在的景況，一年艱苦過一年，單就疾病來講，以前總沒有什麼流行病、傳染病，我們受著風寒，一帖藥就好，現在有的病，什麼不是食西藥竟不會好，像我帶（染上）這種病，一發作總著（得）注射纔會快活，這樣病全都是西醫帶來的。」另外一位對此亦表示同意，「哈！也難怪你這樣想，實有好幾種病，是有了西醫纔發見的。」[12]蛇先生的民間草藥的確具有治療蛇傷的神奇效果，但因為不能為建立於西方知識之上的科學實驗所確定就被取消資格，甚至視為犯罪，這正是普遍性的西方現代知識對於非西方地方性文化的暴力。事實上，作為中國傳統文化的中醫，至今也沒有完全得到西方醫學科學的承認，原因正是沒有得到賴和所說的科學試驗的證明。西方醫學科學至今還以解剖學為根據，宣布中醫經絡理論的荒謬。「科學」的邏輯十分可怕的，逼迫你去遵守，「所謂實在話，就是他們用科學方法所推理出來的結果應該如此，他們所追究的人的回答，也應該如此，即是實在。蛇先生之所回答不能照他們所推理的結果，便是白賊（說謊）亂講了，這樣不誠實的人，總著（得）儆戒，儆戒！除去拷打別有什麼方法呢？拷打在這二十世紀是比任何一種科學方法更有效的手段。」賴和對於「科學」的批判，讓我們想到多少年後福柯對於科學是制度化的權力的論述。在福柯看來：關於科學通過實驗，揭穿謬誤，從而證明真理的看法是遠遠不夠的；科學不過是權力的表達形式而已，這種權力形式逼迫你說某些話，如果你不想被人認為持有謬見，甚至被人認作騙子的話。當然，福柯尚未想到，西方的科學權力在文化系統不同的殖民地成為了更為有效也更為殘酷的統治形式。賴和在這裡將科學的

---

[12]賴和，〈歸家〉，原載《南音》創刊號，1932 年 1 月 1 日；後收入林瑞明編《賴和全集 1・小說卷》（臺北：前衛出版社，2000 年），頁 21～29。

邏輯與拷打聯繫在一起，很形象地說明了西方現代知識對於殖民地的暴
力。

　　在日據臺灣，啓蒙總是與殖民性聯繫在一起，而「落後」卻與本土文
化相聯繫，所謂「封建文化」卻恰恰是殖民地人民抵抗殖民侵略、堅持本
土認同的資源，因而施淑所說的賴和對於臺灣本土「封建道德的愚昧陰
暗」的批判，事實上往往並不那麼分明。在啓蒙解讀中，我感到賴和對於
本土風俗及傳統文化的支持和眷戀的一面往往被論者忽略了。

　　賴和的第一篇小說〈鬥鬧熱〉描寫民間由迎神會而來的鬥鬧熱的風
俗，這篇小說的主題往往被概括爲「反封建」，如林瑞明認爲，賴和在這篇
小說中「以近代知識分子的觀點，批評舊社會迎神賽會所引起的鋪張的、
無意義的競爭」[13]。這種「反封建」的觀點，在小說中的確可以得到支持。
如小說中「丙」就對「鬥鬧熱」這一習俗發表了如下批判，「實在是無意義
的競爭——胡鬧，在這時候，大家救死且沒有工夫，還有空兒，來浪費這
有用的金錢，實在可憐可恨，究竟爭得什麼體面？」不過，在我看來，問
題並不這麼簡單。小說中「一位像有學識的人」說：鬥鬧熱「也是生活上
一種餘興，像某人那樣出氣力的反對，本該挨罵。不曉得順這機會，正可
養成競爭心，和鍛鍊團結力。」這種肯定鬥鬧熱的說法，與「丙」的批判
正相反。值得注意的是，這裡對於鬥鬧熱的肯定，來自於「競爭心」和
「團結力」這種民族精神培養的角度。小說前文也曾談到鬥鬧於失敗者和
優勝者的競爭意義，「一邊就以爲得到了勝利——在優勝者地位，本來有任
意凌辱壓迫劣敗者權柄。所以牠們不敢把這沒出處的威權，輕輕放棄，也
就忠實地行使起來。可不識那就是培養反抗心的源泉，導發反抗力的火
線。一邊有些氣憤不過的人，就不能再忍住下。約同不平者的聲援，所謂
雪恥的競爭，就再開始。」這裡雖然談到的是臺灣本土地方間的競爭，但
聯想到日本殖民者在臺灣的絕對優勝者的地位，聯想到臺灣從日本占領初

[13] 林瑞明，《臺灣文學與時代精神——賴和研究論集》（臺北：允晨文化公司，1993 年）。

期的激烈反抗和這種反抗在日本鎮壓下的逐漸式微，便不能不說鬥鬧這種風俗所培養的「競爭心」和「團結力」有潛在民族對抗的含義在內。無怪乎上了歲數的人在談到鬥鬧熱的時候，首先懷念日據前臺灣鬥鬧的激烈，感嘆日本對於臺灣「地方自治」的破壞，「像日本未來的時，四城門的競爭，那就利害啦！」「那時代，地方自治的權能，不像現時剝奪的淨盡，握著有很大權威……」從小說描寫看，對於鬥鬧熱，賴和未見得有多少諷刺，反倒讓人感到他對於這一風俗的懷念。小說的結尾是這樣的，「真的到那兩天，街上實在鬧熱極了。第三天那些遠來的人們，不能隨即回家，所以街上還見來往人多，一到夜裡，在新月微光下的街市，只見道路上，映著剪伐過的疏疏樹影，還聽得到幾聲行人的咳嗽和猩猩的狗吠，很使人戀慕著前幾天的鬧熱」[14]。作為臺灣新文學開創者的賴和的第一部白話小說，〈鬥鬧熱〉有如此優美的描寫讓人欣喜，這裡臺灣本地民眾對於鬥鬧熱這一民風民俗的「戀慕」，賴和本人當也享有一份吧。

在賴和對「封建中國的蒙昧落後」的批判中，對臺灣人嗜賭的批判較為引人注意。小說〈不如意的過年〉中的一段話常常被徵引：

> 說到新年，既生為漢民族以上，勿論誰，最先想到就是賭錢。可以說嗜賭的習性，在我們這樣下賤的人種，已經成為構造性格的重要部分。暇時的消遣，第一要算賭錢，開暇的新正年頭，自然被一般公認為賭錢季節，雖然表面上有法律的嚴禁，也不會阻過它的繁盛。[15]

賴和不滿於臺灣本地的嗜賭的習慣，並將其與民族性格聯繫起來，說出「下賤的人種」這樣的過激之詞，這自然是國民性批判的好的材料。不過，〈不如意的過年〉中的這段激烈批判臺灣人嗜賭的議論其實只是一段與

[14]賴和，〈鬥鬧熱〉，收於林瑞明編《賴和全集 1・小說卷》（臺北：前衛出版社，2000 年），頁 33～41。

[15]賴和，〈不如意的過年〉，收於林瑞明編《賴和全集 1・小說卷》（臺北：前衛出版社，2000 年），頁 79～87。

小說主題無關的發揮。小說中的日本警察大人本來不在值日期內，若在平常的時候，即使有人死了也不關他的事，這回他卻因為個人進貢變少而想借此懲戒鄉民，結果抓住了一個與賭博無關的孩子並把他關了一夜。由此可見，小說的主題是抨擊日本警察大人借查賭之名對於臺灣兒童的殘害，賭博並不是這部小說關注的對象。賭博是臺灣民間盛行的現象，這一民風或者不好，但這種現象一旦被置於臺灣民眾與日本統治者的關係之中，意義就顯得不同了。這種時候，賴和甚至轉而公開為賭博辯護。〈不如意的過年〉中的激烈批判賭博的話常常為人徵引，但賴和的下面一段對於日本殖民者「禁賭」的法律的批判卻不為人所注意：

> 在所謂文明的社會裡，賭博這一類的玩意兒，總被法律所嚴禁，不管他裡面黑暗處怎麼樣，表面上總是如此。但所謂法律者，原是人的造作，不是神——自然——的意思，那就不是完全神聖的東西了，況使這法律能保有牠相當的尊嚴和威力，是那所謂強權，強權的後盾就是暴力，暴力又是根據在人的貪慾之上。[16]

而在〈浪漫外紀〉裡，敢於反抗日本殖民者，被賴和寄予希望的臺灣人，竟然就只是一些賭徒。「這一夥是出名的鱸鰻，警察法律，一些也不在他們眼中，高興做什麼便做，一些也不願受別人干涉拘束，在安分守己的人看來，雖有擾亂所謂安寧秩序，但快男兒不拘拘於死文字，也是一種快舉。而且他們也頗重情誼，講這樣便這樣，然諾有信，勇敢好鬥，不怕死而輕視金錢，這幾點殊不像是臺灣人定型的性格。」小說以日本警察抓賭開始，這一群鱸鰻們在野外開賭，正賭得熱鬧，警察來襲，夥中首領從容發出命令：「快，散開！各到溪邊去聚集，設使有人被捉，著受得起打躂，一句話也不許講！」而在警察搜到溪邊的時候，鱸鰻們憤起擊倒了兩個警

---

[16]賴和，〈未命名〉，收於林瑞明編《賴和全集 2・新詩散文卷》（臺北：前衛出版社，2000 年），頁 217。

察,「兩個被難的警察,被發見的時候,大地已被黑暗所占領所統治了」。日本警察對此束手無策,「到翌日只拿幾個無辜的行人,去拷打一番,稍稍出氣而已」[17]。論者常常借用這部小說中「臺灣人定型的性格」一語闡述賴和對於國民性劣根性的批判,這國民劣根性中主要內容之一就是賭博,他們似乎沒有注意到其間的矛盾,即:賴和所稱讚的「殊不像是臺灣人定型的性格」的人正是一夥賭徒。

三、

在《小說香港》一書中,我曾經提出不能以「新／舊」文學的框架構建殖民地香港文學的說法:

> 大陸所有的香港文學史都襲用了中國現代文學史的框架,以新舊文學的對立開始香港新文學的論述。這一從未引起疑問的做法其實是大可質疑的。香港的歷史語境與中國內地不同,香港的官方語言和教育都是英語,中文是受歧視的,香港曾發生過多次爭取中文地位的鬥爭。
> 中國古典文學是香港歷史上中文文化承傳的主要形式,擔當著中國文化認同的重要角色。如果說中國古典文化在大陸象徵著封建保守勢力,那麼它在香港卻是抗拒殖民文化教化的母土文化的象徵。大陸文言白話之爭乃新舊之爭,進步與落後之爭,那麼同為中國文化的文言白話在香港乃是同盟的關係,這裡的文化對立是英文與中文。香港新文學之所以不能建立,並非因為論者所說的舊文學力量的強大,恰恰相反,是因為整個中文力量的弱小。在此情形下,香港文學史以新舊文學的對立作為論述的邏輯地點,批判香港的中國舊文化,這不能不說具有一定的盲目性。[18]

---

[17] 賴和,〈浪漫外記〉,林瑞明編《賴和全集 1・小說卷》(臺北:前衛出版社,2000 年),頁 133～149。
[18] 趙稀方,《小說香港》(生活・讀書・新知三聯書店,1993 年),一版,頁 6～7。

　　這種批評針對的是大陸的香港文學史，臺灣文學史敘述其實也存在著類似的情況。它們像大陸的中國現代文學史一樣，同樣以新舊文學的對立為敘述框架。值得注意的是，被稱為「臺灣新文學之父」的賴和卻並不像中國五四的新文學者或者臺灣的張我軍那樣對於中國舊文化採取絕對的排斥的態度，相反，他並不否定中國舊文化，並不否定新舊文學之間的聯繫。事實上，賴和是一個新舊文學並重的作家，而在日本殖民者強行實施日語寫作的皇民化階段完全回到舊詩寫作。我們盡可以說，賴和本人並不單純地是一個新文學作家，他同時也是一個舊文學作家。

　　日本占領臺灣之後，一直致力於割斷臺灣與中國文化的聯繫，以日本文化同化臺灣。日本的文化政策經歷了三個過程：開始階段為了平息激烈的反抗，可以容許保留一些殖民地的文化；第二個階段則從教育文化等方面逐漸地封殺臺灣本土中國文化；第三個階段以 1937 年皇民化為標誌，徹底地杜絕中國文化，實施完全的日本化。在這種情形下，源遠流長的中國文化在殖民地臺灣當然構成了母土文化認同的象徵，成為反抗日本殖民統治的文化動力。日據時期臺灣中國文化存在主要方式有二：一是傳統書房，二是詩社。日本人開始對傳統書房未加注意，但至 1898 年頒布「書房義塾規則」以後，臺灣的書房便逐漸受到限制乃至取締。此後，詩社便成為民族文化承傳的主要形式。1937 年皇民化以後，臺灣漢語出版物被迫終止，惟一保存下來的漢文化只有古典詩社和刊載古典詩的《詩報》、《風月報》等。而抵抗日語的新文學作家，往往回到中國舊文學的創作上來。中國舊文化在臺灣民族認同和殖民抵抗中的重要作用，由此顯得更加重要。施韻珊致臺灣古典詩人代表連雅堂云：「先生主持文壇，提倡風雅，使中華國土淪於異域而國粹不淪於異文化者，誰實為之？賴有此爾。」[19]此信寫於 1920 年代，卻足以說明舊文學在整個日據時期保存中國文化的功能。

[19]施懿琳，〈從沈光文到賴和——臺灣古典文學的發展與特色〉，《臺灣詩薈》1925 年元月，第 13號；《從沈光文到賴和——臺灣古典文學的發展與特色》（高雄：春暉出版社，2000 年），頁190。

　　讀者很自然地會問，為什麼單單舊文學可以保存下來呢？這就涉及臺灣舊文學受到攻擊的主要理由，即舊文學界與日本人的唱和。殖民統治的一個規律是，殖民者往往利用本土舊文化反對與現代民族運動相關聯的新文化。法儂在其著作中曾談到法國殖民者利用阿爾及利亞舊文化的辯證法，論述十分精彩。1920 年代末，港英總督盛稱中國文化，也曾受到魯迅的諷刺。本來很多日本人具有漢學修養，為了緩和臺灣人的文化抵抗，他們時常與臺灣舊詩人來往唱和，臺灣舊文人以詩文趨炎附勢於殖民者的當然不少。這便是張我軍所批評的：「一班大有遺老之概的老詩人，慣在那裡鬧脾氣，謅幾句有形無骨的詩玩，及至總督閣下對他們送秋波，便愈發高興起來了。」[20]不過，在我看來，這並不是問題的全部。據施懿琳的研究，古典詩人的類型有三種：一種是「徹底抗日，拒絕妥協者」，以洪棄生和賴和為代表；二是「表面與日政府虛應，而骨子裡卻有堅定的抗日意識者」，以霧峰林家為領導的「臺灣文化協會」和「櫟社詩社」為代表；三是「親日色彩極濃，但作品實不乏抒發滄桑之痛者」，以臺北「瀛社」為代表。[21]由此可見，臺灣古典詩中，既有直接或間接的反抗日本殖民統治、反映民生的作品，也有應和諂媚之作，不必偏廢。施懿琳總的結論是：「古典詩在日治時期共同的貢獻是：終究能在日本統治下，保有漢文化的種苗，不致因日本『皇民化運動』的推行而喪失對漢文化的認識和了解。」事實上，對於舊詩人「歌功頌德」的抨擊，不但來自新文學界，同樣來自古典文學界。連雅堂與張我軍有過關於新文學的論戰，但他對於舊詩人的「無行」的抨擊同樣十分激烈，「談利祿者，不足以言詩；計得失者，不足以言詩；歌功頌德者，尤不足於言詩。」如此，舊文學與日本人的關係，顯然並不能成為我們否定臺灣舊文學的理由。正如我們不能根據具有皇民文學傾向的新文學作品，來否定臺灣新文學。

---

[20]張我軍〈糟糕的臺灣文學界〉，《臺灣民報》第 2 卷第 24 號，1924 年 11 月 21 日；後收入張光正編《張我軍全集》（臺北：人間出版社，2002 年），頁 6～7。
[21]施懿琳，《從沈光文到賴和——臺灣古典文學的發展與特色》（高雄：春暉出版社，2000 年），頁191～204。

　　自小受到漢學教育，感受到日本的殖民文化壓迫的賴和，在對待中國傳統文化和文學的態度上，較從北京回臺、根據胡適、陳獨秀的理論否定臺灣的中國傳統文化的張我軍要複雜得多。賴和從自由平等人權的現代觀念出發，批評孔孟舊文化，但他只是反對泥古，主張革新，並不徹底否定中國文化，相反他聲言中國傳統文化之偉大，強調自己與中國文化的血緣聯繫。據 1921 年 11 月 7 日《臺灣日日新報》載，在彰化青年會上，賴和由批評同姓結婚進而抨擊「聖賢遺訓」：「人□貴謂乎自由，同姓結婚，同姓不結婚，聽人自由乃可，孔子孟子之教義，束縛人權，侵害人生自由，爲漢族之大罪人，故孔廟宜毀。」這番言論，令滿座之人皆驚。不過，賴和很快在當月 10 日《臺灣日日新報》登出〈來稿訂誤取消〉，澄清說明自己的立場，他認爲「反對遵古，乃倡革新」的確是自己的立場，不過，自小受孔孟文化教育的他並沒有詆毀聖人，完全否定中國文化，況中國文化之偉大，亦非他能夠毀滅，「僕自信尚非喪心病狂，豈敢如投稿者所云，肆意毀謗聖人，倡言焚拆毀聖廟哉？且孔孟何人，豈僕一言所能爲之罪？聖廟何地，豈僕之力即可使之毀？彼高大妄想者流，亦不敢若是狂言，況僕之先人亦同處禹域，上戴帝堯重天，食后稷之植，衣軒轅之織，受孔孟之育，居風化之中，寧無性情乎？」在有關新舊文學的態度上，賴和的態度也很獨特。他肯定從前的舊文學的價值，批評臺灣當前的舊文學，因爲它們不能表達真實性情。賴和說：「既往時代的舊文學，自有其存在的價值，不在所論之列，只就現時的作品（臺灣）而言，有多少能認識自我、能爲自己說話、能與民眾發生關係。不用說，是言情、是寫實、是神祕、浪漫、是……大多數——說歹聽一點——不過是受人餘唾的「痰壺」罷。」[22]而因爲新文學強調「舌頭和筆尖」的合一，以民眾爲對象，是進化的現象，賴和覺得應該予以支持。在賴和看來，文學的價值並不取決於形式的新舊，而在於表達，「至於描寫的優劣，在乎個人的藝術手腕，不因新舊的

---

[22]懶雲，〈讀臺日紙的「新舊文學之比較」〉，《臺灣民報》第 89 號，1926 年 1 月 24 日。

關係。」因此，他提出：「若能把精神改造，雖用舊形式描寫，使得十分表現作者心理，亦所最歡迎。」而新文學的食洋不化，卻受到他的批評，「最奇怪就是臺灣的新文學家，有幾個能讀洋文，偏偏他們的作品，染有牛油麵包臭，真真該死。又且年輕欠缺修養，動便罵人，實大不該，罵亦須罵得值，像那詠著聖代昇平，吟著庶民豐樂的詩人們，真值得一罵？」

　　在殖民地臺灣，面對日本殖民主義文化的壓迫，中國文化是對抗殖民統治、維繫身分認同的基本依靠，新舊文化的部分之爭顯然不應過於強調。在 1930 年代的〈開頭我們要明瞭地聲明著〉一文中，賴和更加明確地強調新舊之分的相對性：「由來提唱不就是反對，廢減又是另一件事，新舊亦是對待的區分，沒有絕對好壞的差別，不一定新的比較舊的就更美好，這些意義望大家們要須了解。」並且，他專門肯定了舊文學存在的合理性和價值，以便讓舊文人「宿儒先輩」們放心，「舊文學自有她不可沒有價值，不因為提唱新文學就被淘汰，那樣會歸淘汰的自沒有用著反對的價值。」事實上，賴和本人在創作上其實是新舊文學並重的。賴和自幼接受漢日文兩種教育，他 10 歲入書房，14 歲入小逸堂，接受了良好的中國舊學薰陶。他在漢詩寫作上很有造詣，曾被稱為臺灣舊詩界的「後起之秀」和「青年健將」。不同於遺老遺少的無病呻吟，賴和以舊詩的形式表達新的思想內容。譬如他在創作於 1924 年的著名的〈飲酒〉詩中寫道：

> 仰視俯蓄兩不足，淪為馬牛膚奇辱。
> 我生不幸為俘囚，豈關種族他人優？
> 弱肉久已恣強食，致使兩間平等失。
> 正義由來本可憑，乾坤旋轉愧未能。
> 眼前救死無長策，悲歌欲把頭顱擲。
> 頭顱換得自由身，始是人間一個人。

詩歌揭示臺灣人在日本殖民統治淪為牛馬俘囚的奇恥大辱，批判日本

殖民者弱肉強食的暴虐，呼喚臺灣人爲了自由、平等、正義，爲了成爲一個現代人而奮鬥。「我生不幸爲俘囚，豈關種族他人優？」意思說臺灣的奴隸命運不過是日本殖民侵略的結果，並非種族優劣的問題，這對於強調賴和「國民性批判」的論述是一個有力的回應。〈飲酒〉雖然是一首舊詩，但其思想觀念卻是全新的。它是賴和以中國傳統文化爲信念和形式，反抗日本異族殖民統治的象徵之作，也標示了傳統舊詩在新時代可能的意義。1920 年代中期，賴和轉入新文學，創作出了〈一桿「秤子」〉等臺灣文學史上最早的白話文學作品。此後，賴和開始白話文學的創作，不過他的舊詩寫作並未停止，他經常兩者穿插並用。而在 1937 年日本禁止臺灣報刊漢文欄之後，賴和堅持不用日文寫作，重新回到舊詩寫作。縱觀賴和一生的創作，他的舊詩創作時間最長，數量達上千首，占五卷《賴和全集》的兩卷。「臺灣新文學之父」的舊文學似乎的確被忽略了，這忽略的背後隱含的是我們的文學史取捨眼光。

　　王詩琅在 1930 年代的時候曾談道：賴和是「由中國文學培養長大的作家」。[23]賴和與中國文化的聯繫其實不止於文學，值得注意的是他與中國現代民族主義的關係。在〈高木友枝先生〉一文中，賴和提到，辛亥革命的時候，學校有人進行募集軍資者，爲當局所知，當局來學校調查，並警告學生，免得以後「後悔流淚」。[24]中國同盟會在臺灣的大本營的確在賴和所在的臺灣總督府醫學校，核心正是賴和的同期同學、好友翁俊明等人。翁俊明 1910 年 9 月 3 日奉孫中山先生之命委派爲臺灣通訊員，在醫學校成立通訊處，發展會員三十多人，1911 年復又成立復元會，至 1914 年發展至 76 人。賴和與翁俊明等人來往很多，據林瑞明考察，他很可能是復元會的會員。1941 年賴和再次被捕，入獄的原因正是因爲日本當局要審查他與翁俊明的關係。1925 年孫中山先生去世，賴和悲痛撰寫輓聯曰：「當四萬萬

[23]王錦江（詩琅），〈賴懶雲論——臺灣文壇人物論（四）〉，《臺灣文學》第 201 號，1936 年 8 月；後收入李南衡主編《賴和先生全集》（臺北：明潭出版社，1979 年）。
[24]賴和，〈高木友枝先生〉，林瑞明編《賴和全集 2‧新詩散文卷》（臺北：前衛出版社，2000 年），頁 288～289。

同胞，酣醉在大同和平的夢境中，生息在專制忘我的傳統道德下，嬉戲在豆剖瓜分的危懼裡，使我們曉得有種族國家，明白到有自己他人，這不就是先生呼喊的影響麼？」[25]賴和談論孫中山的思想貢獻，獨標「種族國家」「自己他人」，可見對於殖民地統治下種族身分的敏感，也表明賴和思想與中國民族主義的淵源關係。

四、

　　提到殖民地的民族主義，不由想起很知名的印度的庶民研究（Subaltern Studies）。根據他們的研究，關於殖民地印度的民族主義，主要有兩種方向：一是殖民主義史學，它將民族主義的形成歸結爲英國殖民統治的結果；二是本地民族主義史學，它將殖民民族主義解釋爲地方菁英的反抗殖民者的事業。「庶民研究小組」認爲，在這裡，廣大的被壓迫階級沒有發言的空間，處於沉默的狀態，人民大眾的民族主義被遺漏了。他們打算通過對於被壓迫階級歷史的研究，釋放廣大的人民的聲音，形成所謂「人民的政治」。斯皮瓦克（Gayatri Chakravorty Spivak）對於「庶民研究小組」的工作是欣賞的，她本人也參與了其間的工作，但她卻從方法上對於「人民的政治」提出了質疑。她認爲，大眾根本沒有機會發出自己的聲音，即使發出聲音，也沒有聽到；而「庶民研究小組」能否反映底層階級聲音，本身就是個問題，他們與西方知識的關係肯定是曖昧不清的。[26]

　　「庶民研究小組」所說的殖民地民族主義的兩種類型，在臺灣似乎十分清晰。殖民地史學可以《臺灣總督府警察沿革志》等書爲代表，它們站在日本人的立場上將近代臺灣史寫成「馴化」和「營造」的歷史。民族主義史學大致可以蔡培火等人的《臺灣民族運動史》等書爲代表，它們書寫

---

[25]賴和，〈孫逸仙先生追悼會輓詞〉，林瑞明編《賴和全集 3・雜卷》臺北：前衛出版社，2000年），頁58。

[26]Gayatri Chakravorty Spivak, *Can the Subaltern Speak?* Marixsm and the Interpretation of Culture, 1988 by the Board of Trustees of the University of Lllinois Manufactured in the United States of america. pp.271-313.

的確是從日本臺灣留學生到臺灣文化協會等臺灣菁英知識者創造歷史的過程。賴和應該屬於臺灣知識菁英階層，他參加過很多文化協會的革命活動，但賴和的獨特之處在於，他常常能夠站在大眾的位置上思考問題，對於自己所屬的知識階層的啟蒙事業進行質疑和反省。賴和不但如斯皮瓦克那樣懷疑知識者代表大眾的資格，而且更進一步，嘗試解決斯皮瓦克所說的「庶民不能發聲」的問題。他試圖運用臺語對話體的方法，讓我們聽到底層大眾的聲音，呈現臺灣大眾與知識者的緊張關係。

在〈歸家〉這篇小說中，賴和試圖以回鄉的知識者「我」與兩個街上賣圓仔湯的和賣麥芽羹的小販的對話，表現臺灣土著百姓與知識者對於日本殖民文化的不同態度。在談到教育的時候，小販認為不必要讓孩子上學校學日文，因為完全用不上，而且學校也不誠心誠意地教。「我」不同意日文「用不著」這一說法，於是有下面的爭論：

怎樣講用不著？

怎樣用得著？

在銀行、役場官廳，那一處不是無講國語勿用得嗎？

那一種人自然是有路用咯，像你，也是有路用，你有才情，會到頂頭去，不過像我們總是用不著。

怎樣？

一個囝仔要去食日本人的頭路，不是央三托四抬身抬勢，那容易；自然是無有我們這樣人的份額，在家裡幾時用著日本話，只有等待巡查來對戶口的時候，用牠一半句。

「我」覺得學日語是重要的，因為銀行、官廳都用得上，但小販卻認為他們是用不著的，除非巡查來查戶口的時候。的確，較之百姓，知識者是容易受到殖民教化的團體，因為日本殖民者會經由知識教化的途徑提高部分臺灣人的地位。這場對話讓我們看到了臺灣的知識者與百姓的分野。

更精彩的是這段對話的結尾,它同時也是小說的結尾。「我」在無言可對後,說道:

> 學校不是單單學講話、識字,也要涵養國民性……

還沒有聽到小販的回答,只聽到了不知什麼人喊了一聲「巡察」,兩個小販顧不上說話,匆匆挑起擔子跑了。賴和讓「我」說出「涵養國民性」的話,是一種沉痛的諷刺。臺灣的部分知識者,已經學會了殖民者的話語。在〈歸鄉〉的開始,「我」曾注意到一個現象:即從前在街上成群結隊地嬉鬧的孩子都不見了,對日文抵觸的本地孩子現在愈來愈多地去公立學校了,「啊!教育竟這麼普及了?記得我們的時候,官廳任怎樣獎勵,百姓們還不願意,大家都講讀日本書是無路用,為我們所當讀,而且不能不學的,便只有漢文。不意十年來,百姓們的思想竟有了一大變換。」[27]如此看,日本在臺灣的殖民教化已經獲得愈來愈多的成功,這是令人悲哀的。不過,販夫們雖然來不及回答「我」的問題,作者賴和卻以兩個販夫被日本警察嚇走這一行為做了更為有力的回答:無論如何「涵養國民性」,臺灣人不過是被殖民者,而日本人永遠是主子。

對於臺灣的知識者的問題,賴和有著清醒的認識。他在《赴會》中借他人之口說:「那些中心分子大多是日本留學生,有產的知識階級,不過是被時代的潮流所激盪起來的,不見得有十分覺悟,自然不能積極地鬥爭,只見三不五時開一個講演會而已。」百姓們怎樣看待這種政治文化活動呢?在小說〈赴會〉中,「我」在去赴霧峰參加文化協會理事會的車上,聽到農民對於文化協會的議論。

> 他們不是講要替臺灣人謀幸福嗎?

---

[27] 賴和,〈歸家〉,原載《南音》創刊號,1932 年 1 月 1 日;後收入林瑞明編《賴和全集 1 · 小說卷》(臺北:前衛出版社,2000 年),頁 21~29。

講好聽？

今日聽講在霧峰開理事會。

阿罩霧（指霧峰林家）不是霸咱搶咱，家伙（家產）那會這樣大。

不要講全臺灣的幸福，若只對他們的佃戶，勿再那樣橫逆，也就好了。

阿彌陀佛，一甲六十餘石，好歹冬不管，早冬五，晚冬討百，欠一石少一斤，免講。

車上農民們的這番議論，是相當尖刻的。霧峰林家是臺灣文化協會的領導，以爭取全體臺灣人的利益爲口號展開政治文化活動，農民們卻認爲這「爲臺灣人謀利益」只是說得好聽，事實上他們自身就是剝削臺灣百姓的大地主，霸占搶奪農民。農民們認爲，不要說爲全體臺灣人民，他們能做到對自己的佃戶寬容一點就不容易了。由此，小說《辱？！》中民眾甚至開始討厭這幫講文化的人，甚至希望他們被官家捉去「錘死」，「駛伊娘，那班文化會，都無伊法，講去乎人幹（講它幹啥）！今日（今天）又出來亂拿，叫去罰五十外人。」「這號，只好從講台頂，一個一個，扭落來錘個半死纔好，害大家。」臺灣的知識者，自以爲啓蒙大眾，進行民族革命，焉知民眾並不買他們的賬。作爲知識者的賴和，能夠站在民眾的立場呈現出民族知識菁英革命的局限，實屬不易。

因爲認同於殖民地臺灣的文化和民眾，賴和不但反抗日本殖民者的「啓蒙」事業，同時對臺灣本地以「啓蒙」自居的知識者也不加信任。這裡的賴和形象，無疑與我們通常的「啓蒙現代性」、「改造國民性」論述不相符合。賴和提醒我們：在殖民地臺灣，「啓蒙」如何可能呢？這是我們的文學史書寫不得不面對的問題。

——選自中國社會科學院文學所編《中國社會科學院文學研究所學刊》

北京：中國社會科學出版社，2007 年 12 月

日治時期臺韓小說的他者性經驗與後殖民視角

以賴和與廉想涉小說爲例

◎崔末順[*]

一、前言

　　臺韓兩國均曾在 19 世紀末資本主義以帝國主義形態擴展其勢力的氣流當中，受到已先一步接受現代性洗禮而成爲後發資本主義、帝國主義國家日本的侵略，並先後淪爲其殖民地。儘管在接受殖民統治的時間長短不同，[1]但該時期兩國的歷史演進，卻同樣是透過日本與西方接觸，進而接受西方的現代文明及價值體系，並在對抗日本的過程中產生民族自覺和國家認同。而該時期兩國共有的這些對西方價值的接受、知識分子對民衆的文化啓蒙，以及對殖民資本主義做出因應等時代精神，我們通常都會以現代性課題來加以把握。不過，由於兩國係在殖民地處境中被迫進入現代歷史階段，因此顯露的西方現代性問題，其樣貌總是複雜而矛盾，然而這些現代性既是兩國積極爭取的對象，同時又是必須加以批判的課題。

　　現代性和殖民性的矛盾和糾葛情形，在兩國的日治時期文學中也同樣呈現。一般認爲，殖民地是現代性主體中心思想的矛盾集中的場域，也是試圖擺脫現代性所作努力的起點，從這一點來看，即可知道東亞國家的現代性和後現代性問題，並不是順著時間先後展開的連續性概念，而是以殖

---

[*]政治大學臺灣文學研究所助理教授。
[1]臺灣前後 51 年（1895～1945），韓國共 36 年（1910～1945）。

民地這個空間作爲媒介所展現的一種既複雜又模糊曖昧的雙重性概念。因此，個人以爲唯有嘗試跨越殖民思考的後殖民角度來進行審視，方能釐清現代性和後現代性的關係，並能藉以尋找顛覆殖民主義論述的文化策略。

　　一般認爲，後殖民主義是指有過被殖民經驗的國家和人們，企圖克服及超越人種主義和殖民主義所作的一切努力。以克服被殖民經驗爲首要目標的後殖民理論，重新檢討了帝國主義和殖民主義、國家和民族論述等大敘事和大論述，同時也用更細膩的角度，審思帝國主義和民族主義的二項對立問題、自我主體的同一性邏輯問題、現代性和後現代性所共存的殖民地現象問題。現今學界陸續提出各種「後」理論，來尋求解構自我主體中心主義這個西方現代性的核心思想，以努力擺脫西方資本主義和殖民主義在亞洲所造成的陰影，並試圖找回固有民族文化和地域認同。後結構主義、後現代主義、後殖民主義等理論已有效遂行了「去中心」，對現代性取得了多元性了解，並導出微論述的新認知方式。不過，就如同後現代主義被認爲是資本主義全球化的理論根據，甚至是晚期產業社會的意識形態一般，「後」理論往往在資本的全球性擴散，以及先進國對落後國家的文化滲透上，被任意加以利用。因此，想要確實地運用後殖民主義理論，我認爲必須具備能夠解構引發帝國主義和殖民主義的西方自我中心思想和壓抑他者的同一性邏輯，以及不固執於排他性民族主義、具有開放性民族立場和文化認同的一個角度。此時，後殖民理論所提供的兩項對立的解構和對文化混雜的正視，對處在全球化浪潮中正摸索著自我定位的第三世界學者而言，足以帶來某種程度的啓發。

　　回顧我們地球村的歷史，占有 80%以上的人口，曾經有過被殖民的經驗，而其他人口，某種程度上來說，則是殖民帝國主義者，可見後殖民主義角度是一個非常嚴肅的全球性問題。眾所皆知，最近十餘年間，常被拿來討論的所謂世界化或全球化，其實對落後的國家和人民而言，無異形同成爲另一種形式的殖民地或新殖民地，一種被強制要求犧牲的桎梏。想要克服此一現象，以塑造出真正意義的全球空間，自然有必要去慎重思考後

殖民角度所關注的問題領域。

　　在文學敘事中，後殖民角度和觀點主要是在透過文本所呈現的他者性經驗中獲得。這裡所講的他者性經驗，是指主體（Self）共有他者（Other）的經驗。在 20 年代東亞現代性的場域裡，所謂他者是指被現代國家的想像共同體所抑壓、所排擠的勞動者、女性或被殖民者，他不同於主體的異質性群眾。由於現代初期兩國爲了趕上西方現代所擬定的啓蒙方案，以及他們所被強制接受的殖民主義，都同樣存在排斥他者的主體中心主義，因此，兩國的異質性他者不斷產生在自己領土內被排擠的感受經驗。而文學敘事中在這些異質性他者經驗的呈現，是由主體試圖擺脫執著於自我中心，並將關懷的眼神投射到他者身上的瞬間發生。

　　觀看日治時期臺韓兩國文學中，賴和與廉想涉小說，可說是最爲符合此種條件的作品。在臺灣有關賴和小說的研究，雖然已累積了不少成果，但它與現代性相關的討論，尚存有深入探討的空間；而在韓國有關 20 年代文學的研究中，廉想涉小說則是許多論者探討的對象。由此，以現代初期兩國重要作家和作品爲對象，探討他們對現代性的摸索努力及文學實踐，是本文寫作的目的所在。希望此一嘗試，在建立臺灣文學研究的東亞視角上，能帶來一些參考的方向。

二、賴和小說所呈現的新文化理想的矛盾與他者性經驗

　　臺灣現代小說正式成立的 1920 年代，正值第一次世界大戰結束不久，《臺灣民報》系列的報章雜誌，雖然明白表示應該對西方物質文明所帶來的暴力性有所警覺，[2]但對於西方現代文明的憧憬和新文化的熱望，仍然成爲該時期民族運動和新文化運動的主要依據。新文化運動時期的臺灣知識分子，不僅在認同西方文明的基礎上推動民眾啓蒙，新文學的創作也被認爲是傳播新文明的一個方法。

---

[2]1920 年《臺灣青年》的創刊辭、卷頭言；後亦刊登於《臺灣民報》第 72 號（1925 年 9 月 27 日）。

　　當時知識分子接受新文明，並展開民眾啟蒙運動，這意味著他們接受西方主體哲學的啟蒙理性，並同意西方文明普及和文化啟發的啟蒙方案。以笛卡兒（Rene Descartes）和康德（Immanuel Kant）為代表的西方主體哲學，其成立的首要條件為個人主體的確立和個性的肯定。[3]臺灣初期的啟蒙方案中也有此主體哲學的內涵出現，例如我們從黃呈聰和張我軍等人針對文字改革和新文學的論述中，即可看到視個人主體性和個性為新文學成立條件的見解。[4]

　　柄谷行人在探討日本現代文學起源時曾提到，個人主體性和個性，可與現代文學所謂的「內面之發現」[5]相對應，在小說作品中，主體性個人又往往會在作者、話者和人物的層次上具體呈現。從賴和、楊逵，到呂赫若等臺灣現代小說的先驅，可說都是發現個人主體和內心的作家，他們的小說，不僅在話者層次上具備現代的敘述文體，在人物方面也達到再現內面風景的層次。他們的小說中出現了自我思考能力的個人存在，這證明這些作品已具備現代小說性格。但是，由於當時臺灣尚未現代化，加上又處於殖民地狀況，這些小說人物在具有自我主體性的同時，也可說是成了失去總體性展望的孤獨個人。[6]在文學形象化上面，這些作家各自呈現不同的風貌，例如，屬於比較初期的楊雲萍和張我軍，將焦點放在孤獨個人的內心動搖上面，[7]但到了賴和小說，則出現了具備啟蒙理性的知識分子，並開始思考新文明和現實之間的問題。

　　被稱為臺灣新文學之父的賴和，是一位熱烈主張接受新文化，並積極

---

[3]笛卡兒的 Cogito 或康德的理性，都是指個人內面所存在的真理根源，而人係藉此認知外界對象。

[4]黃呈聰，〈論普及白話文的新使命〉，《臺灣》第 4 卷第 1 號，1923 年 1 月 1 日；張我軍，〈絕無僅有的擊缽吟的意義〉，《臺灣民報》第 3 卷第 2 號，1925 年 1 月 11 日。

[5]柄谷行人著，趙京華譯，《日本現代文學的起源》（北京：三聯書店，2003 年），頁 35～69。

[6]按照盧卡奇的說法，在共同體連帶感被破壞的現代所誕生的個人，是按照自我內部的基準來判斷一切的孤獨個人。參考盧卡奇著，潘晟琬（音譯）譯，《小說的理論》（首爾：尋說堂，1985 年），頁 29～45。

[7]崔末順，《現代性與臺灣文學的發展（1920～1949）》（臺北：國立政治大學中文系博士論文，2004 年），頁 210～219。

參與民眾啓蒙的知識分子。[8]他的小說獲得臺灣現代文學成熟標識的評價，並在強烈批判日本殖民統治這點上面，受到許多研究者的推崇及肯定。不過，仔細觀察他的小說，當可發現他在批判帝國主義上面，特別關注啓蒙方案所隱藏的權力關係和政治性矛盾。可以說，賴和早已看出由日本帶進來的現代化過程，以及現代文化場域的在臺擴散，將會造成的影響及效果。其中，他最爲重視並努力刻畫的，就是西方現代性的移植臺灣和其中存在的異質性（政治）力量。所謂異質性（政治）力量，是指一種與當時普遍追求的現代化和新文明等時代精神相違背的不同屬性的力量，也就是與知識分子持不同看法的民眾力量，亦可說是想要從追求現代性的同一性邏輯中試圖脫離出去的力量。

賴和能透過文學敘事，呈現這些異質性力量的原因，在於他明確捕捉到新文明適用在現實生活的樣貌：經過三十多年所謂的準備期，到了 1920年代，日本的殖民統治已漸形鞏固，新文化的制度也已紮根，但在生活世界中，新文明和新文化並沒有帶給臺灣人民真正的幸福，反而頻繁出現被壓抑和剝削的情形。賴和透過〈一桿「稱仔」〉、〈豐作〉、〈蛇先生〉、〈可憐她死了〉、〈不如意的過年〉等一連串小說，讓我們清楚看到新文化和民眾之間存在的權力關係，並刻畫出其現代性和殖民性之間的間隙和矛盾：〈一桿「稱仔」〉的得參，因不聽從警察的無理要求，而受盡辱罵並被關進牢裡；〈豐作〉的添福，由於製糖會社和警察不法勾結，以致不但沒能拿到豐收獎勵金，到頭來甚至連生計都難以維持；〈可憐她死了〉中從童養媳淪落到小妾的阿金，得不到最後賴以依靠的法律保護而自殺；〈辱？！〉中的小販們也被無理的警察無故逮捕，最後落得無處申冤。這些人物的冤屈，都是新文明和制度運作所帶來的權力關係使然。仔細觀察小販和農民等賴和的小說人物，可知他們並非抗拒接受新文明或者反抗殖民政府，而只是一群只圖餬口唯官廳命令是從的底層人物：例如得參去市場賣菜前，他的妻

---

[8]有關賴和與文化協會的關係，參考林瑞明，《臺灣文學與時代精神》（臺北：允晨文化，1993年），頁 143～263。

子還特地借鄰居的新「稱仔」；添福相信甘蔗委員勸誘參加競作，也按照委員的指示使用大量的肥料，甚至知道製糖會社公布不合理的新採伐規則時，也不隨著其他農民包圍會社抗議示威，反而「比別人加三四倍的工夫，去栽培去照顧」甘蔗。但這些遵守法律並遵守規範的人們，卻個個被警察、法官和新式制度壓迫，在此，非常明顯，賴和想要揭露的是新文明和制度在殖民地臺灣社會適用所造成的矛盾。

警察制度和各種法規的制定，是當時所追求新文化的具體內容，但新制度和法規的實行，卻帶來臺灣人民的生活困境，甚至造成生存的危機。這一點促使啓蒙主義者賴和的苦悶和問題意識更加深刻，因而他的小說特別想要凸顯的，就是法律的不公平、不合理，以及毫無標準、任意適用等現象，而不是對新文明或制度本身的探討。他把批判的焦點放在日本警察、官吏等法律的執行者身上，並嚴厲指責他們在適用法律上的漫無標準和不合理：例如把得參毒打、辱罵、押走的警察，做事便完全沒有標準，只要讓他看不順眼，或滿足不了他的貪心欲時，他就任意的拿法規來出氣，甚至「打斷擲棄」「稱仔」。[9]這種情況在法官的身上也看得到，得參被押到衙門後接受法官的審問，儘管他哭訴著自己的冤屈，但法官卻完全忽視他的陳述，只講「但是，巡警的報告，總沒有錯啊！」，並馬上課他罰金。〈豐作〉中也安排了製糖會社在作假稱磅欺瞞農民的時候，執行法律的警察也在場的情節；〈辱？！〉、〈歸家〉中也有原本應該要維持公共秩序並保護民眾責任的警察，卻以到處逼迫民眾的形象出現；〈不如意的過年〉中日本警察查大人，更是個不講理、任意適用法律的代表性人物，他執行各種法規的目的，只為維持個人威嚴，同時想盡辦法從臺灣人民那裡奪取金錢，即使如此，他表面上還是拿出維持治安等似是而非的理由，來為自己的行為合理化做出強辯。「做官的不會錯，現在已經成為定理。所以就不讓

---

[9] 「稱仔」為法律的象徵，因此打斷「稱仔」意味著毀滅法律的行為。參考施淑，〈「稱仔」與稱錘——論賴和小說的思想性〉，《兩岸文學論集》（臺北：新地，1997 年），頁 280。

錯事發生在做官的身上。」[10]從這些談話中，賴和所要批判的對象究竟爲何，自是再明顯不過。

這些日本警察或官吏的言行，完全談不上是公正執行法律的理想形象，更不是新文化所內含的現代精神，如此，造成民眾對新文化理想感到恐懼和幻滅，乃不言可喻。如果新文化的理想是在自由、平等和解放的獲得，那麼與此相反的現實，即證明了新文化的適用上存在著權力關係的運作，而賴和即從交代民眾的感受當中，清楚揭露當時內在於新文化中的權力關係。再說，行使權力的階層，大部分都是日本警察、下級官吏，或地方官廳等帝國主義勢力，而被壓抑的人，總都是臺灣人民，賴和之所以如此安排，是要凸顯只在文化層次上接受新文明，是無法解除權力關係這一層面的現實。

由此，我們知道，新文明並不單單是文化的力量，而是包含矛盾權力關係的一種制度的力量。新文明的文化力量，雖然帶來生活的便利，但在實際的生活空間中，其制度的成立和運作是往壓抑及隸屬人民的方向進行，[11]而且新文明所隱藏的矛盾，是用權力的形式來壓抑、排除不同屬性的文化和論述，對民眾進行他者化，其結果，文化的制度化抹殺了異質性論述（民眾的文化）的政治理想，可見新文明成爲制度，並紮根於臺灣社會的過程當中，政治性權力關係一直是在裡面運作著。

這種政治性權力關係，就如賴和小說所刻畫的一般，在帝國主義政治制度和民眾之間的關係當中最爲明顯。如上所述，在現實生活當中受盡壓抑的賴和小說人物，逐漸發現自己無論怎麼努力、怎麼誠實，現實世界的矛盾終究還是無法解除。在這一點上，我們可感受到啓蒙主義者賴和的苦悶所在，同時也可發現身爲知識分子的賴和偉大之處。他能精確地掌握住時代脈動，並成功地刻畫出殖民現代性的矛盾，而這些認知和批判眼光，

---

[10] 《臺灣文學作家全集——賴和集》（臺北：前衛，1990 年），頁 73。本文以下所引賴和之作品皆是引用自該書，若非必要將不做註，逕於引文後標明頁數。
[11] 所謂新文明，一般來說，包含帝國主義政治制度和新文化兩個方面。

即令已到 21 世紀的今天，仍可提供想要爭取主體現代性的我們，一個值得參考的角度。

　　賴和小說能捕捉新文化的政治矛盾，進而呈現生活世界的經驗和啓蒙方案不一致的間隙，是透過文學敘事才有可能。在認識論體系中，從科學中心到敘事中心的轉換，與從概念性認知到未決定性（undecidability）認知的轉換，彼此互相呼應。例如，以科學的認識論體系來看，資本主義可以解釋爲是以資本、勞動、貨幣構成的社會體系；但相反的，如以敘事的方式理解資本主義，那就可以描寫成貨幣體系的未決定性，或是以資本－勞動間力量的差異等因素在歷史的場域裡運動的一種過程。如果我們採取後者的角度，那麼資本主義所建構出來的自由、平等、權利等「概念」，在敘事的運動過程裡，將被解構成「未決定的」意義。在這個過程中，微敘事擔任了重要的角色。一般認爲，微敘事脫離了邏各斯（logos）中心的現代科學和啓蒙敘事，因此被稱爲後現代主義論述。自從後結構主義出現以來，後現代性論述即開始受到注目。不過，後現代性其實是於現代開始運作時即已跟著啓動，而能夠證明此種說法的，就是文學論述的存在。文學論述之所以能在現代性裡包含後現代性，是因它本身具備了能探索「生活空間」的方式。也就是說，現代思想是屬於邏各斯中心主義，相反的，現代文學從一開始就擔任起生活空間的形象化工作。

　　就生活空間的探索這一點而言，現代文學（無論是抒情或敘事文類）不管是用什麼方式來看，內部都包含著微敘事的契機。而包含後現代性的現代文學和微敘事的共通分母，則是未決定性。這裡所謂的未決定性，指的是透過如他者性、差異性、非同一性等微論述，呈現出從邏各斯中心的現代權力中逃脫的力量。解構邏各斯的「象徵界」權力之後的現代敘事（文學）和微敘事，就能接近「實在界」的歷史（真理）。[12]如果只依賴概念化和體系化的科學，則僅能得到再生產邏各斯體系；相反地，依靠文學

---

[12]象徵界、實在界的概念，來自拉康（Jacques Lacan），閔勝基等譯，《慾望理論》（首爾：文藝出版社，1994 年），頁 79。

敘事和微敘事，那麼透過未決定性，就能在生活的空間裡接近歷史的真理。可以說，賴和一方面在追求啓蒙現代性方案，同時又透過文學敘事，探索殖民主義下臺灣初期現代性運作在生活空間的實際面貌，以達到帝國主義殖民政治的批判高度。因此，從賴和小說具備了爭取西方現代性、同時又揭露新文明內在矛盾的雙重性敘事特徵當中，我們可以找出後現代性及解構殖民主義的一個切入點。

另外，賴和小說透過被壓抑、被犧牲的民眾，不僅揭示了新文化中政治權力關係，同時也精確顯露了從殖民者所建構的國家共同體中游離出去的他者。受到壓迫的臺灣民眾，一如上面所做討論，他們並非排斥新文化，反而是一群想要適應新時代的人物。在此意義上，賴和小說的民眾，可以視爲是從前現代的老百姓，轉換爲現代國家的國民，而這種國民的誕生，正是日本帝國主義企圖把臺灣收編爲國家共同體的一種手段。日本採取同化主義治臺，試圖將臺灣編入日本帝國的一員，而爲達成此一目的，被引進臺灣的合理主義和資本主義，遂被認爲是最有效的一種手段。代表新文明和新文化的各種現代制度的實施，就是企圖把臺灣人民編入日本國家共同體的一個手段。但是臺灣民眾一旦發覺日本所帶來的現代制度和資本主義生活方式反而對他們造成不公平和不利益時，就開始設法擺脫此種制度的束縛，甚而站出來抵抗。民眾想要脫離日本建構的想像共同體的慾望和抵抗，我們可以解釋爲去殖民主義的企圖。就此，賴和即非常精確地捕捉到民眾試圖脫離帝國主義同一性邏輯的那一瞬間。例如得參受盡巡警無理的辱罵之後，無法解除心中的憤恨而講出：「人不像個人，畜生，誰願意做。這是什麼世間？活著倒不若死了快樂。」（頁 65）道出強烈否定標榜法律的殖民統治，非常明顯的傳達出不認同國家共同體的他者聲音。這種情況在〈惹事〉中同樣也可以發現，被警察誤指爲偷雞的寡婦，雖然極力抗辯，但是她越抗辯越被打得嚴重，甚至受到警察的威脅：「『要怎樣？不去？著要縛不是？』聽到這怒叱，才覺得自己的嘴巴有些熱烘烘，不似痛反有似乎麻木，她這時候才覺到自己是無能力者，不能反抗他，她的眼

眶開始綴著悲哀的露珠。」（頁 181）本就清白的寡婦，卻無論怎樣喊冤，
仍就在警察的暴力中被關進牢裡。像這樣，民眾在遭遇警察權力嚴重違背
合理性時，很自然就變成脫離國家共同體的他者身分。〈歸家〉中畢業回到
故鄉的知識青年「我」，在故鄉街頭聽到賣麥芽羹的攤販口中說道：「一個
囝仔要去食日本頭路，不是央三托四抬身抬勢，那容易；自然是無有我們
這樣人的份額，在家裡幾時用著日本話，只有等待巡查來對戶口的時候，
用它一半句」……「不但如此，六年學校臺灣字一字不識，要寫信就著去
央別人。」（頁 155～156）可見一般民眾如何看待教育制度和教育內容，
這些否定和無用的看法，形成了反對或脫離殖民主義和啓蒙方案同一性邏
輯的他者聲音。

　　教育、法律等現代制度，以及報紙、現代小說、火車、電話等網絡，
是構成現代國家想像共同體的基礎及手段。這些網絡代替了傳統的血統、
地緣、語言和宗教共同體，構築成現代國家的新網絡，就如安德森
（Benedict Anderson）所講，現代國家是隨著這些網絡的創造而被發明出來
的。[13]不過，這些原本為了形成一個國家的同時性和同質性而設計的網絡，
實際上形成的卻是沒有中心的、空虛的同質性。按照安德森的說法，現代
國家能建構同質性和同時性，是拜報紙和小說等印刷資本主義之賜。報紙
並置、羅列許多不同事件，而各事件之行為者之間無甚關聯，也互不相
識。如此能把沒有直接關聯的事件，放置在同一版面而形成同質性，只是
因為它們在同一天發生，也就是說，讀者透過被並置在同一天的事件當
中，得到同質性和同時性的感覺。日期和時間的一致，是帶給讀者同質性
感受的主要因素，這些同時性的網絡，不僅扮演普及文明思想的角色，同
時也是讓現代人內化同時性感覺的主要手段。不過，由於殖民地的現代
化，同時性網絡的形成過程係在制度層次上實現，因而網絡的形成和被帝
國主義隸屬化的過程，可以說是同時進行的。因此，與賴和小說的人物一

---

[13]安德森（Benedict Anderson），尹馨淑譯，《民族主義的起源與傳播》（首爾：娜藍，1991 年），頁 59～70。

樣，此過程當中，基層民眾感到被國家制度壓迫，並無法得到真正的共同體意識，進而體驗現代性網絡的不合理性，呈現出脫離中心的傾向。包括賴和在內的初期知識分子，確實感到透過現代性網絡來跟民眾溝通，並確認「我們」的同質性，是多麼困難之事。可見現代文明的接受，以及民族同質性的確保，只是知識分子之間透過報紙、雜誌等印刷刊物所得來，並不是在基層民眾的同意上建立的。在〈歸家〉的結尾，面對攤販的學校無用見解，知識分子「我」所講的「學校不是單單學講話、識字，也要涵養國民性，……」（頁 156）之類的話語當中，我們清楚可以看到知識分子和民眾之間的距離，這種民眾聲音即在證明意欲脫離想像共同體的他者存在。這些他者的存在，是讓賴和小說能夠同時呈現想像共同體的同質性和異質性的原因，而此他者存在，也是能夠讓讀者思考想像共同體的矛盾的地方。賴和透過異質性他者的聲音，來凸顯日本在殖民地臺灣建構想像共同體的空洞中心，並精確刻畫出殖民地現代化的複雜面貌，呈現後殖民的展望和視角。

　　除了現代國家的制度面以外，現代國家成為想像共同體，也與資本主義的發展有著密切的關聯。資本主義透過技術的革新，創造出新的意思溝通網絡，但是在生產方式上，資本主義依賴的是量的價值（貨幣價值），它無法創造出質的價值，因而它只能形成沒有中心的想像共同體，生產出被資本主義價值指向排除在外的他者。我們從〈可憐她死了〉的阿金身上即可找出此類形象。她是被封建家族制度和性別意識，以及資本主義秩序犧牲的他者，賴和交代她被賣為童養媳、小妾的處境之後，如此評論：「在此萬惡極了的社會，尤其是資本主義達到了極點的現在，阿金終是脫不出黃金的魔力，這是不待贅言的。」（頁 141）從中可以看到資本主義現代方案在現實上所生產的異質性他者。

　　再就以認識論來看，想像共同體民族的發現，可與個人內心的發現相對應。所謂內心的發現，是指個人理性代替了前現代的超越性原理（宗教、理念），成為主體性的根據；民族的發見，也是以民族構成因素代替了

民族外部的超越性理念來做為主體性的根據。就如個人的理性等同於想像的主體一般，個別國家的國民，也等同於民族或國家的主體性。不過，個人內心的自我，只以純粹內部來規範其主體性，因而在它與他者之間的關係上，引起了一些矛盾：個人內心自我不但壓抑外部他者，同時也壓抑內部的他者——無意識；同樣的，個別民族的自我，也是以純粹的民族內部因素來規範其主體性，因而在它與他者之間的關係上引起了許多矛盾。民族自我不僅與外部的他民族之間引起衝突，同時也企圖排擠內部的他者。如此，所謂民族理念，忽視了與他者之間的現實關係，只主張被想像的同一性（主體性）邏輯，具有一種意識形態性格。

　　而民族國家為了建立市民共同體，不斷創造及修改制度和法律。不過為了建立民族共同體而被創造出來的制度，反而具有目的論性質，它擔任起將國民納入法律規範的角色，因此現代民族國家實際上是無法建立起自由平等的共同體。自從西方提出理性和科學的啟蒙思想，從王權手中解放出民族之後，即企圖建立能保障個人自律性的共同體，但由於啟蒙思想本身具有的如此自我矛盾，因而屢屢碰到問題。例如，啟蒙思想代替了民族外部的超越性宗教理念，以人的內心理性當作判斷根據，並保障個人自我的自律性，但存在於個人自我內心的理性，在其與他者之間的關係上，無法達到真正的紐帶關係，因而生產出分裂的、孤獨的個人。啟蒙思想為了建立自由個人能夠平等共存的共同體，而發明了法律和制度，而這些制度和法律企圖把分裂的個人整合於公共秩序之內，因此反而變成壓迫個人的權力。依此，現代國家的國民在想像的空間中，將自己和民族共同體等同起來，但在現實生活上，感到的卻是國家制度對個人的壓迫感，因而個人無法得到真正的共同體意識。因此可以說，所謂現代民族國家，實際上是個沒有共同體意識的共同體，也就是沒有實質同質性的想像共同體而已。想像共同體以國民當作主角，透過理性和科學，推動自由平等的民族共同體「敘事」來填滿其空虛的中心。如此，將原本的想像共同體，改造成現實共同體的這個方案，就是李歐塔（J.F. Lyotard）所說的「大敘事」（grand récit）。而現代民族或國家，大部分都依賴著此大敘事。

不過，民族國家的大敘事，由於啓蒙思想的自我矛盾，也碰到了不少難題。如上所述，自我主體中心的啓蒙理性，必然地會孕育分裂的個人；而民族國家透過敘事，將分裂的個人拉進國境內部。不過，此拉進的力量，相對的產生想脫離的力量，因而產生權力／抵抗力、同質性／異質性的力學關係。如此民族國家的敘事「腳本」，其目標雖然在於建立具有同質性的共同體，但其腳本於實際「演出」的過程中，卻出現了反覆同質性的當中想要脫離的異質性。[14]這種現代敘事的雙重性格，在民族國家的敘事當中同樣呈現。

反諷的是，企圖建立同質性的國家敘事，在已失去國家主權的殖民地當中最爲明顯。如果說在殖民地也有國家概念存在的話，統治其國家的機構，就是帝國主義母國的代理人。因此，在殖民地，國家機構不管是用武力或是意識形態，都無法引導出國民的同意。因爲在殖民地裡，標榜現代化的國家敘事，其名義上的主角（國民），實際上都成了被國家權力壓迫的對象。因此，企圖從國家敘事中脫離的潮流，成爲回復原本的自我民族主體性的運動。被壓迫的民族，不但具有失去國家的經驗，同時也具備了試圖脫離殖民地國家敘事的雙重經驗。就如賴和小說中的人物，個個都是遵守新文明準則及勤勉誠實生活的模範國民，但他們同時也看破了以日本警察爲代表的新文化權力關係，進而拒絕接受殖民主義所要求民族國家的同一性邏輯。賴和透過他的文學敘事，明確揭露新文化場域的力量背後存在的政治壓迫，並寫出以民眾爲對象的他者性經驗。

賴和另一篇小說〈赴會〉也是呈現他者性經驗的一個例子。〈赴會〉的主要內容爲原本執著於啓蒙理性的知識分子，在接觸農民之後，內心產生懷疑和矛盾的故事。小說中知識分子「我」「自負是個有教育的人」，爲了參加文化協會的集會前往車站搭火車，他用客觀的眼睛觀察火車站內形形

---

[14]這是來自巴伯（Homi Bhabha）的說法，*The Location of Culture*（Routledge，1994），頁 152～156。再引自羅秉喆，《近代敘事與脫殖民主義》（首爾：文藝出版社，2001 年），頁 188。

色色的人們。其中，引起「我」的興趣的是一群燒金客，而他們大部分都
是勞動者和農民。

> 他們被風日所鍛鍊成的鉛褐色的皮膚，雖缺少脂肪分的光澤，卻見得異
> 常強靭而富有抵抗性，這是為人類服務的忠誠的奴隸，支持社會的強固
> 基礎。他們嚐盡現實生活的苦痛，乃不得不向無知的木偶祈求不可知的
> 幸福，取得空虛的慰安，社會只有加重他們生活苦的擔負，使他們失望
> 於現實，這樣想來，使我對社會生了極度厭惡痛恨咒詛的心情，同時加
> 強了我這次赴會的勇氣。（頁 230）

　　在這裡，「我」雖然發現在勞動者和農民的身上抵抗的可能性，但是依
舊認為他們只是一群無知蒙昧的百姓，因此，看到他們之後更加引起自己
赴會的慾望，這代表「我」的視線停留在把民眾當作改造和啓蒙對象的程
度。不過，望著車窗外風景，我逐漸「心裡卻才想適才所見的事實」，並開
始想起之前會議中議決的許多標語都未實現的事實，例如，雖然多次議決
過迷信破除，但是眼前的許多燒金客，卻證明它無效，讓我「不覺茫然自
失，憒然地感到了悲哀。」
　　接著「我」聽到各代表知識分子和民眾聲音的乘客對話：紳士風的兩
個臺日青年認為參加文化協會的臺灣知識分子，並不是為了實現協會的理
想，而只是趕流行而已。「那些中心分子大多是日本留學生，有產的知識階
級，不過是被時代的潮流所激盪起來的，不見得十分覺悟，自然不能積極
鬥爭，只見三不五時開一個講演會而已。」的見解。聽到這些有關自己的
評論，「我」極度感到震驚與悲哀。接著，聽到農民下面的對話，更讓自認
加入協會和參加活動是為擁護農民利益的「我」受到相當衝擊。

> 「講文化的？若是搶到他們，大概就會拍拼也無定著。」
> 「他們不是講要替臺灣人謀幸福嗎？」

「講的好聽！」

「今日聽講在霧峰開理事會。」

「阿罩霧若不是霸咱搶咱，家伙那會這樣大。」

「不要講全臺灣的幸福，若只大他們佃戶，勿再那樣橫逆，也就好了。」

「阿彌陀佛，一甲六十餘石，好歹冬不管，早冬五，晚冬討百，欠一石少一斤，免講。」（頁234）

　　不僅如此，直接從民眾口中聽到，他們辛辛苦苦開墾土地，到了能種田的時候，政府卻把它拂下給退職官員，連開墾費都不給農民。政府所決定的事情，不僅弱小民眾只得接受，連農民組合的運動家也沒有辦法應付。那些談話內容給「我」添增不少愧疚，經歷這次旅程之後，「我」雖然還是來到會議場，但此時已發現自己的心情和態度與之前的熱誠大不相同。從面對燒金客開始，至耳聞知識分子和民眾的一連串批判，「我」對文化協會的活動逐漸感到懷疑。這些過程和「我」的體驗，成為一個具有啓蒙理性及自我主體觀點的知識分子逐漸感到自己的啓蒙信仰，開始動搖到認同民眾悲慘生活並對自我審思的契機。從批判民眾的愚昧，到理解他們爲何燒金紙、拜木偶，這個過程，可以說是從自負從事民眾啓蒙自我主義，經過懷疑和反省產生龜裂，最後進入到自我反省的過程，而此過程，代表殖民主義所主導民族共同體權力關係的解體。帝國主義所傳播的現代化，以及內化此邏輯的啓蒙知識分子，經過衝擊、懷疑、反省的心理折磨，最後感到自己也是殖民地人民的悲哀，而以漢詩來表達傷感。「我」雖然是活動於啓蒙場域的現代主義者，但同時也是被現代化和論述受到壓抑的殖民地人民的一分子，因而有機會以他者身分來經驗帝國主義現代。有了此他者性經驗，「我」對文化活動再也無法感到自負，也不會把民眾一昧看作無知的啓蒙對象。這篇小說不同於固守知識分子立場的其他賴和作品，清楚呈現知識分子和民眾的碰面，帶給知識分子內心衝擊的過程。

　　另外，這篇小說採取旅行形式，而旅行的主要工具為火車。一般來說火車象徵現代化，也是相應於現代國家目的論的時空轉換手段，坐在火車裡的乘客，彼此是互不相識的不相關他者，但是由於共有同一的目的地，他們感到同一性時間感覺，因而互相成為他者的他們，把自己歸為同一性時間，成為一個被整合的主體。[15]不過，並不是所有乘客都是如此：看到現代制度的矛盾，想要脫離同一性邏輯的民眾，並不成為被整合的主體。他們的火車旅行，只能說是失去了目的感覺的生活本身而已。在〈赴會〉中，「我」原本具有相應目的論時間感覺的啟蒙運動此明確目的而搭上火車，但是知道燒香客和民眾對文化活動的看法之後，再也無法做出能相應火車速度的判斷，因此，在象徵現代性（現代國家）的火車時空間中，「我」成為他者的立場，而這樣的立場變化，帶來民眾和知識分子的碰見和溝通可能。雖然「我」一開始就想跟民眾對話，但是一直不如意，而有了此他者性經驗，拋棄原本具有啟蒙理性之後，才有了解他們的機會。不過，即使如此，小說中內化西方文明（現代）的知識分子「我」和拘束於迷信（傳統）的民眾，仍然處於異質性語言遊戲當中，無法順利的溝通，此說明傳統和現代相對立的殖民地現代空間中，兩者的溝通還是遙遠的事實。如小說內容一樣，由於受到殖民地現代制度的壓抑，民眾和知識分子所能交會的空間，只能在現代制度露出縫隙的他者性空間中方有可能。雖然如此，但這個他者性空間具有相當意義，它所呈現的是殖民地現代性的矛盾，因而具備瓦解現代制度和象徵體系的潛在能量。賴和雖然沒有充分地刻畫出其潛在能量的發展，但在其透過知識分子傾聽民眾的聲音，以獲得他者性位置的經驗中，我們可以發現尋找後殖民視角的一個契機。

三、廉想涉小說的民族認知與他者性經驗

　　韓國的現代性經驗，一般以為，始於「國家」的喪失和「民族」的發

---

[15]同一目的地和同一時間，與想像共同體的近代國家特性相符合。

現。自 1860 年代以來，在西方列強往東擴張，以及日本帝國主義膨脹的夾縫中逐漸失去主權的過程，可說就是構成韓國初期現代性經驗的主要內容。一般認爲 1910 年被迫以合併方式淪爲日本殖民地之前，韓國曾有短暫追求自主性現代化的經驗和努力，在被稱爲愛國啓蒙期[16]的這個階段，反對外國勢力的愛國思想和民族主義，一度得到空前的重視。就如同 20 世紀末資本主義全球化現象引起新的民族主義火種一般，20 世紀初帝國主義的世界性擴張，也提供了韓國民族主義醞釀的土壤。雖然當時的朝鮮新知識階層分成「開化派」和「改新儒學派」，並各自提出不同的現代論述，[17]但在反外勢求獨立的「東學農民戰爭」[18]失敗之後，爲保住國家主權，兩派都有必須接受西方現代性，努力學習西方現代經驗的認知。[19]

　　不過，自從 1910 年被日帝強制編入日本版圖開始，韓國即失去自主性現代化的機會，並逐漸轉變爲殖民地資本主義社會。此時，日本透過人口和土地調查、公布會社令等若干措施，在朝鮮建構起殖民地經濟體制。由此，占大多數人口比率的農民，開始經歷由現代所有關係所帶來的嚴重階級分化，而一些失去土地的農民，則轉變爲勞動者；土著資本家也受到日本排他性統治政策，以及壟斷資本大量滲透的影響，其民族資本的累積也變得相當緩慢。殖民地現代化和資本主義的畸形發展，迫使知識分子開始去了解自身和祖國處境，並正式面對日本所帶來的現代性問題。

　　朝鮮成爲日本殖民地，說明了自愛國啓蒙期以來全民所熱切盼望的自

---

[16]學界一般都將 1894 年東學農民戰爭起，至 1910 年韓日合併的時期，稱爲「愛國啓蒙期」。

[17]爲因應 19 世紀末西方列強的入侵，當時韓國的知識界出現了兩種不同派別的時代認知：一是堅持傳統朱子學的「衛正斥邪派」，他們反對天主教等西方文化的傳來，以對外抗爭來因應時代危機；另一是，根據社會進化論，並站在自主性立場上，接受西方的現代文物，以謀求轉化爲現代國家的「開化派」。其後，隨著時局變化，以及改革政治呈現方法上的意見分歧，「開化派」又分爲「急進改革派」和「穩健開化派」；前者效法日本的明治維新，主張進行體制改革；而後者則效法清朝的變法自強，主張漸進式改革。

[18]韓國最早的自覺性民眾運動。1894 年 1 月，全國農民爲反對腐敗的封建支配階層，高舉社會改革口號，引發兩次全國性的示威：第一次農民抗爭是追求自由民權的反封建抗爭，第二次農民抗爭則是反對日本勢力入侵，保衛民族自尊的反外勢抗爭。其運動的背後，有著主張萬人平等的東學思想隱含其中。

[19]高美淑，〈近代啓蒙期──其變異和生成空間〉，《近代啓蒙其文藝運動的視角》（首爾：民族文學史研究所，1998 年），頁 15～19。

主民族國家之夢已成泡沫，也意味著韓國知識分子在與帝國主義之間的權力對決中，遭到慘澹失敗。[20]此政治性力量關係中的失利，不僅改變了文化權力場域，也讓支撐共同體展望的傳統文化面臨瓦解危機，韓國知識分子乃不得不正視西方現代性的全面性影響。在此全新的歷史轉型中，根植於集團性紐帶關係的共同體展望急速褪去，現代的「孤獨個人」起而代之。「孤獨個人」雖然具備了啟蒙理性，但已失去了共同體展望，這象徵著傳統思想被消滅，同時西方啟蒙理性的全面性抬頭現象。現代個人在自我內部具備了判斷標準，因而呈現強者的一面，但在共同體紐帶已被破壞的現代社會中，他失去了總體性展望，因而也具有弱者的一面。在 1910 年代主導韓國文學的新知識階層，正是具備此雙重的現代人特質，而他們的雙重性，也各以不同樣貌呈現在文學中。

　　舉個代表性例子來進一步說明：一是以李光洙（1892～1950）為代表的文明開化論者；另一是以梁建植（1889～1944）、玄相允（1893～？）為代表的批判啟蒙理性矛盾的知識分子。被稱為韓國現代文學開拓者的李光洙，透過韓國最早的現代小說《無情》（1917 年），提出了如能接受新文明，將成為富強民族的樂觀展望。不過當時韓國已處在失去主權接受殖民統治的狀態，即使接受西方現代文化普及於民眾，也無法改變當前的政治隸屬狀態，因而他的主張便失去了實效性。可見李光洙徹底將政治和文化分離思考，並把自己封鎖在文明開化的絕對理念當中，放棄了政治獨立目標，只在文化場域上提出新文化理想。與此相反，玄相允和梁建植則發現了新文化場域的形成中所運作的政治抑壓力量，並在〈恨的一生〉（1914 年）、〈逼迫〉（1917 年）、〈悲傷的矛盾〉（1918 年）等小說中，透過啟蒙方案和經驗世界的不一致現象，將它深刻的刻畫出來。雖然他們也主張透過新文化的理想來達成民族獨立目標，在這一點上與李光洙一致，但與李光洙不同，他們認知到新文化理想和現實之間存在的矛盾，並透過小說人物

---

[20]本文中朝鮮指與日帝殖民地處境相關的特定用語，而韓國指一般意義上的稱號。

的苦悶和悲傷，呈現新文化的同一性中存在的異質性政治力量。

　　玄相允和梁建植的發現和認知，到了本文的研究對象廉想涉（1897～1963）小說中，更進一步發展爲他者性經驗。廉想涉爲代表 1920 年代韓國現實主義小說成熟期的作家，他透過〈萬歲前〉（1924 年）、〈輪轉機〉（1925 年）、〈南忠緒〉、〈宿泊記〉、《三代》（1930 年）等許多著名小說，主要以知識青年的現實認識爲內容，深刻呈現殖民地朝鮮的社會狀況，對殖民地現代性進行反思。其中，以「三一運動」[21]爆發前夕的東京和京城[22]爲背景的〈萬歲前〉，與盧卡奇（Georg Luka'cs）所講問題個人的自我認識（self-recognition）性格的內心旅行小說[23]可謂相當，在韓國甚且得到近代小說成熟作的高度評價[24]。這篇小說主要採取第一人稱人物角度和旅行結構，描述一個知識青年從東京回到京城的旅途中，認清殖民地朝鮮現實，以及由此經歷自我認識和改變內心的經過。主角李仁和雖然是念東京 W 大學文科的留學生，但他又是受到封建家族秩序壓迫而完成沒有愛情基礎婚姻的年輕人，故事從他接到太太病危的電報，踏上回國的旅途開始。從東京—神戶—下關—釜山—金川—京城—東京的旅程中，他碰到形形色色的朝鮮人，親眼目睹了帝國主義日本的監視視線，以及剝削殖民地朝鮮民眾的真相。這些經驗，讓原本因戀愛和結婚不自由而感到自己「被結縛」的主角，產生了跨越個人苦悶、彷徨，逐漸覺醒到周邊朝鮮人和自己同樣都是「亡國百姓」的一個機會。

　　“웬 걸요. 이젠 조선도 밝아져서 좀처럼 한 밑천 잡기는
　어렵지만……."

---

[21]三一運動（1919）爲韓國民族爲求獨立自主所引發的舉族性抗日民族鬥爭，也是爲了恢復國權和
　爭取個人自由而對抗日本帝國主義的非暴力鬥爭。一般認爲，三一運動可以說是第一次透過全民
　抗爭來對抗日本帝國主義的壯舉，充分流露出韓國民族文化的自主性和主體性及民族意識。
[22]京城爲首爾的日治時期名稱。
[23]Georg Luka'cs，*The Theory of the Novel*，Anna Bostock ed.，MIT Press，1971，p.85.
[24]金徽貞，〈萬歲前與近代性〉，《女性文學研究》，頁 192～216。

"그러나 조선 사람들은 어때요?"

"'요보'말씀요? 젊은 놈들은 그래도 제법들이지마는, 촌에
들어가면 대만의 생번보다는 낫다면 나을까, 인제 가서 보슈.......
하하하."

'대만의 생번'이란 말에 그 욕탕 속에 들어앉았던 사람들은 나만
빼놓고는 모두 껄껄 웃었다. 그러나 나는 기가 막혀 입술을
악물고 쳐다보았으나 더운 김이 서리어서, 궐자들에게는 분명히
보이지 않은 모양이었다. (중략)

"실상은 누워 떡 먹기지. 나두 이번에 가서 해 오면 세 번째나
되우마는 내지의 각 회사와 연락해 가지고, 요보들을 붙들어 오는
것인데....... 즉, 조선 쿨리말씀요. 농촌 노동자를 빼내 오는
것이죠."......

그자는 여기 와서 말을 끊고 교활한 웃음을 웃어 버렸다.

나는 여기까지 듣고 깜짝 놀랐다. 그 불쌍한 조선 노동자들이
속아서 지상의 지옥 같은 일본 각지의 공장과 광산으로 몸이
팔리어 가는 것이 모두 이런 도적놈 같은 협잡 부랑배의 술중에
빠져서 속아 넘어가는구나 하는 생각을 하며 나는 다시 한 번 그
자의 상판대기를 쳐다보지 않을 수 없었다. [25]

「你說甚麼？！現在朝鮮也開明了，所以雖然比較不容易抓住一攫千金
的機會…」

「那麼，朝鮮人民又是如何？」

「你說朝鮮野人？年輕的還好，去鄉下看看，只是比臺灣的生蕃好一些
而已，你自己去看看就知道。哈哈哈……」那個人說臺灣生蕃時，除了
已進到浴池裡的我以外，所有人都開始笑了起來。剎那間，我心裡感到

---

[25] 廉想涉，〈萬歲前〉，《廉想涉全集》（首爾：民音社，1987 年）卷 1，頁 52，56。本文往後頁數都
是該書出處，不再標記。

一陣憤怒，緊咬雙唇瞪了一下那個人，不過，由於不斷上昇的蒸氣，那
些人好像並沒有注意到我。（中略）

「其實非常簡單。加上這一次，我已經有三次的經驗，只要跟內地的各
公司連繫好之後，隨便去抓些朝鮮野人就可以⋯⋯也就是說朝鮮苦力，
去農村抓勞動者來就行！」那個人講到這兒打住，然後開口大聲作出奸
詐的笑聲。我聽到這兒，簡直嚇住了。可憐朝鮮勞動者被騙、被賣到日
本各地的工廠和礦山，過著如地獄般的生活，都是這些無賴的行為，想
到此，我不免恨恨地再看一次他的臉。

　　聽到這些日本人的對話之後，自認雖非憂國之士，但也不忘亡國百姓
身分的李仁和，對於先前還因自我處境而苦悶不已的自己，開始感到懊惱
與反省。

　　스물두셋쯤 된 책상도련님인 나로서는 이러한 이야기를 듣고
놀라지 않을 수 없었다. 인생이 어떠하니, 인간성이 어떠하니,
사회가 어떠하니 하여야 다만 심심파적으로 하는 탁상의 공론에
불과한 것은 물론이다. 아버지나 조상의 덕택으로 글자나 얻어
배웠거나 소설권이나 들춰 보았다고, 인생이니 자연이니 시니
소설이니 한대야 결국은 배가 불러서 투정질하는 수작이요,
실인생, 실사회의 이면의 이면, 진상의 진상과는 얼마만한 관련이
있다는 것인가? 하고 보면 내가 지금 하는 것, 이로부터 하려는
일이 결국 무엇인가 하는 의문과 불안을 느끼지 않을 수가
없었다. （頁62）

對一個二十二、三歲書房少爺的我來講，聽到這些話，不免感到驚訝。
人生如何、人性如何、社會又如何，之前自己的這些苦悶，現在覺得只
不過是桌上空談而已。託父親和祖先的福，學了一些字，看了一些小

說，結果隨便想了些人生問題，但那又如何呢？我怎麼有資格說人生啊自然啊詩啊小說啊……這些都是吃飽沒事做的人發的牢騷而已。這與真人生、真社會的背後的背後、真相的真相，有多大關係呢？想到這兒，不禁開始懷疑，現在我所做的事，或即將要做的事，到底有甚麼意義？

小說中李仁和所目睹的殖民地朝鮮現實，以及由此引發的思索，都與省思殖民地現代性有著密切關係。與那些透過反省自身歷史和傳統，進而逐漸獲得現代性的西方國家不同的，韓國所經歷的是受到後發資本主義國家日本的統治，被迫編入世界資本主義體制的他律性現代。在此過程中，韓國民眾不僅受到政治抑壓，在經濟層面上也處在被剝削的狀態，因此雖然也主張接受西方現代性，但是在擺脫封建束縛、解構偏狹的傳統和道德、打破牢固的社會身分及嚴格的位階秩序，以及解放被限制的想像力、盡情發揮個性等現代價值方面，卻仍然無法順利獲得實現。身為知識分子，李仁和肯定個性，渴望取得封建束縛的解脫，以及新文化理想，不過歸國旅途中，他目睹殖民地朝鮮人的生活，發現現實中矛盾的真相，即令流下自我憐憫的眼淚，依舊無力面對現實，但這些經驗，卻成了他從個人自我蛻變為社會自我的一個契機。此後李仁和揚棄了凡事與我無關，只想規避現實的自我中心態度，成為保有銳利批判視線的觀察者，開始正視殖民地朝鮮的現實。

李仁和抵達釜山之後，看到的朝鮮殖民地現代，其實與東京相差不遠。在那裡，他發現殖民地現代朝鮮的另番面貌，那就是有計畫性的進行殖民地現代化過程。現代都市的存在印證了現代化的進展，新開關的大馬路、電車、自動車、郵便局、憲兵駐在所，以及電氣、淨化、梅毒、淋疾、西裝，成為現代的產物及風景，解構了前現代朝鮮社會，透過移植而來的現代制度和產業，建構起殖民資本主義體系。

"아무개 집이 이번에 도로로 들어간다네."하며 곰방담뱃대에 엽초를

다져놓고　뻑뻑　빨아가며　소견삼아　숙덕거리다가,　자고나면　벌써
곡괭이질　부삽질에　며칠동안　어수선하다가　전차가　놓이고,　자동차가
진흙덩어리를　튀기며　뿡뿡거리고　달아나가고,　딸꾹나막신　소리가
날마다　늘어가고　우편국이　들어와　앉고,　군아가　헐리고　헌병주재소가
들어와　앉는다.　주막이니　술집이니　하는　것이　파리채를　날리는
동안에　어느덧　한구석에　유곽이　생기어　사미센　소리가　찌렁찌렁난다.
매독이니　임질이니　하는　새　손님을　맞아들일　촌서방님네들이　병원이
없어　불편하다고　짜증을　내면　너무　늦어　미안하였습니다는　듯이
체만　차릴　줄　아는　사기사가　대령을　한다.　세상이　편리하게　되었다.
"우리　고을엔　전등도　달게　되고　전차도　개통되었네.　구경오게.
얌전한　요릿집도두서넛　생겼네...자네　왜갈보　구경했나 ?　한번
보여줌세" (중략)　양복쟁이가　문전야료를　하고,　요리장수가　고소를
한다고　위협을　하고,　전등값에　졸리고,　신문대금이　두　달　석　달
밀리고.　담배가　있어야　친구방문을　하지.　원　찻삯이　있어야　출입을
하지　하며　눈살을　찌푸리는　동안에　집문서는　식산은행의　금고로
돌아　들어가서　새　임자를　만난다.　그리하야　또　백가구　줄어지고　또
이백가구　줄었다. (頁 76〜77)

「聽說某人的房子，這一次變成了大馬路。」如此，他們邊抽煙邊聊著
天，沒幾天的工夫，電車就開通，汽車也奔馳在馬路上，木屐聲也逐漸
多了起來。不知不覺當中，郵局、軍衙、憲兵駐在所也占據住好位子。
另外，傳統酒店沒人光顧，反倒是遊廓一天一天熱鬧起來，三味線聲音
不絕於耳。與此同時，得了梅毒、淋疾的村夫，抱怨去了醫院也沒甚效
果，這時恰巧出現詐欺侍候他們一番。真是太方便的世界啊。
「我們村裡有了電燈，電車也開通了。找個時間來玩麼。不錯的料理店
也有一兩家開張了……看過日本妓女沒有 ? 我來帶路。」(中略) 穿西裝
的也在門前惹事；餐廳老板威脅告官；沒有錢支付電燈費；報紙貸金也

滯納兩三個月；沒有香煙就不能找朋友聊天；沒有錢怎麼出入茶房……
擔心這些事的時候，家裡的房契早進了殖產銀行的金庫，被轉賣到別人
手上。如此下來，又是少了一百餘戶，又少了兩百餘戶。

由此可見，殖民地朝鮮隨著他律性現代化的進展，雖然迅速接受了物
質層次的現代性，但同時也被編入抑壓性的帝國主義剝削結構中。鐵路、
大馬路、工廠的建設，雖然對人們的日常生活帶來許多方便，但隨著便利
生活夾帶而來的衝擊和不適應，在生活世界中卻孕育著巨大的矛盾。如上
面引文，朝鮮人民的生活可被放在殖民地現代經驗的全面擴張當中來加以
說明。這當中，他們並不是伯曼（Marshall Berman）所說的現代化主體[26]，
而是被金融資本徹底毀滅的對象。搭京釜線火車到京城的旅程中，李仁和
看到了許多他者：戴金邊帽子，穿斗蓬，佩戴刀的普通學校訓導大哥、成
爲大哥小妾的崔參奉女兒、經常被日本人事務員受辱的朝鮮役夫們、阿附
日本官吏而狐假虎威的獵人、被憲兵補助員逮捕的小商人、被綁在大田站
的罪犯，以及寒冷的早上在南大門站發呆的雛妓等，他看到的這些人都無
法成爲現代的主體，只能以現代的他者存在。這些殖民地現代化進展中的
他者，無一例外的，都是以「恐怖、警戒、彌縫、假飾、屈服、韜晦、卑
屈」的形象出現，自然無法完成自我發展或人的解放這個現代文明所追求
的價值。目睹他們後備感痛苦的李仁和，到了京城家中，又看到家人虛僞
的一面，再也無法忍耐下去：自己的父親主張日鮮人同化，並以後援妓女
演奏會或參加所謂名人的葬禮爲樂；而朋友乙羅，居然以賣身代價換得日
本的留學；表哥炳和極力隱藏介入乙羅的事情。看到自己親人和朋友的墮
落，李仁和覺得朝鮮就像墳墓一般死氣沉沉。

이게 산다는 꼴인가？ 모두 뒈져버려라.

---

[26] 伯曼（Marshall Berman），《現代性的經驗》，引自黃鍾延譯，《尋找現代主義的亡靈》（首爾：民音社，1994 年），頁 201。

무덤이다. 구더기가 끓는 무덤이다.

죽어서 공동묘지에 갈까봐 애가 말라하는 갸륵한 백성들이다.

（頁85）

這就是我們的生活？大家死了算了。

就是墳墓啦，一堆蛆不斷蠕動的骯髒墳墓。

活在共同墓地中，卻還害怕死了之後被埋在共同墓地的可憐百姓。

　　從李仁和徹底失望之後說出的這些話語，可知他一定程度上認識到殖民地朝鮮的真相，不過他仍然停留在被孤立的個人主體意識當中，只能從自我理性和自覺上面找出口。

"도대체 내가 무얼하랴구 나왔드람？"

이렇게 생각을 하여 보니까 나올 때는 도리어 잘 되었다고 나왔지만 암만해도 주책없는 짓을 하였다는 후회가 안 일어날 수 없다. "엣！ 가 버린다. 역시 혼자 가서 가만히 누었는 게 얼마나 편하지 모른다！" （頁100）

「到底我為什麼要回來？」

我有一點後悔自己做了不必要的事。「啊呀！走了算了。還是一個人甚麼都不做，躺在房裡，那該多好！」

死 라는 것이 滅亡을 意味하든 永生을 意味하든 어떠한 指數를 가르치든 그것은 우리로서 조금도 간섭할 權利가 없겠지요. 우리는 다만 호흡을 하고 의식이 남아 있다는 明瞭하고 嚴肅한 사실을 대할 때에 현실을 正確히 통찰하며 스스로의 길을 힘있게 밟고 굳세게 나가야할 자각만을 스스로 자기에게 강요함을 깨달아야 할 것이외다. （頁105）

死亡意味的無論是滅亡或永生，它所指的無論是甚麼，對我們來講，是
沒有權利去干涉的。我們只要明白自己還有呼吸、仍具意識，並面對嚴
肅的現實，而且必須明確洞察，走出堅定的自己的路，這才是重要的。

這兩段話是辦完太太喪禮之後，李仁和以逃避的心情回到東京時的獨
白及寫給朋友的信件內容。這當中，我們看出他雖然對現實感到幻滅，但
經過自我思索之後，最後還是回到自我主義。可見李仁和是以孤獨個人的
內面反省作為媒介來達到主體自覺的層次，而不是透過他者性經驗。以具
有獨白性質的書信體來呈現他的想法，就與反省哲學一樣，它透過個人主
體的內心反省來獲得普遍真理。可以說這篇小說呈現了現代主體自我認識
的局限，小說中我們看到的是，李仁和是以西方啓蒙理性的標準來嚴厲批
評朝鮮的封建生活而已。在這一點上，主角李仁和可以說是作者廉想涉初
期所主張實現自我主義的孤獨個人的典型。[27]他雖然目睹了殖民地現實，但
還是在個人立場上夢想著「新生的瑞光」。他說「整體的開始和結束都取決
於個體本身」，所謂「新生」也是「從個人出發，到個人層次結束的東
西」，始終堅持個人中心主義的立場。李仁和的孤獨個人性格既受到帝國主
義制度的制約，同時也受到反省哲學和新文學制度的制約。具有孤獨個人
性格的李仁和，越是看清現實的真相，越是感到孤獨。李仁和的覺醒達到
頂端的時候，就是他最感孤獨的時候。

不過，雖不明顯，但孤獨個人典型的李仁和也試圖站在朝鮮人的立場
上跟其他朝鮮人溝通。他即使感到失望和懷疑，也不放棄與哥哥、父親，
以及其他朝鮮人對話的機會。此被隱藏在他內心的溝通衝動，與依賴啓蒙
理性的獨白衝動形成矛盾。儘管連李仁和自己也沒有意識到，在此矛盾當
中，有著無法忽視的重要意義：那就是讓他成為孤獨個人的原因，並不完
全來自內面自白的制度，[28]而是由於他捕捉到能瓦解朝鮮共同體的某種巨大

---

[27]廉想涉，〈個性與藝術〉，《廉想涉全集10》（首爾：民音社，1987年），頁93。
[28]柄谷行人，前揭書，頁69～91。

力量。同樣的,「一堆蛆不斷在蠕動的墳墓」的幻滅也包含雙重性意義:李仁和認為「被欺騙、被強奪、被壓制的蒙昧朝鮮人,像是在墳墓中蠕動的一堆蛆」,但他也知道朝鮮人的「共同墓地」,其實是朝鮮的生活共同體被瓦解的「結果」。因此,李仁和顯露對朝鮮人的失望和厭惡,但他同時也了解受到殖民權力壓抑的朝鮮人的無奈處境,此悲慘的殖民地生活景況,強烈暗示著共同體的解體狀況是多麼的嚴重。就在這一點上,李仁和「我」的發現剛好揭露了「我們」的解體,他雖然採取啟蒙理性的觀點來批判朝鮮人沒有具備自我意識,但其結果呈現的是共同體被瓦解的現象,以及造成此現象的權力關係。透過這樣的安排,李仁和讓讀者看到在帝國主義制度和現代場域中進行同化的殖民權力面前感到害怕並過著墳墓般生活的民族真相。小說中刻畫的各個階層民眾疲憊的樣子,就是代表在殖民母國進行收編的力量面前,朝鮮人只能用沉默方式逃脫殖民主義的異質性力量。如此,小說雖然不刻意安排主角人物的他者性經驗,但所呈現的結果則與賴和小說並無二致,可見廉想涉和賴和都同樣從近代國家的收編力量中,發現不被同化的異質性,以及認知到民族的存在,此即顯示了同樣經歷被殖民支配的臺灣和韓國所具有的殖民地現代性特殊樣貌。

透過〈萬歲前〉揭露殖民地現代性真相的廉想涉,逐漸將其注意力移轉到生活層面和民族運動上面,並開始思索啟蒙理性和機械文明在民族性方面帶來的一些問題,這可從廉想涉的文學批評文章中得到證明:他的批評活動,初期從禮讚發明科學的啟蒙理性和自我主義的「個性論」,逐漸轉移到考慮現實層面的「生活文學論」。[29]在「個性論」中,廉想涉禮讚科學和人的能力,到了「生活文學論」,他注意到過度相信科學和人的能力,是導致整個社會著重機械,排除自然性的主要原因。原本帶給人類自我實現力量的科學,現在卻成為造成人類淪為機械奴隸的禍首。這樣的想法,證

---

[29]「個性論」和「生活文學論」為廉想涉現實主義文學論的兩大主軸,主要討論文學如何反映現實的問題:其中,「個性論」在作家層次上將個性設定為現實反映的藝術媒介;「生活文學論」則在人和生活的辯證關係當中思考文學如何反映現實的問題。

明廉想涉發現之前自己醉心於啓蒙理性所產生的盲點，從此，廉想涉開始
主張回歸自然。在這裡所謂自然是指文明的他者，也就是被自我主義和現
代文明壓抑的、殖民地現實中被壓迫的民族性。

> 기계로부터의 해방──현대문명에서의 해방─그것은 自然에
> 돌아가는 길이다. 자연의 理法에의 復歸──그것은 資本主義의 生
> 活법칙의 破壞요, 부르조아의 滅落이다.
> 프로레타리아의 反動은 유심적으로 보면 자연에의 복귀─自然理
> 法에의 歸依에 理想이 있는 것이라고 하겠다. (중략)
> 民族觀念이라는 것은 自然性, 必然性 가진 것으로 容易히 變異
> 하기 어렵거나 혹은 全然히 不可變性의 地理的約束을 가젓을 뿐
> 아니라 反動運動의 최후의 理想인 자연과 및 그 理法에 復歸하는
> 데에 有利한 幇助者는 될지언정 決코 反撥不相容의 것이
> 아님으로 社會運動에 있어서 民族觀念을 觀念破棄의 一種目으로
> 編入하여서는 아니된다는 것이다.[30]

> 從機械解放——從現代文明中得到解放——那就是回歸到自然，復歸到
> 自然理法——那就是破壞資本主義的生活法則，也就是資產階級的沒
> 落。
> 無產階級的反動，以唯心論來看，其目標在於復歸自然——歸依到自然
> 理法。（中略）
> 所謂民族觀念，不僅具備了自然性、必然性，也有不容易變異或全然不
> 可變性的地理約束，因此民族概念，將會幫助復歸反動運動的最後理
> 想——自然及其理法的獲得，而決不是抵制、不相容，因此，在社會運
> 動中不能把民族觀念當作廢棄觀念的一個項目。

---

[30]廉想涉，〈民族社會運動的唯心一考察〉，《廉想涉全集12》（首爾：民音社，1987年），頁104。

　　按照上述廉想涉的說法，回歸自然的意義，就是意味回復他者性，而無產階級就是在資本主義社會中被壓抑的自然性，因此自然性和民族觀念是有關聯性的：在殖民主義下被壓抑的民族觀念，就是被帝國主義壓抑的自然性，因此他認為在回復此理想的努力，以及回復無產階級自然性的社會運動（社會主義運動）上面，不能拋棄民族觀念。因為所謂民族運動，是指回復被壓迫的民族自然性，而社會運動也具有回復被抑壓階級的自然性目標，可見廉想涉對自然性的重視，重點就在他者性的發現上面。如此他者性的發現，將廉想涉的小說引導出方向，在〈萬歲前〉來不及處理的民眾和知識階層、傳統和現代、民族運動和社會運動的關係等課題，在之後的小說中都有涉及。他者性位置的發現，帶來殖民地制度同一性的危機，因此可以說此相應於新的歷史空間的發現，同時也是擺脫殖民性的他者發現民族的一個路徑。這些他者性的發現和經驗，在廉想涉〈輪轉機〉、〈南忠緒〉、〈宿泊記〉等小說中都有豐富的呈現。

　　〈輪轉機〉主要描寫報社內部的勞資糾紛問題，不過，與其他階級觀點的普羅小說不同，這篇作品的故事背景設定在帶著濃厚民族性色彩、企圖抵抗殖民權力的報社裡，因此，勞資雙方的問題在民族議題上面有了交會的可能，小說刻意凸顯平行發展的雙邊（Ａ 和德三）在民族這個他者性位置上碰撞的內容。這篇小說中要處理的並不是勞資糾紛，而是在帝國主義權力下被迫成為他者的殖民地民眾和知識階層間的問題。這些人在幾次的衝突和交涉後，意識到自己是個有能力威脅殖民地制度的他者身分，最後互相認定各自的異質性，互相團結。可見廉想涉所發現的他者性位置，與民眾和知識階層互相溝通的民族概念發現有關。

　　另外，〈南忠緒〉的主角南忠緒，是由朝鮮人父親和日本人母親所生，屬於貧窮階級，廉想涉把他設定成資本主義的他者，同時也是自我中心的排他性民族主義的他者身分。如此的身分位置，有別於他的朝鮮人父親南尚哲和日本人母親美佐緒的民族屬性，並與重視血統和習慣的排他性民族觀念保持一定的距離，但他又跟主張破壞傳統的 PP 團（社會主義地下團

體）同志們持不同的意見。可以說，他是資本主義和排他性民族主義的他者（社會主義者、混血兒），同時也是忽視民族傳統的社會主義的他者。像南忠緒這樣的混血位置和身分，代表著能解除帝國主義和排他性民族主義對立的一種位置，同時也是尊重異質性，達成去中心共同體場域的可能存在者。因而，小說中他雖然被說服加入 PP 團，從事從帝國主義和資本主義解放父親祖國的階級鬥爭，但卻決不是用敵對的態度去看母親的祖國；他雖然要打破與殖民地資本主義所掛勾的封建遺習，但也不忽視民族傳統，反而因自己的混血身分，特別在乎民族傳統。這篇小說雖然在結尾中出現南忠緒得不到民族認同，以悲劇收場，到不了南忠緒的異質性本身被理解成自然性的階段，不過小說透過他者性經驗的呈現，充分表達了文化混血性的可能性。

　　〈宿泊記〉是一篇描寫留學日本的卞昌吉，只因是朝鮮人就租不到寄宿房子的作品。寄宿房東不但不出租房子給他，看了昌吉的姓氏「卞」字後，還以輕蔑的口吻說：「好像是朝鮮人綁在頭上的髻一樣，又像死掉的蒼蠅貼在桿子上的樣子，這世上怎麼有這麼奇怪的字，簡直就是沒啥事做，呆呆站在田埂上的稻草人一般。」房東的這些舉止說明日本人瞧不起朝鮮的民族文化，甚至毫無忌憚的極盡嘲諷能事，表面上是日本殖民者對昌吉顯露民族差別待遇，裡面暗示的卻是殖民地和帝國之間存在的不平等權力關係。不過，小說透過描繪昌吉雖受辱卻堅守民族文化的情節，控訴否定異質文化他者的帝國主義主體中心暴力，也就是說，昌吉站在抵抗帝國主義文化同一化暴力的他者性位置上，揭露殖民地和帝國主義之間的矛盾，而在此中我們可發現被殖民權力壓抑的他者—民族的存在。

　　透過這些小說發現他者化了的朝鮮民眾，以及其背後存在的殖民／被殖民權力關係之後，廉想涉在以具體歷史現實為主要內容的長篇小說《三代》（1931 年）中，更進一步呈現他者性的位置。與〈萬歲前〉的單一結構不同，《三代》援用家族史結構，更加豐富多面的描寫歷史變遷中的民族現實，並透過人物之間複雜的對話來呈現其他者性經驗和力量。有良心的

資產階級趙德基和社會主義者金秉華是《三代》的主要人物，小說即環繞著這兩個人所經歷的兩個重要事件為兩大主軸：一是圍繞趙德基家的遺產所發生的一連串事件；二是金秉華投身社會主義運動的相關事件。在民族運動上堅持不同立場的兩人，一開始呈現緊張對立的關係，但隨著故事的進展，逐漸了解彼此的想法，進而認同及贊同對方的作法。這當中，我們可看到從主體中心思想移轉到他者性位置的過程。他們的對立，是由於各自想將心中持有的主體中心思想強加在對方身上，而他們的和解，則來自分別產生了他者性經驗。例如，趙德基所相信漸進主義及金秉華所相信的社會主義雖然在內容上不同，但都具備了主體中心思想，不過在兩人各自談了戀愛，也就是金秉華和洪敬愛陷入愛河，趙德基也不知不覺喜歡上必順時，兩人開始有了自己內部主體中心思想瓦解的體驗。金秉華對洪敬愛產生感情後，在對待別人（他者）時，已逐漸懂得在乎對方的感受和視線，對趙德基也是如此，他開始尊重趙德基漸進主義主張的異質性，並且進一步接受他的看法。也就是說，他開始擺脫排他性主體中心主義，試圖與他者進行對話溝通，而在這過程中逐漸成為他者性主體。另方面，與金秉華類似的，趙德基也透過與必順之間的戀愛關係確保他者性位置，開始考慮對方的感受和處境，盡一切力量幫助對方。在這一點上，趙比金更根本性的體驗了原有信念的動搖過程，重視金錢並守錢成性的他，從自願出錢給必順母女的行為中，認知到此違背自己信念的行為也屬自己一部分的事實。透過這些過程，趙德基和金秉華兩人，從堅持己見以自我為中心的現代孤獨個人，蛻變為容納異己，接受他者聲音的對話性主體。而這樣的變化，與賴和〈赴會〉中所呈現的主角人物，從主體中心主義轉移到他者性位置不謀而合。在〈赴會〉中「我」也一開始認為民眾是無知的，但透過與民眾之間的對話，開始審思自我內心，進而懷疑文化協會活動的正當性，這都是從體驗他者性位置，進而發現各個不同思想也能溝通的例子。

四、結語

　　以上主要是以 1920 年代賴和與廉想涉的小說爲對象，集中討論了這些小說所呈現的兩國殖民現代性的樣貌，以及人物所經歷、自我反省和溝通期望等他者性經驗，並從中試圖找出克服現代主體中心主義的後殖民視角可能性。其結果發現，他們的小說主要是藉著揭露內在於新文化或新文明的暴力性和權力關係，來探究殖民現代性的真相。由於新文化、新文明所代表的是現代初期兩國的支配性啓蒙論述，以及其制度面上的實踐，而且賴和與廉想涉都是相信啓蒙理性的知識分子，因此本文分析兩位作家的小說思考，可以說在揭露殖民暴力性的同時，也體現了反省西方現代的後現代思考。

　　在有關國民國家的形成和認同上面，他們共同揭露顛倒的權力關係，刻畫殖民暴力性，並舉出脫離殖民主義同一性邏輯的異質性他者存在的事實，這些從殖民者所建構的想像共同體游離出去的異質性他者，證明了顛覆殖民主義的力量在殖民地臺灣和朝鮮都共同存在。而在有關個體覺醒的現代人方面，他們同樣描繪了具孤獨內面、內化啓蒙理性的知識分子脫離主體中心主義，與他者溝通的各種樣貌，這些主角人物對啓蒙理性進行的反思及自我反省，印證了在現代初期已有企圖擺脫現代的後現代衝動。有了這些對現代性和殖民主義的批判性觀察，他們才能發現持不同立場和看法的異質性他者民眾，而民眾的異質性力量，在脫離啓蒙理性的同一性邏輯以及在此基礎上建立的殖民主義上面，確能提供一定的作用，因此也能成爲後殖民展望的一個契機。

　　兩位作家能夠做到這一點，說明他們具有批判殖民現代性矛盾及自我反省能力，他們用心觀察殖民地現代，注意到民眾的他者性位置，並肯定他們的游離願望和反抗力量。這些都告訴我們，1920 年代同樣處在日本殖民地的臺韓兩國，面對夾帶殖民性而來的現代啓蒙論述，知識分子如何把握其中的矛盾，以及如何透過民眾游離的力量來確保批判的正當性。如

是，可以說，他們的小說提供了我們同時克服現代性和殖民性的後殖民角度和展望。

在發現自己的他者性位置，以及刻畫他者性經驗上面，他們能夠對啓蒙理性的自我中心主義提出批判，並肯定異質性存在和其顛覆力量，這意味著殖民地臺灣和朝鮮，雖然被迫進入現代階段，啓蒙論述成爲至上價值，但仍然保有對西方現代和殖民主義提出批判的能量。要堅持主體中心主義，就要用壓抑、排除異質性他者的方式來成就它的同一性邏輯，就如帝國主義和殖民主義，即以自己的邏輯壓抑殖民地的方式來建構同一性，成爲主體中心主義的極端形態。相反的，他者性位置的發現和肯定，是從內部瓦解帝國主義和殖民主義的同一性邏輯，開啓與他者溝通的可能，如賴和與廉想涉，從傾聽民眾聲音當中進行自我反省，從民眾身上透露的殖民暴力中，看到民眾的顛覆力量。而他們小說中所呈現的他者性，是與同一性邏輯不同，它能容忍差異，肯定異質性存在，因此主體（作家或人物）的他者性經驗，能帶給民族運動和社會運動、民眾和知識階層、傳統和現代等對立項目交會的可能。他者性的位置和經驗，對殖民地制度的同一性帶來危機，這可說是與想要脫離殖民主義的他者─民族的發現相呼應。另外，在他們的小說中，他者性的獲得來自對西方文明和制度所隱藏的權力關係的認知，賴和與廉想涉都知道，以法律和新制度代表的新文明，雖可提高人民生活的水準，但在其運作過程中，是用權力壓抑人們，並使他們隸屬於新文化制度。此矛盾的新文明規律和制度能在殖民地實施，是因爲殖民／被殖民的政治權力運作的關係，賴和與廉想涉透過他們的小說，明確指出新文明和制度如何的對殖民地民眾進行他者化。

如果說，後殖民主義角度和展望，擺脫殖民主義的排他性民族主義，以及造就殖民主義的工具理性，能夠塑造出他者和主體交混的空間，並在此空間中認同民族主體性時才能實現的話，那麼賴和與廉想涉小說所展現的他者性經驗，可以說提供了我們一個後殖民視角和展望。

——發表於中研院文哲所主辦
「跨文化與現代性：歐亞文化語境中的華文文學與文化（一）學術研討會」
2010 年 5 月 20～21 日

輯五◎
研究評論資料目錄

作家生平、作品評論專書與學位論文

專書

1. 林瑞明　　賴和的文學與社會運動之研究　臺南　久洋出版社　1989 年 3 月
**　　　　191 頁**

本書探討賴和在臺灣新文學運動與社會運動兩個領域中的貢獻，從文化、社會、政治運動的關係，考察其在臺灣近現代史上所處的位置。內容分上下篇，上篇：賴和與臺灣新文學運動；下篇：賴和與臺灣文化協會（1921—1931）（上、下）。正文後附錄松永正義〈臺灣新文學運動史研究的新階段——林瑞明〈賴和與臺灣新文學運動〉〉。

2. 林瑞明　　臺灣文學與時代精神——賴和研究論集　臺北　允晨文化公司
**　　　　1993 年 8 月　460 頁**

本書探討賴和在臺灣新文學運動與社會運動兩個領域中的貢獻，從文化、政治，社會運動關係，考察其在臺灣近現代史上所處的位置。全書分 2 輯，輯 1 共收錄 4 篇論文：〈賴和與臺灣新文學運動〉、〈賴和與臺灣文化協會（1921—31）〉、〈賴和〈獄中日記〉及其晚年情境〉、〈石在，火種是不會絕的——魯迅與賴和〉。輯 2 收錄 5 篇論文：〈賴和的文學及其精神〉、〈重讀王詩琅〈賴懶雲論〉〉、〈〈富戶人的歷史〉導言〉、〈民間的兒女——〈相思〉引言〉〈關於賴和研究的幾點說明〉。正文後附錄松永正義〈臺灣新文學運動史研究の新しい段階——林瑞明〈賴和與臺灣新文學運動〉〉。

3. 賴和紀念館編　　賴和研究資料彙編（上、下）　彰化　彰化縣立文化中心
**　　　　1994 年 6 月　575 頁**

本書收錄楊逵、王詩琅、彭瑞金、葉石濤、李魁賢等人的文章，追念賴和的生平行誼，及論述其文學理念與成就，全書共 40 篇，分為上下冊：上冊：毓文〈甫三先生〉、王錦江〈賴懶雲論〉、楊雲萍〈追憶賴和〉、楊逵〈憶賴和先生〉、朱石峰〈回憶懶雲先生〉、守愚〈小說與懶雲〉、一剛（王詩琅）〈懶雲作城隍〉、梁德民（景峰）〈賴和是誰〉、賴恆顏〈我的祖父懶雲先生〉、葉榮鐘〈詩醫賴懶雲〉、林邊（林載爵）〈忍看蒼生含辱〉、王曉波〈臺灣新文學之父——賴和與他的思想〉、彭瑞金〈開拓臺灣新文學的——賴和〉、花村〈從舊詩詞起家的臺灣新文學之父——賴和〉、陳明臺〈人的確認——試論賴和先生的人本意識〉、施淑〈秤仔與秤錘——論賴和小說的思想性〉、高天生〈覺悟下的犧牲——賴和先生的

文學生涯〉、黃武忠〈日據下的小民悲歌——賴和新文學作品試論〉、汪景壽〈臺灣小說作家論〉、黃得時〈臺灣文學播種者——賴和〉、林荊南〈忠烈祠裡的大文豪——賴和先生〉。下冊：王燈岸〈懶雲、賴和先生讓我們永遠追懷您〉、陳永興〈賴和先生、你在何方——一個臺灣學醫青年的反省〉、李魁賢〈賴和詩中的反抗精神〉、葉石濤〈為什麼賴和先生是臺灣新文學之父〉、葉寄民〈不死的野草——臺灣新文學的奶母賴和〉、張恆豪〈臺灣新文學之父——賴和〉、包恆新〈臺灣現代文學的先驅者——賴和〉、林衡哲〈臺灣現代文學之父——賴和〉、古繼堂〈「臺灣的魯迅」——賴和〉、林瑞明〈賴和的文學及其精神——第 64 次臺灣研究研討會記錄〉、栗多桂〈臺灣抵抗作家的一面光輝旗幟——賴和〉、康原〈臺灣新文學之父——賴和先生小傳〉、林瑞明〈民間的兒女〈相思〉引言〉、林亨泰〈賴和的反向思考〉、呂興忠〈賴和小說的技巧與思想〉、黃重添〈臺灣新文學的「奶母」——賴和〉、呂興忠〈從賴河到洪醒夫——談臺灣新文學的原鄉〉、陳芳明〈百年孤寂的賴和〉、林柏維〈鬥鬧熱的〈一桿秤仔〉〉。正文後附錄〈賴和先生年表簡編〉及〈賴和先生著作年表〉。

4. 李篤恭編　　磺溪一完人——賴和先生百年冥誕紀念文集　臺北　前衛出版社
**　　1994 年 7 月　229 頁**

本書收錄王昶雄、鍾肇政、林亨泰、李魁賢等人的文章，追憶賴和的行誼及文學成就，全書共 34 篇：磺溪文化協會〈磺溪精神〉、巫永福〈談賴和先生種種〉、王昶雄〈打頭陣的賴和——哲人「走得其時」〉、鍾肇政〈談賴和〉、賴洈〈憶父親〉、葉石濤〈為什麼賴和先生是臺灣新文學之父？〉、陳逸雄〈賴懶雲與陳虛谷〉、陳芳明〈百年孤寂的賴和〉、劉春城〈唯創作能千秋〉、黃榮洛〈賴和、客家人、彰化〉、林亨泰〈賴和的反向思考〉、錦連〈賴和先生作品試讀——〈一桿稱仔〉〉、利玉芳〈讀賴和先生詩作——低氣壓的山頂〉、〈憶賴和先生二首〉、張彥勳〈賴和、弱者的代言人——兼談〈善訟的人的故事〉〉、陳明臺〈人的確認——試論賴和的人本意識〉、莫渝〈獨立在狂飆之中——談賴和四首敘事詩〉、賴志揚〈我的救命恩人——賴和〉、王鋅卿〈彰化三支柱〉、李篤恭〈懷念先師和仔仙〉、〈磺溪一完人——憶念先賢賴和先生〉、藍博洲〈磺溪人不落後——彰化街的抗日志士〉、李魁賢〈賴和詩中的反抗精神〉、黃雄圖〈治警事件之始末〉、施裏〈泣弔和仔仙〉、廖祖堯〈桃李不言的賴和「臺灣新文學之父」〉、莊世和〈臺灣的尊嚴——賴和〉、張夏翡〈築路的人——記賴和志士〉、顏妙婷〈懶雲——思念臺灣先賢賴和先生〉、莫云〈無悔〉、林建隆〈賴和〉、江秀鳳〈蒼白的呼喚〉、陳丁財〈人格‧人道講賴和〉、陳雷〈賴和文學ê精神〉。

5. 陳建忠　　書寫臺灣，臺灣書寫：賴和的文學與思想研究　高雄　春暉出版社

2004 年 1 月　597 頁

本書為學位論文出版。為賴和文學與思想的全面性研究，探討賴和的文學與思想如何形成其時代特徵、賴和這一代的知識份子如何在殖民地下為時代所型塑、賴和前後世代的知識份子如何進行與殖民者的精神角力、賴和在臺灣文學史上適切的定位與評價 4 大焦點。全書共 7 章：1.殖民地下的臺灣知識分子與臺灣作家；2.賴和接受史與臺灣文學史書寫；3.賴和漢詩的文化與時代意涵；4.賴和的文化論述、文學論述及其反殖民實踐；5.賴和小說與臺灣反殖民文學傳統的建立；6.論賴和的新詩與散文；7.結論。

6. **林瑞明編　賴和全集‧評論卷　臺北　前衛出版社　2001 年 12 月　352 頁**

本書收錄研究賴和論全文共 10 篇：朱點人〈賴和先生為我而死嗎？——讀〈獄中日記〉〉、林瑞明〈賴和漢詩初探〉、施懿琳〈賴和漢詩的新思想及其寫作特色〉、陳芳明〈賴和與臺灣左翼文學系譜〉、廖淑芳〈理想主義的荊棘之路——賴和左翼思想兼探〉、陳建忠〈啟蒙知識分子的歷史道路——從「知識分子」形象塑造論魯迅與賴和的思想特質〉、游勝冠〈啊！時代的進步和人們的幸福原來是兩回事——賴和面對殖民現代化的態度初探〉、下村作次郎〈日本人印象中的臺灣作家賴和——從戰前臺灣文學之歷史性記述中思考起〉、陳萬益〈臺灣魂——論賴和文學的抗議精神〉、呂興忠〈賴和〈富戶人的歷史〉初探〉。正文後附錄〈賴和先生年表〉。

7. **鄧慧恩　日治時期外來思潮譯介研究：以賴和、楊逵、張我軍為中心　臺南 臺南市立圖書館　2009 年 12 月　327 頁**

本書為學位論文出版。探討日據時期知識份子面對外來新思潮的翻譯活動，闡明新式知識份子以及留學生在理解外來思潮的過程中，進行翻譯活動的目的與對象。全文共 6 章：1.緒論；2.日據時期報刊雜誌的翻譯概況；3.賴和的翻譯：與尼采的接觸；4.文化的擺渡：楊逵譯作的意義與詮釋；5.三地橋樑：張我軍的翻譯事業；6.結論。正文前有許添財市長序〈邁向文化大城〉、劉怡蘋處長序〈在府城，文學的果實纍纍〉、呂興昌總評〈繼續創造文學的歷史〉、龔顯宗編輯序〈搖曳的稻穗〉、陳萬益序〈打開一扇窗〉、作者自序〈閱讀一種花季的可能〉。正文後附錄〈日據時期重要報刊翻譯文章列表（初稿）〉、〈賴和尼采譯稿與原著的對照（初稿）〉、〈張我軍譯著、譯書列表〉。

8. **劉紅林　臺灣新文學之父——賴和　北京　作家出版社　2006 年 7 月　275 頁**

本書首先介紹賴和生平及人格對其文學風格的影響，其次述及賴和推動臺灣新文學的過程與理念，並分別評論其小說、散文、新詩與傳統詩的藝術特點，最後總評賴和在文學史上的重要性與地位。全書共 7 章：1.血與火鑄成的精魂——賴和的人生之路；2.「奶母」與奠基者——賴和的新文學道路；3.崇高地位與文學精神的完美表現——賴和小說；4.進軍號和里程碑——賴和散文；5.內容與形式相得益彰的賴和新詩；6.夢繼神州路，心彌漢唐情——賴和傳統詩談片；7.賴和的意義。正文後附錄〈賴和新文學作品簡表〉。

學位論文

9. 陳明娟　　日治時期文學作品所呈現的臺灣社會——賴和、楊達、吳濁流的作品分析　東吳大學社會學系　碩士論文　張炎憲教授指導　1990 年 6 月　117頁

本論文針對賴和、楊達、吳濁流 3 位日據時代作家的作品內容，探討日據時期的臺灣社會狀況。全文共 5 章：1.緒論；2.歷史背景；3.作家與作品；4.小說中所反映的臺灣社會；5.結論。

10. 陳建忠　　書寫臺灣，臺灣書寫：賴和的文學與思想研究　清華大學中國文學系　博士論文　陳萬益教授指導　2000 年 12 月　460頁

本論文爲賴和文學與思想的全面性研究，探討賴和的文學與思想如何形成其時代特徵、賴和這一代的知識份子如何在殖民地下爲時代所形塑、賴和前後世代的知識份子如何進行與殖民者的精神角力、賴和在臺灣文學史上適切的定位與評價 4 大焦點。全文共 7 章：1.殖民地下的臺灣知識分子與臺灣作家；2.賴和接受史與臺灣文學史書寫；3.賴和漢詩的文化與時代意涵；4.賴和的文化論述、文學論述及其反殖民實踐；5.賴和小說與臺灣反殖民文學傳統的建立；6.論賴和的新詩與散文；7.結論。

11. 陳淑娟　　賴和漢詩的主題思想研究　靜宜大學中國文學系　碩士論文　施懿琳教授指導　1999 年　284頁

本論文由賴和的漢詩瞭解其主要思想，進一步探討賴和的文學創作重心、漢詩創作的思想特色及其與時代的關係。全文共 5 章：1.賴和生平及其文學活動；2.賴和漢詩創作的歷程；3.人道主義的思想與生命的自我安頓；4.對日本殖民體制的批判；5.對臺灣命運的思考與社會現象之反映。

12. 張雅惠　　日治時期的醫師與臺灣醫學人文——以蔣渭水、賴和、吳新榮爲例

臺北醫學院醫學研究所　碩士論文　林明德教授指導　2000 年
165 頁

本論文藉由蔣渭水、賴和、吳新榮 3 位醫師在非武裝抗日運動中所扮演的文化人角
色，探討日治時期的政治、社會、歷史、文化、醫療與醫師之間的淵源。全文共 6
章：1.緒論；2.日治時期的臺灣政治社會環境；3.日治時期的臺灣醫療概況；4.日治
時期的醫師與社會文化；5.醫師文學的探析；6.結論。

13. 陳芳萍　　彰化應社及其詩作研究　清華大學中國文學系　碩士論文　呂興昌
教授指導　2001 年　217 頁

本論文先自彰化應社成立之時代背景出發，從外圍論述應社的組織、成員與活動；
後以應社的靈魂人物——賴和為首，對個別詩人、詩作進行分論。全文共 6 章：1.
緒論；2.應社成立緣起、發展及詩觀；3.應社詩人詩作的個別特色；4.應社詩人詩
作主題探討；5.應社詩人的語言風格；6.應社詩人在臺灣文學史上的意義。

14. 邵幼梅　　賴和小說研究　高雄師範大學國文教學碩士班　碩士論文　林文欽
教授指導　2002 年　330 頁

本論文就賴和的生平及其小說創作為研究範疇，並以敘事學為主要研究方法，闡明
賴和小說對臺灣文學的啟示與影響。全文共 7 章：1.緒論；2.賴和生平及其文學活
動；3.賴和小說概述及主題思想研究；4.賴和小說的敘事研究；5.賴和小說的故事
研究；6.賴和小說的藝術世界；7.結論。

15. 林秀蓉　　日治時期臺灣醫事作家及其作品研究——以蔣渭水、賴和、吳新
榮、王昶雄、詹冰為主　高雄師範大學國文學系　博士論文　龔顯
宗教授指導　2002 年 6 月　459 頁

本論文針對日治時期蔣渭水、賴和、吳新榮、王昶雄、詹冰這五位臺灣醫事作家，
就其醫學教育、社會參與、文學歷程以及作品主題與藝術成就來論述，並且勾勒日
治時期以來臺灣醫事作家的社會關懷與文學面貌。全文共 8 章：1.緒論；2.日治時
期臺灣醫事作家的醫學教育及社會參與；3.作家的文學歷程；4.作品的抗日主題；5.
作品的醫事主題；6.作品的藝術成就；7.社會參與及主題表現的傳承；8.結論。正
文後附錄〈日治時期臺灣醫事作家之作品評論引得〉。

16. 簡志龍　　賴和漢詩中的社會現象分析與研究　屏東師範學院國民教育研究所
碩士論文　余崇生教授指導　2002 年　163 頁

本論文以歷史觀及社會經濟史的角度，以漢詩繫年的方式，研究賴和及日據時期臺

灣的社會史。全文共 7 章：1.緒論；2.時空交錯下賴和的誕生地；3.小逸堂與醫學
校時期；4.嘉義醫院實習與廈門行醫時期；5.治警事件前後時期；6.回歸漢詩時期
與獄中日記；7.結論。

17. 許育嘉　　賴和漢詩修辭美學研究　南華大學文學系　碩士論文　沈謙教授指
**　　導　2003 年 6 月　194 頁**

本論文以賴和的漢詩為研究對象，結合修辭學和美學的實踐研究，析論賴和漢詩之
修辭美學效果。全文共 6 章：1.緒論；2.形式美；3.義蘊美；4.抒情美；5.意象美；
6.結論。

18. 蘇娟巧　　賴和漢詩意象研究　彰化師範大學國文學系　碩士論文　周忠益教
**　　授指導　2003 年 6 月　195 頁**

本論文以林瑞明教授主編的《賴和全集・漢詩卷》為主要文本分析，歸納出賴和漢
詩中的 6 大意象主題：月亮、鳥、登高望遠、水、花、黃昏，並探討其藝術表現與
特質。全文共 6 章：1.緒論；2.賴和漢詩意象主題（上）；3.賴和漢詩意象主題
（下）；4.賴和漢詩意象的藝術表現；5.賴和漢詩意象的特質；6.結論。

19. 黃立雄　　賴和文學作品中的抗日意識研究　玄奘大學中國語文學系　碩士論
**　　文　陳弘昌教授指導　2005 年　180 頁**

本論文從賴和的的各種文學作品（小說、新詩、漢詩、雜記）中，探討其內容，分
析出其中所含的民族意識及抗日意識形態。全文共 9 章：1.緒論；2.賴和傳略；3.
批評殖民政府的經濟、農業政策；4.壓迫生反動：批評殖民政府的農業壓榨政策；
5.批評殖民政府的糖業政策；6.批評殖民政府的民族差別待遇；7.批評殖民政府的
警察制度；8.賴和作品中的抗日事件分析；9.結論。正文後附錄〈賴和重要事
蹟〉、〈賴和寫作年表〉。

20. 黃勝治　　殖民體制下的反抗思潮──賴和的社會改革思想　東吳大學社會學
**　　系　碩士論文　蔡明哲教授指導　2005 年　300 頁**

本論文整合賴和在社運行動上以及臺灣文學上的成就，找出更全面了解賴和對社會
關懷及改革的思想。並且以賴和的社會網絡做為起點，圍繞著賴和的個人、友人、
社會團體，進而加入賴和的文學及改革思想，析論出賴和社會思想裡的中立性及超
越性。全文共 6 章：1.緒論：2.日治時期在臺灣的重要社會運動；3.左右翼社會運
動及政治思想興起的背景；4.賴和與日治時期臺灣社會運動的關係；5.賴和左右翼
思想的矛盾與融合；6.結論。正文後附錄〈賴和重要紀事年表〉。

21. 鄧慧恩　　日據時期外來思潮的譯介研究：以賴和、楊逵、張我軍為中心　清
　　　　　　華大學臺灣文學研究所　碩士論文　陳萬益教授指導　2005 年
　　　　　　245 頁

本論文探討日據時期知識份子面對外來新思潮的翻譯活動，闡明新式知識份子以及
留學生在理解外來思潮的過程中，進行翻譯活動的目的與對象。全文共 6 章：1.緒
論；2.日據時期報刊雜誌的翻譯概況；3.賴和的翻譯：與尼采的接觸；4.文化的擺
渡：楊逵譯作的意義與詮釋；5.三地橋樑：張我軍的翻譯事業；6.結論。正文後附
錄〈日據時期重要報刊翻譯文章列表（初稿）〉、〈賴和尼采譯稿與原著的對照
（初稿）〉、〈張我軍譯著、譯書列表〉。

22. 孫幸娟　　賴和小說的臺灣閩南語詞彙探討　中山大學中國文學系　碩士論文
　　　　　　林慶勳教授指導　2006 年 6 月　265 頁

本文從林瑞明所主編的《賴和手稿集・小說卷》和《賴和手稿集・筆記卷》與《賴
和全集・小說卷》中共蒐羅 16 篇小說，以此加以歸納、探討、分析、研究。全文
共 5 章：1.緒論；2.賴和小說中的臺灣閩南語詞彙（上）；3.賴和小說中的臺灣閩
南語詞彙（下）；4.賴和小說中臺灣閩南語詞彙結構分析；5.賴和小說中臺灣閩南
語詞彙反映的社會現象。

23. 鄭皇泉　　賴和小說敘事研究　南華大學文學研究系　碩士論文　陳章錫教授
　　　　　　指導　2006 年 7 月　315 頁

本論文以敘事學的觀點討論賴和小說中的敘事技巧、話語模式和敘事結構，並就作
家生平與小說透露出的本土意識、抗議精神和人道思想，來分析賴和小說代表的文
學性及敘事藝術的獨特性。全文共 6 章：1.緒論；2.賴和生平及其政治活動；3.賴
和小說的時代精神；4.賴和小說的敘事結構；5.賴和小說的故事結構；6.結論。正
文後附錄〈賴和生平及其小說創作年表〉。

24. 李南衡　　臺灣小說中ê外來語演變——以賴和及王禎和ê作品作例　臺灣師範
　　　　　　大學臺灣文化及語言文學研究所　碩士論文　鄭良偉教授指導
　　　　　　2008 年 8 月　183 頁

本論文從日治時期的賴和，及國民黨政府統治時期的王禎和，兩位不同時代的作家
及作品，探討臺灣小說中外來語的演變，並探討兩個不同時代統治者所實施的「國
語政策」，對臺灣外來語之影響。全文共 6 章：1.緒論；2.外來語ê定義及類別；3.
賴和作品中ê外來語；4.王禎和作品中ê外來語；5.殖民政府ê語言政策對臺灣外來語

ê影響；6.結論。

25. 謝美娟　　日治時期小說裡的農工書寫——以賴和、楊逵和楊守愚爲中心　中興大學臺灣文學研究所　碩士論文　朱惠足教授指導　2009 年 7 月　65頁

本論文藉由賴和、楊逵和楊守愚的作品，探討日治時期的農工小說，以文學的角度深入了解當時多數臺灣人民的生活實況。全文共 5 章：1.緒論；2.從賴和的農工小說談「民族」壓迫；3.從楊逵的農工小說談「階級」壓迫；4.從楊守愚的小說談「女性」農工的多重壓迫；5.結論。

26. 伍家慧　　愛爾蘭及臺灣的國家意識覺醒：葉慈與賴和的比較研究（**The Awakening of National Consciousness in Ireland and Taiwan: A Comparative Study of W. B. Yeats and Lai Ho**）　中國文化大學英國語文研究所　碩士論文　祈夫潤教授指導　2009 年 6 月　136頁

This paper will, on the one hand, zeroin on Yeats's works and on the other hand, also on Lai Ho's, to see how both presented the contemporary social backgrounds and revealed their appeals of the importance of national consciousness. Table of Contents: Introduction; I. Yeats and the National Consciousness; II. Lai Ho and the National Consciousness; III. Yeats and the Irish Literary Renaissance; IV. Lai Ho and the Taiwan New Literature Movement; Conclusion.

27. 劉孟宜　　日治時期臺灣小說中的主題意識與臺灣話文書寫——以賴和、蔡秋桐、郭秋生之作品爲例　中興大學臺灣文學研究所　碩士論文　朱惠足教授指導　2009 年 7 月　61頁

本論文以賴和、蔡秋桐、郭秋生等 3 人的小說作品爲研究範疇，探討小說中的主題意識與臺灣話文書寫之間的關聯性。全文共 5 章：1.緒論；2.日治時期臺灣小說中的反殖民色彩；3.日治時期臺灣小說中的民俗書寫；4.日治時期臺灣小說中的階級與性別意識；5.結論。

28. 丁佳蒙　　賴和小說中的魯迅精神　蘇州大學中國現當代文學　碩士論文　王堯教授指導　2010 年 5 月　200頁

本論文以啓蒙思想、人道情懷、批判精神，以及文本細讀與歷史，探討賴和小說中的魯迅精神。正文前有（緒論），全文共 3 章：1.啓蒙的文化意識；2.悲憫的人道

主義情懷；3.深刻的現實批判精神。正文後附有（結語）與（賴和著述年表）

29. 廖美玲　　魯迅與賴和小說主題之比較研究　漢學資料整理研究所碩士班　碩士論文　蔡輝振教授指導　2010 年 6 月　154 頁

本論文以文獻分析法、歸納法與比較研究法，探究魯迅與賴和小說中的主題意蘊之異同，並分析魯迅對賴和之影響。全文共 6 章：1.緒論；2.魯迅與賴和的文學生涯；3.魯迅與賴和國民性書寫之比較；4.魯迅與賴和人道主義書寫之比較 ；5.魯迅與賴和現實主義書寫之比較；6.結論。

作家生平資料篇目

自述

30. 賴　　和　　獄中日記[1]　賴和全集・雜卷　臺北　前衛出版社　2000 年 6 月　頁 6—49

31. 賴　　和　　小逸堂記　賴和全集・新詩散文卷　臺北　前衛出版社　2000 年 6 月　頁 197—199

32. 賴　　和　　無聊的回憶　賴和全集・新詩散文卷　臺北　前衛出版社　2000 年 6 月　頁 229—248

他述

33. 毓文〔廖漢臣〕　諸同好者的面影——甫三先生　臺灣文藝　第 2 卷第 1 號　1934 年 12 月　頁 35—36

34. 毓　文　　甫三先生——諸同好者的面影之一　賴和先生全集（日據下臺灣新文學明集）　臺北　明潭出版社　1979 年 3 月　頁 397—398

35. 毓　文　　甫三先生——諸同好者的面影之一　賴和研究資料彙編（上）　彰化　彰化縣立文化中心　1994 年 6 月　頁 2—4

36. 楊　逵　　臺灣文壇の明日を擔ふ人ケ〔賴和部分〕　文學案內　第 2 卷第 6 號　1936 年 6 月　頁 52—54

37. 楊　逵　　臺灣文壇の明日を擔ふ人ケ〔賴和部分〕　日本統治期台湾文学文

---

[1]「獄中日記」非賴和所題，而是在戰後由楊守愚整理遺稿時定名，並發表於蘇新主編的《政經報》。

芸評論集・第 3 卷　東京　緑蔭書房　2001 年 4 月　頁 9—10

38. 楊　逵　臺灣文壇的明日旗手〔賴和部分〕　楊逵全集・詩文卷（上）　臺南　國立文化資產保存研究中心籌備處　2001 年 12 月　頁 460—461

39. 楊逵著；涂翠花譯　臺灣文壇的明日旗手〔賴和部分〕　日治時期臺灣文藝評論集・雜誌篇 2　臺南　國家臺灣文學館籌備處　2006 年 10 月　頁 53—54

40. 楊雲萍　賴和氏追憶　民俗臺灣　第 22 期　1943 年 4 月 5 日　頁 30—31

41. 楊雲萍著；明潭譯　追憶賴和　賴和先生全集（日據下臺灣新文學明集）　臺北　明潭出版社　1979 年 3 月　頁 409—411

42. 楊雲萍　賴和　臺灣史上的人物　臺北　文成出版社　1981 年 5 月　頁 293—294

43. 楊雲萍著；明潭譯　追憶賴和　賴和研究資料彙編（上）　彰化　彰化縣立文化中心　1994 年 6 月　頁 16—19

44. 楊雲萍著；邱香凝譯；涂翠花校譯　追憶賴和　日治時期臺灣文藝評論集・雜誌篇 4　臺南　國家臺灣文學館籌備處　2006 年 10 月　頁 126—127

45. 楊雲萍　賴和氏追憶　日本統治期台湾文学文芸評論集・第 5 卷　東京　緑蔭書房　2001 年 4 月　頁 11—12

46. 楊　逵　賴和先生を憶ふ[2]　臺灣文學　第 3 卷第 2 期　1943 年 4 月　頁 130—135

47. 楊逵著；明潭譯　憶賴和先生　賴和先生全集（日據下臺灣新文學明集）　臺北　明潭出版社　1979 年 3 月　頁 412—419

48. 楊逵著；明潭譯　憶賴和先生　賴和研究資料彙編（上）　彰化　彰化縣立文化中心　1994 年 6 月　頁 20—30

49. 楊　逵　賴和先生を憶ふ　日本統治期台湾文学文芸評論集・第 5 卷　東京

---

[2] 本文後分別由明潭及涂翠花翻譯，譯文〈憶賴和先生〉。

緑蔭書房　2001 年 4 月　頁 38—43

50. 楊　　逵　　賴和先生を憶ふ　楊逵全集・詩文卷（下）　臺南　國立文化資產
保存研究中心籌備處　2001 年 12 月　頁 76—85

51. 楊　　逵　　憶賴和先生　楊逵全集・詩文卷（下）　臺南　國立文化資產保存
研究中心籌備處　2001 年 12 月　頁 86—94

52. 楊逵著；涂翠花譯　　憶賴和先生　日治時期臺灣文藝評論集・雜誌篇 4　臺
南　國家臺灣文學館籌備處　2006 年 10 月　頁 155—161

53. 楊　　逵　　憶賴和先生　青少年臺灣文庫 2——散文讀本 2：狂歌正年少　臺
北　國立編譯館　2008 年 12 月　頁 2—11

54. 朱石峰〔朱點人〕　　懶雲先生の思ひ出[3]　臺灣文學　第 3 卷第 2 期　1943
年 4 月　頁 136—138

55. 朱石峰著；明潭譯　　回憶懶雲先生　賴和先生全集（日據下臺灣新文學明
集）　臺北　明潭出版社　1979 年 3 月　頁 420—424

56. 朱石峰　　回憶懶雲先生　賴和研究資料彙編（上）　彰化　彰化縣立文化中
心　1994 年 6 月　頁 32—37

57. 朱石峰　　懶雲先生の思ひ出　日本統治期台湾文学文芸評論集・第 5 卷　東
京　緑蔭書房　2001 年 4 月　頁 32—34

58. 朱石峰著；邱香凝譯；涂翠花校譯　　憶懶雲先生　日治時期臺灣文藝評論
集・雜誌篇 4　臺南　國家臺灣文學館籌備處　2006 年 10 月　頁
148—151

59. 楊　　逵　　紀念林幼春先生・賴和先生，臺灣新文學二開拓者[4]　文化交流　第
1 期　1947 年 1 月　頁 18—19

60. 楊　　逵　　幼春不死，賴和猶存　壓不扁的玫瑰　臺北　前衛出版社　1985 年
3 月　頁 173—176

61. 楊　　逵　　幼春不死，賴和猶存　楊逵全集・詩文卷（下）　臺南　國立文化

[3]本文後由明潭翻譯爲〈回憶懶雲先生〉。
[4]本文後改篇名爲〈幼春不死，賴和猶存〉。

資產保存研究中心籌備處　2001 年 12 月　頁 233—235

62. 楊守愚　赧顏閒話十年前　臺北文物　第 3 卷第 2 期　1954 年 8 月　頁 62
　　　　　—64

63. 楊守愚　赧顏閒話十年前　楊守愚作品選集（下冊）——小說・民間文學・
　　　　　戲劇・隨筆　彰化　彰化縣立文化中心　1995 年 6 月　頁 437—
　　　　　442

64. 一剛〔王詩琅〕　　懶雲做城隍　臺北文物　第 3 卷第 2 期　1954 年 8 月　頁
　　　　　117

65. 一　　剛　懶雲做城隍　賴和先生全集（日據下臺灣新文學明集）　臺北　明
　　　　　潭出版社　1979 年 3 月　頁 434—435

66. 王詩琅　懶雲做城隍　王詩琅全集・第 8 卷　高雄　德馨室出版社　1979 年
　　　　　10 月　頁 132—133

67. 一　　剛　懶雲做城隍　賴和研究資料彙編（上）　彰化　彰化縣立文化中心
　　　　　1994 年 6 月　頁 42—43

68. 王詩琅　懶雲做城隍　王詩琅選集・臺灣人物表論　臺北　海峽學術出版社
　　　　　2003 年 4 月　頁 359

69. 賴恆顏　我的祖父懶雲先生　賴和先生全集（日據下臺灣新文學明集）　臺
　　　　　北　明潭出版社　1979 年 3 月　頁 447—449

70. 賴恆顏　我的祖父懶雲先生　賴和研究資料彙編（上）　彰化　彰化縣立文
　　　　　化中心　1994 年 6 月　頁 58—60

71. 葉榮鐘　詩醫賴懶雲　賴和先生全集（日據下臺灣新文學明集）　臺北　明
　　　　　潭出版社　1979 年 3 月　頁 450—453

72. 葉榮鐘　詩醫賴懶雲　賴和研究資料彙編（上）　彰化　彰化縣立文化中心
　　　　　1994 年 6 月　頁 62—67

73. 葉榮鐘　詩醫賴懶雲　葉榮鐘全集——臺灣人物群像　臺中　晨星出版公司
　　　　　2000 年 8 月　頁 285—290

74. 巫永福　光復節談和仔先　民眾日報　1979 年 10 月 25 日　12 版

75. 巫永福　光復節談和仔先　風雨中的常青樹　臺中　中央書局　1986 年 12 月　頁 151—156

76. 巫永福　光復節談賴和先生　巫永福全集・評論卷 1　臺北　傳神福音文化公司　1996 年 5 月　頁 131—138

77. 李南衡　近代臺灣最偉大的人道主義者——賴和先生　醫望　第 9 期　1979 年 11 月　頁 65—73

78. 陳永興　偉大的醫者——昔日臺灣社會中傑出的醫師〔賴和部分〕　八十年代　第 1 卷第 6 期　1979 年 11 月　頁 79

79. 陳永興　偉大的醫者——昔日臺灣社會中傑出的醫師〔賴和部分〕　臺灣近代人物集（一）　臺北　李筱峰　1983 年 8 月　頁 187—188

80. 張葆莘　賴和　臺灣作家小說選集（一）　北京　中國社會科學出版社　1981 年 11 月　頁 25—28

81. 蕭　蕭　賴和　現代詩入門　臺北　故鄉出版社　1982 年 2 月　頁 59—60

82. 環華百科全書編纂組　賴和（1894—1943）　環華百科全書（六）　臺北　環華百科全書出版社　1982 年 5 月　頁 435

83. 王詩琅　閒談懶雲　聯合報　1982 年 6 月 28 日　8 版

84. 王詩琅　閒談懶雲　陋巷出清士——王詩琅選集　臺北　弘文館出版社　1986 年 11 月　頁 165—166

85. 李篤恭　一群高邁、聰慧而勇敢的人們：回憶賴和先生及其他（上、下）　中華雜誌　第 240，243 期　1983 年 7，10 月　頁 43—46，50—54

86. 王曉波　紛紛擾擾世相異，是非久已顛倒置——臺灣文學之父賴和先生平反經過[5]　文季　第 5 期　1984 年 1 月　頁 1—11

87. 王曉波　臺灣新文學之父賴和先生平反的經過　被顛倒的臺灣歷史　臺北　帕米爾書店　1986 年 11 月　頁 177—200

88. 王曉波　顛倒了的是非，一定要顛倒過來——為賴和先生平反而作　前進時

[5]本文後改篇名為〈臺灣新文學之父賴和先生平反的經過〉。

代　第 4 期　1984 年 2 月 11 日　頁 19—21

89. 王曉波　顛倒了的是非，一定要顛倒過來——爲賴和先生平反而作　被顛倒的臺灣歷史　臺北　帕米爾書店　1986 年 11 月　頁 201—208

90. 何亞善　顛顛倒倒話賴和　臺灣年代　第 3 期　1984 年 2 月 19 日　頁 24—25

91. 曹小芸　用賴和聽不懂的語言紀念他的「平反」？　臺灣年代　第 3 期　1984 年 2 月 19 日　頁 26—28

92. 施　淑　賴和　中國現代短篇小說選析　臺北　長安出版社　1984 年 2 月　頁 969—970

93. 林文彰　賴和先生平反之後　夏潮論壇　第 2 卷第 1 期　1984 年 3 月　頁 95—98

94. 黃得時　臺灣新文學播種者——賴和（上、下）　聯合報　1984 年 4 月 5—6 日　8 版

95. 黃得時　臺灣新文學播種者——賴和　賴和研究資料彙編（上）　彰化　彰化縣立文化中心　1994 年 6 月　頁 238—246

96. 武治純　心血雖乾亦自啼——紀念臺灣現代作家賴和先生　人民日報　1984 年 4 月 13 日　8 版

97. 胡　風　紀念賴和先生　光明日報　1984 年 4 月 28 日　4 版

98. 朱天順　紀念臺灣作家賴和先生　臺灣研究集刊　1984 年第 2 期　1984 年 5 月　頁 1—4

99. 汪　舟　向賴和先生致敬！——紀念臺灣新文學之父賴和先生九十誕辰　臺聲　1984 年第 3 期　1984 年 5 月　頁 19

100. 李篤恭　詩壇先師懶雲　笠　第 123 期　1984 年 10 月　頁 25—26

101. 秦賢次　隕落的星辰——抗戰時期逝世之文教工作者名錄〔賴和部分〕　文訊雜誌　第 14 期　1984 年 10 月　頁 354—355

102. 王晉民　臺灣的「魯迅」——賴和　文學知識　1985 年第 2 期　1985 年 3 月　頁 27—29

103. 翁光宇　　臺灣抗日文學的先鋒——從爲賴和平反談起　文學報　1985 年 8 月 15 日　3 版

104. 王國全　　「大著呼聲爲這段毀滅頌揚」的人：臺灣新文學之父——賴和　羊城晚報　1986 年 6 月 14 日　4 版

105. 李南衡　　以作品鼓舞屈辱者奮鬥求生　民生報　1987 年 7 月 31 日　9 版

106. 林銘章　　賴和（1894—1943）　傳記文學　第 305 期　　1987 年 10 月　頁 143—144

107. 張恆豪　　臺灣新文學之父——賴和　臺灣近代名人誌（第三冊）　臺北　自立晚報社　1987 年 12 月　頁 169—183

108. 張恆豪　　臺灣新文學之父——賴和　賴和研究資料彙編（下）　彰化　彰化縣立文化中心　1994 年 6 月　頁 364—376

109. 王志健　　賴和　文學四論（上）　臺北　文史哲出版社　1988 年 7 月　頁 224—226

110. 陳逸雄編譯　　賴懶雲　臺灣抗日小說選　東京　研文出版　1988 年 12 月　頁 20—21

111. 林瑞明　　賴和與臺灣文化協會 1921—1931（上、下）[6]　臺灣風物　第 38 卷第 4 期，第 39 卷第 1 期　1988 年 12 月，1989 年 3 月　頁 1—46，1—37

112. 林瑞明　　賴和與臺灣文化協會（1921—1931）　臺灣文學與時代精神——賴和研究論集　臺北　允晨文化公司　1993 年 8 月　頁 143—263

113. 林雙不　　臺灣新文學之父——賴和　大聲講出愛臺灣——林雙不演講集　臺北　前衛出版社　1989 年 2 月　頁 108—110

114. 劉春城　　發揚賴和魂　臺灣時報　1989 年 5 月 4 日　14 版

115. 古繼堂　　賴和與楊華　臺灣新詩發展史　臺北　文史哲出版社　1989 年 7 月　頁 31—34

---

[6] 本文透過賴和參與臺灣文化協會的脈絡，從成立、分裂、再分裂以迄結束活動，探討賴和在路線轉折之際的微妙角色。全文共 5 小節：1.前言；2.啓蒙運動與社會運動；3.分裂的年代；4.分裂再分裂的年代；5.結論。

116. 劉春城　　誰是賴和？——參加「鬥鬧熱」感言　民眾日報　1990 年 3 月 8 日　22 版

117. 鍾肇政　　臺灣新文學的先驅——賴和在鬥鬧熱日會上的演講　自立早報　1990 年 3 月 16 日　19 版

118. 鍾肇政　　談賴和——寫第二屆「鬥鬧熱日」　自立晚報　1991 年 2 月 1 日　19 版

119. 鍾肇政　　談賴和　磺溪一完人　臺北　前衛出版社　1994 年 7 月　頁 37—41

120. 鍾肇政　　談賴和——寫第二屆「鬥鬧熱日」　鍾肇政全集・隨筆集 2　桃園　桃園縣立文化中心　2000 年 12 月　頁 531—534

121. 李篤恭　　璜溪一完人——憶念先賢賴和先生　自立晚報　1991 年 2 月 1 日　19 版

122. 李篤恭　　磺溪一完人——憶念先賢賴和先生　磺溪一完人　臺北　前衛出版社　1994 年 7 月　頁 137—142

123. 黃惠禎　　楊逵的交遊情況——楊逵與賴和　楊逵及其作品研究　政治大學中國文學研究所　碩士論文　李豐楙教授指導　1992 年 6 月　頁 22—25

124.〔施淑編〕　賴和　日據時代臺灣小說選　臺北　前衛出版社　1992 年 12 月　頁 21

125. 鍾肇政　　鬧鬧熱熱鬥鬧熱——為賴和逝世五十週年的「鬥鬧熱日」而寫　民眾日報　1993 年 3 月 14 日　21 版

126. 鍾肇政　　鬧鬧熱熱鬥鬧熱——為賴和逝世五十週年的「鬥鬧熱日」而寫　鍾肇政全集・隨筆集 2　桃園　桃園縣立文化中心　2000 年 12 月　頁 568—571

127. 王景山　　魯迅和臺灣新文學〔賴和部分〕　臺灣香港澳門暨海外華文文學論文選　福州　海峽文藝出版社　1993 年 3 月　頁 103—104

128. 康　原　　彰化媽祖　吾鄉彰化——彰化地理歷史人文　彰化　彰化縣教育

　　　　　　局　　1993 年 6 月　　頁 103—105

129. 康　　原　　彰化媽祖　八卦山　彰化　彰化縣文化局　2001 年 7 月　　頁 166
　　　　　　—182

130. 杜慶忠　　賴和小傳　彰化縣作家資料檔案摘要　彰化　彰化縣立文化中心
　　　　　　1993 年 6 月　　頁 340

131. 林瑞明　　臺灣文學與時代精神——《賴和研究論集》自序　文學臺灣　第 8
　　　　　　期　1993 年 10 月　　頁 36—42

132. 王昶雄　　打頭陣的賴和——哲人「走得其時」　自立晚報　1993 年 11 月
　　　　　　26 日　19 版

133. 王昶雄　　打頭陣的賴和——哲人「走得其時」　磺溪一完人　臺北　前衛
　　　　　　出版社　1994 年 7 月　　頁 29—35

134. 王昶雄　　打頭陣的賴和——哲人「走得其時」　阮若打開心內的門窗　臺
　　　　　　北　草根出版公司　1996 年 3 月　　頁 123—130

135. 王昶雄　　打頭陣的賴和——哲人「走得其時」　阮若打開心內的門窗　臺
　　　　　　北　前衛出版社　1998 年 4 月　　頁 123—130

136. 王昶雄　　打頭陣的賴和——哲人「走得其時」　王昶雄全集・散文卷二
　　　　　　臺北　臺北縣文化局　2002 年 10 月　　頁 295—300

137. 周美惠　　賴和、謝雪紅登上舞臺，與觀眾對話臺灣近代史　聯合報　1994
　　　　　　年 3 月 30 日　25 版

138. 張光正　　臺灣新文學運動中的賴和與張我軍[7]　團結報　1994 年 4 月 27 日
　　　　　　2 版

139. 張光正　　賴和先生與先父張我軍——同室操戈，一統雄心傷未達：紀念賴
　　　　　　和先生一百周年誕辰　海峽評論　第 42 期　1994 年 6 月　　頁 48
　　　　　　—50

140. 何標〔張光正〕　賴和先生與先父張我軍　番薯藤繫兩岸情　北京　臺海
　　　　　　出版社　2003 年 1 月　　頁 249—252

---

[7]本文後改篇名為〈賴和先生與先父張我軍〉。

141. 張光正　　賴和先生與先父張我軍　番薯藤繫兩岸情　臺北　海峽學術出版社　2003 年 9 月　頁 237—240

142. 汪　舟　　天地至今留正氣，浩然千古見文章——紀念臺灣著名作家賴和先生誕辰 100 週年　臺聲　1994 年第 6 期　1994 年 6 月　頁 17—19

143. 林瑞明　　新詩吟就且心寬——《賴和漢詩初編》序　賴和漢詩初編　彰化　彰化縣立文化中心　1994 年 6 月　〔5〕頁

144. 蔡子民　　民族解放運動的戰士——同室操戈一統雄心傷未達——紀念賴和先生一百週年誕辰　海峽評論　第 42 期　1994 年 6 月　頁 38—39

145. 張克輝　　生活在奉獻的大我之境——同室操戈一統雄心傷未達——紀念賴和先生一百週年誕辰　海峽評論　第 42 期　1994 年 6 月　頁 39—40

146. 馮　牧　　臺灣新文藝園地的開墾者——同室操戈，一統雄心傷未達：紀念賴和先生一百周年誕辰　海峽評論　第 42 期　1994 年 6 月　頁 40—42

147. 蘇子蘅　　同情勞苦大眾的醫生——同室操戈，一統雄心傷未達：紀念賴和先生一百周年誕辰　海峽評論　第 42 期　1994 年 6 月　頁 42—43

148. 陳映真　　故國相思三下淚——同室操戈，一統雄心傷未達：紀念賴和先生一百周年誕辰　海峽評論　第 42 期　1994 年 6 月　頁 43—44

149. 王曉波　　賴和先生在戰後的臺灣——同室操戈，一統雄心傷未達：紀念賴和先生一百周年誕辰　海峽評論　第 42 期　1994 年 6 月　頁 44—45

150. 呂正惠　　始終和廣大民眾站在一起——同室操戈，一統雄心傷未達：紀念賴和先生一百周年誕辰　海峽評論　第 42 期　1994 年 6 月　頁 46

151. 張　炯　　不忍衣冠淪異族——同室操戈，一統雄心傷未達：紀念賴和先生

一百周年誕辰　海峽評論　第 42 期　1994 年 6 月　頁 46—48

152. 武治純　　社會改造運動的喇叭手——同室操戈，一統雄心傷未達：紀念賴和先生一百周年誕辰　海峽評論　第 42 期　1994 年 6 月　頁 50—51

153. 周　青　　臺灣新文學的一代宗師——同室操戈，一統雄心傷未達：紀念賴和先生一百周年誕辰　海峽評論　第 42 期　1994 年 6 月　頁 51—52

154. 王燈岸　　懶雲，賴和先生讓我們永遠追懷您！　賴和研究資料彙編（下）　彰化　彰化縣立文化中心　1994 年 6 月　頁 302—306

155. 陳永興　　賴和先生，您在何方？———一個臺灣學醫青年的反省　賴和研究資料彙編（下）　彰化　彰化縣立文化中心　1994 年 6 月　頁 308—310

156. 林瑞明　　永遠的賴和　自立晚報　1994 年 7 月 25 日　19 版

157. 林瑞明　　山川有幸遇詩人　文學臺灣　第 11 期　1994 年 7 月　〔1〕頁

158. 鍾肇政　　懷念賴和，紀念賴和[8]　磺溪一完人　臺北　前衛出版社　1994 年 7 月　頁 5—7

159. 鍾肇政　　懷念賴和、紀念賴和——兼談李篤恭的努力　鍾肇政全集‧隨筆集 1　桃園　桃園縣立文化中心　1999 年 6 月　頁 177—178

160. 巫永福　　談賴和先生種種　磺溪一完人　臺北　前衛出版社　1994 年 7 月　頁 25—27

161. 巫永福　　談賴和先生種種　巫永福全集‧評論卷 1　臺北　傳神福音文化公司　1996 年 5 月　頁 32—36

162. 賴　浟　　憶父親　磺溪一完人　臺北　前衛出版社　1994 年 7 月　頁 43—46

163. 陳逸雄　　賴懶雲與陳虛谷　磺溪一完人　臺北　前衛出版社　1994 年 7 月　頁 55—75

---

[8]本文後改篇名為〈懷念賴和、紀念賴和——兼談李篤恭的努力〉。

164. 黃榮洛　賴和，客家人，彰化　磺溪一完人　臺北　前衛出版社　1994 年 7 月　頁 85—94

165. 賴志揚　我的救命恩人——賴和　磺溪一完人　臺北　前衛出版社　1994 年 7 月　頁 125—126

166. 王鋅卿　彰化三枝柱〔賴和部分〕　磺溪一完人　臺北　前衛出版社 1994 年 7 月　頁 127—130

167. 李篤恭　懷念先師和仔仙　磺溪一完人　臺北　前衛出版社　1994 年 7 月 頁 131—136

168. 施　裏　泣弔和仔先　磺溪一完人　臺北　前衛出版社　1994 年 7 月　頁 187—188

169. 廖祖堯　桃李不言的賴和「臺灣新文學之父」　磺溪一完人　臺北　前衛 出版社　1994 年 7 月　頁 189—191

170. 莊世和　臺灣的尊嚴——賴和　磺溪一完人　臺北　前衛出版社　1994 年 7 月　頁 193—196

171. 張夏翡　築路的人——記賴和志士　磺溪一完人　臺北　前衛出版社 1994 年 7 月　頁 197—200

172. 利玉芳　憶賴和先生二首　磺溪一完人　臺北　前衛出版社　1994 年 7 月 頁 201—208

173. 顏妙婷　懶雲——思念臺灣先賢賴和先生　磺溪一完人　臺北　前衛出版 社　1994 年 7 月　頁 209—211

174. 莫　云　無悔　磺溪一完人　臺北　前衛出版社　1994 年 7 月　頁 213— 214

175. 林建隆　賴和　磺溪一完人　臺北　前衛出版社　1994 年 7 月　頁 215— 216

176. 江秀鳳　蒼白的呼喚　磺溪一完人　臺北　前衛出版社　1994 年 7 月　頁 217—218

177. 陳丁財　人格・人道講賴和　磺溪一完人　臺北　前衛出版社　1994 年 7

　　　　　　　月　頁 219—221

178. 王詩琅講；下村作次郎記；葉石濤譯　　王詩琅的回顧錄〔賴和部分〕　文
　　　　　　　學臺灣　第 11 期　1994 年 7 月　頁 298—300

179. 王詩琅講；下村作次郎記；葉石濤譯　　王詩琅的回顧錄〔賴和部分〕　葉
　　　　　　　石濤全集・翻譯卷二　臺南，高雄　國立臺灣文學館，高雄市文
　　　　　　　化局　2009 年 11 月　頁 130—132

180. 楊千鶴　　賴和印象　臺灣新聞報　1994 年 8 月 3 日　17 版

181. 楊千鶴　　採訪臺灣文學之父賴和　聯合晚報　1994 年 12 月 24 日　15 版

182. 馮　牧　　紀念臺灣現代著名作家賴和先生　四海・臺港澳海外華文文學
　　　　　　　1994 年第 4 期　1994 年　頁 147—149

183. 康　原　　臺灣歌謠紀事——賴和醫生百年冥誕紀念　自由時報　1995 年 4
　　　　　　　月 13 日　29 版

184. 康　原　　悲憫與正義——從〈迎賴和祭詩魂〉談賴和精神　臺灣時報
　　　　　　　1996 年 5 月 24 日　22 版

185. 康　原　　第五屆賴和獎專輯之二　臺灣時報　1996 年 5 月 24 日　22 版

186. 鍾肇政　　迎賴和祭詩魂　臺灣時報　1996 年 6 月 7 日　22 版

187. 鍾肇政　　迎賴和祭詩魂　鍾肇政全集・隨筆集 2　桃園　桃園縣立文化中心
　　　　　　　2000 年 12 月　頁 615—618

188. 陳怡君　　像賴和這樣的詩人　拾穗　第 543 期　1996 年 7 月　頁 52—53

189. 康　原　　大肚溪的晚景　臺灣日報　1996 年 10 月 31 日　28 版

190. 康　原　　賴和先生的親情　聯合報　1996 年 11 月 24 日　37 版

191. 康　原　　消失的小逸堂——賴和在這裡踏出文學的第一個腳印　中央日報
　　　　　　　1997 年 1 月 8 日　19 版

192. 許俊雅　　賴和　臺灣寫實詩作之抗日精神研究：1895—1945 年之古典詩歌
　　　　　　　臺北　國立編譯館　1997 年 4 月　頁 64—66

193. 葉石濤　　臺灣文學——啥・東・西？〔賴和部分〕　民眾日報　1997 年 5
　　　　　　　月 9 日　27 版

194. 蔣宗君　　坐在角落裡寫文學的「和仔仙」──賴和　新觀念　第 109 期　1997 年 11 月　頁 86─89

195. 賴澤涵　　臺灣的魯迅　兒童日報　1997 年 12 月 19 日　2 版

196. 趙殷尚　　賴和的書房經驗　臺灣新文學　第 9 期　1997 年 12 月　頁 292─301

197. 彭瑞金　　不一定站在左邊才偉大〔賴和部分〕　臺灣日報　1998 年 3 月 8 日　27 版

198. 王莉莉　　賴和──臺灣新文學之父　中華日報　1998 年 3 月 21 日　10 版

199. 黃恆秋　　客家文學的類型──賴和　臺灣客家文學史概論　臺北　客家臺灣文史工作室　1998 年 6 月　頁 97─101

200.〔林央敏主編〕　賴和簡介　臺語詩一甲子　臺北　前衛出版社　1998 年 10 月　頁 243

201. 許俊雅　　作者簡介　日據時期臺灣小說選讀　臺北　萬卷樓圖書公司　1998 年 11 月　頁 9─10

202. 傅光明　　賴和　中國文學通典・小說通典　北京　解放軍文藝出版社　1999 年 1 月　頁 671─672

203. 康　原　　市仔尾的（賴）和仔先（上、下）　臺灣日報　1999 年 3 月 11─12 日　27 版

204. 曾心儀　　臺灣鄉土文學──被迫害的心靈呼聲──賴和：臺灣新文學之父　臺灣時報　1999 年 10 月 27 日　29 版

205. 吳　晟　　回聲──致賴和　吳晟詩選（1963─1999）　臺北　洪範書店　2000 年 5 月　頁 195─199

206. 吳　晟　　我時常看見你──再致賴和　吳晟詩選（1963─1999）　臺北　洪範書店　2000 年 5 月　頁 231─234

207. 吳　晟　　我時常看見你──再致賴和　臺灣文學讀本（一）　臺北　玉山社出版公司　2000 年 11 月　頁 222─225

208.〔林瑞明編〕　賴和簡介　賴和全集〔全 6 卷〕　臺北　前衛出版社

2000 年 6 月　〔1〕頁

209. 陳雅惠　　特別的書房經驗——賴和與小逸堂　日據時期臺灣文學的童年經
驗　清華大學中國文學系　碩士論文　陳萬益教授指導　2000 年
6 月　頁 43—46

210. 康　原　　夢見賴和　聯合文學　第 188 期　2000 年 6 月　頁 26—28

211. 詹作舟　　憶王敏川、賴和二氏　賴和全集‧雜卷　臺北　前衛出版社
2000 年 6 月　頁 145—148

212. 陳逸雄　　《臺灣抗日小說選》的「前言」及其他——賴和　兩個海外臺灣
人的閒情心思　臺北　前衛出版社　2000 年 12 月　頁 232—233

213. 林瑞明　　臺灣新文學運動的兩匹駿馬——賴和與楊雲萍　聯合文學　第 197
期　2001 年 3 月　頁 76—81

214. 醫望雜誌社　賴和　福爾摩沙的聽診器——二十六位臺灣醫界人物的故事
臺北　新新聞文化公司　2001 年 4 月　頁 48—54

215. 林衡哲　　民族詩人——賴和　廿世紀臺灣代表性人物（上）　臺北　望春
風文化公司　2001 年 4 月　頁 46—47

216. 應鳳凰　　臺灣新文學之父：賴和的故事　小作家　第 90 期　2001 年 10 月
頁 8—12

217. 李懷，桂華　行醫濟世的新文學之父——賴和　文學臺灣人　臺北　遠流
出版公司　2001 年 10 月　頁 42—47

218. 楊　逵　　賴和先生的下駄　楊逵全集‧未定稿　臺南　國立文化資產保存
研究中心籌備處　2001 年 12 月　頁 582—585

219. 楊　逵　　賴和先生的木屐　楊逵全集‧未定稿　臺南　國立文化資產保存
研究中心籌備處　2001 年 12 月　頁 586—589

220. 林政華　　臺灣本土小說名家與名作——賴和　臺灣文學汲探　臺北　文史
哲出版社　2002 年 3 月　頁 128—155

221. 白文進　　賴和——臺灣新文學之父　影響臺灣 50 人　臺北　圓神出版社
2002 年 6 月　頁 101—104

222. 陳建忠　　反殖民戰線的內部批判——再探「賴和與臺灣文化協會」　臺灣史料研究　第 19 期　2002 年 6 月　頁 178—197

223. 盧玲穎　　他的十大能力——臺灣文學之父：賴和　人本教育札記　第 157 期　2002 年 7 月　頁 74—75

224. 嚴小實　　楊守愚與賴和的情誼　楊守愚生平及其作品研究　靜宜大學中國文學系　碩士論文　陳萬益教授指導　2002 年 7 月　頁 35—38

225.〔蕭蕭，白靈編〕　　賴和簡介　臺灣現代文學教程：新詩讀本　臺北　二魚文化公司　2002 年 8 月　頁 39

226. 黃國超　　在文學帽中遇見賴和——吟哦半線的滋味　文化視窗　第 46 期　2002 年 12 月　頁 95—97

227. 戶田一康　　不可名狀的悲哀——從日本人的眼裡看賴和　國文天地　第 211 期　2002 年 12 月　頁 67—70

228. 蕭菊貞　　臺灣百年人物誌　臺灣日報　2003 年 1 月 7 日　25 版

229. 何　標　　「天地至今留正氣」——紀念賴和先生逝世 60 周年　兩岸關係 2003 年第 5 期　2003 年 5 月　頁 68

230. 張光正　　「天地至今留正氣」——紀念賴和先生逝世六十週年　番薯藤繫兩岸情　臺北　海峽學術出版社　2003 年 9 月　頁 152

231. 何　標　　「天地至今留正氣」——紀念賴和先生逝世 60 周年　明月多應在故鄉　臺北　海峽學術出版社　2008 年 1 月　頁 79—80

232. 陳錦煌　　尋找賴和精神　臺灣日報　2003 年 6 月 1 日　19 版

233. 吳易澄　　賴和、蔣渭水、耶穌、格瓦拉（上、下）　臺灣日報　2004 年 1 月 17—18 日　25 版

234. 康　原　　生平簡介——賴和　愛情〔竹敢〕仔店　臺中　晨星出版公司　2004 年 3 月　頁 146—147

235. 康　原　　深井記憶與時光紋理　臺灣文學館通訊　第 6 期　2004 年 3 月　頁 34—37

236. 劉慧真　　臺灣新文學之父——賴和（1894—1943）　客家文學精選集：小

　　　　　　　　說卷　臺北　天下遠見出版公司　2004 年 4 月　頁 11—15

237.〔施懿琳選編〕　　作者　國民文選・傳統漢詩卷　臺北　玉山社出版公司
　　　2004 年 6 月　頁 356

238. 葉榮鐘　　詩醫賴和　重現臺灣史——賴和 1894—1943　臺北　牛頓出版公
　　　司　2004 年 7 月　頁 7

239. 楊雲萍著；明潭譯　　新文學運動，白做了！　重現臺灣史——賴和 1894—
　　　1943　臺北　牛頓出版公司　2004 年 7 月　頁 15

240. 楊　逵　　喪禮　重現臺灣史——賴和 1894—1943　臺北　牛頓出版公司
　　　2004 年 7 月　頁 21

241. 一　剛　　墓上無雜草　重現臺灣史——賴和 1894—1943　臺北　牛頓出版
　　　公司　2004 年 7 月　頁 23

242. 陳建忠　　臺灣新文學之父——賴和　彰化縣國民中小學臺灣文學讀本・彰
　　　化縣文學家的故事　彰化　彰化縣文化局　2004 年 8 月　頁 7—
　　　18

243. 王德威　　後遺民寫作〔賴和部分〕　印刻文學生活誌　第 13 期　2004 年 9
　　　月　頁 123

244. 山間行草　　「人權鬥士」有難有易——桑塔格與賴和　聯合報　2005 年 1
　　　月 10 日　E7 版

245. 雷　驤　　賴和的客廳（上、下）　臺灣日報　2005 年 2 月 15—16 日　17
　　　版

246. 林妙容　　臺灣新文學之父——賴和　臺灣百年人物誌（1）　臺北　玉山社
　　　出版公司　2005 年 3 月　頁 92—101

247. 劉昭仁　　彰化媽祖賴和　臺灣仁醫的身影　臺北　秀威資訊科技公司
　　　2006 年 1 月　頁 59—65

248. 許俊雅　　賴和　我心中的歌：現代文學星空　臺北　文史哲出版社　2006
　　　年 6 月　頁 213—214

249. 謝金蓉　　賴和去廈門，更加悲天憫人　青山有史：臺灣史人物新論　臺北

秀威資訊科技公司　2006 年 10 月　頁 145—154

250. 陳建忠著；Yingtsih Hwang 譯　　In the Name of Taiwan:La iHoand the History of Taiwan Literatur eduring the Japanese Occupation Period（以臺灣之名：賴和與日據時期臺灣文學史）　臺灣文學英譯叢刊　第 20 集　2007 年 1 月　頁 3—9

251. 賴香吟　　典範的寂寞　中國時報　2007 年 2 月 10 日　E7 版

252. 賴香吟　　詮釋的百寶盒　中國時報　2007 年 2 月 24 日　C7 版

253. 林柏維　　賴和：鬥鬧熱的一桿秤仔——臺灣新文學之父　狂飆的年代：近代臺灣社會精英群像　臺北　秀威資訊科技公司　2007 年 9 月　頁 197—204

254. 康　原　　飄洋過海的文學人——朱雙一談彰化文學及其他——與廈門淵源深厚：賴和　文訊雜誌　第 264 期　2007 年 10 月　頁 37—38

255. 〔編輯部〕　　賴和　文學家　臺北　東和鋼鐵公司，大觀視覺顧問公司　2007 年 12 月　頁 1—8

256. 黃嬿喬　　臺灣的魯迅——賴和　臺灣時報　2008 年 6 月 21 日　8 版

257. 〔封德屏主編〕　　賴和　2007 臺灣作家作品目錄　臺南　國立臺灣文學館　2008 年 7 月　頁 1315

258. 朱雙一　　從旅行文學看彰化作家的民族認同和現代性接受——以日本和中國大陸經驗爲中心〔賴和部分〕　百年臺灣文學散點透視　臺北　海峽學術出版社　2009 年 3 月　頁 69—73

259. 陳建忠　　賴和教給我的……——我們與賴和的相遇　自由時報　2009 年 5 月 26 日　D11 版

年表

260. 賴恆顏，李南衡合編　　賴和先生年表簡編　賴和先生全集（日據下臺灣新文學明集）　臺北　明潭出版社　1979 年 3 月　頁 488—502

261. 賴恆顏，李南衡合編　　賴和生平寫作年表　賴和集（臺灣作家全集）　臺北　前衛出版社　1991 年 2 月　頁 291—294

262. 賴恆顏，李南衡合編　　賴和先生年表簡編　賴和研究資料彙編（下）　彰化　彰化縣立文化中心　1994 年 6 月　頁 546—571

263. 張恆豪　　賴和年表　臺灣近代名人誌（第三冊）　臺北　自立晚報出版社　1993 年 1 月　頁 183—186

264. 杜慶忠　　賴和著作年表　彰化縣作家資料檔案摘要　彰化　彰化縣立文化中心　1993 年 6 月　頁 343—345

265. 林瑞明編　　賴和先生著作年表　賴和研究資料彙編（下）　彰化　彰化縣立文化中心　1994 年 6 月　頁 572—575

266. 編輯部　　賴和作品發表年表　聯合文學　第 126 期　1995 年 4 月　頁 143—144

267. 林瑞明　　賴和先生年表　臺灣文學的歷史考察　臺北　允晨文化公司　1996 年 7 月　頁 158—201

268. 下村作次郎著；黃英哲譯　　賴和略年譜　日本統治期台湾文学——台湾人作家作品集（別卷）　東京　綠蔭書房　1999 年 7 月　頁 400—403

269. 林瑞明編　　賴和先生年表　賴和全集・雜卷　臺北　前衛出版社　2000 年 6 月　頁 259—273

270. 林瑞明編　　賴和先生年表　賴和全集・評論卷　臺北　前衛出版社　2001 年 12 月　頁 331—351

271. 莊永明　　賴和年表　文學臺灣人　臺北　遠流出版公司　2001 年 10 月　頁 47

272. 陳建忠　　賴和生平與創作年譜　書寫臺灣・臺灣書寫：賴和的文學與思想研究　高雄　春暉出版社　2004 年 1 月　頁 505—574

273. 〔編輯部〕　　賴和生平大事誌　重現臺灣史——賴和 1894—1943　臺北　牛頓出版公司　2004 年 7 月　頁 16—21

274. 〔編輯部〕　　賴和創作大事記　賴和——惹事　臺北　遠流出版公司　2005 年 7 月　頁 56—57

275. 胡建國主編　賴和先生生平寫作年表　國史館現藏民國人物傳記史料彙編
（第二十八輯）　臺北　國史館　2005 年 8 月　頁 537—544

276. 劉紅林　賴和新文學作品簡表　臺灣新文學之父——賴和　北京　作家出
版社　2006 年 7 月　頁 260—272

277. 鄭皇泉　賴和生平及其小說創作年表　賴和小說敘事研究　南華大學文學
系　碩士論文　陳章錫教授指導　2006 年 7 月　頁 269—292

278. 林芷琪　賴和小說年表　日本時代漢字文學中書寫語言的「透濫」現象
（1920—1930 年代）　成功大學臺灣文學研究所　碩士論文　楊
翠教授指導　2008 年 9 月　頁 121—122

其他

279. 鍾肇政　為賴和紀念館催生　自立晚報　1984 年 1 月 27 日　2 版

280. 鍾肇政　為賴和紀念館催生　鍾肇政全集・隨筆集 2　桃園　桃園縣立文化
中心　2000 年 12 月　頁 454—457

281. 溪　蓮　賴和平反演講會　前進時代　第 5 期　1984 年 2 月　頁 34—36

282. 陳映真等[9]　慶賀賴和先生平反講演會　中華雜誌　第 248 期　1984 年 3 月
頁 20—38

283. 許覺民　紀念臺灣作家賴和先生誕辰九十周年　中國建設　1984 年第 7 期
1984 年 7 月　頁 56—57

284. 王曉波　請平反賴和先生以慰抗日臺胞英靈　被顛倒的臺灣歷史　臺北
帕米爾書店　1986 年 11 月　頁 153—176

285. 凌　宜　大家做陣「鬥鬧熱」　自立晚報　1991 年 2 月 24 日　5 版

286. 鍾肇政　「鬥鬧熱日」記盛（上、下）　臺灣新生報　1991 年 3 月 4—5 日
22 版

287. 〔民生報〕　重訪記憶的邊陲地帶，演戲紀念臺灣新文學之父賴和　民生
報　1994 年 4 月 8 日　14 版

288. 〔民生報〕　賴和：臺灣新文學之父——百年誕辰在即，五月起展開系列

[9] 與會者：陳映真、居伯均、侯立朝、楊逵、陳若曦、葉石濤。

紀念活動　民生報　1994 年 4 月 24 日　15 版

289. 周美惠　賴和百年誕辰不建紀念碑　聯合報　1994 年 5 月 25 日　35 版

290. 鍾肇政　紀念臺灣文學之父賴和——兼介賴和獎及其得獎人　自立晚報　1994 年 5 月 28 日　19 版

291. 鍾肇政　紀念臺灣文學之父賴和——兼介賴和獎及其得獎人　鍾肇政全集・隨筆集 2　桃園　桃園縣立文化中心　2000 年 12 月　頁 581—584

292. 陳萬益　秉承賴和精神開創文學新局，談「賴和文學獎」的旨趣　自立晚報　1994 年 5 月 28 日　19 版

293. 康　原　發揚賴和先生精神——寫在賴和先生紀念館揭幕　自由時報　1995 年 5 月 28 日　29 版

294. 賴恆顏　賴和獎與賴和基金會　臺灣時報　1995 年 5 月 28 日　26 版

295. 康　原　和仔先紀念館成立了（上、下）　民眾日報　1995 年 10 月 1—2 日　26 版

296. 康　原　臺灣文學與賴和紀念館　臺灣時報　1995 年 11 月 5 日　26 版

297. 寧秀英　落地的種子——賴和紀念館　明道文藝　第 236 期　1995 年 11 月　頁 11—15

298. 王曉波　迎賴和祭詩魂——賴和抗議些什麼　自立晚報　1996 年 6 月 8 日　11 版

299. 杜建重　迎賴和祭詩魂，大稻埕鬥熱鬧　聯合報　1996 年 6 月 10 日　14 版

300. 余冠儀　迎賴和祭詩魂——重尋臺灣文學精神　自由時報　1996 年 6 月 10 日　29 版

301. 于國華　賴和詩魂走在街頭——鬥鬧熱劇團跨出第一步串接臺灣文學血脈　民生報　1996 年 6 月 10 日　15 版

302. 康　原　耕耘父親鍾愛的番薯園，繼承賴和文學志業的子嗣　中央日報　1996 年 11 月 2 日　19 版

303. 張景妃　搏得仁心仁術譽，姓名身後有餘聲——「臺灣新文學之父」賴和影像巡迴首展　臺灣文學中的歷史經驗　臺北　文津出版社　1997 年 6 月　頁 234—236

304. 悟　廣　賴和作品彰化城之旅　文訊雜誌　第 156 期　1998 年 10 月　頁 74

305. 施坤鑑　賴和先生的漢詩怎樣傳下去？——兼賀康原先生榮膺賴和紀念館館長　歡喜的志業　彰化　彰化縣立文化中心　1998 年 12 月　頁 253—256

306. 彭瑞金　賴和生日爲臺灣文藝節——新政府與臺灣文學　臺灣日報　2000 年 4 月 16 日　31 版

307. 王明山　賴和文學文物臺南展出　聯合報　2000 年 5 月 27 日　14 版

308. 林建農　整理遺稿發現新資料，林瑞明：賴和創作豐　聯合報　2000 年 5 月 29 日　14 版

309. 康　原　發揚磺溪精神——從文學鬥鬧熱談起　臺灣日報　2000 年 7 月 13 日　31 版

310. 吳淑媛　文獻會推出賴和文獻史料展　臺灣新生報　2000 年 7 月 30 日　5 版

311. 諸葛志一　介紹臺灣新文學之父生平事蹟，文獻會推出賴和特展　中華日報　2000 年 7 月 30 日　5 版

312. 李臨如　賴和文獻史料展　臺灣新生報　2000 年 7 月 30 日　8 版

313. 劉敏華　醫生文學家，賴和史料特展登場　臺灣日報　2000 年 8 月 2 日　7 版

314. 陳文芬　臺灣新文學之父 106 冥誕——賴和全集、手稿影像集出版　中國時報　2000 年 8 月 27 日　11 版

315. 嚴　振　賴和文獻史料特展　文訊雜誌　第 179 期　2000 年 9 月　頁 64

316. 江自得　尋找賴和——從賴和醫療服務獎說起　醫望〔1994 年 4 月創刊〕第 32 期　2000 年 10 月　頁 74—76

317. 賴悅顏　　生命的超越——寫在第 10 屆賴和獎之前　臺灣日報　2001 年 5 月 27 日　21 版

318. 康　原　　賴和先生和他的紀念館　文化生活　第 26 期　2001 年 11 月　頁 66—72

319. 康　原　　烏溪畔的賴和與紀念館　文化生活　第 32 期　2003 年 4 月　頁 22—28

320. 陳家詡　　賴和紀念館，傳承臺灣文學之美　書香遠傳　第 5 期　2003 年 10 月　頁 20—23

321. 賴悅顏　　鍾老與賴和紀念館　文學臺灣　第 50 期　2004 年 4 月　頁 32—34

322. 〔編輯部〕　　賴和紀念館　重現臺灣史——賴和 1894—1943　臺北　牛頓出版公司　2004 年 7 月　〔1〕頁

323. 〔民生報〕　　素人音樂團體出輯，傳唱賴和　民生報　2005 年 12 月 19 日　A6 版

324. 林瑞明　　文化向上再向上——紀念臺灣文化協會八十五週年〔賴和部分〕　臺灣文學館通訊　第 13 期　2006 年 11 月　頁 47—49

325. 陳南宏　　菜市場旁的賴和紀念館　臺灣文學館通訊　第 20 期　2008 年 8 月　頁 56—60

326. 呂美親　　為著行你聽的，為著赴你的會——我們與賴和的相遇　自由時報　2009 年 5 月 26 日　D11 版

327. 周馥儀　　與賴和共譜的青春進行曲——我們與賴和的相遇　自由時報　2009 年 5 月 26 日　D11 版

328. 楊　翠　　相遇在最初——我們與賴和的相遇　自由時報　2009 年 5 月 27 日　D13 版

329. 陳南宏　　我生命裡的助動詞！——我們與賴和的相遇　自由時報　2009 年 5 月 27 日　D13 版

作品評論篇目

綜論

330. 黃得時　輓近臺灣文學運動史〔賴和部分〕　臺灣文學　第 2 卷第 4 號　1942 年 1 月　頁 2—15

331. 黃得時著；葉石濤譯　輓近臺灣文學運動史〔賴和部分〕　日文作品選集（臺灣文學集 2）　高雄　春暉出版社　1999 年 2 月　頁 101—102

332. 守愚〔楊松茂〕　小說與懶雲　臺灣文學　第 3 卷第 2 期　1943 年 4 月　頁 139—141

333. 守愚著；明潭譯　小說與懶雲　賴和先生全集（日據下臺灣新文學明集）　臺北　明潭出版社　1979 年 3 月　頁 425—428

334. 守愚著；明潭譯　小說與懶雲　賴和研究資料彙編（上）　彰化　彰化縣立文化中心　1994 年 6 月　頁 38—41

335. 楊守愚　小說と懶雲　楊守愚作品選集（下冊）——小說・民間文學・戲劇・隨筆　彰化　彰化縣立文化中心　1995 年 6 月　頁 432—436

336. 楊守愚　小說と懶雲　日本統治期台湾文学文芸評論集・第 5 卷　東京　緑蔭書房　2001 年 4 月　頁 35—37

337. 楊守愚著；邱香凝譯；涂翠花校譯　小說與懶雲　日治時期臺灣文藝評論集・雜誌篇 4　臺南　國家臺灣文學館籌備處　2006 年 10 月　頁 152—154

338. 史民（吳新榮）　賴和在臺灣是革命傳統　臺灣文學　第 2 輯　1948 年 9 月　頁 12

339. 葉石濤　臺灣的鄉土文學〔賴和部分〕　葉石濤評論集　臺北　蘭開書局　1968 年 9 月　頁 2—5

340. 葉石濤　臺灣的鄉土文學〔賴和部分〕　葉石濤全集・評論卷一　臺南，高雄　國立臺灣文學館，高雄市文化局　2008 年 3 月　頁 74

341. 梁德民〔梁景峰〕　賴和是誰？[10]　夏潮　第 1 卷第 6 期　1976 年 9 月
　　　頁 56—59

342. 梁德民　賴和是誰？　賴和先生全集（日據下臺灣新文學明集）　臺北
　　　明潭出版社　1979 年 3 月　頁 436—446

343. 梁德民　賴和是誰？　賴和研究資料彙編（上）　彰化　彰化縣立文化中
　　　心　1994 年 6 月　頁 44—57

344. 梁景峰　賴和是誰？　鄉土與現代——臺灣文學的片段　臺北　臺北縣立
　　　文化中心　1995 年 6 月　頁 1—14

345. 梁景峰　臺灣新文學之父——賴和　重現臺灣史——賴和 1894—1943　臺
　　　北　牛頓出版公司　2004 年 7 月　頁 14—23

346. 林邊〔林載爵〕　忍看蒼生含辱——賴和的文學[11]　臺灣文藝　第 61 期
　　　1978 年 12 月　頁 7—36

347. 林　邊　忍看蒼生含辱——賴和的文學　賴和先生全集（日據下臺灣新文
　　　學明集）　臺北　明潭出版社　1979 年 3 月　頁 455—487

348. 林　邊　忍看蒼生含辱——賴和的文學　賴和研究資料彙編（上）　彰化
　　　彰化縣立文化中心　1994 年 6 月　頁 68—107

349. 林載爵　忍看蒼生含辱——賴和先生的文學　臺灣文學的兩種精神　臺南
　　　臺南市立文化中心　1996 年 5 月　頁 97—136

350. 陳　香　賴和其人及其詩（上、下）　聯合報　1979 年 2 月 19—20 日　12
　　　版

351. 陳　香　賴和其人及其詩　文學史話（聯副三十年文學大系・評論卷二）
　　　臺北　聯合報社　1981 年 12 月　頁 327—343

352. 王錦江〔王詩琅〕著；明　潭譯　賴懶雲論——臺灣文壇人物論（4）　賴
　　　和先生全集（日據下臺灣新文學明集）　臺北　明潭出版社
　　　1979 年 3 月　頁 399—406

---

[10]本文後改篇名爲〈臺灣新文學之父——賴和〉。
[11]本文旨在探討賴和創作的精神，以確立其文學成就。全文共 6 小節：1.歷史的轉折；2.賴和與新
　文學的成長；3.被屈辱的人民；4.弱者的奮鬥；5.毀滅與再生；6.此生遺恨。

353. 王詩琅　　賴懶雲論　陋巷出清士——王詩琅選集　臺北　弘文館出版社　1986 年 11 月　頁 137—145

354. 王錦江著；明潭譯　　賴懶雲論——臺灣文壇人物論　賴和研究資料彙編（上）　彰化　彰化縣立文化中心　1994 年 6 月　頁 6—15

355. 王錦江　賴懶雲論——臺灣文壇人物論（4）　日本統治期台湾文学文芸評論集・第 3 卷　東京　綠蔭書房　2001 年 4 月　頁 26—31

356. 王錦江著；涂翠花譯　　賴懶雲論——臺灣文壇人物論（4）　日治時期臺灣文藝評論集・雜誌篇 2　臺南　國家臺灣文學館籌備處　2006 年 10 月　頁 98—104

357. 王曉波　臺灣新文學之父賴和與他的思想（上、下）　臺灣時報　1979 年 4 月 26—27 日　12 版

358. 王曉波　臺灣新文學之父——賴和與他的思想　被顛倒的臺灣歷史　臺北　帕米爾書店　1986 年 11 月　頁 129—152

359. 王曉波　臺灣新文學之父——賴和與他的思想　中華現代文學大系（臺灣 1970—1989）評論卷（壹）　臺北　九歌出版社　1989 年 5 月　頁 113—129

360. 王曉波　臺灣新文學之父——賴和與他的思想　賴和研究資料彙編（上）　彰化　彰化縣立文化中心　1994 年 6 月　頁 108—127

361. 舒　蘭　中國新詩史話——賴和　新文藝　第 290 期　1980 年 5 月　頁 70—74

362. 舒　蘭　賴和　中國新詩史話（三）　臺北　渤海堂文化　1998 年 10 月　頁 12—19

363. 黃武忠　臺灣新文學的開拓者——賴和　日據時代臺灣新文學作家小傳　臺北　時報文化出版公司　1980 年 8 月　頁 33—36

364. 〔羊子喬，林梵，張恆豪編〕　賴和　一桿秤仔（光復前臺灣文學全集）　臺北　遠景出版社　1981 年 9 月　頁 45—46

365. 張葆莘　賴和其人其文及其時代　花城　1981 年第 6 期　1981 年 12 月

頁 219—231

366. 張默芸　臺灣新文學的先驅者——賴和　福建文學　1982 年第 1 期　1982
　　　　　　年 1 月　頁 52—53

367. 彭瑞金　開拓臺灣新文學的——賴和　歷史的倒影——日據時代臺灣新文
　　　　　　學作家作品選讀　高雄　河畔出版社　1982 年 7 月　頁 1—3

368. 彭瑞金　開拓臺灣新文學的賴和　賴和研究資料彙編（上）　彰化　彰化
　　　　　　縣立文化中心　1994 年 6 月　頁 128—133

369. 李魁賢　賴和詩中的反抗精神　笠　第 111 期　1982 年 10 月　頁 26—34

370. 李魁賢　賴和詩中的反抗精神　文學的道路　臺北　新地出版社　1985 年
　　　　　　5 月　頁 213—241

371. 李魁賢　賴和詩中的反抗精神　臺灣與世界　第 24 期　1985 年 9 月　頁
　　　　　　41—46

372. 李魁賢　賴和詩中的反抗精神　賴和研究資料彙編（下）　彰化　彰化縣
　　　　　　立文化中心　1994 年 6 月　頁 312—335

373. 李魁賢　賴和詩中的反抗精神　詩的見證　臺北　臺北縣立文化中心
　　　　　　1994 年 6 月　頁 187

374. 李魁賢　賴和詩中的反抗精神　磺溪一完人　臺北　前衛出版社　1994 年
　　　　　　7 月　頁 159—181

375. 李魁賢　賴和詩中的反抗精神　李魁賢文集 6　臺北　行政院文建會　2002
　　　　　　年 10 月　頁 167—187

376. 陳明台　人的確認——試論賴和先生的人本意識　臺灣文藝　第 80 期
　　　　　　1983 年 1 月　頁 39—47

377. 陳明台　人的確認——試論賴和先生的人本意識　賴和研究資料彙編
　　　　　　（上）　彰化　彰化縣立文化中心　1994 年 6 月　頁 156—167

378. 陳明台　人的確認——試論賴和的人本意識　磺溪一完人　臺北　前衛出
　　　　　　版社　1994 年 7 月　頁 107—116

379. 陳明台　人的確認——試論賴和先生的人本意識　臺灣文學研究論集　臺

北　文史哲出版社　1997 年 4 月　頁 127—136

380. 黃武忠　日據下的小民悲歌——賴和新文學作品試論　益世雜誌　第 3 卷
　　　第 4 期　1983 年 1 月　頁 77—80

381. 黃武忠　日據下的小民悲歌——賴和新文學作品試論　文藝的滋味　臺北
　　　自立晚報社　1983 年 10 月　頁 99—110

382. 黃武忠　日據下的小民悲歌——賴和新文學作品試論　賴和研究資料彙編
　　　（上）　彰化　彰化縣立文化中心　1994 年 6 月　頁 190—202

383. 黃武忠　日據下的小民悲歌——賴和新文學作品試論　親近臺灣文學　臺
　　　北　九歌出版社　1995 年 3 月　頁 107—121

384. 施　淑　秤子與秤錘——論賴和小說的思想性　臺灣文藝　第 80 期　1983
　　　年 1 月　頁 48—54

385. 施　淑　秤子與秤錘——論賴和小說的思想性　賴和集（臺灣作家全集）
　　　臺北　前衛出版社　1991 年 2 月　頁 275—284

386. 施　淑　秤子與秤錘——論賴和小說的思想性　賴和研究資料彙編（上）
　　　彰化　彰化縣立文化中心　1994 年 6 月　頁 168—177

387. 花村〔黃春秀〕　從舊詩詞起家的臺灣新文學之父——賴和　臺灣文藝
　　　第 80 期　1983 年 1 月　頁 24—38

388. 花　村　從舊詩詞起家的臺灣新文學之父——賴和　賴和研究資料彙編
　　　（上）　彰化　彰化縣立文化中心　1994 年 6 月　頁 134—155

389. 宋冬陽〔陳芳明〕　日據時期臺灣新詩遺產的重估——兩種典型：楊華和
　　　賴和　臺灣文藝　第 83 期　1983 年 7 月　頁 15—19

390. 宋冬陽　日據時期臺灣新詩遺產的重估——兩種典型：楊華和賴和　臺灣
　　　文學的過去與未來　臺北　臺灣文藝雜誌社　1985 年 3 月　頁
　　　117—122

391. 宋冬陽　家國風霜五十年——日據時期臺灣新詩遺產的重估——兩種典
　　　型：楊華和賴和　放膽文章拼命酒　臺北　林白出版社　1988 年
　　　1 月　頁 90—91

392. 陳芳明　日據時期臺灣新詩遺產的重估——兩種典型：楊華和賴和　左翼臺灣：殖民地文學運動史論　臺北　麥田出版公司　1998 年 10 月　頁 150—156

393. 陳芳明　日據時期臺灣新詩遺產的重估——兩種典型：楊華和賴和　左翼臺灣：殖民地文學運動史論　臺北　麥田出版公司　2007 年 6 月　頁 150—156

394. 高天生　覺悟下的犧牲——賴和醫師的文學生涯（上、下）　自立晚報　1983 年 8 月 9—10 日　10 版

395. 高天生　覺悟下的犧牲——賴和醫師的文學生涯　臺灣小說與小說家　臺北　前衛出版社　1985 年 5 月　頁 1—12

396. 高天生　覺悟下的犧牲——賴和醫師的文學生涯　賴和研究資料彙編（上）　彰化　彰化縣立文化中心　1994 年 6 月　頁 178—188

397. 高天生　覺悟下的犧牲——賴和醫師的文學生涯　臺灣小說與小說家　臺北　前衛出版社　1994 年 12 月　頁 25—36

398. 〔王晉民，鄺白曼編著〕　賴和　臺灣與海外華人作家小傳　福州　福建人民出版社　1983 年 9 月　頁 1—3

399. 封祖盛　日據時期鄉土小說概貌——賴和、楊逵、吳濁流等的創作　臺灣小說主要流派初探　福州　福建人民出版社　1983 年 10 月　頁 2—37

400. 武治純　臺灣鄉土文學的源流及其理論要點〔賴和部分〕　臺灣香港文學論文選　福州　海峽文藝出版社　1983 年 10 月　頁 25—26

401. 張默芸　賴和——臺灣新文學的開拓者　臺灣香港文學論文選　福州　海峽文藝出版社　1983 年 10 月　頁 73—88

402. 張默芸　賴和——臺灣新文學的開拓者　海峽文壇拾穗　福建　海峽文藝出版社　1986 年 4 月　頁 279—294

403. 葉石濤　論臺灣新文學的特質〔賴和部分〕　文訊雜誌　第 4 期　1983 年 10 月　頁 26—27

404. 葉石濤　　論臺灣新文學的特質〔賴和部分〕　葉石濤全集・評論卷三　臺
　　　　　　　南，高雄　國立臺灣文學館，高雄市政府文化局　2008 年 3 月
　　　　　　　頁 17—19

405. 顏尹謨　　延續「臺灣新文化協會」的精神——從賴和到王敏川　政治家
　　　　　　　復刊號　1984 年 2 月 14 日　頁 60—62

406. 廣　心　　臺灣著名作家賴和　北京晚報　1984 年 4 月 13 日　3 版

407. 李南衡　　認識「賴和先生」　新書月刊　第 7 期　1984 年 4 月　頁 40—41

408. 朱　南　　試論三十年代臺灣小說〔賴和部分〕　臺灣研究集刊　1984 年第
　　　　　　　2 期　1984 年 5 月　頁 28

409. 翁光宇　　賴和——臺灣新文學之父　文學報　1985 年 2 月 28 日　3 版

410. 葉石濤　　為什麼賴和先生是臺灣新文學之父？　沒有土地，哪有文學？
　　　　　　　臺北　遠景出版社　1985 年 6 月　頁 11

411. 葉石濤　　為什麼賴和先生是臺灣新文學之父？　賴和集（臺灣作家全集）
　　　　　　　臺北　前衛出版社　1991 年 2 月　頁 253—260

412. 葉石濤　　為什麼賴和先生是臺灣新文學之父？　賴和研究資料彙編（下）
　　　　　　　彰化　彰化縣立文化中心　1994 年 6 月　頁 336—343

413. 葉石濤　　為什麼賴和先生是臺灣新文學之父？　磺溪一完人　臺北　前衛
　　　　　　　出版社　1994 年 7 月　頁 47—53

414. 葉石濤　　為什麼賴和先生是臺灣新文學之父？　葉石濤全集・隨筆卷二
　　　　　　　臺南，高雄　國立臺灣文學館，高雄市文化局　2008 年 3 月　頁
　　　　　　　27—33

415. 武治純　　臺灣新文學之父——賴和　壓不扁的玫瑰花——臺灣鄉土文學初
　　　　　　　探　北京　中國廣播電視出版社　1985 年 7 月　頁 134—153

416. 梁明雄　　文學的賴和，賴和的文學[12]　臺灣文獻　第 46 卷第 3 期　1985 年
　　　　　　　9 月　頁 63—81

---

[12] 本文旨在探討賴和的文學志業及其文學作品的主題。全文共 4 小節：1.前言；2.賴和的文學志
　　業；3.反帝、反封建的文學主題；4.結語。

417. 梁明雄　　文學的賴和，賴和的文學　臺灣文學與文化論集　屏東　屏東縣
　　　　　　文化局　2002 年 9 月　頁 228—263

418. 陳千武　　光復前後臺灣新詩的演變〔賴和部分〕　笠　第 130 期　1985 年
　　　　　　12 月　頁 8—26

419. 林瑞明　　賴和與臺灣新文學運動[13]　成功大學歷史學報　第 12 期　1985 年
　　　　　　12 月　頁 283—363

420. 林瑞明　　賴和與臺灣新文學運動　臺灣文學與時代精神——賴和研究論集
　　　　　　臺北　允晨文化公司　1993 年 8 月　頁 3—142

421. 林瑞明　　賴和與臺灣新文學運動　歷史月刊　第 154 期　2000 年 11 月　頁
　　　　　　65—69

422. 李獻璋著；林若嘉譯　　臺灣鄉土話文運動〔賴和部分〕　臺灣文藝　第 102
　　　　　　期　1986 年 9 月　頁 152—155

423. 胡民祥　　臺灣新文學運動時期「臺灣話」文學化的探討——臺灣語白話文
　　　　　　學的開拓者——賴和　臺灣文化季刊　第 3 期　1986 年 12 月　頁
　　　　　　25

424. 胡民祥　　臺灣新文學運動時期——「臺灣語」文學化發展的探討——臺灣
　　　　　　語白話文學的開拓者——賴和　南瀛文學選・論評卷（一）　臺
　　　　　　南　臺南縣立文化中心　1992 年 6 月　頁 175—176

425. 胡民祥　　臺灣新文學運動時期「臺灣話」文學化發展的探討——臺灣語白
　　　　　　話文的開拓者——賴和　胡民祥臺語文學選　臺南　臺南縣立文
　　　　　　化中心　1995 年 11 月　頁 172—174

426. 張仲景　　談臺灣新文學運動的開拓者賴和的小說創作　瀋陽師範學院學報
　　　　　　1987 年第 2 期　1987 年 4 月　頁 102—105

427. 許水綠　　筆尖指向現實——臺灣文學作品與社會生命〔賴和部分〕　臺灣

---

[13]本文藉由賴和的文學作品，研究賴和的思想，並進一步掌握臺灣新文學運動的內涵與精神。全文
共 9 小節：1.前言——文學與時代；2.民族意識與復元會；3.出身民間回到民間；4.由舊文學進入
新文學；5.初期作品白話文的運用；6.文學創作與文學活動；7.路線的轉折——〈前進〉的探
討；8.文學內涵分析——作品的藝術性與思想性；9.結論——賴和在文學史上的地位。

新文化　第 13 期　1987 年 10 月　頁 52—59

428. 葉寄民〔葉笛〕　　不死的野草——臺灣新文學的奶母賴和　臺灣學術研究
　　　會誌　第 2 期　1987 年 11 月　頁 29—42

429. 葉寄民　　不死的野草——臺灣新文學的奶母賴和　賴和研究資料彙編
　　　（下）　彰化　彰化縣立文化中心　1994 年 6 月　頁 344—362

430. 葉　笛　　不死的野草——臺灣新文學的奶母賴和　臺灣文學巡禮　臺南
　　　臺南市立文化中心　1995 年 4 月　頁 1—19

431. 葉　笛　　不死的野草——臺灣新文學的奶母賴和　葉笛全集‧評論卷 1　臺
　　　南　臺灣國家文學館籌備處　2007 年 5 月　頁 433—451

432. 張仲景　　賴和　現代臺灣文學史　瀋陽　遼寧大學出版社　1987 年 12 月
　　　頁 102—127

433. 包恆新　　臺灣現代文學的先驅者——賴和　臺灣現代文學簡述　上海　上
　　　海社會科學院出版社　1988 年 3 月　頁 89—93

434. 包恆新　　臺灣現代文學的先驅者——賴和　賴和研究資料彙編（下）　彰
　　　化　彰化縣立文化中心　1994 年 6 月　頁 378—384

435. 張光正　　從白話新詩的崛起看臺灣新文學運動〔賴和部分〕　笠　第 144
　　　期　1988 年 4 月　頁 130

436. 張光正　　從白話新詩的崛起看臺灣新文學運動〔賴和部分〕　臺灣研究集
　　　刊　1988 年第 3 期　1988 年 8 月　頁 94

437. 張光正　　從白話新詩的崛起看臺灣新文學運動〔賴和部分〕　番薯藤繫兩
　　　岸情　臺北　海峽學術出版社　2003 年 9 月　頁 212—214

438. 汪景壽　　賴和[14]　臺灣小說作家論　北京　北京大學出版社　1988 年 5 月
　　　頁 1—21

439. 汪景壽　　臺灣小說作家論　賴和研究資料彙編（上）　彰化　彰化縣立文
　　　化中心　1994 年 6 月　頁 204—236

440. 林衡哲　　臺灣現代文學之父——賴和　臺灣文化季刊　第 9 期　1988 年 6

---

[14] 本文後改篇名為〈臺灣小說作家論〉。

月 15 日　頁 21—26

441. 林衡哲　　　臺灣現代文學之父——賴和　雕出臺灣文化之夢　臺北　前衛出
　　　　　　　　版社　1989 年 7 月　頁 45—54

442. 林衡哲　　　臺灣現代文學之父——賴和　先人之血・土地之花　臺北　前衛
　　　　　　　　出版社　1989 年 8 月　頁 25—34

443. 林衡哲　　　臺灣現代文學之父——賴和　復活的群像　臺北　前衛出版社
　　　　　　　　1994 年 6 月　頁 9—20

444. 林衡哲　　　臺灣現代文學之父——賴和　賴和研究資料彙編（下）　彰化
　　　　　　　　彰化縣立文化中心　1994 年 6 月　頁 386—398

445. 林衡哲　　　臺灣現代文學之父　廿世紀臺灣代表性人物（上）　臺北　望春
　　　　　　　　風文化公司　2001 年 4 月　頁 48—57

446. 巫永福　　　臺灣新文學運動與賴和[15]　文學界　第 26 期　1988 年 6 月　頁 42
　　　　　　　　—58

447. 巫永福　　　臺灣新文學運動與賴和　巫永福全集・評論卷 2　臺北　傳神福音
　　　　　　　　文化公司　1996 年 5 月　頁 52—85

448. 葉石濤　　　臺灣鄉土文學史導論〔賴和部分〕　中華現代文學大系（臺灣
　　　　　　　　1970—1989）評論卷（壹）　臺北　九歌出版社　1989 年 5 月
　　　　　　　　頁 86—87

449. 葉石濤　　　臺灣鄉土文學史導論〔賴和部分〕　葉石濤全集・評論卷二　臺
　　　　　　　　南，高雄　國立臺灣文學館，高雄市文化局　2008 年 3 月　頁 31

450. 古繼堂　　　「臺灣的魯迅」——賴和　臺灣小說發展史　臺北　文史哲出版
　　　　　　　　社　1989 年 7 月　頁 42—52

451. 古繼堂　　　「臺灣的魯迅」——賴和　賴和研究資料彙編（下）　彰化　彰
　　　　　　　　化縣立文化中心　1994 年 6 月　頁 400—411

452. 古繼堂　　　臺灣新文學的「魯迅」——賴和　臺灣文學的母體依戀　北京
　　　　　　　　九州出版社　2002 年 9 月　頁 252—256

---

[15]本文旨在探討賴和在臺灣新文學運動中的角色及其作品精神。

453. 公仲，汪義生　臺灣文學的搖籃期（1923—1926）——新文學之奠基人賴
　　　　　　　　和　臺灣新文學史初編　南昌　江西人民出版社　1989 年 8 月
　　　　　　　　頁 8—18

454. 林瑞明　賴和的文學及其精神[16]　臺灣風物　第 39 卷第 3 期　1989 年 9 月
　　　　　　　　頁 151—181

455. 林瑞明　賴和的文學及其精神——第 64 次臺灣研究研討會記錄　臺灣文學
　　　　　　　　與時代精神——賴和研究論集　臺北　允晨文化公司　1993 年 8
　　　　　　　　月　頁 321—360

456. 林瑞明　賴和的文學及其精神——第 64 次臺灣研究研討會記錄　賴和研究
　　　　　　　　資料彙編（下）　彰化　彰化縣立文化中心　1994 年 6 月　頁
　　　　　　　　414—445

457. 林瑞明　賴和的文學及其精神　種子落地——臺灣文學評論集　臺中　晨
　　　　　　　　星出版社　1996 年 5 月　頁 57—81

458. 方　忠　論賴和創作的民族性　徐州師範學院學報　1989 年第 4 期　1989
　　　　　　　　年 12 月　頁 73—77

459. 林瑞明主講　「賴和研究面面觀」座談會（上、中、下）[17]　民眾日報
　　　　　　　　1990 年 2 月 1—3 日　22 版

460. 黃美玲　賴和創作中新舊文學並存的意義　臺南女子技術學院學報　第 19
　　　　　　　　期　1990 年 8 月　頁 11—18

461. 陳玉蘭　評賴和的鄉土文學作品　民間文藝季刊　第 4 期　1990 年 12 月
　　　　　　　　頁 251—252

462. 張恆豪　覺悟下的犧牲——《賴和集》序　賴和集（臺灣作家全集）　臺

---

[16]本文為「林本源基金會第 64 次臺灣研究研討會紀錄」，主席為林衡道。全文共 5 小節：1.世界主
義下的臺灣新文學；2.賴和小說的特色；3.詩：追求解放的心聲；4.鄉土文學論戰之後的臺灣話
文；5.抵抗的精神、抵抗的文學。正文後有林衡道、林瑞明、楊雲萍、黃得時、陳少廷等人的討
論紀錄。

[17]本文為《民眾日報》專欄第 2 次座談會，由林瑞明進行專題報告，題綱如下：1.世界主義下的臺
灣新文學；2.社會運動路線及其對文學的影響；3.鄉土文學論戰之後的臺灣話文；4.回歸漢詩的
一個解釋。主持人為陳萬益，與會座談人士有李篤恭、呂興昌、梁景峰、賴燊、賴洝。林美秀整
理。

北　前衛出版社　1991 年 2 月　頁 43—46

463. 張恆豪　覺悟下的犧牲——《賴和集》序　短篇小說卷別冊（臺灣作家全集）　臺北　前衛出版社　1994 年 3 月　頁 1—4

464. 呂興忠　從賴和到洪醒夫——談臺灣新文學的原鄉[18]　臺灣地區區域文學會議——中彰投地區　臺中　文訊雜誌社主辦　1991 年 5 月 22 日

465. 呂興忠　從賴和到洪醒夫——談臺灣新文學的原鄉　中華日報　1993 年 5 月 22 日　11 版

466. 呂興忠　從賴和到洪醒夫——談臺灣新文學的原鄉　鄉土與文學：臺灣地區區域文學會議實錄　臺北　文訊雜誌社　1994 年 3 月　頁 249—266

467. 呂興忠　從賴和到洪醒夫——談臺灣新文學的原鄉　賴和研究資料彙編（下）　彰化　彰化縣立文化中心　1994 年 6 月　頁 519—527

468. 莊明萱　臺灣新文學的奠基者——賴和　臺灣文學史（上）　福州　海峽文藝出版社　1991 年 6 月　頁 382—396

469. 朱雙一　日據時期的臺灣新詩〔賴和部分〕　臺灣新文學概觀（下）　廈門　鷺江出版社　1991 年 6 月　頁 88—89

470. 粟多桂　臺灣抵抗作家的一面光輝旗幟——賴和　臺灣抗日作家作品論　重慶　西南師範大學出版社　1991 年 6 月　頁 29—56

471. 粟多桂　臺灣抵抗作家的一面光輝旗幟——賴和　賴和研究資料彙編（下）　彰化　彰化縣立文化中心　1994 年 6 月　頁 446—477

472. 黃重添　臺灣新文學的「奶母」——賴和　臺灣新文學概觀（上）　廈門　鷺江出版社　1991 年 6 月　頁 28—38

473. 黃重添　臺灣新文學的「奶母」——賴和　賴和研究資料彙編（下）　彰化　彰化縣立文化中心　1994 年 6 月　頁 502—514

474. 葉石濤　臺灣新文學運動的開展〔賴和部分〕　臺灣文學史綱　高雄　文

---

[18]本文旨在探討彰化地區作家與整個臺灣新文學運動的特殊關係。全文共 2 小節：1.日據時代的彰化作家與臺灣新文學運動」；2.戰後彰化作家與臺灣新文學精神。正文後有〈鄭邦鎮講評〉。

學界雜誌社　1991 年 9 月　頁 41—42

475. 葉石濤　臺灣文學史綱——臺灣新文學運動的展開〔賴和部分〕　葉石濤
全集・評論卷五　臺南，高雄　國立臺灣文學館，高雄市文化局
2008 年 3 月　頁 37，44—45

476. 林瑞明　石在，火種是不會絕的——魯迅與賴和　國文天地　第 76 期
1991 年 9 月　頁 18—24

477. 林瑞明　石在，火種是不會絕的——魯迅與賴和　臺灣文學與時代精神—
—賴和研究論集　臺北　允晨文化公司　1993 年 8 月　頁 299—
317

478. 林瑞明　魯迅與賴和　臺灣新文學與魯迅　臺北　前衛出版社　1996 年 5
月　頁 79—94

479. 林瑞明　Where there is rock,there is the seed of fire:Lu-XunandLai-Ho（石
在，火種是不會絕的——魯迅與賴和）　Taiwan Literature:English
Translation Series　第 15 期　2004 年 7 月　頁 185—198

480. 彭瑞金　打下第一鋤，撒下第一粒種子——賴和與臺灣新文學　國文天地
第 77 期　1991 年 10 月　頁 12—16

481. 彭瑞金　打下第一鋤，撒下第一粒種籽的賴和　瞄準臺灣作家　高雄　派
色文化出版社　1992 年 7 月　頁 1—22

482. 陳明柔　前進！向著那不知到著處的道上…——由賴和小說中的人物悲歌
談起　問學集　第 2 期　1991 年 12 月　頁 71—79

483. 林亨泰　賴和的反向思考　彰化人　第 11 期　1992 年 1 月　頁 13

484. 林亨泰　賴和的反向思考　賴和研究資料彙編（下）　彰化　彰化縣立文
化中心　1994 年 6 月　頁 488—490

485. 林亨泰　賴和的反向思考　磺溪一完人　臺北　前衛出版社　1997 年 4 月
頁 95—97

486. 林亨泰　賴和的反向思考　林亨泰全集・文學論述卷 3　彰化　彰化縣立文
化中心　1998 年 9 月　頁 187—190

487. 呂興忠　賴和小說的技巧與思想　彰化人　第 11 期　1992 年 1 月　頁 14
　　　—15

488. 呂興忠　賴和小說的技巧與思想　賴和研究資料彙編（下）　彰化　彰化
　　　縣立文化中心　1994 年 6 月　頁 492—501

489. 游　喚　賴和文學中的典故　明道文藝　第 192 期　1992 年 3 月　頁 22—
　　　27

490. 王淑秧　開拓者的足跡——關於賴和與魯迅的小說　海峽兩岸小說論評
　　　北京　中國人民大學出版社　1992 年 4 月　頁 17—31

491. 康　原　臺灣新文學之父——賴和　文學的彰化——彰化縣新文學作家小
　　　傳　彰化　彰化縣立文化中心　1992 年 6 月　頁 15—19

492. 康　原　臺灣新文學之父——賴和先生小傳　賴和研究資料彙編（下）
　　　彰化　彰化縣立文化中心　1994 年 6 月　頁 478—482

493. 康　原　臺灣新文學之父——賴和先生　明道文藝　第 281 期　1999 年 8
　　　月　頁 57—63

494. 謝　思　賴和——臺灣人的精神象徵　臺灣日報　1992 年 9 月 17 日　13
　　　版

495. 李　喬　從文學作品看臺灣人的形象——演講稿〔賴和部分〕　臺灣文學
　　　造型　高雄　派色文化出版公司　1992 年 10 月　頁 263

496. 黎湘萍　陳映真與三代臺灣作家——兼論臺灣小說敘事模式之演變（上）
　　　〔賴和部分〕　臺灣研究集刊　1992 年第 4 期　1992 年 11 月
　　　頁 88—91

497. 楊　義　光復前臺灣小說的文化歸屬〔賴和部分〕　二十世紀中國小說與
　　　文化　臺北　業強出版社　1993 年 1 月　頁 237—244

498. 施懿琳　從《應社詩薈》看日據中晚期彰化詩人的時代關懷[19]　中國學術年
　　　刊　第 14 期　1993 年 3 月　頁 365—397

---

[19] 本文針對《應社詩薈》所收之彰化詩人，如賴和、陳虛谷、楊守愚等人，論述應社成立的動機及
活動概況，分析成員的人際脈絡與文學主張，並就《應社詩薈》的思想主題，探討日據中晚期彰
化詩人的時代關懷。

499. 楊　　義　　賴和：臺灣新文學的奶母　中國現代小說史（第二卷）　北京　人民文學出版社　1993 年 7 月　頁 705—720

500. 王志健　　瀛臺詩人與播種者——賴和　中國新詩淵藪（中）　臺北　正中書局　1993 年 7 月　頁 1344—1345

501. 林瑞明　　自序　臺灣文學與時代精神——賴和研究論集　臺北　允晨出版社　1993 年 8 月　頁 1—9

502. 康　　原　　文學作品的地方特色與精神傳承〔賴和部分〕　鄉土與文學：臺灣地區區域文學會議實錄　臺北　文訊雜誌社　1994 年 3 月　頁 295

503. 王德威　　大病文人醫——賴和紀錄殖民臺灣的精神史　中國時報　1994 年 4 月 12 日　E4 版

504. 林荊南　　忠烈祠裡的大文豪——賴和先生　賴和研究資料彙編（上）　彰化　彰化縣立文化中心　1994 年 6 月　頁 248—301

505. 林柏維　　醫國也醫民——臺灣新文學之父賴和　醫望　第 2 期　1994 年 6 月　頁 47—50

506. 莊淑芝　　新文學觀念的萌芽——新舊文學論爭期的文論——賴和　臺灣新文學觀念的萌芽與實踐　臺北　麥田出版公司　1994 年 7 月　頁 63—69

507. 林亨泰　　紀念賴和先生——凝聚民間一切分力量　磺溪一完人　臺北　前衛出版社　1994 年 7 月　頁 3—4

508. 劉春城　　唯創作能千秋　磺溪一完人　臺北　前衛出版社　1994 年 7 月　頁 81—83

509. 陳　　雷　　賴和文學ê精神　磺溪一完人　臺北　前衛出版社　1994 年 7 月　頁 223—229

510. 林瑞明　　回想賴和研究　臺灣時報　1994 年 8 月 24 日　22 版

511. 林瑞明　　回想賴和研究　臺灣文學中的歷史經驗　臺北　文津出版社　1997 年 6 月　頁 229—233

512. 陳淑美　　重新認識「臺灣新文學之父」——賴和　臺灣光華雜誌　第 19 卷第 8 期　1994 年 8 月　頁 102—111

513. 鍾肇政　　賴和三書[20]　自由時報　1994 年 9 月 28 日　29 版

514. 鍾肇政　　賴和三書　鍾肇政全集·隨筆集 1　桃園　桃園縣立文化中心1999 年 6 月　頁 279—280

515. 李魁賢　　語文悖離的困境〔賴和部分〕　自立晚報　1994 年 10 月 20 日19 版

516. 李魁賢　　語文悖離的困境〔賴和部分〕　李魁賢文集 7　臺北　行政院文建會　2002 年 10 月　頁 109—111

517. 施　淑　　賴和小說的思想性質——代序　賴和小說集　臺北　洪範書店1994 年 10 月　頁 1—12

518. 施　淑　　賴和小說的思想性質　兩岸文學論集　臺北　新地文學出版社1997 年 6 月　頁 121—130

519. 呂興昌　　百年不孤寂——紀念賴和百年誕辰的意義　文學臺灣　第 12 期1994 年 10 月　頁 6—11

520. 呂興昌　　百年不孤寂——紀念賴和百年誕辰的意義　臺灣詩人研究論文集臺南　臺南市立文化中心　1995 年 4 月　頁 463—469

521. 許達然　　日據時期臺灣散文〔賴和部分〕　賴和及其同時代作家：日據時期臺灣文學國際學術會議　新竹　清華大學臺灣研究室，賴和文教基金會主辦　1994 年 11 月 25—27 日

522. 施　淑　　書齋、城市與鄉愁——日據時代小說中的左翼知識份子〔賴和部分〕　賴和及其同時代作家：日據時期臺灣文學國際學術會議新竹　清華大學臺灣研究室，賴和文教基金會主辦　1994 年 11 月25—27 日

523. 施懿琳　　彰化應社研究〔賴和部分〕　賴和及其同時代作家：日據時期臺

---

[20]賴和三書係指《賴和漢詩初編》、《賴和研究資料彙編》（上、下）、《彰化縣作家作品集·磺溪文學第 2 輯》。

灣文學國際學術會議　新竹　清華大學臺灣研究室，賴和文教基
金會主辦　1994 年 11 月 25—27 日

524. 梁景峰　　臺灣現代詩的起步——賴和、張我軍和楊華的漢文白話詩　賴和
及其同時代作家：日據時期臺灣文學國際學術會議　新竹　清華
大學臺灣研究室，賴和文教基金會主辦　1994 年 11 月 25—27 日

525. 鄭穗影，沙卡布拉楊（A.D.Saka bulajo）　　賴和文學的現實與理想——臺灣
文學語言和精神之根源的思索[21]　賴和及其同時代作家：日據時期
臺灣文學國際學術會議　新竹　清華大學臺灣研究室，賴和文教
基金會主辦　1994 年 11 月 25—27 日　42 頁

526. 蔡芳玲　　賴和小說中的人物形象　臺灣文學觀察雜誌　第 9 期　1994 年 11
月　頁 31—43

527. 施　淑　　賴和的小說　洪範雜誌　第 53 期　1994 年 11 月　1 版

528. 馬漢茂（Helmut Martin）　　從賴和看日據時代臺灣小說的孤島狀態——兼
論方才起步的西方研究和翻譯[22]　賴和及其同時代作家：日據時期
臺灣文學國際學術會議　新竹　清華大學臺灣研究室，賴和文教
基金會主辦　1994 年 11 月 25—27 日　25 頁

529. 馬漢茂　　從賴和看日據時代臺灣小說的孤島狀態——兼論方才起步的西方
研究和翻譯　臺灣新文學　第 9 期　1997 年 12 月　頁 218—226

530. 下村作次郎　　日本人印象中的臺灣作家‧賴和——從戰前臺灣文學之歷史
性記述中思考起[23]　賴和及其同時代作家：日據時期臺灣文學國際

---

[21] 全文共 8 小節：1.發自天才文學者魂魄之聲；2.賴和的「人生觀」與「文學觀」；3.殖民者就是「賊」；4.壓迫者的嘴臉；5.「臺灣文學語言」之成長；6.「學校教育」與「民眾教育」；7.「賴和文學語言」之例文一瞥；8.結語。

[22] 本文研究賴和及其同時代作家的傳記和作品，旨在探討殖民時期臺灣文學的特點，兼論西方目前對日據時代及當代臺灣文學的介譯情況。全文共 5 小節：1.前言；2.日據時代臺灣文學的幾個特點；3.知識分子的地域性狹窄視野——殖民地狀況和「弱小民族」；4.賴和及臺灣本土意識的發端；5.翻譯與研究：西方及德國開始注意到臺灣文學。

[23] 本文旨在探討戰前日本文壇對賴和的定位。全文共 3 小節：1.涉及臺灣文學史的狀況；2.戰前賴和的文學是如何受定位的？；3.賴和與日本人／日本人作家與賴和。正文後有參考資料〈戰前臺灣文學史關係論文（及其周邊記事）一覽表〉、〈有關「臺灣新文學之父」以及「臺灣」的魯迅」的發言〉、〈由文獻資料看賴和與日本人之關係〉。本文日文篇名為〈日本人の印象中の台湾人作家賴和——よみがえる台湾文学〉。

　　　　　　學術會議　新竹　清華大學臺灣研究室，賴和文教基金會主辦

　　　　　　1994 年 11 月 25—27 日

531. 下村作次郎　　日本人の印象の中の台湾人作家・賴和　よみがえる台湾文

　　　　　　学——日本統治期の作家と作品　東京　東方書店　1995 年 10 月

　　　　　　頁 265—286

532. 下村作次郎著；曾麗蓉譯　　日本人印象中的臺灣作家・賴和——從戰前臺

　　　　　　灣文學之歷史性記述中思考起　賴和全集・評論卷　臺北　前衛

　　　　　　出版社　2001 年 12 月　頁 261—292

533. 胡萬川　　賴和先生及李獻璋先生等民間文學觀念及工作之探討　賴和及其

　　　　　　同時代作家：日據時期臺灣文學國際學術會議　新竹　清華大學

　　　　　　臺灣研究室，賴和文教基金會主辦　1994 年 11 月 25—27 日

534. 胡萬川　　賴和先生及李獻璋先生等民間文學觀念及工作之探討　民間文學

　　　　　　的理論與實際　新竹　清華大學出版社　2004 年 1 月　頁 203—

　　　　　　225

535. 胡民祥　　賴和的文學語言[24]　賴和及其同時代作家：日據時期臺灣文學國際

　　　　　　學術會議　新竹　清華大學臺灣研究室，賴和文教基金會主辦

　　　　　　1994 年 11 月 25—27 日　23 頁

536. 胡民祥　　賴和文學語言的辯證　菅芒花臺語文學　第 2 期　1999 年 4 月

　　　　　　頁 1—29

537. 胡民祥　　賴和文學語言的辯證　海翁臺語文學　第 25 期　2004 年 1 月　頁

　　　　　　4—29

538. 林瑞明　　賴和漢詩初探[25]　賴和及其同時代作家：日據時期臺灣文學國際學

　　　　　　術會議　新竹　清華大學臺灣研究室，賴和文教基金會主辦

---

[24] 本文旨在分析賴和文學語言演變的社會背景及歷史過程，及對後來臺灣文學的影響。全文共 4 小
節：1.前言；2.臺灣文學語言史；3.賴和文學語言的辯證；4.結論。後改篇名為〈賴和文學語言的
辯證〉。

[25] 本文旨在提出整理《賴和漢詩》初編後的心得。全文共 4 小節：1.前言；2.詩路歷程；3.風格與特
色；4.結論。正文後附錄〈賴和先生年表〉。後由下村作次郎翻譯，譯文〈賴和の漢詩——小逸
堂時代から治警事件前後よみがえる〉。

　　　　　　　1994 年 11 月 25—27 日　43 頁

539. 林瑞明著；下村作次郎譯　　賴和の漢詩——小逸堂時代から治警事件前後
　　　　　　　まで　よみがえる台湾文学——日本統治期の作家と作品　東京
　　　　　　　東方書店　1995 年 10 月　頁 189—218

540. 林瑞明　　賴和漢詩初探　臺灣文學的歷史考察　臺北　允晨文化公司
　　　　　　　1996 年 7 月　頁 94—201

541. 林瑞明　　賴和漢詩初探　賴和全集・評論卷　臺北　前衛出版社　2001 年
　　　　　　　12 月　頁 5—66

542. 陳芳明　　賴和與臺灣左翼作家系譜[26]　賴和及其同時代作家：日據時期臺灣
　　　　　　　文學國際學術會議　新竹　清華大學臺灣研究室，賴和文教基金
　　　　　　　會主辦　1994 年 11 月 25—27 日

543. 陳芳明　　賴和與臺灣左翼文學系譜——殖民地作家的抵抗與挫折　聯合文
　　　　　　　學　第 126 期　1995 年 4 月　頁 128—144

544. 陳芳明著；野間信幸譯　　賴和と台湾左翼文学の系譜——植民地作家の抵
　　　　　　　抗と挫折　よみがえる台湾文学——日本統治期の作家と作品
　　　　　　　東京　東方書店　1995 年 10 月　頁 219—246

545. 陳芳明　　賴和與臺灣左翼文學系譜　左翼臺灣：殖民地文學運動史論　臺
　　　　　　　北　麥田出版公司　1998 年 10 月　頁 47—73

546. 陳芳明　　賴和與臺灣左翼文學系譜——殖民地作家的抵抗與挫折　賴和全
　　　　　　　集・評論卷　臺北　前衛出版社　2001 年 12 月　頁 121—146

547. 陳芳明　　賴和與臺灣左翼文學系譜　左翼臺灣：殖民地文學運動史論　臺
　　　　　　　北　城邦文化公司　2007 年 6 月　頁 47—73

548. 趙天儀　　論賴和的新詩[27]　賴和及其同時代作家：日據時期臺灣文學國際學
　　　　　　　術會議　新竹　清華大學臺灣研究室，賴和文教基金會主辦
　　　　　　　1994 年 11 月 25—27 日　14 頁

---

[26]本文後改篇名為〈賴和與臺灣左翼文學系譜——殖民地作家的抵抗與挫折〉；由野間信幸翻譯為〈賴和と台湾左翼ぶ学の系譜——殖民地作家の抵抗と作品〉。
[27]全文共 4 小節：1.引言；2.臺灣新文學創作的出發；3.賴和的詩觀；4.賴和的新詩及其欣賞。

549. 趙天儀　　　論賴和的新詩　臺灣現代詩鑑賞　臺中　臺中市立文化中心
　　　　　　　　1998 年 5 月　頁 19—41

550. 李瑞騰　　　賴和文學的最初面貌——賴和舊體詩考察之一[28]　賴和及其同時代
　　　　　　　　作家：日據時期臺灣文學國際學術會議　新竹　清華大學臺灣研
　　　　　　　　究室，賴和文教基金會主辦　1994 年 11 月 25—27 日

551. 李瑞騰　　　由舊詩詞起家——臺灣新文學之父賴和的文學最初面貌　中央日
　　　　　　　　報　1994 年 11 月 29 日　17 版

552. 許俊雅　　　日據時期臺灣小說之作者及其背景分析——小說作者之相關資料
　　　　　　　　及生平略傳——賴和　日據時期臺灣小說研究　臺北　文史哲出
　　　　　　　　版社　1995 年 2 月　頁 203—208

553. 許俊雅　　　日據時期臺灣小說蘊含的思想內容〔賴和部分〕　日據時期臺灣
　　　　　　　　小說研究　臺北　文史哲出版社　1995 年 2 月　頁 347—465

554. 林亨泰　　　具有文明批判性格的賴和精神　自由時報　1995 年 5 月 21 日　29
　　　　　　　　版

555. 宋澤萊　　　從賴和看當前臺灣文學創作處境（上、下）　自由時報　1995 年
　　　　　　　　5 月 27—28 日　29 版

556. 周慶塘　　　賴和抗日文學作品探析　淡水工商管理學院牛津人文集刊　第 1
　　　　　　　　期　1995 年 7 月　頁 41—67

557. 紀念抗戰勝利 50 周年編者　賴和、楊逵代表作　世界華文文學論壇　1995
　　　　　　　　年 3 期　1995 年 9 月　頁 3

558. 楊劍龍　　　影響與開拓——論魯迅對賴和小說的影響　文藝理論與批評
　　　　　　　　1995 年第 5 期　1995 年 9 月　頁 97—103，56

559. 施坤鑑　　　臺灣文學陣地——賴和先生感懷詩初探　臺灣時報　1995 年 9 月
　　　　　　　　19 日　22 版

560. 施坤鑑　　　賴和先生「感懷詩」的初探淺析　歡喜的志業　彰化　彰化縣立
　　　　　　　　文化中心　1998 年 12 月　頁 257—261

---

[28] 本文後改篇名為〈由舊詩詞起家——臺灣新文學之父賴和的文學最初面貌〉。

561. 包黛瑩　「賴和」這粒種子撒開來了　中國時報　1995 年 10 月 5 日　42
版

562. 葉石濤　賴和的寫實主義　臺灣新聞報　1995 年 10 月 14 日　19 版

563. 葉石濤　賴和與新文學運動　臺灣新聞報　1995 年 10 月 7 日　19 版

564. 葉石濤　賴和與新文學運動（上、下）　臺灣文學入門——臺灣文學五十
七問　高雄　春暉出版社　1997 年 6 月　頁 34—40

565. 葉石濤　臺灣文學入門——臺灣文學五十七問——賴和與新文學運動
（上、下）　葉石濤全集・評論卷五　臺南，高雄　國立臺灣文
學館，高雄市文化局　2008 年 3 月　頁 221—225

566. 陳昭如　日治時期臺灣新文學中的法律意識——以賴和爲中心的討論　臺
灣文學研討會　臺北　淡水工商管理學院臺灣文學系主辦　1995
年 11 月 4—5 日　〔17〕頁

567. 梁明雄　臺灣新文學之父——賴和　日據時期臺灣新文學運動研究　中國
文化大學中國文學系　博士論文　金榮華教授指導　1995 年 12 月
頁 91—148

568. 梁明雄　臺灣新文學之父——賴和　日據時期臺灣新文學運動研究　臺北
文史哲出版社　1996 年 2 月　頁 91—148

569. 廖振富　林幼春、賴和與臺灣文學[29]　文學臺灣　第 17 期　1996 年 1 月
頁 177—214

570. 廖振富　新舊融通，殊途同歸：林幼春、賴和與臺灣文學　臺灣古典文學
的時代刻痕——從晚清到二二八　臺北　國立編譯館　2007 年 7
月　頁 161—191

571. 林央敏　臺語文學的誕生——臺語文學運動之一〔賴和部分〕　臺語文學
運動史論　臺北　前衛出版社　1996 年 3 月　頁 17

572. 康　原　賴和筆下的彰化城　聯合報　1996 年 4 月 4 日　33 版

---

[29]本文比較林幼春及賴和的文學生涯與對新舊文學之態度，藉以指出過去將新舊文學視爲對立的粗
疏做法。後增補爲〈新舊融通，殊途同歸：林幼春、賴和與臺灣文學〉。

573. 林載爵　不同的心靈，不同的想像：一九三四—一九三五年間臺灣文藝界
　　　　　　的複雜心靈——賴和：灰心與絕望　臺灣文學的兩種精神　臺南
　　　　　　臺南市立文化中心　1996 年 5 月　頁 344—346

574. 林瑞明　從賴和研究了解臺灣文學　種子落地——臺灣文學評論集　臺中
　　　　　　晨星出版社　1996 年 5 月　頁 43—56

575. 陳萬益　賴和舊詩的時代精神　種子落地——臺灣文學評論集　臺中　晨
　　　　　　星出版社　1996 年 5 月　頁 83—137

576. 吳　晟　從賴和的新詩談社會現實　種子落地——臺灣文學評論集　臺中
　　　　　　晨星出版社　1996 年 5 月　頁 139—170

577. 郭蘊斌　賴和散論　北京師範大學學報　1996 年第 4 期　1996 年 7 月　頁
　　　　　　41—48

578. 宋澤萊　尋找臺灣精神——賴和研究答問　文學臺灣　第 19 期　1996 年 7
　　　　　　月　頁 86—105

579. 陳兆珍　賴和小說的寫作技巧　臺灣研究集刊　1996 年第 4 期　1996 年 11
　　　　　　月　頁 70—78

580. 葉石濤　新文學作家的民族認同和階級意識〔賴和部分〕　臺灣日報
　　　　　　1996 年 11 月 18 日　23 版

581. 陳萬益　從民間來・到民間去——賴和的文學立場　中國文學史暨文學批
　　　　　　評學術研討會論文集　臺北　政治大學中國文學系　1996 年 12 月
　　　　　　頁 133—143

582. 洪珊慧　賴和文學中的諷刺風格　清華大學中國文學系 95 學年度研究生論
　　　　　　文研討會　新竹　清華大學中國文學系　1997 年 3 月 25 日

583. 洪珊慧　賴和文學中的諷刺風格　長庚護專學報　第 2 期　2000 年 3 月
　　　　　　頁 119—129

584. 陳淑娟　賴和漢詩創作的詩路歷程研究　第十三屆中部地區中文研究生論
　　　　　　文發表會　臺中　中興大學中國文學系主辦　1997 年 5 月 30—31
　　　　　　日

585. 施懿琳，楊翠　　成熟期彰化新文學的花實（1925—1937）——哺育臺灣新文學的奶母——賴和　彰化縣文學發展史（上）　彰化　彰化縣立文化中心　1997 年 5 月　頁 156—175

586. 施懿琳，楊翠　　日治中、晚期彰化地區傳統文學之發展——新舊文學論戰對彰化傳統文人的影響〔賴和部分〕　彰化縣文學發展史（上）彰化　彰化縣立文化中心　1997 年 5 月　頁 231—232

587. 施懿琳，楊翠　　日治中、晚期彰化地區傳統文學之發展——日治中期彰化傳統詩作者的兩種類型——賴和　彰化縣文學發展史（上）　彰化　彰化縣立文化中心　1997 年 5 月　頁 237—239

588. 陳兆珍　　試論賴和詩中之抗議精神[30]　臺灣的文學與歷史學術會議　臺北世新大學主辦　1997 年 5 月 10 日

589. 陳兆珍　　試論賴和詩中之抗議精神　世界新聞傳播學院人文學報　第 7 期　1997 年 7 月　頁 249—289

590. 康　原　　井的傳說——賴和詩中的古井　臺灣日報　1997 年 6 月 17 日　27 版

591. 薛順雄　　賴和舊俗文學作品的時代意義　臺灣文學中的歷史經驗　臺北文津出版社　1997 年 6 月　頁 19—46

592. 趙天儀　　賴和與臺語詩歌　種子落地——臺語詩歌專集　彰化　賴和文教基金會　1997 年 8 月　頁 7—38

593. 許俊雅　　光復前臺灣小說的中國形象〔賴和部分〕　臺灣文學論：從現代到當代　臺北　南天書局　1997 年 10 月　頁 113—114

594. 游常山　　本土文學一聲吶喊——賴和　天下雜誌　第 200 期　1998 年 1 月頁 284

595. 陳萬益　　賴和的小說藝術　種子落地——臺灣小說專集　彰化　賴和文教基金會　1998 年 4 月　頁 5—52

596. 林雙不　　彰化地區的小說精神〔賴和部分〕　種子落地——臺灣小說專集

---

[30]本文針對賴和新、舊詩的思想、內涵加以分析。全文共 4 小節。

彰化　賴和文教基金會　1998 年 4 月　頁 54—70

597. 彭瑞金　賴和——臺灣新文學的領航者　臺灣新聞報　1998 年 5 月 18 日　13 版

598. 彭瑞金　賴和——臺灣新文學的領航者　臺灣文學步道　高雄　高雄縣立文化中心　1998 年 7 月　頁 32—35

599. 彭瑞金　賴和——臺灣新文學的領航者　臺灣文學 50 家　臺北　玉山社出版公司　2005 年 7 月　頁 75—81

600. 溫儒敏　臺灣文學〔賴和部分〕　中國現代文學三十年（增訂版）　北京　北京大學出版社　1998 年 7 月　頁 652—657

601. 林政華　賴和的文學精神及其超越　臺北師院語文集刊　第 3 期　1998 年 8 月　頁 49—63

602. 林政華　賴和的文學精神及其超越　臺灣文學汲探　臺北　文史哲出版社　2002 年 3 月　頁 190—204

603. 游勝冠　日本殖民進步主義與本土主義的文化抗爭——本土主義發展脈絡中的民間文學〔賴和部分〕　民間文學與作家文學研討會論文集　新竹　清華大學中國文學系　1998 年 11 月 21—22 日　頁 55—60

604. 陳建忠　民間之歌，民族之詩——日據時期民間文學採集與新文學運動之關係初探〔賴和部分〕　民間文學與作家文學研討會論文集　新竹　清華大學中國語文學系　1998 年 11 月 21—22 日　頁 38—40

605. 陳建忠　民間之歌，民族之詩——日據時期民間文學採集與新文學運動之關係初探——新文學作家的「民間意識」及其創作：以賴和為例　日據時期臺灣作家論：現代性・本土性・殖民性　臺北　五南圖書出版公司　2004 年 8 月　頁 88—92

606. 林荊南　中國文學的「香火」緣〔賴和部分〕　林荊南作品選集雜文・詩歌卷　彰化　彰化縣立文化中心　1998 年 12 月　頁 659—661

607. 陳萬益　啟蒙與傾聽——論賴和小說的人民性　民間文學及作家文學研討會論文集　新竹　清華大學中國語文學系　1998 年 12 月　頁 87

—96

608. 陳萬益　啓蒙與傾聽——論賴和小說的人民性　種子落地——臺灣散文專集　彰化　賴和文教基金會　1999 年 8 月　頁 121—146

609. 陳萬益　臺灣魂——論賴和文學抗議的精神　邁向二十一世紀的日本研究學術研討會　臺北　輔仁大學主辦　1999 年 1 月 26 日

610. 陳萬益　臺灣魂——論賴和文學的抗議精神　賴和全集・評論卷　臺北　前衛出版社　2001 年 12 月　頁 293—310

611. 施懿琳　賴和漢詩的新思想及其寫作特色[31]　中正大學中文學術年刊　第 2 期　1999 年 3 月　頁 151—189

612. 施懿琳　賴和漢詩的新思想及其寫作特色　臺灣文學研習專輯　臺中　臺中圖書館　1999 年 8 月　頁 131—170

613. 施懿琳　賴和漢詩的新思想及其寫作特色　從沈光文到賴和　高雄　春暉出版社　2000 年 6 月　頁 405—454

614. 施懿琳　賴和漢詩的新思想及其寫作特色　賴和全集・評論卷　臺北　前衛出版社　2001 年 12 月　頁 67—120

615. 吳承穎　日治時期臺灣文學的特質——以賴和作品爲例　中央大學歷史研究所研究生論文發表會　桃園　中央大學歷史研究所主辦　1999 年 4 月

616. 陳建忠　啓蒙知識分子的歷史道路——從「知識分子」的形象塑造論魯迅與賴和的思想特質[32]　孤獨的帝國：第二屆全國大專學生文學獎得獎作品專集　臺北　行政院文建會　1999 年 5 月　頁 435—452

617. 陳建忠　啓蒙知識分子的歷史道路——從「知識分子」的形象塑造論魯迅與賴和的思想特質　賴和全集・評論卷　臺北　前衛出版社

---

[31]本文以賴和的手稿及《賴和漢詩初編》作爲基礎材料，探討其主題思想及寫作特色，在臺灣文學史上所代表的意義與呈現的價值。全文共 4 小節：1.前言；2.舊形式所呈現的新思想；3.賴和漢詩的寫作特色；4.結語。

[32]本文從賴和與魯迅的作品中塑造「知識分子」的形象，進而剖析兩人的思想特質之異同。全文共 4 小節：1.前言；2.異端之死：魯迅「歸鄉小說」中啓蒙者的形象與命運；3.以本土抵殖民：論賴和之「知識分子批判」的思想特質；4.結語。

2001 年 12 月　頁 207—231

618. 陳建忠　啓蒙知識份子的歷史道路——從「知識份子」的形象塑造論魯迅
　　　　　與賴和的思想特質　日據時期臺灣作家論：現代性‧本土性‧殖
　　　　　民性　臺北　五南圖書出版公司　2004 年 8 月　頁 17—62

619. 范欽林　現實主義鄉土小說的兩地先驅——魯迅、賴和鄉土小說比較論
　　　　　南通師範學院學報　1999 年第 6 期　1999 年 6 月　頁 50—55，61

620. 黃麗禎　弱肉久矣恣強食——論賴和小說及漢詩中對法律之看法　朝霞集
　　　　　——國立師範大學國文科資優保送生作品集第七集　〔無出版地
　　　　　及出版單位〕　1999 年 6 月　頁 113—124

621. 方　忠　百年臺灣文學發展論——現代意識與民族詩風〔賴和部分〕　百
　　　　　年中華文學史論：1898—1999　上海　華東師範大學出版社
　　　　　1999 年 9 月　頁 43—44

622. 蕭　蕭　賴和史詩與楊華小詩　中學生現代詩手冊　臺南　翰林出版公司
　　　　　1999 年 9 月　頁 67—70

623. 康　原　賴和筆下的八卦山　臺灣文藝　第 165 期　1999 年 10 月　頁 11
　　　　　—18

624. 陳芳明　啓蒙實驗時期的文學〔賴和部分〕　聯合文學　第 180 期　1999
　　　　　年 10 月　頁 160—165

625. 張鵬智，趙遐秋　賴和——臺灣新文學的偉大奠基人　臺灣鄉土文學八大
　　　　　家——鄉土意識與愛國主義　北京　臺海出版社　1999 年 11 月
　　　　　頁 3—20

626. 劉紋綜　論賴和小說中的兩種形象——知識份子與「鱸鰻」　第四屆靜宜
　　　　　大學中國文學研究所研究生論文研討會　臺中　靜宜大學主辦
　　　　　1999 年 12 月 11 日

627. 游勝冠　啊！時代進步和人們的幸福原來是兩回事——賴和面對殖民現代
　　　　　化的態度初探[33]　殖民地經驗與臺灣文學：第一屆臺杏臺灣文學學

---

[33]本文旨在透過王詩琅質疑賴和為「啓蒙知識份子」的問題，重新思索賴和面對殖民現代性與本土

　　　　　術會議論文集　臺北　遠流出版公司　2000 年 2 月　頁 235—256

628. 游勝冠　啊！時代的進步和人們的幸福原來是兩回事——賴和面對殖民現
　　　　　代化的態度初探　賴和全集・評論卷　臺北　前衛出版社　2001
　　　　　年 12 月　頁 237—259

629. 陳茂雄　自卑感與優越感　民眾日報　2000 年 4 月 3 日　17 版

630. 林瑞明　《賴和全集》序　賴和全集〔全 6 卷〕　臺北　前衛出版社
　　　　　2000 年 6 月　〔3〕頁

631. 游勝冠　賴和的去殖民文學　殖民進步主義與日據時代臺灣文學的文化抗
　　　　　爭　清華大學中國文學系　博士論文　呂興昌教授指導　2000
　　　　　年 6 月　頁 159—212

632. 廖淑芳　魯迅、賴和鄉土經驗的比較——以其民俗與迷信書寫為例　臺灣
　　　　　文學學報　第 1 期　2000 年 6 月　頁 215—237

633. 陳韻如　在諷刺中呈顯現實——論賴和短篇小說中的「反諷」[34]　東吳中文
　　　　　研究集刊　第 7 期　2000 年 6 月　頁 171—188

634. 陳韻如　在諷刺中呈顯現實——論賴和短篇小說中的「反諷」　中國現代
　　　　　文學理論　第 19 期　2000 年 9 月　頁 449—469

635. 賴悅顏　重建臺灣精神——序《賴和全集》小說卷　自立晚報　2000 年 7
　　　　　月 22 日　15 版

636. 曉　冰　被迫害的臺灣文學心靈——淺談賴和精神　淡水牛津文藝　第 8
　　　　　期　2000 年 7 月　頁 149—150

637. 梁明雄　賴和及其時代的臺灣漢語民間文學初探　海峽兩岸民間文學學術
　　　　　研討會論文集　桃園　元智大學中國語文學系　2000 年 7 月　頁
　　　　　175—190

638. 梁明雄　賴和及其時代的臺灣漢語民間文學初探　臺灣文學與文化論集

性的態度。全文共 5 小節：1.緒論；2.不能以「近代意識型態」規範的賴和；3.在普遍主義的平
等的基礎上要求差異承認；4.被佔統治地位的認同所扼殺的臺灣獨特性；4.結論。
[34]本文旨在探討賴和寫實風格中所傳達的反面意義。全文共 5 小節：1.何謂「反諷」？；2.賴和小
說中「反諷」的運用；3.以「反諷」進行批判；4.賴和筆下「反諷」的特色；5.結語。

屏東　屏東縣文化局　2002 年 9 月　頁 60—79

639. 李玉屏　臺灣新文學之父——賴和　國語日報　2000 年 8 月 19 日　5 版

640. 葉彥邦　論日本糖業帝國主義下臺灣農民的經濟地位——以賴和筆下的蔗農為例　輔仁大學人文學報　第 5 卷第 24 期　2000 年 8 月　頁 65—98

641. 劉慧真　鍛造一把全新的秤子——賴和的行動文學　聯合報　2000 年 9 月 3 日　37 版

642. 張明雄　日治時期初步發展期的臺灣小說——民族意識的覺醒——賴和的小說　臺灣現代小說的誕生　臺北　前衛出版社　2000 年 9 月　頁 26—36

643. 翁聖峰　賴和批評江亢虎的語言策略[35]　「臺灣文學研究工作室」網站 http://ws.twl.ncku.edu.tw　2000 年 10 月 19 日

644. 王澄霞　賴和——臺灣新文學的奶母　臺港澳文學教程　上海　漢語大辭典出版社　2000 年 10 月　頁 30—32

645. 鍾怡彥　賴和漢詩中的農業問題　第十九屆中區中文研究生論文發表會論文集　臺中　中興大學中文系　2000 年 11 月 25—26 日　頁 270—294

646. 陳淑娟　臺灣命運的思考與社會現象之反映[36]　水筆仔：臺灣文學研究通訊　第 11 期　2000 年 11 月　頁 8—15

647. 黃惠禎　日本學界對賴和的評論　水筆仔：臺灣文學研究通訊　第 11 期　2000 年 11 月　頁 39—43

648. 鍾肇政　臺灣文學之父賴和和他的時代　臺灣文學十講　臺北　前衛出版社　2000 年 11 月　頁 79—117

649. 鍾肇政　臺灣文學之父賴和和他的時代　鍾肇政全集‧演講集　桃園　桃園縣文化局　2002 年 11 月　頁 70—102

---

[35]本文論述賴和反諷手法的語言策略。
[36]本文就賴和漢詩中對歷史的反思，探討其對臺灣命運自主性的思考，以及對臺灣社會現象的批判。

650. 林莊生　賴和的舊詩　兩個海外臺灣人的閒情心思　臺北　前衛出版社
　　　2000 年 12 月　頁 199—208

651.〔編輯部〕　臺灣新文學之父——賴和　經典　第 31 期　2001 年 2 月　頁
　　　58—59

652. 藍建春　文學史與賴和——以「臺灣新／現代文學史之父」的論述爲例
　　　臺灣文學學報　第 2 期　2001 年 2 月　頁 1—31

653. 廖振富　臺灣中部地區的古典詩人及其作品（下）〔賴和部分〕　國文天
　　　地　第 189 期　2001 年 2 月　頁 59

654. 陳淑娟　賴和漢詩的臺灣自主性思想研究[37]　彰化文獻　第 2 期　2001 年 3
　　　月　頁 173—216

655. 安　萍　現實主義精神的一脈相承——談魯迅對賴和小說的影響　井岡山
　　　師範學院學報　第 22 卷第 2 期　2001 年 4 月　頁 43—47

656. 方麗娟　五四運動對臺灣新文學運動之影響與論爭〔賴和部分〕　馬偕護
　　　理專科學校學報　第 1 期　2001 年 5 月　頁 37—51

657. 丁　帆　賴和鄉土小說的抗爭面影　中國大陸與臺灣鄉土小說比較史論
　　　南京　南京大學出版社　2001 年 5 月　頁 52—57

658. 陳建忠　先知的獨白——賴和散文中的抒情性格與知性特質　自由時報
　　　2001 年 5 月 27 日　35 版

659. 陳建忠　先知的獨白——賴和散文論[38]　時代與世代：臺灣現代散文學術研
　　　討會　臺北　東吳大學中國文學系　2003 年 10 月 25 日　19 頁

660. 陳建忠　先知的獨白：賴和散文論　時代與世代：臺灣現代散文學術研討
　　　會論文集　臺北　東吳大學中國文學系　2003 年 12 月　頁 191—
　　　226

---

[37]本文透過賴和的漢詩作品，從歷史、中國及臺灣等角度進行考察，以探究賴和產生臺灣自主性思
考的軌跡，及追尋與重建臺灣主體性的過程。全文共 5 小節：1.前言；2.對歷史的反思；3.知
「中國」之不可憑；4.對臺灣命運的思考；5.結語。正文後附錄賴和漢詩手稿簡表。
[38]本文從整理歸納賴和散文的主題出發，旨在探討賴和所發展的散文藝術與思想。全文共 5 小節：
1.前言：臺灣現代散文傳統與諸問題；2.歷史的喟嘆：賴和散文的抒情性格與知性特質；3.黑暗
之光：賴和詩化散文〈前進！〉的時代感；4.賴和的寫人散文；5.結語。

661. 劉昭仁　　賴和的文學世界　修辭論叢（第三輯）　臺北　洪葉文化公司
　　　2001 年 6 月　頁 823—872

662. 葉　笛　　被俘囚的詩人賴和　創世紀　第 128 期　2001 年 9 月　頁 133—
　　　140

663. 葉　笛　　被俘囚的詩人賴和　臺灣早期現代詩人論　高雄　春暉出版社
　　　2003 年 10 月　頁 133—140

664. 葉　笛　　被俘囚的詩人賴和　葉笛全集・評論卷 1　臺南　臺灣國家文學館
　　　籌備處　2007 年 5 月　頁 6—26

665. 石美玲　　賴和小說中的方言運用　臺灣歷史與文學研習專輯　臺北，臺中
　　　行政院文建會，臺中圖書館　2001 年 10 月　頁 187—233

666. 廖淑芳　　理想主義的荊棘之路——賴和左翼思想兼探　賴和全集・評論卷
　　　臺北　前衛出版社　2001 年 12 月　頁 147—182

667. 楊　翠　　裂縫與出口——試探日治時期臺灣知識份子的精神構圖：以林幼
　　　春、賴和為例　中臺灣古典文學學術研討會論文集　臺中　臺中
　　　縣文化局　2002 年 3 月　頁 278—279，300—315

668. 林政華　　賴和新近出土的新詩　臺灣文學汲探　臺北　文史哲出版社
　　　2002 年 3 月　頁 63—67

669. 游勝冠　　我生不幸為俘囚，豈關種族他人優——由歷史的差異性看賴和不
　　　同於魯迅的啓蒙立場　國文天地　第 202 期　2002 年 3 月　頁 4
　　　—8

670. 陳建忠　　反殖民文學的文學形式——論賴和小說中的對話性敘事　國文天
　　　地　第 202 期　2002 年 3 月　頁 9—16

671. 陳淑娟　　頭顱換得自由身，始是人間一個人——賴和漢詩中的人本思想
　　　國文天地　第 202 期　2002 年 3 月　頁 23—29

672. 薛順雄　　賴和「抗日」漢詩舊詩探析[39]　中華文化與文學學術研討系列——

---

[39]本文歸納擷取賴和漢詩中的主題，探析詩文中所呈現的生命經驗及其思想與行為。全文共 7 小
節：1.前言；2.自憐身世太淒涼；3.身世比人原是福；4.廈門雜詠；5.自自由由幸福身；6.天與臺

第八次會議：日治時期臺灣傳統文學　臺中　東海大學中國文學系　2002 年 4 月 13 日

673. 薛順雄　賴和「抗日」漢語舊詩探析　日治時期臺灣傳統文學論文集　臺北　文津出版社　2003 年 2 月　頁 1—27

674. 楊宗翰　賴和的另一張臉　臺灣現代詩史：批判的閱讀　靜宜大學中國文學研究所　碩士論文　陳俊啓教授指導　2002 年 4 月　頁 9—20

675. 楊宗翰　賴和的另一張臉　臺灣現代詩史：批判的閱讀　臺北　巨流圖書公司　2002 年 6 月　頁 25—51

676. 願　清　「五四」大旗下的臺灣作家賴和　陝西教育學院學報　第 18 卷第 2 期　2002 年 5 月　頁 52—54

677. 樊洛平　臺灣新文學的奠基人賴和　簡明臺灣文學史　北京　時事出版社　2002 年 6 月　頁 81—88

678. 石美玲　賴和小說中的閩南語詞彙解讀及其特點分析　興大人文學報　第 32 期　2002 年 6 月　頁 197—245

679. 趙遐秋，呂正惠　臺灣文學革命和臺灣新文學的誕生〔賴和部分〕　臺灣新文學思潮史綱　臺北　人間出版社　2002 年 6 月　頁 60—62

680. 莊永清　賴和漢詩詩觀及其漢文化意識[40]　高苑學報　第 8 期　2002 年 7 月　頁 163—186

681. 劉紅林　「臺灣的魯迅」——賴和文化思想論　臺灣研究集刊　2002 年第 3 期　2002 年 8 月　頁 15—22

682. 林政華　關懷人道的臺灣新文學之父——賴和　臺灣新聞報　2002 年 9 月 9 日　13 版

683. 林政華　關懷人道的臺灣新文學之父——賴和　臺灣古今文學名家百人百篇　桃園　開南管理學院通識教育中心　2003 年 3 月　頁 13

灣原獨立；7.結語。

[40]本文旨在探討賴和的漢詩詩觀及其漢文化意識。全文共 4 小節：1.前言；2.賴和的漢詩觀：同於新文學「文學就是社會的縮影」，並以寄閒情；3.賴和漢詩所呈現的文化意識與國家意識；4.結語。

684. 陳建忠　　另一個人間——文學行旅之一〔賴和部分〕　臺灣日報　2002 年
　　　　　　　10 月 8 日　25 版

685. 蕭　蕭　　賴和呈現的現實主義美學　臺灣月刊　第 238 期　2002 年 10 月
　　　　　　　頁 4—7

686. 陳建忠　　解構殖民主義神話——論賴和文學的反殖民主義思想　中外文學
　　　　　　　第 31 卷第 6 期　2002 年 11 月　頁 93—131

687. 劉紅林　　論賴和研究的必要性和緊迫性　新視野、新開拓：第 12 屆世界華
　　　　　　　文文學國際學術研討會論文集　上海　復旦大學出版社　2002 年
　　　　　　　11 月　頁 346—351

688. 陳建忠　　古典詩學與文化抵抗：賴和漢詩的文學與時代意涵[41]　20 世紀臺
　　　　　　　灣歷史與人物——第六屆中華民國史專題論文集　臺北　國史館
　　　　　　　2002 年 12 月　頁 481—523

689. 黃惠禎　　楊逵與賴和的文學因緣[42]　臺灣文學學報　第 3 期　2002 年 12 月
　　　　　　　頁 143—168

690. 陸傳傑　　深耕文學鄉土——詩詠庶民滄桑——臺灣新文學之父賴和　大地
　　　　　　　地理雜誌　第 179 期　2003 年 2 月　頁 16—39

691. 彭明偉　　賴和小說三論　臺灣文藝　第 186 期　2003 年 2 月　頁 50—58

692. 黎湘萍　　從中文到日文：高壓下的文學策略〔賴和部分〕　文學臺灣——
　　　　　　　臺灣知識者的文化敘事與理論想像　北京　人民文學出版社
　　　　　　　2003 年 3 月　頁 92—93

693. 陳沛淇　　語言實驗的先鋒——論賴和新詩中的風格與形式　日治時期新詩
　　　　　　　之現代性符號探尋　南華大學文學研究所　碩士論文　陳明柔教

---

[41] 本文透過賴和漢詩階段性的發展，對賴和漢詩的古典詩學與文化抵抗的意義進行論述。全文共 5
小節：1.遺老的氣質：賴和的漢學教養與古典詩學；2.閒愁於只詩能遺：賴和醫學校時期前後
「詠懷詩」中的遺民意識；3.新中國經驗：論賴和廈門時期漢詩；4.賴和「詠史詩」呈現的歷史
情懷與歷史建構；5.賴和「反殖民詩」中的新語言與新思想；6.「變相」的真相：代結語。
[42] 本文從楊逵的作品探討二人在文學史上的關係，除一窺楊逵的文學淵源，也有助於了解賴和在文
學史上的地位。全文共 8 小節：1.前言；2.楊逵和賴和之交遊；3.賴和與《臺灣新文學》雜誌；4.
賴和指導楊逵的文學創作；5.命名之父與〈送報伕〉；6.楊逵對於賴和文學的介紹；7.楊逵遺稿
〈賴和先生的木屐〉；8.結語。

授指導　2003 年 6 月　頁 134—141

694. 葉俊谷　迷信下的反動——試析賴和的迷信書寫　中外文學　第 32 卷第 1
期　2003 年 6 月　頁 127—143

695. 王景山　賴和　臺港澳暨海外華文作家辭典　北京　人民文學出版社
2003 年 7 月　頁 257—259

696. 朱雙一　賴和在鷺島——確立關心民眾、醫治國病的方向　閩臺文學的文
化親緣　福州　福建人民出版社　2003 年 7 月　頁 264—268

697. 戶田一康　賴和的日文能力——從日本語教育的觀點來看臺灣文學　東吳
日語教育學報　第 26 期　2003 年 7 月　頁 275—300

698. 王宗法　賴和　20 世紀中國文學通史　上海　東方出版中心　2003 年 9 月
頁 598—600

699. 康　原　文學彰化的新地標——前進：簡介賴和先生與精神堡壘　生活彰
化　第 7 期　2003 年 9 月　頁 22—23

700. 陳建忠　立足本土，瞭望世界：賴和文學與世界文學的關係初探[43]　2003
年彰化研究學術研討會論文集　彰化　彰化縣文化局　2003 年 9
月　頁 265—278

701. 下村作次郎，中島利郎，黃英哲　賴和——臺灣新文學之父　臺灣文學百
年顯影　臺北　玉山社出版公司　2003 年 10 月　頁 47—64

702. 郭侑欣　從賴和漢詩探究他的國族認同　仁德學報　第 2 期　2003 年 10 月
頁 193—206

703. 蕭　蕭　臺灣現實主義詩作的美學[44]〔賴和部分〕　中華現代文學大系
（貳）·臺灣一九八九—二〇〇三評論卷（一）　臺北　九歌出版
社　2003 年 10 月　頁 290—296

704. 蕭　蕭　賴和顯現的現實主義美學　臺灣新詩美學　臺北　爾雅出版社

---

[43] 本文探討賴和的教育過程中如何養成世界視野，並就賴和文學與世界文學的關係作基本的梳理，
旨在從賴和文學出發進行比較文學研究。全文共 4 小節：1.前言；2.啟蒙者的誕生：日本殖民教
育與世界視野的養成；3.賴和對世界文學／思潮的接受；4.結語。

[44] 本文後改篇名為〈賴和顯現的現實主義美學〉。

2004 年 2 月　頁 171—180

705. 吳月蕙　波瀾壯闊的臺灣客家新文學〔賴和部分〕　中央日報　2003 年 11 月 6 日　17 版

706. 劉紅林　「爲大眾」的文學語言觀——論賴和對臺灣話文的主張　世界華文文學論壇　2003 年第 3 期　2003 年　頁 20—23

707. 劉紅林　賴和與魯迅　學海　2003 年第 5 期　2003 年　頁 167—171

708. 陳建忠　在毀滅中頌揚新生——賴和敘事詩與臺灣文學的反抗詩學　臺灣文學館通訊　第 6 期　2004 年 3 月　頁 17—33

709. 陳淑娟　賴和漢詩之藝術成就　第 13 屆詩學會議——日治時期臺灣傳統詩研討會　彰化　彰化師範大學國文學系主辦　2004 年 5 月 29 日

710. 陳萬益　賴和詩作考述　第 13 屆詩學會議——日治時期臺灣傳統詩研討會　彰化　彰化師範大學國文學系主辦　2004 年 5 月 29 日

711. 林瑞明　賴和漢詩的時代精神　第 13 屆詩學會議——日治時期臺灣傳統詩研討會　彰化　彰化師範大學國文學系主辦　2004 年 5 月 29 日

712. 林思慧　賴和特輯———一枝筆，寫出一個時代　少年臺灣　第 24 期　2004 年 5 月　頁 18—41

713. 陳建忠　日治時期臺灣文學（1895—1945）——賴和與臺灣新文學　臺灣的文學　臺北　群策會李登輝學校　2004 年 5 月　頁 52—57

714. 陳芳明　現代性與日據臺灣第一世代作家——兩種文學批判的典型：張我軍與賴和　殖民地摩登：現代性與臺灣史觀　臺北　麥田出版公司　2004 年 6 月　頁 42—47

715. 陳淑娟　賴和漢詩中的「酒」字探析——兼論其生命觀及處世哲學[45]　國文學誌　第 8 期　2004 年 6 月　頁 195—240

716. 劉紅林　賴和新詩的藝術成就　臺灣研究集刊　2004 年第 2 期　2004 年 6 月　頁 99—104

---

[45] 本文探討「酒」在賴和詩中的意義，進而推導其生命哲學。全文共 5 小節：1.前言；2.「酒」在賴和漢詩中的特殊意義；3.賴和的生命觀；4.賴和對魏晉詩人的精神認同；5.結語。

717. 黃文吉　八卦山在臺灣古典詩中之意義〔賴和部分〕　國文學誌　第 8 期　2004 年 6 月　頁 241—272

718. 林瑞明　賴和的兩次入獄　重現臺灣史——賴和 1894—1943　臺北　牛頓出版公司　2004 年 7 月　頁 30—32

719. 陳建忠　殖民現代性與本土性：臺灣文學的歷史命題——反思啓蒙的賴和傳統與本書題旨　日據時期臺灣作家論：現代性・本土性・殖民性　臺北　五南圖書出版公司　2004 年 8 月　頁 14—16

720. 陳旻志　賴和小說與臺灣國民性的論證　白沙人文社會學報　第 3 期　2004 年 10 月　頁 231—240

721. 陳萬益　賴和與魯迅：以「國民性」話語爲中心比較　臺灣文學研究新途徑國際研討會　德國　中央研究院中國文哲研究所，德國波鴻魯爾大學中國語文學系主辦　2004 年 11 月 8—9 日

722. 陸士清　「去中國化」的表演——評「文化臺獨」對賴和的歪曲　世界華文文學論壇　2004 年第 4 期　2004 年 12 月　頁 20—24

723. 周　青　賴和——臺灣新文學的一代宗師——紀念賴和先生誕辰一○○週年　文史論集　臺北　海峽學術出版社　2004 年 12 月　頁 223—226

724. 吳龍，韓春萌　反帝愛國精神的文化寫照——論臺灣「新文學奠基人」賴和的小說創作　山東教育學院學報　2004 年第 1 期　2004 年　頁 100—102

725. 蔣朗朗　臺灣日據時期小說文本精神內涵的解讀——以受難感爲例〔賴和部分〕　海南師範學院學報　2005 年第 1 期　2005 年 3 月　頁 72—81

726. 康　原　文學帶動彰化——賴和彰化作品之旅（1—4）　臺灣日報　2005 年 5 月 1—4 日　15，17，19 版

727. 邱各容　四○年代（含以前）的臺灣兒童文學——臺籍兒童文學作家：賴和　臺灣兒童文學史　臺北　五南圖書出版公司　2005 年 6 月

頁 16—19

728. 黃秀燕　　賴和小說中的表現手法　中國語文　第 97 卷第 2 期　2005 年 8 月
　　　　　　　頁 40—44

729. 王德威　　大病文人醫〔賴和部分〕　臺灣：從文學看歷史　臺北　麥田出
　　　　　　　版公司　2005 年 9 月　頁 91—92

730. 王美惠　　臺灣新文學「反迷信」主題的書寫——以賴和、楊守愚比較爲例
　　　　　　　崑山科技大學學報　第 2 期　2005 年 11 月　頁 151—168

731. 楊宗翰　　冒現期臺灣新詩史——賴和與虛谷　創世紀　第 145 期　2005 年
　　　　　　　12 月　頁 154—158

732. 楊明璋　　論賴和小說敘述的多語言現象　國文天地　第 249 期　2006 年 2
　　　　　　　月　頁 20—24

733. 朱雙一，朱羽　　抗議與隱忍——日據下臺灣文學的兩種主要精神〔賴和部
　　　　　　　分〕　海峽兩岸新文學思潮的淵源和比較　廈門　廈門大學出版
　　　　　　　社　2006 年 3 月　頁 177

734. 黃萬華　　日佔區文學——楊逵、吳濁流和日據時期臺灣文學〔賴和部分〕
　　　　　　　中國現當代文學・第 1 卷（五四—1960 年代）　濟南　山東文藝
　　　　　　　出版社　2006 年 3 月　頁 358

735. 解昆樺　　欲語還休顯隱不定的革命敘事——賴和小說中的法律經驗與反抗
　　　　　　　童話　笠　第 252 期　2006 年 4 月　頁 111—115

736. 金尙浩　　賴和與朝鮮「詩僧」韓龍雲民族意識新詩之比較研究　後殖民的
　　　　　　　東亞在地化思考：臺灣文學場域　臺南　國家臺灣文學館籌備處
　　　　　　　2006 年 4 月　頁 73—111

737. 陳萬益　　論賴和的臺灣意識與臺灣人意識　後殖民的東亞在地化思考：臺
　　　　　　　灣文學場域　臺南　國家臺灣文學館籌備處　2006 年 4 月　頁
　　　　　　　198—210

738. 陳健珍　　日據時期新詩反抗意識遞嬗——賴和　日據時期臺灣新詩中的反
　　　　　　　抗與耽美意識　佛光人文社會學院文學系　碩士論文　陳信元教

授指導　2006 年 6 月　頁 69

739. 黃惠禎　承先與啓後：楊逵與戰後初期臺灣文學系譜〔賴和部分〕　臺灣文學學報　第 8 期　2006 年 6 月　頁 8—20

740. 林明志　賴和精神，臺灣文化協會縮影　書香遠傳　第 41 期　2006 年 10月　頁 6—7

741. 林淑慧　日治時期臺灣醫生作家的散文書寫策略〔賴和部分〕　臺灣學研究通訊　第 1 期　2006 年 10 月　頁 20—36

742. 黃文成　日據時期——賴和論　受刑與書寫——臺灣監獄文學考察（1895—2005）　中國文化大學中國文學研究所　博士論文　康來新教授指導　2006 年　頁 59—63

743. 黃文成　日據時期（1895—1948）——日據時期（上）——賴和論　關不住的繆思——臺灣監獄文學縱橫論　臺北　秀威資訊科技公司　2008 年 4 月　頁 49—55

744. 翁聖峰　新舊文學論爭激烈期——相互批判〔賴和部分〕　日據時期臺灣新舊文學論爭新探　臺北　五南圖書出版公司　2007 年 1 月　頁118—125

745. 翁聖峰　高中國文賴和教材試論[46]　國民教育通訊　第 47 卷第 3 期　2007年 2 月　頁 57—62

746. 翁聖峰　八四課程標準高中《國文》賴和教材試論　2007 彰化文學國際學術研討會　彰化　國家臺灣文學館，彰化師範大學國文系暨臺灣文學研究所主辦　2007 年 6 月 8—9 日

747. 翁聖峰　八四課程標準高中《國文》賴和教材試論　彰化文學大論述　臺北　五南圖書出版公司　2007 年 11 月　頁 552—565

748. 陳建忠　差異的文學現代性經驗——日治時期臺灣小說史論（1895—1945）——啓蒙、左翼、都市與「皇民化主題」：新文學運動中的

[46]本文以「賴和作品」為例，探討南一、翰林、龍騰、三民以正中版本的高中《國文》課本及《教師手冊》編輯狀況。全文共 5 小節：1.前言；2.時代論；3.作品論；4.作家論；5.結論。後改篇名為〈八四課程標準高中國文賴和教材試論〉，內容略作增修。

小說類型與多重現代性[47]〔賴和部分〕　臺灣小說史論　臺北　麥
田出版公司　2007 年 3 月　頁 31—34

749. 陳建忠　　差異的文學現代性經驗——現代臺灣小說——啓蒙小說與反封
建、抵殖民〔賴和部分〕　文學@臺灣：11 位新銳臺灣文學研究
者帶你認識臺灣文學　臺南　國立臺灣文學館　2008 年 9 月　頁
81—83

750. 梁明雄　　臺灣文學鄉土性的考察——以日治時期作家作品爲例〔賴和部
分〕　稻江學報　第 2 卷第 1 期　2007 年 4 月　頁 97—109

751. 王昶雄著；葉笛譯　　賴和及其同時代作家——日據時期臺灣文學國際學術
會議演講稿　葉笛全集‧翻譯卷 1　臺南　國家臺灣文學館籌備處
2007 年 5 月　頁 489—491

752. 陳萬益　　論 1930 年代初期的新詩運動——以《臺灣新民報》曙光欄爲主的
討論[48]　2007 彰化文學國際學術研討會　彰化　國家臺灣文學
館，彰化師範大學國文系暨臺灣文學研究所主辦　2007 年 6 月 8
—9 日　17 頁

753. 陳萬益　　論 1930 年代初期的新詩運動——以《臺灣新民報》曙光欄爲主的
討論　彰化文學大論述　臺北　五南圖書出版公司　2007 年 11 月
頁 165—174

754. 秋吉收　　「臺灣的魯迅」——賴和與大陸新文學的關係[49]　2007 彰化文學
國際學術研討會　彰化　國家臺灣文學館，彰化師範大學國文系
暨臺灣文學研究所主辦　2007 年 6 月 8—9 日

755. 秋吉收　　賴和與徐玉諾——「臺灣的魯迅」與大陸新文學的關係　彰化文

---

[47] 本文部分後作爲〈差異的文學現代性經驗——現代臺灣小說——啓蒙小說與反封建、抵殖民〉基
礎，在內容上略有增刪。
[48] 本文從文學運動史的角度，探討曾在《臺灣新民報》「曙光」欄發表作品的作家，如賴和、楊守
愚、陳虛谷等人，其文學成就與彼此的交誼。
[49] 本文旨在剖析賴和受到大陸作家魯迅、徐玉諾的影響。全文共 5 小節：1.前言；2.賴和與大陸新
文學；3.賴和與魯迅；4.賴和與徐玉諾；5.結論。本文後改篇名爲〈賴和與徐玉諾——「臺灣的
魯迅」與大陸新文學的關係〉。

學大論述　臺北　五南圖書出版公司　2007 年 11 月　頁 119—
142

756. 朱雙一　　從旅行（居）文學看彰化作家的民族認同和現代性接受——以日
本和中國大陸經驗爲中心[50]〔賴和部分〕　2007 彰化文學國際學
術研討會　彰化　國家臺灣文學館，彰化師範大學國文系暨臺灣
文學研究所主辦　2007 年 6 月 8—9 日　23 頁

757. 朱雙一　　從旅行（居）文學看彰化作家的民族認同和現代性接受——以日
本和中國大陸經驗爲中心〔賴和部分〕　彰化文學大論述　臺北
五南圖書出版公司　2007 年 11 月　頁 393—521

758. 朱雙一　　從旅行文學看日據時期臺灣文人的民族認同——以彰化文人的日
本和中國大陸經驗爲中心〔賴和部分〕　臺灣研究集刊　2008 年
第 2 期　2008 年 6 月　頁 1—9，44

759. 呂美親　　賴和臺語小說ê實踐困境　日本時代臺語小說研究　清華大學臺灣
文學研究所　碩士論文　陳萬益，李勤岸教授指導　2007 年 7 月
頁 128—148

760. 賴玉樹　　名山詩繼古人風——讀賴和詠史詩　萬能學報　第 29 期　2007 年
7 月　頁 107，109—121

761. 陳建忠　　反殖民戰線的內部批判：賴和如何思考文化協會的問題　共和國
第 55 期　2007 年 7 月　頁 14—16

762. 黃頌顯　　日治時期臺灣新文學運動——以 1920 年代爲中心——賴和、楊雲
萍、陳虛谷民族自決主義思想　明道日本語教育　第 1 期　2007
年 9 月　頁 175—177

763. 陳沛淇　　從「本文的內部規律」論賴和新詩的現實性[51]　臺灣詩學學刊　第
10 期　2007 年 11 月　頁 53—76

---

[50]本文後改篇名爲〈從旅行文學看日據時期臺灣文人的民族認同——以彰化文人的日本和中國大陸
經驗爲中心〉。

[51]本文旨在探討賴和詩作中對現實主義的實踐程度，並以此衡量現實主義寫作群體的思想意識。全
文共 4 小節：1.本文的「言外之意」；2.「現實主義文學」下的賴和；3.內部對立的本文；4.「賴
和的現實主義文學」。

764. 謝惠貞　　賴和漢詩中 e5 親情展現　成大清大臺灣文學研究生研討會　臺南
　　　　　　　成功大學臺灣文學所主辦　2007 年 12 月 22—23 日

765. 趙稀方　　在殖民地臺灣，「啓蒙」如何可能？：賴和對於臺灣文學史敘述的
　　　　　　　挑戰[52]　中國社會科學院文學研究所學刊　北京　中國社會科學出
　　　　　　　版社　2007 年 12 月　頁 326—345

766. 趙稀方　　啓蒙主義與殖民主義——賴和對於臺灣文學史敘述的挑戰　臺灣
　　　　　　　文學現代性學術研討會論文集　廈門　廈門大學臺灣研究中心，
　　　　　　　廈門大學臺灣研究院　2008 年 7 月 4—8 日　頁 23—37

767. 許維德　　賴和漢族意識之內涵的探究——以其生命史爲主軸的研究　樂・
　　　　　　　生・怒・活：2008 年文化研究會議　臺北　文化大學大眾傳播
　　　　　　　系，文化研究學會主辦　2008 年 1 月 5—6 日

768. 呂焜霖　　用通俗交換語言：三〇年代的漢文臺語歌詩——桃花過渡：三〇
　　　　　　　年代臺語歌詩的形式與啓蒙訴求，以賴和、楊華、楊守愚爲例
　　　　　　　戰後臺語歌詩的成因與發展——兼論向陽與路寒袖的創作　清華
　　　　　　　大學臺灣文學研究所　碩士論文　賀淑瑋教授指導　2008 年 1 月
　　　　　　　頁 67—89

769. 王幸華　　他者／主體的情境場域：醫師作家的醫病書寫——賴和與其醫病
　　　　　　　書寫　日治時期臺灣新文學之醫病書寫研究　東海大學中國文學
　　　　　　　系　博士論文　陳萬益，李立信教授指導　2008 年 1 月　頁 146
　　　　　　　—169

770. 葉石濤　　我看臺灣小說界〔賴和部分〕　葉石濤全集・隨筆卷一　臺南，
　　　　　　　高雄　國立臺灣文學館，高雄市文化局　2008 年 3 月　頁 375—
　　　　　　　376

771. 葉石濤　　新文學作家的民族認同和階級意識〔賴和部分〕　葉石濤全集・
　　　　　　　隨筆卷四　臺南，高雄　國立臺灣文學館，高雄市文化局　2008

[52]本文探析賴和論述中如何遮蔽「民族主義」的過程，提出在殖民地臺灣「啓蒙」如何可能的問題。後改篇名爲〈啓蒙主義與殖民主義——賴和對於臺灣文學史敘述的挑戰〉，內容有所增刪。

年 3 月　頁 350—351

772. 葉石濤　走過紛爭歲月，邁向多元世代——臺灣文學的回顧與前瞻〔賴和部分〕　葉石濤全集・評論卷三　臺南，高雄　國立臺灣文學館，高雄市文化局　2008 年 3 月　頁 286

773. 彭瑞金　高雄文學史現代篇發展概述——臺灣新文學史的展開〔賴和部分〕　高雄市文學史——現代篇　高雄　高雄市立圖書館　2008 年 5 月　頁 29—31

774. 梁明雄　文學與時代——日據時期臺灣現代文學的發展——新文學三傑（張我軍、賴和、楊雲萍）的開創實績　稻江學報　第 3 卷第 1 期　2008 年 6 月　頁 300—306

775. 陳建忠　戰後初期現實主義思潮與臺灣文學場域的再建築——文學史的一個側面（1945—1949）〔賴和部分〕　臺灣文學史書寫國際學術研討會論文集・第二集　高雄　春暉出版社　2008 年 6 月　頁 322—323

776. 劉　俊　論臺灣文學現代性產生之初的三種型態——以連橫、張我軍、賴和為例[53]　臺灣文學現代性學術研討會論文集　廈門　廈門大學臺灣研究中心，廈門大學臺灣研究院　2008 年 7 月 4—8 日　頁 1—11

777. 彭明偉　強權的法律——關於賴和與法朗士的一些淵源[54]　臺灣文學現代性學術研討會論文集　廈門　廈門大學臺灣研究中心，廈門大學臺灣研究院　2008 年 7 月 4—8 日　頁 71—82

778. 林明志　紀念館重新出發，賴和精神永流傳　書香遠傳　第 63 期　2008 年 7 月　頁 39—41

779. 張榕真　走向民間的文學作家——從賴和到康原　彰化藝文　第 40 期

---

[53] 本文以啟蒙思想維角度切入，探討連橫、張我軍和賴和所分別代表的三種型態。
[54] 本文對照賴和作品〈一桿「稱仔」〉與法國作家安納托・法朗士作品〈克拉格比〉，探討兩者間的關係。全文共 4 小節：1.前言；2.〈一桿「稱仔」〉與〈克拉格比〉；3.〈第一義諦〉與〈布蘭兌斯的法朗士論〉；4.關於〈一桿「稱仔」〉的編寫。

2008 年 7 月　頁 68—71

780. 簡玉綢　　陳達儒創作歌謠與臺灣新文學作品的文學意涵〔賴和部分〕　陳
　　　　　　　達儒臺語歌詞研究　彰化師範大學國文學系　碩士論文　林明德
　　　　　　　教授指導　2008 年 6 月　頁 77—85，99—100

781. 林芷琪　　臺灣新文學漢字小說中的混語書寫——以臺灣話（文）為主體的
　　　　　　　混語書寫——賴和　日本時代漢字文學中書寫語言的「透濫」現
　　　　　　　象（1920—1930 年代）　成功大學臺灣文學研究所　碩士論文
　　　　　　　楊翠教授指導　2008 年 9 月　頁 81—83

782. 范宜如　　編織與重繪臺灣圖像——現代臺灣報導文學與散文——日治時期
　　　　　　　臺灣散文〔賴和部分〕　文學@臺灣：11 位新銳臺灣文學研究者
　　　　　　　帶你認識臺灣文學　臺南　國立臺灣文學館　2008 年 9 月　頁 96
　　　　　　　—102

783. 丁鳳珍　　臺灣話 kap 北京話ê鬥爭——論賴和白話小說ê語言選擇　2008 第 4
　　　　　　　屆臺語文學國際學術研討會　臺南　成功大學臺灣文學系，臺灣
　　　　　　　羅馬字協會主辦　2008 年 10 月 18—19 日

784. 翁聖峰　　賴和的雅俗文學觀試論[55]　彰化文獻　第 12 期　2008 年 12 月
　　　　　　　頁 31—48

785. 林衡哲　　臺灣醫師對臺灣文化、文學的貢獻——臺灣現代文學之父——賴
　　　　　　　和（1894—1943）　臺灣文學評論　第 9 卷第 1 期　2009 年 1 月
　　　　　　　頁 185—190

786. 李育霖　　翻譯作為逾越與抵抗——論賴和小說的語言風格　翻譯閾境：主
　　　　　　　體、倫理、美學　臺北　書林出版公司　2009 年 4 月　頁 23—58

787. 王震亞　　「臺灣的魯迅」——賴和　統一論壇　2008 年第 4 期　2009 年 4
　　　　　　　月　頁 57—59

788. 李桂媚　　從三道語言伏流透視日治新詩標點符號運用——以賴和、楊守

---

[55]本文從雅俗兩種思考角度探討論析賴和的文學作品。全文共 5 小節：1.賴和文學的多元面向；2.
　賴和的民間文學觀；3.賴和的白話、通俗文學觀；4.賴和的雅文學觀與漢學；5.結語。

愚、翁鬧、王白淵爲例[56] 翁鬧的世界——翁鬧百歲冥誕紀念學術研討會 彰化 國立臺灣文學館，明道大學主辦 2009 年 5 月 1 日 頁 1—37

789. 徐月芳 賴和小說發出時代「吶喊」[57] 臺北海洋技術學院學報 第 2 卷第 2 期 2009 年 9 月 頁 45—76

790. 陳正維 日治時期臺灣文學與法律史的對話——論賴和小說中的法律書寫[58] 第六屆臺灣文學研究生學術論文研討會論文集 臺南 國家臺灣文學館 2009 年 11 月 頁 259—280

791. 朱雙一 從祖國接受和反思現代性——以日據時期臺灣作家的祖國之旅爲中心的考察——賴和：認知醫治國人精神病症的重要性 臺灣研究集刊 2009 年第 4 期 2009 年 12 月 頁 87—88

792. 徐紀陽，劉建華 殖民「現代性」悖論：賴和文化選擇的兩難境地[59] 汕頭大學學報 2009 年第 6 期 2009 年 12 月 頁 45—49，92

793. 林運鴻 左翼知識分子賴和：殖民現代性與本土之抵抗 臺灣文學評論 第 10 卷第 1 期 2010 年 1 月 頁 50—60

794. 崔末順 日治時期臺韓小說的他者性經驗與後殖民視角——以賴和與廉想涉小說爲例[60] 跨文化與現代性：歐亞文化語境中的華文文學與文化（一）學術研討會 臺北 中研院文史哲研究所主辦 2010 年 5 月 20—21 日

---

[56]本文選用賴和、楊守愚、翁鬧、王白淵 4 位彰化詩人詩作，揭示日治時期臺灣新詩標點符號運用的共生與殊相。全文共 5 小節：1.前言；2.音樂性：點與標的聲情音韻；3.語義性：具形標點與隱形標點的多元表現；4.圖像性：類圖像詩的技巧實驗；5.小結。

[57]本文探討分析賴和小說中臺灣由封閉農業社會，轉入日治時期所形成萌芽中資本主義社會的景象。全文共 4 小節：1.前言；2.小說中人物的造型特色；3.從賴和小說看日據時代臺灣下層社會；4.結語。

[58]本論文探討賴和小說中展現的法變遷，論析法變遷下的臺灣人民，以及檢視警察在日治時期人民生活中的角色。全文共 6 小節：1.前言；2.先行研究回顧；3.世變下的法變遷；4.賴和作品中的法律寓言；5.無孔不入的警察形象；6.結語與研究展望。

[59]本文研究〈鬥鬧熱〉、〈蛇先生〉所展現出來的現代化與殖民的孿生性格與賴和陷入於現代與傳統、啓蒙與反啓蒙之同選擇的兩難境地。

[60]本文從後殖民角度切入，比較研究臺灣賴和與韓國廉想涉小說作品中對現代性的摸索努力及文學實踐。全文共 4 小節：1.前言；2.賴和小說所呈現的新文化理想的矛盾與他者性經驗；3.廉想涉小說的民族認知與他者性經驗；4.結語。

795. 李桂媚　　日治時期彰化詩人標點符號運用－－以賴和、王白淵、楊守愚、
　　　　　　　翁鬧爲例　臺灣新詩標點符號運用——以彰化詩人爲例　國立台
　　　　　　　北教育大學臺灣文化研究所　碩士論文　陳俊榮教授指導　2010
　　　　　　　年 7 月　頁 43－72

796. 解昆樺　　雛構新詩文體語言－－賴和新詩手稿中的意象經營與修辭意識[61]
　　　　　　　臺灣文學研究學報　第 11 期　2010 年 10 月　頁 7－43

分論
◆單部作品
詩
《賴和漢詩初編》

797. 王昶雄　　梅花天地心——讀《賴和漢詩初編》　自立晚報　1994 年 5 月 4
　　　　　　　日　19 版

798. 王昶雄　　梅花天地心——讀《賴和漢詩初編》　阮若打開心內的門窗　臺
　　　　　　　北　草根出版公司　1996 年 3 月　頁 131—135

799. 王昶雄　　梅花天地心——讀《賴和漢詩初編》　阮若打開心內的門窗　臺
　　　　　　　北　前衛出版社　1998 年 4 月　頁 131—135

800. 王昶雄　　梅花天地心——讀《賴和漢詩初編》　王昶雄全集・散文卷二
　　　　　　　臺北　臺北縣文化局　2002 年 10 月　頁 327—330

小說
《賴和小說集》

801. 楊　照　　複雜、悲觀的啓蒙者——《賴和小說集》　中國時報　1999 年 4
　　　　　　　月 6 日　37 版

802. 楊　照　　複雜、悲觀的啓蒙者——賴和的《賴和小說集》　洪範雜誌　第
　　　　　　　66 期　2001 年 10 月　2 版

---

[61]本文探討賴和手稿「原稿－修改稿－定稿」的修辭歷程，以呈現賴和內在文體書寫策略，及其修
辭態度如何影響新詩文體語言的走向。全文共 4 小節：1.前言：賴和詩學修辭在文學場域中的擴
散影響性；2.「我手寫我口」之後：音樂與敘事的修辭；3.賴和手稿內 1930 年代新詩文體中初萌
的現實性與被壓抑的現代性；4.小語。

文集

《賴和集》

803. 陳建忠　　評介《賴和集》　臺灣時報　2007 年 2 月 25 日　12 版

804.〔導讀撰寫小組〕　　《賴和集》導讀　2008 閱讀臺灣・人文 100 特展成果
　　　　專輯　臺南　國立臺灣文學館　2009 年 5 月　頁 53

《磺溪一完人──賴和先生百年紀念文集》

805. 鍾肇政　　磺溪一完人──紀念賴和百齡文集出版　自由時報　1994 年 8 月
　　　　10 日　29 版

◆多部作品

《一桿秤仔》、《蛇先生》

806. 張　羽　　臺灣「新」身體：疾病、醫療與殖民〔《一桿秤仔》、《蛇先生》部
　　　　分〕　臺灣文學現代性學術研討會論文集　廈門　廈門大學臺灣
　　　　研究中心，廈門大學臺灣研究院　2008 年 7 月 4─8 日　頁 42─
　　　　43

《鬥鬧熱》、《蛇先生》

807. 徐紀陽，劉建華　　殖民「現代性」悖論──賴和文化選擇的兩難境地
　　　　〔《鬥鬧熱》、《蛇先生》〕　汕頭大學學報　第 25 卷第 6 期
　　　　2009 年 12 月　頁 45─49

◆單篇作品

808. 莽　舟　　南音〔〈惹事〉〕　南音　第 11 期　1932 年 9 月　頁 25

809. 沈乃慧　　日據時代臺灣小說中的女性議題（上、下）〔〈惹事〉部分〕
　　　　文學臺灣　第 15─16 期　1995 年 7，12 月　頁 284─304，167─
　　　　203

810. 林政華　　賴和〈惹事〉裡的偵探技巧　民眾日報　1996 年 11 月 3 日　27
　　　　版

811.〔陳建忠編〕　　作品導讀──賴和〈惹事〉（1932）[62]　彰化縣國民中小學

---

[62] 正文前有〈作家小傳〉。

臺灣文學讀本‧小說卷（上）　彰化　彰化縣文化局　2004 年 8
月　頁 16—18

812. 許俊雅　　黑色喜劇〔〈惹事〉〕　賴和——惹事　臺北　遠流出版公司
2005 年 7 月　頁 58—61

813. 宮安中　　開刀〔〈一個同志的批信〉部分〕　臺灣新文學　第 1 卷第 4 期
1936 年 5 月　頁 93—94

814. 徐玉書　　臺灣新文學創社及《新文學》第一、二、三期作品的批評〔〈一
個同志的批信〉部分〕　臺灣新文學　第 1 卷第 4 號　1936 年 5
月　頁 97—102

815. 徐玉書　　　臺灣新文學社創社及《新文學》第一、二、三期作品的批評
〔〈一個同志的批信〉部分〕　　日本統治期台湾文学文芸評論
集‧第 2 卷　東京　绿蔭書房　2001 年 4 月　頁 391

816. 陳偉智　　混音多姿的臺灣（文學）——賴和〈一個同志的批信〉的閱讀與
詮釋　「臺灣文學研討會」論文集　臺北　淡水工商管理學院臺
灣文學系　1995 年 11 月 4—5 日　〔16〕頁

817. 宋澤萊　　論臺語小說中驚人的前衛性與民族性——試介賴和、黃石輝、宋
澤萊、陳雷、王貞文的臺語小說——賴和的寫實小說〔〈一個同
志的批信〉〕　臺灣新文學　第 10 期　1998 年 6 月　頁 264—
267

818. 宋澤萊　　論臺語小說中驚人的前衛性與民族性——《臺語小說精選卷》導
讀——賴和的寫實小說〔〈一個同志的批信〉〕　臺語小說精選
卷　臺北　前衛出版社　1998 年 10 月　頁 14—20

819. 陳培豐　　由敘事、對話的文體分裂現象來觀察鄉土文學——翻譯、文體與
近代文學的自主性——語言、文學與翻譯——步調不一致的語言
演化與文學發展——鄉土／話文論戰的問題癥結所在〔〈一位同
志的批信〉部分〕　臺灣文學的東亞思考——臺灣文學藝術與東
亞現代性國際學術研討會論文集　臺北　行政院文建會　2007 年

7 月　頁 204

820. 楊守愚　賴和〈獄中日記〉序　政經報　第 1 卷第 2 期　1945 年 11 月 10
日　頁 11

821. 林瑞明　賴和〈獄中日記〉及其晚年情境[63]　小說與戲劇　第 2 期　1990
年 2 月　頁 99—119

822. 林瑞明　賴和〈獄中日記〉及其晚年情境（上、下）　自立晚報　1991 年
2 月 2—3 日　19 版

823. 林瑞明　賴和〈獄中日記〉及其晚年情境　臺灣風物　第 41 卷第 1 期
1991 年 3 月　頁 45—63

824. 林瑞明　賴和〈獄中日記〉及其晚年情境　臺灣史研究會論文集（第三
集）　臺北　臺灣史研究會　1991 年 4 月　頁 97—116

825. 林瑞明　賴和〈獄中日記〉及其晚年情境　臺灣文學與時代精神——賴和
研究論集　臺北　允晨文化公司　1993 年 8 月　頁 265—297

826. 施懿琳，楊翠　戰爭期風雨飄搖中的彰化作家與作品（1937—1945）——
「入到地獄，亦一鬼囚」——〈獄中日記〉與賴和晚年　彰化縣
文學發展史（上）　彰化　彰化縣立文化中心　1997 年 5 月　頁
222—224

827. 陳芳明　賴和隨筆與〈獄中日記〉　種子落地——臺灣散文專題　彰化
賴和文教基金會　1999 年 8 月　頁 3—38

828. 朱點人　賴和先生爲我而死嗎？——讀〈獄中日記〉　賴和全集・評論卷
臺北　前衛出版社　2001 年 12 月　頁 1—4

829. 楊麗祝　獄中日記三則——蔣渭水、簡吉與賴和[64]　紀念林獻堂先生逝世
50 週年——日記與臺灣史研究研討會　臺北　中央研究院臺灣史
研究所主辦　2006 年 12 月 22—23 日

---

[63] 本文透過賴和的〈獄中日記〉，探究賴和反映出的殖民地心聲。全文共 3 小節：1.前言：殖民地的
心聲；2.我生不幸爲俘囚；3.結論：回顧與展望。

[64] 本文透過 3 篇獄中日記的分析整理，探討論析當時入獄人的心理狀態、獄中管理實況以及
1920—40 年代的政治社會運動。全文共 6 小節：1.前言；2.蔣渭水的〈入獄日記〉；3.簡吉的〈獄
中日記〉；4.賴和的〈獄中日記〉；5.三則獄中日記的比較；6.結語。

830. 楊麗祝　　　獄中日記三則——蔣渭水、簡吉與賴和　日記與臺灣史研究：林
　　　　　　　　　獻堂先生逝世 50 週年紀念論文集（上冊）　臺北　中研院臺灣史
　　　　　　　　　研究所　2008 年 6 月　頁 311—378

831. 賴香吟　　　獄中賴和〔〈獄中日記〉〕　中國時報　2007 年 3 月 3 日　E7 版

832. 張良澤〔鐵英〕　　　〈巡查補〉　自立晚報　1977 年 5 月 2 日　9 版

833. 鐵　英　　　〈巡查補〉　鳳凰樹專欄　臺北　遠景出版社　1979 年 3 月　頁
　　　　　　　　　2—3

834. 張良澤　　　賴和出土作品〔〈巡查補〉〕　淡水牛津文藝　第 5 期　1999 年
　　　　　　　　　10 月　頁 137—143

835. 羊子喬　　　光復前臺灣新詩論〔〈南國哀歌〉部分〕　臺灣文藝　第 71 期
　　　　　　　　　1981 年 3 月　頁 251—252

836. 彭瑞金　　　臺灣戰歌〔〈南國哀歌〉〕　我喜愛的一首詩（一）　高雄　河
　　　　　　　　　畔出版社　1993 年 5 月　頁 203—212

837.〔張默，蕭蕭編〕　　　〈南國哀歌〉鑑評　新詩三百首（一九一七—一九九
　　　　　　　　　五）（上）　臺北　九歌出版公司　1995 年 9 月　頁 263—267

838. 羊子喬　　　日據時期的臺語詩——臺語詩的原型〔〈南國哀歌〉部分〕　臺
　　　　　　　　　灣現代詩史論：臺灣現代詩史研討會實錄　臺北　文訊雜誌社
　　　　　　　　　1996 年 3 月　頁 85

839. 陳昭瑛　　　文學的原住民與原住民的文學——從「異己」到「主體」〔〈南
　　　　　　　　　國哀歌〉部分〕　臺灣文學與本土化運動　臺北　正中書局
　　　　　　　　　1998 年 4 月　頁 80—83

840. 陳昭瑛　　　文學的原住民與原住民文學——從「異己」到「主體」〔〈南國
　　　　　　　　　哀歌〉部分〕　中華現代文學大系（貳）・臺灣一九八九—二〇〇
　　　　　　　　　三評論卷（一）　臺北　九歌出版社　2003 年 10 月　頁 910—
　　　　　　　　　913

841. 何標〔張光正〕　　　歷史的見證：〈南國哀歌〉　番薯藤繫兩岸情　北京　臺
　　　　　　　　　海出版社　2003 年 1 月　頁 319—323

842. 〔尉天驄編〕　　〈南國哀歌〉賞析　是夢也是追尋　臺北　圓神出版社
　　　2005 年 3 月　頁 176—177

843. 向　陽　　〈南國哀歌〉賞析　臺灣現代文選‧新詩卷　臺北　三民書局
　　　2005 年 6 月　頁 6—7

844. 吳昱慧　　日治時期文學中的「南方」書寫與想像——「身爲南方」的地理
　　　書寫〔〈南國哀歌〉部分〕　第六屆臺灣文學研究生學術論文研
　　　討會論文集　臺南　國家臺灣文學館　2009 年 11 月　頁 111—
　　　114

845. 洪醒夫　　賴和〈善訟的人的故事〉賞析　大家文學選‧小說卷　臺北　明
　　　光出版社　1981 年 10 月　頁 59—61

846. 洪醒夫　　賴和〈善訟的人的故事〉賞析　洪醒夫全集‧評論卷　彰化　彰
　　　化縣立文化中心　2001 年 6 月　頁 138—139

847. 張彥勳　　賴和，弱者的代言人——兼談〈善訟的人的故事〉　礦溪一完人
　　　臺北　前衛出版社　1994 年 7 月　頁 103—105

848. 張恆豪　　賴和、張文環小說中的民間文學素材與作家文學經驗——以〈善
　　　訟的人的故事〉、〈夜猿〉爲例　民間文學與作家文學研討會論文
　　　集　新竹　清華大學中國文學系　1998 年 12 月　頁 97—101

849. 傅光明　　〈善訟的人的故事〉作品解析　中國文學通典‧小說通典　北京
　　　解放軍文藝出版社　1999 年 1 月　頁 672

850. 陳益源　　賴和〈善訟的人的故事〉的故事來源[65]　臺灣民間文學學術研討會
　　　暨說唱傳承表演論文集　臺南　國家臺灣文學館　2004 年 12 月
　　　頁 193—207

851. 陳益源　　賴和〈善訟的人的故事〉的故事來源　俗文學稀見文獻校考　臺
　　　北　里仁書局　2005 年 10 月　頁 119—143

---

[65]本文追溯〈善訟的人的故事〉版本源流，並連結彰化城東門外的石碑以進一步考察故事的真正來
源。全文共 4 小節：1.前言；2.〈善訟的人的故事〉版本源流；3.「這故事的代概，聽講刻在一
座石碑上，這石碑是立在東門外」；4.「現在城已經拆去了，石碑不知移到什麼所在」；5.從「八
卦山義塚示禁碑」到〈善訟的人的故事〉；6.結語。正文後附錄〈「八卦山義塚示禁碑」全文校
錄〉及相關圖片。

852. 蕭　　蕭　　〈流離曲〉解析　現代詩入門　臺北　故鄉出版社　1982 年 2 月　頁 292—296

853. 蕭　　蕭　　要向死神手中爭出一個自己〔〈流離曲〉〕　感人的詩　臺北　希代書版公司　1984 年 12 月　頁 214—221

854. 許俊雅　　日治時期臺灣白話詩的起步——起步期重要作家之詩作〔〈流離曲〉部分〕　臺灣現代詩史論：臺灣現代詩史研討會實錄　臺北　文訊雜誌社　1996 年 3 月　頁 50—52

855. 許俊雅　　日據時期臺灣白話詩的起步〔〈流離曲〉部分〕　臺灣文學論：從現代到當代　臺北　南天書局　1997 年 10 月　頁 191—194

856. 施　　淑　　簡析〈一桿「秤仔」〉　中國現代短篇小說選析 2　臺北　長安出版社　1984 年 2 月　頁 981—982

857. 葉石濤　　日據時代的抗議文學——細說四篇抗議文學的代表作——賴和〈一桿秤仔〉　聯合文學　第 56 期　1989 年 6 月　頁 165—166

858. 葉石濤　　日據時代的抗議文學——細說四篇抗議文學的代表作——賴和〈一桿秤仔〉　走向臺灣文學　臺北　自立晚報社　1990 年 3 月　頁 52—54

859. 葉石濤　　日據時代的抗議文學——細說四篇抗議文學的代表作——賴和〈一桿秤仔〉　葉石濤全集・評論卷四　臺南，高雄　國立臺灣文學館，高雄市文化局　2008 年 3 月　頁 184—185

860. 葉石濤　　日據時代的抗議文學——細說四篇抗議文學的代表作〔〈一桿秤仔〉部分〕　臺灣新聞報　1989 年 12 月 16 日　第 10 版

861. 葉石濤　　日據時代的新文學運動——細說四篇抗議文學的代表作[66]〔〈一桿秤仔〉部分〕　臺灣文學的困境　高雄　派色文化出版社　1992 年 7 月　頁 73

862. 葉石濤　　日據時代的抗議文學——細說四篇抗議文學的代表作〔〈一桿秤仔〉部分〕　葉石濤全集・隨筆卷三　臺南，高雄　國立臺灣文

---

[66]本文後改篇名為〈日據時代的抗議文學——細說四篇抗議文學的代表作〉。

學館，高雄市文化局　2008 年 3 月　頁 222

863. 李漢偉　賴和的憫民胸襟──兼釋〈一桿秤仔〉　情何以堪──現代文學
評論集　高雄　復文圖書出版社　1992 年 7 月　頁 3—7

864. 石新民　〈一桿「秤仔」〉　臺港小說鑒賞辭典　北京　中央民族學院出版
社　1994 年 1 月　頁 13—14

865. 林柏維　鬥鬧熱的〈一桿秤仔〉　賴和研究資料彙編（下）　彰化　彰化
縣立文化中心　1994 年 6 月　頁 542—544

866. 錦　連　賴和先生作品試讀──〈一桿秤仔〉　磺溪一完人　臺北　前衛
出版社　1994 年 7 月　頁 99—100

867. 林政華　〈一桿「秤仔」〉的強烈暗示　民眾日報　1996 年 7 月 10 日　27
版

868. 林政華　〈一桿「秤仔」〉的強烈暗示　臺灣小說名著新探　臺北　文史哲
出版社　1997 年 1 月　頁 12—14

869. 徐士賢　從賴和到呂赫若──〈一桿「秤仔」〉與〈牛車〉之比較[67]　臺灣
的文學與歷史學術會議　臺北　世新大學主辦　1997 年 5 月 10 日

870. 徐士賢　從賴和到呂赫若──〈一桿「秤仔」〉與〈牛車〉之比較　世新大
學學報　第 8 期　1998 年 10 月　頁 295—311

871. 陳昭英　一根金花──論賴和的〈一桿「秤仔」〉中的傳統文化　中國現代
文學理論　第 9 期　1998 年 3 月　頁 23—36

872. 陳昭英　〈一桿「秤仔」〉中的傳統文化　臺灣與傳統文化　臺北　臺灣書
局　1999 年 7 月　頁 99—121

873. 陳昭瑛　一根金花：賴和〈一桿「稱仔」〉中的傳統文化　臺灣與傳統文化
臺北　臺灣大學出版中心　2005 年 8 月　頁 257—274

874. 蔡佩芬　〈一桿稱仔〉──讀後心得　民眾日報　1998 年 5 月 24 日　19
版

---

[67] 本文透過賴和、呂赫若的重要作品〈一桿「稱仔」〉與〈牛車〉做一深入的比較，旨在探討呂赫
若的文學創作是否受到其前輩作家賴和的影響。全文共 5 小節：1.前言；2.細讀賴和〈一桿「稱
仔」〉；3.細讀呂赫若〈牛車〉；4.比較〈一桿「稱仔」〉與〈牛車〉；5.結論。

875. 張恆豪　　　覺悟者——〈一桿「秤仔」〉與〈克拉格比〉　淡水牛津臺灣文學研究集刊　第 2 期　1998 年 8 月　頁 1—10

876. 張恆豪　　　覺悟者——〈一桿「秤仔」〉與〈克拉格比〉　殖民地經驗與臺灣文學：第一屆臺杏臺灣文學學術會議論文集　臺北　遠流出版公司　2000 年 2 月　頁 219—234

877. 張恆豪　　　覺悟者——比較〈一桿「秤仔」〉與〈克拉格比〉　中華現代文學大系（貳）‧臺灣一九八九—二〇〇三評論卷（一）　臺北　九歌出版社　2003 年 10 月　頁 527—543

878. 許俊雅　　　〈一桿「秤仔」〉集評　日據時期臺灣小說選讀　臺北　萬卷樓圖書公司　1998 年 11 月　頁 20—22

879. 游　喚　　　〈一桿秤仔〉　現代小說精讀　臺北　五南圖書出版公司　1998 年 11 月　頁 27—30

880. 游　喚　　　〈一桿「秤子」〉賞析　現代小說精讀　臺北　五南圖書出版公司　2002 年 10 月　頁 66—71

881. 王珍華　　　由〈一桿稱子〉看賴和的文學精神及其語言特色　國防醫學院源遠學報　第 11 期　1999 年 12 月　頁 109—120

882. 葉石濤　　　戰前的臺灣小說〔〈一桿秤仔〉部分〕　國文天地　第 185 期　2000 年 10 月　頁 12—13

883. 賴松輝　　　〈一桿「秤仔」〉的書寫模式　日據時期臺灣小說思想與書寫模式之研究（1920—1937）　成功大學中國文學系碩博士班　博士論文　呂興昌教授指導　2002 年 7 月　頁 127—141

884. 浦基維，涂玉萍，林聆慈　　義旨與創作背景——辭章創作與時代背景〔〈一桿「秤仔」〉部分〕　散文‧新詩義旨古今談　臺北　萬卷樓圖書公司　2002 年 1 月　頁 37

885. 浦基維，涂玉萍，林聆慈　　義旨與材料運用——材料的作用〔〈一桿「秤仔」〉部分〕　散文‧新詩義旨古今談　臺北　萬卷樓圖書公司　2002 年 1 月　頁 171

886. 梅家玲，郝譽翔　〈一桿秤仔〉作者簡介與評析　臺灣現代文學教程‧小說讀本（上）　臺北　二魚文化公司　2002 年 8 月　頁 31─32

887. 應鳳凰　賴和的〈一桿「秤仔」〉　臺灣文學花園　臺北　玉山社　2003 年 1 月　頁 18─21

888. 黃錫淇　簡論賴和〈一桿秤仔〉的社會背景與小說意涵　空大學訊　第 326 期　2004 年 5 月　頁 28─32

889. 彭瑞金　〈一桿秤仔〉賞析　國民文選‧小說卷 1　臺北　玉山社出版公司 2004 年 7 月　頁 33─34

890. 陳姿妃　論賴和〈一桿「稱仔」〉之反殖民主義觀　國文天地　第 233 期 2004 年 10 月　頁 34─39

891. 林明德　賴和〈一桿秤子〉的悲劇性：影響研究之一例　臺灣文學研究新途徑國際研討會　德國　中央研究院中國文哲研究所，德國波鴻魯爾大學中國語文學系主辦　2004 年 11 月 8─9 日

892. 尉天驄　〈一桿「稱仔」〉故事的背後　溫馨，在回望之後　臺北　圓神出版社　2005 年 3 月　頁 94

893. 陳建忠　〈一桿「稱仔」〉導讀　二十世紀臺灣文學金典‧小說卷（日治時期）　臺北　聯合文學出版社　2006 年 1 月　頁 25─26

894. 許俊雅　賴和〈一桿稱仔〉　我心中的歌：現代文學星空　臺北　文史哲出版社　2006 年 6 月　頁 214─220

895. 王基倫等[68]　〈一桿「秤仔」〉賞析　國文 2　臺北　東大圖書公司　2008 年 2 月　頁 28─29

896. 陳建忠　賴和〈一桿「稱仔」〉　新活水　第 17 期　2008 年 3 月　頁 38─45

897. 下村作次郎　臺灣の作家賴和〈豐作〉について──1936 年 1 月號《文學

---

[68] 編著者：王基倫、王學玲、朱孟庭、林偉淑、林淑芬、范宜如、高嘉謙、曾守正、黃俊郎、謝佩芬、簡淑寬、顏瑞芳、羅凡政。

案內》の「朝野、臺灣、中國新銳作家集」よ[69]　天理大學學報
（日本）　第 148 號　1986 年 3 月　頁 17—36

898. 下村作次郎　　賴和の印象の〈豐作〉——1936 年「朝野、臺灣、中國新銳
作家集」　文學で讀む臺灣　東京　田佃書店　1994 年 1 月　頁
107—131

899. 下村作次郎著；邱振瑞譯　　賴和的〈豐收〉——1936 年「朝鮮・臺灣・中
國新銳作家集」　從文學讀臺灣　臺北　前衛出版社　1997 年
2 月　頁 103—126

900. 下村作次郎著；向陽譯　　賴和小說〈豐作〉的研究　臺灣時報　1986 年 6
月 14 日　8 版

901. 河原功著；葉石濤譯　　臺灣新文學運動的展開——日本統治下在臺灣的文
學運動（下）〔〈豐作〉部分〕　文學臺灣　第 3 期　1992 年 6
月　頁 260—261

902. 河原功著；葉石濤譯　　臺灣新文學運動的展開——日本統治下在臺灣的文
學運動〔〈豐作〉部分〕　葉石濤全集・翻譯卷一　臺南，高雄
國立臺灣文學館，高雄市文化局　2009 年 11 月　頁 494—495

903. 彭瑞金　　賴和小說〈豐作〉　臺灣文藝　第 146 期　1994 年 12 月　頁 6—
9

904. 蘇敏逸　　賴和〈豐作〉賞析　臺灣文學讀本　臺北　五南圖書公司　2005
年 2 月　頁 256—261

905. 許俊雅　　賴和〈豐作〉　我心中的歌：現代文學星空　臺北　文史哲出版
社　2006 年 6 月　頁 229—232

906. 徐志平　　賴和新詩〈覺悟下的犧牲〉析論　臺灣歷史學會會訊　第 12 期
1991 年 9 月　頁 5—12

907. 莊淑芝　　萌芽時期的新文學作品與文藝雜誌——新詩〔〈覺悟下的犧牲〉

---

[69]本文後分別由邱振瑞譯爲〈賴和的〈豐作〉——1936 年「朝鮮・臺灣・中國新銳作家集」〉；向陽
譯爲〈賴和小說〈豐作〉的研究〉。

部分〕　臺灣新文學觀念的萌芽與實踐　臺北　麥田出版公司　1994 年 7 月　頁 178—180

908. 王　灝　用文學為歷史作見證——談賴和先生〈覺悟下的犧牲〉　自由時報　1995 年 5 月 27 日　29 版

909. 康　原　紀錄本鄉土地及人民的文學作品及作家〔〈覺悟下的犧牲〉部分〕　芳苑鄉志——文化篇　彰化　芳苑鄉公所　1997 年 12 月　頁 250

910. 林瑞明　現實的烙印——廖永來的詩路歷程〔〈覺悟下的犧牲〉部分〕　臺杏第二屆臺灣文學學術研討會——詩／歌中的臺灣意象　臺南　臺杏文教基金會主辦　2000 年 3 月 11—12 日

911. 蕭　蕭　八堡圳：拓寬臺灣的新詩天地——彰化詩學的在地性格與闊蕩意志〔〈覺悟下的犧牲——寄二林的同志〉部分〕　土地哲學與彰化詩學　臺中　晨星出版公司　2007 年 8 月　頁 122—127

912. 林瑞明　〈富戶人的歷史〉導言　文學臺灣　第 1 期　1991 年 12 月　頁 29—37

913. 林瑞明　〈富戶人的歷史〉導言　臺灣文學與時代精神——賴和研究論集　臺北　允晨文化公司　1993 年 8 月　頁 379—391

914. 呂興忠　賴和小說〈富戶人的歷史〉初探[70]　彰中學報　第 20 期　1994 年 5 月　頁 17—28

915. 呂興忠　賴和〈富戶人的歷史〉初探　文學臺灣　第 11 期　1994 年 7 月　頁 170—188

916. 呂興忠　賴和〈富戶人的歷史〉初探　種子落地——臺灣小說專集　彰化　賴和文教基金會　1994 年 7 月　頁 151—166

917. 呂興忠　賴和〈富戶人的歷史〉初探　賴和全集·評論卷　臺北　前衛出版社　2001 年 12 月　頁 311—330

---

[70]本文由轎夫敘述者的小說結構，探討賴和的左翼文學關及其政治思想；同時探討賴和於創作晚期，為日據時代臺灣文學自主意識的深刻化所做的努力。全文共 5 小節：1.前言；2.轎夫的行話；3.左翼文學理論的實踐；4.臺灣文學自主意識的追求；5.結語。

918. 陳萬益等[71]　　把臺灣人的文學主權找回來——臺灣文學主體性座談會〔〈一個富戶人的歷史〉部分〕　文學臺灣　第 11 期　1994 年 7 月 5 日　頁 128—129

919. 林瑞明　　民間的兒女——〈相思〉引言　彰化人　第 11 期　1992 年 1 月　頁 12

920. 林瑞明　　民間的兒女〈相思〉引言　臺灣文學與時代精神——賴和研究論集　臺北　允晨文化公司　1993 年 8 月　頁 431—434

921. 林瑞明　　民間的兒女〈相思〉引言　賴和研究資料彙編（下）　彰化　彰化縣立文化中心　1994 年 6 月　頁 484—486

922. 李若鶯　　賴和相思古今情〔〈相思〉〕　國文天地　第 210 期　1992 年 11 月　頁 104—108

923. 石新民　　〈鬥鬧熱〉　臺港小說鑑賞辭典　北京　中央民族學院出版社　1994 年 1 月　頁 1—6

924. 林政華　　臺灣首篇反日本殖民小說〈鬥鬧熱〉　民眾日報　1996 年 6 月 26 日　19 版

925. 林政華　　臺灣首篇反日本殖民小說〈鬥鬧熱〉　臺灣小說名著新探　臺北　文史哲出版社　1997 年 10 月　頁 1—3

926. 傅光明　　〈鬥鬧熱〉作品解析　中國文學通典・小說通典　北京　解放軍文藝出版社　1999 年 1 月　頁 672

927. 楊淑婷　　把文學變成歌：賴和走唱團「鬥鬧熱」　文化視窗　第 77 期　2005 年 7 月　頁 40—43

928. 陳思嫻　　鬥鬧熱，走唱賴和　聯合文學　第 257 期　2006 年 3 月　頁 154—157

929. 彭瑞金　　臺灣新文學的民間信仰態度及其影響〔〈鬥鬧熱〉部分〕　臺灣文學史論集　高雄　春暉出版社　2006 年 8 月　頁 30—31

930. 利玉芳　　讀賴和先生詩作——〈低氣壓的山頂〉　礦溪一完人　臺北　前

---

[71]主持人：陳萬益；出席者：鄭炯明、葉石濤、呂興昌、彭瑞金；紀錄：許素貞。

衛出版社　1994 年 7 月　頁 101—102

931. 利玉芳　讀賴和先生的詩作——〈低氣壓的山頂〉　向日葵　臺南　臺南
縣立文化中心　1996 年 6 月　頁 280—282

932. 蕭　蕭　八卦山：蘊藏多元的新詩能量——以賴和、翁鬧、曹開、王白淵
透視新詩地理學〔〈低氣壓的山頂〉部分〕　土地哲學與彰化詩
學　臺中　晨星出版公司　2007 年 7 月　頁 89—94

933. 莫　渝　〈低氣壓的山頂〉作品賞析　閱讀文學地景・新詩卷　臺北　行
政院文建會　2008 年 4 月　頁 172—173

934. 莊淑芝　萌芽時期的新文學作品與文藝雜誌——散文與戲劇〔〈無題〉部
分〕　臺灣新文學觀念的萌芽與實踐　臺北　麥田出版公司
1994 年 7 月　頁 183—184

935. 賴松輝　浪漫主義的修辭語言——〈無題〉的擬人修辭　日據時期臺灣小
說思想與書寫模式之研究（1920—1937）　成功大學中國文學系
碩博士班　博士論文　呂興昌教授指導　2002 年 7 月　頁 78—89

936. 張恆豪　蒼茫深邃的「時代之眼」——比較賴和〈歸家〉與魯迅〈故鄉〉[72]
賴和及其同時代作家：日據時期臺灣文學國際學術會議　新竹
清華大學臺灣研究室，賴和文教基金會主辦　1994 年 11 月 25—
27 日　12 頁

937. 張恆豪　蒼茫深邃的「時代之眼」——比較賴和〈歸家〉與魯迅〈故鄉〉
覺醒的島國　臺南　臺南市立文化中心　1995 年 4 月　頁 62—81

938. 張恆豪　蒼茫深邃的「時代之眼」——比較賴和〈歸家〉與魯迅〈故鄉〉
（上、中、下）　自立晚報　1995 年 5 月 2—4 日　23 版

939. 張恆豪著；星名宏修譯　賴和の〈帰家〉と魯迅の〈故郷〉　よみがえる
台湾文学——日本統治期の作家と作品　東京　東方書店　1995

---

[72]本文旨在探討賴和〈歸家〉與魯迅〈故鄉〉的文學內涵，並比較兩位作家對家國觀照、對庶民關
懷的中心議題。全文共 4 小節：1.前言——感時憂國的凝視；2.〈歸家〉——反思、質疑「現代
化」的欺罔；3.〈故鄉〉——揭開那層可悲的「厚障壁」；4.結語——時代之眼。本文後由星名宏
修翻譯，譯文〈賴和の〈歸家〉と魯迅の〈故鄉〉よみがえる臺灣文學〉。

年 10 月　頁 247—264

940. 張恆豪著；Tsai, Suefen 譯　　A Pervasive and Profound "Vision of theTimes"——A Comparison between LaiHo's Guijia [Going Home] and Lu Xun's Guxiang [My Hometown]（蒼茫深邃的「時代之眼」：比較賴和「歸家」與魯迅「故鄉」）　臺灣文學英譯叢刊　第 21 期　2007 年 7 月　頁 123—140

941. 林政華　賴和〈歸家〉挖掘臺人的國民性　民眾日報　1996 年 10 月 4 日　27 版

942. 林政華　〈歸家〉挖掘臺人的國民性　臺灣小說名著新探　臺北　文史哲出版社　1997 年 1 月　頁 55—58

943. 橫路啓子　賴和〈帰家〉論[73]　日本語日本文學　第 31 期　2006 年 7 月　頁 38—59

944. 邱貴芬　政治小說：勾勒願景與希望〔〈歸家〉部分〕　臺灣政治小說選　臺北　二魚文化公司　2006 年 8 月　頁 10—11

945. 林政華　賴和〈不如意的過年〉沉痛的諷刺　民眾日報　1996 年 8 月 4 日　27 版

946. 朱惠足　殖民地的規訓與教化——日治時期臺灣小說中的警民關係[74]　臺灣文學研究學報　第 10 期　2010 年 4 月　頁 117—148

947. 林政華　賴和〈蛇先生〉別有一番涵義　民眾日報　1996 年 8 月 13 日　27 版

948. 陳銘芳　賴和筆下的〈蛇先生〉　臺灣新生報　1997 年 4 月 8 日　17 版

949. 林秀蓉　賴和〈蛇先生〉寫實意識探析　中國現代文學理論　第 13 期

[73] 本文以「作為商品的人」、「風景的變化」、「身體」等主題，由故事論觀點解讀賴和及〈歸家〉這部作品。全文共 4 小節：1.初めに；2.先行研究；3.〈歸家〉；4.作品の位置付け。
[74] 本文析論賴和〈不如意的過年〉、陳虛谷〈放炮〉、呂赫若〈牛車〉、新田淳〈池畔之家〉等小說，探討比較臺日作家如何描繪日本警察和臺灣百姓之關係。全文共 4 小節：1.「恩威並施」的家父長：賴和〈不如意的過年〉中的查大人與兒童；2.多語言混用與翻譯下的「文明」論述：陳虛谷〈放炮〉與呂赫若的〈牛車〉；3.差異的消弭與維持：新田淳〈池畔之家〉中皇民化時期的警民關係；4.殖民地「文明化」過程的共構關係及其內在矛盾。

1999 年 3 月　頁 73—84

950. 林純芬　反顧前賢智慧在其中——賴和及其小說〈蛇先生〉簡介　聯合文
學　第 180 期　1999 年 10 月　頁 77—82

951. 林秀蓉　臺灣醫生文學探析——以蔣渭水〈臨床講義〉、賴和〈蛇先生〉爲
例　問學　第 3 期　2000 年 7 月　頁 155—174

952. 陳建忠　失落的鄉土〔〈蛇先生〉部分〕　自由時報　2001 年 11 月 10 日
39 版

953. 許素蘭　〈蛇先生〉導讀　客家文學精選集：小說卷　臺北　天下遠見出
版公司　2004 年 4 月　頁 28—30

954. 陳芳明　現代性與本土性——以《南音》爲中心看三〇年代臺灣作家與民
間想像〔〈蛇先生〉部分〕　殖民地摩登：現代性與臺灣史觀
臺北　麥田出版公司　2004 年 6 月　頁 80—83

955. 邱雅芳　殖民地醫學與疾病敘事——賴和作品的再閱讀〔〈蛇先生〉〕
臺灣文獻　第 55 卷第 4 期　2004 年 12 月　頁 278—308

956. 郭侑欣　當聽診器遇見草藥——〈蛇先生〉與〈無醫村〉中的疾病和醫療
敘事[75]　臺灣文學研究學報　第 4 期　2007 年 4 月　頁 227—257

957. 康　原　火車裡的故事——兼談賴和的〈客車裡〉　臺灣時報　1996 年 11
月 29 日　22 版

958. 許俊雅　再議三〇年代臺灣的鄉土文學論爭〔〈讀臺日紙的「新舊文學之
比較」〉部分〕　臺灣文學論：從現代到當代　臺北　南天書局
1997 年 10 月　頁 150

959. 林央敏　〈相思歌〉導讀　臺語詩一甲子　臺北　前衛出版社　1998 年 10
月　頁 24

960. 陳淑娟　從漢語古詩看阿芙蓉之禍臺〔〈阿芙蓉〉部分〕　古今藝文　第
26 卷第 1 期　1999 年 11 月　頁 78—87

---

[75]本文藉賴和〈蛇先生〉與楊逵〈無醫村〉，探討其疾病書寫及他們對現代醫學所採取的立場。全
文共 4 小節：1.前言；2.日本的殖民醫療政策；3.當西方醫學遇見本土醫學；4.結論。

961. 陳慧文　〈可憐她死了〉——從賴和作品看日據時代的臺灣女性（1—6）　民眾日報　2000 年 3 月 29—31 日，4 月 1—3 日　17 版

962. 劉秀美　試論臺灣社會言情小說主題的變遷〔〈可憐她死了〉部分〕　中國現代文學理論　第 20 期　2000 年 12 月　頁 620—621，623

963. 黎湘萍　失敗的反叛：「圍城」母題〔〈可憐她死了〉部分〕　文學臺灣——臺灣知識者的文化敘事與理論想像　北京　人民文學出版社　2003 年 3 月　頁 65

964. 陳春妤　社會結構的改變與不變——新女性形象的塑造與想像〔〈可憐她死了〉部分〕　日治時期知識分子對殖民現代工程的批評　靜宜大學中國文學研究所　碩士論文　王惠珍教授指導　2008 年 6 月　頁 65

965. 陳潔民　濁水溪的沉思〔〈濁水溪〉部分〕　臺灣日報　2000 年 5 月 27 日　31 版

966. 陳建忠　黑暗之光——談賴和詩化散文〈前進！〉中的時代感　臺灣新文學　第 15 期　2000 年 6 月　頁 156—162

967. 方麗娟　日治時期醫事作家研究——論賴和〈未來的希望〉[76]　馬偕護理專科學校學報　第 3 期　2003 年 5 月　頁 81—102

968. 陳建忠　再論臺灣文學史上的「皇民文學」議題——也是皇民：殖民同化政策與「三腳仔」批判（1937 年前的小說）〔〈補大人〉部分〕　日據時期臺灣作家論：現代性・本土性・殖民性　臺北　五南圖書出版公司　2004 年 8 月　頁 270—272

969. 許俊雅　日治時期小說中戲劇題材的應用——賴和的〈辱？！〉　見樹又見林——文學看臺灣　臺北　渤海堂文化公司　2005 年 2 月　頁 154—155

970. 賴香吟　超人何在〔〈辱？！〉〕　中國時報　2007 年 5 月 12 日　E7 版

[76] 本文旨在彰顯「醫事作家」賴和在臺灣新文學中的貢獻。全文共 6 小節：1.前言；2.日本入領前臺灣的文化與醫療環境；3.日治時期的臺灣醫療狀況（一八九五—一九四五）；4.日治時期醫師地位的提升；5.醫事作家賴和〈未來的希望〉評析；6.結語。

971. 陳幸蕙　小詩悅讀（八家）──賴和[77]〔〈日傘〉〕　明道文藝　第 368 期　2006 年 11 月　頁 22─23

972. 陳幸蕙　〈日傘〉向星輝斑斕處漫溯　小詩星河：現代小詩選 2　臺北　幼獅文化公司　2007 年 1 月　頁 24

973. 陳幸蕙　一枚時代切片〔〈日傘〉〕　人間福報　2007 年 6 月 12 日　15 版

974. 下村作次郎著；陳先智譯　虛構‧翻譯與民族──魯迅〈藤野先生〉與賴和〈高木友枝先生〉[78]　2007 彰化文學國際學術研討會　彰化　國家臺灣文學館，彰化師範大學國文系暨臺灣文學研究所主辦　2007 年 6 月 8─9 日

975. 下村作次郎　虛構‧翻譯與民族──魯迅〈藤野先生〉與賴和〈高木友枝先生〉　彰化文學大論述　臺北　五南圖書出版公司　2007 年 11 月　頁 143─163

976. 羊子喬　〈我們地方的故事〉賞析　閱讀文學地景‧散文卷　臺北　行政院文建會　2008 年 4 月　頁 280

977. 陳春妤　同床異夢的國家想像──以教育為觀察〔〈無聊的回憶〉部分〕日治時期知識分子對殖民現代工程的批評　靜宜大學中國文學研究所　碩士論文　王惠珍教授指導　2008 年 6 月　頁 30─31

978. 林淇瀁　三種語言交響的詩篇──現代臺灣新詩──日治時期臺灣新詩發展〔〈生活〉部分〕　文學@臺灣：11 位新銳臺灣文學研究者帶你認識臺灣文學　臺南　國立臺灣文學館　2008 年 9 月　頁 109─110

◆多篇作品

979. 下村作次郎　台湾新文学の一断面──1940 年發禁、李献璋編《台湾小説

---

[77]本文後改篇名為〈〈日傘〉向星輝斑斕處漫溯〉、〈一枚時代切片〉。
[78]本文旨在探討賴和〈高木友枝先生〉是否受到魯迅〈藤野先生〉的影響，及兩篇作品存在著的翻譯問題。全文共 5 小節：1.前言；2.〈藤野先生〉與〈高木友枝先生〉之作品世界；3.兩作之共同點與不同點；4.翻譯的問題；5.執筆動機及其意圖。正文後附錄〈高木友枝先生〉原文及其譯文（張多芳譯）。

選》から[79]〔〈前進〉、〈棋盤邊〉、〈辱〉、〈惹事〉、〈赴了春宴回來〉部分〕　咿啞　第 21、22 期合併號　1985 年 3 月　頁 85—97

980. 下村作次郎著；葉石濤譯　　幻影之書——李獻璋編《臺灣小說選》的研究（1—3）〔〈前進〉、〈棋盤邊〉、〈辱〉、〈惹事〉、〈赴了春宴回來〉部分〕　自立晚報　1986 年 3 月 24—29 日　10 版

981. 下村作次郎著；邱振瑞譯　　臺灣新文學的一個側面——一九四〇查禁的李獻璋編《臺灣小說選》〔〈前進〉、〈棋盤邊〉、〈辱〉、〈惹事〉、〈赴了春宴回來〉部分〕　從文學讀臺灣　臺北　前衛出版社　1997 年 2 月　頁 81—88

982. 下村作次郎著；葉石濤譯　　幻影之書——李獻璋編《臺灣小說選》的研究〔〈前進〉、〈棋盤邊〉、〈辱〉、〈惹事〉、〈赴了春宴回來〉部分〕　葉石濤全集‧翻譯卷一　臺南，高雄　國立臺灣文學館，高雄市文化局　2009 年 11 月　頁 279—304

983. 朱雙一　　臺灣新文學運動的重挫——散文與戲劇創作〔〈前進〉、〈城〉、〈隨筆〉、〈無聊的回憶〉部分〕　臺灣文學史（上）　福州　海峽文藝出版社　1991 年 6 月　頁 605—606

984. 陸士清　　魂之所繫——試論日據時代臺灣新文學的中國意識〔〈一桿秤仔〉、〈惹事〉、〈善訟人的故事〉部分〕　臺灣香港澳門暨海外華文文學論文選　福州　海峽文藝出版社　1993 年 3 月　頁 141—144

985. 王震亞　　臺灣的魯迅——賴和與〈不如意的過年〉、〈可憐她死了〉　臺灣小說二十家　北京　北京出版社　1993 年 12 月　頁 24—35

986. 莫　渝　　獨立在狂飆之中——談賴和四首敘事詩〔〈覺悟下的犧牲〉、〈流離曲〉、〈南國哀歌〉、〈低氣壓的山頂〉〕　磺溪一完人　臺北　前衛出版社　1994 年 7 月　頁 117—123

---

[79]本文後由邱振瑞譯為〈臺灣新文學的一個側面——一九四〇查禁的李獻璋編《臺灣小說選》〉。

987. 莫　渝　　獨立在狂飆之中——談賴和四首敘事詩〔〈覺悟下的犧牲〉、〈流
離曲〉、〈南國哀歌〉、〈低氣壓的山頂〉〕　北縣文化　第 42 期
1994 年 9 月　頁 58—60

988. 莫　渝　　獨立在狂飆之中——談賴和四首敘事詩〔〈覺悟下的犧牲〉、〈流
離曲〉、〈南國哀歌〉、〈低氣壓的山頂〉〕　臺灣新詩筆記　臺北
桂冠圖書公司　2000 年 11 月　頁 123—128

989. 莊淑芝　　萌芽時期的新文學作品與文藝雜誌——小說〔〈一桿秤仔〉、〈鬥
鬧熱〉部分〕　臺灣新文學觀念的萌芽與實踐　臺北　麥田出版
公司　1994 年 7 月　頁 152—154，159—161

990. 呂正惠　　賴和三篇小說析論——兼論賴和作品的社會性格[80]　賴和及其同時
代作家：日據時期臺灣文學國際學術會議　新竹　清華大學臺灣
研究室，賴和文教基金會主辦　1994 年 11 月 25—27 日　12 頁

991. 呂正惠　　賴和三篇小說析論——兼論賴和作品的社會性格　殖民地的傷
痕：臺灣文學問題　臺北　人間出版社　2002 年 6 月　頁 257—
270

992. 鄭清文　　賴和的三篇小說〔〈豐作〉、〈惹事〉、〈善訟的人的故事〉〕　臺
灣時報　1994 年 12 月 15 日　22 版

993. 陳明台　　日據時代臺灣民眾詩之研究〔〈覺悟下的犧牲〉、〈南國哀歌〉、
〈低氣壓的山頂〉部分〕　文學臺灣　第 14 期　1995 年 4 月　頁
157—160

994. 陳明台　　日據時代臺灣民眾詩之研究〔〈覺悟下的犧牲〉、〈南國哀歌〉、
〈低氣壓的山頂〉部分〕　臺灣現代詩史論：臺灣現代詩史研討
會實錄　臺北　文訊雜誌社　1996 年 3 月　頁 5—7

995. 陳明台　　日治時代臺灣民眾詩之研究〔〈覺悟下的犧牲〉、〈南國哀歌〉、
〈低氣壓的山頂〉部分〕　強韌的精神——臺灣文學研究論集 2

[80]本文旨在透過對〈豐作〉、〈惹事〉、〈善訟的人的故事〉的分析探討，以了解賴和創作的整體精神。全文共 3 小節。

高雄　春暉出版社　2005 年 5 月　頁 165—168

996. 黎湘萍　文學母題及其變奏〔〈可憐她死了〉、〈鬪雞〉部分〕　揚子江與
阿里山的對話——海峽兩岸文學比較　上海　上海文藝出版社
1995 年 12 月　頁 133—134

997. 康　原　臺語新詩的奠基者——兼談賴和的臺語詩歌〔〈新樂府〉、〈農民
謠〉、〈相思歌〉、〈相思（歌仔調）〉、〈呆囝仔〉〕　臺灣新文學
第 5 期　1996 年 7 月　頁 296—304

998. 康　原　臺語新詩的奠基者〔〈新樂府〉、〈農民謠〉、〈相思歌〉、〈相思
（歌仔調）〉、〈呆囝仔〉〕　種子落地——臺語詩歌專集　彰化
賴和文教基金會　1997 年 8 月　頁 139—154

999. 康　原　臺語新詩的奠基者——兼談賴和的臺語詩歌〔〈新樂府〉、〈農民
謠〉、〈相思歌〉、〈相思〉（歌仔調）、〈呆囝仔〉〕　八卦山　彰化
彰化縣文化局　2001 年 7 月　頁 184—214

1000. 康　原　賴和的寂寞心情——〈寂寞〉與〈寂寞的人生〉詩之比較　臺灣
日報　1996 年 10 月 13 日　23 版

1001. 康　原　野寺安閒不計秋——我讀賴和筆下的劍潭寺〔〈題劍潭寺稿〉、
〈劍潭寺〉、〈初夏遊劍潭寺〉〕　中華日報　1997 年 1 月 17 日
17 版

1002. 李漢偉　偏向「見證／控訴」的記錄〔〈南國哀歌〉、〈覺悟的犧牲——寄
二林的同志〉部分〕　臺灣新詩的三種關懷　臺北　駱駝出版社
1997 年 10 月　頁 44—47

1003. 許俊雅　日據時期臺灣小說中知識分子形象〔〈惹事〉、〈歸家〉、〈失業〉
部分〕　臺灣文學二十年集 1978—1998：評論二十家　臺北　九
歌出版社　1998 年 3 月　頁 451—452

1004. 方耀乾　反帝、反殖民拼圖——論賴和新詩〔〈覺悟下的犧牲——寄二林
事件的戰友〉、〈流離曲〉、〈南國哀歌〉、〈低氣壓的山頂——八卦
山〉〕　漢家雜誌　第 56 期　1998 年 3 月　頁 7—14

1005. 方耀乾　　反帝、反殖民拼圖——論賴和的事件詩〔〈覺悟下的犧牲——寄二林事件的戰友〉、〈流離曲〉、〈南國哀歌〉、〈低氣壓的山頂——八卦山〉〕　菅芒花臺語文學　第 2 期　1999 年 4 月　頁 30—44

1006. 方耀乾　　反帝、反殖民拼圖——論賴和的事件詩〔〈覺悟下的犧牲——寄二林事件的戰友〉、〈流離曲〉、〈南國哀歌〉、〈低氣壓的山頂——八卦山〉〕　海翁臺語文學　第 36 期　2004 年 12 月　頁 4—16

1007. 歐宗智　　殖民統治的生活困境——日據時代小說中的庶民悲劇〔〈豐作〉、〈可憐她死了〉、〈辱？！〉部分〕　書評　第 35 期　1998 年 8 月　頁 9—10，12—13

1008. 張恆豪　　讓「庶民記憶」在「個人心靈」裏復甦——談〈善訟的人的故事〉、〈夜猿〉的民間故事　淡水牛津文藝　第 4 期　1999 年 7 月　頁 136—145

1009. 下村作次郎著；黃英哲譯　　賴和作品解說——〈鬥熱鬧〉、〈一桿秤仔〉、〈不如意的過年〉、〈辱？！〉、〈歸家〉、〈惹事〉、〈善訟的人的故事〉、〈一個同志的批信〉　日本統治期台灣文學——台灣人作家作品集（別卷）　東京　綠蔭書房　1999 年 7 月　頁 403—407

1010. 陳　凌　　臺灣小說劃時代的一年：1926〔〈鬥鬧熱〉、〈一桿秤仔〉部分〕　淡水牛津臺灣文學研究集刊　第 2 期　1999 年 8 月　頁 33—40

1011. 呂正惠　　臺灣小說一世紀——世紀末的肯定或虛無〔〈鬥鬧熱〉、〈一桿稱仔〉部分〕　文訊雜誌　第 168 期　1999 年 10 月　頁 32—37

1012. 許俊雅　　日治時期臺灣小說家筆下的民俗風情〔〈隨筆〉、〈不如意的過年〉、〈鬥鬧熱〉部分〕　島嶼容顏：臺灣文學評論集　臺北　臺北縣文化局　2000 年 12 月　頁 2—34

1013. 許俊雅　　日治時期臺灣小說中的民俗風情〔〈隨筆〉、〈不如意的過年〉、〈鬥鬧熱〉部分〕　見樹又見林——文學看臺灣　臺北　渤海堂文化公司　2005 年 2 月　頁 123，130—131

1014. 葉連鵬　重讀日據時期臺灣新舊文學論戰——起因、過程與結果的再思考〔〈讀臺日紙的新舊文學之比較〉、〈謹復某老先生〉部分〕　臺灣文學學報　第 2 期　2001 年 2 月　頁 51

1015. 施家雯　〈惹事〉與〈浪漫外紀〉的流氓形象　國文天地　第 202 期　2002 年 3 月　頁 17—22

1016. 賴松輝　自然主義小說的寫實形式——小說的功能與形式結構〔〈一桿「秤仔」〉、〈豐作〉部分〕　日據時期臺灣小說思想與書寫模式之研究（1920—1937）　成功大學中國文學系碩博士班　博士論文　呂興昌教授指導　2002 年 7 月　頁 122—126

1017. 賴松輝　自然主義小說的寫實形式——小說「改寫」與「人道關懷」修辭〔〈一桿「秤仔」〉、〈豐作〉、〈歸家〉部分〕　日據時期臺灣小說思想與書寫模式之研究（1920—1937）　成功大學中國文學系碩博士班　博士論文　呂興昌教授指導　2002 年 7 月　頁 159—162

1018. 賴松輝　個人經驗與私小說——兩種閱讀方式——反諷與自我反諷——〔〈一批同志的信〉、〈惹事〉部分〕　日據時期臺灣小說思想與書寫模式之研究（1920—1937）　成功大學中國文學系碩博士班　博士論文　呂興昌教授指導　2002 年 7 月　頁 254—266

1019. 康　原　〈相思歌〉與〈相思〉作品導讀　愛情〔竹敢〕仔店　臺中　晨星出版公司　2004 年 3 月　頁 152—153

1020. 〔施懿琳選編〕　〈論詩〉、〈飲酒〉、〈石印化番〉賞析　國民文選‧傳統漢詩卷　臺北　玉山社出版公司　2004 年 6 月　頁 363—365

1021. 梅家玲　身體政治與青春想像：日據時期的臺灣小說〔〈一桿稱仔〉、〈可憐她死了〉部分〕　正典的生成：臺灣文學國際研討會　臺北　中央研究院中國文哲研究所，哥倫比亞蔣經國基金會中國文化及制度史研究中心主辦　2004 年 7 月 15—17 日　頁 51—52

1022. 陳萬益　賴和〈無題〉、〈無聊的回憶〉、〈前進〉、〈紀念一個值得紀念的朋

友〉賞析　國民文選・散文卷 1　臺北　玉山社出版公司　2004
年 8 月　頁 86—87

1023.〔林瑞明選編〕　　〈南國哀歌〉、〈日傘〉賞析　國民文選・現代詩卷 1
臺北　玉山社出版公司　2005 年 2 月　頁 41

1024. 羊子喬　　導讀：賴和〈無題〉、〈前進〉　二十世紀臺灣文學金典・散文卷
（第一部）　臺北　聯合文學出版社　2006 年 5 月　頁 36

1025. 林秀蓉　　日治時期臺灣小說中的醫生形象——醫生作家筆下的醫生形象
〔〈阿四〉、〈辱〉、〈彫古董〉部分〕　中國語文　第 100 卷第 1
期　2007 年 1 月　頁 63—65

1026. 陳春妤　　殖民統治下的「法」與知識分子對「法」的接受與想像〔〈一桿
秤仔〉、〈不如意的過年〉部分〕　日治時期知識分子對殖民現代
工程的批評　靜宜大學中國文學研究所　碩士論文　王惠珍教授
指導　2008 年 6 月　頁 14—15

1027. 陳春妤　　社會傳統的厭棄、依戀與斷裂——民間宗教和生命禮儀的理解和
態度〔〈鬥熱鬧〉、〈赴會〉部分〕　日治時期知識分子對殖民現
代工程的批評　靜宜大學中國文學研究所　碩士論文　王惠珍教
授指導　2008 年 6 月　頁 76—79

1028. 許達然　　「介入文學」：日治時期臺灣短篇小說量化探討〔〈豐作〉、〈彫
古董〉、〈歸家〉、〈可憐她死了〉部分〕　臺灣文學史書寫國際學
術研討會論文集・第二集　高雄　春暉出版社　2008 年 6 月　頁
210—217

1029. 計璧瑞　　現代性的接受與反思——論日據臺灣文學的殖民現代性表徵
〔〈蛇先生〉、〈阿四〉、〈彫骨董〉部分〕　臺灣文學現代性學術
研討會論文集　廈門　廈門大學臺灣研究中心，廈門大學臺灣研
究院主辦　2008 年 7 月 4—8 日　頁 15—17

1030. 黃紅春　　日據時期臺灣本土作家小說創作中的「中國情結」〔〈一桿秤
仔〉、〈舊家〉、〈可憐她死了〉部分〕　世界華文文學論壇　2008

年第 4 期　2008 年 12 月　頁 27—28

1031. 橫路啓子　　鄉土文學論戰中的鄉土──文學領域中的鄉土〔〈鬥鬧熱〉、
〈一個同志的批信〉、〈善訴人的故事〉部分〕　文學的流離與回
歸──三〇年代鄉土文學論戰　臺北　聯合文學出版社　2009 年
10 月　頁 292—300

1032. 宋邦珍　　現代小說家對傳統醫療的省思──以魯迅的〈藥〉、賴和的〈蛇
先生〉、〈未來的希望〉爲例　新生學報　第 5 期　2009 年 11 月
頁 133—142

作品評論目錄、索引

1033. 施　淑　　重要評論　中國現代短篇小說選析 2　臺北　長安出版社　1984
年 2 月　頁 982

1034. 〔杜慶忠〕　　賴和評論引得　彰化縣作家資料檔案摘要　彰化　彰化縣立
文化中心　1993 年 6 月　頁 346—349

1035. 鍾肇政　　賴和研究　鍾肇政全集・隨筆集 1　桃園　桃園縣立文化中心
1999 年 6 月　頁 174—176

1036. 翁聖峰　　賴和漢詩及李獻章資料補遺　「臺灣文學研究工作室」網站
http://ws.twl.ncku.edu.tw　2000 年 10 月 19 日

1037. 陳建忠　　賴和生平、作品評論與相關資料全目錄　書寫臺灣・臺灣書寫：
賴和的文學與思想研究　高雄　春暉出版社　2004 年 1 月　頁
457—504

其他

1038. 康　原　　給詩人的公開信──兼致張默、蕭蕭先生[81]　臺灣時報　1996 年
9 月 25 日　22 版

1039. 楊宗翰　　典範的生成？──關於臺灣文學史「再現賴和」之檢討　國文天
地　第 182 期　2000 年 7 月　頁 37—43

---

[81]本文討論賴和〈南國哀思〉一詩重新刊印的闕漏。

1040. 鄧慧恩　　賴和手稿翻譯尼采學說研究[82]　第一屆全國臺灣文學研究生學術
　　　　　　　研討會　新竹　國家臺灣文學館主辦　2004 年 5 月 1—2 日

1041. 鄧慧恩　　賴和手稿翻譯尼采學說研究　第一屆全國臺灣文學研究生學術論
　　　　　　　文研討會論文集　臺南　國家臺灣文學館籌備處　2004 年 7 月
　　　　　　　頁 67—85

1042. 陳萬益　　戰後世代的追尋——我們與賴和的相遇　自由時報　2009 年 5 月
　　　　　　　26 日　D11 版

1043. 張耀仁　　想像的「中國新文學」？——以賴和接任學藝欄編輯前後之《臺
　　　　　　　灣民報》為析論對象[83]　2007 青年文學會議論文集：臺灣現當代
　　　　　　　文學媒介研究　臺北　文訊雜誌社　2009 年 12 月　頁 31—75

---

[82]本文以《賴和手稿影像集・筆記卷 4》關於尼采學說的翻譯手稿為文本，研究比較其翻譯手稿與
原作書籍的異同，並進一步探討其文學創作的精神與尼采學說的關係。全文共 5 小節：1.賴和自
述的思潮影響；2.賴和譯稿目前的相關論述；3.賴和譯稿與 Mügge 原著書籍；4.賴和譯稿內容與
特點；5.賴和、魯迅與尼采。

[83]本文探究《臺灣民報》對中國新文學的認識觀，及賴和接任其文藝欄編輯後，在文學傳播上呈現
的「守門人」（gatekeeping）角色及擇稿的藝文美學。全文共 5 小節：1.引言：活文字與半死文
字；2.中國新文學與臺灣新文學；3.《臺灣民報》與中國新文學；4.賴和與《臺灣民報》學藝
欄；5.結論與討論。正文後附錄〈《臺灣民報》創刊以來發行變革（1923.04.15—1927.08.01）〉、
〈《臺灣民報》遭禁止與割取處分之期數（創刊號至第 167 號）〉及陳建忠〈講評〉。

國家圖書館出版品預行編目資料

臺灣現當代作家研究資料彙編. 1, 賴和 / 陳建忠編
選. -- 初版. -- 臺南市：臺灣文學館, 2011.03
　　面；　公分.

ISBN 978-986-02-7251-2（平裝）

1.賴和　2.傳記　3.文學評論

863.4　　　　　　　　　　　　　100003426

【臺灣現當代作家研究資料彙編】01
賴和

發 行 人／　李瑞騰
指導單位／　行政院文化建設委員會
出版單位／　國立台灣文學館
　　　　　　地址／70041 台南市中西區中正路 1 號
　　　　　　電話／06-2217201　　　　傳真／06-2218952
　　　　　　網址／www.nmtl.gov.tw　　電子信箱／pba@nmtl.gov.tw

總 策 畫／　封德屏
顧　　問／　林淇瀁　張恆豪　許俊雅　陳信元　陳建忠　陳義芝　須文蔚　應鳳凰
工作小組／　王雅嫻　杜秀卿　林端貝　周宣吟　張桓瑋
　　　　　　黃子倫　黃寁婷　詹宇霈　羅巧琳
編　　選／　陳建忠
責任編輯／　詹宇霈
校　　對／　林肇豐　周宣吟　趙慶華　蘇峰楠
計畫團隊／　財團法人台灣文學發展基金會
美術設計／　翁國鈞・不倒翁視覺創意
印　　刷／　松霖彩色印刷事業有限公司

經銷展售／　國家書店松江門市（02-25180207）
　　　　　　國立台灣文學館—雪芙瑞文學咖啡坊（06-2214632）
　　　　　　五南文化廣場（04-22260330）
　　　　　　文建會員工消費合作社（02-23434168）
　　　　　　南天書局（02-23620190）　　　唐山出版社（02-23633072）
　　　　　　府城舊冊店（06-2763093）　　　台灣的店（02-23625799）
　　　　　　啓發文化（02-29586713）　　　三民書局（02-23617511）

初版一刷／2011 年 3 月
定　　價／新臺幣 500 元整　全套新臺幣 5500 元整
GPN／ 1010000392（單本）
　　　　1010000407（套）
ISBN／978-986-02-7251-2（單本）
　　　　978-986-02-7266-6（套）

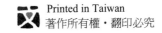